KB000374

# 시원변체【四】 詩源辯體

An Annotated Translation of "Shiyuanbianti"

허학이許學夷 지음 ▌ 박정숙朴貞淑 · 신민야申旻也 역주

세창출판사

**시원변체 【四】** 詩源辯體

1판 1쇄 인쇄 2016년 3월 2일
1판 1쇄 발행 2016년 3월 10일

지은이 | 허학이(許學夷)
역주자 | 박정숙 · 신민야
발행인 | 이방원
발행처 | 세창출판사
신고번호 | 제300-1990-63호
주소 | 서울 서대문구 경기대로 88 냉천빌딩 4층
전화 | (02) 723-8660 팩스 | (02) 720-4579
http://www.sechangpub.co.kr
e-mail: sc1992@empal.com
ISBN 978-89-8411-594-1 94820
978-89-8411-590-3 (세트)

Every effort has been made to contact or trace all copyrights holders. However, in some instances we have been unable to trace the owners of copyrighted material, and we would appreciate any information that would enable us to do so.
The publisher will be glad to make good any errors and omissions brought to our attention in future additions.

이 책은 한국연구재단의 지원으로 세창출판사가 출판, 유통합니다.

이 도서의 국립중앙도서관 출판시도서목록(CIP)은 e-CIP홈페이지(http://www.nl.go.kr/ecip)와 국가자료공동목록시스템(http://www.nl.go.kr/kolisnet)에서 이용하실 수 있습니다.
(CIP제어번호: CIP2016004774)

# 역자서문

詩源辯體

I

2011년, 나는 신민야 선생님과 한국연구재단에서 시행하는 명저번역연구지원 사업을 논의하고 허학이의《시원변체》를 신청했다. 운이 좋게 이 과제가 선정이 되자마자 작업에 착수하여 책이 나오기까지 꼬박 4년 남짓의 시간이 걸렸다. 중간에 신민야 선생님의 개인적인 사정으로 말미암아 당초 내가 맡은 분량보다 더 많은 내용을 번역해야 하는 어려움에 봉착하게 되었다. 턱없이 짧은 시간 안에 갑자기 늘어난 몫을 감당하기란 참으로 숨 막히는 일이었다. 그러나 내가 그 큰 어려움을 이겨낼 수 있었던 것은, 이 책을 통해 그동안에 다져온 공부의 기초를 좀 더 튼튼하게 세우고, 그리하여 더욱 새로운 학문의 세계를 만나겠다는 일념이 날마다 지친 나를 재촉했기 때문이다.

이 책의 원저자인 허학이는 모든 것을 완성하기까지 40년의 시간이 걸렸다. 그런데 내가 고작 4년 정도의 시간을 쏟아 이 책을 번역해서 이렇게 세상에 내놓는다는 것은 정말 부끄러운 일이다. 저자가 논증한 주요 내용을 먼저 완전하게 이해하고 번역해야 함에도 불구하고 자구의 해석에만 급급하여 제대로 옮기지 못한 자책감이 물밀듯이 밀려온다. 인용된 시구 역시 전체 시를 한 수씩 찾아 그 맥락 속에서 옮기고자 노력했지만 충분히 감싱할 만한 여선이 허락되지 않아 기본적인 뜻만 풀이하는 데 그칠 수밖에 없었다. 또한 역자주에서 설명하고 있는 사항도 모두 세부 연구를 통한 검증의 결과로서 제시되어야 함에도 불구하고 기존의 사전과 자료에 의존한 차원에서 머물고 있어 못내 아쉽다. 그렇지만 이번 기회에 《시경詩經》에서부터 명대까지의 시와 시론의 각종 원자료를 두루 살펴보며 통독하는 동시에, 각 내용과 관련된 기존의 연구 성과를 모아 종합적으로 검토할 수 있었다는 것만으로도 기쁘기 그지없다. 오랜 시간 동안 자료더미 속에 앉아서 인용된 작품을 일일이 찾아 대조해 보는 과정은 지루하고 고달픈 시간이었지만, 내 나름대로는 보물을 찾아 묻어두는 듯한 귀하고 값진 시간이 되었다.

Ⅱ

이 책의 번역을 준비하고 또 완성하는 과정에서 앞서 이종한 교수님께서 보여 주신 《한유산문역주》(소명출판사, 2012)의 원고는 그야말로 나의 나침반이 되었다. 이 책의 기본적인 얼개는 모두 거기서부터 나왔으며, 제한된 시간 안에 많은 분량을 감당할 수 있었던 힘의 원천에도 지난날 선생님 어깨너머로 배운 훈련의 과정이 녹아 있다. 중국 고전문학 작품을 번역하는 것은 분명히 쉽지 않은 고역이다. 그러나 그 뒤에는 무엇과도 바꿀 수 없는 일종의 사명의 열매가 있어서 멈출 수가 없는 듯하다. 일찍부터 그러한 보람을 가르쳐주신 이종한 교수님께 이 지면을 빌려 감사드린다.

그뿐 아니라 학부 시절부터 가르쳐 주시고 격려해 주신 송영정 교수님, 제해성 교수님을 비롯하여 나에게는 고마운 분들이 많이 계신다. 여러 교수님들께서 나누어 주신 은혜에 대해서는 후일 술회할 기회가 있을 듯해 여기서 잠시 줄이기로 한다. 다만, 최근 몇 년간 미천한 나의 재주가 조금이나마 성숙할 수 있도록 물심양면으로 보살펴 주신 우리 학교 한문교육과의 김윤조 교수님과 경상대학교 중어중문학과의 권호종 교수님께 특별히 감사의 말씀을 올린다.

Ⅲ

이제 막 이립而立의 시절이 지나고 불혹不惑의 나이에 접어들었다. 실수투성이고 흠이 많지만, 지난 20년간 막막하게 걸어온 길에서 하나의 매듭을 지었다. 이 책을 넘길 때마다 나는 학창 시절 혼자 중국문학사를 공부하던 나의 어린 모습을 떠올렸다. 해제나 주석 등이 다소 번잡할 정도로 상세하다고 느껴질 수 있는 것은, 그저 이 책을 통해 중국문학을 공부하고자 하는 학생들을 염두에 두었기 때문이다.

또한 작업을 마무리하면서 선학들의 평가나 동료들의 비판도 두렵지만 그보다 더 나를 두렵게 하는 것이 이것을 통해 나의 자취를 살피게 될 후학들의 눈이라는 사실에 밤잠이 설쳐진다. 이제까지 내가 습관처럼 그랬듯이 그 누군가도 나처럼 상아탑을 향한 열정과 사도師道에 대한 갈망을 품고 앉아서 매의 눈빛으로 이 책을 샅샅이 읽을지 모를 일이다. 그러므로 나는 나의 잘잘못이 가려질까 봐 두려운 것이 아니라 그들의 눈에 비칠 내 모습이 더 두렵다. 바라건대 거짓이 섞이지 않고 진실하며, 허세를 부리지 않고 겸허하게 나아가고자 한 모습이 그들의 눈에서 비쳤으면 좋겠다.

앞으로 나에게는 부단히 이 책을 수정하고 보완해야 할 책임이 있다. 더욱이 부록에 해당하는 뒷부분을 충분히 윤문하지 못한 부담이 크다. 부디 젊은 나이에 무모하지만 용기 있게 학문의 난관을 극복하고자 애쓴 마음을 헤아려서 이 책의 여러 가지 오류를 널리 양해해 주기를 간절히 바라며, 많은 질정을 고개 숙여 기다린다. 마지막으로 이 책을 정성스럽게 꾸며 주신 세창출판사 편집부에도 진심으로 감사드린다.

Ⅳ

내가 이 책으로 인해 깊은 수렁에 빠져 있던 어느 날, 나에게 구원의 손길을 뻗어 기적같이 나를 믿음의 반석 위에 세워 놓으신 하나님! 지금 이 순간에도 나의 중심을 놓치지 않고 바라보시며 끊임없이 나를 다스리시는 하나님께 이 모든 영광을 바친다. "하나님은 사람이 아니시니 거짓말을 하지 않으시고, 인생이 아니시니 후회가 없으시도다"고 말씀하셨으니, 그 위대하신 계획이 무엇인지는 알 수가 없지만 모든 것이 합력하여 선을 이룰 것이라고 믿는다. 앞내의 꽁꽁 언 얼음판 위에서 썰매를 타는 어린이들이 정겨운 오후, 오늘도 내 안에서 강같이 흐르는 평화에 감사하며 다가올 새봄의 기쁨을 미리 찬송한다.

2016년 정월

역자 박정숙 삼가 씀

# 자 서自序



공자孔子가 말했다.

"중용中庸의 도는 지극하도다! 백성들 사이에 그 도가 행해진 지 오래도록 드물게 되었구나."

후진들이 시를 논하면서 위로는 제齊·양梁 시대를 서술하고 아래로는 당대唐代 말기를 말하는데 도에 미치지 못했다. 서정경徐禎卿 등의 여러 사람들이 먼저 〈교사가郊祀歌〉를 받들고 다음으로 요가鐃歌를 천거하는데 도에서 동떨어졌다. 근래 원굉도袁宏道와 종성鍾惺이 나와서 옛것을 배척하고 자기의 마음을 스승으로 삼고자 하여 허황된 말을 숭상하는데 도에서 어긋났다. 내가 《시원변체詩源辯體》를 지은 것은 진실로 경계하는 바가 있어서다. 일찍이 나는 다음과 같이 말했다.

시에는 원류源流가 있고 체재에는 정변正變이 있으니, 책 첫머리에서 그 요점을 논한 이상, 지나치거나 미치지 못한 것에 대해 살펴서 그 중용中庸의 도를 얻었다. 다만 원굉도와 종성의 주장에서 괴이한 것을 추구하고 일반적인 것을 싫어한 것에 대해서는 의혹이 없지 않을 수 없다. 한漢·위魏·육조六朝의 시는 체재가 아직 갖춰지지 않았고 경계가 아직 완성되지 못했기에 창작의 법칙이 마땅히 광범위하다. 당 이후부터 체재가 갖춰지지 않음이 없고 경계가 완성되지 않은 것이 없으니 창작의 법칙이 마땅히 그대로 지켜지게 되었다. 논자들이 "한위의 시는 《시경詩經》의 경지에 이를 수 없고, 당시는 한위시의 경지에 이를 수 없다"고 말하는 것은 통변通變의 도를 알지 못하는 것이며, 우리 명나라의 여러 문인들이 "대부분 옛사람을 본받았기에 독자적으로 창작하여 자립할 수 없다"고 말하는 것 또한 논지는 높지만 견해가 얕고, 뜻은 심원하지만 식견이 서투를 뿐이다.

지금 온갖 초목이 무성한 것을 살펴보면 꽃받침이 일정하건만 보는 사람들이 싫증내지 않는다. 그러나 오늘날의 꽃받침은 옛날의 꽃받침이 아니며, 온갖 초목의 모양을 요상하게 변화시켜 무성하게 하니 그 괴이함이 매우 심하도다. 《주역周易》에서 "형상으로 구체화하고 자세히 검토하여서 그 변화를 완성시키며, 신묘하고 밝게 하는 것은 사람에게 있다"고 하였다. 오호! 어찌 호응린胡應麟을 무덤에서 일어나게 하여 내 말을 증명하도록 할 수 있겠는가? 무릇 체제와 성조는 시의 법칙이며, 말과 뜻이라고 하는 것은 작가의 독자적인 운용을 중시한다. 말과 뜻을 훔치면 그것을 표절이라고 일컫는다. 그 체제를 규범으로 삼고 그 성조를 모방하는 것은 표절이라 할 수 없다. 오늘날에는 체제와 성조가 옛것과 비슷한 것을 참된 시가 아니라 하고, 반드시 민간의 속담이나 어린아이들의 말, 자질구레한 생각과 괴이한 성조가 있어야 도리어 참되다고 할 따름이다. 또 원굉도와 종성 두 사람은 자기의 마음을 스승으로 삼는 것을 숭상하면서, 한위시를 배우고 초당初唐과 성당盛唐의 시를 배우는 것에 대해서는 있는 힘을 다해 헐뜯고, 제·양과 당말의 시를 학습하는 것을 심히 좋아한다.

당세수唐世修가 말했다.

"옛사람이 오랫동안 버려둔 견해를 모아 오늘날 일상적인 것을 싫어하는 사람들의 이목을 현혹시키면서 다시 자기의 마음을 스승으로 삼을 수 있는 것을 보지 못했다."

과거공부는 한 시대에 유행하는 것을 꾀하지만, 시문은 후세에 평가가 결정된다. 송宋·원元·명초明初를 두루 살펴보면 이하李賀·장적張籍·왕건王建에 대해 대략 많은 사람들이 학습했는데 그 이름이 후세에 사라져 알려지지 않는다. 설령 오늘날 숭상된다 할지라도 후세에 평론이 결정됨을 짐작할 수 있다.

이 책은 만력萬曆 계사癸巳년에 시작하여 임자壬子년까지 모두 20년 동안 점차 완성되었는데, 다 합하면 소론小論 약간과 《시경》에서 오대五代까지의 시 약간이다. 외일畏逸 장상사張上舍와 미신味辛 고빙군顧聘君이 보고서 이 책을 아까워하여 나에게 출판할 것을 제안하고, 일시에 여러 친구들이 모두 기꺼이 출판을 도와주어서 먼저 소론 750칙을 출간했다. 그 당시 세간의 여러 문인들이 이미 삼가 나를 위해 말을 해두었던 것이다. 그 뒤로 20년간 열에 다섯은 가다듬고 열에 셋은 보충했는데, 여러 문인의 시는 먼저 체재를 나누고 다시 각 성조에 따라 모아서 그 음절을 상세히 밝히고 그 오류를 바로잡았으며, 나의 정력을 진실로 여기에 다 쏟아부었다. 이때 사위 진군유陳君兪가 나를 위해 전집全集을 인쇄하려고 계획했지만 그 일을 이어가지 못했다.

옛날에 우번虞翻이 말했다.

"세상에 자신을 알아주는 사람이 한 명이라도 있다면 여한이 없으리라."

오늘날 여러 사람들이 나를 알아주어 얻은 것이 우중상보다 많으니 내가 또 무슨 한이 있겠는가. 만약 내가 곧장 죽지 않는다면 다시 기회를 얻어 이 문집이 전부 간행되어서 시문이 오래도록 남아 천고의 근거가 되기를 바라노니, 어찌 오직 나 한 사람의 사사로운 이익이겠는가!

숭정崇禎 오년五年 임신년壬申年에 백청伯淸 허학이許學夷가 다시 고치노니, 이때 나이가 70세다.

仲尼曰: "中庸其至矣乎! 民鮮能久矣." 後進言詩, 上述齊梁, 下稱晚季, 於道爲不及; 昌穀諸子, 首推郊祀, 次擧鐃歌, 於道爲過; 近袁氏鍾氏出, 欲背古師心, 詭誕相尙, 於道爲離. 予辯體之作也, 實有所懲云. 嘗謂: 詩有源流, 體有正變, 於篇首旣論其要矣, 就過不及而揆之, 斯得其中. 獨袁氏鍾氏之說倡, 而趨異厭常者不能無惑. 漢魏六朝, 體有未備, 而境有未臻, 於法宜廣; 自唐而後, 體無弗備, 而境無弗臻, 於法宜守. 論者謂"漢魏不能爲三百, 唐人不能爲漢魏", 旣不識通變之道, 謂我明諸公"多法古人, 不能自創自立", 此又論高而見淺, 志遠而識疎耳. 今觀夫百卉之榮也, 華萼有常, 而觀者無厭, 然今之華萼, 非昔之華萼也, 使百卉幻形而爲榮, 則其妖也甚矣. 易曰: "擬議以成其變化, 神而明之, 存乎其人." 嗚呼! 安得起元瑞於地下而證予言乎. 夫體制・聲調, 詩之矩也, 曰詞與意, 貴作者自運焉. 竊詞與意, 斯謂之襲; 法其體製, 倣其聲調, 未可謂之襲也. 今凡體製・聲調類古者謂非眞詩, 將必俚語童言・纖思詭調而反爲眞耳. 且二氏旣以師心爲尙矣, 然於學漢魏・學初盛唐則力詆毁, 學齊梁晩季, 又深喜之. 唐世修謂: "拾古人久棄之唾餘, 眩今人厭常之耳目, 又未見其能師心也." 夫擧業求售於一時, 而詩文定論於後世. 歷考宋・元・國初, 於長吉・張・王, 蓋多有學之者, 而後世泯焉無聞. 卽今日所尙, 而他日之定論可知. 是書起於萬歷癸巳, 迄壬子, 凡二十年稍成, 計小論若干則, 自三百篇至五季詩若干首. 畏逸張上舍・味辛顧聘君見而惜之, 爲予倡梓, 一時諸友咸樂助之, 乃先梓小論七百五十則. 時湖海諸公已有竊爲己說者. 後二十年, 修飾者十之五, 增益者十之三, 諸家之詩, 旣先以體分, 而又各以調相附, 詳其音切, 正其訛謬, 而予之精力實盡於此. 玆者館甥陳君兪爲予謀梓全集, 而未有以繼之. 昔虞仲翔言: "使天下有一人知己, 足以無恨." 今諸君知我, 所得多於仲翔, 予復何恨焉. 倘予不卽就木, 庶幾復有所遇, 使玆集全行, 則風雅永存, 千古是賴, 豈直予一人之私德哉! 崇禎五年壬申, 許學夷伯淸更定, 時年七十.

# 일러두기

詩源辯體

❶ 이 책은 허학이의 《시원변체》(北京: 人民文學出版社, 1998)를 우리말로 옮긴 것이다.

❷ 본문인 제1권~제33권 및 기타 등은 박정숙이 역주했고, 총론(제34권~제36권)과 후집찬요 2권은 신민야가 맡았다.

❸ 번역은 직역을 위주로 하면서 우리말 표준어규칙에 따랐다.

❹ 해제는 원문과 관련된 내용을 중심으로 기존의 연구 성과를 두루 참고하여 정리한 것이다.

❺ 주석은 원문을 이해하는 데 필요한 인명, 서명, 편명, 지명, 국명, 연호 및 주요 용어 등을 중심으로 각종 사전과 자료를 참고하여 정리한 것이다.

❻ 원문에서 [ ]로 표기된 원저자의 주석은 모두 각주로 처리하여 역자의 주석과 구분되도록 하였다. 다만 독자의 편의를 위해서 역자가 ( )로 표기하여 보충한 내용도 있다.

❼ 원문에서 인용된 시구는 모두 해당 원자료의 통행본에 의거하여 작가와 제목을 상세히 기록했다. 자구의 차이가 있는 경우에는 우선 원저자의 표기에 따르는 것을 원칙으로 하되, 그 차이에 대해서는 일일이 언급하지 않았다.

❽ 작가의 이름은 성명을 기준으로 표기하여 알기 쉽게 하였으되(원저자는 이름이나 자 중에서 가장 잘 알려진 것을 기준으로 하였음), 일부 예외적인 경우도 있다.

❾ 원서에서 명백한 오타인 경우에는 수정했으되, 용례가 많지 않고 사소한 것이어서 별도로 표기하지는 않았다.

❿ 참고한 기존의 연구 성과 등은 일부 특별한 경우 외에는 언급하지 않았다.

# 차 례

詩源辯體

## 시원변체【四】

### 총 론 總論



### 후집찬요 後集纂要

## 시원변체【一】

## 시원변체【二】

## 시원변체【三】

# 범 례凡例

詩源辯體

모두 27조임共二十七條

1. 이 책을 《변체辯體》라고 명명한 것은 뜻을 변별한다는 것이 아니니, 뜻을 변별하면 이학과 비슷하게 될 것이다. 그러므로 《고시십구수古詩十九首》의 〈하불책고족何不策高足〉, 〈연조다가인燕趙多佳人〉 등은 시의 근원이 아닌 것이 없고, 당나라 태종太宗의 〈제경편帝京篇〉 등은 오히려 화려함을 면하지 못했다. 이것을 이해한다면 이 책을 읽을 수 있을 것이다.

此編以"辯體"爲名, 非辯意也, 辯意則近理學矣. 故十九首"何不策高足""燕趙多佳人"等, 莫非詩祖, 而唐太宗帝京篇等, 反不免爲綺靡矣. 知此則可以觀是書.

2. 《변체》에서 《시경詩經》·《초사楚辭》·한漢·위魏·육조六朝·당唐의 시는 먼저 그 대강을 든 다음에 세목을 구별했는데, 매 권 많은 것은 70여 칙이고 적은 것은 2~3칙이다. 매 칙은 하나의 주제를 갖추고 있는데, 모두 오랜 깨달음을 통해 얻은 것으로, 절대 덩달아 찬성하여 중복한 것은 있지 않다. 학자는 마음으로써 마음이 통하니 응당 하나하나씩 깨닫게 될 것이다. 그렇지 않으면 오직 그 번잡하고 어지러운 것만 보게 될 뿐, 정신을 쏟아 독자적으로 깨닫고 체계적으로 구성한 오묘함에 대해서는 막연하여 수용하지 못할 것이다. 지금 모두 합치면 956칙인데, 후인이 삭제할까 봐 두려울 따름이다.

辯體中論三百篇·楚辭·漢·魏·六朝·唐人詩, 先舉其綱, 次理其目, 每卷多者七十餘則, 少者二三則. 然每則各具一旨, 皆積久悟入而得, 並未嘗有雷同重複者. 學者以神合神, 當一一領會. 否則但見其冗雜繁蕪, 而於精心獨得 · 次第聯絡之妙, 漠然其不相入矣. 今總計九百五十六則, 懼後人删削耳.

3. 《변체》 중에서 많은 말들이 열몇 차례 보이는 것은 모두 위아래를 연결시키는 말이거나 각 권의 강령이 되는 핵심으로 군더더기 말이 아니다. 진晉나라 은호殷浩가 처음 《유마힐경維摩詰經》을 읽었을 때, "반야다라밀般若波羅蜜"[1]이 너무 많은 것을 의심스러워했지만, 후일 《소품반야바라밀경小品般若波羅蜜經》을 보고서는 이 말이 적은 것을 아쉬워했다. 독자는 각기 이해해야 마땅할 것이다.

辯體中數語有十數見者, 皆承上起下之詞, 或爲各卷中綱領關鍵, 非贅語也. 殷中軍初視維摩詰經, 疑"般若波羅蜜"太多, [當作"三藐三菩提", 世說誤耳.] 後見小品, 恨此語少. 觀者宜各領略.

4. 《변체》 중 한위시를 논할 때는 먼저 종합한 뒤에 분석하고, 초初 · 성盛 · 중당中唐의 시를 논할 때는 먼저 분석한 뒤에 종합했다. 한위의 시체詩體는 어우러지고 별도로 새로운 풍격이 없지만, 그 전체를 통괄하면 다름이 있음을 면치 못하기에 먼저 종합한 뒤에 분석했다. 당나라 문인들에 이르러서는 풍격이 약간 다르고 체재도 각기 구별되었지만, 그 귀납을 통괄하면 또한 같지 않은 것이 없으므로 먼저 분석하고 종합했다. 이백李白과 두보杜甫의 경우는 모두 입신入神의 경지에 들어가고, 위응물韋應物과 유종원柳宗元은 모두 충담沖淡으로 칭송되므로 역시 먼저 종합한 뒤에 분석했다. 원화元和 · 만당晩唐에 이르러서

---

1) 마땅히 "삼막삼보리三藐三菩提"이라고 해야 하는데, 《세설신어世說新語》에서 잘못 표기했다.

는 각각의 시파가 나와 그 시체가 심히 달라지므로 오직 분석만 하고 종합하지는 않았다.[2)]

辯體中論漢魏詩先總而後分, 論初・盛・中唐詩先分而後總者, 蓋漢魏詩體渾淪, 別無蹊徑, 然要其終亦不免有異, 故先總而後分; 至唐人則蹊徑稍殊, 體裁各別, 然要其歸則又無不同, 故先分而後總. 若李杜, 則皆入於神, 韋柳, 則並稱沖淡, 故亦先總而後分. 至元和・晩唐, 則其派各出, 厥體甚殊, 故但分而不總也. [元和・晩唐雖有總論, 而非論其同也.]

5. 《변체》 중 한・위・육조의 시를 논하면서 재주와 조예를 말하지 않은 것은 한위시는 재주가 있지만 그 재주를 드러내지 않았고, 육조시는 재주가 없는 것은 아니지만 조탁하고 꾸며서 그 재주를 발휘했다고 할 수 없기 때문이다. 또 한위시는 천연스러움에서 나와 본래 조예가 없고, 육조시는 조탁하고 꾸며서 조예라고 말할 수 없기 때문이다. 그러므로 반드시 왕발王勃・양형楊炯・노조린盧照隣・낙빈왕駱賓王에 이르러서야 재주를 말하고, 심전기沈佺期・송지문宋之問에 이르러서야 조예를 말하며, 성당의 여러 문인에 이르러서야 홍취興趣를 말할 따름이다.[3)]

辯體中論漢・魏・六朝詩不言才力・造詣者, 漢魏雖有才而不露其才, 六朝非無才而雕刻綺靡又不足騁其才; 漢魏出於天成, 本無造詣, 而六朝雕刻綺靡, 又不足以言造詣. 故必至王・楊・盧・駱, 始言才力; 至沈宋, 始言造詣; 至盛唐諸公, 始言興趣耳. [初唐非無興趣, 至盛唐而興趣實遠.]

---

2) 원화・만당에는 총론이 있지만 그 같은 점에 대해서는 논하지 않았다.
3) 초당 시기에 홍취가 없는 것은 아니지만, 성당에 이르러야 홍취가 진실로 심원해진다.

6. 《변체》 중 여러 문인의 시를 논하면서 이름을 칭할 때도 있고 자字를 칭할 때도 있는데, 각기 가장 잘 알려진 것에 따랐기 때문이다. 여러 학자들은 시를 논하면서 혹은 관명官名, 혹은 별호別號, 혹은 지명地名을 사용하여 그 이름을 숨기는데, 후학들을 편리하게 하는 것이 아니다.

辯體中論諸家詩, 或稱名, 或稱字, 各從其最著者. 若諸家論詩, 或官名, 或別號, 或地名, 而幷隱其姓氏, 非所以便後學也.

7. 여러 학자들이 시를 논하면서 대부분 이미 들은 것을 슬그머니 취하여 자신의 주장으로 혼용하는데, 가장 비루한 일이다. 내가 이 책에서 인용한 주장에는 반드시 이름을 명확하게 표기했으며, 간혹 문장의 어기가 의문스러우면 바로 소주小註를 달아 분명하게 밝힘으로써 주체와 객체가 애매한 경우가 거의 없도록 했다. 후일 다른 책에 혹시 이 책과 같은 내용이 있다면, 마땅히 이 책을 근본으로 삼아야 할 것이다.

諸家說詩, 多采竊舊聞, 混爲己說, 最爲可鄙. 予此書凡所引說, 必明標姓字, 或文氣相疑, 卽以小註明之, 庶無主客之嫌. 後他書或與是書同者, 當以是書爲本.

8. 이 책 《변체》의 소론은 40년 동안 12차례 원고를 고쳐서야 완성된 것이다. 간혹 밤에 누웠다가도 깨달음이 생기면 벌떡 일어나 적었고, 촛불이 없으면 새벽에 일어나 적었으며, 늙어 병든 후에는 손으로 쓸 수가 없어 조카들에게 명하여 대신 쓰게 했다.

此編辯體小論, 四十年十二易稿始成. 或夜臥有得, 卽起書之; 無燭, 曉起書之; 老病後不能手書, 命姪輩代書.

9. 이 책의 한 · 위 · 육조 · 초당 · 성당 · 중당 · 만당의 시는 오직

작자의 이름이 분명하고 언급하는 내용이 어느 한 시대와 관련된 것을 수록했는데, 학자들이 숙독하여 정통하고 원류가 간명하게 드러나도록 하려는 의도이지 순서가 없이 마구 섞이고 광대하여 알기 어렵게 하려고 한 것이 아니다. 그러나 한위의 저명한 문인들은 시편이 매우 적고 육조와 당나라의 문인들에게서 시편이 비로소 많아지므로, 한위의 저명한 문인들은 간혹 한두 편을 수록했고 육조와 당나라의 문인들의 시편은 많게는 열 배 정도에 이른다.

此編漢・魏・六朝・初・盛・中・晚唐詩, 惟錄其姓氏顯著・撰論所及有關一代者, 意欲學者熟讀淹貫, 源流易明, 不欲其總雜無倫, 浩瀚難測耳. 然漢魏名家, 篇什甚少, 而六朝・唐人, 篇什始多, 故漢魏名家, 或一篇兩篇者, 錄之, 而六朝・唐人, 多至什百矣.

10. 이 책은 체재의 변석을 위주로 하므로 선시選詩와 같지 않다. 한・위・육조・초당・성당・중당・만당은 성하고 쇠함이 현격히 다르므로 지금 각기 그 시기의 체재를 기록함으로써 그 변화를 분별한다. 품평하여 차례를 매기는 것은 논의 중에서 상세히 기록했다.

此編以辯體爲主, 與選詩不同. 故漢・魏・六朝・初・盛・中・晚唐, 盛衰懸絶, 今各錄其時體, 以識其變. 其品第則於論中詳之.

11. 이 책에서 대개 한・위・육조의 오칠언 시를 고시古詩라 명명하지 않은 것은 한・위・육조에는 당초 율시律詩가 없으므로 고시라고 부를 필요가 없기 때문이다. 오칠언 사구四句를 절구絶句라 명명하지 않은 것은 한・위・육조에는 당초 절구라는 명칭이 없었고 당나라의 율시 이후에 비로소 이 명칭이 생겼기 때문이다. 그러므로 한위 이하로 단지 오언・칠언이라고 명명하고, 사구의 시를 각기 그 뒤에 넣었다. 진자앙陳子昂・두심언杜審言・심전기沈佺期・송지문宋之問 이후에

비로소 고시와 율시가 구분되어서 각각 절구를 율시 뒤에 넣었다.

此編凡漢・魏・六朝五七言不名古詩者, 漢・魏・六朝初未有律, 故不必名爲古也. 五七言四句不名絶句者, 漢・魏・六朝初未有絶句之名, 唐律而後方有是名耳. 故漢魏而下止名五言・七言, 而以四句各次其後. 陳・杜・沈・宋而後始分古·律, 而各以絶句次律詩後也.

12. 이 책의 한・위・육조 시는 모두 《시기詩紀》에서 모아 수록했고, 당나라 이후로는 각기 본 문집에서 가려 뽑았다. 《당시품휘唐詩品彙》의 경우는 선록한 작품이 너무 방대하고 원화 이후로는 대부분 본래의 모습을 잃어서 정론이 되기에 충분하지 못하다.

此編漢・魏・六朝詩, 悉從詩紀纂錄, 唐人而下各從本集采取. 如品彙所選極博, 而於元和以後多失本相, 不足以定論也.

13. 이 책에 수록된 조일趙壹・서간徐幹・진림陳琳・완우阮瑀의 오언, 백량체柏梁體의 연구聯句 및 육기陸機・사령운謝靈運・사혜련謝惠連의 칠언, 양간문제梁簡文帝・유신庾信・수양제隋煬帝・두심언杜審言의 칠언팔구, 포조鮑照・유효위劉孝威・양간문제・유신庾信・강총江總・수양제 및 왕발・노조린・낙빈왕의 칠언사구, 심군유沈君攸의 칠언장구가 반드시 다 뛰어난 것은 아니다. 대개 서간, 진림 등의 여러 문인들은 이미 건안칠자建安七子의 반열에 들어가 있고 오언 중 다소 완정한 작품이 있기에 수록하여 버리지 않았다. 백량체는 칠언의 효시다. 진송晉宋 연간에는 칠언이 더욱 적은데 육기와 사령운에게 칠언의 작풍을 계승한 것이 남아 있다. 양나라 간문제와 유신 등의 여러 문인은 칠언율시의 효시고, 포조와 유효위 등의 여러 문인은 칠언절구의 효시며, 심군유의 성조도 점점 율격에 맞게 되었으므로 모두 빠뜨릴 수 없을 따름이다.

此編所錄, 如趙壹・徐幹・陳琳・阮瑀五言, 柏梁聯句及陸機・謝靈運・謝惠連七言, 梁簡文・庾信・隋煬帝・杜審言七言八句, 鮑照・劉孝威・梁簡文・庾信・江總・隋煬帝及王・盧・駱七言四句, 沈君攸七言長句, 非必盡佳. 蓋徐陳諸子旣在七子之列, 故五言稍能成篇, 亦在不棄. 柏梁爲七言之始. 晉宋間七言益少, 存陸謝以繼七言之派. 梁簡文・庾信諸子, 乃七言律之始, 鮑照・劉孝威諸子, 乃七言絶之始, 君攸聲亦漸入於律, 故皆不可缺耳.

14. 여러 학자들은 시를 편찬할 때 악부樂府를 시 앞에 놓지만 나는 이 책에서 악부를 시 뒤에 넣었는데, 대개 한나라의 고시는 진실로 국풍國風을 계승했고 조식曹植・육기陸機 이하의 시는 진실로 고시를 계승했지만, 악부의 경우에는 체제가 같지 않으므로 부득이 시를 앞에 두고 악부를 뒤에 둘 수밖에 없었다. 제齊나라 영명永明 이후로 양무제梁武帝를 제외하고서 비로소 악부와 시를 혼합하여 수록했는데, 그때의 악부와 시는 사실상 조금의 차이도 없어서 나누어 수록할 필요가 없기 때문이다.

諸家纂詩, 樂府在詩之前, 而予此編樂府次詩之後者, 蓋漢人古詩實承國風, 而曹陸以下之詩, 實承古詩, 至於樂府, 則體製不同, 故不得不先詩而後樂府. 永明而下, 梁武而外始混錄之者, 于時樂府與詩實無少異, 不必分錄矣.

15. 이 책은 포조鮑照・사조謝朓・심약沈約・왕융王融의 고시 중 점차 율체에 맞게 된 것을 수록하고, 고적高適・맹호연孟浩然・이기李頎・저광희儲光羲의 고시 중 율체를 잡용한 것은 수록하지 않았다. 포조 등 여러 문인은 율시로 변하는 시기에 해당하여 그 변화를 분별하기 위해 수록했고, 고적 등의 여러 문인은 복고復古를 이룬 이후에 해당하여,[4] 그 흐름을 막아버렸기에 제외시켰다.

此編鮑照・謝朓・沈約・王融古詩漸入律體者錄之, 高適・孟浩然・李頎・儲光義古詩雜用律體者不錄. 蓋鮑照諸公當變律之時, 錄之以識其變; 高適諸公當復古之後, [謂復古聲, 非復古體也.] 黜之以塞其流.

16. 이 책은 무릇 육조와 당나라의 의고擬古 등의 작품은 수록하지 않았다. 이 책은 체재의 변석을 위주로 하는데, 의고시는 여러 문인들의 체재를 변석하기에 충분하지 못하기 때문이다. 하안何晏과 도연명陶淵明의 의고시를 수록한 것은 하안과 도연명은 의고라는 명칭만 빌렸지 실제로는 의고가 아니기 때문이다.[5)]

此編凡六朝・唐人擬古等作不錄. 蓋此編以辯體爲主, 擬古不足以辯諸家之體也. 何晏・陶淵明擬古則錄之者, 何陶借名擬古, 而實非擬古也. [說見淵明論中.]

17. 이 책은 당나라의 이백李白・두보杜甫・고적高適・잠삼岑參・왕유王維・전기錢起・유장경劉長卿・한유韓愈・백거이白居易 시의 모든 체재를 다 수록했고, 나머지 문인들 시 중에서는 각기 뛰어난 것을 수록했다. 만당은 칠언절구가 뛰어나므로 한두 수 채록할 만한 것은 또한 수록했다.

此編唐人詩惟李・杜・高・岑・王維・錢・劉・韓・白諸體備錄, 餘則各錄其所長. 晩唐七言絶爲勝, 卽一二可采者亦錄之.

18. 이 책을 두고서 혹자는 원화 연간의 여러 문인들에 대해 과다하게 모아 기록하고, 변체가 정체보다 많은 것을 면치 못한다고 의문스러워 한다. 그러나 이 책은 체재의 변석을 위주로 하여서 원화의 여러 문인들이 일일이 독자적으로 세운 문호를 뺄 수가 없을 뿐 아니라, 그

4) 고성古聲을 회복했다는 말이지 고체古體를 회복했다는 말이 아니다.
5) 도연명에 관한 논의 중에 설명이 보인다.

시편이 초·성당보다 모두 몇 배가 되어도 줄일 수가 없으니, 진실로 학자들이 그 변체變體를 끝까지 이해해야 비로소 정체正體로 돌아갈 수 있음을 깨닫게 하고자 할 따름이다.

此編或疑元和諸子纂錄過多, 不免變浮於正. 然此編以辯體爲主, 元和諸子, 一一自立門戶, 旣未可缺, 其篇什恆數倍於初·盛, 則又不可少, 正欲學者窮極其變, 始知反正耳.

19. 당나라 문인의 여러 체재의 편집 순서는 오언고시五言古詩, 칠언고시七言古詩, 오언율시五言律詩, 오언배율五言排律, 칠언율시七言律詩, 오언절구五言絶句, 칠언절구七言絶句 순이다. 초당의 태종太宗·우세남虞世南·위징魏徵과 왕발·양형·노조린·낙빈왕의 오언팔구五言八句는 장편과 섞어서 수록하고 또 칠언고시 앞에 넣었는데, 대개 그때에는 오언의 고시와 율체가 혼합되어서 율시라고 꼬집어서 말할 수 없기 때문이다.

唐人諸體編次, 先五言古, 次七言古, 次五言律, 次五言排律, 次七言律, 次五言絶, 次七言絶. 初唐, 太宗·虞·魏及王·楊·盧·駱五言八句與長篇混錄又先於七言古者, 蓋于時五言古·律混淆, 未可定指爲律也.

20. 이 책에 수록된 여러 문인들의 시는 먼저 오칠언 고시·율시·절구로 차례를 나누었을 뿐 아니라, 또 여러 시체에 대해 각기 체제와 음조에 따라 분류했는데, 여러 문인의 각 체제 앞에 주註가 보이며, 주가 없는 것은 마땅히 미루어서 짐작해야 할 것이다.

此編所錄諸家詩, 旣先以五七言古·律·絶分次, 而於諸體又各以體製·音調類從, 註見諸家各體前, 其有未註者, 當以類推.

21. 이 책에서 여러 문인들의 괴이한 시구를 소론에서 인용한 이상,

시 전체가 비루하고 졸렬한 것 및 위작된 작품은 쌍행雙行으로 덧붙여서 학자들이 진실로 일일이 분별하여 자연스럽게 깨달을 수 있도록 했다.

此編諸家怪惡之句旣引入論中, 而全篇有鄙拙及僞撰者, 則雙行附見, 學者苟能一一分別, 自然悟入.

22. 이 책에서 당나라 시 중 육언六言 및 칠언배율七言排律을 수록하지 않은 것은 정체가 아니기 때문이다.

此編唐人惟六言及七言排律不錄, 非正體也.

23. 시 중에서 와전된 글자는 선시하여 교감한 자가 여러 판본에서 모두 같은 것을 보고 감히 의심하지 않았기에 결국 오랫동안 잘못된 것인데, 지금도 역시나 감히 고칠 수 없으므로, 오직 어떤 구 아래에 "잘못되었음誤"이라는 주를 넣거나, 어떤 글자 아래에 "어떤 글자인 것으로 여겨짐疑作某字"이라고 주를 넣어서 박학다식한 사람이 그것을 바로잡아 주기를 재차 기다린다. 일일이 따질 수 없는 것은 일단 제외시켰다.

詩中訛字, 選校者見諸本皆同, 莫敢致疑, 終誤千古, 今亦不敢遽改, 但於某句下註"誤"·於某字下註"疑作某字", 更俟博識者定之. 其不能一一揣摩者, 姑缺.

24. 이 책은 음절의 오류를 바로잡았는데 《시경》, 《초사》, 한·위에서 가장 상세하며, 당 이후로 다소 간략한 것은 대개 어려운 글자, 그릇 전해진 운韻, 오자가 있는 책을 앞에서 이미 자세하게 설명하여 뒤에서 번거롭게 말할 필요가 없기 때문이다. 또 세속에서 그릇 전해진 운을 잘못 쓰는 일은 당나라 때부터 이미 있었으니, 예를 들어 '盡(진)', '似(사)', '斷(단)'자는 본디 상성上聲인데 잠삼은 거성去聲으로 썼

고, '囀(전)'자는 본디 거성인데 왕유는 상성으로 썼으며, '墮(타)'자는 본디 상성인데 한유는 거성으로 썼으며, '畝(묘)'의 본음本音은 '某(모)'이지만 원결元結은 '姆(모)' 음으로 썼으며, '婦(부)'의 본음은 '阜(부)'이지만 백거이는 '務(무)' 음으로 썼다. 즉 음운音韻이 그릇된 내력은 이미 오래되었다. 다만 압운押韻은 반드시 틀려서는 안 되므로 다시 상세하게 기록했다.

此編音切正誤, 惟三百篇·楚辭·漢·魏最詳, 而唐以後稍略者, 蓋難字·訛韻·誤書, 前旣詳明, 後自不容贅. 又世俗訛韻, 自唐已有之, 如"盡"字·"似"字·"斷"字本上聲, 而岑嘉州作去聲, "囀"字本去聲, 而王摩詰作上聲, "墮"字本上聲, 而韓退之作去聲, "畝"本音"某", 而元次山作"姆"音, "婦"本音"阜", 而白樂天作"務"音, 則音韻之訛, 其來已久. 但押韻必不可誤, 故復詳之.

25. 이 책에서 어려운 글자, 그릇 전해진 운에 관한 부분은 예전에 음주音註에서 상세히 설명한 것이고, 필획에 오자가 있는 책에 관한 부분은 67~68세부터 바로잡기 시작하여 적어도 열에 여덟은 수정했으니, 이 책의 완성에 일조했다. 다만 병든 이후 손이 떨려 많이 쓸 수가 없는데, 구심이丘心怡의 등사본謄寫本이 전후 차례가 더욱 타당하므로 지금 구본丘本에 대해 상세히 살펴서 판각할 때 마땅히 증거로 취해야 할 것이다.

此編難字訛韻, 舊已音註詳明, 筆畫誤書, 則自六十七·六十八始正, 苟十得其八, 亦足爲此編一助. 但病後手顫, 不能多書, 丘心怡錄本, 先後次序尤當, 今惟於丘本詳之, 刻時當取證也.

26. 이 책에 대해 혹자는 방점을 찍어서 후학들에게 보여줘야 마땅하고 말한다. 생각건대 한·위의 고시와 성당의 율시는 기상이 어우러져 시구를 발췌하기가 어렵다. 원가元嘉, 개성開成 이후에 비로소 가

구佳句가 많아졌다. 그것을 구분하여 말하자면 한·위·성당의 어우러진 곳은 겨우 각 구에 1개의 방점만 찍으면 되지만, 육조와 만당의 가구는 방점을 많이 찍지 않으면 안 된다. 후학들이 깨닫지 못하고서 육조시가 한·위보다 뛰어나고, 만당이 성당보다 뛰어나다고 할까 봐 두렵다.6)

此編或言宜圈點, 以示後學. 予謂: 漢魏古詩·盛唐律詩, 氣象渾淪, 難以句摘. 元嘉·開成而後, 始多佳句. 就其境界, 漢·魏·盛唐渾淪處, 止宜每句一圈, 而六朝·晚唐佳句, 不容不多圈矣. 恐後學不知, 將謂六朝勝於漢魏·晚唐勝於盛唐也. [與盛唐總論第二十一則參看.]

27. 이 책의 순서는 다음과 같다.

○ 주대周代의 시 및 《초사楚辭》가 한 책이다.

○ 한위漢魏가 한 책이다.

○ 육조六朝도 본래는 한 책이어야 마땅하나 시편이 비교적 많아서 지금 진晉·송宋·제齊를 한 책으로 한다.7)

○ 양梁·진陳·수隋가 한 책이다.

○ 초당初唐이 한 책이다.

○ 성당盛唐 여러 문인들이 한 책이다.

○ 이백李白과 두보杜甫가 한 책이다.

○ 중당中唐의 여러 문인부터 이익李益·권덕여權德輿까지가 한 책이다.

○ 원화元和도 본래는 한 책이어야 마땅하나 시편이 역시 많아서 지

6) 성당의 총론 제21칙(제17권 제43칙)과 참조하여 보기 바란다.

7) 사조·심약의 시에는 고성古聲이 아직도 남아 있다. 《문선文選》에서 시를 수록한 것도 제나라 영명 시기에서 끝난다.

금 위응물韋應物・유종원柳宗元에서 노동盧仝・유차劉叉・마이馬異까지를 한 책으로 한다.

○ 장적張籍・왕건王建에서 시견오施肩吾까지가 한 책이다.

○ 만당晩唐・오대五代가 한 책이다.

○ 총론總論 및 후집찬요後集纂要가 한 책이다.

모두 38권 12책으로 다 비슷한 것끼리 분류하여 열람하기에 편리하도록 했다. 간혹 분량에 따라 배합하여 균등하게 나누는 것은 서점에서나 하는 것이지 시체의 의미를 깨닫지 못한 것이다.

此編分次: 周詩及楚辭爲一本; 漢魏爲一本; 六朝本宜一本, 但篇什較多, 今以晉・宋・齊爲一本; [謝朓沈約, 古聲尙有存者. 文選錄詩, 亦止於齊永明.] 梁・陳・隋爲一本; 初唐爲一本; 盛唐諸公爲一本; 李杜爲一本; 中唐諸公至李益・權德輿爲一本; 元和本宜一本, 而篇什亦多, 今以韋柳至盧仝・劉叉・馬異爲一本; 張籍・王建至施肩吾爲一本; 晩唐・五代爲一本; 總論及後集纂要爲一本. 共三十八卷, 爲十二本, 皆以類相從, 便於觀覽. 或必以多寡相配而均分之, 則書肆所爲, 不得詩體之趣矣.

## 세대별 차례世次



《시원변체》는 《시경》·《초사》에서 시작되지만 차례에서 유독 누락시킨 것은, 《시경》은 무명씨無名氏의 작품이 대부분이며 게다가 여러 국가가 같지 않아서 순서를 나누기가 어렵기 때문이다. 《초사》는 오직 초楚나라에 해당하므로 역시 차례가 없다. 辯體起於三百篇·楚辭而世次獨缺者, 蓋三百篇多無名氏, 且諸國不一, 難以分次; 楚辭偏屬於楚, 故亦無次焉.

### 1. 서한西漢

(1) 고제高帝: 관중關中, 즉 지금의 섬서陝西 서안부西安府에 도읍했다. 12년간 재위했다. 원년은 을미년乙未年이다. 都關中, 卽今陝西西安府. 在位十二年. 元年乙未.

① 사호四皓

② 고제高帝

③ 항적項籍

(2) 혜제惠帝: 고제의 태자다. 7년간 재위했다. 원년은 정미년丁未年이다. 高帝太子. 在位七年. 元年丁未.

(3) 고후高后: 고제의 황후다. 임금의 자리를 8년간 범했다. 원년은 갑인년甲寅年이다. 高帝后. 僭位八年. 元年甲寅.

(4) 문제文帝: 고제의 둘째 아들이다. 앞서 16년간 재위했다. 원년은 임술년壬戌年이다. 뒤에 7년간 재위했다. 高帝中子. 前十六年. 元年壬戌. 後七年.

① 위맹韋孟

(5) 경제景帝: 문제의 태자다. 앞서 7년간 재위했다. 원년은 을유년乙酉年이다. 중간에 6년간 재위했다. 뒤에 3년간 재위했다. 文帝太子. 前七年. 元年乙酉. 中六年. 後三年.

① 무명씨無名氏: 〈고시십구수古詩十九首〉 중 매승枚乘의 시가 있으므로, 소명태자昭明太子의 편차에 따라 이릉李陵의 앞에 넣었으며, 나머지 11편은 유형에 따라 덧붙였다. 古詩十九首中有枚乘之詩, 故依昭明編次在李陵前, 餘十一篇以類附焉.

(6) 무제武帝: 경제의 태자다. 건원建元 6년간 재위했다. 원년은 신축년辛丑年이다. 원광元光 6년간, 원삭元朔 6년간, 원수元狩 6년간, 원정元鼎 6년간, 원봉元封 6년간, 태초太初 4년간, 천한天漢 4년간, 태시太始 4년간, 정화征和 4년간, 후원後元 2년간 재위했다. 景帝太子. 建元六. 元年辛丑. 元光六. 元朔六. 元狩六. 元鼎六. 元封六. 太初四. 天漢四. 太始四. 征和四. 後元二.

① 무제武帝
② 무제와 여러 신하들의 연구聯句
③ 무명씨: 무제 때의 〈교사가郊祀歌〉
④ 소산小山
⑤ 탁문군卓文君
⑥ 이릉李陵
⑦ 소무蘇武

(7) 소제昭帝: 무제의 막내아들이다. 시원始元 6년간 재위했다. 원년은 을미년乙未年이다. 원봉元鳳 6년간, 원평元平 1년간 재위했다. 武帝少子. 始元六. 元年乙未. 元鳳六. 元平一.

① 소제昭帝

(8) 선제宣帝: 위태자衛太子의 손자다. 본시本始 4년간 재위했다. 원년은 무신년戊申年이다. 지절地節 4년간, 원강元康 4년간, 신작神爵 4년간, 오봉五鳳 4년간, 감로甘露 4년간, 황룡黃龍 1년간 재위했다. 衛太子孫. 本始四. 元年戊申. 地節四. 元康四. 神爵四. 五鳳四. 甘露四. 黃龍一.

(9) 원제元帝: 선제의 태자다. 초원初元 5년간 재위했다. 원년은 계유년癸酉年이다. 영광永光 5년간, 건소建昭 5년간, 경녕竟寧 1년간 재위했다. 宣帝太子. 初元五. 元年癸酉. 永光五. 建昭五. 竟寧一.

① 위원성韋元成

(10) 성제成帝: 원제의 태자다. 건시建始 4년간 재위했다. 원년은 기축년己丑年이다. 하평河平 4년간, 양삭陽朔 4년간, 홍가鴻嘉 4년간, 영시永始 4년간, 원연元延 4년간, 수화綏和 2년간 재위했다. 元帝太子. 建始四. 元年己丑. 河平四. 陽朔四. 鴻嘉四. 永始四. 元延四. 綏和二.

① 반첩여班婕妤

(11) 애제哀帝: 정도왕定陶王의 아들이며, 원제의 서손庶孫이다. 건평建平 4년간 재위했다. 원년은 을묘년乙卯年이다. 원수元壽 2년간 재위했다. 定陶王子, 元帝庶孫. 建平四. 元年乙卯. 元壽二.

(12) 평제平帝: 중산왕中山王의 아들이며, 원제元帝의 서손이다. 원시元始 5년간 재위했다. 원년은 신유년辛酉年이다. 中山王子, 元帝庶孫. 元始五. 元年辛酉.

(13) 유자영孺子嬰: 광위후廣威侯의 아들이며, 선제의 현손玄孫이다. 거섭居攝 2년간 재위했다. 원년은 병인년丙寅年이다. 초시初始 1년간 재위했다. 왕망王莽이 왕위를 빼앗아 14년간 재위했다. 廣威侯子, 宣帝玄孫. 居攝二. 元年丙寅. 初始一. 王莽簒立, 一十四年.

(14) 회양왕淮陽王: 춘릉후春陵侯의 증손자다. 경시更始 2년간 재위했다. 원년은 계미년癸未年이다. 春陵侯曾孫. 更始二. 元年癸未.

## 2. 동한東漢

(1) 광무光武: 낙양雒陽, 즉 지금의 하남河南 하남부河南府에 도읍했다. 경제의 아들 장사왕長沙王의 5세손이다. 건무建武 31년간 재위했다. 원년은 을유년乙酉年이다. 중원中元 2년간 재위했다. 都雒陽, 卽今河南河南府. 景帝子長沙王五世孫. 建武三十一. 元年乙酉. 中元二.

① 마원馬援

(2) 명제明帝: 광무제의 태자다. 영평永平 18년간 재위했다. 원년은 무오년戊午年이다. 光武太子. 永平十八. 元年戊午.

(3) 장제章帝: 명제의 태자다. 건초建初 8년간 재위했다. 원년은 병자년丙子年이다. 원화元和 3년간 재위했다. 장화章和 2년간 재위했다. 明帝太子. 建

初八. 元年丙子. 元和三. 章和二.

① 부의傅毅

② 반고班固

(4) 화제和帝: 장제의 태자다. 영원永元 16년간 재위했다. 원년은 기축년己丑年이다. 원흥元興 1년간 재위했다. 章帝太子. 永元十六. 元年己丑. 元興一.

(5) 상제殤帝: 화제의 막내아들이다. 연평延平 1년간 재위했다. 원년은 병오년丙午年이다. 和帝少子. 延平一. 元年丙午.

(6) 안제安帝: 장제의 아들 청하왕淸河王의 아들이다. 영초永初 7년간 재위했다. 원년은 정미년丁未年이다. 원초元初 6년간, 영녕永寧 1년간, 건광建光 1년간, 연광延光 4년간 재위했다. 章帝子淸河王之子. 永初七. 元年丁未. 元初六. 永寧一. 建光一. 延光四.

(7) 순제順帝: 안제의 태자다. 영건永建 6년간 재위했다. 원년은 병인년丙寅年이다. 양가陽嘉 4년간, 영화永和 6년간, 한안漢安 2년간, 건강建康 1년간 재위했다. 安帝太子. 永建六. 元年丙寅. 陽嘉四. 永和六. 漢安二. 建康一.

① 장형張衡

(8) 충제沖帝: 순제의 태자다. 영가永嘉 1년간 재위했다. 원년은 을유년乙酉年이다. 順帝太子. 永嘉一. 乙酉.

(9) 질제質帝: 발해왕渤海王의 아들이며, 장제의 증손자다. 본초本初 1년간 재위했다. 원년은 병술년丙戌年이다. 渤海王子, 章帝曾孫. 本初一. 丙戌.

(10) 환제桓帝: 장제의 증손자다. 건화建和 3년간 재위했다. 원년은 정해년丁亥年이다. 화평和平 1년간, 원가元嘉 2년간, 영흥永興 2년간, 영수永壽 3년간, 연희延熹 9년간, 영강永康 1년간 재위했다. 章帝曾孫. 建和三. 元年丁亥. 和平一. 元嘉二. 永興二. 永壽三. 延熹九. 永康一.

(11) 영제靈帝: 장제의 증손자다. 건녕建寧 4년간 재위했다. 원년은 무신년戊申年이다. 희평熹平 6년간, 광화光和 6년간, 중평中平 6년간 재위했다. 章帝曾孫. 建寧四. 元年戊申. 熹平六. 光和六. 中平六.

① 영제靈帝

② 고표高彪

③ 조일趙壹

④ 역염酈炎

(12) 헌제獻帝: 영제의 둘째 아들이다. 초평初平 4년간 재위했다. 원년은 경오년庚午年이다. 흥평興平 2년, 건안建安 25년간 재위했다. 靈帝中子. 初平四. 元年庚午. 興平二. 建安二十五.

① 공융孔融

② 진가秦嘉

③ 채염蔡琰

④ 무명씨: 악부오언樂府五言

⑤ 무명씨: 악부잡언樂府雜言. 악부 오언과 잡언은 모두 한나라 문인의 시므로 한나라 말미에 덧붙인다. 樂府五言・雜言皆漢人詩, 故附於漢末.

(13) 위魏: 시에서는 한위 시기를 존숭하므로 위나라를 한나라 뒤에 이었다. 정통의 관념에서는 위나라를 꺼리기 때문에 행마다 한 글자씩 안으로 들여쓰기를 한다. 詩宗漢魏, 故以魏承漢. 嫌厭於正統, 故每行降一字.

① 무제武帝

② 문제文帝

③ 견후甄后

④ 조식曹植

⑤ 유정劉楨

⑥ 왕찬王粲

⑦ 서간徐幹

⑧ 진림陳琳

⑨ 완우阮瑀

⑩ 응창應瑒

⑪ 번흠繁欽

이상 조식에서 응창까지는 건안칠자라고 부른다. 右自曹植至應瑒稱建安七子.

생각건대 조식에서 응창까지는 비록 건안칠자라고 불리지만 사실상 위나라 사람이다. 지금 건안 시기에 넣으려니 위나라에 문인이 없게 되고, 황초 연간에 넣으려니 여러 문인들이 사실상 대부분 건안 연간에 죽었다. 이에 무제・문제・견후・번흠을 아울러 모두 위나라에 넣고, 문제의 시대는 아래에 기록한다. 按: 曹植至應瑒雖稱建安七子, 而實爲魏人. 今欲係

之建安，則魏爲無人，欲係之黃初，則諸子實多卒於建安，乃幷武帝・文帝・甄后・繁欽皆係之魏，而文帝之年則書於後云.

(14) 문제文帝: 낙양에 도읍했다. 무제의 태자다. 황초黃初 7년간 재위했다. 원년은 경자년庚子年, 즉 한나라 건안 25년이다. 都雒陽. 武帝太子. 黃初七. 元年庚子，卽漢建安二十五年.

① 오질吳質

② 무습繆襲

(15) 명제明帝: 문제의 태자다. 태화太和 6년간 재위했다. 원년은 정미년丁未年이다. 청룡靑龍 4년간, 경초景初 3년간 재위했다. 文帝太子. 太和六. 元年丁未. 靑龍四. 景初三.

① 명제明帝

② 응거應璩

(16) 제왕齊王: 명제의 태자다. 정시正始 9년간 재위했다. 원년은 경신년庚申年이다. 가평嘉平 5년간 재위했다. 明帝太子. 正始九. 元年庚申. 嘉平五.

① 혜강嵇康

② 완적阮籍

③ 하안何晏

④ 혜희嵇喜

이상의 여러 문인들은 정시체正始體를 이루었다. 右諸子爲正始體.

생각건대 혜강과 완적 시의 경우는 여러 학자들이 대부분 진나라에 넣으면서도 그 시를 정시체라고 하는데, 모두 경원 연간에 사망했으므로 위나라에 넣는다. 按: 嵇阮詩諸家多係之晉，然其詩稱正始體，又皆卒於景元，故係之魏.

(17) 고귀향공高貴鄕公: 동해왕東海王의 아들이며, 문제의 장손이다. 정원正元 2년간 재위했다. 원년은 갑술년甲戌年이다. 감로甘露 4년간 재위했다. 東海王子，文帝長孫. 正元二. 元年甲戌. 甘露四.

(18) 진유왕陳留王: 연왕燕王의 아들이며, 무제의 손자다. 경원景元 4년간 재위했다. 원년은 경진년庚辰年이다. 함희咸熙 2년간 재위했다. 燕王子，武帝孫. 景元四. 元年庚辰. 咸熙二.

## 3. 서진西晉

(1) 무제武帝: 낙양에 도읍했다. 태시泰始 10년간 재위했다. 원년은 을유년乙酉年, 즉 위나라 함희咸熙 2년이다. 함녕咸寧 5년간, 태강太康 11년간 재위했다. 都雒陽. 泰始十. 元年乙酉, 卽魏咸熙二年. 咸寧五. 太康十一.

① 육기陸機
② 반악潘岳
③ 장협張協
④ 좌사左思
⑤ 장화張華
⑥ 반니潘尼
⑦ 육운陸雲
⑧ 장재張載

이상의 여러 문인들은 태강체太康體를 이루었다. 右諸子爲太康體.

(2) 혜제惠帝: 무제의 태자다. 영희永熙 1년간 재위했다. 경술년庚戌年, 즉 태강 11년일 때다. 원강元康 9년간, 영강永康 1년간, 영녕永寧 1년간, 태안太安 2년간, 영흥永興 2년간, 광희光熙 1년간 재위했다. 武帝太子. 永熙一. 庚戌, 卽太康十一年. 元康九. 永康一. 永寧一. 太安二. 永興二. 光熙一.

(3) 회제懷帝: 무제의 25번째 아들이다. 영가永嘉 6년간 재위했다. 원년은 정묘년丁卯年이다. 武帝第二十五子. 永嘉六. 元年丁卯.

(4) 민제愍帝: 오왕吳王의 아들이며, 무제의 손자다. 건흥建興 4년간 재위했다. 원년은 계유년癸酉年이다. 吳王子. 武帝孫. 建興四. 元年癸酉.

① 유곤劉琨

## 4. 동진東晉

(1) 원제元帝: 건강建康, 즉 지금의 남직예南直隸 응천부應天府에 도읍했다. 낭야왕瑯邪王의 아들이며, 선제宣帝의 증손자다. 건무建武 1년간 재위했다. 원년은 정축년丁丑年이다. 태흥太興 4년간, 영창永昌 1년간 재위했다. 都建康, 卽今南直隸應天府. 瑯邪王子, 宣帝曾孫. 建武一. 丁丑. 太興四. 永昌一.

① 곽박郭璞

(2) 명제明帝: 원제의 맏아들이다. 대녕大寧 3년간 재위했다. 원년은 계미년癸未年이다. 元帝長子. 大寧三. 元年癸未.

(3) 성제成帝: 명제의 맏아들이다. 함화咸和 9년간 재위했다. 원년은 병술년丙戌年이다. 함강咸康 8년간 재위했다. 明帝長子. 咸和九. 元年丙戌. 咸康八.

(4) 강제康帝: 성제의 동생이다. 건원建元 2년간 재위했다. 원년은 계묘년癸卯年이다. 成帝弟. 建元二. 元年癸卯.

(5) 목제穆帝: 강제의 태자다. 영화永和 12년간 재위했다. 원년은 을사년乙巳年이다. 승평升平 5년간 재위했다. 康帝太子. 永和十二. 元年乙巳. 升平五.

(6) 애제哀帝: 성제의 맏아들이다. 융화隆和 1년간 재위했다. 원년은 임술년壬戌年이다. 흥녕興寧 3년간 재위했다. 成帝長子. 隆和一. 元年壬戌. 興寧三.

(7) 폐제廢帝: 애제의 동생이다. 태화太和 5년간 재위했다. 원년은 병인년丙寅年이다. 哀帝弟. 太和五. 元年丙寅.

(8) 간문제簡文帝: 원제의 막내아들이다. 함안咸安 2년간 재위했다. 원년은 신미년辛未年이다. 元帝少子. 咸安二. 元年辛未.

(9) 효무제孝武帝: 간문제의 셋째 아들이다. 영강寧康 3년간 재위했다. 원년은 계유년癸酉年이다. 태원太元 21년간 재위했다. 簡文帝第三子. 寧康三. 元年癸酉. 太元二十一.

(10) 안제安帝: 효무제의 태자다. 융안隆安 5년간 재위했다. 원년은 정유년丁酉年이다. 원흥元興 3년간, 의희義熙 14년간 재위했다. 孝武帝太子. 隆安五. 元年丁酉. 元興三. 義熙十四.

(11) 공제恭帝: 안제의 동생이다. 원희元熙 2년간 재위했다. 원년은 기미년己未年이다. 安帝弟. 元熙二. 元年己未.

① 무명씨: 〈백저무가白紵舞歌〉. 이것은 진나라 문인의 시므로 진나라 말미에 덧붙인다. 此晉人詩, 附於晉末.

② 도연명陶淵明: 도연명은 별도의 1권을 마련했으므로 무명씨 뒤에 넣었다. 淵明別爲一卷, 故次於無名氏後.

## 5. 송宋

(1) 무제武帝: 건강에 도읍했다. 영초永初 3년간 재위했다. 원년은 경신년庚申年, 즉 진晉나라 원희元熙 2년이다. 都建康. 永初三. 元年庚申, 卽晉元熙二年.

(2) 소제少帝: 무제의 태자다. 경평景平 2년간 재위했다. 원년은 계해년癸亥年이다. 武帝太子. 景平二. 元年癸亥.

(3) 문제文帝: 무제의 셋째 아들이다. 원가元嘉 30년간 재위했다. 원년은 갑자년甲子年, 즉 경평 2년이다. 武帝第三子. 元嘉三十. 元年甲子, 卽景平二年.

① 사령운謝靈運

② 안연지顔延之

③ 사첨謝瞻

④ 사혜련謝惠連

이상의 여러 문인들은 원가체元嘉體를 이루었다. 右諸子爲元嘉體.

(4) 효무제孝武帝: 문제의 셋째 아들이다. 효건孝建 3년간 재위했다. 원년은 갑오년甲午年이다. 대명大明 8년간 재위했다. 文帝第三子. 孝建三. 元年甲午. 大明八.

① 포조鮑照

(5) 자업子業: 효무제의 태자다. 경화景和 1년간 재위했다. 원년은 을사년乙巳年이다. 孝武帝太子. 景和一. 元年乙巳.

(6) 명제明帝: 문제의 11번째 아들이다. 태시泰始 7년간 재위했다. 원년이 곧 경화 원년이다. 태예泰豫 1년간 재위했다. 文帝第十一子. 泰始七. 元年卽景和元年. 泰豫一.

(7) 창오왕蒼梧王: 명제의 맏아들이다. 원휘元徽 4년간 재위했다. 원년은 계축년癸丑年이다. 明帝長子. 元徽四. 元年癸丑.

(8) 순제順帝: 명제의 셋째 아들이다. 승명昇明 3년간 재위했다. 원년은 정사년丁巳年이다. 明帝第三子. 昇明三. 元年丁巳.

## 6. 제齊

(1) 고제高帝: 건강에 도읍했다. 건원建元 4년간 재위했다. 원년은 기미년己未年, 즉 송 승명 3년이다. 都建康. 建元四. 元年己未, 卽宋昇明三年.

① 강엄江淹

(2) 무제武帝: 고제의 맏아들이다. 영명永明 11년간 재위했다. 원년은 계해년癸亥年이다. 高帝長子. 永明十一. 元年癸亥.

① 사조謝朓

② 심약沈約

③ 왕융王融

위의 세 사람은 영명체永明體를 이루었다. 右三子爲永明體.

《시원변체》에서 시를 편찬한 것은 역사가와 다른데, 역사가는 반드시 그 사람이 어느 왕조에 죽고 벼슬했는지를 따져 어느 왕조 사람이라고 하지만, 《시원변체》에서는 그 시체가 실제로 어느 왕조에 부합되는지를 따져 어느 왕조 사람이라고 했다. 강엄과 심약의 경우 비록 양나라에서 죽고 벼슬했지만 두 사람의 나이는 사실 많았다. 사조와 왕융은 비록 제나라에서 죽고 벼슬했지만 두 사람의 나이는 사실 어렸다. 그러므로 강엄의 시는 대부분 송·제의 과도기에 창작되어 성조가 아직 율격에 맞지 않았고, 심약과 사조는 영명 연간에 있어서 비로소 대부분 율격에 맞게 되었으며, 왕융은 율격에 맞는 것이 더욱 많게 되었다. 여러 문인들이 시를 엮을 때 왕융과 사조는 제나라에 넣고 강엄과 심약은 양나라에 넣으니 시체가 혼동이 되어 그 선후를 증명할 수가 없다. 《남사南史》에서 영명 연간에 왕융·사조·심약이 사성을 사용하기 시작하여 새로운 변화가 되었다고 분명하게 기록하고 있다. 辯體編詩與史氏不同, 史氏必以其人終仕某朝爲某朝人, 辯體則以其詩體實合某朝爲某朝人. 如江淹·沈約雖終仕於梁, 而江沈之年實長; 謝朓·王融雖終仕於齊, 而王謝之年實幼. 故江詩多宋齊間作, 而聲猶未入律, 沈謝在永明間始多入律, 王則入律愈多矣. 諸家編詩以王謝係齊而以江沈係梁, 則詩體混亂, 不足以證其先後也. 南史明載: 永明中, 王融·謝朓·沈約始用四聲, 以爲新變.

(3) 소업昭業: 무제의 손자다. 융창隆昌 1년간 재위했다. 원년은 계유년癸酉年이다. 武帝太孫. 隆昌一. 癸酉.

(4) 소문昭文: 소업의 동생이다. 연흥延興 1년간 재위했는데, 즉 융창 원년이다. 昭業弟. 延興一, 卽隆昌元年.

(5) 명제明帝: 고제의 형 시안왕始安王의 아들이다. 건무建武 4년간 재위했다. 원년은 갑술년甲戌年, 즉 연흥 원년이다. 영태永泰 1년간 재위했다. 高帝兄始安王之子. 建武四. 元年甲戌, 卽延興元年. 永泰一.

(6) 동혼후東昏侯: 명제의 셋째 아들이다. 영원永元 2년간 재위했다. 원년은 기묘년己卯年이다. 明帝第三子. 永元二. 元年己卯.

(7) 화제和帝: 명제의 8번째 아들이다. 중흥中興 2년간 재위했다. 원년은 신사년辛巳年이다. 明帝第八子. 中興二. 元年辛巳.

## 7. 양梁

(1) 무제武帝: 건강에 도읍했다. 천감天監 18년간 재위했으며, 원년은 임오년壬午年, 즉 제나라 중흥 2년이다. 보통普通 7년간, 대통大通 2년간, 중대통中大通 6년간, 대동大同 11년간, 중대동中大同 1년간, 태청太淸 3년간 재위했다. 都建康. 天監十八, 元年壬午, 卽齊中興二年. 普通七. 大通二. 中大通六. 大同十一. 中大同一. 太淸三.

① 무제武帝
② 범운范雲
③ 하손何遜
④ 유효작劉孝綽
⑤ 유효위劉孝威
⑥ 오균吳均
⑦ 왕균王筠
⑧ 유혼柳惲

(2) 간문제簡文帝: 무제의 셋째 아들이다. 대보大寶 2년간 재위했다. 원년은 경오년庚午年이다. 武帝第三子. 大寶二. 元年庚午.

① 간문제簡文帝
② 유견오庾肩吾
③ 음갱陰鏗
④ 심군유沈君攸

(3) 원제元帝: 무제의 7번째 아들이다. 승성承聖 3년간 재위했다. 원년은 임신년壬申年이다. 武帝第七子. 承聖三. 元年壬申.

(4) 경제敬帝: 원제의 7번째 아들이다. 소태紹泰 1년간 재위했다. 원년은 을해년乙亥年이다. 태평太平 2년간 재위했다. 元帝第七子. 紹泰一. 乙亥. 太平二.

## 8. 진陳

(1) 무제武帝: 건강에 도읍했다. 영정永定 3년간 재위했다. 원년은 정축년丁丑年, 즉 양나라 태평 2년이다. 都建康. 永定三. 元年丁丑, 卽梁太平二年.

(2) 문제文帝: 무제의 형 시흥왕始興王의 맏아들이다. 천가天嘉 6년간 재위했다. 원년은 경진년庚辰年이다. 천강天康 1년간 재위했다. 武帝兄始興王長子. 天嘉六. 元年庚辰. 天康一.

① 서릉徐陵

② 유신庾信: 북주北周

③ 왕포王褒: 북주

④ 장정견張正見

(3) 폐제廢帝: 문제의 태자다. 광대光大 2년간 재위했다. 원년은 정해년丁亥年이다. 文帝太子. 光大二. 元年丁亥.

(4) 선제宣帝: 시흥왕의 둘째 아들이다. 태건太建 14년간 재위했다. 원년은 기축년己丑年이다. 始興王第二子. 太建十四. 元年己丑.

(5) 후주後主: 선제의 태자다. 지덕至德 4년간 재위했다. 원년은 계묘년癸卯年이다. 정명禎明 2년간 재위했다. 宣帝太子. 至德四. 元年癸卯. 禎明二.

① 후주後主

② 강총江總

## 9. 수隋

(1) 문제文帝: 섬서에 도읍했다. 개황開皇 20년간 재위했다. 원년은 신축년辛丑年이다. 개황 9년에 진陳나라를 멸망시켰다. 인수仁壽 4년간 재위했다. 都陝西. 開皇二十. 元年辛丑. 開皇九年滅陳. 仁壽四.

① 노사도盧思道

② 이덕림李德林

③ 설도형薛道衡

(2) 양제煬帝: 문제의 둘째 아들이다. 대업大業 13년간 재위했다. 원년은 을축년乙丑年이다. 文帝第二子. 大業十三. 元年乙丑.

① 양제煬帝

(3) 공제유恭帝侑: 문제의 손자다. 의녕義寧 2년간 재위했다. 원년은 정축년丁丑年, 즉 대업大業 13년이다. 文帝孫. 義寧二. 元年丁丑, 卽大業十三年.

(4) 황태제통皇泰帝侗: 월왕越王이다. 황태皇泰 2년간 재위했다. 원년은 무인년戊寅年, 즉 의녕義寧 2년이다. 越王. 皇泰二. 元年戊寅, 卽義寧二年.

① 무명씨: 악부 · 오언 · 사구가 모두 육조 문인의 시므로 육조의 말미에 덧붙인다. 樂府 · 五言 · 四句皆六朝人詩, 故附於六朝之末.

## 10. 당唐

(1) 고조高祖: 섬서에 도읍했다. 무덕武德 9년간 재위했다. 원년은 무인년戊寅年, 즉 수나라 의녕 2년 · 황태 원년이다. 都陝西. 武德九. 元年戊寅, 卽隋義寧二年 · 皇泰元年.

(2) 태종太宗: 고조의 둘째 아들이다. 정관貞觀 23년간 재위했다. 원년은 정해년丁亥年이다. 高祖次子. 貞觀二十三. 元年丁亥.

① 태종太宗

② 우세남虞世南

③ 위징魏徵

(3) 고종高宗: 태종의 9번째 아들이다. 영휘永徽 6년간 재위했다. 원년은 경술년庚戌年이다. 현경顯慶 5년간, 용삭龍朔 3년간, 인덕麟德 2년간, 건봉乾封 2년간, 총장總章 2년간, 함형咸亨 4년간, 상원上元 2년간, 의봉儀鳳 3년간, 조로調露 1년간, 영융永隆 1년간, 개요開耀 1년간, 영순永淳 1년간, 홍도弘道 1년간 재위했다. 太宗第九子. 永徽六. 元年庚戌. 顯慶五. 龍朔三. 麟德二. 乾封二. 總章二. 咸亨四. 上元二. 儀鳳三. 調露一. 永隆一. 開耀一. 永淳一. 弘道一.

① 왕발王勃

② 양형楊炯

③ 노조린盧照隣

④ 낙빈왕駱賓王

(4) 무후武后: 고종의 황후다. 제왕이라고 참칭하며 21년간 재위했다. 원년은 갑신년甲申年이다. 高宗后. 僭號二十一年. 元年甲申.

(5) 중종中宗: 고종의 태자다. 신룡神龍 2년간 재위했다. 원년은 을사년乙巳年이다. 경룡景龍 4년간 재위했다. 高宗太子. 神龍二. 元年乙巳. 景龍四.

① 진자앙陳子昂

② 두심언杜審言

③ 심전기沈佺期

④ 송지문宋之問

⑤ 설직薛稷

⑥ 장열張說

⑦ 소정蘇頲

⑧ 이교李嶠

⑨ 장구령張九齡

이상 무덕에서 경룡까지가 초당이다. 右自武德至景龍爲初唐.

(6) 예종睿宗: 중종의 동생이다. 경운景雲 2년간 재위했다. 원년은 경술년庚戌年, 즉 경룡 4년이다. 태극太極 1년간 재위했다. 中宗弟. 景雲二. 元年庚戌. 卽景龍四年. 太極一.

(7) 현종玄宗: 예종의 셋째 아들이다. 선천先天 1년간 재위했다. 원년은 임자년壬子年, 즉 태극 원년이다. 개원開元 29년간, 천보天寶 15년간 재위했다. 천보 3년간에 '년年'을 '재載'로 고쳤다. 睿宗第三子. 先天一. 壬子, 卽太極元年. 開元二十九. 天寶十五. 三載改年曰載.

① 고적高適

② 잠삼岑參

③ 왕유王維

④ 맹호연孟浩然

⑤ 이기李頎

⑥ 최호崔顥

⑦ 조영祖詠

⑧ 왕창령王昌齡

⑨ 저광희儲光羲

⑩ 상건常建

⑪ 노상盧象

⑫ 원결元結

⑬ 이백李白

⑭ 두보杜甫: 고적과 잠삼의 여러 문인을 우선으로 하고 이백과 두보를 뒤에 둔 것은 더 높은 경지로 나아간다는 의미다. 先高岑諸公而後李杜者, 由堂而入室也.

(8) 숙종肅宗: 현종의 태자다. 지덕至德 2년간 재위했다. 원년은 병신년丙申年, 즉 천보 15년이다. 건원乾元 2년간 재위했다. 건원 원년에 다시 '재載'를 '연年'으로 바꾸었다. 상원上元 2년간, 보응寶應 2년간 재위했다. 玄宗太子. 至德二. 元載丙申, 卽天寶十五載. 乾元二. 元年復以載爲年. 上元二. 寶應二.

이상 개원에서 보응까지가 성당이다. 右自開元至寶應爲盛唐.

(9) 대종代宗: 숙종의 태자다. 광덕廣德 2년간 재위했다. 원년은 계묘년癸卯年이다. 영태永泰 1년간, 대력大歷 14년간 재위했다. 肅宗太子. 廣德二. 元年癸卯. 永泰一. 大歷十四.

① 유장경劉長卿

② 전기錢起

③ 낭사원郎士元

④ 황보염皇甫冉

⑤ 황보증皇甫曾

⑥ 이가우李嘉祐

⑦ 사공서司空曙

⑧ 노륜盧綸

⑨ 한굉韓翃

⑩ 이단李端

⑪ 경위耿湋

⑫ 최동崔峒

(10) 덕종德宗: 대종의 맏아들이다. 건중建中 4년간 재위했다. 원년은 경신년庚申年이다. 홍원興元 1년간, 정원貞元 21년간 재위했다. 代宗長子. 建中四. 元年庚申. 興元一. 貞元二十一.

① 이익李益

② 권덕여權德輿

③ 위응물韋應物: 위응물은 위로는 개원, 천보 연간으로 이어지고 아래로는 원화 연간까지 영향을 미쳐서, 시를 편찬하는 사람들이 대부분 대력 연간에 넣지만, 《시원변체》에서는 위응물과 유종원을 함께 논했고 시 또한 서로 연관이 되므로, 여기에 넣는다. 應物上當開寶, 下及元和, 編詩者多係之大歷, 辯體以韋柳同論, 詩亦相聯, 故係於此.

(11) 순종順宗: 덕종의 태자다. 영정永貞 1년간 재위했다. 원년은 을유년乙酉年, 즉 정원 21년이다. 德宗太子. 永貞一. 乙酉, 卽貞元二十一年.

(12) 헌종憲宗: 순종의 태자다. 원화元和 15년간 재위했다. 원년은 병술년丙戌年이다. 順宗太子. 元和十五. 元年丙戌.

① 유종원柳宗元
② 한유韓愈
③ 맹교孟郊
④ 가도賈島
⑤ 요합姚合
⑥ 주하周賀
⑦ 이하李賀
⑧ 노동盧仝
⑨ 유차劉叉
⑩ 마이馬異
⑪ 장적張籍
⑫ 왕건王建
⑬ 백거이白居易
⑭ 원진元稹
⑮ 유우석劉禹錫
⑯ 장우張祜
⑰ 시견오施肩吾

이 중 한유에서 원진까지의 13명은 원화체元和體를 이루었다. 中自韓愈至元稹十三子爲元和體.

(13) 목종穆宗: 헌종의 태자다. 장경長慶 4년간 재위했다. 원년은 신축년辛丑年이다. 憲宗太子. 長慶四. 元年辛丑.

(14) 경종敬宗: 목종의 태자다. 보력寶歷 2년간 재위했다. 원년은 을사년乙巳年이다. 穆宗太子. 寶歷二. 元年乙巳.

이상 대력에서 보력까지가 중당이다. 右自大歷至寶歷爲中唐.

(15) 문종文宗: 목종의 둘째 아들이다. 태화太和 9년간 재위했다. 원년은 정미년丁未年이다. 개성開成 5년간 재위했다. 穆宗第二子. 太和九. 元年丁未. 開成五.

① 허혼許渾
② 두목杜牧
③ 이상은李商隱
④ 온정균溫庭筠
⑤ 조당曹唐

(16) 무종武宗: 목종의 5번째 아들이다. 회창會昌 6년간 재위했다. 원년은 신유년辛酉年이다. 穆宗第五子. 會昌六. 元年辛酉.

(17) 선종宣宗: 헌종의 13번째 아들이다. 대중大中 13년간 재위했다. 원년은 정묘년丁卯年이다. 憲宗第十三子. 大中十三. 元年丁卯.

① 마대馬戴
② 우무릉于武陵
③ 유창劉滄
④ 조하趙嘏
⑤ 이영李郢
⑥ 설봉薛逢

(18) 의종懿宗: 선종의 태자다. 함통咸通 14년간 재위했다. 원년은 경진년庚辰年이다. 宣宗太子. 咸通十四. 元年庚辰.

(19) 희종僖宗: 의종懿宗의 태자다. 건부乾符 6년간 재위했다. 원년은 갑오년甲午年이다. 광명廣明 1년간, 중화中和 4년간, 광계光啓 3년간, 문덕文德 1년간 재위했다. 懿宗太子. 乾符六. 元年甲午. 廣明一. 中和四. 光啓三. 文德一.

(20) 소종昭宗: 의종懿宗의 7번째 아들이다. 용기龍紀 1년간 재위했다. 원년은 기유년己酉年이다. 대순大順 2년간, 경복景福 2년간, 건녕乾寧 4년간, 광화光化 3년간, 천복天復 3년간, 천우天祐 1년간 재위했다. 懿宗第七子. 龍紀一. 己酉. 大順二. 景福二. 乾寧四. 光化三. 天復三. 天祐一.

① 오융吳融
② 위장韋莊
③ 정곡鄭谷
④ 한악韓握
⑤ 이산보李山甫
⑥ 나은羅隱

(21) 애제哀帝: 소종의 9번째 아들이다. 원년은 을축년乙丑年이다. 3년간 재위했으며 여전히 연호를 천우라고 칭했다. 昭宗第九子. 元年乙丑. 在位三年, 仍稱天祐.

이상 개성에서 천우까지가 만당이다. 右自開成至天祐爲晚唐.

## 11. 후량後梁

(1) 태조太祖: 변汴, 즉 지금의 하남에 도읍했다. 개평開平 4년간 재위했다. 원년은 정묘년丁卯年이다. 건화乾化 2년간 재위했다. 都汴, 卽今河南. 開平四. 元年丁卯. 乾化二.
(2) 말제末帝: 태조의 셋째 아들이다. 원년은 계유년癸酉年이다. 즉위는 건화 2년에 했으며 여전히 연호를 건화라고 칭했다. 정명貞明 6년간, 용덕龍德 3년간 재위했다. 太祖第三子. 元年癸酉. 卽位二年, 仍稱乾化. 貞明六. 龍德三.

## 12. 후당後唐

(1) 장종莊宗: 변에 도읍했다. 동광同光 4년간 재위했다. 원년은 계미년癸未年, 즉 후량 용덕 3년이다. 都汴, 同光四. 元年癸未, 卽梁龍德三年.
(2) 명종明宗: 장종의 부친인 극용克用의 양자다. 천성天成 4년간 재위했다. 원년은 병술년丙戌年, 즉 동광 4년이다. 장흥長興 4년간 재위했다. 莊宗父克用養子. 天成四. 元年丙戌, 卽同光四年. 長興四.
(3) 민제閔帝: 송왕宋王이다. 응순應順 1년간 재위했다. 원년은 갑오년甲午年이다. 宋王. 應順一. 甲午.
(4) 폐제廢帝: 명종의 양자다. 청태淸泰 3년간 재위했다. 원년은 곧 응순 원

년이다. 明宗養子. 淸泰三. 元年卽應順元年.

## 13. 후진後晉

(1) 고조高祖: 변에 도읍했다. 천복天福 7년간 재위했다. 원년은 병신년丙申年, 즉 후당 청태 3년이다. 都汴. 天福七. 元年丙申, 卽唐淸泰三年.

(2) 제왕帝王: 고조 형의 아들이다. 즉위한 첫해는 계묘년癸卯年으로 여전히 천복 8년이라 칭했다. 개운開運 3년간 재위했다. 高祖兄子. 卽位一年, 癸卯, 仍稱天福八年. 開運三.

## 14. 후한後漢

(1) 고조高祖: 변에 도읍했다. 즉위한 첫해는 정미년丁未年으로 여전히 후진의 천복 12년이라고 칭했다. 6월에 국명을 한漢으로 고쳐 부르고, 이듬해에는 연호를 건우乾祐라고 고쳤다. 都汴, 卽位一年, 丁未, 仍稱晉天福十二年, 六月改號漢, 明年改元乾祐.

(2) 은제隱帝: 고조의 태자다. 2년간 재위했고 원년은 무신년戊申年이며, 여전히 건우라고 칭했다. 高祖太子. 在位二年, 元年戊申, 仍稱乾祐.

## 15. 후주後周

(1) 태조太祖: 변에 도읍했다. 광순廣順 3년간 재위했다. 원년은 신해년辛亥年이다. 현덕顯德 1년간 재위했다. 都汴. 廣順三. 元年辛亥. 顯德一.

(2) 세종世宗: 태조 황후의 오빠 아들이자 태조의 양자다. 5년간 재위했고 원년은 을묘년乙卯年이며, 여전히 현덕이라고 칭했다. 太祖后兄之子, 太祖養子. 在位五年, 元年乙卯, 仍稱顯德.

(3) 공제恭帝: 세종의 태자다. 1년간 재위했고 원년은 경신년庚申年이며, 여전히 현덕 7년이라고 칭했다. 世宗太子. 在位一年, 庚申, 仍稱顯德七年.

① 장밀張泌: 남당南唐

② 이건훈李建勳: 남당

③ 오교伍喬: 남당

④ 화예부인花蕊夫人: 맹촉孟蜀

이상 네 사람은 남당에 벼슬하거나 맹촉에 시집갔는데, 지금 모두 오대의 말미에 넣는다. 右四人或仕南唐, 惑嬪孟蜀, 今總係於五代之末.

# 총 론總論

제34권 ~ 제36권

詩源辯體 四

An Annotated Translation of "Shiyuanbianti"

詩源辯體

## 1

맹자가 말했다.

“천하에서 사람의 본성을 말하는 것은 이미 나타난 행동 때문일 따름이다. 지혜로운 것을 싫어하는 까닭은 천착하기 때문이다.”

나는 《시원변체》를 지었는데, 그 원류源流 · 정변正變 · 소장消長 · 성쇠盛衰는 고금의 자연스러운 이치지만, 처음에는 감히 사사로운 지식으로써 남과 다른 견해를 세우지 못했다. 자장子張이 “앞으로 십대十代의 예의 제도를 알 수 있는지요?”라고 묻자, 공자는 “만약 주나라를 계승한 사람이 있다면 비록 백대百代라도 알 수 있을 것이다”고 대답했다. 대개 또한 자연스러운 이치를 식별했을 따름이다.

해제 《시원변체》는 역대 시가의 자연스러운 변화 과정을 밝힌 것임을 강조했다. 시의 정체를 잘 이해하면 그 변화 과정을 자연스럽게 알 수 있으므로 허학이는 정변의 체재를 분석하는 데 주안점을 두었다.

원문 孟子曰: “天下之言性也, 則故而已矣. 所惡於智者, 爲其鑿也.”[1] 予作辯體一書, 其源流 · 正變 · 消長 · 盛衰, 乃古今理勢之自然, 初未敢以私智[2]立異說[3]

也. 子張問: "十世可知乎?" 孔子曰: "其或繼周者, 雖百世可知也."[4] 蓋亦識理勢之自然耳.

1 天下之言性也(천하지언성야), 則故而已矣(즉고이이의). 所惡於智者(소오어지자), 爲其鑿也(위기착야): 천하에서 사람의 본성을 말하는 것은 이미 나타난 행동 때문일 따름이다. 지혜로운 것을 싫어하는 까닭은 천착하기 때문이다. 《맹자, 이루장구하離婁章句下》에 나오는 말이다.

2 私智(사지): 공정하지 못하여 사사로운 지혜.

3 異說(이설): 다른 설.

4 이 구는 《논어, 위정爲政》에 나오는 말이다.

## 2

나는 《시원변체》를 지었는데, 바로 한쪽으로 치우치지 않고 공정함으로 가는 통로다. 그러나 진실로 학문의 심오한 경지에 이른 선비가 아니라면 반드시 배우지 않은 사람이라야 더불어 얘기할 수 있고, 진실로 탁월한 지혜를 갖춘 사람이 아니라면 반드시 둔하고 어리석은 사람이라야 함께 들어갈 수 있다. 왜곡되고 천한 지식을 가진 선비는 편견을 고집하여 자기 자신만 믿으므로, 자신을 버리고 다른 사람을 따르고자 하지 않을 따름이다. 임존의林存義는 그림 그리는 일에 뛰어난데, 사람들이 "그림은 배울 수 있습니까?"라고 묻자 "배우지 않은 사람은 쉽게 배우나, 배운 적이 있는 사람은 쉽게 배우지 못한다"고 대답했다. 나는 그 말에서 깊이 깨달았다.

《시원변체》의 객관성을 강조한 부분이다. 자신의 주장만 고집하면 이 책을 제대로 이해할 수 없을 뿐 아니라 시를 제대로 이해하지 못하게 된다. 아주 높은 깨달음의 경지에 이르든지 아니면 차라리 아무것도 모르는 사람처럼 편견이 없어야 이 책의 본지를 이해할 수 있음을 주지시키고 있다.

원문

予作辯體一書, 乃大中至正[1]之門戶[2]. 然苟非深造之士[3], 必未學者而後可與言; 苟非上智[4]之資, 必質魯[5]者而後可與入; 曲學淺智[6]之士, 恐偏執自信[7], 未肯[8]捨己從人[9]耳. 林宜父[10]工繪事[11], 人問: "畫可學否?" 曰: "未學者乃易學, 嘗學者不易學也." 予深有味[12]乎其言.

1 大中至正(대중지정): 한쪽으로 치우치지 않고 매우 공정함.

2 門戶(문호): 집으로 드나드는 문. 즉 외부와 교류하기 위한 통로나 수단을 비유적으로 이르는 말이다.

3 深造之士(심조지사): 학문의 심오한 경지에 이른 선비.

4 上智(상지): 가장 뛰어난 지혜. 선천적으로 탁월한 지혜.

5 質魯(질노): 둔하고 어리석다.

6 曲學淺智(곡학천지): 정도正道에서 벗어난 보잘 것 없는 지혜.

7 偏執自信(편집자신): 편견을 고집하여 다른 사람의 말을 받아들이지 않고 자기의 능력이나 가치를 확신함.

8 未肯(미긍): 기꺼이 … 하려고 하지 않다.

9 捨己從人(사기종인): 자신의 의견을 버리고 다른 사람의 생각을 따르다.

10 林宜父(임의부): 임존의林存義. 명나라 시기의 화가다. 자가 의부고 생졸년은 상세하지 않다. 허학이가 창주시사滄洲詩社를 세워 문인들과 모일 때 그림을 그렸다고 한다.

11 繪事(회사): 그림 그리는 일.

12 味(미): 음미하다.

## 3

학자는 견문이 넓으면 식견이 심오하게 되니 진실로 《시경》 이래로 일일이 헤아려 연구할 수 있으며, 또한 전대 사람들의 의론을 취하여 하나씩 실마리를 찾아내면 정변正變이 저절로 분명해지고 고하가 저절로 드러나게 된다. 오늘날 학자들은 내가 자주 옛사람들을 폄하하는 것을 듣고서 번번이 헐뜯고 꾸짖는데, 오직 그 본성이 어리석으며 또한 그 견문이 넓지 못한 까닭이다. 서예를 배우는 것에 비유하자면, 식견이 넓지 못해 우연히 서첩 하나를 보고서 마음에 들어 죽을 때까지 유독 좋아하며 더 이상 위로 연원을 찾지 않는 것이니, 바로 우물 안의 개구리이자 얼음을 모르는 여름 벌레일 따름이다. 시험 삼아 고대의 전서篆書와 진나라의 예서隸書 이래로 일일이 마음을 다해 연구하면, 옛사람들의 서체에는 천만 가지 종류가 있고 수준이 다름을 알게 되므로, 사물의 일부분으로는 그 전체를 개괄하기에 충분하지 못하다.

해제

편협된 식견으로는 전체를 아우르지 못하니, 시를 이해하기 위해서는 전체를 꿸 수 있는 안목이 필요함을 강조하고 있다. 그러기 위해서는 다방면의 지식을 두루 살피는 견문이 중요함을 서예를 배우는 것을 통해 설명했다.

원문

學者聞見廣博, 則識見精深[1], 苟能於三百篇而下一一參究[2], 並取前人議論一一紬繹[3], 則正變自分 · 高下自見矣. 今之學者, 聞予數[4]貶古人, 輒相詆訾[5], 雖其質性[6]之庸, 亦是其聞見不廣故也. 譬之學書者, 識見不廣, 偶見一帖可意[7], 遂終身篤好, 不復向上尋覓[8], 便是井蛙夏蟲[9]耳. 試於古篆[10] · 秦隸[11]而下一一究心[12], 則知古人千品萬彙[13] · 高下不齊[14], 一肢半體[15], 未足以槩[16]其全也.

1 精深(정심): 정밀하고 심오하다.
2 參究(참구): 헤아려 연구하다.
3 紬繹(주역): 실마리를 뽑아내어 찾다.
4 數(삭): 자주.
5 詆訾(저자): 헐뜯고 꾸짖다.
6 質性(질성): '本性(본성)'과 같은 말.
7 可意(가의): 마음에 들다.
8 尋覓(심멱): 찾고 구하다.
9 井蛙夏蟲(정와하충): 바다를 모르는 우물 안 개구리와 얼음을 모르는 여름 벌레. 《장자, 추수秋水》에 나오는 말이다. 식견의 한계로 인해 자신의 식견을 벗

어난 세계를 모르는 사람을 비유해서 말한다.

10 古篆(고전): 고대 서체의 일종. 대전大篆과 소전小篆의 두 가지가 있다. 대전은 주나라의 태사太史 주籀의 창작이므로 주문籀文이라고도 하며, 소전은 진나라 이사李斯가 창작한 것이다.

11 秦隸(진예): 고대 서체의 일종. 예서는 일반적으로 진예秦隸와 한예漢隸로 나뉜다. 진나라 관리들이 늘어나는 행정업무에 발맞추어 서사의 편의를 위해 소전 대신 사용한 자체가 진예고, 한나라에서 본격적으로 사용되고 지금 우리가 사용하고 있는 해서楷書의 직접적인 모체가 되는 자체가 한예다. 진예의 필세는 소전과 한예의 과도기적인 형태를 지니고 있는데, 그 당시의 옥리獄吏인 정막程邈이 정리한 것이라고 한다.

12 究心(구심): 마음을 다해 연구하다.

13 千品萬彙(천품만휘): 천만 가지의 많은 종류.

14 高下不齊(고하부제): 수준이 다르다.

15 一肢半體(일지반체): 사물의 작은 부분을 비유한다.

16 槩(개): '槪(개)'와 같은 글자. 개괄하다.

## 4

나는 《시원변체》를 지었는데, 스스로 시도詩道에 기여한 공로가 여섯 가지 있다고 말했다.

《시경》에서 만당까지 논하며 먼저 그 원류를 서술하고, 그 정변을 정리한 것이 첫 번째 공로다.

〈주남〉·〈소남〉에서 〈패풍〉·〈용풍〉 여러 나라의 시까지 논하며 모두 성정의 바름에서 나왔다고 말한 것이 두 번째 공로다.

한위 오언시를 논하며 그 체제를 우선으로 한 것이 세 번째 공로다.

초·성당의 고시를 논하며 그 순일한 것과 잡박한 것을 구별한 것이 네 번째 공로다.

한위 오언시를 논하며 조예의 깊고 얕은 단계가 없는 것이 다섯 번째의 공로다.

초 · 성당의 율시를 논하며 정종正宗과 입성入聖을 구분한 것이 여섯 번째의 공로다.

나를 알아주는 것도 이것 때문이지만, 나를 비난하는 것도 이것 때문이다.

해제 《시원변체》의 공로를 여섯 가지로 개괄하여 밝혔다.

원문 予作辯體, 自謂有功於詩道者六: 論三百篇以至晚唐, 而先述其源流, 序其正變, 一也; 論周南 · 召南以至邶鄘諸國, 而謂其皆出乎性情之正, 二也; 論漢魏五言, 而先其體製, 三也; 論初 · 盛唐古詩, 而辨其純雜, 四也; 論漢魏五言, 而無造詣深淺之階, 五也; 論初 · 盛唐律詩, 而有正宗 · 入聖之分, 六也. 知我者在此, 而罪我者亦在此也[1].

주석 1 知我者在此(지아자재차), 而罪我者亦在此也(이죄아자역재차야): 나를 알아주는 것도 이것 때문이지만, 나를 비난하는 것도 이것 때문이다. 《맹자, 등문공하滕文公下》에 "공자가 '나를 알아주는 것도 오직 《춘추》 때문이고, 나를 비난하는 것도 오직 《춘추》 때문이다'고 말했다孔子曰知我者, 其惟春秋乎, 罪我者, 其惟春秋乎."고 한 말이 보인다.

## 5

《시경》을 읽지 않으면 한위의 시를 읽을 수 없고, 한위의 시를 읽지 않으면 당시를 읽을 수 없다. 일찍이 한위의 오언시를 논한 것을 살펴보니 대부분 그 체제를 먼저 논하지 않았는데, 《시경》을 읽지 않은 까닭이다. 또 당나라의 오언고시를 선록한 것을 살펴보니 대부분 그 순일한 것과 잡박한 것을 구분하지 않았는데, 한위의 시를 읽지 않은 까닭이다. 그러므로 여러 학자들의 논시論詩와 선시選詩는, 오 · 칠언 율시에 대해서는 열중에 다섯을 이해했고, 칠언고시에 대해서는 열중에 셋을 이해했으며, 오언고시에 대해서는 열중에 하나도 이해하지 못한 것이다.

해제 시가의 원류와 정변을 명확히 이해하기 위해서는《시경》부터 차례로 살펴야 함을 강조했다. 또 시를 논하고 시를 선집하기 위해서는 그 체재부터 살피지 않으면 안 됨을 강조했다.

원문 不讀三百篇, 不可以讀漢魏; 不讀漢魏, 不可以讀唐詩. 嘗觀論漢魏五言者, 多不先其體製, 由[1]不讀三百篇也. 又觀選唐人五言古, 多不辨其純雜, 由不讀漢魏也. 故諸家論詩・選詩, 於五・七言律十得其五, 於七言古十得其三, 於五言古十不得一也.

주석 1 由(유): … 한 까닭이다. … 에 기인되다.

## 6

한위의 시를 배우면서《시경》을 읽지 않으면 뿌리 없는 나무와 같고, 당시를 배우면서 한위의 시를 읽지 않으면 줄기가 없는 가지와 같다. 그런데 후생들은 처음 배우면서 오직 요즘의 시만 읽고 당시의 진면목을 알지 못하니, 이것은 가지가 없는 꽃잎과 같으므로 아침에 피었다가 저녁에 시들게 될 것이다.

해제《시경》부터 근원을 찾지 않고 유행하는 시만 배우는 세태를 비난하고 있다. 가지에 줄기가 없으면 꽃을 피울 수 없고 나무에 뿌리가 없으면 열매를 맺지 못하므로, 그 근원에 충실해야 함을 강조했다.

원문 學漢魏而不讀三百篇, 猶木之無根; 學唐人而不讀漢魏, 猶枝之無幹; 乃至

後生初學, 專讀近代之詩, 幷不識唐詩面目, 此猶花葉[1]之無枝, 將朝榮而夕萎[2]矣.

1 花葉(화엽): 꽃잎.
2 朝榮而夕萎(조영이석위): 아침에 피었다가 저녁에 시들다.

## 7

나는 일찍이 다음과 같이 말했다.

학자는 반드시 먼저《시경》·《초사》· 한위 오언시 및 고악부를 읽고, 그 다음으로 이백과 두보의 오·칠언 고시와 가행에서부터 초·성당의 율시에 이르러야 한다. 이것은 오늘날 경서經書를 익히는 사람들이 잠시 그 뜻을 구하고자 하지 않고 낭독을 오래 하는 것과 같으니, 나의 주장을 상세하게 살핀다면 저절로 깨닫게 될 것이다. 그렇지 않으면 율시를 이미 오래 배워서 성운에 숙달되고 대구에 익숙해졌지만 고시에 대해서는 결코 이해할 수 없게 될 것이다. 엄우가 "공부는 반드시 위에서부터 아래로 내려가야 한다"고 말한 것은 일리가 있다.

해제

율시만 배우면 고시를 이해할 수 없으며, 고시를 알아야 율시를 더욱 잘 이해할 수 있음을 지적하면서 시를 배우는 순서와 단계가 있음을 강조하고 있다.

원문

予嘗謂: 學詩者必先讀三百篇·楚騷·漢魏五言及古樂府, 次及李杜五七言古·歌行以至初盛唐之律, 如今人誦習[1]經書者, 姑不必求其旨趣, 誦讀之久, 詳予論說, 自能有得. 否則, 學律旣久, 習於聲韻, 熟於徘偶, 而於古終不能入矣. 滄浪謂"工夫須從上做下"[2], 得之.

1 誦習(송습): 암송하여 배우다. 학습하다.

2 工夫須從上做下(공부수종상주하): 《창랑시화, 시변詩辨》에 나오는 말이다. "공부는 반드시 위에서 아래로 나아가야지 아래서 위로 가서는 안 된다.工夫須從上做下, 不可從下做上."

## 8

고시를 읽는 것은 진한 술을 마시는 것과 같아서 잘 마시는 사람은 그 진함과 묽음이 저절로 구별된다. 잘 마시지 못하는 사람은 가끔씩 억지로 마시지만, 오랫동안 마시다보면 그 묽은 술을 역시 저절로 구별할 수 있게 될 것이다.

시를 배우는 사람들이 진실로 먼저 《시경》·《초사》·한위 오언시 및 고악부를 읽고, 그 다음으로 이백과 두보의 오·칠언 고시와 가행에서 초·성당의 율시에 이르게 되어 오랫동안 무르익으면, 육조와 만당에 대해서도 저절로 구별할 수 있게 될 것이다.

해제

술을 마시는 것으로써 시를 배우는 것을 비유했다. 고시는 진한 술, 육조와 만당의 시는 묽은 술에 비유하고, 술을 잘 못 마시는 사람이라도 조금씩 오래 마시다 보면 언젠가는 술맛을 구별할 수 있는 것과 같이, 고시를 오랫동안 익히고 율시를 학습하다보면 시의 본질을 구별할 수 있음을 말했다.

원문

讀古詩, 如飮醇酒[1], 能飮者其醇醨[2]自別; 不能飮者, 但時時强飮, 久之, 其醨者亦自能別矣. 學詩者苟先讀三百篇·楚騷·漢魏五言及古樂府, 次及李杜五七言古·歌行以至初盛唐之律, 久之, 則於六朝·晩唐, 亦自能別矣.

주석

1 醇酒(순주): 진한 술.

2 醇醨(순리): 진하고 묽음.

## 9

조이광이 말했다.

"시를 배우는 것은 반드시 풍과 아, 《초사》에서부터 나아가야 하니, 이것은 근본을 바로잡는 법이다. 여본중呂本中이 '반드시 이와 같아야 초학자로 하여금 비로소 옛 시인들을 이해하게 할 수 있는데, 그 때를 얻기란 참으로 어렵다'고 말했다. 이것은 오직 재목을 쌓아둔 백 이랑의 땅일 따름이다."

또 다음과 같이 말했다.

"학식이 눈을 뜬 단계에 이른 후에야 비루하고 열등한 문장을 읽어도 되며, 도처에 배울 만한 것이 있으므로 불가능한 것이 없어진다. 만약 학식의 눈이 뜨지 않았는데 이러한 시문을 읽게 된다면 그곳에 빠지지 않는 자가 드물 것이다."

그러므로 나는 여기서 육조·만당 및 원화의 시를 엮었지만, 먼저 《시경》·한위·초당과 성당 시를 읽지 않고서 황급하게 읽어서는 안 될 것이다.

해제

조이광의 견해를 통해 시를 배우는 단계에 관해 거듭 강조했다. 즉 시를 배우는 데에는 반드시 순서가 있으므로, 성급하게 육조시나 원화와 만당의 시부터 배우지 말아야 한다.

원문

趙凡夫云: "學詩必從風·雅·騷賦[1], 此端本[2]之法也. 呂氏[3]謂: '必如此, 使初學方得見古人, 彼時正難得見也.' 此只積材之頃[4]耳." 又云: "學識至開眼後, 然後可以讀卑下[5]之文, 三人我師[6], 無不可者. 若未開眼而讀此等詩文, 鮮不爲其中者矣." 故予此編六朝晩唐以及元和之詩, 非先讀三百篇·漢魏·初盛唐詩, 未可遽讀也.

주석

1 騷賦(소부): 《초사》를 가리킨다.

2 端本(단본): 근본을 바로 잡다.
3 呂氏(여씨): 여본중呂本中. 제3권 제12칙의 주석7 참조.
4 頃(경): 백 이랑. 밭 백묘百畝의 면적을 가리킨다.
5 卑下(비하): 비루하고 열등하다.
6 三人我師(삼인아사): 《논어, 술이述而》에 "세 사람이 함께 길을 가다 보면, 반드시 나의 스승이 있다. 그 장점들을 골라 뽑아서 배우고 그 단점은 가려내어 고칠 것이다.三人行, 必有我師焉. 擇其善者而從之, 其不善者而改之."라는 말이 있다. 즉 어디라도 자신이 본받을 만한 것은 있다는 말이다.

## 10

이몽양이 그의 시에 다음과 같이 자서自序를 적었다.

"대개 당나라의 율시에서 나아가 이백과 두보의 가행이 되고, 다시 나아가 육조의 시가 되었으며, 다시 나아가 한위의 시가 되고, 다시 나아가 부소賦騷·금조琴操·고가古歌·사언四言이 되었다."

내가 생각건대 이백과 두보의 시를 배우고자 고적과 잠삼 등의 여러 시인을 통해 나아간다면 이것은 심오한 경지에 이르는 순서다. 한위의 시를 배우고자 육조를 통해 나아간다면 오류가 심할 것이다. 한·위·육조는 천연적인 것에서 인위적인 수식으로 변했고, 조탁에서 화려함으로 변했으니 학자들이 반드시 먼저 한위시에서 깨달음을 얻었다면 때때로 격조를 하강시켜 육조시를 짓는 것은 쉽게 성공할 것이나, 만약 먼저 육조시에 숙달되고서 한위시로 올라가고자 한다면 어찌 쉬울 수 있겠는가? 호응린이 "체재가 이미 완정해진 이후에야 완적·좌사를 따라 그 정취를 다할 수 있고, 육기와 사령운과 대항하여 그 화려함을 취할 수 있다"고 한 것은 바로 이를 두고 한 말이다. 게다가 오직 시대의 선후로써 육조시에다 이백과 두보를 덧붙이고자 하는 것은 은殷나라의 말세에다 주周나라의 성세를 붙인 것과 같다. 이몽양이 시에 대해 나아감이 이와 같으므로, 그 가행이 비록 뛰어날지라도 한위를 본뜬 여러 시가 이반룡보다 심히 뒤떨어질 따름이다.

해제 전칠자 이몽양이 말한 시 배우는 단계가 잘못되었음을 지적하고 있다. 당시는 조예를 통해 입성의 경지에 올라가므로 초당에서 성당으로, 고적과 잠삼에서 이백과 두보로 나아갈 수 있는 것은 당연하지만, 한위시는 인위적인 노력을 통해 이루어지는 것이 아니므로 육조의 조탁에서 한위의 천연스러움으로 나아갈 수 없다.

원문 李獻吉自序其詩, 大抵由唐人律詩進而爲李杜歌行, 又進而爲六朝, 又進而爲漢魏, 又進而爲賦騷・琴操[1]・古歌[2]・四言. 予謂: 學李杜由高岑諸公而進, 此升堂入室之次第; 學漢魏由六朝而進, 則謬甚矣. 漢・魏・六朝, 由天成以變至作用, 由雕刻以變至綺靡, 學者必先有得於漢魏, 時或降格而爲六朝, 乃易爲力[3]; 苟先習於六朝, 而欲上爲漢魏, 豈易能乎? 元瑞謂"骨格[4]旣定, 然後沿洄[5]阮左以窮其趣, 頡頏[6]陸謝以采其華"是也. 且徒以世代之先後, 而欲以六朝加於李杜, 是猶以殷[7]之末世加於周[8]之盛時也. 獻吉之進於詩也如此, 故其歌行雖勝, 而爲漢魏諸詩, 遠遜于鱗耳.

주석
1 琴操(금조): 시의 한 체재. 거문고에 맞추어 부르는 노래다. 엄우의 《창랑시화, 시체詩體》에 "구호가 있고, 가행이 있고, 악부가 있고, 초사가 있고, 금조가 있다 有口號, 有歌行, 有樂府, 有楚詞, 有琴操."라는 말이 나온다.
2 古歌(고가): 악부시를 가리킨다.
3 爲力(위력): 효과를 내다. 성공하다.
4 骨格(골격): 뼈대. 시의 체재를 가리킨다.
5 沿洄(연회): 따르다.
6 頡頏(힐항): 대항하여 굴하지 않는 모양을 가리킨다.
7 殷(은): 기원전 1600년경부터 기원전 11세기까지의 중국 고대의 왕조로, 상商이라고도 한다.
8 周(주): 기원전 11세기경부터 기원전 256년까지의 중국 고대의 왕조로, 하夏나라와 상나라 다음으로 등장했다. 하・상・주 세 나라를 통틀어 3대三代라고 부르기도 한다.

## 11

시문은 오직 국운國運과 그 성쇠盛衰를 함께하므로, 반드시 나라가 처음 홍기할 때 성행하고 왕조의 말기에 쇠퇴한다. 그러므로 고시는 반드시 한 · 위 · 육조를 합쳐 성쇠를 이루고, 당나라 율시는 초 · 성 · 중 · 만당으로 성쇠를 이룬다.

호응린이 말했다.

"오언시는 한나라 때 성행하고 위나라 때 번창하여 진 · 송 때 쇠퇴해졌으며 제 · 양 때 쇠망했다."

그러므로 고시에 대해 말하자면, 진 · 송 이하로 고체가 이미 쇠망하여 조탁이 날로 번성했을 뿐 아니라 화려함이 점차 출현했으므로 본디 이백 · 두보와 우열을 다툴 수 없다. 또 율시에 대해 말하자면, 당나라와 육조를 함께 논해서는 안 된다. 이몽양이 그의 시에 대한 자서에서 이백 · 두보로부터 육조로 나아간다고 했으니 성쇠와 정변에 대해 진실로 어찌 분별한 것이겠는가? 후일 육조와 초당을 숭상한 것은 모두 이몽양에게서 시작되었다.

해제 고시와 율시의 체재를 엄격히 분별하고 그 성쇠를 분명하게 이해해야 함을 강조하고 있다. 시의 성쇠는 국운과 함께 변화하므로 그 분기점을 명확히 파악할 때 시의 체재도 바르게 분별할 수 있다.

원문 詩文雖與國運同其盛衰, 然必盛於始興[1] · 衰於末造[2], 故古詩必合漢魏六朝以爲盛衰, 唐律則以初 · 盛 · 中 · 晚爲盛衰也. 胡元瑞云: "五言盛於漢, 暢於魏, 衰於晉 · 宋, 亡於齊 · 梁." 故以古而論, 則晉 · 宋而下, 古體旣亡, 雕刻日繁, 而綺靡漸出, 本不得與李杜爭衡; 以律而論, 亦不當以唐與六朝並言也. 李獻吉自序其詩, 由李杜進爲六朝, 則於盛衰 · 正變果何辨也? 後宗六朝 · 初唐, 皆自獻吉始.

1 始興(시흥): 막 흥기하다.
2 末造(말조): 왕조의 말기를 가리킨다.

## 12

혹자가 물었다.

"시를 읽을 때는 진실로 고시를 우선해야 마땅하나, 시를 배울 때는 고시와 율시 중 어느 것을 우선으로 해야 하는가?"

내가 대답한다.

시는 먼저 고시가 있고 나서야 율격에 들어갔기 때문에 원칙은 마땅히 고시를 우선시해야 한다. 그러나 후인들은 어려서부터 성률에 익숙하고 율시에도 따를 만한 법칙이 있어서 마땅히 율시를 우선시한다. 이것은 곧 서예에서 전서篆書가 먼저 있었지만 서예를 배우는 사람들이 반드시 해서楷書를 우선시하는 것과 같고, 과거科擧에서 책론策論이 먼저 있었지만 과거 공부를 하는 사람들은 반드시 시의時義를 우선시하는 것과 같을 뿐이다.

왕세무가 말했다.

"초학자들은 힘겨움을 깨닫지 못하고서 종종 오언고시는 쉽게 배울 수 있고 가볍게 시를 한 편 지을 수 있다고 말하며 스스로 고시를 좋아한다고 기만하고 후세의 율시를 등한시하여 짓지 않는다. 율시가 아직 정교하지 못함을 모르는데 어찌 고시에 정교할 수 있으리오? 다만 고시와 율시 두 가지 모두 잃을 따름이다."

황보방皇甫汸이 말했다.

"근체시는 정교하기 어렵지만 어긋난 것이 드물며, 선체選體는 쉬운 것 같으나 사실은 어렵다."

아주 뛰어난 견해다.

시를 배울 때에는 율시를 먼저 배우게 마련이지만 고시를 잘 이해하면 율시에 더욱 정교할 수 있음을 피력했다.

或問: "讀詩固宜先古, 而學詩則古・律孰先?" 曰: 詩先有古而後入律, 法宜先告; 但後人自幼便習聲律, 而律復有成法可循, 則又宜先律. 亦猶書先有篆, 而學書者必先楷; 擧業[1]先有策論[2], 而學擧業者必先時義[3]耳. 王敬美云: "初學輩不知苦辣, 往往謂五言古易就[4], 率爾[5]成篇[6], 因自詑[7]好古, 薄[8]後世律不爲; 不知律尙不工, 豈能工古? 徒爲兩失而已." 皇甫子循[9]云: "近體難工而鮮叛[10], 選體似易而實難." 尤爲絶論.

1 擧業(거업): 과거 공부. 명청 시기에는 전적으로 팔고문八股文을 가리킨다.
2 策論(책론): 그 당시의 정치 문제에 대해 논하여 대책對策을 제기한 문장. 송대 이후로 각 왕조에서 과거시험 과목의 하나로 삼았다.
3 時義(시의): 그 당시의 의론. 명대 과거시험의 한 과목이었다.
4 易就(이취): 쉽게 이루다.
5 率爾(솔이): 경솔한 모양. 갑작스러운 모양.
6 成篇(성편): 시를 지어 한 편을 완성함.
7 詑(타): 기만하다.
8 薄(박): 등한시하다.
9 皇甫子循(황보자순): 황보방皇甫汸(1497~1582). 명나라 시기의 문인이다. 자가 자순이고, 호는 백천百泉 또는 백천자百泉子이다. 장주長洲 곧 지금의 강소성 소주 사람이다. 가정 8년(1529)에 진사가 되었으며, 운남안찰첨사雲南按察僉事 등을 지냈다. 황보충皇甫沖・황보효皇甫涍・황보렴皇甫濂과 함께 '황보사걸皇甫四傑'이라 불렀다. 서법에 뛰어났으며 시를 좋아했다. 특히 칠언시가 뛰어났는데, 위진과 대력의 시풍과 유사하다고 평가받는다.
10 鮮叛(선반): 벗어나기 드물다.

## 13

혹자가 말했다.

"한 · 위 · 육조 · 초당 · 성당 · 중당 · 만당은 각기 지극한 경지에 이르렀기에 우열을 가리기가 쉽지 않다."

내가 대답한다.

그렇지 않다. 《시경》 이래로 오직 한위고시 · 성당율시 · 이백과 두보의 고시와 가행만이 그 최고에 도달했다. 다음으로는 도연명 · 원결 · 위응물 · 유종원 · 한유 · 백거이 등이 각기 지극한 경지에 이르렀다. 기타 한 · 위에서 제 · 양에 이르기까지, 또 초 · 성당에서 중 · 만당에 이르기까지는 날마다 비천하게 흘러가고 날마다 쇠퇴하게 변했다. 그 기운氣運의 사라짐과 생겨남, 문운文運의 성함과 쇠함은 마땅히 이로써 구별해야 한다. 만약 구별하지 않으면 제 · 양이 한 · 위와 병립될 수 있고, 중 · 만당이 초 · 성당과 병립될 수 있어서 시도가 결국 분명하지 않게 될 것이다.

해제 《시경》에서 당시까지의 성쇠를 통해 시도를 분명하게 구분할 때 각 체재에 따른 최고의 경지를 판별할 수 있음을 주지시키고 있다.

원문 或言:"漢 · 魏 · 六朝 · 初 · 盛 · 中 · 晩唐, 各有所至, 未易優劣." 予曰: 不然. 三百篇而下, 惟漢魏古詩 · 盛唐律詩 · 李杜古詩歌行, 各造[1]其極; 次則淵明 · 元結 · 韋 · 柳 · 韓 · 白諸公, 各有所至; 他如漢 · 魏以至齊 · 梁, 初 · 盛以至中 · 晩, 乃流而日卑, 變而日降. 其氣運消長, 文運盛衰, 正當以此別之. 苟爲無別, 則齊 · 梁可並漢 · 魏, 而中 · 晩可並初 · 盛也, 詩道於是爲不明矣.

1 造(조): 도달하다.

## 14

나는 《시원변체》를 지었는데, 한 · 위 · 육조 · 초당 · 성당 · 중당 · 만당에 대해 상세히 논했을 뿐 아니라, 원화 시기 여러 시인들에서 왕건 · 두목 · 피일휴 · 육구몽에 이르기까지도 모두 반복하여 성의를 다해 분명하게 밝혔으니, 진실로 정변을 구분하여 사람들로 하여금 나아갈 바를 알게 하고자 할 따름이다. 송나라의 여러 시인들은 재주가 없지 않지만 끝내 원화와 서곤의 부류에서 벗어나지 못했는데, 다만 그 순간 마음에 흡족한 것만 취했을 뿐 정변의 체재를 알지 못한 까닭이다.

엄우가 말했다.

"시를 지을 때는 반드시 여러 시인들의 체재를 분명히 밝힌 연후에야 정통이 아닌 유파에 현혹되지 않는다. 오늘날 사람들이 시를 지으면서 문호에 잘못 들어가는 것은 바로 체제를 분명하게 밝히지 못했기 때문이다."[1)]

해제

《시원변체》의 저술 목적이 정변의 체재를 분명하게 구분함으로써 시를 배우고 논하고자 하는 사람들에게 그 나아갈 방향을 제시하는 데 있음을 밝혔다.

원문

予作辯體, 於漢 · 魏 · 六朝 · 初 · 盛 · 中 · 晚唐, 旣詳論之矣, 而於元和諸公以至王 · 杜 · 皮 · 陸, 亦皆反覆懇至, 深切著明, 正欲分別正變, 使人知所趨向[1]耳. 宋朝諸公非無才力, 而終不免於元和 · 西崑之流, 蓋徒取快意[2]一時而不識正變之體故也. 嚴滄浪云: "作詩正須辯盡諸家體製, 然後不爲旁門[3]所惑. 今人作詩, 差入[4]門戶[5]者, 正以體製莫辯也."[以上五句皆滄浪語.]

1 趨向(추향): 나아가다. 숭상하다.

2 快意(쾌의): 마음에 흡족하다.

3 旁門(방문): 정통正統이 아닌 유파流派.

---

1) 이상은 모두 엄우의 말이다.

4 差入(차입): 잘못 들어가다.

5 門戶(문호): 학파, 유파 등의 의미다.

## 15

학자는 식견을 위주로 하고 재주로써 그것을 보완한다. 초·성당의 여러 문인들은 식견이 모두 같으며 재주로써 그것을 보완했기에 정체에 도달하지 않음이 없다. 원화·만당의 여러 시인들은 식견이 각기 다르고 오로지 재주에만 맡겼기에 변체로 들어가지 않은 것이 없다. 일찍이 선군에게서 다음과 같이 한 말씀을 들은 적이 있다.

"가정嘉靖 연간에 시의時義 시험을 시행했는데, 학문에 명망 있는 여러 사람들이 다 그 등수를 사사로이 결정했는데도 열에 하나도 틀리지 않았다. 오늘날은 위아래 사람들이 각기 좋아하는 것을 따른다."

대개 융성한 시대에 같음을 숭상하고 쇠망한 시대에 다름을 숭상하는 것 또한 자연스러운 이치일 따름이다. 오늘날 시를 쓰는 사람들은 재주가 없지 않지만 사람마다 각자의 생각을 추측할 수 없는 지경에까지 이르렀으니, 이것은 더욱 원화와 만당의 아래다.

해제 시를 배우기 위해 먼저 식견을 갖추면 시에 대한 이해가 올바르게 되어 정변을 명확하게 구분할 수 있음을 강조했다. 정체가 성행할 때는 시에 대한 식견이 비슷하여 시도가 저절로 올바르게 발전하지만, 변체가 성행할 때는 식견이 제각기여서 시도가 어지럽게 되므로 무엇보다 시의 정변을 구분할 수 있는 안목이 필요하다.

원문 學者以識爲主, 以才力輔之. 初·盛唐諸公識見皆同, 輔之以才力, 故無不臻於正. 元和·晚唐諸子, 識見各異, 而專任[1]才力, 故無不流於變. 嘗聞之先君[2]云: "嘉靖[3]間, 考試時義, 諸負文望[4]者咸私决其等第[5], 十不失一. 今則上下各從所好矣." 蓋盛世尙同, 而衰世尙異, 亦理勢之自然耳. 今之爲詩

者, 非無才力, 而人各有心, 以至於不可揣識[6], 斯又元和・晩唐之下也.

주석

1 專任(전임): 오로지 어떤 한 일을 맡김.

2 先君(선군): '先考(선고)'와 같은 말. 망부亡父를 가리킨다.

3 嘉靖(가정): 명나라 세종世宗 주후총朱厚熜의 연호다. 1522년~1566년까지 45년간 사용되었다.

4 負文望(부문망): 학문상의 명망名望을 지니다.

5 等第(등제): 등수. 등급.

6 揣識(췌식): 추측하다.

## 16

학자가 식견을 위주로 하면 따를 만한 단계가 있어서 넘어질 염려가 없다. 오늘날의 학자 중 어떤 이는 평정한 것을 우선시하고 허황된 것을 뒤로 하며, 어떤 이는 화려한 것을 우선시하고 용렬한 것을 뒤로 하지만, 대개 식견이 부족하여 허황된 것을 신기하게 여기고 용렬한 것을 본색으로 여길 따름이다. 시승 혜수慧秀의 시는 초년에는 약간 화려함을 보이다가 말년에는 마침내 용렬함에 빠졌으니, 바로 식견이 부족한 까닭이다.

해제

식견을 갖추고 있으면 시를 배우고 논하는 데 무엇을 우선적으로 의거해야 하는지를 분명하게 알 수 있음을 지적했다.

원문

學者以識爲主, 則有階級可循[1], 而無顚躓[2]之患. 今之學者, 或先平正而後詭誕, 或先藻麗而墮庸劣, 蓋識見不足, 以詭誕爲新奇, 以庸劣爲本色耳. 釋慧秀[3]詩, 初年稍見藻麗, 晩歲遂墮庸劣, 正是識見不足故也.

주석

1 階級可循(계급가순): 따를 만한 단계.

2 顚躓(전질): 넘어지다. 실족하다.

3 慧秀(혜수): 명나라 말기에 활동한 비구니. 속성은 여씨余氏인데 남편과 사별한 후 출가했으며, 1574년까지 살았던 것으로 알려져 있다.

## 17

학자는 식견을 위주로 하되, 노력과 재주 중 어느 하나도 등한시해서는 안 된다. 노력은 하는데 재능이 없으면, 서투르고 둔하며 신성神聖한 영역을 엿볼 수 없다. 재능은 있지만 노력을 하지 않으면, 젊을 때는 재주가 커서 종종 그 뛰어남을 발휘하고 그 화려함을 펼치겠지만 말년에는 재능이 다해 추잡함이 완전히 드러나고 지리멸렬함이 계속해서 나타날 것이다. 서화書畫 역시 그러하다.

해제 시를 배우는 데에는 식견과 함께 조예와 재주도 갖추어야 함을 강조했다. 조예는 후천적으로 학습하는 것이며, 재주는 선천적으로 타고난 자질이다. 이백과 두보도 타고난 재능으로 끊임없이 노력했다.

원문 學者以識爲主, 其功夫[1] · 才質[2]不可偏廢[3]. 有功夫而無才質, 則拙刻遲鈍[4], 而不能窺神聖之域; 有才質而無功夫, 則少年才俊, 往往發其英華[5], 騁其麗藻, 晩年才盡, 則醜陋[6]盡彰, 支離百出[7]矣. 書畫亦然.

주석
1 功夫(공부): 노력.
2 才質(재질): 타고난 재주를 가리킨다.
3 偏廢(편폐): 한쪽을 등한시하다.
4 拙刻遲鈍(졸각지둔): 서투르고 둔하다.
5 英華(영화): 뛰어난 시나 문장을 비유적으로 이르는 말.
6 醜陋(추루): 추잡하고 비루하다.
7 百出(백출): 여러 가지로 많이 나옴. 계속해서 나오다.

## 18

학자는 식견을 위주로 하는데, 조예가 날마다 깊어지면 식견도 더욱 넓어질 것이다. 오늘날 간혹 옛 문인에 의해 두려운 사람, 명성에 의해 두려운 사람, 호방함에 의해 두려운 사람, 허황됨에 의해 두려운 사람이 있는 것은 모두 조예가 깊지 않고 식견이 넓지 않기 때문이다.

예를 들면 초·성당의 여러 시인들은 이미 아름다움과 추함이 저절로 다르고 대력 이후에는 용렬한 것이 더욱 많은데, 지금 옛사람들의 시를 열거해 놓고 감히 의론하지 못하니, 이것은 옛 문인에 의해 두려운 것이다. 또 예를 들면 이몽양의 율시 중 선록된 것은 진실로 옛 시인을 필적할 만하지만 그 나머지는 거칠어 대부분 볼만하지 않은데, 지금 단지 이몽양의 시라는 이유로 감히 의론하지 못하니, 이것은 명성에 의해 두려운 것이다. 재주가 호방한 사람은 순간에 천 마디 말을 내뱉지만 제멋대로 규율이 없으며, 본질이 허황된 사람은 괴이함이 힘차게 일어나지만 방법이 이리 저리 얽혔는데도, 초학자들은 그들을 보면 마음이 흔들리게 되고 눈이 현혹되어 고개를 숙여 받아들이고 굴복하니, 이것은 호방함과 허황됨에 의해 두려운 것이다.

진실로 조예가 날로 깊어지고 식견이 날로 넓어지면, 정밀함과 거칢이 저절로 구분되고 훌륭함과 나쁨이 저절로 구별이 될 것이다. 설령 이백과 두보의 전집일지라도 결점을 숨길 수 없는데, 하물며 다른 사람들은 어떻겠는가?

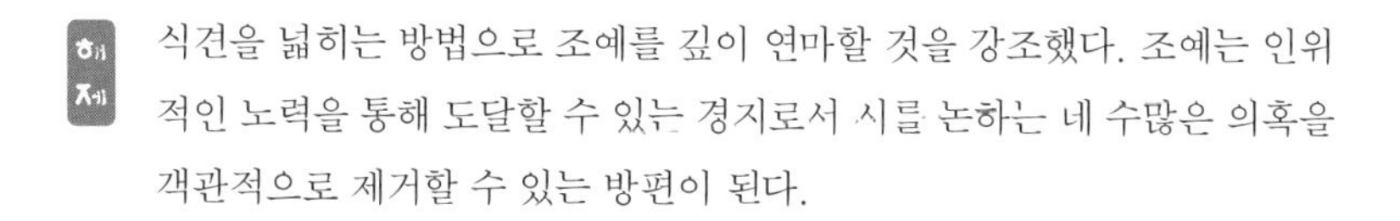

해제 식견을 넓히는 방법으로 조예를 깊이 연마할 것을 강조했다. 조예는 인위적인 노력을 통해 도달할 수 있는 경지로서 시를 논하는 네 수많은 의혹을 객관적으로 제거할 수 있는 방편이 된다.

원문 學者以識爲主, 造詣日深, 則識見益廣矣. 今或有爲古人所恐者, 有爲盛名[1]

所恐者, 有爲豪縱[2]所恐者, 有爲詭誕所恐者, 皆造詣不深, 而識見不廣故也. 如初・盛唐諸公, 已自姸媸[3]不同, 大歷而後, 益多庸劣, 今例以古人之詩而不敢議, 此爲古人所恐也. 如李獻吉律詩, 入選者誠足上配古人, 其餘鹵莽[4]多不足觀, 今但以獻吉之詩而不敢議, 此爲盛名所恐也. 至若才力豪縱者, 頃刻[5]千言, 漫無紀律[6], 資性[7]詭誕者, 怪險蹶起[8], 而蹊徑轉紆[9], 初學觀之, 震心[10]眩目[11], 俛首[12]受屈[13], 此爲豪縱・詭誕所恐也. 苟造詣日深, 識見益廣, 則精粗[14]自分, 好醜[15]自別. 卽李杜全集, 瑕疵[16]莫掩, 況他人乎?

1 盛名(성명): 큰 명성.
2 豪縱(호종): 호방하다.
3 姸媸(연치): 아름다움과 추함.
4 鹵莽(노망): 거칠다. 경솔하다.
5 頃刻(경각): 순간.
6 漫無紀律(만무기율): 제멋대로 규율이 없다.
7 資性(자성): 타고난 성품이나 자질.
8 怪險蹶起(괴험궐기): 괴이함이 힘차게 일어나다.
9 蹊徑轉紆(혜경전우): 방법이 이리 저리 얽히다.
10 震心(진심): 마음이 흔들리다.
11 眩目(현목): 눈이 현혹되다.
12 俛首(부수): 고개를 숙이다.
13 受屈(수굴): 받아들이고 굴복하다.
14 精粗(정조): 정밀함과 거침.
15 好醜(호추): 훌륭함과 나쁨.
16 瑕疵(하자): 결점. 잘못.

## 19

호응린이 말했다.

"하경명의 뗏목 비유가 있고서부터,[2)] 후진들이 총명하고 명성이 높은 것을 경모하여 마음이 가는대로 제멋대로 붓을 놀려서 걸핏하면 학문의 높은 경지를 열고 독자적인 문호를 세우고자 했다. 그것을 힐책하여 번번이 《시경》이 어느 전적에서 비롯되었는지를 크게 말하니, 이것은 특히 풍아에 누가 된다. 국풍·아·송은 내용이 신명神明에 맞고 형식은 조화造化에 부합되므로, 마치 위에는 마룻대가 있고 아래에는 처마가 있는 것과 같이 이치가 자연스럽다. 이 도가 이미 열렸는데 후대의 작자, 즉 이주離朱·묵적墨翟이 손을 쓰는 것을 어찌 용납하겠는가! 그러므로 사언시가 흥하지 않았을 때 《시경》이 그 근원을 열었고, 오언시가 처음 창작되니 〈고시십구수〉가 지극한 조예를 이루었다. 가행시가 비로소 강건해지니 이백과 두보가 으뜸이 되었고, 근체시가 크게 흥하니 개원과 천보 연간에 그 정종이 뛰어났다. 성당 이후에는 악부시·선체·율시·절구가 종류마다 모두 갖추어져 더 이상 학문의 깊은 경지가 열리거나 문호가 세워지지 않았다. 옛날에 오직 독자적으로 창작된 것에다 내가 정교함을 겸하여 집대성하니 어찌 세상의 명성을 더럽히겠는가. 상하 천여 년 동안 어찌 회삽晦澁하고 괴이한 것을 좇는 무리와 기이함을 추구하고 일반적인 것을 싫어하는 무리들이 부족했겠는가? 대체로 원류가 이미 부족하고 방법이 많이 얽혔는데, 오직 세속에서 명성만 부추긴다고 해서 어찌 후세에 전해질 수 있으리오!"

내가 생각건대 여러 문인들의 논시는 하나가 걸리면 만 개가 새듯이 결점이 많은데, 호응린의 이 논의는 한 번에 모든 것을 갖추었으니 참으로 후생들의 귀감이 된다.

**해제** 호응린의 시론을 통해 명대의 시인들이 마음이 가는 대로 시를 창작하여

2) 하중묵(이름, 경명)은 신양信陽 사람이다. 뗏목의 비유에 관해서는 뒷부분(제35권 제36칙)에 보인다.

저마다 문호를 세우는 경향을 비판했다. 전칠자 하경명은 이몽양과 시를 논한 〈여공동선생논시서與空同先生論詩書〉에서 "불가에 뗏목의 비유가 있는데, 뗏목을 버리면 기슭에 도달한 것이고, 기슭에 도달하면 뗏목을 버리는 것을 말한다.佛有筏喩, 言舍筏則達岸矣, 達岸則舍筏矣."고 지적했다. 즉 고인의 시법詩法을 뗏목에 비유하여 이것에서 벗어나고 초월할 수 있어야 새로운 시를 창조할 수 있다고 주장하며 지나치게 옛것을 배우는 태도를 지양하고자 했다. 그 당시 명대의 후진들은 하경명의 이 주장에 무분별하게 경도되어 저마다 독자적인 문호를 세우고자 하며 시의 정변을 잘 구분하지 못하고 있었다.

胡元瑞云: "自信陽有筏喩, [何仲默, 信陽人. 筏喩[1]見後.] 後生秀敏, 喜慕名高, 信心[2]縱筆[3], 動欲自開堂奧, 自立門戶. 詰之, 輒大言三百篇出自何典, 此殊爲風雅累. 國風・雅・頌, 質[4]合神明, 體[5]符造化, 猶夫上棟下宇[6], 理出自然. 此道旣開, 後之作者卽離朱[7]・墨翟[8], 奚容措手[9]! 故四言未興, 則三百啓其源; 五言首創, 則十九詣其極; 歌行甫[10]遒[11], 則李杜爲之冠; 近體大暢, 則開・寶擅其宗. 盛唐而後, 樂・選[12]・律・絶, 種種具備, 無復堂奧可開・門戶可立. 古惟獨造, 我則兼工, 集其大成, 何忝[13]名世. 上下千餘年間, 豈乏索隱[14]弔詭[15]之徒, 趨異[16]厭常[17]之輩? 大要源流旣乏, 蹊徑多紆, 徒能鼓[18]聲譽[19]於時流[20], 焉足爲有無[21]於來世[22]!" 愚按: 諸家論詩, 絓一漏萬[23], 元瑞此論, 一擧而備, 眞後生龜鑒[24]也.

1 筏喩(벌유): 뗏목의 비유. 제35권 제36칙 참조.

2 信心(신심): '隨心(수심)'과 같은 말. 마음이 가는 대로.

3 縱筆(종필): 제멋대로 붓을 놀리다.

4 質(질): 내용.

5 體(체): 형식.

6 上棟下宇(상동하우): 대들보는 위에 꼿꼿이 가로 놓였고, 서까래는 그 양편에서 밑으로 내려뜨렸다는 뜻으로, 집을 짓는 것을 가리킨다. 《주역, 계사繫辭》에 나오는 말이다.

7 離朱(이주): 고대 전설에 나오는 인물. 백보 밖의 가느다란 털도 볼 수 있는 밝

은 눈을 가졌다고 한다.

8 墨翟(묵적): 묵자墨子. 제32권 제13칙의 주석4 참조.

9 措手(조수): 손을 쓰다.

10 甫(보): 비로소.

11 遒(주): 강건하다.

12 選(선): 선체選體를 가리킨다.

13 忝(첨): 더럽히다. 욕되게 하다.

14 索隱(색은): 회삽晦澁한 것을 찾다. 어려워 잘 통하지 않는 것을 찾다.

15 弔詭(조궤): 괴이한 것을 좇다.

16 趨異(추이): 기이한 것을 추구하다.

17 厭常(염상): 일반적인 것을 싫어하다.

18 鼓(고): 부추기다. 선동하다.

19 聲譽(성예): 명성.

20 時流(시류): 세속.

21 有無(유무): '所有(소유)'의 의미다.

22 來世(내세): 후세.

23 絓一漏萬(괘일루만): 하나가 걸리면 만 개가 새듯 결점이 많다.

24 龜鑒(귀감): 사물의 거울. 법도. 본보기.

## 20

오늘날 사람들은 시를 지을 때 옛 시인을 법도로 삼지 않고 스스로 학문의 깊은 경지를 열어서 독자적인 문호를 세우고자 하니 뜻이 진실로 심원하다. 다만 한 · 위 · 육조 · 초당 · 성당 · 중당 · 만당의 시에 대해 참으로 투철한 깨달음을 얻어 일가로 무르익어서 일대의 작가가 된다면 누가 불가능 하겠는가? 그렇지 않으면, 나아가면 나아갈수록 멀어지고 망연하여 깨단는 것이 없게 될 것이다.

예를 들어 서예를 배우는 사람이 애초 종요鍾繇와 왕희지王羲之 등 여러 사람들의 면목을 알지 못하고서 문득 스스로 일가의 이론을 이루고

자 한다면, 끝내 도달해야 할 곳을 알지 못할 것이다. 하물며 한위에서부터 만당에 이르기까지 정체는 학문의 높은 경지를 진실로 이미 열었고 변체는 문호가 이미 다 세워졌는데, 설령 스스로 학문의 높은 경지를 열고 독자적으로 문호를 세우고자 할지라도 옛 시인들의 범위를 벗어날 수 있겠는가?

그러므로 변체에 귀납되는 것은 정체에 귀납되는 것보다 못할 따름이다. 시험 삼아 이몽양과 이반룡을 살펴보면, 비록 재주가 한 시대에서 높았어도 끝내 독자적인 문호를 세울 수 없었다. 오늘날의 학자는 재주가 겨우 이러할 뿐인데 번번이 작가로서 자부하고자 하니, 대부분이 그 분수를 알지 못함을 드러내는 것이다.

**해제** 이미 갖춰진 시의 체재를 깨달아 알지 못하고서 독자적인 문호를 세우려고 하는 문단의 세태를 비판하고 있다.

**원문** 今人作詩, 不欲取法古人, 直欲自開堂奧, 自立門戶, 志誠遠矣. 但於漢・魏・六朝, 初・盛・中・晩唐, 果能參得[1]透徹, 醞釀成家[2], 爲一代作者, 孰爲不可? 否則, 愈趨愈遠[3], 茫無所得. 如學書者, 初不識鍾[4]王諸子面目[5], 輒欲自成家法, 終莫知所抵至[6]矣. 況自漢魏以至晩唐, 其正者, 堂奧固已備開, 變者, 門戶亦已盡立, 卽欲自開一堂, 自立一戶, 有能出古人範圍乎? 故與其同歸於變, 不若同歸於正耳[7]. 試觀獻吉・于鱗, 雖才高一世, 終不能自闢[8]堂戶[9]. 今之學者, 才力僅爾, 輒欲以作者自負, 多見其不知量[10]也.

**주석**

1 參得(참득): 깨닫다.

2 醞釀成家(온양성가): 일가로 무르익다.

3 愈趨愈遠(유추유원): 나아가면 나아갈수록 멀어지다.

4 鍾(종): 종요鍾繇(151~230). 후한 시기의 문인으로 위나라 건국 후에는 조조 삼부자를 섬겼다. 자는 원상元常이고 영천군潁川郡 장사현長社縣 곧 지금의 하남성 장갈현長葛縣 사람이다. 서예에 뛰어나 왕희지의 존경을 받았다.

5 面目(면목): 상태나 됨됨이.

6 抵至(저지): 이르다. 다다르다.

7 與其(여기) … 不若(불약) …: … 하는 것은 … 하는 것보다 못하다. … 하는 것보다는 … 하는 것이 낫다.

8 闢(벽): 문을 열다.

9 堂戶(당호): '門戶(문호)'와 같은 말.

10 量(량): 분수.

## 21

학자들이 시에 있어서 간혹 육조와 만당을 배우고자 하여 비천함에 빠지게 되었고, 이하의 시체와 서곤체를 배우고자 하여 편벽됨에 빠지게 되었다. 오직 한 글자의 교묘함이나 한 구의 기이함을 다툼으로써 귀와 눈을 새롭게 하고자 하며, 애초 육조와 만당시를 몰랐고 이하의 시체와 서곤체도 몰랐으니 천박함에 빠지게 된 것이다.

혹자가 말했다.

"한 · 위 · 초당 · 성당은 진실로 배울 필요가 없으며, 육조 · 만당 · 이하의 시체 · 서곤체 역시 이미 있던 것이므로, 시대를 따라 변화를 추구하여 한 시대에 즐기는 것만 못할 뿐이다."

내가 대답한다.

그대는 그릇과 관복을 보지 못했는가? 세 살 때 새것으로 바꾸고, 열 살 때 다시 제작하여, 고치고 바꾸어서 새것은 또 옛것이 된다. 대력의 여러 시인들에 의해 율시가 처음 변했고, 원화 · 개성 · 당말에 또 변했으며, 송에 이르러 또 다시 변했다가, 다시 변한 뒤에는 신묘하고 기이함이 부패하게 되었다. 그 이후에 율시를 논하는 사람들은 초 · 성당을 숭상해야 하는가, 대력 · 원화 · 개성 · 당말을 숭상해야 하는가, 송을 숭상해야 하는가? 그러므로 작가가 오직 정신과 성정이 어우러져 마음에서부터 나온다면 감상하는 사람은 저절로 고무될 것이니, 반드시 독자적으로 새롭게 창조하는 것을 뛰어나다고 할 필요가 없을 따름이다. 사람에 비유하자면, 수염 · 눈썹 · 입 · 코가 모두 같으나 얼굴과 모습은 같지 않으니, 어찌 반드시 수염과 눈썹의 모양을 변화시키고, 입과 코가 다르게 생겨야만 비로소 남보다 뛰어나다고 하겠는가? 잠시 나의 주장으로써 살펴본다면 그 의혹이 저절로 제거될 것이다.

해제 맹목적으로 시의 새로움을 추구하는 세태를 비판하고 있다. 다른 사람보다 뛰어나기 위해 새로운 변화만 추구한다면 본질을 쉽게 잃어버릴 것임을 사람의 모습에 비유하여 설명한 부분이 인상적이다. 특히 원굉도를 영수로 하는 공안파公安派는 세대의 변화에 따라 문장도 새롭게 갖춰야 됨을 주장했다. 그 일례로 〈강진지江進之〉에서 다음과 같이 말했다. "사람의 일과 사물의 형상은 때에 따라 변하고 시골말과 방언도 때에 따라 바뀌니, 일이 오늘날의 일이라면 또한 문장도 오늘날의 문장이어야 할 따름이다. 人事物態, 有時而更, 鄕語方言, 有時而易, 事今日之事, 則亦文今日之文而已矣."

원문 學者於詩, 或欲爲六朝 · 晩唐, 其失爲卑; 爲錦囊[1] · 西崑, 其失爲偏; 又有但争一字之巧, 一句之奇, 以新耳目, 初不知六朝 · 晩唐, 亦不知有錦囊 · 西崑也, 則其失爲野[2]矣. 或曰: "漢 · 魏 · 初 · 盛自不必學, 六朝 · 晩唐 · 錦囊 · 西崑, 亦已有之, 不若因時趨變, 足快一時耳." 予曰: 子不見器用[3]與冠服[4]乎? 三歲而更新[5], 十歲而易製[6], 再更再易, 而新者復故矣. 大歷諸公, 而律始變焉, 元和 · 開成 · 唐末, 而又變焉, 至宋, 而又再變焉, 再變之後, 而神奇復化爲臭腐[7]矣. 然後之論律詩者, 宗初 · 盛唐耶? 宗大歷 · 元和 · 開成 · 唐末耶? 宗宋人耶? 故作者但能神情[8]融洽[9], 出自胸臆, 觀者自能鼓舞, 固不必創新立異以爲高耳. 譬之於人, 鬚眉口鼻皆同, 而丰神[10]意態不一, 豈必鬚眉變相, 口鼻異生, 始爲絶類[11]乎? 試以予說求之, 其惑自祛[12]矣.

주석

1 錦囊(금낭): 여기서는 이하의 시체를 가리킨다.
2 野(야): 상스럽고 천하다.
3 器用(기용): 그릇.
4 冠服(관복): 관복.
5 更新(경신): 새것으로 바꾸다.
6 易製(역제): 다시 제작하다.
7 臭腐(취부): 부패하다.
8 神情(신정): 정신과 성정.
9 融洽(융흡): 어우러지다.
10 丰神(봉신): 토실토실한 아름다운 얼굴.
11 絶類(절류): 남보다 월등하게 뛰어나다.
12 祛(거): 제거하다.

## 22

오늘날의 학자들은 시에 있어서 괴이함을 숭상하는데, 대개 한때의 귀와 눈을 즐겁게 하고자 하여 후세의 정론定論이 어떠할지는 돌아보지 않을 뿐이다. 나는 일찍이 학자들에게 다음과 같이 말했다.

고시가 율격에 맞으니 초 · 성당의 여러 시인들이 이와 같고, 이몽양 · 하경명 및 전칠자가 이와 같음에서 명성을 얻었다. 그대가 유독 괴이함을 일삼는다면, 장차 반드시 초 · 성당의 여러 시인들과 이몽양 · 하경명 및 전 · 후칠자를 다 내쳐야만 이름을 세울 수 있을 것이다. 나는 초 · 성당의 여러 시인들과 이몽양 · 하경명 및 전칠자를 끝내 내칠 수 없을까 봐 걱정이니, 마음만 수고롭게 하고 날마다 졸렬해지는 것이 아니겠는가?

해제

명대 후기 문단의 시인들이 괴이함을 숭상하는 풍토에 대한 비판이다. 원굉도를 영수로 하는 공안파와 종성鍾惺을 영수로 하는 경릉파竟陵派 등이 가장 대표적인 부류다.

今之學者於詩, 志尙奇僻, 蓋欲悅一時之耳目, 不顧後世定論若何耳. 予嘗謂學者: 古之爲律, 初·盛唐諸公若此, 李·何及七子[1]得名若此, 子獨爲奇僻, 將必盡廢初·盛唐諸公及李·何·七子, 乃可立名; 吾恐初·盛唐諸公李·何·七子終不能廢也, 非心勞而日拙耶?

주석

1 李·何及七子(이·하급칠자): 명대 복고파 문인 이몽양·하경명과 이 두 명을 중심인물로 하는 전칠자를 가리킨다.

## 23

고시는 한위에 이르러서, 율시는 성당에 이르러서 그 체제와 성조가 이미 지극한 경지에 이르렀는데, 또 다른 방향으로 나아간 것은 하등의 작은 기예다. 그러므로 명나라 사람들이 옛 문인을 모범으로 삼은 것은 그 체제와 성조를 본받을 따름이지 몰래 취하고 표절하는 것을 말하는 것이 아니다.

이몽양의 〈박하중묵서駁何仲默書〉에서 다음과 같이 말했다.

"가령 내가 옛 뜻을 훔치고 옛 형태를 도둑질하며 옛말을 잘라내서 문장을 짓는다면, 이것을 그림자라고 말해도 진실로 옳다. 그러나 만약 나의 성정으로써 오늘날의 일을 서술하고 옛 법도를 지키되 그 말을 모방하지 않는다면,[3] 마치 노반鲁班이 수倕의 컴퍼스로 원을 그리고, 수가 노반의 자로 네모를 그리지만, 수의 나무는 노반의 나무가 아닌 것과 같다. 이것이 어째서 불가한가?"

원굉도는 명나라 사람들이 옛 문인을 법도로 삼음을 크게 비난했으므로 그 지은 시가 제멋대로 기괴한데, 원굉도를 계승하는 사람들이 또다시 원굉도처럼 시를 창작하는 것 역시 답습이 될 것이다. 만약

3) '尺寸古法(척촌고법)'은 단지 법도를 지켜 잊지 않는다는 뜻으로, 만약 반드시 일일이 옛 격조를 모방한다면 또한 옛날의 형태를 도둑질하는 것이 될 것이다.

한층 더 기괴해진다면 반드시 온 세상에 도깨비가 가득 찬 뒤에야 그칠 것이다. 게다가 이치로써 헤아려보건대 천년 이후에 진실로 이몽양을 내치고 원굉도를 숭상할 수 있게 된다면 나는 감히 숨도 한 번 쉬지 못할 것이다.

해제

옛것을 배우는 것은 모방이나 표절을 뜻하는 것이 아니라 체재와 성조를 배워 시의 정체를 익히는 것이다. 그럼에도 불구하고 원굉도 등의 일파가 옛것을 배우는 것을 무조건 배척하고 기괴한 것만 추구하는 태도에 대해 비판하고 있다.

古詩至於漢・魏, 律詩至於盛唐, 其體製・聲調, 已爲極至, 更有他途, 便是下乘[1]小道[2]. 故國朝人取法古人, 法其體製・聲調而已, 非掩取[3]剽竊之謂也. 李獻吉駁何仲默書云: "假令[4]僕竊古意・ 盜古形・剪截古辭以爲文, 謂之影子誠可, 若以我之情, 述今之事, 尺寸古法[5], 罔[6]襲其辭, ['尺寸古法'只是守法度而不遺之意, 若必一一摹倣古格, 則又盜古形矣.] 猶班[7]圓倕[8]之圓, 倕方班之方, 而倕之木非班之木也. 此奚不可也? " 袁中郎大譏[9]國朝人取法古人, 故其爲詩恣意奇詭, 使繼中郎者更爲中郎, 則亦爲盜襲, 若更爲奇詭, 則必擧世[10]鬼魅[11]而後已耳. 且試以理勢度[12]之, 千載而下果能廢獻吉而崇中郎, 則予不敢措一喙[13]矣.

1 下乘(하승): '下等(하등)'과 같은 말.
2 小道(소도): 작은 기예.
3 掩取(엄취): 몰래 취하다.
4 假令(가령): 가령. 만약.
5 尺寸古法(척촌고법): 옛날의 법을 지켜 잊지 않다.
6 罔(망): 없다.
7 班(반): 고대의 뛰어난 장인 노반魯班을 가리킨다. 성이 공수公輸며, 이름이 반般이다. 또 공수자公輸子・공수반公輸盤・반수班輸・노반魯般이라고도 한다. 대략 주나라 경왕敬王 13년(B.C. 507)에 태어나 정정왕貞定王 25년(B.C. 444)에 세상

을 떠났다.

8 倕(수): 고대의 뛰어난 장인 수倕를 가리킨다. 노반과 병칭하여 '班倕(반수)'라고도 한다.

9 譏(기): 나무라다. 비난하다.

10 擧世(거세): 온 세상.

11 鬼魅(귀매): 도깨비

12 度(탁): 헤아리다.

13 喙(훼): 숨 쉬다.

## 24

이몽양이 〈답주자서答周子書〉에서 말했다.

"한두 명의 경솔한 선비가 옛것을 본받는 것을 답습이라고 하고, 이전의 것을 본보기로 삼는 것을 그림자라 하면서, 입에서 나오는 대로 글을 써서 그 모방의 자취를 없애려 한다. 후진들이 그 따르기 쉬움을 좋아하고 그 쫓기 어려움을 꺼려하여 곧 그림자 따라다니듯 하는데, 풍속이 속되게 변하는 것을 힘껏 저지할 수 없어서 옛날의 학문이 없어졌다."

조카 국태가 "'그 따르기 쉬움을 좋아하고, 그 쫓기 어려움을 꺼린다'고 말한 두 마디가 원굉도 무리 사람들의 마음을 완전히 말했다"고 했다.

원굉도를 영수로 하는 공안파 문학을 따르는 것에 대해 비판했다. 원굉도는 〈설도각집서雪濤閣集序〉에서 복고주의자들을 비판하며 "옛날에는 옛날의 시대가 있었고 지금은 지금의 시대가 있으니, 옛사람의 말의 자취를 답습하면서 무릅쓰고 옛것이라고 여기는 것은 엄동에 여름의 갈포 옷을 입는 것이다. 夫古有古之時, 今有今之時, 襲古人語言之跡而冒以爲古, 是處嚴冬而襲夏之葛者也."라고 말했다. 그러나 원굉도 무리는 사실상 어려운 것을 배우기 싫어하고 쉬운 것만 좇아 배우고자 하면서 진정으로 옛것을 배우는 의미에 대해서는 제대로 알지 못했음을 지적했다.

李獻吉答周子書云: "一二輕俊[1]謂法古者爲蹈襲[2], 式往[3]者爲影子, 信口落筆者爲泯[4]其比擬[5]之跡, 而後進之士, 悅其易從, 憚[6]其難趨, 乃卽附唱答響[7], 風成俗變, 莫可遏止[8], 而古之學廢矣." 姪國泰謂"'悅其易從, 憚其難趨'二語, 說盡中郎一輩人心事."

1 輕俊(경준): 재주와 슬기는 뛰어났으나 하는 짓이 경솔함, 또는 그러한 선비를 가리킨다.
2 蹈襲(도습): '踏襲(답습)'과 같은 말. 전에 하던 방식이나 수법을 그대로 따라하다.
3 式往(식왕): 이전의 것을 본보기로 삼다.
4 泯(민): 멸하다. 없애다.
5 比擬(비의): 흉내 내다. 모방하다.
6 憚(탄): 꺼리다. 싫어하다.
7 附唱答響(부창답향): '如影隨形(여영수형)'과 비슷한 말. 그림자 따라다니듯 하다.
8 遏止(알지): 힘껏 저지하다.

## 25

추적광이 〈초설림시서蕉雪林詩序〉에서 말했다.

"근래 초楚땅에서 원굉도[4]가 나와서 그 말로써 세상을 이끌고자 생각하여 세상 사람들로 하여금 그를 숭배하게 했다. 그리고 스스로 그 힘이 옛사람과 같이 될 수 없음을 헤아리면서 또 다른 사람의 힘도 옛사람과 같이 될 수 없음을 헤아림과 동시에 곧 스스로 옛사람과 같이

4) 원굉도는 초지역 사람이다.

될 수 있다면 맹주盟主가 될 수 있을 것이라고 생각지만, 이몽양·하경명 이후에도 다시 이몽양·하경명과 같이 변함없으니, 무엇으로써 세상에서 뛰어나 비상한 과업을 칭송받겠는가? 이에 성급하게 그것에 대한 주장으로 '성당에 시가 없으니 한위에도 시가 없고, 시에는 오직 소식이 있을 뿐이다'고 말했다. 이 주장이 유행하자 후진들은 아는 것이 없어 지당한 말이라 여기며 서로 전하며 모방하니, 고시를 지을 수 없는 사람들은 이미 편리하여 그 무리에 가담하고, 고시를 지을 수 있는 사람일지라도 유혹되어 그 무리에 가담하여 모든 동요童謠, 속어俗語, 저자거리의 떠도는 말이 모두 규율에 맞지 않게 되었다. 한위시를 모의했지만 그것에서 어긋나니, 마치 진흙으로 만든 형상에다 의관衣冠을 입혔지만 조금도 비슷하지 않아서 오히려 나무 인형이 된 것과 같다. 또 소식을 모의했지만 그것에서 어긋나니, 마치 나무꾼과 목동을 조각했는데 조금도 비슷하지 않아서 짚으로 만든 개가 되는 것과 같다. 심하다! 원굉도가 세상에 재앙을 내렸구나."

내가 생각건대 추적광이 "고시를 지을 수 없는 사람들은 이미 편리하여 그 무리에 가담한다"고 말한 것은 곧 이몽양이 "그 따르기 쉬움을 좋아하고, 그 좇기 어려움을 꺼려한다"고 한 것과 같다.

해제 공안파의 주장에 현혹되어 괴이함을 숭상하는 세태를 추이광의 말을 통해 다시 한 번 한탄하고 있다.

원문 鄒彦吉蕉雪林詩序云: "近世有楚中郎氏出, [中郎, 楚人], 思以其言倡導[1]天下, 使天下尸祝[2]之, 而自度其力不能爲古, 又度人之力不盡能爲古, 又思卽自能爲古, 可以主盟[3]矣, 而李·何之後復一李·何, 何以超于世而稱非常[4]之業? 則悍然[5]爲之說曰: '盛唐無詩, 卽漢魏亦無詩, 詩獨蘇長公耳.' 此說行, 而後進之士無所知識, 以爲至語, 轉相傳效[6], 不能爲古者旣便而趨其中, 卽能爲古者亦誘而入其內, 諸童謠方諺[7]·市談巷說[8], 皆歸不律. 夫擬漢魏而失之,

如塑像[9]衣冠而不得其似, 尙爲木偶[10], 擬長公而失之, 猶刻形[11]樵牧[12]而無所彷彿, 將爲芻狗[13]. 酷哉, 中郎氏之禍天下也." 愚按: 彦吉言"不能爲古者旣便而趨其中", 卽獻吉"悅其易從, 憚其難趨"也.

주석

1 倡導(창도): 교의敎義를 제창하여 사람을 인도하다.
2 尸祝(시축): 숭배하다.
3 主盟(주맹): 맹주盟主. 동맹을 맺은 개인이나 단체의 우두머리.
4 非常(비상): 보통이 아니다. 예사롭지 않고 특별하다.
5 悍然(한연): 성급하게.
6 轉相傳效(전상전효): 서로 전하며 모방하다.
7 方諺(방언): 상말. 속어俗語.
8 市談巷說(시담항설): 저잣거리에서 떠도는 말.
9 塑像(소상): 진흙으로 만든 형상.
10 木偶(목우): 나무인형.
11 刻形(각형): 모양을 깎아 만들다.
12 樵牧(초목): 나무꾼과 마소 치는 사람.
13 芻狗(추구): 짚으로 만든 개.

## 26

원굉도를 존숭하고 나를 나무라는 사람이 다음과 같이 말했다.

"시는 의경이 모이는 우연한 조화로움이 중요한데, 즉 작가 역시 스스로 알지 못하므로 조금 앞서 맞이하려 하면 오지 않고, 조금 뒤에서 따라가려 하면 이미 떠나가 버린다."

내가 생각건대 이 주장은 절묘하니, 당시에서 바로 맹호연과 최호의 경계다. 그러나 진실로 법칙을 우선으로 하지 않으면 이단의 주장이 될 것이다. 법칙이란 체제와 성조를 말한다.[5]

5) 맹호연孟浩然에 관한 논의 중 "왕사원王士源"(제16권 제18칙)과 참고하여 보기 바

또 말했다.

"사람을 낳는 것은 천기天機가 움직이는 것으로 갑자기 이루어지는데, 어찌 많음과 적음을 따지고 길고 짧음을 살피며 일일이 헤아린 후에 태어날 수 있겠는가?"

내가 생각건대 하늘이 사람을 낳는 것은 진실로 일일이 헤아릴 수 없으나, 만약 사람을 취하면서 헤아리지 않으면 추녀인 모모嫫母가 미녀인 서시西施와 대등해질 것이다. 시를 쓰는 것은 사람을 낳는 것과 같고, 시를 논하는 것은 사람을 취하는 것과 같다. 내가 일찍이 시를 다른 사람에게 보여 주자, 그 사람이 "그대의 시 중 만족스러운 것은 당시와 아주 비슷하다"고 했는데, 참으로 에둘러 가탁하여 꾸짖은 것이다. 내가 생각건대 이것이 곧 원굉도의 생각이다. 만약 내가 당시를 몰래 모방하여 시를 지어야 한다면, 나는 지을 수 없다. 체제와 성조가 반드시 당시에서 벗어나야 시라고 칭할 수 있다면, 나는 감히 따르지 못하겠다.

해제 당시의 체재와 성조를 법칙으로 삼아 시를 학습하고 창작하지 않고서 오직 성령을 주장하는 원굉도 일파에 대한 비판이다.

원문 有宗中郎而詆予者, 曰: "詩在境會之偶諧, 卽作者亦不自知, 先一刻[1]迎之不來, 後一刻追之已逝." 予謂: 此論妙絶, 在唐正是孟襄陽 · 崔司勳[2]境界, 然苟不先乎規矩[3], 則野狐外道[4]矣. 規矩者, 體製 · 聲調之謂也. [與浩然論中"王士源"一則參看.] 又曰: "生人者, 天機所動, 忽然而成, 安能裁[5]穠纖[6], 按脩短[7], 一一中度[8], 然後出哉?" 予謂: 天之生人, 誠不能一一中度, 苟取人而不中度, 則嫫母[9]可並乎西施[10]矣. 作詩猶生人也, 論詩猶取人也. 予嘗以詩示人, 其人曰: "君詩得意者, 大似唐人." 斯實寓刺[11]. 予謂: 此卽中郎意也. 若予盜襲

---

란다.

唐人爲詩, 不可; 若謂體製·聲調必離唐人始可稱詩, 予弗敢從.

1 一刻(일각): 매우 짧은 순간.

2 崔司勳(최사훈): 최호崔顥(704~754). 사훈원외랑司勛員外郎이라는 벼슬을 하여 '최사훈崔司勳'이라고 불렀다. 제13권 제11칙의 주석1 참조.

3 規矩(규거): 목수가 쓰는 그림쇠, 자, 수준기, 먹줄을 통틀어 이르는 말로 여기서는 법도의 의미로 쓰였다.

4 野狐外道(야호외도): 이단의 주장을 비유함.

5 裁(재): 따지다. 헤아리다.

6 穠纖(농섬): 번거롭게 많음과 섬세하고 적음.

7 脩短(수단): 길고 짧음.

8 中度(중탁): 헤아리다.

9 嫫母(모모): 황제黃帝의 네 번째 비妃의 이름. 아주 못생겨 널리 추녀醜女의 뜻으로 쓰였다.

10 西施(서시): 춘추春秋 시대 월越나라의 미인이다. 오吳나라에 패한 월나라 왕 구천句踐이 서시를 부차夫差에게 보내어 부차가 그녀에게 빠져 있는 사이 오나라를 멸망시켰다.

11 寓刺(우자): 에둘러 가탁하여 꾸짖다.

## 27

혹자가 물었다.

"시는 서예, 그림과 동일하다. 서예를 배우는 사람이 옛 사람을 모방하면 이를 '서예가의 노예書家奴'라 하는데, 시를 배우는 사람이 어찌 또 이런 명칭을 뒤집어 쓸 수 있겠는가?"

내가 대답한다.

시에는 형상이 없으나 서화에는 형상이 있으니, 형상이 있는 것은 모방하기 쉬우나 형상이 없는 것은 모방하기가 어렵다. 오늘날 이몽양·서정경의 오언율시, 하경명의 오·칠언 율시를 보면 체제와 성조는 당나라의 것이 아닌 것이 없지만 주제의 확정과 어구의 배치는 자신에게서 나왔다. 만약 그 체제와 성조를 변화시켜 시를 짓는다면 이단의 주장일 것이다. 지금 서화를 배우는 사람들은 점과 획이 종요와 왕희지의 것이고 구성도 종요와 왕희지의 것인데 어떤 것이 자신에게서 나온 것인가? 어찌 답습한 것이 아니겠는가! 따라서 명나라의 서예는 변한 것이 많으나 시는 일찍이 변한 적이 없다. 그림은 시와 서예의 중간이다.

해제 시론에서의 복고는 서예가와 같이 그대로 모방하는 것이 아니다. 체재와 성조는 그대로지만 사상이나 어구의 배치는 작가 자신에게서 나왔기 때문에 서예의 모방과는 완전히 다름을 강조하고 있다. 복고는 옛 시의 체재와 성조를 본받는 것이지 그대로 모방하는 것이 아니다.

원문 或問: "詩與書畫, 一也, 學書者摹倣古人, 謂之'書家奴', 學詩者烏得亦冒[1]此名耶?" 曰: 詩無象, 而書畫有形, 有形者易於似, 無象者難於似也. 今觀獻吉・昌穀五言律・仲默五七言律, 體製・聲調靡不唐也, 而命意[2]措辭[3]則己出也, 若并變其體製・聲調而爲詩, 則野狐外道矣. 今學書者, 點畫[4], 鍾・王也; 結構[5], 鍾・王也; 何者爲己出? 烏得爲非襲乎! 故國朝書家多變, 而詩則未嘗變也. 畫則在詩書之間矣.

주석
1 冒(모): 뒤집어쓰다.
2 命意(명의): 주제의 확정.
3 措辭(조사): 시문 어구의 배치.
4 點畫(점획): 점과 획.
5 結構(결구): 구성.

## 28

시와 문장에는 정체와 변체가 있는 것은 동일하다. 송나라 지화至

和, 가우嘉祐 연간에 과거 시험장의 거인들은 문장을 지을 때 여전히 기이하고 어려운 것을 숭상했기에 읽어보면 간혹 문장이 되지 않기도 한다. 구양수가 지공거知貢擧가 되어 문장에 조탁을 가한 것은 모두 낙방시켜서 방榜을 발표할 때에 소식이 2등이었고, 소철 및 증공曾鞏도 본디 선발자 중에 있었지만, 그때에 명성이 있던 사람들은 모두 적혀 있지 않아 선비들의 공론公論이 흉흉했다. 그러나 지금까지 600년이 흘러 세상에 전해지는 문장은 오직 구양수 · 소식 · 소철 · 증공뿐이니, 그 당시에 조탁한 사람들은 어디에 있는가? 이에 시문은 천고千古의 사업으로 결코 한때의 명성을 얻어서는 안 되는 것임을 알겠다.

해제

시와 같이 문장에서도 정변이 있으니, 그 당시에 유행하는 변체가 아니라 체재와 격조가 바른 정체를 위주로 학습해야 후세의 모범이 되어 오랫동안 전해질 수 있음을 강조했다. 또 과거시험에 얽매여 문장의 정변을 구분하지 못하고 일시의 명망만 쫓는 세태를 비판했다.

원문

詩與文章, 正・變一也. 宋至和・嘉祐間, 場屋[1]擧子[2]爲文尙奇澀, 讀或不成句, 歐陽公旣知貢擧, 凡文涉雕刻者皆黜[3]之, 及放榜[4], 乃得蘇子瞻第二, 子由及曾子固[5]亦在選中, 一時有聲者皆不錄, 士論[6]洶洶[7]. 然迄[8]今六百年來, 世傳文章, 惟歐・蘇・子由・子固而已, 當時雕刻者安在耶? 乃知詩文千古之業, 斷不可要譽一時也.

1 場屋(장옥): 과거시험을 보는 곳. 과장科場.
2 擧子(거자): 거인擧人. 향시鄕試에 급제하고 다시 회시會試(중앙정부의 관리등용 시험)를 보는 사람.
3 黜(출): 떨어뜨리다.
4 放榜(방방): 방榜을 내걸다. 과거에 급제한 사람의 이름을 써서 게시하다.
5 曾子固(증자고): 증공曾鞏(1019~1083). 송나라 건창군建昌軍 남풍南豊 사람이다. 자가 자고며 남풍선생南豊先生이라고 불렸다. 증역점曾易占의 아들이며, 당송팔

대가唐宋八大家의 한 사람으로서 산문에 뛰어났다. 소식과 같은 해인 인종 가우 2년(1057) 진사시험에 합격했는데, 그때 나이가 39세였다. 젊어서부터 문명을 떨쳐 구양수의 인정을 받았으며, 일찍이 왕안석과 교유했다. 여러 지방을 다스리며 많은 치적을 쌓았고 중서사인中書舍人 등의 요직을 지냈다.

6 士論(사론): 선비들의 공론公論.

7 洶洶(흉흉): 인심이 몹시 수선스러운 모양.

8 迄(흘): … 에 이르기까지.

## 29

선배와 후배들의 취향이 같지 않은 것은 대체로 과도하게 잘못을 바로잡는 것에서 말미암았다. 성화成化 이래로 시가가 자못 평이해져 이몽양·하경명·서정경이 그것을 바로잡으니, 두보의 시를 짓고 당시를 짓는 것이 뚜렷하게 성행했다. 아래로 이반룡에 이르러, 고시는 한위를 모방하고 율시는 초당을 법식으로 삼아 정교하면 할수록 더욱 뛰어났다.

그러나 끝내 의혹이 없을 수 없었으니, 바로 고시와 악부시에 있어서 모두 힘껏 모방했지만 남겨진 작품이 없고, 율시에는 긴 시어가 많이 섞여서 스무 편 이외에는 어쩔 수 없이 일률적으로 되었다. 그리하여 원굉도가 뒤이어 일어나 마음대로 적대시하며 대개 조금이라도 고시에 가까운 것이라면 공격하지 않음이 없었으니 천하에서 일제히 그를 따랐다. 시도가 이때에 이르러 큰 재앙을 맞게 된 것이다. 황석여黃錫余가 "세상에 이반룡이 있으면, 반드시 원굉도가 있다"고 말했는데, 또한 매우 식견이 있는 말이다.

해제 명대 시단에서 끊임없이 전개된 복고와 반복고의 논쟁은 서로 상대의 잘못을 지나치게 바로잡으려 하는 태도에서 나타난 현상이라고 지적했다. 전후칠자의 복고론에 맞선 원굉도 등의 반복고는 지나치게 옛것을 모방하는 폐단을 지적하고 있지만, 그 역시 지나치게 기괴함으로 빠져서 시도를 어지럽혔음을 비판하고 있다.

先進後進, 趨尙[1]不同, 大都皆由矯枉[2]之過. 成化[3]以還, 詩歌頗爲率易, 獻吉·仲默·昌穀矯之, 爲杜, 爲唐, 彬彬[4]盛矣. 下逮于鱗, 古倣漢魏, 律法初唐, 愈工愈精[5]. 然終不能無疑者, 乃於古詩·樂府悉力擬之, 靡有遺什[6], 律詩多雜長語, 二十篇而外, 不奈雷同[7]. 於是中郎繼起, 恣意相敵, 凡稍爲近古者, 靡不掊擊[8], 海內[9]翕然[10]宗之, 詩道至此爲大厄矣. 黃錫余[11]謂: "世有于鱗, 必有中郎." 亦甚有見也.

1 趨向(추향): '趣向(취향)'과 같은 말. 마음이 쏠려 따라감.
2 矯枉(교왕): 결점을 바로잡다.
3 成化(성화): 명나라 헌종憲宗 주견심朱見深의 연호다. 1465년~1487년까지 23년간 사용되었다.
4 彬彬(빈빈): 뚜렷하다.
5 愈工愈精(유공유정): 정교하면 할수록 뛰어나다.
6 遺什(유집): 남겨진 시편.
7 雷同(뇌동): 일률적이다.
8 掊擊(부격): 공격하다.
9 海內(해내): 사해四海의 안이라는 뜻으로, 국내國內 또는 천하天下를 가리킨다.
10 翕然(흡연): 모이는 모양.
11 黃錫余(황석여): 명나라 시기의 문인이나 생졸년 미상이다.

## 30

도를 논함은 마땅히 엄격해야 하고, 사람을 취함은 마땅히 관대해야 한다. 나는 한·위·육조·초당·성당·중당·만당의 시를 논했는데, 그 수준의 높고 낮음은 모두 천고의 정론이다. 그러나 오늘날의 작가들은 고시가 태강의 시체가 되고 율시가 대력의 시체가 되든지

간에 진실로 괴이하지만 않다면 제 · 양 · 만당의 시라도 취할 만하다고 한다. 예를 들어 공자의 여러 제자들로부터 한 · 당의 여러 유가 선비에 이르기까지 진실로 명확히 구별하지 않으면 이해하지 못하게 될 것이다. 만약 반드시 공자와 맹자 이후로 사람을 취해야 한다면 또한 어려울 것이다. 지금의 화려함을 힘써 좇는 사람들은 내가 자주 옛 사람들을 폄하하는 것을 듣고는 번번이 헐뜯으니 이미 도를 논하는 체제를 알지 못한 것이며, 만약 한 · 위 · 초당 · 성당 이외에는 하나도 취할 만한 사람이 없다고 한다면 역시 사람을 취하는 관대함이 없는 것이다.

해제 시를 논하고 시인을 평가하는 것에 관해 언급하고 있다. 시를 엄격하게 가려 뽑되 많은 시인들을 수록하여 정변의 구분을 돕고자 하는 것이 허학이가 《시원변체》를 지은 취지다. 한마디로 《시원변체》에서 논한 시론과 선록한 시는 모두 천고의 정론임을 넌지시 강조하고 있다.

원문 論道當嚴, 取人當恕. 予之論漢 · 魏 · 六朝 · 初 · 盛 · 中 · 晩唐詩, 其等第高下, 皆千古定論; 然今之作者, 無論古爲太康, 律爲大歷, 苟非怪惡, 卽齊 · 梁 · 晩唐, 亦有可取. 譬如論孔門諸弟以至漢唐諸儒, 苟無甄別[1], 是爲無識; 若必孔孟而後足取, 斯亦難矣. 今之務華趨靡[2]者, 聞予數貶古人, 輒相詆訾, 旣不識論道之體, 若以漢 · 魏 · 初 · 盛而外, 一無足取, 則亦非取人之恕也.

주석
1 甄別(견별): 명확히 나누다. 명확히 구별하다.
2 務華趨靡(무화추미): 힘써 화려함을 좇다.

## 31

융성한 시대의 선비는 노련한 것에 재주가 많고, 말세의 선비는 화려한 것에 재주가 많다. 오늘날 노련함을 좋아하는 사람들이 간혹 후진들의 화려함에 대해 자주 억누르고자 하는 것은 날카로운 말로 한 번 꺾으면 끝내 일어나지 못하기 때문이다.

장자가 말했다.

"그가 어린아이처럼 행동하면 그대도 그와 함께 어린아이처럼 행동하고, 그가 절도 없이 멋대로 행동하면 그대도 그와 함께 절도 없이 행동해야 할 것이니, 이런 식의 행동에 통달하게 되면 마침내 허물이 없는 처지에 들어가게 될 것이다"

이 주장은 시교詩敎라고 할 수 있다. 왕건 · 두목 · 피일휴 · 육구몽은 괴이하니 반드시 빠져 들어서는 안 될 따름이다.

해제 장자의 말을 통해 원굉도 중심으로 전개되고 있는 명말의 어지러운 시도를 구할 수 있는 하나의 방법을 제시했다. 날카로운 말로써 훈계하는 것만이 최상의 방법이 아니라 자연스러운 교화를 통해 정체의 중요성을 깨닫게 하는 것이 필요함을 역설했다.

원문 盛世[1]之士, 才多老成; 季世[2]之士, 才多華靡. 今之喜老成者, 或欲於後生華靡驟[3]加裁抑[4], 則機鋒[5]一挫[6], 終無起發[7]矣. 莊子云: "彼且爲嬰兒, 亦與之爲嬰兒. 彼且爲無町畦, 亦與之爲無町畦. 達之入於無疵."[8] 此論可爲詩敎. 惟王 · 杜 · 皮 · 陸怪惡, 必不可墮落耳.

주석
1 盛世(성세): 국운이 융성한 세상.
2 季世(계세): 말세末世.
3 驟(취): 자주. 여러 번.
4 裁抑(재억): 못하게 억누르다.
5 機鋒(기봉): 날카로운 말을 비유한다.
6 挫(좌): 기세를 꺾다.
7 起發(기발): 일어나다.
8 이 말은 《장자, 인간세人間世》에 나오는 구절이다. 거백옥蘧伯玉이라는 사람이 무위無爲를 강조하면서 한 말이다. 자기 의견을 버리고 태자太子가 하는 대로 맡

겨 두라고 권유하면서 어지러운 나라에서 사는 한 방법을 말한 부분이다.

## 32

대개 시를 배울 때는 마땅히 옛 시인의 장점을 취하여 자신의 단점을 보완하면 선학善學이 될 것이니, 이른바 "다른 사람의 훌륭한 점을 취하여 자신이 선을 행한다"고 하는 것은 이를 두고 한 말이다. 만약 자신이 재능을 발휘할 수 없다면 마땅히 힘을 다해 옛 시인이 재능을 발휘한 것을 배워야 한다. 자신이 넓고 깊을 수 없다면 마땅히 힘을 다해 옛 시인의 넓고 깊은 것을 배워야 한다. 고상함, 화려함, 화평함, 한적함에도 그렇지 않은 것이 없다.

오늘날 시를 배우는 사람들은 자신이 재능을 발휘할 수 없기에 마침내 시는 반드시 재능을 발휘할 필요가 없다고 말하고, 자신이 넓고 깊을 수 없기에 마침내 시는 반드시 넓고 깊을 필요가 없다고 말하니, 스스로 그 단점을 고수하여 결국 위로 옛 시인에게 도달할 수 없게 되었다. 일찍이 한 친구가 서예를 배우는 것을 보았는데, 옛 서첩을 많이 쌓아 놓고는 점과 획이 조금이라도 자기가 쓴 것과 같으면 바로 붉은 색의 붓으로 동그라미를 그리니, 이것은 옛사람이 자신을 따르기를 바라는 것이지 자신이 옛사람을 배우는 것이 아니다.

해제 옛것을 배우는 태도에 관해 언급했다. 자신의 홍취에 따라 옛 시를 배우는 것이 아니라 자신의 모자란 점을 보완하기 위해 옛것을 통해 익혀야 함을 강조했다.

원문 凡學詩, 當取古人所長, 濟己之短, 乃爲善學, 所謂"取諸人以爲善"[1]是也. 如己不能馳騁, 當盡力學古人馳騁,; 己不能渾涵[2], 當盡力學古人渾涵; 以至古雅·高華·和平·閒遠, 莫不皆然. 今之學詩者, 己不能馳騁, 遂謂詩不必馳

騁; 己不能渾涵, 遂謂詩不必渾涵, 則自護其短, 終不能上達古人矣. 嘗見一友學書, 多蓄古帖, 凡點畫稍類己者, 卽以朱筆[3]圈出, 此欲古人從己, 非己學古人也.

1 取諸人以爲善(취제인이위선): 다른 사람의 훌륭한 점을 취하여 자신이 선善을 행한다. 《맹자, 공손추상公孫丑上》에 나오는 구절이다.

2 渾涵(혼함): 넓고 깊다.

3 朱筆(주필): 붉은 색의 붓을 가리킨다.

## 33

구양수가 말했다.

"시가 사람을 곤궁하게 하는 것이 아닌데, 곤궁한 이후에야 시가 정교해진다."

내가 생각건대 곤궁한 사람이란 빈천하고 명예가 드러나지 않은 사람을 말한다. 부귀한 사람은 경영하고 응접하느라 시간의 틈이 없으니 그가 시에 정교할 수 없음을 사람들은 다 알고 있다. 부귀한 사람의 시문이 막 완성되면 아첨하는 사람들이 이구동성으로 칭찬하고, 명예가 드러난 사람이 한 마디 우연히 내뱉으면 아부하는 사람들이 이구동성으로 호응하는데, 참으로 자신이 이익을 얻는 것을 비우지 않으면 그 미혹되지 않기가 드무니, 이런 사람은 깨닫기가 쉽지 않다. 오직 빈천하고 명예가 드러나지 않은 사람에 대해서만 사람들이 그 결점을 지적하므로, 조예가 이뤄지지 않으면 몹시 애를 태우며 노심초사하여서 하루가 다르게 발전하기에 헛된 명성은 없지만 참된 깨달음이 있다. 이 때문에 곤궁한 사람들이 정교한 것이 많을 따름이다. 이 것은 내가 몸소 시험하여 실제로 경험한 것이다.

곤궁한 사람이 좋은 시를 쓸 수 있는 이유에 대해 설명하고 있다. 좋은 시

를 쓰기 위해서는 끊임없는 노력이 중요한데, 때로는 곤궁한 환경에 처함으로써 더욱 좋은 시를 창작하기도 한다.

歐陽公云: "非詩能窮人, 窮者而後工."[1] 愚謂: 窮者, 兼貧賤而無顯譽[2]者言也. 富貴之人, 經營應接, 無晷刻[3]之暇, 其於詩不能工, 人皆知之; 至若[4]富貴者篇章始成, 諂諛之人[5]交口[6]稱譽[7], 有顯譽者一言偶出, 信耳之人[8]同聲應合[9], 苟非虛己受益, 鮮不爲其所惑, 此人未易知也. 惟貧賤無顯譽之人, 人得指其瑕疵, 造詣未成, 則困心橫慮[10], 日就月將[11], 無虛聲而有實得, 是以窮者多工耳. 此予身試而實驗者.

1 非詩能窮人(비시능궁인), 窮者而後工(궁자이후공): 시가 사람을 곤궁하게 할 수 있는 것이 아니라, 곤궁한 사람이 있은 이후에 시가 훌륭해진다. 구양수의 〈매성유시집서梅聖兪詩集序〉에 나오는 구절이다. 이것은 사마천의 '울분을 드러내어 글을 짓는다는 설發憤著書'과 한유의 '만물이 평형을 얻지 못하면 소리가 나게 된다는 설物不得其平則鳴'과 같은 맥락의 견해다.

2 顯譽(현예): 세상에 드러난 명예.

3 晷刻(구각): 잠깐 동안. 짧은 시간.

4 至若(지약): '至于(지우)'와 같은 말이다.

5 諂諛之人(첨유지인): 아첨하는 사람.

6 交口(교구): 입을 모아 말하다. 이구동성으로 말하다.

7 稱譽(칭예): 칭찬하다.

8 信耳之人(신이지인): 아부하는 사람. 위의 '諂諛之人(첨유지인)'과 같은 말이다.

9 應合(응합): 호응하다.

10 困心橫慮(곤심횡려): 몹시 애를 태우며 노심초사하다.

11 日就月將(일취월장): 날로 나아지고 달로 진보하다.

## 34

고금의 사람들이 시를 논할 때는 글자를 논하는 것은 시구를 논하는 것보다 못하고, 시구를 논하는 것은 작품을 논하는 것보다 못하며, 작품을 논하는 것은 사람을 논하는 것보다 못하고, 사람을 논하는 것은 시대를 논하는 것보다 못하다. 만당 · 송 · 원의 여러 문인들이 시를 논한 것은 대부분 글자를 논하고 시구를 논한 것이지, 작품을 논하고 사람을 논한 것은 적으니, 하물며 시대를 논한 것은 어떻겠는가? 내가 시를 논한 것은 대부분 시대를 논하고 사람을 논한 것이지, 작품을 논하고 시구를 논한 것이 적으니, 하물며 글자를 논한 것은 어떻겠는가?[6)]

해제 시를 논하는 기준에 대해 말하고 있다. 시를 논할 때는 시대, 사람, 작품에 비중을 두고 시구, 글자에는 크게 중시하지 않아야 됨을 강조했다.

원문 古今人論詩, 論字不如論句, 論句不如論篇, 論篇不如論人, 論人不如論代. 晩唐 · 宋 · 元諸人論詩, 多論字 · 論句, 至論篇 · 論人者寡矣, 況論代乎? 予之論詩, 多論代 · 論人, 至論篇 · 論句者寡[1]矣, 況論字乎? [各卷中雖多引篇摘句, 實論一代之體, 或一人之體也.]

주석 1 寡(과): 적다.

## 35

시에는 근본과 말단이 있다. 체제와 격조는 근본이고, 글자와 시구는 말단이다. 근본은 말단을 겸할 수 있지만 말단은 근본을 겸할 수 없다. 나는 젊을 때 고시를 배웠는데, 한위 시에서는 체제를 중시하고 이백과 두보 시에서는 격조를 중시했으며, 원가 이후의 시에 대해서

6) 각 권에는 작품을 인용하고 구를 가려 뽑은 것이 많은데, 실제로는 한 시대의 체제를 논하거나 한 사람의 체제를 논한 것이다.

는 좋아하지 않는 것이 많고, 당나라 사람들이 율체로써 고시를 지은 것에 대해 특히 슬퍼했다. 큰 근본을 세우고서 지엽적인 것으로 가면, 대개 육조와 당나라 문인이 칭송한 가구는 대부분 취할 만하고, 후인이 말한 시안詩眼에 있어서도 간혹 서술할 만한 것이 있다. 오늘날의 학자들은 자법과 시안에 오로지 마음을 기울여 옛 사람이 칭송한 가구에 대해서 이미 이해할 수 없는데, 또 어찌 체제와 격조를 이해하겠는가?

해제 본말이 전도된 시론에 대해 비판하고 있다. 근본이 되는 체제와 격조를 세우지 않고 글자와 시구에만 집착하는 그 당시의 세태를 한탄했다.

원문 詩有本末. 體氣[1], 本也; 字句, 末也. 本可以兼末, 末不可以兼本. 予少學古詩, 於漢魏主體, 於李杜主氣, 故於元嘉以後之詩, 多所不喜, 而於唐人以律爲古者, 尤所痛疾[2]. 大本旣立, 旁及支末, 則凡六朝唐人所稱佳句, 多有可取, 而於後人所謂詩眼[3]者, 亦間有可述. 今之學者專心於字法・詩眼, 於古人所稱佳句已不能識, 又安知有體氣耶?

주석
1 體氣(체기): 체제와 격조.
2 痛疾(통질): 슬퍼하고 근심하다.
3 詩眼(시안): 시 작품에서 핵심이 되는 말을 가리킨다. '화룡점정畵龍點睛'의 '점안點眼'에서 유래한 말이다. 일반적으로 오언구에서는 제3자, 칠언구에서는 제5자가 시안에 해당하며, 이때에는 벽자僻字나 해석이 쉽지 않은 글자를 써서는 안 된다고 한다.

## 36

당나라의 율시는 격조를 연마하고 시구를 가다듬고 글자를 가다듬었으나 모두 흔적을 찾을 수 없다. 오늘날 사람들은 새롭고 특이한 것을 정교하다고 여기는데 대부분 기교를 부린 흔적을 드러낸다.

구양수가 《시화詩話》에서 말했다.

"진사인陳舍人이 《두보집杜甫集》의 구본舊本을 얻었는데, 그 〈송채도위시送蔡都尉詩〉의 '身輕一鳥(신경일조)' 구 아래에 한 글자가 빠졌다. 진사인이 여러 손님들과 각기 한 글자를 보충했는데, 어떤 이는 '疾(질)'이라 하고, 어떤 이는 '落(락)'이라 하고, 어떤 이는 '下(하)'라고 말했다. 나중에 선본善本을 얻으니 바로 '過(과)'자였는데, 진사인이 탄복하며 오직 한 글자지만 여러 사람들이 도달할 수 없다고 생각했다."[7]

맹호연의 시 "중양절이 오기를 기다려, 다시 와 국화를 감상하네待至重陽日, 還來就菊花"는 어떤 판본에는 '就(취)'자 한 글자가 빠졌는데, 감상하는 사람들이 역시 '就(취)'라고 했다.

지금 두 시의 원래 시구를 살펴보건대, 처음에는 그 다름을 보지 못하다가 글자 하나가 빠지자 사람들이 모의할 수 없었으니, 비로소 옛 사람들의 공력이 심오하여 후인들이 미칠 수 없음을 알 수 있다. 그 격조를 연마하고 시구를 연마하는 것 역시 그러하다.

해제

옛 시인의 시를 원래대로 읽을 때는 잘 모르다가, 글자 하나가 빠지게 되자 그 원래의 시구보다 더 좋은 글자를 넣을 수 없는 일화를 통해 옛 시인의 공력이 얼마나 큰지를 설명했다. 이와 같이 당시는 끊임없는 연마를 통해 철저한 깨달음에 도달해야 완성되는 것이다.

원문

唐人律詩, 鍊格·鍊句·鍊字, 皆無跡可求; 今人以新巧奇特爲工, 則多見斧鑿痕矣. 歐陽公詩話[1]云: "陳舍人[2]得杜集舊本, 其送蔡都尉詩'身輕一鳥', 其下脫[3]一字. 陳公與數客各用一字補之, 或云'疾', 或云'落', 或云'下'. 後得

7) 진사인의 말은 비록 훌륭하지만 아마도 두보를 논한 것이 아닌 듯하다. 두보는 독자적으로 하나의 원류가 되었으니 성당 총론(제18권)에 보인다.

善本[4], 乃是'過'字, 陳公歎服, 以爲: 雖一字, 諸君亦莫能到."[舍人之言雖善, 恐非所以論杜. 杜另爲一源, 見盛唐總論.] 孟浩然詩"待至重陽日, 還來就菊花"[5], 一本脫一"就"字, 觀者亦同. 今以二詩原句觀之, 初不見其有異, 至脫一字而人莫能擬, 始見古人功力深微, 非後人所及也. 其鍊格・鍊句亦然.

1 詩話(시화): 구양수의 《육일시화六一詩話》를 가리킨다. 《육일시화》는 구양수가 지은 중국문학사상 최초의 시화다. 이 책의 원래 이름은 《시화》인데, 나중에 《육일시화》, 《육일거사시화六一居士詩話》 등으로 불리게 되었다. 그는 이 책에서 삶의 절실하고 궁벽한 경험을 통하여 얻은 진리가 문학으로 표현될 때 훌륭한 작품이 나온다고 했다. 또한 묘사하기 어려운 사물을 눈앞에 있는 듯이 생생하게 묘사해야 하며, 창작을 함에 있어서 먼저 작문의 수련이 있어야 한다고 말했다.

2 舍人(사인): 관직명. 여기서 말하는 '陳舍人(진사인)'이 누구인지는 확실치 않다.

3 脫(탈): 빠지다. 떨어져 나가다.

4 善本(선본): 내용이 뛰어나고 오자誤字가 전혀 없으며 제본도 잘된 책. 또는 보존 상태가 좋거나, 얻기 어려운 귀중한 책을 가리킨다.

5 待至重陽日(대지중양일), 還來就菊花(환래취국화): 중양절이 오기를 기다려, 다시 와 국화를 감상하네. 맹호연 〈과고인장過故人莊〉의 시구다.

## 37

당나라의 율시는 흥상을 위주로 하고 풍격을 종주로 삼으니, 그 엮어 완성한 것이 어찌 일일이 비슷하지 않을 수 있겠는가? 그러나 의도적으로 표절한 것이 아니라 바로 자신의 산물이다. 세상에 전하는 시화에서는 어떤 사람의 시구가 어떤 사람에게서 나왔다고 하는데, 자못 망령된 것이 많다. 사람의 얼굴로 비유하면, 한 마을 안에 매번 서로 닮은 사람이 많다고 해서, 만약 반드시 어떤 사람은 누구의 아들이라고 한다면 어지러움이 심할 것이다.

해제 당시의 풍격이 비슷한 것은 표절이 아니라 각자 자신의 감흥을 드러낸 것임을 지적했다. 지나치게 자구에 얽매여서 원류를 따지는 것을 절묘한 비유를 통해 설명한 점이 인상적이다.

원문 唐人律詩, 以興象爲主, 以風神爲宗, 至其結撰所成, 豈能一一不類? 但非有意相竊, 卽是己物. 世傳詩話謂某人之句出於某人, 頗多謬妄. 譬之人面, 一邑之中, 每多相肖, 若必指某人爲某人之子, 則瀆亂[1]斯甚矣.

주석 1 瀆亂(독란): 더럽히고 어지럽히다.

## 38

나의 논시는 진실로 오늘날 사람들에게 약과 침이 될 만하다. 잠시 오늘날 사람들의 질병의 근원을 살펴보면 반드시 나의 약과 침이 맞는 사람이 있을 것이다. 진실로 약이 질병에 잘 맞으면, 이것을 읽으면 반드시 흥건히 땀이 흘러 내려 사악한 기운이 비로소 흩어질 것이다. 만약 여기서 때때로 질병을 예방하여 사악한 기운으로 하여금 들어오지 못하게 한다면 종신토록 병이 없을 것이다. 혹은 사악한 기운이 막 흩어졌으나 정기가 아직 싹을 틔우지 못해 여전히 다시 자신이 하고 싶은 대로 제멋대로 하며 약과 침을 우환으로 여긴다면, 사악한 기운이 다시 들어오고 더욱 치료할 수 없을 것이다.

해제 《시원변체》가 그 당시의 병든 시론을 치료하는 침과 약이 된다고 피력하고 있다.

원문 予之論詩, 實足爲今人藥石[1]. 試觀今人病源, 必有宜[2]予之藥石者. 苟藥與病投[3], 讀之必涊然[4]汗下, 便是邪氣始散耳. 若能於此時時防患, 使邪氣不入, 則終身無疾; 或邪氣始散, 正氣未萌, 仍復縱心所欲[5], 以藥石爲患, 則邪氣復

入, 不能更治矣.

1 藥石(약석): 약과 침鍼. 경계가 되는 유익한 말을 비유함.

2 宜(의): 적합하다.

3 投(투): 부합하다. 맞다.

4 涊然(연연): 땀이 나오는 모양.

5 縱心所欲(종심소욕): 자신이 하고 싶은 대로 제멋대로 하다.

## 39

시도가 홍하고 쇠함은 나라의 운명과 서로 같다. 대개 국운이 막 홍할 때는 정치가 반드시 관대하지만, 변하여 까다로워지면 쇠퇴하게 된다. 다시 변하여 무자비해지면 망한다. 오늘날 사람들은 역사歷史와 전기傳記를 읽을 때는 분명히 다스려짐과 어지러움에 대해 밝으면서, 고시를 읽을 때는 홍하고 쇠함에 대해 어두우니, 진실로 일찍이 힘써 추구하지 않은 까닭이다. 그러므로 내가 《시경》・《초사》・한・위・육조・당의 시를 엮은 것은 사마광司馬光의 《자치통감資治通鑑》과 비슷하다. 또한 《시경》・《초사》・한・위・육조・당의 시를 논한 것은 사마광의 《역년도론歷年圖論》과 비슷하다. 학자들이 진실로 숙독하여 그것을 깊게 연구한다면 시도의 홍하고 쇠함이 드러나게 될 것이다.

해제 시도의 홍하고 쇠함은 국운과 서로 같음을 강조하고, 《시원변체》를 통해 역대 시의 홍망을 상세히 알 수 있음을 언급했다. 자신의 노력을 사마광의 《자치통감》과 《역년도론》과 비교하여 그 가치를 논했다.

원문 詩道興衰, 與國運相若. 大抵國運[1]初興, 政必寬大; 變而爲苛細[2], 則衰; 再變而爲深刻, 則亡矣. 今人讀史傳[3]必明於治亂, 讀古詩則昧於興衰者, 實以未嘗講究[4]故也. 故予編三百篇・楚騷・漢・魏・六朝・唐人詩, 類溫公[5]通鑑[6]; 論三

百篇・楚騷・漢・魏・六朝・唐人詩, 類溫公歷年圖論[7]. 學者苟能熟讀而深究之, 則詩道之興衰見矣.

주석

1 國運(국운): 나라의 운명. 나라의 운수運數.
2 苛細(가세): 까다롭고 잔다랗다.
3 史傳(사전): 역사歷史와 전기傳記.
4 講究(강구): 좋은 방법을 궁리하다. 정교하고 아름다움과 완벽함을 힘써 추구하다.
5 溫公(온공): 사마광司馬光(1019~1086). 북송 시기의 학자이자 정치가다. 자는 군실君實이고, 속수涑水선생으로 불렸다. 사후에 온국공溫國公에 봉해져서 흔히 사마온공司馬溫公이라고 불린다. 20세에 과거에 합격한 뒤로 주요 요직을 지내다가, 이른바 복왕福王논쟁을 거치면서 파직되었다. 그 후에도 한림학사翰林學士나 어사중승御史中丞 등의 관직을 담당했으나, 신종神宗이 개혁 정치를 단행함에 따라 왕안석이 권력을 잡게 되자 벼슬을 그만두고 낙향했다.
6 通鑑(통감): 사마광의 《자치통감資治通鑑》을 가리킨다. 이 책은 천자의 정치에 도움을 주기 위해 19년의 세월을 들여, 전국 시대부터 오대까지의 역사를 편년체編年體로 편찬하여 '대의명분大義名分', 즉 군신의 의리를 명확히 한 것이다. 원래 사마광은 영종英宗 치평治平 2년(1065)에 역대의 역사를 편찬하라는 왕명을 받고 《통지通志》라고 제목을 붙여서 헌상獻上했는데, 황제가 이것을 읽고 감동한 나머지 책명을 《자치통감》이라고 직접 지어 주었다고 한다.
7 歷年圖論(역년도론): 사마광의 《역년도歷年圖》를 가리킨다. 모두 7권이다. 이 책은 《자치통감》의 초고에 해당한다고 볼 수 있다.

## 40

시체詩體의 변화는 서체書體와 대략 서로 비슷하다. 《시경》은 고전古篆이다.[8] 한・위 고시는 대전大篆이다.[9] 원가 시기의 안연지・사령

8) 창힐蒼頡의 서체는 황제黃帝로부터 하夏・은殷・주周 삼대三代에 이르기까지 그 글자가 바뀌지 않았다.
9) 주나라 태사太史 주籀가 만들었다.

운의 시는 예서隸書다. 심전기 · 송지문의 율시는 해서楷書다. 초당의 가행은 장초章草다. 이백 · 두보의 가행은 대초大草다. 성당의 여러 시인들의 근체시 중 규칙에 얽매이지 않은 것은 행서行書다. 원화의 여러 시인들의 시는 소식蘇軾 · 황정견黃庭堅 · 미불米芾 · 채경蔡京의 부류다.

시체의 변화를 서체에 대입하여 설명했다. 시의 체재는 형체가 없기 때문에 형체가 있는 서예의 체재로써 비유한 점이 돋보인다.

詩體之變, 與書體大略相類. 三百篇, 古篆也; [蒼頡[1]書, 自黃帝[2]至三代, 其文不改.] 漢魏古詩, 大篆也; [周史籒作.] 元嘉顏 · 謝之詩, 隸書也; 沈 · 宋律詩, 楷書也; 初唐歌行, 章草[3]也; 李 · 杜歌行, 大草[4]也; 盛唐諸公近體不拘律法者, 行書[5]也; 元和諸公之詩, 則蘇 · 黃 · 米 · 蔡[6]之流也.

주석

1 蒼頡(창힐): 중국의 전설에 나오는 황제의 신하로 새의 발자취에서 착상하여 처음으로 글자를 만들었다고 하는 사람이다.
2 黃帝(황제): 중국에서 시조始祖로 섬기는 옛날 전설 속의 임금이다.
3 章草(장초): 초서는 변천과정에 따라 장초章草, 금초今草, 광초狂草로 나누어진다. 장초는 예서를 간략하게 속사한 것으로 예서 필획의 특징인 파책波磔이 남아 있으며 글자가 서로 이어지지 않는다. '파책'이란 한자의 서예 운필법의 일종으로 일반적으로 예서에서 옆으로 긋는 획의 종필終筆을 오른쪽으로 흐르게 뻗어 쓰는 필법을 말한다.
4 大草(대초): 초서 중 금초는 오늘날 흔히 사용되는 초서인데, 동한의 장지張芝가 장초에서 파책을 제거하고 글자 상하의 혈맥을 이어 창안한 것이라고 한다. 이 금초와 관련된 용어로 대초大草와 소초小草가 있는데, 대초는 자형이 크고 필획이 매우 간단한 것으로 광초에 가까우며, 소초는 자형이 비교적 작고 필획이 단정하여 알아보기 쉬운 것을 말한다.
5 行書(행서): 해서를 약간 흘린 서체로서 해서와 초서의 중간에 놓인다.
6 蔡(채): 채경蔡京(1047~1126). 북송 말기의 재상이자 이름난 서예가다. 자는 원장元長이고 희녕 연간 주요 관직을 역임하며 염법鹽法과 다법茶法을 고치고 십대전十大錢을 주조하기도 했다.

## 41

시와 과거 공부는 대략적으로 또한 서로 비슷하다. 고시는 책론과 같으며, 율시는 경서문과 같다. 성당은 고시와 율시가 두루 정교하고, 만당은 율시에는 정교하지만 고시는 쇠망했다. 명나라의 성화 · 홍치 · 정덕 · 가정 연간에는 책론과 경서문이 두루 정교했지만, 지금은 경서문은 정교하나 책론은 역시 쇠망했다. 한편 성당의 고시는 이미 한 · 위에 미치지 못하며,[10] 명나라의 성화 · 홍치 · 정덕 · 가정 연간의 책론은 역시 당 · 송에 미치지 못한다. 만당의 율시는 성당에서 멀어졌으며, 지금의 경서문 역시 성화 · 홍치 · 정덕 · 가정 연간에서 멀어졌다.

혹자가 말했다.

"지금 시험 삼아 성화 · 홍치 · 정덕 · 가정 연간의 문장을 짓는다면, 그대는 반드시 그것이 법식에 맞도록 할 수 있는가?"

내가 대답한다.

과거 공부는 급제를 추구하므로 대개 그때의 기풍에 따를 수밖에 없지만, 시부詩賦는 천 년의 과업인데 어찌 높고 심원함을 버리고 낮고 얕은 것을 좇겠는가?

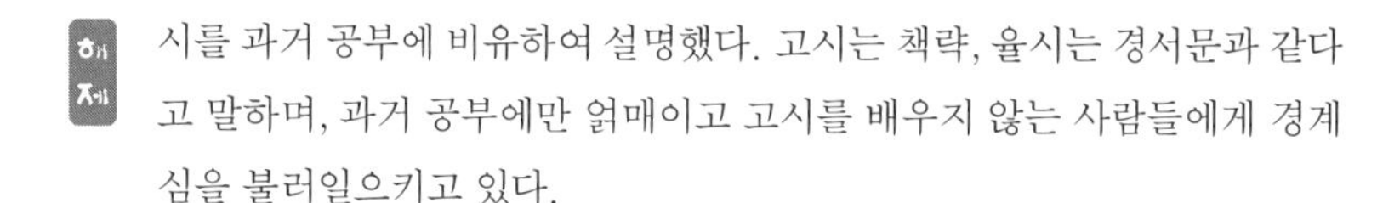


시를 과거 공부에 비유하여 설명했다. 고시는 책략, 율시는 경서문과 같다고 말하며, 과거 공부에만 얽매이고 고시를 배우지 않는 사람들에게 경계심을 불러일으키고 있다.

---

10) 이전에 한 · 위 · 이백 · 두보가 각기 그 지극함에 이르렀다고 말한 것은 각기 그 성취한 바를 가지고 얘기한 것이다. 여기서 성당이 한 · 위에 미치지 못한다고 한 것은 기풍이 실로 낮아졌다는 것이다. 제3권 제15칙, 제35권 제15칙과 참고하여 보기 바란다.

원문

詩與擧業大略亦相類. 古詩如策論, 律詩如經書文[1]. 盛唐古・律兼工, 晩唐則工於律, 而古詩亡矣. 國朝成・弘・正・靖[2]間, 策論・經書文兼工, 今則工於經書文, 而策論亦亡矣. 然盛唐古詩已不及漢魏, [向言漢・魏・李・杜各極其至, 各就其所造而言. 此言盛唐不及漢魏, 乃風氣實有降也. 與論漢魏第十五則幷此卷東坡論詩參看.] 而國朝成・弘・正・靖間策論, 亦不及唐・宋. 晩唐律詩遠於盛唐, 而今之經書文亦遠於成・弘・正・靖間矣. 或曰: "今試爲成・弘・正・靖間文, 子能必其中式否耶?" 曰: 擧業以取科第[3], 蓋有不得不從時者; 詩賦爲千秋之業[4], 寧能捨高遠而趨卑近[5]乎.

주석

1 經書文(경서문): 일반적으로 과거 응시 문장을 가리킨다.
2 성成・홍弘・정正・정靖: 명나라 성화成化・홍치弘治・정덕正德・가정嘉靖 연간을 가리킨다. 1465년부터 1522년까지의 시기에 해당한다.
3 科第(과제): 과거에서 성적을 매겨 등수를 정함.
4 千秋之業(천추지업): 천년의 과업.
5 卑近(비근): 낮고 얕다.

## 42

시와 경서문에는 또한 다른 점이 있다. 경서문은 첩괄帖括이라고 부르는데, 정해진 뜻이 있으며 또 정해진 격식이 있다. 시는 산작散作이라고 부르는데, 정해진 뜻이 없고 또 정해진 체제가 없다. 그러므로 경서문은 오직 깊이 생각하고 묵묵히 궁리해야만 비로소 과거시험에 합격할 수 있고, 시는 반드시 고요하고 한적하며 호방하고 구속을 받지 않아야 초월할 수 있을 따름이다. 잠시 살펴보건대 오늘날 사람들의 과거시험 문장은 대부분 전해지는데,[11] 당나라 사람이 과거시험에서 지은 작품 중 전해지는 것은 오직 조영祖詠의 〈종남망여설終南望

11) 일시에 퍼져 전해지는 것을 말하며, 후세에 전해지는 것이 아니다.

餘雪〉과 전기錢起의 〈상령고슬湘靈鼓瑟〉 두 편뿐이다. 이 외 다음의 시는 그들이 평생 지은 작품과 비교하면 마침내 하늘과 땅 차이가 난다.

다음은 왕창령 〈사시조옥촉四時調玉燭〉의 시구다.

"상스러운 빛은 오래 빛나고, 아름다운 호는 따뜻함을 얻었네. 祥光長赫矣, 佳號得溫其"

다음은 맹호연 〈기기장명騏驥長鳴〉의 시구다.

"말이 빨리 달리니 말 잘 모는 이 생각나고, 말이 우니 즐거운 음악 소리 돌아보네. 逐逐懷良馭, 蕭蕭顧樂鳴"

다음은 전기 〈거어종대학巨魚從大壑〉의 시구다.

"한창 빨리 헤엄치는 것은 배를 삼키려는 뜻이고, 더욱 유별나게 수초 안에서 장난치네. 方快呑舟意, 尤殊在藻嬉"

다음은 이상은 〈도리무언桃李無言〉의 시구다.

"천도天桃의 꽃이 한창 피었고, 무성한 자두 꽃 바야흐로 한창이네. 天桃花正發, 穠李蕊方繁"

해제

시와 경서문의 차이점을 논했다. 경서문은 그때의 기풍에 따라 지어진 것이어서 오랫동안 남을 수 있는 것이 아님을 지적하며, 과거 공부로 인해 시를 제대로 알지 못하는 사람들에게 다시 한 번 일침을 가하고 있다.

원문

詩與經書文復有不同. 經書文名爲帖括[1], 有定旨, 亦有定格; 詩名爲散作, 無定旨, 亦無定製. 故經書文惟沉思[2]默運[3], 始能中的[4]; 詩必幽閒[5]放曠[6], 乃能超越耳. 試觀今人場屋之文[7]多傳, [謂流傳一時, 非流傳後世也.] 而唐人試作, 傳者惟祖詠[8]終南望餘雪[9], 錢起湘靈鼓瑟二篇. 此外, 如王昌齡四時調玉燭云

"祥光長赫矣, 佳號得溫其", 孟浩然騏驥長鳴云"逐逐懷良馭, 蕭蕭顧樂鳴", 錢起巨魚從大壑云"方快呑舟意, 尤殊在藻嬉", 李商隱桃李無言云"天桃花正發, 穠李蕊方繁", 較平生所作, 遂爲霄壤[10].

1 帖括(첩괄): 첩경貼經이라고도 한다. 경서의 본문 또는 주소註疏를 1행만 남겨 놓고 앞뒤를 덮은 위에다가, 또 그 1행 중의 몇 글자를 덮고 응시자들에게 맞추게 한 시험이다.

2 沉思(침사): 깊이 생각하다.

3 默運(묵운): 묵묵히 궁리하다.

4 中的(중적): 과녁을 맞추다. 즉 '과거시험에 합격하다'는 뜻이다.

5 幽閒(유한): 맑고 고요하며 한적하다.

6 放曠(방광): 호방하고 도량이 넓어 남의 구속을 받지 않다.

7 場屋之文(장옥지문): 과거 시험의 문장. '場屋(장옥)'은 '과거 시험을 보는 곳'을 가리킨다.

8 祖詠(조영): 성당 시기의 시인이다. 낙양 사람이나 생졸년은 정확하지 않다. 어려서부터 글 솜씨로 이름이 높았으며, 시가 창작에 뛰어났다. 왕유와 친하게 지냈다고 한다.

9 終南望餘雪(종남망여설): 《당시기사唐詩紀事》 권20의 기록에 의하면 조영이 장안에서 과거 응시작으로 쓴 시라고 한다.

10 霄壤(소양): 하늘과 땅.

## 43

혹자가 말했다.

"당나라는 시부로써 관리를 뽑았기 때문에 그 시가 유독 정교하다."

내가 생각건대 당나라는 비록 시부로써 관리를 뽑았지만 오직 제과制科 중 하나로 구비되었으니 오늘날의 표판表判과 같은 것일 뿐이며, 모두 구속받는 법도가 있었으므로 합격하여 뽑힌 것이 다 뛰어난 작품은 아니다. 이백 · 두보와 위응물 등 여러 뛰어난 시인들을 살펴보면 대부분이 과거시험에서 말미암은 것이 아니다. 그리고 당시가 유독 정교한 까닭은 제·양 시대에서부터 점차 율격에 맞게 되어 당나라에 이르러 여러 체재가 모두 갖추어졌기 때문으로, 그 추세가 정교한 것은 마땅하다. 당나라 때 이미 지극히 성행했기에 원화·송나라에 이르러서는 그 추세가 저절로 변체에 들어가게 된 것일 뿐이다.

해제 당나라 때 시가 유독 뛰어나게 된 까닭을 논하고 있다. 과거시험으로 인해 시가 발전한 것은 사실이나, 그것이 절대적인 이유가 아님을 피력했다. 즉 당시의 성행은 시의 발전 과정에서 나타난 자연스러운 추세이며, 이미 당나라 때 여러 가지 체재가 다 구비되었을 뿐 아니라 원화 연간부터는 또 저절로 변체로 들어가게 되었음을 지적했다.

원문 或言: "唐以詩賦取士, 故其詩獨工." 愚按: 唐雖以詩賦取士, 然但備制擧[1]之一, 亦猶今之表判[2]耳, 然又皆有程墨[3]牽束[4], 故中選者悉非佳製. 試觀李杜及韋應物諸名家, 多不由於科目[5]也. 然唐詩之所以獨工者, 蓋由齊梁漸入於律, 至唐而諸體具備, 其理勢宜工. 唐旣盛極, 至元和·宋人, 其理勢自應入變耳.

주석
1 制擧(제거): 당나라 때 뛰어난 인재를 뽑기 위해 천자가 친히 문제를 내어 임시로 보던 과거시험을 가리킨다. '制科(제과)'라고도 한다.
2 表判(표판): '表(표)'는 '임금에게 올리는 편지'를 가리키며, '判(판)'은 '판결문'을 가리킨다.
3 程墨(정묵): 저울과 먹줄. 즉 규범이나 법도를 가리킨다.
4 牽束(견속): 구애받고 구속되다.
5 科目(과목): 과거의 등용 시험.

# 제 35 권

詩源辯體

## 1

시는 지을 수 있지만 선록할 수 없고, 선록할 수 있지만 논의할 수 없다. 무릇 깊이와 정교함이 창작에 따라 나아가니 지을 수 있으나 선록은 쉽게 할 수 없다. 그러나 만약 치우치지 않은 식견이 있다면 대체로 한 · 위 · 초당 · 성당의 아정雅正한 시 중에서는 아마 선록할 수 있을 것이다. 시를 논하는 경우 그 중용을 얻은 자는 반드시 편벽된 것을 버리지만 정체에 밝은 사람은 대부분 변체에 어둡기 때문에, 《시경》 · 한 · 위 · 육조 · 초당 · 성당 · 중당 · 만당에 대해 각기 그 정체와 변체를 이해하여 논할 수 있는 사람은 드물다. 하물며 도연명 · 원결 · 위응물 · 유종원 · 원화의 여러 시인들이 각기 그 지극함에 이른 것에 대해서 논할 수 있겠는가?

강엄의 다음 논의는 뛰어나니, 더불어 시를 논할 만하다.

"세상의 여러 현인들은 각기 미혹된 것에 빠져, 달콤한 것을 논하여 매운 것을 꺼리고 붉은 것을 좋아하여 흰색을 나무라지 않는 것이 없으니, 어찌 이른바 융통성이 있어 포용적이고, 심원한 것을 좋아하며 두루 사랑하는 사람이라 하겠는가!"

해제 논시의 어려움에 관해 말했다. 시의 정체를 분명하게 구별할 수 있는 사람이 드물다. 정체를 위해서는 변체를 더 많이 알아야 하는데, 편견을 가지지 않고 그 경지에 도달하기란 쉬운 일이 아니다. 따라서 아래에서는 역대의 시론에 대해 살피면서 그 오류를 개괄적으로 논하고 있다.

원문 詩可作, 不可選; 可選,不可言. 夫淺深精粗, 隨所造而就焉, 可作也; 而選則未易能也. 然苟有中正[1]之識, 則凡漢・魏・初・盛唐雅正之詩, 或可選也. 若夫[2]言詩, 得其中者必遺其偏, 明於正者多昧於變, 能於三百篇・漢・魏・六朝・初・盛・中・晩唐各得其正變而論之者, 鮮矣. 況能於淵明・元結・韋・柳・元和諸公各極其至而論之耶? 善乎江文通之論曰: "世之諸賢, 各滯所迷, 莫不論甘而忌辛, 好丹而非素, 豈所謂通方[3]廣恕・好遠兼愛者哉!" 斯可與言詩矣.

주석
1 中正(중정): 치우치지 않다.
2 若夫(약부): … 에 대해서는. … 와 같은 것은. 문장 앞에 쓰여 말의 시작을 나타낸다.
3 通方(통방): 융통성이 있다. 한 가지 연구 방법에만 국한되지 않다.

## 2

세상에 전해지는 위문제魏文帝의 《시격詩格》은 유치하고 비천한 것은 물론이거니와, 곧 심약의 '팔병八病'설을 베꼈으며 또 제・양의 시구를 끌어와 법도로 삼았다. 대개 시골 서당의 눈먼 스승이 하는 행동이어서 논쟁할 가치도 없다.

해제 조비의 《시격》에 관한 논의다. 《시격》은 현존하는 중국 시론집 중 가장 오래된 것이다. '구례句例', '대례對例', '육지六志', '팔대八對', '팔병八病', '잡례雜例', '두미부대례頭尾不對例', '구부대례俱不對例' 등 여덟 가지 항목으로 구성되어 있는데, 위문제 이후의 시인들도 등장하므로 위문제 조비가 지은 것이 아니라고 보기도 한다.

원문 世傳魏文帝詩格, 其淺稚卑鄙無論, 乃至竊[1]沈約"八病"之說, 又引齊梁詩句爲法, 蓋村學[2]盲師[3]所爲, 不足辯也.

주석
1 竊(절): 훔치다. 베끼다.
2 村學(촌학): 시골 서당.
3 盲師(맹사): 눈먼 스승. '눈 밝은 스승明師'과 구분됨.

## 3

심약의 시론에 '팔병八病'설이 있는데, 종영 · 교연 · 엄우 · 왕세정이 이미 그것을 꾸짖었으므로 논변할 필요가 없다. 그러나 이것은 곧 율시로 변해가는 단계이어서 이상한 것이 아니다.

해제 심약의 팔병설에 관한 논의다. 팔병설에 오류가 있는 것은 사실이지만, 그것은 율시로 변화하는 단계에서 나타난 것이므로 자연스러운 이치라고 지적했다. 팔병이란 평두平頭 · 상미上尾 · 봉요蜂腰 · 학슬鶴膝 · 대운大韻 · 소운小韻 · 방뉴旁紐 · 정뉴正紐를 말하는데, 모두 시를 지을 때 피해야 할 사항들이다. 심약의 팔병설이 없었다면 율시는 더 늦게 발전했을 수도 있다.

원문 沈約論詩, 有八病之說, 鍾嶸 · 皎然 · 滄浪 · 元美已嘗詆之, 不必致辯. 然此乃變律之漸, 無足怪也.

## 4

유협의 《문심조룡》 서문은 대요를 서술하고 그 요점을 분명하게 했다.

해제 유협의 《문심조룡》에 관한 논의다. 중국에서 가장 오래된 완정한 문학평론서로, 형식적 기교에만 치우쳐 내용 없는 미문美文 위주의 경향을 비판했다. 《문심조룡》은 그 서문에서 핵심을 간단명료하게 잘 서술하고 있다. 전체 10권 50편으로 이루어져 있는데, 전반 25편에서는 문학의 근본 원리를 설명하고 각 문체에 대한 문체론을 서술했고, 후반 25편에서는 서지序志 1편을 제외하면 문장의 작법과 창작론에 관해 서술하고 있다.

원문 劉勰文心雕龍序述大略[1], 得其要領[2].

주석
1 大略(대략): 개략概略. 대요大要.
2 要領(요령): 사물의 요점.

## 5

종영의 《시품》은 3품三品으로써 시인들을 분류했다. 상품上品에는 부끄럽지 않은 시인들을 넣었고, 하품下品에서는 유독 조조를 낮게 평가했으며, 중품中品에는 대부분 상품으로 올릴 수도 있고 하품으로 내릴 수도 있는 시인들을 넣었다.

《시품》에서 "조식은 건안 시기의 으뜸이며, 유정과 왕찬이 보좌한다. 육기는 태강 시기의 으뜸이며, 반악과 장협이 보좌한다. 사령운은 원가 시기의 영웅이며, 안연지가 보좌한다."고 말했다. 곧 그 당시의 중론이 같았으니, 종영 한 사람의 사사로운 견해가 아니다. 원류의 기원을 논한 것은 대부분이 오류이므로, 왕세정과 호응린 역시 그것을 일찍이 나무랐다. 다만 고시와 조식의 "근원이 국풍에서 비롯된다"고 한 것과 육기와 사령운의 "근원이 조식에게서 비롯된다"고 한 것만 오류가 아닐 뿐이다.

해제 종영의 《시품》에 관한 논의다. 시인들을 상, 중, 하 3품으로 나누고 각기 시의 근원을 논했다. 그중 조식과 육기·사령운의 원류에 관한 논의는 맞지만, 나머지는 대부분 오류라고 비판했다.

鍾嶸詩品以三品定士, 其上品無愧, 下品獨屈[1]曹公, 惟中品多可上下[2]者. 其言"陳思爲建安之傑, 公幹·仲宣爲輔; 陸機爲太康之英, 安仁·景陽爲輔; 謝客爲元嘉之雄, 顏延年爲輔." 乃當時衆論所同, 非一人私見也. 至論源流所自, 率多[3]謬誤, 元美·元瑞亦嘗詆之. 惟言古詩·曹植"其源出於國風", 陸機·靈運"其源出於陳思"爲不謬耳.

1 屈(굴): 억누르다.
2 上下(상하): 중품에서 상품으로 올라갈 수도 있고 하품으로 내려갈 수도 있다는 의미다.
3 率多(솔다): '大量(대량)'과 같은 말. 대부분.

## 6

종영은 왕융·사조·심약과 동시대의 사람인데 시론에서 의혹되지 않았으니, 참으로 숭상할 만하다. 그 세 사람을 논하여 다음과 같이 말했다.

"조식·유정·육기·사령운은 궁상宮商의 구분이나 사성四聲의 이론에 관해 듣지 못했다. 조조·조비·조예의 시는 문장이 간혹 정교하지 못하지만 운이 노래에 맞았으니, 이것은 음운의 의미를 중시한 것으로 세상에서 말하는 궁상과는 다르다. 문장을 지을 때는 본디 반드시 읊어봐야 하며 소리가 막혀서는 안 되는데, 다만 청탁淸濁이 관통하여 어기가 순조로우면 충분하다. 평상거입平上去入이 잘 지켜지지 않는 것이 나는 근심스러운데, 봉요蜂腰와 학슬鶴膝이 민간에 이미 심하다."

이 주장은 마음속의 생각을 충분히 펼쳤다고 할 만하다.

해제 성률론에 관한 종영의 논의를 통해 제 · 양 시기의 풍조를 개괄했다.

원문 鍾嶸與王融 · 謝朓 · 沈約同時, 而論詩不爲所惑, 良[1]可宗尚. 其論三子云: "曹 · 劉 · 陸 · 謝, 不聞宮商[2]之辨, 四聲之論. 三祖之詞, 文或不工, 而韻入歌唱, 此重音韻之義也, 與世之言宮商者異矣. 文製本須諷讀[3], 不可蹇礙[4], 但令淸濁[5]通流[6], 口吻[7]調利[8], 斯爲足矣. 平上去入, 余病未能, 蜂腰[9]鶴膝[10], 閭里[11]已甚."云云. 此論堪爲吐氣[12].

주석
1 良(양): 진실로
2 宮商(궁상): 중국 고대의 궁宮 · 상商 · 각角 · 치徵 · 우羽 5음을 가리킨다.
3 諷讀(풍독): 소리 내서 읽다.
4 蹇礙(건애): 소리가 막혀서 통하지 않다.
5 淸濁(청탁): 청음과 탁음. 곧 평음平音과 측음仄音을 가리킨다.
6 通流(통류): 꿰뚫고 흐름. 관통하다.
7 口吻(구문): 말할 때 나오는 감정 색채를 가리킨다.
8 調利(조리): 조화롭다.
9 蜂腰(봉요): 오언구의 두 번째 글자와 다섯 번째 글자가 같은 성조가 되는 것을 피해야 함.
10 鶴膝(학슬): 오언시의 첫째 구의 끝 자와 세 번째 구의 끝 자가 같은 성조가 되는 것을 피해야 함.
11 閭里(여리): 마을. 민간.
12 吐氣(토기): 의기를 드러내다.

## 7

상관의上官儀 · 이교李嶠 · 왕창령王昌齡의 각 《시격詩格》이 세상에 전해진다. 또 왕창령의 《시중밀지詩中密旨》, 백거이의 《금침집金針集》과 《문원시격文苑詩格》, 가도의 《이남밀지二南密旨》는 유치하고 비천하며 모두 위작에 속한다. 내가 예전에 각각에 대해 논변한 것이 있지만, 지금 그것을 살펴보니 비웃을 만한 가치도 없다. 대개 그 당시에 상관의 · 이교 · 왕창령 · 백거이가 모두 명성이 있었고, 또 가도가 지은 시는 만당 시인들이 대부분 경모했으므로 위작한 작가들이 그들의 이름에 의탁했을 뿐이니, 오늘날 《시학대성詩學大成》을 출판하면서 이반룡의 이름에 의탁하는 것과 같은 것이다. 송나라 문인들이 이에 대해 언급했으나 상세하지 못했기에 지금 다시 상세하게 말한다.

해제

당나라 시기의 시론서에 관한 논의다. 대부분 그 당시의 명성에 위탁한 위찬임을 지적했다. 상관의의 《필차화량筆劄華梁》은 남송 때에 이미 산실되었는데, 그중 일부가 채전蔡傳이 편찬한 《음창잡록吟窗雜錄》에 실려 전한다. 제 · 양 이후 음률에 대한 관심을 반영하여 성률과 대우의 문제를 집중적으로 다루고 있으며, 이후 원긍元兢과 최융崔融 등의 시가 이론에 지대한 영향을 미쳤다. 또 이교李嶠의 《평시격評詩格》은 크게 시유구대詩有九對, 시유십체詩有十體의 두 부분으로 구성되어 있는데, 의대義對와 성대聲對에 대해 전문적으로 언급하고 있는 부분이 특히 뛰어나다. 시어나 자구의 방법에 대해서도 언급하고 있긴 하지만 장법章法에 대한 서술이 주를 이룬다. 왕창령의 《시격詩格》은 성률聲律, 체식體式, 병범病犯 등의 시격론 외에도 '시유삼경설詩有三境說' 등을 제기했다. 삼경이란 '물경物境', '정경情境', '의경意境'이다.

왕창령은 또한 《시중밀지》를 저술했는데, 여기서는 시의 격률에 대해 상세히 다루고 있다. 하지만 분류가 다소 복잡하고 모호하여 크게 주목을 받지 못했다. 백거이가 편찬한 것으로 알려진 《금침집》은 시가의 여러 가지 병폐들을 침을 놓듯 해소한다는 의미에서 《금침시격金針詩格》이라고도 한다. 또 백거의의 《문원시격》은 시격뿐만 아니라 문장의 격률에 대해서도 다루고 있다. 마지막으로 가도가 편찬한 것으로 알려진 《이남밀지》는 일찍이 송나라 진진손陳振孫의 《서록해제書錄解題》에서도 가도의 이름에 의탁한 것이라고 밝힌 바 있는데, 모두 15부문으로 나누어져 있으며 '정격情格', '의격意格', '사격事格'을 창작의 이론으로 제시하고 있다.

世傳上官儀[1] · 李嶠 · 王昌齡各有詩格, 昌齡又有詩中密旨, 白居易有金針

集, 又有文苑詩格, 賈島有二南密旨, 淺稚卑鄙, 俱屬僞撰. 予曩時[2]各有辯論, 以今觀之, 不直一笑. 蓋當時上官儀·李嶠·王昌齡·白居易俱有盛名, 而賈島爲詩, 晚唐人亦多慕之, 故僞撰者託之耳, 亦猶今世刻詩學大成託名李攀龍也. 宋人言之而有未盡, 今更詳之.

1 上官儀(상관의): 초당 시기의 문인이다. 자는 유소遊韶고 섬주陝州 섬현陝縣 사람이다. 627년에 진사에 급제하여 홍문관직학사弘文館直學士를 거쳐 비서소감秘書少監이 되었다. 육조의 화려함을 계승하여 섬세한 기교를 구사한 그의 시풍은 이른바 '상관체上官體'라 일컬어지며 크게 유행했다. 고종 때 서태시랑西台侍郎이 되어 측천무후則天武后의 전횡을 억압하려는 고종을 도와 무후의 폐위를 도모했으나 실패하여 투옥되어 사망했다.

2 曩時(낭시): 지난번.

## 8

시도가 갖춰지지 않은 지 오래되었다. 이백과 두보는 시도를 이해했지만 말하지 않았고, 다른 사람들은 시도를 말했지만 이해하지 못했으니, 이것이 시도가 갖추어지지 않은 이유다. 비록 그러하지만 이백과 두보의 뜻은 알 수 있다. 두보는 오언고시 중 설직薛稷의 〈섬교편陝郊篇〉을 높이 받들었으며, 이백은 칠언율시 중 최호崔顥의 〈황학루黃鶴樓〉를 좋아했다. 대개 오언고시는 초당에 이르러 고시와 율체가 섞였는데 설직의 〈섬교편〉은 성조가 모두 순일할 뿐 아니라 성조가 웅혼하여, 초당의 오언고시 중 비교할만한 것이 없을 정도로 독보적이다. 최호의 〈황학루〉는 흥취가 지극하고 형상과 자취가 모두 융합되어 당시의 칠언율시 중 최고다. 즉 이백과 두보가 그것을 칭송한 뜻에서 숭상한 시도가 무엇인지 알 수 있다.

이백과 두보는 비록 시도에 대해 직접적으로 논한 적은 없지만, 그들이 숭

상한 시를 통해 그 시도가 각기 어디에 있었는지를 알 수 있음을 지적하고 있다. 즉 두보가 설직의 〈섬교편〉을 높이 평가한 것을 통해, 두보는 시의 성조가 순일하고 웅혼한 것을 숭상했음을 알 수 있고, 이백이 최호의 〈황학루〉를 높이 평가한 것을 통해, 이백은 홍취가 지극하고 형상과 자취가 융합된 것을 숭상했음을 알 수 있다.

원문

詩道不明久矣, 李杜二公知之而弗言, 他人言之而弗知, 此詩道之所以不明也. 雖然, 二公之意可見也. 子美於五言古推薛稷陝郊篇, 太白於七言律愛崔顥黃鶴樓. 蓋五言古至初唐古・律混淆, 薛稷陝郊篇聲旣盡純, 而調復雄渾, 初唐五言古無足與比[1]; 崔顥黃鶴樓, 興趣所到, 形跡俱融, 爲唐人七言律第一. 卽二公之意推之, 其所尙可知矣.

1 無足與比(무족여비): 비교할 만한 것이 없다.

## 9

교연의 《시식詩式》에서 "수많은 꽃잎의 부용과 연꽃이 물에 비춰지는 것 같은 예百葉芙蓉菡萏照水例", "용과 호랑이가 가듯이 기세가 뛰어나고 정취가 고원한 예龍行虎步氣逸情高例", 차가운 소나무와 병든 가지를 바람이 흔들어 반이 잘라진 예寒松病枝風擺半折例"는 모두 견강부회한 것이다. 또 '불용사제일격不用事第一格', '작용사제이격作用事第二格', '직용사제삼격直用事第三格' 등의 시격에서 인용한 시구에도 오류가 많다. 대개 모두 시구를 논하고 체재를 논하지 않았으므로 대부분 제・양 시기를 칭송하고 대력 시기를 폄하했을 따름이다.

해제

교연의 《시식》에 관한 논의다. 체재를 논하지 않고 시구를 논했기 때문에 오류가 많이 생겼음을 지적하고 있다. 《시식》은 모두 5권으로 정원貞元 5

년(789)에 저술되었다. 교연은 서정을 중시하고 자연스러움을 숭상한다. 제1권의 총론에서는 시가 창작에 관한 여러 가지 문제들을 논했다. 나머지 네 권에서는 전고 운용의 각종 방법과 그 우열을 논하고, 이전 시대 시인들의 시구를 500조 가까이 인용하여 설명했다.

皎然詩式有"百葉芙蓉菡萏照水"例, "龍行虎步氣逸情高"例, "寒松病枝風擺半折"例,[1] 率皆穿鑿附會; 又有"不用事"[2]·"作用事"[3]·"直用事"[4]等格, 其所引詩句, 亦多謬妄. 大抵皆論句, 不論體, 故多稱齊梁而抑大歷耳.

1 이상의 예는 《시식, 품조品藻》에 나온다.
2 不用事(불용사): 교연 《시식》의 '불용사제일격不用事第一格'을 가리킨다.
3 作用事(작용사): 교연 《시식》의 '작용사제이격作用事第二格'을 가리킨다.
4 直用事(직용사): 교연 《시식》의 '직용사제삼격直用事第三格'을 가리킨다.

## 10

사공도司空圖의 논시論詩 중 "매화는 신 맛에서 멈춘다梅止於酸" 이하의 말은[1)] 당시의 정수를 깨달았다. 왕유·한유·원진·백거이의 정체와 변체에 대한 논의는 각기 타당하여,[2)] 교연의 《시식》을 훨씬 능가한다. 소식과 호응린이 모두 탄복했다.

사공도의 《이십사시품二十四詩品》에 관한 논의다. 이 책은 시가의 미학적 문제를 다룬 이론서다. 그는 이 책에서 시의 의경을 24품으로 나누어 각각 4언 12구의 형식으로 해설하고 있다. 여러 종류의 시가 풍격에 대해 개괄했을 뿐 아니라 예술풍격의 형성에 대해서도 다루고 있어, 시가의 평론과 감상 방면에서 많은 공헌을 했다고 평가된다. 허학이는 여기서 "梅止於酸

1) 성당 총론(제17권 제38칙)에 보인다.
2) 각 시인들에 관한 논의 중에 보인다.

(매지어산)" 이하 스물넉 자의 논의가 당시의 정수를 파악했다고 지적하고 있는데, 그 내용은 다음과 같다.

"매화는 신맛에서 멈추고 소금은 짠맛에서 멈추는데, 음식에는 소금과 매화가 들어가지 않은 것이 없지만 그 맛은 늘 짜고 신맛의 밖에 있다.梅止於酸, 鹽止於鹹, 飮食不可無鹽梅, 而其美常在鹹酸之外."

司空圖論詩, 有"梅止於酸"二十四字[見盛唐總論], 得唐人精髓[1]. 其論王摩詰·韓退之·元·白正變, 各得其當[見諸家論中], 遠勝皎然詩式, 東坡·元瑞皆稱服之.

1 精髓(정수): 사물의 가장 중심이 되는 알짜를 가리킨다.

## 11

제기齊己의 《풍소지격風騷旨格》, 허중虛中의 《유류수감流類手鑑》, 또 문욱文彧의 《시격詩格》이 있다. 제기의 '십세十勢'설은 교연을 모방했고, 허중은 《이남밀지》를 모방했으며, 문욱의 '십세'는 다시 제기를 모방했다. 대개 모두 억지로 갖다 붙여서 유치하며 서로 표절했다.

《계림시평桂林詩評》은 대체로 대요를 논하여, 앞의 세 사람보다는 다소 식견이 있다. 그중 상외구격象外句格·당구대격當句對格·당자대격當字對格·십자구격十字句格·십자대격十字對格은 비록 핵심은 아닐지라도 견강부회하지 않았는데, 가색대격假色對格·가수대격假數對格·반고격盤古格·등양격騰驤格은 견강부회하여 비루하다.

당말오대 시승詩僧의 시론에 관한 논의다. 제기 《풍소지격》, 허중 《유류수감》, 문욱 《시격》, 경순景淳 《계림시평》 중에서 《계림시평》이 다소 뛰어남을 지적했다.

《풍소지격》은 당말의 시론서 중에서 가장 많은 내용을 담고 있으나, 인용한 시 구절이 번잡하고 그 의미가 명확하지 않아 대체로 부정적으로 평가된다. '육시六詩', '육의六義', '십체十體', '십세十勢', '십이식十二式', '사십문四十門', '육단六斷', '삼격三格' 등 8부분으로 구성되어 있는데, 육시와 육의는 전통 시교와 유사하고, 십체 · 십세 · 십이식은 대구와 풍격에 관한 내용이며, 사십문과 육단은 시가의 내용에 관한 내용이고, 삼격은 시의 수준에 대한 평가와 관련된다.

《유류수감》은 시가 창작에 있어 사물의 중요성을 강조한 비평서다. '물상유류物象流類', '시유이종詩有二宗', '거시유례擧詩類例'로 이루어져 있는데, 모두 형식이 아닌 제재와 내용을 다루면서 구체적인 예를 통해 설명했다.

문욱의 《시격》은 작시의 방법과 피해야 할 요소를 설명하고 예시를 들고 있다. 대체로 교연의 《시식》과 제기의 《풍소지격》의 논점을 따르고 있는데, 특히 제기의 '십세' 이론을 계승하고 발전시켰다는 평가를 받고 있다.

마지막으로 《계림시평》은 시의 요지에 대해 언급하고 각 격식에 맞는 작품의 예를 구체적으로 제시했다. 시의 함축적인 내용과 격률에 대해 함께 다루고 있어 왕몽간王夢簡의 《시요격률詩要格律》과 유사하다. 교연의 영향을 많이 받았으며 후대의 비평서에도 적지 않은 영향을 미쳤다.

齊己有風騷旨格, 虛中[1]有流類手鑑, 文彧[2]亦有詩格. 齊己"十勢"[3]之說, 倣於皎然, 虛中倣於二南密旨, 文彧"十勢"又倣於齊己. 大抵皆穿鑿淺稚, 互相剽竊. 桂林詩評[4]略言大體, 較前三家稍爲有見, 中有象外句格 · 當句對格 · 當字對格 · 十字句格 · 十字對格, 雖非本要, 未爲穿鑿; 又有假色對格 · 假數對格 · 盤古格 · 騰驤格,[5] 則又穿鑿鄙陋矣.

1 虛中(허중): 당말오대의 시승이다. 제기의 시우詩友로 알려져 있다. 자는 형오形誤며 생졸년은 미상이다.

2 文彧(문욱): 오대의 시승이다. 신욱神彧이라고도 불리며 호는 문보대사文寶大師다. 생평에 대해서는 알려진 바가 없다. 다만 그의 시론서인 《문욱시격》에 만당오대의 시가 많은 것으로 보아, 적어도 오대에 활동한 인물임에는 틀림없다.

3 十勢(십세): 제기가 작시의 방법에 대해 정리한 것이다. 사자반척세獅子返擲勢,

맹호거림세猛虎踞林勢, 단봉함주세丹鳳銜珠勢, 독룡고미세毒龍顧尾勢, 고안실군세孤雁失群勢, 홍하측장세洪河側掌勢, 용봉교음세龍鳳交吟勢, 맹호투간세猛虎投澗勢, 용잠거침세龍潛巨浸勢, 경탄거해세鯨吞巨海勢 등의 열 가지로 구분하여 설명하고 있다. 정확한 설명이 없고 시만 예로 들고 있어 모호하다는 평가를 받는다.

4 桂林詩評(계림시평): 당나라 말기 계림의 시승이었던 경순景淳의 시론서다. 경순의 생애는 자세하지 않은데, 오언시에 뛰어났다고 전한다.

5 이상의 구는 《계림시평》에 관한 분석이다. 《계림시평》은 작시의 방법에 대해 설명한 책이다. 시유삼체詩有二體, 상외구격象外句格, 당구대격當句對格, 당자대격當字對格, 십자구격十字句格, 십자대격十字對格, 가색대격假色對格, 가수대격假數對格, 격구대격隔句對格, 박옥격璞玉格, 조금격雕金格, 루수격鏤水格, 반고격盤古格, 등양격騰驤格, 이제단離題斷, 포제단抱題斷, 독체격獨體格, 제일구견제격第一句見題格, 제이구견제격第二句見題格, 제삼구견제격第三句見題格, 제사구견제격第四句見題格, 적종격摘縱格 등으로 나누어 설명했다.

## 12

서인徐寅 · 서연徐衍 · 이려李慮 · 서생徐生 · 왕몽간王夢簡 · 왕예王叡 · 왕현王玄의 시론은 모두 비루한 것에 가깝다. 서인의 시론은 대부분 제기에게서 나왔고 왕현은 한희재韓熙載 · 요융廖融 등의 시를 인용했는데, 대개 오대 때의 사람이다.

생각건대 제기의 시는 만당 중에서 가장 아래고 나머지 10명 또한 들은 적이 없는데, 그 시론도 응당 이와 같을 것이므로 논변할 필요가 없다.

해제

서인 · 서연 · 이려 · 서생 · 왕몽간 · 왕예 · 왕현의 시론에 관한 논의다. 쟁론할 필요도 없는 이들을 언급한 것은 안목을 넓혀 시도를 바르게 정립하는 데 도움이 되기 때문이다.

원문

徐寅[1] · 徐衍[2] · 李慮[3] · 徐生[4] · 王夢簡[5] · 王叡[6] · 王玄[7]論詩, 俱屬卑鄙. 徐寅多出齊己, 王玄引韓熙載[8] · 廖融[9]詩, 蓋五代時人. 按齊己詩於晚唐最下, 餘十人亦無聞, 其論應爾, 不必致辯.

1 徐寅(서인): 당말오대의 문인이다. 자는 소몽昭夢이고, 이름의 '寅(인)'자는 '夤(인)'으로 쓰기도 한다. 천주泉州 보전莆田 사람이다. 여러 차례 과거에 응시했으나 낙방하고 대량大梁 일대를 유람했다. 당나라 소종昭宗 건녕乾寧 원년(894)에 진사에 합격하여 비서성정자秘書省正字에 임명되었다. 후일 연수계延壽溪에 은거하며 많은 저서를 남겼는데, 시론서로는 《아도기요雅道機要》 2권이 있다.

2 徐衍(서연): 생졸년 미상이다. 그의 시론서인 《풍소요식風騷要式》에서 제기, 정곡, 허중 등의 시를 예로 들고 있으므로, 적어도 오대송초에 활동했던 인물로 보인다.

3 李慮(이려): 생졸년 미상이다.

4 徐生(서생): 생졸년 미상이다.

5 王夢簡(왕몽간): 오대송초에 활동했던 것으로 보이나 생졸년은 미상이다. 시론서 《시요격률詩要格律》이 있다.

6 王叡(왕예): 생졸년은 미상인데, 《전당시》에서 "원화 이후의 시인"이라고 기록하고 있다. 《시격》 또는 《자곡자시격炙轂子詩格》이라고 하는 시론서가 있는데, 만당오대의 시론서로 가장 이른 시기의 것으로 보인다.

7 王玄(왕현): 오대송초에 활동했던 것으로 보이나 생졸년은 미상이다. 그의 시론서인 《시중지격詩中旨格》은 교연이 제시했던 고高, 일逸, 정貞, 충忠, 절節, 지志, 기氣, 정情, 사思, 덕德, 계誡, 한閑, 달達, 비悲, 원冤, 의意, 력力, 정靜, 원遠의 19가지의 풍격을 계승하여 자신의 해석과 예시를 더해 설명한 것이다.

8 韓熙載(한희재): 오대십국 남당南唐의 관리다. 자는 숙언叔言이며, 생졸년은 902년~970년이다. 후당後唐 장종莊宗 동광同光 연간에 진사에 급제했으며 부친이 이사원李嗣源에게 살해당하자 오吳나라로 도망했다. 남당 이변李昪이 즉위한 후 주요 관직을 역임했다. 박학다식하며 산문을 잘 지었다. 또 서예에도 뛰어나 서현과 어깨를 나란히 하며 '한서韓徐'라고 병칭되었다. 성격이 활발하고 행동거지에 거리낌이 없었다고 전한다. 후주後主 이욱李煜이 그 당시 중서시랑中書侍郎이었던 한희재를 재상으로 삼고자 했으나 생활이 방탕하다는 소문을 듣고 궁정화가였던 고굉중顧宏中을 그의 집으로 파견하여 사생활을 그림으로 그려오게 한 〈한희재야연도韓熙載夜宴圖〉가 유명하다.

9 요융廖融: 오대의 문인이다. 강서성 영도현寧都縣 사람으로 자호를 형산거사衡山居士라 했다. 성품이 고결했으며 시문에 뛰어났다고 전한다. 출사에 뜻이 없어 무창태수武昌太守의 관직만을 지냈다. 시문집 4권이 있었으나 이미 실전되었고, 《전당시》에 시 6수가 전한다.

## 13

송대 매요신梅堯臣에게는 《속금침시격續金針詩格》이 있고, 또 《매씨시평梅氏詩評》이 있는데, 역시 위작에 속한다.

해제 송대 매요신의 시론에 관한 논의다. 그의 《속금침시격》, 《매씨시평》이 모두 위작임을 지적했다.

원문 宋梅堯臣有續金針詩格[1], 又有梅氏詩評[2], 亦屬僞撰.

주석
1 續金針詩格(속금침시격): 매요신은 이 책의 서문에서 당나라 시인 백거이의 《금침시격》을 칭송하면서, 백거이의 의도를 계승 확장하여 창작한 것이라 밝혔다. 언외言外에 드러나는 시의 함축성을 강조하면서 시가의 사회적 작용, 즉 미자美刺를 중시했다.
2 梅氏詩評(매씨시평): 이 책 역시 대체적으로 백거이의 시론을 계승하여, 내용이 공허한 시를 비판하고 시가의 정치적 공능을 강조한 것이다.

## 14

송대의 시화는 각 종류 모두 빠짐없이 서술하지 못했는데, 대체로 사실을 기록했고 간혹 다른 의론이 섞여서 시도에 무익하다.

해제 송대 시화에 대한 전반적인 관점을 논했다.

宋人詩話[1], 種種不能殫述[2], 然率多紀事[3], 間雜他議論, 無益詩道.

1 詩話(시화): 시가, 시인, 시파를 평론하고 시인의 이야기를 기록한 저작을 말한다.

2 殫述(탄술): 빠짐없이 서술하다.

3 紀事(기사): 사실을 기록하다.

## 15

소식의 시론은 그 문집 속에서 산견되는데 출중한 견해가 많다. 나는 그의 〈서왕자사집후書王子思集後〉에서 말한 다음의 내용을 가장 좋아한다.

"소무와 이릉의 천연스러움, 조식과 유정의 득의양양함, 도연명과 사령운의 초연함[3)]은 대개 지극한 경지에 이르렀다. 이백과 두보는 절세의 빼어난 자질로써 긴 세월을 뛰어넘었기에 고금의 시인들이 다 사라졌다. 위진 이래로 고아한 풍격으로 세속에서 초탈했기에 쇠퇴함이 적어졌다."

이 말은 간략하면서도 뜻을 다 표현했고, 완곡하면서도 타당하다. "이백과 두보는 절세의 빼어난 자질로써 긴 세월을 뛰어넘었기에 고금의 시인들이 다 사라졌다"고 말했을 뿐 아니라, 또 "위진 이래로 고아한 풍격으로 세속에서 초탈했기에 쇠퇴함이 적어졌다"고 말한 것에는 짐작도 있고 임기응변도 있지만, 후세에 이백과 두보를 논한 것은 모두 이에 미치지 못한다.[4)] 송·원·명대의 사람들은 대부분 이전의 시론을 차례대로 분류했지만 모두 유치하고 비루하며, 소식 등 여러

3) 도연명과 사령운을 함께 논하는 문제는 도연명에 관한 논의(제6권 제20칙 참조) 중 상세히 밝혔다.

4) 제3권의 제15칙과 참조하여 보기 바란다.

문인의 시론을 대충 본 것이 적지 않으니, 애석하도다!

**해제** 소식의 시론에 관한 논의다. 소식의 시론은 그의 문집에 산견되기 때문에 자세히 이해하기 어려움을 지적하고 있다.

**원문** 東坡論詩, 散見[1]其集中, 而獨得[2]之見爲多. 予最愛其書王子思集後云: “蘇李之天成, 曹劉之自得, 陶謝之超然[陶謝並論, 詳辯淵明論中], 蓋亦至矣. 而李太白杜子美以英偉[3]絶世之姿, 凌跨[4]百代[5], 古今詩人盡廢. 然魏晉以來, 高風[6]絶塵[7], 亦少衰矣.” 此語簡而盡[8], 曲而當[9], 旣云 “李杜凌跨百代, 古今詩人盡廢”, 又云“魏晉以來, 高風絶塵, 亦少衰矣”, 有斟酌[10], 有權變[11], 而後世論李杜者皆弗及也. [與漢魏論第十五則參看.] 宋元國朝人多類次[12]舊說, 然皆淺稚卑鄙, 東坡諸公之論不少槩見, 惜哉!

1 散見(산견): 여기저기에 보인다.
2 獨得(독득): 우수하다. 출중하다.
3 英偉(영위): 빼어나고 위대하다.
4 凌跨(능과): 초월하다. 뛰어넘다.
5 百代(백대): 아주 긴 세월.
6 高風(고풍): 고아高雅한 예술풍격.
7 絶塵(절진): 세속에서 초탈超脫하다.
8 簡而盡(간이진): 간략하면서도 뜻을 다 표현하다.
9 曲而當(곡이당): 완곡하면서도 타당하다.
10 斟酌(짐작): 어림쳐서 헤아리다.
11 權變(권변): 임기응변하다.
12 類次(유차): 종류에 따라 차례를 매기다.

## 16

오도손敖陶孫의 시평은 위나라 무제 이후로 각 시인들에 대해 몇 마디로 평가한 것이다. 도연명 · 포조 · 이백 · 왕유 · 위응물 · 유종원 ·

한유 · 백거이 · 맹교 · 이상은을 비평할 때는 정변이 각기 타당하니 식견을 아우른 사람인 듯하다.

왕세정과 호응린은 비록 연원을 깊이 연구했지만 도연명 · 위응물 · 유종원에 대해서는 이미 이해할 수 없었다. 왕세정은 한유 · 백거이 등 여러 시인에 대해서도 어두웠다.

해제 오도손의 시평에 관한 논의다. 오도손은 남송의 시론가로서 유과劉過, 강기姜夔, 대복고戴復古, 유극장劉克莊, 조여수趙汝鐩 등과 함께 강호파江湖派로 불렸으며, 세속적 성공을 좇지 않고 강호에 몸을 숨기고 살았던 하층 문인들의 작품에서 비교적 큰 영향을 받았다. 저서로 《구옹시집臞翁詩集》 2권과 《구옹시평臞翁詩評》이 있으며, 《강호집江湖集》과 《강호후집江湖後集》에 그의 일시佚詩가 실려 있다. 그 외 《오기지시화敖器之詩話》 1권이 있는데, 현존하는 시론은 5칙뿐이며 위작으로 간주되기도 한다.

원문 敖器之[1]評詩, 自魏武而下, 人各數語[2]. 其評陶彭澤 · 鮑明遠 · 李太白 · 王右丞 · 韋蘇州 · 柳子厚 · 韓退之 · 白樂天 · 孟東野 · 李義山, 正變各得其當, 則似有兼識者. 元美 · 元瑞雖極淵源, 然於淵明 · 韋 · 柳已不能知; 王於韓 · 白諸子, 則瞢然[3]矣.

주석
1 敖器之(오기지): 오도손敖陶孫(1154~1227). 남송 시기의 학자이자 문학가다. 자가 기지며, 호는 구옹臞翁 또는 구암臞庵이다. 동당인東塘人이라고 자호했다. 경원慶元 5년(1199)에 진사에 급제했다. 이후 임안臨安의 서상書商 진기陳起가 판각한 《강호집江湖集》에 연루되어 폄적되었다.
2 數語(수어): 많지 않은 말. 두어 마디 말.
3 瞢然(몽연): 어두운 모양.

## 17

유극장劉克莊의 시화는 다른 문인들과 다소 다르다. 그중에는 비록 사실을 기록하고 간혹 다른 의론이 섞였지만, 또한 시교에 관한 것도 있다. 다만 그 논의가 비루한 것은 여전히 송나라 사람의 식견이라 하겠으며 논의가 뛰어난 것은 전대의 영향을 받았는데, 소식을 숭상하고 황정견을 낮게 평가한 부분은 그의 견해가 송대의 여러 문인들보다 한 단계 뛰어나다.

해제 유극장의 《후촌시화後村詩話》에 관한 논의다. 《후촌시화》는 전집前集 2권과 후집後集 2권, 속집續集 4권, 신집新集 6권으로 이루어져 있다. 전집과 후집에서는 한위 이후의 시풍을 총괄하여 분석하고 있으나 대부분 당송 시인의 시를 인용하고 있으며, 신집에서는 당나라 시에 대해 상세하게 다루고 있다. 유가적 전통 이론을 계승하여 온유돈후함과 함축미를 주장했으며 고체시의 창작을 중시했다. 그 뿐 아니라 송대 사람들의 의론으로써 시를 쓰는 시풍의 폐단을 제기하고, 이른바 '본색론本色論'을 제시하여 감정을 중시하고 비흥을 숭상하며 음률을 중시할 것을 강조했다.

원문 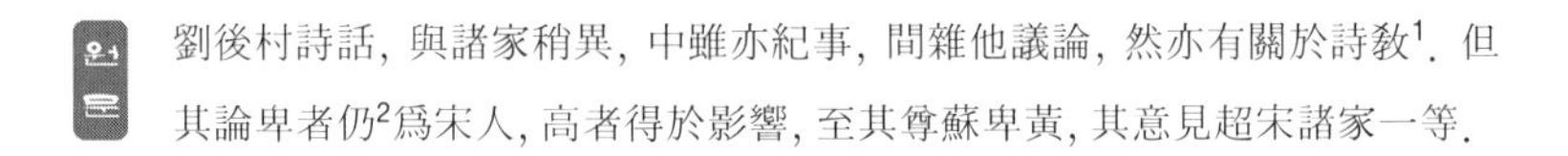
劉後村詩話, 與諸家稍異, 中雖亦紀事, 間雜他議論, 然亦有關於詩教[1]. 但其論卑者仍[2]爲宋人, 高者得於影響, 至其尊蘇卑黃, 其意見超宋諸家一等.

주석
1 詩教(시교): 원래는 《시경》의 '원망하나 노하지 않으며怨而不怒', 온유돈후溫柔敦厚한 교화적 작용을 가리킨다. 이후 시가의 교육적인 뜻과 풍격을 폭넓게 가리키는 말로 사용되었다.
2 仍(잉): 여전히.

## 18

엄우의 시론에는 시변詩辯 · 시체詩體 · 시법詩法 · 시평詩評 · 고증考證 등의 조목이 있다. 당 · 송 시대의 시론은 이때에 이르러 비로소 뛰어난 견해를 갖추었다. '묘오妙悟'와 '흥취興趣' 두 항목을 끄집어냈으니, 고대부터 말한 사람이 없었다.

호응린이 말했다.

"송 이후로 시를 평론한 사람이 수십 명을 넘는데도 모두 잠꼬대 같은 말일 뿐이다. 어려운 경지를 극복하고 홀로 상승上乘을 궁리하여 밝힌 이는 단 한 사람, 엄의경[5]이다."

근래에 편찬된 《명가시법名家詩法》은 다만 《창랑시화》 중의 〈시체詩體〉만을 수록하고 여러 시론의 몇 칙만을 대략적으로 덧붙였는데, 그 정묘한 말들을 거의 다 삭제해 버렸기에 참으로 한스럽다.

해제

엄우의 《창랑시화》에 관한 논의다. 《창랑시화》는 송나라 때 나온 시론서 가운데 가장 뛰어난 체계를 정립한 것으로, 선학적인 발상에 바탕을 두고 있다. 엄우는 이 책에서 성당을 으뜸으로 하고 묘오를 중시하는 '시선일치설詩禪一致說'을 주장하며, 시변·시체·시법·시평·시증의 5부분으로 나누어 시를 논평했다. 시도는 선도禪道의 묘오에 있다고 주장하며, 이백과 두보 등의 성당의 시를 한·위·진의 시와 함께 '제1의第一義'로 삼고, 중당의 시를 '제2의第二義', 만당의 시를 '성문聲聞·벽지과辟支果'에 들어가는 것이라 하여 비난했다. 전체적으로 송나라 시풍을 비판하고, 마땅히 성당을 규범으로 삼아야 한다고 주장했다.

원문

嚴滄浪論詩, 有詩辯·詩體·詩法·詩評·考證等目, 唐宋人論詩, 至此方是卓識. 其拈出[1]"妙悟"·"興趣"二項, 從古未有人道. 胡元瑞云: "宋以來評詩不下[2]數十家, 皆囈囈[3]語耳. 刬除荊棘[4]·獨探上乘[5]者一人: 嚴儀卿氏." [滄浪字儀卿. 以上元瑞語.] 近編名家詩法, 止錄其詩體, 而諸論略附數則, 其精言美語, 刪削[6]殆盡, 良可深恨.

1 拈出(염출): 집어내다.

5) 엄우의 자가 의경儀卿이다. 이상은 호응린의 말이다.

2 不下(불하): …이하가 아니다.

3 啽囈(암예): 잠꼬대.

4 剗除荊棘(잔제형극): 어려운 경지를 극복하다.

5 上乘(상승): 불교 용어. 불교에서 수레바퀴의 이치로 불법佛法을 해설한 것이다. 불법을 수행하는 사람들의 받아들이는 능력이 높고 낮음에 따라 세 가지로 나누어 '삼승三乘'이라고 한다. 즉 '성문승聲聞乘'·'연각승緣覺乘'·'보살승菩薩乘'이 그것이다. 이 중 '성문승'이 받아들이는 능력이 가장 우수하며, '상승上乘'이라고도 하고 '대승大乘'이라고도 한다. 여기서 유래하여 '상품上品', '상등上等'의 의미를 지니게 되었다. 현대에는 보통 경계가 고묘한 문학작품, 정교한 공예품, 후세에 전해지는 미술작품 등을 가리킨다.

6 删削(산삭): 글자나 글귀를 지워 버리다.

## 19

엄우의 논시 방법은 다섯 가지다. 첫째는 체제體製, 둘째는 격력格力인데, 나는 그것을 이해하고 한위의 시를 논했다. 셋째는 기상氣象인데, 나는 그것을 이해하고 초당의 시를 논했다. 넷째는 흥취興趣인데, 나는 그것을 이해하고 성당의 시를 논했다. 다섯째는 음절音節인데, 나는 그것을 이해하고 당율을 개괄적으로 논했다.

해제 엄우의 《창랑시화》에서 말한 논시의 다섯 가지 방법을 말하고, 《시원변체》가 그 다섯 가지 방법을 계승하고 있음을 밝히고 있다.

원문 滄浪論詩之法有五: 一曰"體製", 二曰"格力", 予得之以論漢魏; 三曰"氣象", 予得之以論初唐; 四曰"興趣", 予得之以論盛唐; 五曰"音節", 則予得之以槩論唐律也.

## 20

엄우의 시론은 나에게 오랫동안 전철이 되어 주었다. 그러나 오늘날 사람들은 엄우에 대해서는 더 이상 의심하지 않으면서 나에 대해서는 의구심을 갖지 않는 자가 없으니, 대개 엄우의 주장은 포괄적이지만 나의 주장은 자세하고 세밀하기 때문이다.

엄우가 말했다.

"시를 논하는 것은 선을 논하는 것과 같다. 한 · 위 · 성당의 시는 제일의第一義다. 대력 이후의 시는 소승선小乘禪으로 이미 제이의第二義로 떨어졌다. 만당의 시는 곧 성문聲聞 · 벽지과辟支果다."6)

이 논의를 누가 감히 따르지 않겠는가? 만약 내가 한 · 위 · 성당시의 오묘함을 상세하게 논한다면 오늘날 사람들이 이해하지 못할 것인데, 대력 · 만당 시의 병폐를 논한다면 더욱 더 세상 사람들이 듣기 싫어할 것이다. 이것은 마치 병을 숨겨 의원에게 보이기를 꺼려하면서 그저 화타和佗와 편작扁鵲을 흠모하는 것과 같다.

해제 《시원변체》의 시론이 엄우를 계승한 것임에도 불구하고, 세상 사람들이 도외시하는 현상이 마치 자신의 결점을 감추고 남의 충고를 들으려고 하지 않는 것과 같음을 피력하고 있다. 세상 사람들은 정변을 구분하기 이전에 자신이 좋아하는 것만 쫓아 배우며 더욱더 허학이의 시론을 들으려고 하지 않았다. 허학이가 그들이 좋아하는 시풍의 병폐에 대해 여과 없이 지적하고 있기 때문이다.

원문 滄浪論詩, 與予千古一轍[1]. 然今人於滄浪不復致疑, 而於予不能無惑者, 蓋滄浪之說渾淪, 而予之說詳悉[2]. 滄浪云: "論詩如論禪: 漢魏盛唐, 第一義也; 大歷以還, 小乘禪也, 已落第二義矣; 晚唐, 則聲聞辟支果也."[3] [聲聞辟支果卽

6) 성문 · 벽지과가 곧 소승선인데, 엄우가 그것을 잘못 말했다.

小乘禪, 滄浪誤言之.] 此論孰敢不從? 若[4]予詳論漢・魏・盛唐之妙, 旣非今人之所能知, 至論大曆・晩唐之病, 尤世人之所惡聽, 此猶諱疾忌醫[5]而徒慕和扁[6]也.

주석

1 千古一轍(천고일철): 오랫동안 전철이 되다.
2 詳懇(상간): 자세하고 세밀하다.
3 이 구는 엄우의 《창랑시화, 시변》에 나오는 말이다.
4 若(약): 만약.
5 諱疾忌醫(휘질기의): 병을 숨기고 의원에게 보이기를 꺼린다는 뜻으로, 자신의 결점을 감추고 남의 충고를 듣지 않음을 비유한다.
6 和扁(화편): 중국 고대의 전설적인 명의名醫인 화타和佗와 편작扁鵲을 가리킨다.

## 21

고금의 논시에는 종종 몹시 경탄할 만한 말이 있지만, 그 취사선택을 살피고 그 작품을 견주어보면 매번 의론과 부합되지 않는 것이 많으니, 대개 그 주장이 본디 이치에 근거해 추론한 것이고 애초 참된 깨달음이 없었기 때문이다. 엄우가 "시도는 오직 묘오에 있다"고 했고, 또 "성당의 여러 시인들은 오직 흥취를 중시한다"고 했다. 따라서 맹호연에게서 그 묘오를 취하고, 최호의 〈황학루〉에 대해서는 당대 칠언율시 중 최고라고 칭송했으니, 이것은 그 취사선택이 서로 부합되는 것이다. 또 "학자는 성당을 스승으로 삼아야 하며, 개원과 천보 이후의 시인들을 본받지 않아야 한다"고 말했다. 따라서 엄우의 시는 모두 성당에서 비롯되었으며, 악부와 가행 또한 이백과 비슷하니, 이것은 그의 창작이 부합되는 것이다. 그러므로 고금을 통틀어 시를 논한 사람 중 엄우를 으뜸으로 삼지 않을 수 없다.

해제

엄우의 시론이 고금 중 최고라고 주장했다. 왜냐하면 그의 시론이 그가 선록한 작품 및 그의 시가 창작과 부합되기 때문이다. 그것은 각 시의 체재에 대한 참된 깨달음이 없이는 불가능한 일이다.

원문

古今論詩者, 往往有絶到[1]之語, 及觀其取捨, 考其制作[2], 每多與議論不合, 蓋其說本是據理揣摩[3], 初未有真得也. 滄浪云"詩道惟在妙悟", 又云"盛唐諸人惟在興趣", 故於孟浩然取其妙悟, 於崔顥黃鶴樓, 稱爲唐人七言律第一, 是其取捨相合也. 又言"學者以盛唐爲師, 不作開元天寶以下人物", 故其詩悉出盛唐, 而樂府·歌行又似太白, 是其制作相合也. 故古今論詩者, 不得不以滄浪爲第一.

1 絶到(절도): 몹시 경탄하다.
2 制作(제작): 창작물.
3 揣摩(췌마): 추론하다.

## 22

엄우의 시론이 유독 조예가 지극한 것은 오직 식견이 뛰어나고 학문에 정통해서일 뿐 아니라, 만당과 송대에 어지러움이 극도로 일어나서 경계가 될 만한 상황이 마련되었을 따름이다. 바로 《맹자》가 전국 시대에 격분하여 지어진 것과 같다.

해제

엄우의 시론이 지니는 가치에 관해 말하고 있다. 어지러운 시대에 규범이 될 만한 시론서가 되었음을 강조했다.

원문

滄浪論詩獨爲詣極者, 匪直[1]識見超越, 學力精深, 亦由晚唐·宋人變亂斯極, 鑒戒[2]大備耳. 正猶孟子一書發憤[3]於戰國[4]也.

주석

1 匪直(비직): '非但(비단)'과 같은 말.
2 鑒戒(감계): 경계(警戒).

3 發憤(발분): 울분을 드러내다.

4 戰國(전국): 기원전 403년~기원전 221년 사이의 시기를 가리킨다. 기원전 403년 진晋의 대부 조趙·위魏·한韓 세 가문이 주 왕실로부터 정식 제후로 공인받으면서 시작되었다. 이 시기에는 제후들이 주나라로부터 정신적 독립을 지향해 제각기 왕이라고 칭했다.

## 23

위경지魏慶之의 《시인옥설詩人玉屑》과 완열阮閱의 《시화총귀詩話總龜》는 모두 이전의 주장들을 차례대로 분류한 것으로 사실상 자신의 견해는 없다. 또 뒤죽박죽 일정하지 않고, 아속이 서로 섞여 있는데, 《시화총귀》는 오직 시화일 따름이다.

해제

위경지의 《시인옥설》과 완열의 《시화총귀》에 관한 논의다. 《시인옥설》은 이종理宗 순우淳佑(1241~1252) 연간에 완성되었으며 《시경》과 《초사》에서부터 남송까지의 시를 대상으로 하고 있다. 1권~11권은 시변詩弁·시법詩法·시평詩評·시체詩體·구법句法·경련警聯·구결口訣 등 56문門으로 나누어 시예詩藝, 체재體裁, 격률格律 및 표현 방법에 대해서 서술했다. 12권 이후는 양한 이래의 각 작품에 대해 평론한 것이다.

《시화총귀》는 전집前集 48권, 후집後集 50권으로 되어 있으며 원명은 《시총詩總》이다. 전집은 45문, 후집은 61문으로 나뉘어 각각 100종의 책을 수록하고 있다. 북송의 시화집 약 100여 종을 참조하여 자질구레한 이야기들까지 잡다하게 모아놓아서 단순히 시를 소재로 한 한담閑談의 성격을 탈피하지 못했지만, 최초의 시화총집이라는 가치가 있다.

원문

魏醇甫[1]玉屑, 阮宏休[2]總龜, 皆類次舊說, 實無己見. 然純駁不齊, 雅俗[3]相混, 而總龜則直詩話耳.

주석

1 魏醇甫(위순보): 위경지魏慶之. 남송 시기의 문인이다. 자가 순보고 호는 국장菊

莊이다. 생졸년은 미상이나 대략 이종 가희嘉熙 말기에 활동했던 것으로 보인다. 송대 강호파의 창작 경향을 계승했으며 문학적 재능이 뛰어났다. 과거 급제에 뜻을 두지 않고 일사逸士들과 시를 읊었으며, 도연명을 몹시 존경하고 국화를 무척 좋아하여 수천 송이의 국화를 심었다고 전한다.

2 阮宏休(완굉휴): 완열阮閱. 북송 말기의 문인이다. 자가 굉휴고 자호는 산옹散翁 또는 송국도인松菊道人이다. 서성舒城 곧 지금의 안휘성 사람이다. 신종 원풍元豐 8년(1085)에 진사에 급제했으며 방명榜名은 미성美成이었다. 호부낭관戶部郎官, 중봉대부中奉大夫 등의 관직을 지냈다.

3 雅俗(아속): 고상함과 비속함.

## 24

《시림광기詩林廣記》는 당송의 여러 문인들을 엮어 요점을 간추린 것 외에 도연명을 앞에 덧붙였는데, 각 문인마다 먼저 여러 사람의 평론을 한데 모은 다음 시를 나열했지만, 그중에는 사실을 기록이 많고 간혹 다른 의론이 섞였으므로 여전히 송대의 시화일 뿐이다. 게다가 초당의 왕발·양형·노조린·낙빈왕·진자앙·두심언·심전기·송지문 및 성당의 고적·잠삼 등 여러 시인들은 모두 언급하지 않고, 만당의 두순학杜荀鶴·설능薛能·왕가王駕·왕파王播는 도리어 많이 채록했으니, 논변할 필요도 없이 비루하다. 유윤문俞允文이 다시 약간 빼거나 보태었는데, 한·위·육조의 시를 첨가하여 《명현시평名賢詩評》이라고 제목을 짓고서는 자신의 책으로 여겼으니, 진실로 어리석은 도둑이라고 말할 수 있을 뿐이다.[7]

해제 송나라 말기의 채정손蔡正孫(1239~?)이 지은 시화집인 《시림광기詩林廣記》에 관한 논의다. 전집 10권과 후집 10권으로 이루어져 있다. 전집에는

7) 또한 가탁인 것으로 의심된다.

도연명부터 원징元徵까지 모두 24명의 시인의 시가 수록되었고, 후집에는 구양수부터 유반劉攽까지 28명의 시인의 시가 수록되어 있다. 이 외에도 전집 9권 부록에는 설능 등 3명의 시인이 추가되었고, 10권의 부록에는 설도형 등 5명의 시인이 추가로 수록되어 있다. 당송 시 위주로 정리되어 있어 송·원 교체기의 시가를 연구하는 데 중요한 참고 자료가 되나, 허학이는 정변의 체재를 알지 못한 시화일 뿐이라고 비판했다. 아울러 《시림광기》의 체례를 그대로 모방한 명나라 시인 유윤문兪允文이 지은 《명현시평》 20권은 그야말로 표절을 넘어선 명의 도용임을 강하게 비난하고 있다.

詩林廣記[1], 撮要[2]所編唐宋諸人而外, 冠[3]以淵明, 每人先輯諸家評論, 係之以詩, 中亦多紀事, 間雜他議論, 亦猶宋人詩話耳. 且初唐王·楊·盧·駱·陳·杜·沈·宋及盛唐高·岑諸公皆不及之, 而晚唐杜荀鶴·薛能[4]·王駕[5]·王播[6]反多采錄, 其淺陋不足辯矣. 兪仲蔚[7]復稍損益[8], 加以漢·魏·六朝, 題曰名賢詩評, 以爲己書, 正可謂鈍賊[9]耳. [疑亦假託.]

1 詩林廣記(시림광기): 송나라 말기의 시인이자 유민遺民 사방득謝枋得의 학생인 채정손蔡正孫(1239～?)이 지은 시화집이다. 《정선시림광기精選詩林廣記》 또는 《정선고금명현총화시림광기精選古今名賢叢話詩林廣記》라고도 한다. 채정손은 복건 건안建安 출신으로 자가 수연粹然이고 호는 몽재야일蒙齋野逸 또는 방촌옹方寸翁이다. 송나라 멸망 전 과거에 응시했으나 낙방하여 오랜 기간 항주에 머물렀으며, 송나라가 멸망한 뒤에는 고향으로 돌아가 은거하면서 시와 술로 세월을 보냈다.

2 撮要(촬요): 요점을 간추리다.

3 冠(관): 앞에 덧붙이다.

4 薛能(설능): 만당 시기의 문인이다. 자는 대졸大拙이며 분주汾州 사람이다. 무종武宗 회창會昌 6년(846) 진사가 되었다. 그 당시 사람들이 "시와 고부古賦를 자유자재로 거침없이 지어 사람들이 그의 후생까지도 두려워할 정도다"고 말할 정도로 시를 잘 지었으며 날마다 부 한 편씩 지었다고 전한다.

5 王駕(왕가): 만당 시기의 문인이다. 자는 대용大用이며 수소선생守素先生이라고 자호했다. 통속시파通俗詩派의 영향을 받았으며, 시풍은 조리가 분명하고 막힘

이 없어 사공도가 "정서와 경계의 조화에 뛰어났다"고 칭송한 바 있다. 《전당시》에 시 6수, 《전당시외편全唐詩外編》에 시 1수가 전한다.

6 王播(왕파): 당나라 시기의 문인이다. 자는 명양明歇이고 태원太原 출신이다. 덕종德宗 정원貞元 10년(794)에 진사가 되어, 같은 해 현량방정과賢良方正科에 천거되었다. 이후 형부시랑刑部侍郎, 예부상서禮部尙書 등의 관직을 역임하고 태화太和 초에는 좌복야左僕射에 제수되었으며 태원군공太原郡公에 봉해졌다. 서예에도 뛰어났다고 전한다.

7 兪仲蔚(유중울): 유윤문兪允文(1511?~1579). 명나라 시기의 문인이다. 곤산昆山 출신이며 초명初名은 윤집允執이고 자가 중울이다. 또 고초자古初子라고 자호했다. 가정 연간에 국자감제생國子監諸生이 되었지만, 40세 이후 과거에 뜻이 없어 평생 출사하지 않았다. 15세 때 〈마안산부馬鞍山賦〉를 지었고 17세에는 오군吳郡의 별가別駕 이절李浙에게 문장을 보여 주었다가 '신룡천마神龍天馬'라는 극찬을 들었다. 동향인 왕세정과 교유했으며 위군魏郡의 노담盧柟, 복양濮陽의 이선방李先芳, 효풍孝豐의 오유악吳維嶽, 남해南海의 구대임歐大任과 함께 '광오자廣五子'라 불렸다. 하지만 이반룡의 시에 대해서는 불만이 많아 함께 어울리지 않았다. 서예에도 뛰어났는데, 특히 해서에 능했다.

8 損益(손익): 빼거나 보태다.

9 鈍賊(둔적): 어리석은 도둑.

## 25

《역대시체歷代詩體》는 "강호시사취편江湖詩社聚編"이라고 제했는데 어느 시기에 나온 것인지 알 수 없다. 그 첫째 권의 시결詩訣은 심약의 '팔병'·상관의의 '육대六對' 및 이려·서생의 시법을 채록했는데, 비천하여 논변할 만하지 않다. 그 다음으로 시체詩體를 서술했는데, 《창랑시화》의 〈시체〉를 취하여 그것을 보충했다. 여러 문인들의 시를 뽑았지만 한·위·진의 문인들은 한 사람마다 한 편에 불과하고, 도연명 이후로는 시편이 다소 많지만 진실로 본모습이 아니다. 각 문인마다 전대 사람들의 평어評語를 대략적으로 가려 뽑았고 자기의 견해가 거의 없으니, 대개 길거리에 떠돌던 말을 듣고 전파한 것일 따름이다. 그 채록한 것을 살펴보면, 송시를 칭송하고 원나라를 언급하지 않았으므로 이 책은 원나라 초기에 나왔음을 알겠다.

해제

《역대시체》에 관한 논의다. 대체적인 특징을 개괄하고 수록된 작품을 통해 그 창작 시기가 원나라 초기일 것임을 추론했다.

원문

歷代詩體, 題曰"江湖詩社聚編", 不知出於何時. 其首卷詩訣, 采沈休文"八病"·上官儀"六對"及李慮·徐生之法, 卑鄙無足致辯. 次述詩體, 取滄浪詩體而增益[1]之. 其采諸家詩, 漢·魏·晉, 人止一篇, 淵明而後, 篇什稍多, 而實非本相. 每人略摘前人評語, 而略無己見, 蓋道聽而塗說[2]耳. 觀其所采, 稱宋朝而不及元, 故知是書出於元初也.

주석

1 增益(증익): 더하여 보태다. 늘리다.

2 道聽而塗說(도청이도설): 《논어, 양화陽貨》에서 "길거리에서 떠도는 말을 듣고 사방으로 전파하는 것은 덕을 버리는 행위다.道聽而塗說, 德之棄也."고 한 말에서 나왔다.

## 26

진역증陳繹曾의 《시보詩譜》 2권을 나는 여러 해 동안 두루 찾았는데, 근래에 풍순馮珣의 《시기별집詩紀別集》에서 발견되었다. 그러나 다만 《시경》·《초사》·한·위·육조만 논했고, 당시 이후의 평론은 보이지 않는다. 주대周代의 시는 〈주남〉부터 〈상송〉까지 그 논의가 경학가의 말에 가깝다. 《초사》부터 강엄까지는 그 대요는 이해했으나 깊이 깨달아서 얻은 말이 적고, 또한 완전히 부합되지 않는 것도 있다. 그중 "동한 이전에는 성정을 중시하고 건안 이후로는 뜻을 중시한다"고 말했는데, 책 전체에서 오직 이 주장이 가장 오묘하니, 전대 사람들이 일찍이 설파한 적이 없었다. 또 "《시경》을 읽으면 그 정情이 부족하나 성性이 충분한 곳이 있음을 깨닫게 된다. 정이 부족하므로 경景에 기탁하게 되고, 성이 충분하므로 정으로 드러난다"고 말했는데, 이것은 〈국풍〉이 시인의 미자에서 비롯되었음을 말하는 것이다. 정으로 드러난다는 것은 미자를 한 시인의 감정을 말한다. 한편 "제·양 이후의 칠언에는 고시의 체제가 많은데, 풍격이 오히려 성당의 시인들보다 한 단계 위이다"고 말한 것은 오류가 심하다.

해제 진역증의 《시보》에 관한 논의다. 원래 서명은 《시소보詩小譜》이다. 판본마다 편찬자의 관점에 따라 재구성되어 약간의 차이는 있으나 역대 시 작품의 체재, 풍격, 수사 등에 관해 자세하게 논하고 있다.

원문 陳繹曾詩譜二卷, 予搜訪[1]有年, 近見於馮珣[2]詩紀別集. 然止論三百篇·楚騷·漢·魏·六朝, 唐人以下, 評論未見. 周詩自周南至商頌, 其論近經生家[3]言. 自離騷至江淹, 得其大體, 寡心得之語, 然亦有全不相類者. 其言"東都以上主情, 建安以下主意", 卷中惟此論最妙, 前人未嘗道破[4]. 至言"凡讀三百篇, 要會[5]其情不足·性有餘處. 情不足, 故寓[6]之景; 性有餘, 故見乎情." 此謂國風出於詩人之美刺[7]也. 見乎情, 謂美刺者之情. 又言"齊梁以下七言, 乃多古製[8], 韻度[9]猶出盛唐人上一等", 則謬甚矣.

1 搜訪(수방): (사물을) 두루 찾다.
2 馮珣(풍순): 풍유눌馮惟訥의 손자다. 풍유눌에 관해서는 제3권 제31칙의 주석1 참조.
3 經生家(경생가): 경학의 전수를 담당하는 사람을 가리킨다. 한나라 때에는 박사博士라고 칭했다.
4 道破(도파): 설파하다. 논파하다.
5 會(회): 깨닫다.
6 寓(우): 기탁하다. 위탁하다.
7 美刺(미자): 좋은 점을 칭찬하고 나쁜 점을 풍자하다.

8 古製(고제): 고시의 체재.

9 韻度(운도): '風度(풍도)'와 같은 말. 즉 풍격을 의미한다.

## 27

양재楊載의 시론은 오직 대요를 말하므로 살펴볼 만한 것이 있다. 그 오·칠언 고시를 논한 것에는 깨달은 것이 있는 듯하다. 율시를 논하면서는 등림登臨·증별贈別·영물詠物·찬미讚美에 대해 기구起句는 마땅히 어떠해야 하고, 2연과 3연은 마땅히 어떠해야 하며, 결어結語는 마땅히 어떠해야 하는지를 말했는데, 또한 팔고문八股文의 학습 내용과 비슷하다.

이동양이 말했다.

"율시의 기起·승承·전轉·합合은 규칙이 없는 것은 아니지만 얽매어서는 안 된다. 규칙에 얽매여서 창작하면 특정 방식만을 유지하여 각 방면에서 원활하고 생동하는 정취가 없어진다."

이것은 깊이 깨달은 말이다.

해제 양재의 시론에 관한 논의다. 율시에 대한 논의는 지나치게 규칙에 얽매인 느낌이 있지만 오·칠언 고시에 관한 논의는 볼만하다고 지적하고 있다.

원문 楊仲弘[1]論詩, 止言大體, 便有可觀. 其論五·七言古, 似亦有得. 至論律詩, 於登臨·贈別·詠物·讚美, 而云起句合[2]如何, 二聯三聯合如何, 結語合如何, 則又近於擧業程課[3]矣. 李西涯云: "律詩起·承·轉·合, 不爲無法, 但不可泥. 泥於法而爲之, 則撐拄對待[4], 四方八角[5], 無圓活生動之意." 深得之矣.

주석 1 楊仲弘(양중홍): 양재楊載(1271~1323). 원나라 중기의 시인이다. 자가 중홍이고 복건 포성浦城 사람이다. 어려서부터 박학다식했으며 연우延祐 2년에 진사가 되어 벼슬했다. 시에서 함축적이고 새로운 의경意境을 중시했다.

2 合(합): 응당. 마땅히.

3 程課(정과): 정해진 학업의 내용과 과정.

4 撑拄對待(탱주대대): 특정 방식만을 유지하다. '對待(대대)'는 특정 방식을 가리킨다.

5 四方八角(사방팔각): 사방팔방四方八方. 각 방면.

## 28

범팽范梈의 《목천금어木天禁語》에서는 칠언율시의 13개 격식에 관해 논했다. "일자혈맥一字血脈 · 이자관천二字貫穿 · 삼자동량三字棟梁 · 수자연서數字連敍 · 중단中斷 · 구쇄연환鉤鏁連鐶 · 순류직하順流直下 · 쌍포雙抛 · 단포單抛 · 내박內剝 · 외박外剝 · 전산前散 · 후산後散"이라고 했는데, 그 인용된 시는 대체로 모두 견강부회했고 유치하다.

또 다음과 같이 말했다.

"글자를 써 대구를 꾸미는 법은 먼저 반드시 삼자대三字對나 사자대四字對를 지은 연후에 다듬어서 구를 만들어야 하므로, 구를 좇아 생각해서는 안 된다."

이것은 심히 천박하니 위찬임에 틀림없다.

또 《시학금련詩學禁臠》에서는 칠언율시의 15가지 시격도 논했는데, 그 인용한 시에는 만당의 용렬한 작품이 많으며, 역시 위찬이다. 아래 칙을 보면 부약금傅若金이 범팽의 뜻을 서술하여 《시법정론詩法正論》을 지었다고 했으니, 두 책은 위찬임을 알 수 있다.

해제 범팽의 《목천금어》, 《시학금련》에 관한 논의다. 범팽은 우집虞集, 양재, 게혜사揭傒斯와 함께 '원시사대가元詩四大家'로 불린다. 안연지와 사령운의 시를 본받아 청신하고 꾸밈없는 가행체를 즐겨 창작했다. 여기서 언급한 두 시론서는 모두 위찬으로 간주된다.

《목천금어》에서는 편법篇法, 구법句法, 자법字法, 기상氣象, 가수家數, 음절音

節로 나누어 이를 '육관六關'이라 하고, 각 세목마다 당시를 인용하고 있다. 이理를 숭상하는 송시를 반대하고 당시의 전통 계승을 주장했다. 또 《시학금련》에서는 시가의 내용, 효용, 방법에 대해 설명하고 있으며, 시격을 모두 15가지로 구분하고 각각의 시격마다 당시 한 수를 예로 들어 설명하고 있다.

范德機[1]木天禁語, 論七言律有十三格, 謂"一字血脈·二字貫穿·三字棟梁·數字連敍·中斷·鈎鏁連鐶·順流直下·雙拋·單拋·內剝·外剝·前散·後散", 其所引詩, 率皆穿鑿淺稚. 又云"用字琢對之法, 先須作三字對·或四字對, 然後粧排成句, 不可逐句思量", 其淺陋爲甚, 僞撰無疑. 又有詩學禁臠, 論七言律有十五格, 其所引詩, 多晚唐庸劣之作, 亦僞撰也. 觀下傅與礪[2]述德機之意爲正論[3], 則二書之僞可知.

1 范德機(범덕기): 범팽范梈. 제18권 제29칙의 주석5 참조.
2 傅與礪(부여려): 부약금傅若金(1303~1342). 원나라 시기의 시인이다. 자가 여려고, 신유新喩 곧 지금의 강서성 신여新餘 출신이다. 집안이 가난했으며 범팽의 문하에서 학업을 닦았다. 이집 저집을 떠돌며 각고의 노력으로 자학自學했다. 이후 우집과 게혜사에게서 문학적 능력을 인정받아 조정에 천거되어 광주노학교수廣州路學敎授에 임명되었다. 웅혼하고 비장한 오언율시를 잘 지어 두보의 시풍을 계승했다고 평가되기도 한다.
3 正論(정론): 부약금의 《시법정론詩法正論》을 가리킨다. 이에 관해서는 바로 아래 칙을 참조하기 바란다.

## 29

부약금傅若金의 《시법정론詩法正論》은 범팽의 뜻을 서술하여 지은 것이다. 첫머리에서 시는 〈격양擊壤〉·〈강구康衢〉에서 시작되어, 〈경운卿雲〉·〈남풍南風〉이 널리 퍼졌으며, 〈국풍〉·〈아〉·〈송〉이 창작되었다고 말했다. 그 다음으로 〈국풍〉·〈아〉·〈송〉·가歌·행行·

인引·음吟·요謠·곡曲의 체제를 말했다. 그 다음에는 소무·이릉의 오언시 및 위진 이후의 시를 논하면서 범팽의 말을 인용했는데, 거의 그 대요를 파악했다.

그중 "당나라 시인들은 시를 쓰는 방식으로 시를 썼으며, 성정을 표현하는 것을 중시하여 《시경》에 가깝다. 송나라 시인들은 문장을 쓰는 방식으로 시를 썼으며, 의론을 세우는 것을 중시하여 《시경》에서 멀어졌다"고 말한 것은 매우 마땅하다. 또 "성정을 표현하는 것은 〈국풍〉의 여음이고, 의론을 세우는 것은 〈아〉·〈송〉의 변체이므로, 우열을 가리기가 쉽지 않다"고 말한 것은 정체와 변체를 구분하지 못한 것이니, 어찌 그것이 정론이 되겠는가! 또 "시를 짓는 방법으로 기起·승承·전轉·합合이 있는데, '기' 부분은 평이하고 질박해야 하며, '승' 부분은 침착하고 조용해야 한다"고 하면서 "이백과 두보의 가행이 모두 그러하다"고 말한 것은 오류가 심하다.

해제 부약금의 《시법정론》에 관한 논의다. 앞서 이 시론서는 범팽의 《시학금련》를 계승하여 지었다고 하나 위찬이라고 말했다. 《시법정론》은 《시법원류詩法源流》, 《시원지론詩源至論》, 《시평詩評》으로도 불린다. 선진 시기부터 원나라까지의 시가에 대해 깊이 있게 다루고 있다.

원문 傅與礪詩法正論, 述范德機之意而作. 首言詩權輿於擊壤[1]·康衢[2], 演迤[3]於卿雲[4]·南風[5], 制作於國風·雅·頌; 次言國風·雅·頌·歌·行·引·吟·謠·曲之體; 又次言蘇李五言及魏晉以來之詩, 而幷引德機之語, 庶得其大體[6]矣. 其言"唐人以詩爲詩, 主達情性, 於三百篇爲近; 宋人以文爲詩, 主立議論, 於三百篇爲遠", 甚當. 又言"達[7]情性者, 國風之餘, 立議論者, 雅·頌之變, 未易優劣", 則正·變不分, 烏在其爲正論乎! 又言"作詩成法, 有起·承·轉·合, 起處要平直[8], 承處要舂容[9]", 謂"李杜歌行皆然", 則謬戾[10]甚矣.

주석 1 擊壤(격양): 〈격양가擊壤歌〉. 요임금이 천하를 다스린 지 50년이 되었을 때, 민정을 살피러 나갔다가 들은 노래다. 한 노인이 두 다리를 쭉 뻗고, 한쪽 손으로는 배를 두드리고 한쪽 손으로는 흙덩이를 치면서 장단에 맞추어 불렀다는 노래로 요임금 때의 태평성세를 노래했다.

2 康衢(강구): 요임금이 천하를 다스린 지 50년이 되었을 때, 민정을 살피러 나갔다가 넓은 거리에서 들은 아이들의 노래다. 요임금 때의 태평성세를 노래했다.

3 演迤(연이): 문학 작품 등이 세상에 널리 퍼지다.

4 卿雲(경운): 순임금이 우임금에게 왕위를 물려줄 때 신하들과 함께 부른 노래다.

5 南風(남풍): 순임금이 지은 노래를 가리킨다.

6 大體(대체): 대요大要. 강령綱領.

7 達(달): 표현하다.

8 平直(평직): 평이하고 질박하다.

9 舂容(용용): 침착하고 조용한 모양.

10 謬戾(유려): 틀려 어그러지다.

## 30

게혜사揭傒斯의 시론에서는 다섯 가지를 논했다. 첫째 시본詩本, 둘째 시자詩資, 셋째 시체詩體이며, 넷째 시미詩味, 다섯째 시묘詩妙다.

다음의 말은 그 요점을 파악했다고 할 수 있다.

"성정을 길러 '시본'을 세우고, 책을 읽어 '시자'를 두텁게 하며, 본말과 정변 이외의 것에서 '시체'를 인식하고, 소금 · 매실 · 생강 · 계피의 표면에서 '시미'를 찾으며, 신통神通함과 유희游戲의 경계에서 '시묘'를 운용한다."

다만 내용 중에 왕통王通이 언급한 "사령운은 소인인지라 그 글이 오만하고, 심약은 소인인지라 그 글이 요염하다" 등의 말을 인용한 것은 송나라 유학자들의 이학적인 담론에 가깝다.

게혜사의 《시법정종詩法正宗》에 관한 논의다. 게혜사는 시 · 서 · 화에 모

두 능했는데, 시풍은 청신하고 화려하다고 평가된다.

원문

揭曼碩[1]論詩有五事: 一曰詩本, 二曰詩資, 三曰詩體, 四曰詩味, 五曰詩妙. 謂"養性以立詩本, 讀書以厚詩資, 識詩體於源委[2]正變之餘, 求詩味於鹽梅薑桂[3]之表, 運詩妙於神通游戲之境", 可謂得其要領. 但中引文中子[4]言"謝靈運, 小人哉, 其文傲[5]; 沈休文, 小人哉, 其文冶[6]"等語, 則近於宋儒理學之談矣.

주석

1 揭曼碩(게만석): 게혜사揭傒斯(1274~1344). 원나라 시기의 역사가이자 문인이다. 자가 만석이고, 호는 정문貞文이며 시호는 문안文安이다. 어려서 집이 가난했지만 각고의 노력으로 학문에 힘써 명성을 떨쳤다. 연우 초기에 정거부程鉅夫와 노지盧贄의 천거를 받아 한림국사원翰林國史院 편수編修에 임명되었다. 이후 세 차례나 한림에 들었고 한림원 시강학사侍講學士와 동지경연사同知經筵事에까지 올랐으며, 《경세대전經世大典》·《요사遼史》·《금사金史》·《송사宋史》의 편찬에 참여했다.

2 源委(원위): 본말本末.

3 鹽梅薑桂(염매강계): 소금·매실·생강·계피.

4 文中子(문중자): 왕통王通(584~617). 수나라 시기의 사상가다. 자는 중엄仲淹이고, 시호가 문중자다. 강주絳州 용문龍門 사람으로 당나라 시인 왕발의 조부다. 어려서부터 영리하여 여러 경전에 통달했다. 스스로 유학자임을 자부하고 강학에 힘을 쏟아 설수薛收, 방교房喬, 이정李靖, 위징魏徵, 방현령房玄齡 등을 배출해 내었다. 제자가 수천 명이라 하분문하河汾門下라는 말이 나왔다.

5 傲(오): 오만하다.

6 冶(야): 요염하다.

## 31

《시가일지詩家一指》는 원나라 사람이 지었다. 내용 중에 10과·4칙·24품이 있다.

10과에서 첫째는 의意, 둘째는 취趣, 셋째는 신神, 넷째는 정情이라고 말했다. 시를 지을 때 먼저 주제를 정해야 한다고 말한 것은 궁전을 지을 때 반드시 마음속으로 방법과 형상을 이미 갖추고서 도끼질을 시작하는 것과 같다. 내가 생각건대 이것은 문장을 쓰는 법도다. 《시경》의 〈국풍〉, 한위의 오언시, 당나라의 율시와 절구는 성정을 위주로 하지 않는 것이 없어서, 성정이 이르는 곳이 곧 뜻이 있는 곳이다. 성정을 중시하지 않고 뜻을 중시하면 이치를 숭상하고 심오함을 찾게 되니, 반드시 원화와 송시의 부류로 빠지게 될 것이다.

4칙이란 첫째는 구句, 둘째는 자字, 셋째는 법法, 넷째는 격格인데, 본말本末과 경중輕重의 구분이 잘못되었다. 24품에서는 전아함을 게혜사에게로 돌렸고, 화려함을 조맹부趙孟頫에게로 돌렸으며, 세련되면서 청신하고 기묘함을 범팽에게로 돌렸으니, 그 비천함을 이루 말할 수가 없다. 또 〈외편外篇〉은 엄우 등 여러 전문가의 주장을 표절하여 완성했는데, 초학자들이 잘 알지 못하여 엄우의 주장이 《시가일지》에서 나왔다고 하니 거들떠볼 필요도 없다.

해제

원대의 시론서인 《시가일지》에 관한 논의다. 이 논의를 통해 그 그 당시 사람들이 《시가일지》에 대해 명확하게 파악하지 못하여 시론의 선후 관계를 혼동하고 있었음을 알 수 있다. 최근 연구에 따르면 《시가일지》는 명나라 회열懷悅이 편찬한 것으로 알려져 있으나, 명나라 홍무 연간 조휘겸趙撝謙의 《학원學苑》에서 《시가일지》를 인용하고 있는 것으로 보아 《시가일지》는 그 전에 이미 있었던 책으로 간주된다.

원문

詩家一指, 出於元人. 中有十科・四則・二十四品. 十科: 一曰意, 二曰趣, 三曰神, 四曰情, 言作詩先命意[1], 如構宮室[2], 必法度形制[3]已備於胷中, 始施[4]斤斧[5]. 予謂: 此作文之法也. 三百篇之風, 漢魏之五言, 唐人之律・絶, 莫不以情爲主, 情之所至, 卽意之所在; 不主情而主意, 則尙理求深, 必入於元和・宋人之流[6]矣. 四則: 一曰句, 二曰字, 三曰法, 四曰格, 又失本末輕重之分. 二十四品: 以典雅歸揭曼碩, 綺麗歸趙松雪[7], 洗鍊・淸奇[8]歸范德機, 其卑淺不足言矣. 外篇, 又竊滄浪諸家之說而足成之, 初學不知, 謂滄浪之說出於一指, 不直一笑[9].

1 命意(명의): 주제를 확정하다.
2 宮室(궁실): 궁전.
3 形制(형제): 형상形狀.
4 施(시): 사용하다.
5 斤斧(근부): 도끼.
6 流(류): 무리. 부류.
7 趙松雪(조송설): 조맹부趙孟頫(1254~1322). 원나라의 시인이자 서예가이다. 자는 자앙子昂이고, 호는 집현集賢 또는 송설도인松雪道人이며, 시호는 문민文敏이다. 송나라 종실 출신으로 어릴 때부터 총명하여 문예와 서예에 뛰어났다. 여러 차례 한림학사승지翰林學士承旨를 지냈다.
8 淸奇(청기): 시문의 청신하고 기묘한 풍격.
9 不直一笑(불치일소): 거들떠볼 필요도 없다. '直(치)'는 '値(치)'와 같다.

## 32

《사중금沙中金》 역시 원나라 사람이 지었다. 그 시법으로 실자작안實字作眼·향자작안響字作眼·요자작안拗字作眼·도자압운倒字押韻·허자장구虛字粧句·유수구流水句·착종구錯綜句·절요구折腰句·구중대句中對·선대扇對·교대巧對 등이 있으나 이미 강령이 아니다. 또 교고대交股對·차운대借韻對·헐후구歇後句 등도 있지만 역시 유치함에 이르렀다.

해제 《사중금》에 관한 논의다. 전체 시 작품 또는 시구를 가려 뽑아 시격을 논한 비평서다.

沙中金一書, 亦出於元人. 其法有實字作眼·響字作眼·拗字作眼·倒字押韻·

虛字粧句・流水句・錯綜句・折腰句・句中對・扇對・巧對等, 旣非本要[1]; 又有交股對・借韻對・歇後句等, 則又涉於淺稚矣.

1 本要(본요): 요점. 강령.

## 33

혹자가 나에게 물었다.

"그대는 만당・송・원의 시법을 극심하게 나무라는데, 그러면 시에는 법칙이 없다는 것인가?"

내가 대답한다.

"있다. 《시경》・한・위・초당・성당의 시가 모두 법칙이다. 이로부터 변화된 것은 법칙에서 멀어진 것이다. 만당・송・원의 여러 문인들이 시법으로 삼은 것은 폐법弊法이다. 이 법칙에서 말미암은 것은 법칙에 얽매인 것이다. 게다가 한・위・육조의 시는 체제가 서로 다르고 초당・성당・중당・만당의 시 역시 격조가 다른데, 만당・송・원의 여러 문인들은 대체로 그것에 미치지 못하고 도리어 오직 시문의 장구 사이에서만 찾아 다듬고 견강부회했기에 깊이 탐구하면 할수록 법칙에서 멀어졌으므로, 시도는 여기에 이르러 흔적도 없이 사라진 것이나 다름이 없다."

해제

시법에 얽매인 창작은 시도에서 자연스럽게 멀어지게 됨을 피력하고 있다. 《시경》・한・위・초당・성당의 시는 시법이 아니라 성정을 바탕으로 하는데, 그것이 곧 시를 창작하는 근본이 된다.

원문

或問予: "子極詆晩唐・宋・元人詩法, 然則詩無法乎?" 曰: 有. 三百篇・漢・魏・初・盛唐之詩, 皆法也; 自此而變者, 遠乎法者也. 晩唐・宋・元諸人所爲詩法者, 弊法[1]也; 由乎此法者, 困[2]於法者也. 且漢·魏·六朝, 體製相懸[3], 初·盛·中·晩, 氣格亦異, 晩唐·宋·元諸人, 略不及之, 顧獨於章句[4]之間搜剔[5]穿鑿, 愈深愈遠, 詩道至此, 不啻掃地[6]矣.

주석

1 弊法(폐법): 시대에 부합되지 않는 법.
2 困(곤): 얽매이다.
3 相懸(상현): 서로 동떨어지다.
4 章句(장구): 시문의 장절章節과 구句.
5 搜剔(수척): 찾아 다듬다.
6 掃地(소지): 흔적도 없이 사라지다.

## 34

황부黃溥의 《시학권여詩學權輿》 22권은 모두 만당·송·원의 기존 주장들을 분류하여 편찬한 것인데, 그 성명을 쓰지 않은 것이 많고, 이름을 적은 것 또한 오류가 많다. 오직 자료를 모아 엮은 책만 보고 애초 전체의 서적을 보지 않았기 때문이다.

그 논의 중 사물의 이름으로써 의미를 부여한 것은 대부분이 견강부회일 뿐 아니라,8) 자구로써 숭상한 것 역시 번잡하게 되었으며, 기타 비루한 것은 일일이 다 열거할 수도 없다.9) 중간에 한두 개의 정론이 있지만 또 앞뒤의 내용과 상반되는데, 그저 기존의 주장들을 분류하여 엮었을 뿐 애초 자신의 견해가 없기 때문이다. 그중 엄우의 시론

8) 가歌·행行·편篇·인引의 부류를 논한 것이 이러한 예다. 한위 악부오언에 관한 논의(제3권 제72칙)와 참조하여 보기 바란다.

9) 예를 들어 이백의 "水舂雲母碓(수용운모대), 風掃石楠花(풍소석남화)", 맹호연의 "廚人具雞黍(주인구계서), 稚子摘楊梅(치자적양매)"를 차대借對로 보았으며, 또 '日月(일월)'을 '君后(군후)'로 비유하고, '雨露(우로)'를 '德澤(덕택)'으로 비유하고, '雷霆(뇌정)'을 '刑威(형멸)'로 비유하고, '山河(산하)'를 '邦國(방국)'으로 비유한 것 등이다.

을 수록하고서는 엄창랑嚴滄浪을 "소창랑蘇滄浪"이라고 오인하기도 했기에, 간혹 "소자미蘇子美"라 칭하기도 하고 "소창랑蘇滄浪"이라 칭하기도 했다.[10] 또 진여의陳與義와 섭몽득葉夢得의 시론을 인용하면서 두목杜牧의 것으로 오인한 것은 더욱 웃기는 일이다.

10권 이후는 모두 옛사람들의 가시歌詩를 수록했다. 그러나 이백·두보와 한유·백거이·마존馬存·송대의 여러 시인들을 함께 수록했으니, 대략 정체와 변체의 체재를 알지 못한 것이며, 주석 또한 견강부회한 것이 많다. 육구몽의 〈별리別離〉를 오언율시라 하고, 두보의 〈봉증위좌승장이십이운奉贈韋左丞丈二十二韻〉을 오언배율이라고 한 것도 역시 이전의 책을 분류하여 편찬했기 때문이므로 논쟁할 가치가 없다.

〈징제자서澄濟自序〉에서 다음과 같이 말했다.[11]

"이 책은 오래전에 이미 지어져 가숙家塾에서 공부한 것으로 《시학권여》라고 이름 지었다. 매번 책이 소략하고 상세하지 않은 것을 걱정했는데, 자료를 많이 보충하여 편찬하게 되어 자못 분명해졌다. 옛 서명을 그대로 따르고 바꾸지 않은 것은 진실로 전후의 서술에 상세함의 차이는 있지만 초학자들이 한 단계 더 도약하는데 도움을 주기 위한 것이지 당초 다른 의도가 없기 때문이다."

이후 《빙천시식冰川詩式》 등의 서적이 여러 서적을 종류에 따라 분류하여 엮었지만 더 이상 논변하지 않는다.

황부의 《시학권여》에 관한 논의다. 헌종憲宗 성화 5년(1469)에 간행했다. 이 책은 초학자들의 입문서로서 시법과 시론, 시평, 시선의 형식이 혼합되어 있다. 전반부에서는 역대 시화 및 유명 인사들의 논술을 상당수 인용하여 서술하고 있으며, 후반부에서는 각 체제에 해당되는 대표 작품을 나열

---

10) 소순흠蘇舜欽의 자가 자미子美며, 호는 창랑滄浪이다.

11) 성화成化 5년.

했다. 허학이는 여기서 그 속에 담긴 몇 가지 대표적인 오류를 지적하며 시론서로서의 가치가 크지 않음을 환기시켰다.

원문

黃澄濟[1]詩學權輿二十二卷, 皆類次[2]晩唐 · 宋 · 元人舊說, 而多不署[3]其名, 其署名者又多謬誤[4], 蓋彼但見纂集[5]之書, 初未見全書也. 其論以名物[6]爲義者旣多穿鑿, [如論歌 · 行 · 篇 · 引之類是也. 與論漢魏樂府五言參看.] 以字句相尙者又入細碎[7], 其他卑鄙, 不能一一悉擧. [如以李太白"水舂雲母碓, 風掃石楠花" · 孟浩然"廚人具雞黍, 稚子摘楊梅"爲借對[8], 又以日月比君后 · 雨露比德澤 · 雷霆比刑威 · 山河比邦國等.] 間有一二正論, 又與前後相反, 蓋彼但類次舊說, 初未有己見也. 中錄嚴滄浪論, 以嚴滄浪誤爲"蘇滄浪", 故或稱"蘇子美", 或稱"蘇滄浪". [蘇舜欽字子美, 號滄浪.] 又引陳去非[9] · 葉少蘊之論而誤爲杜牧之, 尤爲可笑. 十卷以後, 皆錄古人歌詩, 然以李 · 杜與韓退之 · 白樂天 · 馬子才[10] · 宋諸公並錄, 略不識正變之體, 而註釋又多穿鑿. 至以陸龜蒙"丈夫非無淚"[11]爲五言律, 杜子美"紈袴不餓死"[12]爲五言排律, 蓋亦類次舊編, 不足辯也. 澄濟自序云:[成化五年.] "是編蓋自早歲[13]已嘗著之, 以課家塾[14], 名曰詩學權輿, 每患其疎略[15]未詳, 至是重加纂集, 頗爲明白, 仍[16]其舊名而不改者, 良以後先所述雖有詳略不同, 而其爲初學行遠升高之助, 初亦未嘗異也." 後冰川詩式[17]等書, 類次種種, 不復致辯.

1 黃澄濟(황징제): 황부黃溥. 명나라 시기의 문인이다. 자가 징제고 호는 석애거사石崖居士다. 강서 익양弋陽 출신으로, 영종英宗 정통正統 13년(1448)에 진사가 되어 이후 어사御史, 광동안찰사廣東按察使의 관직을 역임했다.

2 類次(유차): 분류하여 편찬하다.

3 署(서): 이름을 쓰다.

4 謬誤(유오): 오류. 착오.

5 纂集(찬집): 자료를 모아 책을 엮다. 편집하다.

6 名物(명물): 사물.

7 細碎(세쇄): 사소하고 잡다하다.

8 借對(차대): 고대 시문에서 대구를 만드는 방법의 하나. 음을 빌려 대구를 만들거나 뜻을 빌려 대구를 만드는 방법이다.

9 陳去非(진거비): 진여의陳與義(1090～1138). 남송과 북송 교체기에 활동한 문인이다. 자가 거비고, 호는 간재簡齋다. 낙양 사람으로 휘종徽宗 정화政和 3년(1113) 상사갑과上舍甲科에 급제했다. 이후 금나라 군대가 개봉開封을 함락하자 남쪽으로 피난 갔다. 처음에는 황정견과 진사도를 배워 일상생활의 정취나 산수 등을 소재로 명쾌하고 발랄한 시를 지었으나, 남도 이후에는 두보의 현실적인 시풍을 계승하여 주로 한스러운 이별 등을 소재로 시를 창작했다.

10 馬子才(마자재): 마존馬存(?~1096). 오대 시기의 문인이다. 자가 자재고, 무목왕武穆王 마은馬殷의 동생이다. 초나라의 우상右相을 지냈다. 웅혼하고 강직한 풍격의 작품을 많이 지었다.

11 丈夫非無淚(장부비무루): 육구몽의 〈별리別離〉를 가리킨다.

12 紈袴不餓死(환고불아사): 두보의 〈봉증위좌승장이십이운奉贈韋左丞丈二十二韻〉을 가리킨다.

13 早歲(조세): 오래전.

14 家塾(가숙): 교사를 집으로 초빙해 자제를 교육시키는 사숙私塾.

15 疏略(소략): 거칠고 간략하다.

16 仍(잉): 그대로 따르다.

17 冰川詩式(빙천시식): 양교梁橋가 편찬한 시론서다. 양교는 가정 연간에 활동한 문인으로, 진정眞定 곧 지금의 하북성河北省 정정正定 사람이다. 자는 공제公濟고 호가 빙천자冰川子다. 이 책은 가정 24년(1545)에 완성되었으며 모두 10권으로 구성되어 있다. 정체定體, 연구練句, 정운貞韻, 심성審聲, 연기研幾, 종색綜賾의 여섯 문항으로 나누어 시체, 시운, 시격에 대해 설명했는데, 《목천금어》 등 송·원 시기의 시론서를 주로 인용하고 있다.

## 35

이동양의 《회록당시화懷麓堂詩話》는 맨 먼저 고시와 율시를 바로잡고, 그 다음으로 송대의 시법을 폄하하면서도 유독 엄우를 숭상했으니 뛰어난 식견이라고 할 만하다. 그 인용한 시구는 오직 비루한 것이 많아서 논하지 않는다.

해제 이동양의 《회록당시화》에 관한 논의다. 이 책은 작시의 방법, 각 시인의 창작 특징, 각 시대별 시의 특성 등에 대해 다루었다. 엄우의 《창랑시화》, 강기姜夔의 《백석도인시설白石道人詩說》과 함께 역대의 3대 시론서로 평가되고 있으며, 후일 청대의 주요 시론에 밑바탕이 되었다.

원문 李賓之懷麓堂詩話, 首正[1]古 · 律之體, 次貶宋人詩法, 而獨宗嚴氏, 可謂卓識. 其所引詩句雖多鄙拙, 勿論也.

주석 1 正(정): 바로잡다.

## 36

이몽양과 하경명의 논시는 서로 공격한다.

하경명이 말했다.

"불교에 뗏목의 비유가 있는데, 뗏목을 버리면 기슭에 도달한 것이고, 기슭에 도착하면 뗏목을 버린다."

이몽양이 말했다.

"뗏목과 나의 견해는 다른 것이다. 단지 토끼를 잡는 올가미, 물고기를 잡는 통발이라면 버려도 된다. 그림쇠와 곱자는 네모와 원이 비롯되는 것인데 버리고 싶다고 해서 어찌 버리겠는가?"

이몽양이 깨달음을 얻었다.

내가 생각건대 학자는 반드시 먼저 규범에서 창작해야 하는데, 규범 안에서 변화를 자유롭게 펼칠 수 있다면 신성神聖한 오묘함을 다 이룰 수 있으니, 이를테면 "마음이 하고자 하는 대로 해도 규범에 어긋나지 않는다"고 하는 것은 이를 두고 하는 말이다. 만약 애초 규범에 미치지 못하면서 변화를 자유롭게 펼쳐내고자 하여 마음대로 한다면 실패하지 않는 것이 드물 것이다. 지금 하경명의 율시를 살펴보면 모두 규범에 맞지만, 이몽양의 가행은 규범 안에서 변화를 자유롭게 펼쳐 내었으니 깨닫지 않았다고 할 수 없다.

해제 하경명과 이몽양의 시론에 관한 논의다. 시법의 의미에 대해 생각해 보게 하는 내용이다. 시법을 존중하지 않으면 시의 체재와 성조가 가야 할 방향을 잃게 되지만, 지나치게 시법에 얽매이면 자유로운 변화를 펼쳐낼 수가 없게 된다. 즉 시의 규범 안에서 자유로운 변화를 추구할 때 그야말로 신성의 경지에 오를 수 있음을 강조했다.

원문 李獻吉與何仲默論詩, 互相掊擊[1], 何云: "佛有筏喩[2], 捨筏則達岸矣, 達岸則捨筏矣." 李云: "筏・我二也, 猶兎之蹄[3]・魚之筌[4], 捨之可也. 規矩[5]者, 方圓之自[6]也, 卽欲捨之, 烏乎捨?" 李爲得之. 然予謂: 學者必先造乎規矩, 而能馳騁變化於規矩之中, 斯足以盡神聖之妙, 所謂"從心所欲, 不踰矩"是也. 苟初不及乎規矩, 而欲馳騁化以從心, 鮮有不敗矣. 今按仲默律詩, 悉合規矩, 而獻吉歌行, 又能馳騁變化於規矩之中, 則又不可不知.

주석
1 掊擊(부격): 공격하다.
2 筏喩(벌유): 뗏목 비유.
3 蹄(제): 토끼 같은 것을 잡는 올가미. 올무.
4 筌(전): 물고기를 잡는 통발.
5 規矩(규구): 법도. 법칙. '規(규)'는 원을 그리는 자인 그림쇠이며, '矩(구)'는 네모를 그리는 곱자이다.
6 自(자): 비롯되다.

## 37

서정경의 《담예록談藝錄》은 시를 논하는 대요와 시를 짓는 대의를 총괄했는데, 중간에 《시경》・한・위의 시를 간략하게 언급했을 뿐이고, 육조 이하의 시는 논하지 않았다. 그러나 지나치게 잘못을 바로

잡아서 꼭 들어맞는 논의가 드물다. 또 그 책을 젊었을 때 지었고 진실로 말세일 때의 시를 존숭하며, 말이 천박하여 적절하지 않고 광범위하여 핵심이 부족하니, 실제로 증명하고 깨달은 것이 아니다. 게다가 문장은 뛰어나나 의미가 자주 통하지 않아서 이른바 신을 신고 발바닥을 긁는 격일뿐이다.

**해제** 서정경의 《담예록》에 관한 논의다. 《담예록》에서는 명대 문단의 문학 풍조를 비판하고 복고를 제창하며, 시를 구성하는 가장 중요 요소를 '정情'으로 내세우고 있다. 그러나 그의 시론은 지나치게 복고주의를 지향할 뿐 아니라, 그의 창작과 실제로 부합하지 않아서 논리적이지 못하다고 비판을 받는다.

**원문** 徐昌穀談藝錄, 總論詩之大體與作詩大意, 中間略涉三百篇 · 漢 · 魏而已, 六朝以下弗論也. 然矯枉[1]太過, 鮮有得中[2]之論. 又其書作於少年, 正其詩宗晚季[3]之時, 故其言浮而不切[4], 泛而寡要[5], 非實證實悟[6]者; 且詞勝而意常窒[7], 所謂隔靴搔癢[8]耳.

**주석**
1 矯枉(교왕): 굽은 것을 바로잡다. 잘못을 바로잡다.
2 得中(득중): 꼭 알맞다. 과불급過不及이 없다.
3 晚季(만계): 말세.
4 浮而不切(부이부절): 천박하여 적절하지 않다.
5 泛而寡要(범이과요): 광범위하여 핵심이 부족하다.
6 實證實悟(실증실오): 실제로 증명하고 깨닫다.
7 窒(질): 막히다. 통하지 않다.
8 隔靴搔癢(격화소양): 신을 신고 발바닥을 긁다. 말과 글이 정곡을 찌르지 못하고 딱 맞지 않아 요점을 잡아내지 못함을 비유한다. 또 일을 할 때 실제에 부합되지 못해 헛수고만 하고서 성과가 없음을 비유하기도 한다.

## 38

황보방皇甫汸의 《해이신어解頤新語》는 내용이 얕고 경솔한데다, 애써 대구로써 정교하게 했지만 특별히 깨달은 것이 없으니, 《담예록》과 비교하면 한참 뒤떨어진다. 그중 다음과 같은 내용이 실려 있다.

두보의 〈강촌羌村〉은 읽으면 학질이 낫고, 곽진郭震의 시구 "수자리를 오래 하니 사람은 심하게 늙네久戍人偏老"를 적으면 요괴가 죽는다. 유희이劉希夷의 "해마다 꽃은 서로 비슷하구나年年歲歲花相似"라는 시구를 송지문이 뺏어 자신의 작품으로 삼고자 유희이를 흙으로 파묻어 죽였다는 것은 사실 제齊땅의 동쪽 항간에서 떠도는 말일 뿐이다.

해제 황보방의 《해이신어》에 관한 논의다. 이 책은 모두 8권인데, 각 권마다 서론敍論, 술사述事, 고증考證, 전조詮藻, 긍상矜賞, 유오遺誤, 기평譏評, 잡기雜記 등 8부분으로 나누어 시가의 작용, 시가 체제의 기원과 변화, 작가와 작품, 시가의 감상법 등을 체계적으로 분석했다.

원문 皇甫子循解頤新語, 疎淺[1]浮漫[2], 且務以儷語[3]爲工, 殊無省發[4], 較之談藝錄, 不逮遠甚. 中載: 杜子美"夜闌更秉燭"[5], 誦者瘧[6]已[7]; 郭元振[8]"久戍人偏老"[9], 書之妖滅; 及劉希夷[10]"年年歲歲"[11]句宋之問欲奪爲己作, 以土囊壓殺之, 直齊東野語耳.

주석
1 疎淺(소천): 내용이 거칠고 얕다.
2 浮漫(부만): 경솔하다.
3 儷語(여어): 대우對偶를 이루는 말. 즉 대구를 가리킨다.
4 省發(성발): 깨닫다. 이해하다.
5 夜闌更秉燭(야란갱병촉): 두보 〈강촌羌村〉 3수 중 제1수를 가리킨다.
6 瘧(학): 학질.
7 已(이): 그치다.
8 郭元振(곽원진): 곽진郭震(656~713). 당나라 시기의 장군이다. 자가 원진이고

위주魏州 귀향貴鄕 곧 지금의 하북성 대명현大名縣 부근 사람이다. 고종 함형咸亨 4년(673) 18세에 진사가 되었으며, 여러 관직을 역임했다. 또 주무周武 대족大足 원년(701) 양주도독凉州都督에 임명되어 변경 1천5백 리를 개척하기도 했다. 의협심으로 이름이 나 "해내海內에 의기투합한 자가 천만에 이르렀다"고 한다. 현종 연간에는 외직으로 나가 공을 세워 병부상서兵部尙書로 임명되었다가 황제가 여산驪山에서 강무講武할 때 군대의 진용이 정돈되지 못하다 하여 신주新州로 유배되었다. 개원 원년(713) 복상服喪 중에 요주사마饒州司馬로 기용되었지만 도중에 병사했다. 칠언고시에 뛰어났다고 전한다.

9 久戍人偏老(구수인편로): 수자리를 오래 하니 사람은 심하게 늙네. 단성식段成式의 《유양잡조酉陽雜俎, 낙고기상諾皐記上》에 다음과 같이 기록되어 있다. "곽진은 일찍이 산에 살았는데, 한밤중에 어떤 얼굴이 대야 같이 큰 사람이 등불 아래에 눈을 깜박이며 나타났다. 곽진이 두려운 기색이 없이 그 뺨에다 '수자리 오래하니 사람은 심하게 늙네, 긴 전쟁에 말은 살이 찌지 않구나'라고 적으니, 그 사람이 드디어 사라졌다. 수일 후 곽진은 산책을 하다가 큰 나무에 아주 커다란 흰 귀가 붙어있는 것을 보았는데, 거기에 이 시구가 적혀져 있었다."郭代公嘗山居, 中夜有人面如盤, 瞚目出於燈下. 公了無懼色, 題其頰曰: '久戍人偏老, 長征馬不肥.' 其物遂滅. 數日, 公閑步見巨木上有白耳大如門, 題句在焉.

10 劉希夷(유희이): 초당 시기의 시인이다. 자는 연지延之며, 일명 정지廷芝라고도 한다. 여주汝州 출신으로, 숙종 상원上元 2년(675) 진사에 급제했지만 관직을 지낸 적은 없다. 자태가 아름답고 담소 나누기를 좋아했으며, 비파를 잘 연주한 데다 주량도 대단해 몇 말을 마시고도 취하지 않았다고 한다. 자유로운 태도로 일상에 얽매이지 않았으며, 가행을 잘 지었고 규정을 노래한 작품이 많다.

11 年年歲歲(년년세세): 해마다 꽃은 서로 비슷하구나. 유희이 〈백두음白頭吟〉의 시구다.

## 39

양신의 《담원제호譚苑醍醐》는 고증은 많으나 작품의 고하를 평가한 것은 적다. 대체로 육조시를 존숭하고 서곤체를 숭상하여 정변에 어둡다. 그 인용한 당시 구절을 살펴보면 역시나 완전히 시를 알지 못하는 사람인 듯하다.

해제 양신의 《담원제호》에 관한 논의다. '제호醍醐'는 우유를 정제하면 나오는 유乳, 낙酪, 생수生酥, 숙수熟酥, 제호의 다섯 단계 중 가장 맛이 좋은 것을 가리킨다. 불교에서는 이것을 먹으면 모든 병이 없어진다고 하며, 불도의 묘미를 비유하는 말로 사용한다. 이 책은 가정 21년(1542)에 완성되었고 모두 290칙으로 구성되어 있다. 그러나 육조시와 서곤체를 숭상하고 있다는 점에서 정변의 체재를 중시한 시론서가 아님을 지적하고 있다.

원문 楊用修譚苑醍醐, 考證多而品騭[1]少, 大抵宗六朝, 尙西崑, 而昧於正變. 觀其所引唐人詩句, 則又似全不知詩者.

주석 1 品騭(품즐): 고하를 평가하다. 상하를 평가하다.

## 40

하량준何良俊의 《사우재총화四友齋叢話》의 첫머리에서 "공자가 시를 산정했는데, 진실로 육의六義에서 누락된 것이 있다"고 말했다. 또 "세상에서 성당의 풍골이라고 칭하는 것은 진실로 성정의 육의다"고 말했다. 황당무계함이 심하다. 나머지는 대부분 전대의 영향을 받은 것이라 살필 만하지 않다.

해제 하량준의 《사우재총화》에 관한 논의다. 서명의 '사우재'는 그의 서재 이름이며, 필기 형식으로 지은 시론서다. 장자, 왕유, 백거이와 자신을 벗으로 생각하며 지었다는 점이 이채롭다. 이 책은 38권으로 되어 있으며 경經, 사史, 잡기雜記, 자子, 석도釋道, 문文, 시詩, 서書, 화畵, 구지求志, 숭훈崇訓, 존생尊生, 오노娛老, 정속正俗, 고문考文, 사곡詞曲, 속사續史 등 17문으로 구성되어 있다. 내용이 비교적 광범위하나, 오류가 많고 전대의 이론을 많이 수용했다는 점에서 살필 만한 가치가 없음을 지적하고 있다.

원문 何元朗[1]四友齋叢話, 首言"孔子刪詩[2], 正於六義有闕者", 又謂"世稱盛唐風骨, 正是性情六義", 誕謬[3]爲甚. 其他多得於影響, 無足省法.

주석
1 何元朗(하원랑): 하량준何良俊(1506~1573). 명나라 시기의 희곡 이론가이자 장서가다. 자가 원랑이고 호는 자호거사柘湖居士다. 송강松江 화정華亭 출신으로, 20년 동안 누대에서 내려오지 않고 장서 4만여 권을 모두 읽었다고 할 정도로 젊어서부터 학문을 좋아했다고 한다. 가정 연간에 공생貢生으로 국자감國子監에 나갔다가 남경의 한림원공목翰林院孔目에 임명되었다. 병법에 대해 말하기를 좋아했고, 경세經世로 자부했다. 날마다 유명 시인들과 어울리면서 음률을 깨치고 술과 음악으로 소일하며 지내다 70여세에 귀향했다. 동생 하량부何良傅와 더불어 문장에 뛰어나 '이하二何'로 불렸다.
2 孔子刪詩(공자산시): 공자는 만년에 고향 노나라로 돌아와 시를 가려 뽑고 '시삼백詩三百'이라고 칭했다.
3 誕謬(탄류): 터무니없다. 황당무계하다.

## 41

《시법원류詩法源流》는 가정 연간에 왕준민王俊民이 원나라 사람이 옛 사람들의 시를 논한 것을 취해 내용을 더 보충하여 완성한 책이다. 고시는 〈고시십구수〉부터 도연명에 이르기까지 모두 99수를 뽑았고, 율시는 두보의 오언시 9수와 칠언시 42수를 뽑았다. 그 인용된 원나라 사람의 평어는 뒤죽박죽 일정하지 않고 자신의 견해가 거의 없다. 뒷부분에 〈시법원류구서詩法源流舊序〉를 덧붙였는데, 바로 양재가 쓴 것이다.

양재는 다음과 같이 기록했다.

"어렸을 때 숙부 양문규楊文圭를 따라 서촉西蜀 지역을 여행하다가 성도成都에 이르렀는데, 두보의 9대손 두거杜擧를 만나[12] 선생이 소장

12) 두보에서 양재의 시대까지는 본래 9대가 아니다.

한 시가를 얻었다. 두거는 '저의 시조이신 두심언杜審言은 시로써 유명했으며, 두심언은 두한杜閑을 낳았고 두한이 두보를 낳아 또 시로써 명성을 날렸지만, 지금에 이르러서는 원류가 더욱 멀어졌습니다. 그러나 두보는 여러 제자에게 전하지 않고 오직 문인인 오성吳成 · 추수鄒遂 · 왕공王恭에게만 그 시법을 전수했고, 저는 그 세 분에게서 전해 받았기에 양재에게 줍니다.'고 말했다."

왕준민이 채록한 두보의 칠언율시 중 오성 · 추수 · 왕공이 이해한 것을 살펴보면, 매 시가의 아래에 편격篇格의 명칭을 정했는데, 아마 《시법원류》의 초기 모습일 것이다. 이것은 송대 사람이 위작하여 속인 것인데도 두거는 알지 못했으며, 양재도 깊이 믿어 그것을 전했다. 송 · 원대 사람들의 비천함이 대략 이와 같다. 혹자는 양재의 시론에 볼 만한 것이 많은 것이 아닌가 하고 생각하지만 이 서문은 마땅히 위찬이니, 대개 양문규를 따라 일찍이 서촉으로 여행했기 때문이다. 그 당시에는 우집 · 양재 · 범팽 · 게해사가 모두 이름이 높았으므로 비천한 것을 그들의 이름에 의탁했을 따름이다.[13]

해제 왕준민의 《시법원류》에 관한 논의다. 이 책은 원대의 《시법정론》을 바탕으로 수정하여 만든 것이다. 상권에서는 시법에 관한 책인 부약금의 《시법정론》과 《시문정법詩文正法》, 황자숙黃子肅의 《시법詩法》, 게혜사의 《시법정종》, 그리고 저자가 알려지지 않은 《시종정법안장詩宗正法眼藏》의 다섯 종류가 실려 있다. 중권에서는 한 · 위 · 진 · 송의 고시들을 선록했으며, 하권에서는 두보의 시를 중심으로 율시를 선록했다. 부록에는 양재가 원나라 지치至治 임술壬戌(1322)년에 쓴 〈시법원류서〉가 수록되어 있다.

13) 우집에게 《두율우주杜律虞註》가 있다는 것은 원호문의 《당시고취唐詩鼓吹》에 설명이 보인다. 양재에 관한 논의는 앞쪽 부분(제35권 제27칙)에 보인다. 범팽의 《목천금어》 · 《시학금련》 역시 앞쪽 부분(제35권 제28칙)에 보인다. 또 제19권의 제19칙 · 제20칙과 참조하여 보기 바란다.

그러나 이 책은 송대 사람들의 위작으로 후대 사람들이 그 진위를 명확하게 알지 못하고 있음을 지적했다. 대부분 이전 시대의 주장을 그대로 수용하고 있어 볼만하지 않음도 강조했다.

원문

詩法源流一書, 乃嘉靖間王用章[1]取元人論述古人詩增廣而成者. 古詩采自十九首至陶淵明共九十九首, 律詩采杜子美五言九首·七言四十二首. 其所引元人語, 純駁不齊, 而略無己見. 後附詩法源流舊序, 乃楊仲弘作. 仲弘言: "少從叔父楊文圭遊西蜀, 抵成都, 遇杜工部九世孫杜舉, [工部至仲弘時, 初非九世.] 求先生所藏詩律. 舉言'吾鼻祖審言以詩名世, 審言生閑, 閑生甫, 又以詩鳴, 至於今, 源流益遠. 然甫不傳諸子, 而獨於門人吳成·鄒遂·王恭傳其法, 予傳之三子, 因以授仲弘'." 及觀用章所采杜七言律中有吳氏鄒氏王氏所解, 而每詩之下定以篇格之名, 蓋詩法源流之始也. 此宋人僞撰相欺, 而舉不知, 仲弘又深信而傳之. 宋元人淺陋, 大率[2]類此. 或疑仲弘論詩, 多有可觀, 此序當爲僞撰, 蓋因文圭曾遊西蜀故也. 當時虞[3]·楊[4]·范·揭[5]俱有盛名, 故淺陋者托之耳. [虞有杜律虞註, 說見元遺山唐詩鼓吹. 仲弘論見前. 范德機木天禁語·詩學禁臠, 亦見前. 并與子美論中"古今說杜詩者"二則參看.]

1 王用章(왕용장): 왕준민王俊民(1480~1538). 본권 제27칙의 주1 참조.

2 大率(대솔): 대략. 대체로.

3 虞(우): 우집虞集(1272~1348). 원나라 시인이다. 자는 백생伯生이고, 호는 도원道園 또는 소암邵庵이다. 임천臨川 숭인崇仁 사람으로, 젊어서 가학을 계승해 많은 경전을 읽었다. 성종成宗 대덕大德 연간에 천거되어 태상박사太常博士, 국자사업國子司業, 한림직학사翰林直學士 등을 역임했다. 당시를 계승하여 전아한 시풍을 갖추고자 노력했다.

4 楊(양): 양재楊載(1271~1323). 본권 제27칙의 주1 참조.

5 揭(게): 게해사揭奚斯(1274~1344). 자는 만석曼碩이고 시호는 문안공文安公이다. 강서江西 풍성豊城 사람이다. 가난한 형편에서 노력하여 이름을 떨쳤으며, 북경으로 가서 1314년 국사원國史院 편수관이 되었다. 그 후 한림원시강학사翰林院侍講學士를 지냈으며, 문종文宗의 신임을 받아 《금사金史》를 편찬하다가 죽었다. 문장이 간결하고, 우집·유관柳貫·황진黃溍과 함께 '유림사걸儒林四傑'이라 불리

기도 했다. 시는 청아하고 그윽하며 담담한 풍취를 얻었다고 평가된다. 저서로 《계문안공전집揭文安公全集》 14권이 있다.

## 42

이반룡의 〈당시선서唐詩選序〉는 본래 정확한 시론이 아닌데도 모유창冒愈昌은 매우 칭찬했으니 미혹되었다 할 것이다.

〈당시선서〉에서 말한다.

"당시에는 오언고시가 없지만 당고唐古는 있다. 진자앙이 당고로써 고시를 창작한 것은 취하지 않는다."

내가 생각건대 진자앙이 당고로써 한위고시로 간주했기에 취하지 않았다는 것은 타당한 듯하다. 그러나 당고가 한위고시가 아니라서 모두 취하지 않았다는 것은 잘못되었다.[14] 그가 선록한 당나라의 오언고시를 살펴보면 14수 정도인데 역시 한위시의 풍격이 아니니, 당고는 모두 한위고시가 아니기 때문에 취하지 않았을 뿐이다.

그는 또 다음과 같이 말했다.

"칠언고시로는 이백이 웅건하고 분방한데 가끔 기세가 다해 버렸다."

이백의 시는 광염이 높아 고금의 시인들이 두려워하는데, 이반룡이 본 것은 어떤 작품인지 모르겠다.

또 말했다.

"오언율시와 오언배율 중에 여러 시인들의 뛰어난 시구가 대체적으로 많다."

"뛰어난 시구가 많다"는 것은 뛰어난 작품은 없다는 것임을 알 수

14) 한 · 위 · 이백 · 두보는 각기 그 지극함에 이르렀다. 이백 · 두보의 총론(제18권)에 보인다.

있다. 너무 어리석은 것이 아니겠는가?

또 말했다.

"칠언율시는 여러 시인들이 어려워하는 것이다. 왕유와 이기가 자못 그 오묘한 경지에 도달했다."

나는 잠삼이 빠져서는 안 된다고 생각한다.

해제 이반룡의 〈당시선唐詩選〉에 관한 논의다. 그 서문에서 이반룡의 당시론을 대략적으로 살펴볼 수 있는데, 허학이는 여기서 그의 몇 가지 잘못된 관점에 대해 지적하고 있다.

원문 李于鱗唐詩選序, 本非確論[1], 冒伯麐[2]極稱美[3]之, 可謂惑矣. 序曰: "唐無五言古詩, 而有其古詩. 陳子昂以其古詩爲古詩, 弗取也." 愚按: 謂子昂以唐人古詩而爲漢魏古詩弗取, 猶當; 謂唐人古詩非漢魏古詩而皆弗取, 則非. [漢·魏·李·杜, 各極其至. 見李杜總論.] 觀其所選唐人五言古僅十四首, 而亦非漢魏之詩, 是以唐人古詩皆非漢魏古詩弗取耳. 曰: "七言古, 太白縱橫, 往往強弩之末[4]."太白光燄萬丈[5], 古今懾伏[6], 不知于鱗視爲何物. 曰: "五言律·排律, 諸家槩多佳句." 曰"多佳句", 則無佳篇可知. 不太罔[7]耶? 曰: "七言律體, 諸家所難. 王維·李頎, 頗臻其妙." 予意嘉州[8]未可少也.

주석
1 確論(확론): 정확하고 적절한 논의.
2 冒伯麐(모백린): 모유창冒愈昌. 명나라 시기의 시인이다. 자가 백린이고, 여고如皐 곧 지금의 강소성 출신이다. 국자감제생이었으며 만력 연간에 활동했다. 원수를 피해 오吳·초楚 지역을 유랑하다가 왕세정, 오국윤吳國倫과 교유했다. 시집으로 《녹초관綠蕉館》, 《주천珠泉》, 《유거幽居》 등 20여 종이 있으며 시론서로 《시학잡언詩學雜言》 2권이 있다.
3 稱美(칭미): 칭찬하다.
4 強弩之末(강노지말): 센 쇠뇌로 발사한 화살이 끝에 가서는 노나라 비단조차도 뚫지 못한다는 뜻으로 쇠미한 기세를 비유한다. 《한서, 한안국전韓安國傳》에서 나온 말이다.

5 光燄萬丈(광염만장): 광염이 매우 높다.
6 懾伏(섭복): 두려워서 복종하다.
7 罔(망): 어리석다.
8 嘉州(가주): 잠삼을 가리킨다. 제3권 제55칙의 주석8 참조.

## 43

나는 일찍이 다음과 같이 말했다.

시를 배우는 사람은 마땅히 옛 사람들의 장점을 취하여 자신의 단점을 보완해야 잘 배웠다 할 것이다.[15)]

이반룡은 "당시에는 오언고시가 없다", "이백의 칠언고시는 가끔 기세가 다해 버렸다"고 말했는데, 이것은 오직 편견이며 자신이 재능을 발휘할 수 없기에 다른 사람이 재능을 발휘하는 것을 시기한 것일 뿐이다. 그가 선록한 당나라의 오언고시와 칠언고시를 살펴보면 어찌 당시를 이해했다고 할 수 있겠으며, 또 어찌 이백과 두보를 이해했다고 할 수 있겠는가?

해제 이반룡의 잘못된 시론은 옛 사람들의 장점을 객관적으로 취할 줄 모르는 태도에서 비롯되었음을 지적하고 있다.

원문 予嘗謂: 學詩者當取古人所長, 濟己之短, 乃爲善學. [見前卷.] 于鱗謂"唐無五言古詩", "太白七言古, 往往强弩之末", 此雖意見有偏, 亦是己不能騁而忌[1]人之騁耳. 觀其所選唐人五・七言古, 是豈足以知唐人, 又豈足以知李・杜哉?

주석 1 忌(기): 시기하다.

15) 앞권(제34권 제33칙)에 보인다.

## 44

왕세정의 《예원치언藝苑巵言》은 먼저 전대 문인들의 시론을 두루 인용하고, 그 다음에 《시경》 · 소부騷賦 · 한 · 위 · 육조 · 당 · 송 · 명대의 시 및 제자서諸子書와 역사서의 문장 · 사곡詞曲 · 서화書畫 등을 상세히 논하지 않은 것이 없어 가장 광범위하다. 그러나 총괄하는 데 뜻을 두었기 때문에 각기 장단점이 있다.

한위의 오언시 · 심전기와 송지문의 율시 · 이백과 두보의 고시를 논한 부분이 가장 일리가 있다. 그러나 간혹 이백과 두보의 오언고시가 사령운에 미치지 못하다고 한 것,[16] 또 고율古律로는 오직 두보만 칭송하고 이백과 성당은 언급하지 않은 것은 진실로 편견이다. 동시대 사람들을 성대히 칭송하고 고인들을 대부분 폄하한 것은 개인적인 생각이라고 말하더라도 역시 편협한 식견이라고 할 따름이다.

해제 왕세정의 《예원치언》에 관한 논의다. 이 책은 명대 서정경의 《담예록》과 엄우의 《창랑시화》의 미비점을 보충해 만든 책으로, 총 6권으로 구성되어 있다. 그는 "문장은 진 · 한을 따르고, 시는 성당을 따라야 한다"는 복고주의적 입장을 견지하고 있다. 다만 그는 이반룡과 달리 격조를 강조하는 의고주의를 주장하면서도 사상과 감정의 반영을 인식하고 있으며, 전대 여러 사람들의 장점을 널리 본받아야 함을 주장하는 등 상당히 유연한 태도를 취했다. 그러나 허학이는 그의 시론에도 몇 가지 오류가 있음을 지적하고 있으니, 이를테면 지나치게 두보를 추송한 것이 그 단적인 예다.

원문 王元美藝苑巵言, 首泛引前人之論, 次則自三百篇 · 騷賦 · 漢 · 魏 · 六朝 · 唐 · 宋 · 昭代[1]之詩以及子史[2]文章 · 詞曲 · 書畫, 靡不詳論, 最爲宏博[3]. 然志在兼總[4], 故亦互有得失. 其論漢魏五言 · 沈宋律詩 · 李杜古詩, 最爲有

16) 이백과 두보 총론 중 오언고시(제18권 제8칙)에 보인다.

得. 至或以李杜五言古不及靈運, [見李杜總論五言古.] 又古律獨推子美而不及太白・盛唐, 自是偏見. 至盛推[5]同列[6]而多貶古人, 雖曰私衷[7], 亦識有所偏耳.

1 昭代(소대): 당대當代의 미칭美稱. 여기서는 명대를 가리킨다.
2 子史(자사): 제자서諸子書와 역사서.
3 宏博(굉박): 크고 넓다.
4 兼總(겸총): 합쳐 총괄하다.
5 盛推(성추): 매우 칭송하다.
6 同列(동렬): 같은 시대에 사는 사람. 여기서는 '古人(고인)'과 대칭되는 뜻으로 사용되었다.
7 私衷(사충): 내심內心.

## 45

왕세무王世懋의 《예포힐여藝圃擷餘》는 먼저 〈고시십구수〉 및 조식을 논하고, 다음으로 맹호연 및 명대의 서정경・고숙사高叔嗣를 논했는데 모두 독특한 견해를 지니고 있다. 칠언절구를 논한 부분은 말마다 합당하다. 나머지 부분은 그 형 왕세정과 서로 합치된다.

해제

왕세무의 《예포힐여》에 관한 논의다. 전체 1권 31칙으로 구성되어 있으며, 왕세정과 동일하게 격조를 중시하는 의고주의적 입장을 지니면서도 성정 또한 격조만큼 중요하다는 입장도 보이고 있다.

원문

王敬美藝圃擷餘, 首論十九首及曹子建, 次論孟浩然及國朝徐昌穀・高子業[1], 俱有獨得[2]之見. 至論七言絶, 言言中窾[3]. 其他多與乃昆[4]相契[5].

주석

1 高子業(고자업): 고숙사高叔嗣(1501~1537). 자가 자업이고, 호는 소문산인蘇門山人이다. 하남 상부祥符 출신으로, 어려서부터 이몽양의 지도를 받았으며 형 고중사高仲嗣와 더불어 이름을 떨쳤다. 가정 2년(1523) 진사가 되어 공부주사工部主事를 거쳐 주요 관직을 역임했다. 또 외직으로 나가 많은 의옥疑獄을 해결하여

사람들이 그를 신이라고 칭송했다. 삼원三原의 마리馬理, 무성武成의 왕도王道 등과 시문으로 교유했다.

2 獨得(독득): 독특하다.

3 中窾(중관): 적당하다. 합당하다.

4 乃昆(내곤): 그 형. 왕세무는 왕세정의 동생이므로, 곧 왕세정을 가리킨다.

5 相契(상계): 서로 합치되다.

## 46

사진謝榛의 《시가직설詩家直說》은 모두 416조이며 다른 판본과 비교해 보면 대동소이한데, 가끔 고친 것이 있기 때문이다. 실제로 깨달은 것은 열에 두셋 정도이고, 과장되어 사실이 아닌 것이 열에 예닐곱이다. 간혹 감상할 만한 것도 있으니, 장단점이 반반이다.

다음의 논의는 절묘하다.

"오늘날 사람들은 시를 지을 때 홀연히 매우 큰 생각을 세우지만 시구에 속박되면 사고가 궁색해진다. 이것은 내면에서 나오는 것이 제한되기 때문으로 이른바 '사전의辭前意'다. 혹은 생각이 붓을 따라 생겨나 흥을 막을 수가 없어 입신의 경지로 들어서는데 특별히 사색하여 도달하는 것이 아니다. 이것은 밖에서 오는 것은 무궁하기 때문으로 이른바 '사후의辭後意'다."

이하의 시를 읽었기에 그 기고奇古함을 좋아하게 되었고, 기고함을 뼈대로 삼고 화평함을 몸체로 삼았기에 초·성당을 하나로 합하여 취하고자 했지만, 이백과 두보의 절제된 기묘함이라야 하나로 결합될 수 있다는 것을 몰랐던 것이다. 이하는 시체가 대변大變인데 어찌 초·성당과 합일될 수 있겠는가? 또 공천윤孔天允이 "초당의 장열과 장구령이 그 정종에 뛰어났다. 장편은 이교의 〈분음행汾陰行〉을 으뜸으로 한다. 근체시는 장열의 〈시연융경지侍宴隆慶池〉가 제일이다."고 말한 것을 인용했는데 오류가 더욱 심하다.

해제

사진의 《시가직설》에 관한 논의다. 이 책은 2권으로 구성되어 있으며 전반적으로 성당시의 모방을 제창하고 송시를 경시하는 태도를 견지하고 있다. 엄우의 시론을 계승하여 진실한 감정을 강조하고 시가창작에서 얻게 되는 '천기天機'와 '초오超悟'의 작용을 중시하고 있다. 그가 말한 '사전의', '사후의' 역시 엄우의 시론과 크게 다르지 않지만, 그의 시론에도 몇 가지 오류가 있으니 역시 시의 정변을 제대로 파악하지 못했기 때문임을 지적했다.

謝茂秦詩家直說, 凡四百十六條, 較別刻[1]大同小異, 蓋時有竄易故耳. 實悟者十得二三, 浮泛[2]者十居七八, 間有賞識[3], 得失[4]相半. 惟言: "今人作詩, 忽立許大意思, 束[5]之以句則窘[6], 此內出者有限, 所謂'辭前意'也; 或意隨筆生, 興不可遏[7], 入乎神化[8], 殊非思慮所及, 此外來者無窮, 所謂'辭後意'也." 此論妙絶. 至因讀李長吉詩, 愛其奇古, 因以奇古爲骨, 平和爲體, 欲取初·盛唐合而爲一, 不知李杜正中[9]之奇, 乃可合一, 長吉乃詩體大變, 安可與初·盛唐合一乎? 又引孔文谷[10]言"初唐張說張九齡擅其宗. 長篇以李嶠汾陰行爲第一. 近體以張說侍宴隆慶池爲第一." 憒謬[11]益甚.

1 別刻(별각): 다른 판본.
2 浮泛(부범): 과장되어 사실이 아니다.
3 賞識(상식): 다른 사람의 재능이나 작품의 가치를 알아 중시하거나 찬양하다.
4 得失(득실): 장단점.
5 束(속): 속박되다.
6 窘(군): 좁아지다. 궁색해지다.
7 遏(알): 막다.
8 神化(신화): 입신의 경지.
9 正中(정중): 치우치지 않다. 절제되다.
10 孔文谷(공문곡): 공천윤孔天胤. 명나라 시기의 문인이다. 자는 여석汝錫이고 호가 문곡 또는 관침산인管涔山人이다. 생졸년은 미상인데, 가정 11년(1532)에 진

사가 되었다.

11 憒謬(궤류): '誤謬(오류)'와 같은 말. 잘못되다.

## 47

사진은 옛 사람들의 시구를 고치는 것을 좋아했는데, 자신감에서 이룬 것이다. 전기의 〈송이평사送李評事〉와 백거이의 〈소군사昭君詞〉는 참으로 적절하게 고쳤다. 잠삼의 〈건위작犍爲作〉은 진실로 고칠 필요가 없는 것이다. 두보의 〈소년행少年行〉, 대숙륜의 〈제야숙석두역除夜宿石頭驛〉, 교연의 〈제원송객啼猿送客〉, 정곡의 〈회상여우인별淮上與友人別〉은 개악改惡임을 면치 못한다.

해제 사진이 옛 사람들의 시구를 제멋대로 고친 사실에 대해 지적했다.

원문 茂秦好竄易古人詩句, 果[1]於自信. 如錢仲文送李評事・白樂天昭君詞, 竄之誠當; 如岑嘉州犍爲作, 自不必竄; 至子美少年行・戴叔倫除夜宿石頭驛・皎然啼猿送客・鄭谷淮上與友人別, 不免點金成鐵[2]矣.

주석

1 果(과): 해내다. 이루다.

2 點金成鐵(점금성철): 영단靈丹 한 알을 금에 묻혀 쇠가 되다. 여기서는 사진이 고인들의 시구를 고쳐 오히려 개악이 되었다는 의미를 표현하고 있다. 원래는 '點鐵成金(점철성금)'인데, 여기서 허학이가 '金(금)'과 '鐵(철)'을 바꾸어 표현한 것이다. '점철성금'은 '영단靈丹 한 알을 쇠에 묻혀 금이 되다'라는 의미이며, 송대 황정견이 〈답홍구부서答洪駒父書〉에서 한 말로서 옛 시인들의 문학 작품을 이용하여 자신의 작품에서 새롭게 창조해 내는 방식을 일컫는다.

## 48

호응린의 《시수詩藪》는 《시경》・소부・한・위・육조의 시부터

당 · 송 · 명대의 시까지 상세히 논하지 않음이 없어, 가장 광범위하긴 하지만 번잡하고 두서가 없다. 〈내편內編〉은 열 중 일곱은 논의가 적절하지만, 〈외편外編〉과 〈잡편雜編〉은 너무 번잡하게 학식을 자랑하여 그 절반만 남길 만하다. 한 · 위 · 육조의 오언시를 논할 때는 그 성쇠를 이해했다. 당시 중 가행과 절구를 논할 때는 말마다 핵심을 간파했다. 단지 당나라 율시의 자연스럽고 정묘精妙한 경계에 있어서는 종종 잘못 논한 것이 있다. 여러 선배들을 심히 칭찬한 내용은 사적인 견해를 기록한 것일 따름이다. 대개 만당 · 송 · 원의 여러 문인들의 시론은 대부분 모자란 곳으로 빠진 데 반해, 명대의 서정경과 왕세정은 가끔 넘치는 곳으로 빠졌다. 오직 호응린이 모자라지도 지나치지도 않은 중도를 얻었다.

해제 호응린의 《시수》에 관한 논의다. 역대의 시론 중 가장 객관적인 비평 산물로 손꼽았다.

원문 胡元瑞詩藪, 自三百篇 · 騷賦 · 漢 · 魏 · 六朝以至唐 · 宋 · 昭代之詩, 靡不詳論, 最爲宏博, 然冗雜寡緖[1]. 內編, 十得其七, 外編 · 雜編, 誇多衒博[2], 可存其半. 其論漢 · 魏 · 六朝五言, 得其盛衰; 論唐人歌行 · 絶句, 言言破的[3], 惟於唐律化境, 往往失之. 至盛譽[4]諸先達[5], 則有私意存耳. 大抵晚唐 · 宋 · 元諸人論詩, 多失之不及, 而國朝昌穀 · 元美, 時[6]失之過, 惟元瑞庶爲得中.

주석
1 冗雜寡緖(용잡과서): 번잡하고 두서가 없다.
2 誇多衒博(과다현박): 편폭이 많고 광범위하다.
3 破的(파적): 말이 핵심을 찔렀음을 비유한다.
4 盛譽(성예): 대단히 칭찬하다.
5 先達(선달): 덕행과 학문에서의 선배.
6 時(시): 가끔. 때때로.

## 49

고금의 시부와 문장은 날이 갈수록 더욱 쇠퇴했지만, 식견과 의론은 날이 갈수록 더욱 정밀해졌다. 시부와 문장은 날이 갈수록 더욱 쇠퇴하여 사람들이 저절로 이해하기가 쉬워졌다. 식견과 의론은 날이 갈수록 더욱 정밀해져 사람들이 이해하기가 쉽지 않게 되었다. 육조 사람들의 시론을 잠시 살펴보면 대부분 과장되고 우매하여 정밀하고 핵심에 들어맞는 것은 열에 하나 정도인데, 만당 · 송 · 원의 시론은 또 견강부회하여 유치하다. 엄우가 탁견으로 불렸지만 그의 시론은 종합적이고 왕세정에 이르러서야 비로소 자세해졌다. 호응린에 이르면 핵심에 맞는 것이 열에 일곱이다. 호응린을 계승하여 나타난 사람은 고금을 합쳐 하나로 꿰뚫을 것이니, 반드시 이런 사람이 있을 것이다. 대개 기풍이 날로 쇠미해져 날이 갈수록 더욱 쇠퇴했지만 연구는 날마다 깊어져 날이 갈수록 더욱 정밀해졌으니, 이 역시 자연스러운 추세일 따름이다.

해제 역대의 시론이 명대에 이르러 비로소 자세해졌음을 말하면서, 호응린의 견해가 가장 타당함을 강조하고 있다. 아울러 호응린을 계승하여 고금을 합쳐 하나로 꿰뚫을 사람을 기다린다고 하고 있으니, 아마 허학이 자기 자신을 두고 한 말인 듯하다.

원문 古今詩賦文章, 代日益降, 而識見議論, 則代日益精. 詩賦文章, 代日益降, 人自易曉; 識見議論, 代日益精, 則人未易知也. 試觀六朝人論詩, 多浮泛迂遠[1], 精切肯綮[2]者十得其一, 而晚唐 · 宋 · 元, 則又穿鑿淺稚[3]矣. 滄浪號[4]爲卓識, 而其說渾淪, 至元美始爲詳悉[5]. 逮乎[6]元瑞, 則發竅中窾[7], 十得其七. 繼元瑞而起者, 合古今而一貫之, 當必有在也. 蓋風氣日衰, 故代日益降, 研究日深, 故代日益精, 亦理勢之自然耳.

주석

1 迂遠(우원): 세상일에 어둡다. 실용에 적합하지 않다.
2 精切肯綮(정절긍경): 정밀하고 핵심에 들어맞다. '肯綮(긍경)'은 사물의 가장 요긴한 곳, 핵심 등을 가리킨다.
3 淺稚(천치): 깊이가 얕고 유치하다.
4 號(호): 호소하다. 큰 소리로 부르다.
5 詳悉(상실): 상세하고 빠짐없다.
6 逮乎(체호): … 에 이르다.
7 發窾中竅(발관중규): 핵심에 맞다.

## 50

고시에 대한 논의는 호응린이 왕세정보다 상세하고, 왕세정이 엄우보다 자세하다. 율시에 대한 논의는 호응린이 왕세정보다 못하고, 왕세정은 엄우보다 못하다.[17]

해제

역대 주요 시론가의 장단점을 비교하여 분석했다.

원문

論古詩, 則元瑞詳於[1]元美, 元美詳於滄浪; 論律詩, 則元瑞不如元美, 元美不如滄浪. [元瑞不如元美, 見崔顥第二則論中.]

주석

1 詳於(상어): … 보다 상세하다.

## 51

이유정의 시론은 그 시문집의 여러 서문에서 산견되는데, 그가 주

17) 호응린이 왕세정보다 못함은 최호에 관한 시론 제2칙의 논의(제17권 제5칙) 중에 보인다.

장한 이론은 대부분 정체에서 나왔다. 만력 연간 임자壬子년에 나의 《시원변체》가 점점 완성되어, 신안新安의 오보수吳甫修가 나를 위해 이유정에게 서문을 부탁했다. 그 당시 이유정은 말릉秣陵에 잠시 살고 있었는데, 왕래하는 손님이 많은데다 내가 또 명망이 있지도 않아 그가 그 부탁을 소홀히 생각했다.18) 그러므로 그의 문장은 대부분 관련이 없는 내용이다. 게다가 왕통王通과 유신劉迅의 관점에서 시를 엮어 나에게 주었는데 그 방향이 크게 달랐다.19) 후일 세간의 여러 문인들이 나를 많이 언급하자, 이유정이 비로소 내 책을 보고 후회했다. 그러나 책이 이미 발간된 데다가 즉각 개정改定할 수 없으니, 한마디로 이유정에게 누를 끼칠 필요가 없다.

해제

이유정에 관한 논의다. 그는 별도의 시론서가 없고 그의 여러 문장 속에서 살펴볼 수 있는데 대체적으로 정체를 깨달았음을 지적했다. 또 허학이 자신의 시론에 대해서도 처음에는 주목하지 못하다가 후일 그 가치를 인정하고 높이 평가한 사실을 언급하며, 《시원변체》의 우월성을 넌지시 말하고 있다.

원문

李本寧論詩, 散見其集諸序中, 其持論[1]多出於正. 萬歷壬子, 予詩源稍成, 新安吳伯乾[2]爲予索[3]本寧序, 時本寧僑居[4]秣陵, 賓客旁午[5], 而予又未有重名[6], 公意忽之. [其序云: "三十年中, 余兩度澄江, 不聞有許伯淸. 隱而好學, 未及從遊[7]."] 故其文多不相關, 且以文中子・劉迅[8]編詩況[9]予, 則道途[10]迥別. [與凡例第一條參看.] 後湖海[11]諸公多道及[12]予, 公始竟覽予書, 悔之, 然其集已行, 無從[13]更定[14], 要亦不足爲公累也.

18) 서문에서 "30년 동안 나는 징강澄江에 두 번 머물렀는데, 허학이라는 사람이 있다는 걸 듣지 못했다. 은거하며 학문을 좋아한다는데 만나 교유한 적이 없다."고 말했다.

19) 범례 제1조와 참조하여 보기 바란다.

1 持論(지론): 변하지 않고 늘 가지고 있는 의견.

2 吳伯乾(오백건): 오보수吳甫修. 명대의 문인이다. 신안新安 곧 지금의 절강성浙江省 출신으로 자가 백건이다.

3 索(색): 바라다. 원하다.

4 僑居(교거): 남의 집에서 임시로 살다. 타향에서 임시로 살다.

5 旁午(방오): 왕래하는 사람이 많아 붐비고 수선스러움.

6 重名(중명): 매우 두터운 명망.

7 從遊(종유): 학덕學德이 있는 사람과 교유하다.

8 劉迅(유신): 성당 시기의 학자다. 자는 첩경捷卿이고 서주徐州 팽성彭城 사람으로 유지기劉知幾의 다섯 번째 아들이다. 현종 개원 시기 활동한 인물로 경조공조참군사京兆功曹參軍事, 우보궐右補闕 등의 벼슬을 지냈다.

9 況(황): 주다.

10 道途(도도): 방법.

11 湖海(호해): 세상. 세간. 강호江湖.

12 道及(도급): 언급하다.

13 無從(무종): … 할 길이 없다.

14 更定(경정): 개정改定하다.

## 52

풍시가의 《예해형작藝海泂酌》은 고금의 시문 잡저들을 함께 논하여 가장 번잡하다. 그 시론은 과장되고 자질구레한 내용으로 실제로 깨달은 것이 적다. 중간에 주석을 단 부분은 대부분 견강부회했고, 고인의 시구를 인용한 것도 완전히 시를 알지 못한 듯하다. 또 마음을 스승으로 삼는 데 뜻을 두어서, 옛것을 숭상함을 부끄러워했다. 그러므로 한유와 소식을 적극적으로 존숭하여 기피한 것이 없으니, 이것은 원굉도가 선창한 것이다. 다만 그는 자질이 높고 박학다식하여 한·위·진 시인들의 대요를 파악함에 있어서는 간혹 터득한 바가 있다.

해제 풍시가의 《예해형작》에 관한 논의다. 이 책은 《예해형작당승藝海洞酌唐乘》이라고도 한다. 풍시가는 문학에 조예가 상당했으며 형동邢侗, 왕치등王稚登, 이유정李維楨, 동기창董其昌 등과 함께 만명문학晩明文學의 '중흥오자中興五子'라고 불렸다. 《춘추》에 통달했다고 하며 저서에 《좌씨석左氏釋》과 《좌씨토左氏討》, 《상지잡지上池雜識》, 《역설易說》, 《우항잡록雨航雜錄》, 《서정西征》, 《북정北征》 등이 있다. 시가의 교화 작용을 중시하고 유가의 전통 시학사상인 "온유돈후溫柔敦厚"의 관점을 계승하면서도, 한유의 평정을 얻지 못하면 소리를 내게 된다는 '불평즉명不平則鳴'의 이론과 구양수의 궁한 이후에 정교해진다는 '시궁이후공詩窮而後工'의 입장을 계승하여, 자연스러운 감정의 발로를 강조하기도 했다.

원문 馮元成藝海洞酌, 兼論古今詩文雜著, 最爲繁雜. 其論詩浮泛瑣屑[1], 而實悟者少, 間涉訓釋[2], 大多穿鑿, 至引古人詩句, 則又似全不知詩者. 又意在師心, 恥於宗古, 故盛推韓·蘇而無所避, 此中郎之先倡也. 但其資高學博, 故於漢魏晉人大體, 間亦有得.

주석
1 瑣屑(쇄설): 자질구레하다.
2 訓釋(훈석): 주석을 달다. 해석하다.

## 53

원굉도의 시론은 〈설도각雪濤閣〉, 〈섭강시涉江詩〉, 〈소수시小修詩〉, 〈동적고同適稿〉 등의 여러 서문 및 여러 편지글에 그 주장이 많다. 그가 소騷와 아雅의 변체를 논하고 구양수·소식을 논한 것에는 그다지 오류가 없다. 명대의 여러 문인들을 논함에 있어서는 옛 시법을 법도로 삼는 것을 싫어했다. 왕도곤汪道昆과 왕세정의 시론에 대해서는 "잡스런 독이 사람에게 들어왔다"고 말했다. 그러므로 하나라도 정격正格에 들어가면 바로 꾸짖고 배척하며, 조금이라도 치우치고 기이함을 따르면 칭찬하지 않음이 없었다. 오중吳中 지역에서는 서정경 · 왕세정을 심하게 비난하고, 오문정吳文定 · 왕문각王文恪 · 심석전沈石田 · 당백호唐伯虎 등의 여러 문인들을 높이 평가하여 오랫동안 믿고 복종했으니, 재앙이다.

나는 일찍이 다음과 같이 말했다.

한 · 위 · 당의 시인들은 독자적으로 창작하는 데는 뛰어나지만 옛사람을 모방하는 데에는 부족하다. 명대 사람들은 옛사람을 모방하는 데에는 뛰어나지만, 독자적으로 창작하는 데에는 부족하다. 논자들이 "한위 사람들은 《시경》의 시를 지을 수 없고, 당나라 사람들은 한위시를 지을 수 없으며, 이백과 두보 등의 여러 시인들에게는 고악부가 없다"고 말한 것은 통변의 도를 알지 못해서다. 또 "명대 사람들은 대부분 옛사람을 본받았기에 독자적으로 창작할 수 없다"고 했는데, 이 말은 논지는 높지만 견해가 얕고 뜻은 심원하지만 식견이 거친 것이다.

호응린이 말했다.

"시는 당나라에 이르러 격조가 갖춰지고 절구의 체제가 완성되었다. 그러므로 송나라 사람들은 변화를 모색하지 않을 수 없어서 사詞로 나아갔으며, 원나라 사람들도 변화를 모색하지 않을 수 없어서 곡曲으로 나아갔다. 명대 사람들은 시를 창작하는 데에는 정교하지 못하지만 기존 학설을 설명하는 데에는 정교하여서, 한 형식만을 전문적으로 하는 데서 성취가 많아지기를 추구하지 않고 여러 형식을 두루 갖추는 데서 성취가 많아지기를 추구했다."

이 견해는 천고에 바꿀 수 없는 진리다.

해제 원굉도 시론에 관한 비평이다. 복고주의를 부정하는 원굉도 일파에 대해 통변의 진리를 일깨우고 있다.

원문

袁中郎論詩, 於雪濤閣・涉江詩・小修詩・同適稿諸敍[1]洎[2]諸尺牘[3], 其說爲多. 其論騷・雅之變, 至於歐・蘇, 無甚乖謬[4]. 至論國朝諸公, 惡[5]其法古. 於汪・王論詩, 謂爲"雜毒入人". 故一入正格, 卽爲詆斥[6], 稍就偏奇, 無不稱賞. 於吳中極貶昌穀・元美, 而進[7]吳文定[8]・王文恪[9]・沈石田[10]・唐伯虎[11]諸人, 以是壓服[12]千古, 難矣. 予嘗謂: 漢・魏・唐人, 自創立則長, 倣古人則短; 國朝人, 倣古人則長, 自創立則短. 論者謂"漢・魏不能爲三百, 唐人不能爲漢・魏, 李・杜諸公無古樂府", 旣不識通變之道; 謂"國朝人多法古人, 不能自創自立", 此又論高而見淺, 志遠而識疎耳. 胡元瑞云: "詩至於唐而格備, 至於絶[13]而體窮. 故宋人不得不變而之[14]詞, 元人不得不變而之曲. 明不致工於作[15], 而致工於述[16]; 不求多於專門, 而求多於具體." 此論千古不易.

1 敍(서): '序(와)'와 같은 말. 서문 또는 머리말을 가리킨다.

2 洎(계): 및.

3 尺牘(척독): 편지.

4 乖謬(괴류): 틀리다. 맞지 않다.

5 惡(오): 싫어하다.

6 詆斥(저척): 꾸짖고 배척하다.

7 進(진): 받들어 존중하다. 높이 평가하다.

8 吳文定(오문정): 오관吳寬(1435~1504). 명나라 시기의 문인이자 서예가다. 자는 원박原博이고 호는 포암匏庵, 옥정주玉亭主다. 성화 8년에 장원급제하여 주요 관직을 역임했다.

9 王文恪(왕문각): 왕오王鏊(1450~1524). 명나라 시기의 문인이다. 자는 제지濟之고 호는 수계守溪 또는 졸수拙叟며 시호가 문각文恪이다. 진택선생震澤先生이라고 불렸으며, 오현吳縣 곧 지금의 강소성 소주蘇州 출신이다. 16세에 국자감제생이 되었으며 성화 11년에 진사가 되었다.

10 沈石田(심석전): 심주沈周(1427~1509). 명나라 시기의 문인이다. 자는 계남啟南이고, 호가 석전 또는 백석옹白石翁, 옥전생玉田生, 유거죽거주인有居竹居主人 등이다. 과거에 응시하지 않았으며 시문과 서화에만 전념하여 문인화 '오파吳派'의 개창자가 되었다. 문벽文璧, 당인, 구영仇英과 함께 '명사가明四家'로 불린다.

11 唐伯虎(당백호): 당인唐寅(1470~1523). 제18권 제37칙의 주1 참조.

12 壓服(염복): 강제로 복종시키다. 믿고 복종하다.

13 絶(절): 절구絶句.

14 之(지): 나아가다.

15 作(작): 창작.

16 述(술): 전대 사람들의 기존 학설(정론 혹은 정설)을 상세히 설명하다. 선인의 업적을 서술해서 전하다.

## 54

원굉도의 시론에서 가장 이치에 맞지 않는 것은 다음과 같다.

〈서매자마시敍梅子馬詩〉에서 말했다.

"자마가 '예전에는 내가 시를 지으면 그 당시의 문사들이 다투어 도와주었는데, 지금은 모두 분노하여 나를 꾸짖는다'고 말했다. 나는 '이것은 그대의 시가 진보했다는 것이다'고 말했다."

〈서소수시敍小修詩〉에서 말했다.

"그중에는 뛰어난 부분도 있고 흠이 있는 부분도 있다. 그러나 나는 그 흠이 있는 부분을 아주 좋아한다. 이른바 뛰어난 것은 여전히 꾸미고 모방했음을 탓하지 않을 수 없다."

〈여장유우서與張幼于書〉에서 말했다.

"그대는 나의 시 역시 당시와 비슷하다고 했다."

"그러나 유우幼于가 취한 것은 모두 나의 시 중 당시와 비슷한 것이지 내가 만족하는 시가 아니다."

"최근에 호숫가에서 지은 여러 작품은 더욱 난잡하다고 느껴지고 당시의 시풍과 더욱 차이가 나지만, 더욱 득의양양한 뜻이 있다."

〈여우인논시문與友人論時文〉에서 말했다.

"그대가 말하는 고문이라는 것은 오늘날에 이르러서 지극히 피폐해졌다. 한나라 때 문장이라고 한 것보다는 뛰어나지만 문장이 아니고, 당나라 때 시라고 한 것보다 열등하지만 시가 아니다. 유독 박식한 전문가의 말에는 여전히 취할 만한 것이 있다. 그 체재는 답습하지 않고 그 시어는 반드시 재주의 지극한 경지를 다 드러내었으며 그 격조가 때마다 다르니, 재능과 식견이 각기 나오고 독자적인 풍격 역시 다르다. 저것으로써 이것을 비교하면 어떤 것은 전해지지만 어떤 것은 전해질 수 없다."

이 말을 마치고 나서 마침내 아픔과 가려움도 분간 못하는 제멋대로인 사람들로 하여금 모두 창조적인 구상을 하며 만족하게 하고, 같은 것을 싫어하고 다른 것을 좋아하도록 했다. 이에 거칠고 유치하며, 괴벽하고 사특한 것이 다투어 생겨나서 정도正道가 사라졌다.

또 오늘날의 체제와 성조 중 옛날과 비슷한 것을 진시眞詩가 아니라고 하면서, 거칠며 기이하고 사특한 것을 도리어 참되다고 여긴다. 이와 같다면 옛사람을 계승하는 사람은 모두 군자가 아니며, 하고 싶은 대로 하면서 편벽되고 사악한 사람을 도리어 군자라 할 것이다. 또 "평생 낯이 익은 사람을 가장 좋아하지 않는다"고 말한 것은 부모형제와 처자는 모두 마땅히 버려야 하고 오직 도깨비와 함께해야 한다는 의미일 따름이다. 그리고 "노자는 성인을 죽이고자 했고, 장자는 공자를 비난했지만 오늘에 이르기까지 그 책은 없어지지 않았다. 순자는 성악을 말했으나 맹자와 함께 전해졌다"고 말한 것은 기꺼이 노자·장자·순자로써 자신을 비유한 것인데, 스스로 정론이 아님을 알았으니 또 무엇을 따지겠는가! 황석여가 "원굉도는 어리석고 졸렬하여 이지李贄와 비슷하다"고 말한 것은 이치를 깨달은 것이다.[20]

원굉도 시론에 중 가장 부적절한 부분을 예로 들어 지적하고 있다.

袁中郎論詩, 其最背戾[1]者, 如敍梅子馬詩, 云: "子馬謂: '往余爲詩, 一時[2]騷士[3]推轂[4], 今則皆戟手[5]詈[6]余矣.' 余曰: '是公詩進.'" 敍小修詩, 云: "其間有佳處, 亦有疵處. 然余則極喜其疵處. 而所謂佳者, 尙不能不以粉飾蹈襲爲恨." 與張幼于書云: "公謂僕詩亦似唐人." "然幼于之所取者, 皆僕似唐之詩, 非僕得意詩也." "近日湖上諸作, 尤覺穢雜[7], 去唐愈遠, 然愈自得意." 與友人論時文云: "公所謂古文者, 至今日而敝極矣. 優於[8]漢謂之文, 不文矣: 奴於[9]唐謂之詩, 不詩矣. 獨博士家[10]言, 猶有可取. 其體無沿襲, 其詞必極才之所至, 其調年變而月不同, 手眼[11]各出, 機軸亦異. 以彼較此, 孰傳而孰不可傳也." 此言一出, 遂使狂妄[12]不識痛癢[13]之人, 咸欲匠心[14]自得, 惡同喜異, 於是鹵莽·淺稚·怪僻·奇衺[15], 靡不競進[16], 而雅道[17]喪[18]矣. 又凡於今人體製·聲調類古者, 謂非眞詩, 而鹵莽·奇衺者, 反以爲眞; 若是, 則凡以古人自繩[19]者, 皆非君子, 而縱情所欲·放僻邪侈[20]者, 反爲君子也. 又言"平生最不喜面熟人", 則父母兄弟妻子皆所當棄, 而惟魑魅[21]是與耳. 至言"老子欲死聖人, 莊生譏毀[22]孔子, 然至今其書不廢. 荀卿言性惡, 亦得與孟子同傳." 彼旣甘[23]以老·莊·荀卿自喩, 則亦自知非正論矣, 又何辯焉! 黃錫余謂"中郎癡癖[24]似李卓吾[25]", 得之. [與前鄒彦吉蕉雪林詩序一則參看.]

1 背戾(배려): 이치에 맞지 않다. 정도에 어긋나다.
2 一時(일시): 그때.
3 騷士(소사): 문사.
4 推轂(추곡): 도와서 일을 성사시키다.
5 戟手(극수): 식지와 중지를 뻗어 사람을 가리키면 창 모양과 비슷하게 되어 쓰는 말이다. 보통 분노하거나 용맹스러운 모양을 형용하는 데 쓰인다.
6 詈(리): 꾸짖다.
7 穢雜(예잡): 더럽고 난잡하다.

20) 앞쪽 부분 추적광의 〈초설림시서蕉雪林詩序〉 제1칙(제34권 제25칙)과 참조하여 보기 바란다.

8 優於(우어): … 에 뛰어나다.

9 奴於(노어): … 에 열등하다.

10 博士家(박사가): 고금에 널리 통한 사람. 고대에 어떤 기예나 어떤 직업에 전문적으로 종사하는 사람에 대한 존칭.

11 手眼(수안): 재능과 식견.

12 狂妄(광망): 본분을 지키지 않고 제멋대로 하다. 함부로 스스로를 높이다.

13 痛癢(통양): 아픔과 가려움.

14 匠心(장심): 문학예술에서 창조적인 구상을 가리킨다.

15 奇衺(기사): 기이하고 사특하다.

16 競進(경진): 서로 다투어 앞으로 나아가다.

17 雅道(아도): 정도正道.

18 喪(상): 멸망하다. 사라지다.

19 自繩(자승): 좇아 계승하다.

20 放僻邪侈(방벽사치): 편벽되고 사악하다.

21 魑魅(이매): 산의 요괴. 도깨비.

22 譏毁(기훼): 비난하고 험담하다.

23 甘(감): … 하기 원하다.

24 癡癖(치벽): 어리석고 졸렬하여 세속을 따르지 않다.

25 李卓吾(이탁오): 이지李贄(1527~1602). 원래의 이름은 재지載贄고, 호가 탁오다. 이름 바꾸기를 즐겨 생전에 무려 47가지에 달하는 호를 사용했다고 한다. 복건 천주泉州 출신으로 주자학과 양명학은 물론 노장과 선종禪宗, 제자백가 및 기독교, 회교回敎까지 두루 섭렵했다. 26세 때 거인擧人에 합격하여 하남·남경·북경 등지에서 줄곧 하급 관료생활을 하다가, 54세 되던 해 운남雲南의 요안지부姚安知府를 끝으로 퇴직했다. 40세 전후 왕양명王陽明 등의 저작을 처음 접한 뒤 심학心學에 몰두했지만, 만년에는 불교에 심취해 62세에 정식으로 출가했다. 스스로 이단을 자처하며 유가의 폐단을 공격하고 송명 이학의 위선을 폭로했다. 결국 혹세무민의 죄를 뒤집어쓰고 감옥에 갇혀 있던 중 76세에 자살로 생을 마감했다.

## 55

시는 한유 · 백거이 · 구양수 · 소식에 이르면 대변이라고 할 수 있다. 그러나 그들의 시론에는 바르지 않은 것이 없으니, 대개 네 사람의 식견과 학력은 사실 모두 백대를 뛰어넘지만, 그 재주가 커서 속박될 수가 없었기에 부득이하게 그렇게 된 것이다. 원굉도의 시는 기괴한 것은 물론이고 일가를 이루었을지라도 네 사람의 신복臣僕이 되기에도 족하지 않은데, 감히 시론을 세움이 이와 같다. 시도의 죄인은 마땅히 원굉도를 첫 번째라 하겠다.

**해제** 세상 사람들에게 미친 원굉도의 영향이 커서 시도가 크게 무너졌음을 개탄하고 있다.

**원문** 詩至韓 · 白 · 歐 · 蘇, 可稱大變. 然其論則無不正者, 蓋四子識見 · 學力實皆凌跨百代, 但以其才大不能束縛, 故不得不然. 袁中郎詩, 奇詭者勿論, 卽成家者, 不足爲四子臣僕[1], 乃敢立論[2]爾爾[3], 詩道罪人, 當以中郎爲首.

**주석**

1 臣僕(신복): 신하와 종. 노예. 종.

2 立論(입론): 의론의 체계를 세우다.

3 爾爾(이이): 이와 같다.

## 56

내가 교류했던 초楚 땅의 스님 시자柴紫는 일찍이 원굉도를 따라다녔는데, 나에게 다음과 같이 말했다.

"원굉도의 생각이 비록 편벽되어 의론에 부합되지 않은 것이 있어도, 생각이 심하게 어그러진 것은 아니다. '그는 그의 견해를 따르고, 나는 나의 견해를 따른다'고 말했다."

원굉도가 기이한 이론을 세웠기에 세상을 놀라게 했음을 알겠지만, 세상 사람들은 그에게 농락당하여 끝내 스스로 깨닫지 못할 따름이다.

해제 원굉도의 시론이 이미 널리 유행하여 그 폐해 속에서 벗어나기 어려움을 지적하고 있다.

원문 予所交楚僧柴紫[1], 嘗從袁中郎遊[2], 謂予曰: "中郎意見雖僻, 然於議論有不合者, 意亦不甚迕[3], 曰: '彼自彼見, 我自我見.'" 乃知中郎立異[4], 故爲駭世[5], 但世人受其籠絡[6], 終不自悟耳.

주석
1 柴紫(시자): 허학이가 교유한 초 땅의 시승詩僧이다.
2 遊(유): 교유交游하다. 교분을 맺다.
3 迕(오): 어그러지다.
4 立異(입이): 기이함을 주장하다. 다른 설을 세우다.
5 駭世(해세): 세상을 놀라게 하다.
6 籠絡(농락): 농락하다. 남을 제 마음대로 이용하다.

## 57

추적광이 혜산원惠山園을 막 완성했을 때, 나는 무석無錫의 혜천惠泉을 유람 중이었기에 그곳을 살펴보았다. 그 건물과 난간을 보니 하나하나가 모두 기이하여, 마치 사령운의 의물衣物이 대부분 새로 고쳐져 만들어진 듯했다.

내가 《시원변체》를 점점 완성할 때, 고의高儀가 추적광에게 서문을 써 달라고 청하려고 했다. 나는 마음속으로 적합하지 않다고 생각되어 다만 《시원변체》가 아직 완성되지 않았다고 말하고서, 완성되면 고의에게 서문 요청을 부탁하겠다고 했다. 고의는 끝내 서문을 청하여 돌아왔는데, 결국 내 뜻에 부합하지 않았다.

후일 추적광이 쓴 〈심연연시서沈淵淵詩序〉와 〈초설림시서蕉雪林詩序〉를 보니 그가 주장하는 시론은 정체였지만, 그 뜻을 헤아려 보건대 "육조와 만당의 시는 다 고시에서 나온 것이므로 비난할 만한 시어는 하나도 없으며, 사령운을 더욱 낮게 평가해서는 안 된다"고 여기고 있었다. 그것은 마땅히 《시원변체》와 부합되지 않는 것일 따름이다.21)

해제 추적광의 시론에 관한 논의다. 그는 기괴함을 중시하고 육조와 만당의 시를 숭상하므로 자신의 시론과 조금도 부합하지 않음을 밝혔다.

원문 鄒彦吉惠山園初成, 予因遊二泉[1], 觀之, 見其牆屋[2]欄楯[3], 事事皆異, 正猶謝靈運衣物多改舊形制[4]也. 予詩源稍成, 高南宇[5]欲爲乞[6]彦吉序, 予心知不合, 但言予詩源未成, 成時當藉[7]君乞序. 南宇竟乞序歸, 果不合予意. 後見彦吉作沈淵淵詩序及蕉雪林詩序, 持論又正, 推其意以爲"六朝·晚唐咸出古人, 無一語可貶損[8], 而靈運尤不宜貶也", 宜其與詩源不合耳. [與論靈運末則及論晚唐王建以下參看.]

주석
1 二泉(이천): 강소성 무석無錫의 혜천惠泉을 가리킨다. '천하제이천天下第二泉'이라는 명칭에서 유래했다.
2 牆屋(장옥): 집.
3 欄楯(난순): 난간.
4 謝靈運衣物多改舊形制(사령운의물다개구형제): 이것은 《남사, 사령운전謝靈運傳》에서 인용한 말이다. "사령운의 성품은 호사스러워, 수레와 옷이 곱고 아름다웠으며, 옷과 일상용품은 대부분 옛날 형태를 고쳐 만들었는데, 세상 사람들이 함께 그를 숭상하여 모두 사강락謝康樂이라 불렀다.性豪侈, 車服鮮麗, 衣物多改舊形制, 世共宗之, 咸稱謝康樂也."에서 인용한 말이다.
5 高南宇(고남우): 고의高儀(1517~1572). 명나라 시기의 문인이다. 자는 자상子象

21) 사령운 마지막 칙(제7권 제14칙) 및 제31권 제10칙 이하의 논의와 참조하여 보기 바란다.

이고 호가 남우南宇다. 절강 전당錢塘 사람으로, 가정 20년(1541)에 진사가 되었다. 이후 예부상서禮部尙書 등 주요 관직을 지냈는데, 장거정張居正의 전횡으로 인해 울분에 싸여 피를 토하고 죽었다.

6 乞(걸): 청하다. 구하다.

7 藉(자): 의뢰하다.

8 貶損(폄손): 낮게 평가하다. 얕잡아보다. 헐뜯다.

## 58

조이광의 《탄아彈雅》는 비록 대부분이 원굉도를 반대하고 있지만, 소신 있고 득의양양하며 그중에는 또한 놀랄 만한 견해도 있다. 이 책에는 나의 시론 40여 칙을 인용하고 있는데, 비평한 내용이 반을 차지한다. 비평한 것에 대해서는 논변할 필요가 없다. 채록한 것 중에 간혹 "시원詩原"22) 두 글자를 썼으나, 나머지 대부분은 책 이름을 쓰지 않았다. 독자들이 모르고서 도리어 내가 몰래 표절했다고 여길까봐 두렵다. 이것을 살펴보니 다른 책에도 나의 말이 섞여 기록되었을 것임을 알 수 있겠다.23)

해제 조이광의 《탄아》에 관한 논의다. 원굉도에 대한 반론 중 탁월한 견해가 있음을 칭송했다. 또 그중에는 《시원변체》를 비판한 부분도 있지만 문장을 그대로 인용한 부분이 있음을 지적하고, 특히 출처를 밝히지 않고 인용한 것에 대해 깊은 유감을 표명하고 있다.

원문 趙凡夫彈雅雖多反中郎, 然信心自得[1], 中亦有絶到之見[2]. 其引予論四十餘則, 彈射[3]居半. 彈射者不必致辯. 采錄者間署"詩原"[源同]二字, 餘多不署其名. 恐讀者不知, 反以予爲盜襲. 觀此, 則他書混錄予言者可知. [與凡例第七條

22) 원源과 같다.

23) 범례의 제7조와 참조하여 보기 바란다.

參看.]

1 信心自得(신심자득): 소신 있고 득의양양하다.

2 絶到之見(절도지견): 놀랄 만한 견해.

3 彈射(탄사): 비평하다.

詩源辯體

## 1

육조의 소명태자 《문선》과 서릉 《옥대신영》 등은 시체詩體에 비록 성쇠가 있지만 별도의 다른 방법이 없었고, 선시자 역시 명사名士이므로 그 시에 큰 오류가 없다. 당·송 시대에는 시체가 이미 어지러워졌고 방법이 잘못되기도 했을 뿐 아니라 선시자도 명사가 아니어서 그 시가 전할 만하지 않으므로, 학자들은 결코 법칙으로 삼아서는 안 된다.

해제 소명태자의 《문선》과 서릉의 《옥대신영》에 관한 논의다. 역대 시선집으로 가장 이른 시기의 두 문집의 가치를 간단명료하게 설명했다.

《문선》은 모두 30권으로 수나라에 이르러 세상에 널리 알려졌고, 당나라에 들어와 성행하면서 문학 학습의 교과서로 자리 잡았다. 위·진 이래의 전통적 문학관에 입각하여 《시경》을 제외한 고대의 시문 전반에서 사상과 문장의 미를 겸비한 아정한 작품들을 골라 수록했다. 《옥대신영》은 동주 시기부터 남조 양나라까지의 시를 모은 시가 총집이다. 모두 10권으로 구성되어 있는데, 오언시가 대부분이며 잡언도 있다. 그 당시의 동궁어소東宮御所를 중심으로 유행한 화려한 궁체시宮體詩가 많으며 남녀의 상사가相思歌 및 여성들의 작품도 많이 수록하고 있다.

원문

六朝如昭明文選・徐陵玉臺新詠等, 詩體雖有盛衰, 而別無蹊徑[1], 選者又皆名士, 故其詩無大謬. 唐・宋詩體旣淆, 而蹊徑錯出, 選者又非名流[2], 故其詩無可傳, 學者斷不可以爲典要[3]也.

주석

1 別無蹊徑(별무혜경): 별도의 다른 방법이 없다.
2 名流(명류): 명사名士.
3 典要(전요): 변하지 않는 준칙・표준・규범.

## 2

양나라 소명태자의 《문선》은 전국 시대부터 제・양 시기까지의 소騷・부賦・시詩・문文을 채록하지 않은 것이 없어 당・송 이래로 대대로 숭상했다. 그러나 시에서 한대의 악부樂府를 빠뜨린 것이 많다. 또 조식・도연명의 시는 선록한 것이 적으며, 육기・사령운의 시는 선록한 것이 가장 많으니, 끝내 육조 시대의 문학관을 드러내었다. 게다가 한・위・육조의 시는 체제가 매우 다른데도, 세상에 전하는 《문선》은 유형별로 분류했지만 시대 순서대로 하지 않았으니, 소명태자의 구본舊本이 아니다.1)

오늘날 사람들은 선시를 배울 줄 알지만 변별할 줄은 모르는데, 그 체재가 순일하지 않기 때문일 뿐이다. 옛 서첩을 배우는 것에 비유하자면, 종요鍾繇・왕희지王羲之・구양순歐陽詢・우세남虞世南・저수량褚遂良・설직薛稷 등 여러 서예가들의 경우 반드시 그 서체를 구분해야 하니, 종요를 배우면서 왕희지의 서체를 섞어서는 안 되며, 왕희지를 배우면서 구양순・우세남・저수량・설직의 서체를 섞어서는 안 된다. 따라서 시를 배우는 사람이 진실로 스스로 일가를 이루고자 한다

1) 〈고시십구수〉에 관한 논의(제3권 제37칙) 중에 설명이 보인다.

면 반드시 먼저 고시에 대해 그 시대를 정리하고, 한위시를 본받고 육조시에서 재료를 취하여 득의함으로 완전히 귀착해야 거의 집대성할 수 있으니, 처음부터 한·위·육조의 시를 잡용하지 않고 집대성할 수 있다. 육유陸游가 "문장을 쓸 때는 다른 사람을 천편일률적으로 모방하는 것을 가장 꺼려야 한다"고 말했는데, 매우 식견이 있다.[2)]

사진이 말했다.

"꿀벌이 온갖 꽃을 찾아다니며 독자적으로 한 종류의 뛰어난 맛을 만들어내어 꽃향기와 완전히 다르게 하여서, 사람들로 하여금 빚어낸 바를 알지 못하게 하는 것과 같다."

이 비유는 아주 뛰어나다.

나는 어렸을 때 허종로許宗魯가 시대순으로 편찬한 시선집을 읽었기 때문에 깨달은 바가 있었다. 오늘날 세상에 전하는 이백 등의 시집이 등림登臨·송별送別 등으로 분류를 하고 체재에 따라 구분을 하지 않은 것은 그 방법이 《문선》에서 나온 것이니, 더욱 어지러움이 원망스러울 따름이다.

해제 《문선》에 관한 논의다. 체재와 시대별로 선록하지 않고 주제별로 분류한 《문선》의 선록 방법이 체재의 정변을 올바르게 공부하는 데에는 한계가 있음을 지적했다.

원문 梁昭明文選自戰國以至齊·梁, 凡騷·賦·詩·文, 靡不采錄, 唐·宋以來, 世相宗尚, 而詩則多於漢人樂府失之. 又子建·淵明, 選錄者少, 而士衡·靈運, 選錄最多, 終是六朝人意見. 且漢·魏·六朝, 體製懸絶[1], 世傳文選以類分, 而不以世次[2], 非昭明之舊. [說見十九首論中.] 今人知學選而不知辯, 故其體不純耳. 譬之學古帖者, 於鍾·王·歐[3]·虞·褚·薛諸子, 亦須各辯其體, 學鍾

2) 이백의 고시와 가행을 논한 부분과 제34권의 제20칙과 참조하여 보기 바란다.

不宜雜王, 學王不宜雜歐·虞·褚·薛也. 故學詩者, 苟欲自成其家, 必先於古詩定其世代, 憲章[4]漢魏, 取材六朝, 而一歸於自得, 庶可集其大成, 初非雜用漢·魏·六朝而可集大成也. 陸放翁[5]言"文章最忌百家衣", 最是有見. [與論太白古詩·歌行幷三十四卷二十則參看.] 謝茂秦謂: "若蜜蜂歷采百花, 自成一種佳味, 與花香殊不相同, 使人莫知所醞." 此喩甚妙. 予幼讀許少華[6]世次選詩, 因而有得. 今世傳太白等集, 以登臨·送別等爲類, 而不以體分, 其法本於文選, 尤紊亂[7]可憎耳.

1 懸絶(현절): 차이가 매우 심하다.

2 世次(세차): 시대의 선후.

3 구양순(歐陽詢): 수나라 시기의 문인이다. 담주潭州 임상臨湘 사람으로, 자는 신본信本이다. 수양제를 섬겨 태상박사太常博士가 되고 당고조가 즉위한 뒤 급사중給事中의 요직에 발탁되었으며 태자솔경령太子率更令을 지내 '구양솔경歐陽率更'이라 부르기도 한다. 홍문관학사弘文館學士를 거쳐 발해남渤海男에 봉해졌다. 처음 왕희지의 서예를 배우고 후에 일가를 이루어 그의 서예명은 멀리 고려에까지 알려졌다.

4 憲章(헌장): 본받다. 배우다.

5 陸放翁(육방옹): 육유陸游(1125~1210). 남송 시기의 문인이다. 자는 무관務觀이고, 호가 방옹이다. 월주越州 산음山陰 출신으로, 태어난 지 2년째 되던 해 금나라 군대의 침략으로 수도 변경汴京이 함락당하자, 부친을 따라 피난했다. 그는 재능이 뛰어나 12세 때 시문을 지었으며, 25세경에 애국 시인 증기曾幾에게서 시를 배웠다. 벼슬길이 여의치 못했으나, 정치적으로는 주화파主和派와 대립하는 주전론主戰論을 주장했다. 하지만 북벌론이 실패하고 주화파가 득세하자 그도 벼슬을 잃고 낙향했다. 65세 때에 향리에 은퇴하여 농촌에 묻혀 농사를 지으며 지냈다. 32세부터 85세까지 약 50년간 1만 수에 달하는 시를 남겨 최다작의 시인으로 손꼽힌다.

6 許少華(허소화): 허종로許宗魯(1490~1559). 명나라 시기의 문인이다. 자는 동후東侯이고, 호가 소화이다. 섬서 위녕威寧 출신으로, 정덕 12년(1517)에 진사가 되었다. 벼슬을 그만두고 귀향해서는 장안성 남쪽에 초당草堂을 세우고 도서를 비치한 뒤 '의정서옥宜靜書屋' 또는 '정방정淨芳亭'이라 이름 짓고 그곳에서 창작활동을 했다. 글씨도 잘 써서 각서刻書를 즐겼는데 판각版刻이 매우 정밀하고 뛰

어났다. 현전하는 각본刻本으로 《여씨춘추훈해呂氏春秋訓解》, 《육자전서六子全書》, 《당이두시집唐李杜詩集》 등이 있으며 고풍을 따르고 생소한 글자를 즐겨 썼다.

7 紊亂(문란): 어지럽다.

## 3

서릉의 《옥대신영》은 한 · 위부터 양 · 진까지 남녀 간의 그리움을 기탁한 것 및 시어가 화려한 것은 모두 수록했으니, 《문선》의 시와는 비교할 것이 아니다. 따라서 시 중에 가인佳人 · 미인美人 등의 글자가 하나라도 있으면 또한 남기지 않았으니, 이것은 참으로 어린아이의 식견일 따름이다.

해제 서릉의 《옥대신영》에 관한 논의다. 《문선》에 비해 더욱 뒤떨어진 선록 방법을 지적했다.

원문 徐陵玉臺新詠, 自漢 · 魏以至梁 · 陳之詩, 凡託男女懷思[1]及語涉綺豔者悉錄之, 非選詩比也. 故詩中一有佳人 · 美人等字, 更不復遺, 此眞兒童之見耳.

주석 1 懷思(회사): 그리워하다.

## 4

당나라 《고문원古文苑》에 실린 시 · 부 · 잡문은 주나라 선왕宣王부터 시작하여 제나라 영명 시기에서 끝나는데, 모두 《문선》에는 수록되지 않은 것이며 위작이 실로 많다.

생각건대 소무와 이릉의 〈녹별錄別〉과 같은 시는 비록 그들이 직접 지은 것은 아니지만, 또 위진 이후에 지어질 수 있는 것도 아니다. 다시 말해 송옥과 사마상여 이후로는 가탁한 것이 대부분이고 체재가 순일하고 전아하지 않으므로, 식견이 완정하지 않은 학자라면 결코 읽어서는 안 될 것이다.

**해제** 당나라《고문원》에 관한 논의다. 이 책은 동주 시기부터 남제까지의 시, 부, 잡문 260여 편을 모은 책이다. 원래의 것은 당나라 때 편찬했다고 하나 확실하지 않으며, 지금 전하는 것은 송나라 한원길韓元吉(약 1118~1190)이 정리 편찬한 9권본과, 장초章樵가 이를 주석보수註釋補修한 21권본이다. 한원길의 9권본에 수록된 작품은 모두 사전史傳 및《문선》에 수록되지 않은 것이다. 따라서 허학이는 수록된 대부분의 작품이 고증되지 않은 것이어서 배울 만하지 않다고 지적했다.

**원문** 唐人古文苑所編詩・賦・雜文, 始於周宣[1], 終於齊永明, 皆文選所不錄者, 而僞撰者實多. 按詩如蘇李錄別, 雖非眞手[2], 然亦非魏晉以下所能賦; 則自宋玉相如而下, 率多假託, 而體非純雅, 學者識見未定, 斷不可讀.

**주석**

1 周宣(주선): 서주의 11대 국군國君 선왕宣王을 가리킨다. 여왕厲王의 아들이다. 여왕이 백성들에 의해 폐위되었을 때 소공召公의 호가虎家에 숨어 있다가, 여왕이 죽자 귀국하여 즉위했다. 군려軍旅를 정비하고 윤길보尹吉甫를 기용하여 험윤玁狁을 격퇴했다. 방숙方叔과 소호召虎 등에게 명령해 형초荊楚와 회이淮夷 일대에서 군사 작전을 벌여 승리를 거두었다. 소목공召穆公, 방숙方叔, 윤길보, 중산보仲山甫 등에게 안팎의 정치를 맡기자 왕의 교화敎化가 크게 일어나 주나라 초기의 성대한 모습을 회복했다고 하여 역사에서 '선왕중흥宣王中興'이라 일컫기도 한다.

2 眞手(진수): 직접 짓다.

## 5

당나라《수옥집搜玉集》에 선록된 37명 시인의 시는 전부 64수인데,

모두 초당의 시다. 그러나 그 시인의 반은 알려지지 않은 사람인데, 아마 벼슬과 작위, 과거시험에서의 명성으로 뽑았기 때문일 것이다. 게다가 오언시로는 심전기와 송지문을 매우 적게 뽑았고, 가행에서는 또 초당사걸을 빠뜨렸다. 선정된 오언시는 대개 육조의 창작 습관이 남아 있는 작품일 뿐이다.

해제 당대 《수옥집》에 관한 논의다. 《수옥소집搜玉小集》이라고도 하는데, 모두 1권으로 구성되어 있으며 초당의 고종과 측천무후 시대 작가들 위주로 수록되어 있는 것으로 보아, 이 시선집의 편자 또한 그 시대의 사람일 것으로 추정된다. 허학이는 이 책이 작품의 체재나 가치를 따지지 않고 작가의 명성을 기준으로 시를 수록한 점을 비판하고 있다. 그것은 아마 편찬자가 자신이 수작이라고 생각되는 작품을 수기手記 형식으로 쓴 것이기 때문이라고 간주된다.

원문 唐人搜玉集所選三十七人, 共詩六十四首, 皆初唐詩也, 而其人半不知名, 蓋以官爵[1]·科名[2]選也. 且五言沈宋絶少, 而歌行復遺四子. 其所選五言, 蓋六朝餘習耳.

주석
1 官爵(관작): 관직과 작위爵位.
2 科名(과명): 과거 시험에서의 공명功名.

## 6

《국수집國秀集》은 비서랑秘書郎인 진공陳公과 국자좨주國子祭酒인 소공蘇公이 예정장芮挺章에게 부탁하여 지었다. 개원 이후부터 천보 3년까지의 시기를 편찬한 것으로 모두 성당시다.[3] 바야흐로 자료를 수집

3) 그중 이교·두심언·심전기·송지문 등의 여러 시인은 비록 초당의 작가지만 사실 개원 연간과 밀접하다.

하러 돌아다니던 차에 진공이 세상을 떠나자 예정장이 이로 인해 집필을 중단했으니, 그 속에 편찬된 시인은 90명이고 총 220수다. 선록된 열몇 명의 시인 외에는 모두 이름이 알려지지 않은 사람들이므로 그 시도 대부분 정교하지 않다. 게다가 선시는 성당을 중시하면서 이백 · 두보 · 잠삼의 시를 수록하지 않았고, 고적의 시도 오직 한 편만 수록했으니, 이 시선집이 숭상한 바를 알 수 있다.

진공과 소공이 예정장에게 다음과 같이 말했다.

"시인들은 애써서 소리가 꺾이는 것을 웅장하다 여기고, 기세가 분방한 것을 준일하다고 여긴다. 이것은 보는 사람을 근심스럽게 하고, 듣는 사람의 귀를 시끄럽게 하는 것일 뿐이다."

이 말은 이백과 두보를 비난한 것인데, 오히려 더불어 장단점을 비교할 만하도다!

해제 성당시를 선록한 《국수집》에 관한 논의다. 이 시선집은 이름난 작가 중심이 아니고 또 뛰어난 작품 중심도 아님을 지적했다. 천보 3년(744)에 만들어졌으며, 당나라 초기 및 성당의 작품 218수를 수록했다. 누영樓穎의 서문에서는 90명의 시 220수라고 했는데, 현행본에는 88인의 시 218수가 수록되어 있다. 또 서문에 의하면 이 책은 그 당시에 노래 가사로 널리 애창되던 시편들을 집록하는 데 목적을 두었다. 따라서 이백, 두보 등을 비롯한 유명한 시인의 작품은 수록되지 않았고, 응제봉화應制奉和, 응수應酬의 작품이 많다. 본인의 시 2수와 서문을 쓴 누영의 시 5수도 수록되어 있다. 그러나 당나라의 시 중 이 선집에만 전해지는 작품도 있고, 대체로 구본의 형태를 유지하고 있어서 당시의 교감에 중요한 자료로 평가되고 있다.

國秀集, 祕書[1]陳公 · 國子[2]蘇公囑芮挺章[3]爲之. 所編自開元以來, 迄於天寶三載, 皆盛唐詩也. [中有李嶠 · 杜番言 · 沈 · 宋諸公, 雖皆初唐, 實與開元相接.] 方巡采旁求[4], 而陳公物故[5], 挺章因遂絶筆[6], 編其見在者九十人, 共詩二百二十首. 其所選十數名家而外, 皆不知名, 故其詩多不工. 且選旣主盛唐, 而李 ·

杜·岑參不錄, 高適亦止一篇, 其所尙可知. 陳蘇謂挺章曰: "作者務以聲折爲宏壯[7], 勢奔爲淸逸, 此蒿[8]視者之目, 聒[9]聽者之耳." 此蓋譏李·杜也, 尙足與較短長乎!

주석

1 祕書(비서): 비서랑祕書郞. 고대의 관직명이다. 위진 시기부터 시작된 관직으로 비서성祕書省에 속해 있었다. 도서와 경서의 수집·보존·관리를 관장했다.
2 國子(국자): 국자좨주國子祭酒. 고대의 학관명學官名이다. 태학太學·국자학國子學·국자감國子監에 속한 각 학교를 관장했다.
3 芮挺章(예정장): 당나라 문인이나 생평은 미상이다. 개원·천보 연간에 활동했으며 국자감제생을 지냈다. 그가 편찬한 《국수집》에는 그의 시 2수가 실려 있다.
4 巡采旁求(순채방구): 자료를 찾으러 돌아다니다.
5 物故(물고): 죽다.
6 絶筆(절필): 붓을 놓고 다시 쓰지 않다.
7 宏壯(굉장): 웅장하다.
8 蒿(호): 근심스러운 눈으로 바라보는 것을 가리킨다.
9 聒(괄): 귀가 따갑도록 시끄러운 것을 가리킨다.

## 7

은번殷璠의 《하악영령집河嶽英靈集》에 선록된 24명의 시는 모두 234수인데, 천보 11년까지에 해당하므로 모두 성당시다. 생각건대 당나라의 오언고시에는 진실로 당체唐體가 있으므로, 성당의 이백·두보·잠삼 이외에는 오언고시가 대부분 선록되지 않았다. 왕창령의 시체는 비록 고시에 가깝지만 다 훌륭한 것이 아니다. 저광희는 격조가 비록 특출나지만 고시에 부합되지 않는다. 나머지는 체제가 순일하지 않고 성운이 대부분 잡다하여, 이백·두보·잠삼의 오언고시처럼 말이 술술 쏟아져 나와 저절로 운용되며 체재가 전부 순일할 뿐 아니라 성운도 모두 고시에 부합되는 것보다 못할 뿐이다. 지금 은번이 선록한 것은 오언고시가 십중팔구를 차지하는데, 그중 이백의 시가 1수이고 잠삼은 2수 선록되었고, 두보의 시는 선록되지 않았다.

그 서문에서 다음과 같이 말했다.

"왕유 · 왕창령 · 저광희 등은 황하黃河와 오악五嶽 중 뛰어난 사람이어서 이 시선집을 '하악영령河嶽英靈'이라고 이름 짓는다."

그가 존숭한 시인은 실제로 왕창령과 저광희다. 대개 또한 독특한 기호일 따름이다.

해제 은번의 《하악영령집》에 관한 논의다. 수록된 작품을 통해 은번이 왕창령과 저광희를 숭상했음을 알 수 있다고 지적했다. 역대 시의 흐름을 보이기 위한 시선집이 아니라 개인의 기호에 따라 편찬된 시선집임을 지적한 것이다. 현재 통행본에는 모두 228수의 시가 실려 있으며, 당시선집으로 후대에 가장 많은 영향을 미친 서적으로 손꼽힌다.

원문 殷璠河嶽英靈集所選二十四人, 共詩二百三十四首, 止於天寶十一載, 皆盛唐詩也. 按唐人五言古自有唐體, 故盛唐自李 · 杜 · 岑參而外, 五言古多不可選. 王昌齡體雖近古, 而未盡善; 儲光羲格雖出奇[1], 而不合古; 其他體製未純, 聲韻多雜, 未若[2]李 · 杜 · 岑參滔滔[3]自運[4], 體旣盡純, 聲皆合古耳. 今璠所選, 五言古十居八九, 中惟太白一首, 岑參二首, 而子美不選. 其序曰"王維 · 王昌齡 · 儲光羲等, 皆河嶽[5]英靈[6]也, 此集便以河嶽英靈爲號." 是其所尊尙者, 實在昌齡 · 光羲也. 蓋亦羊棗之嗜[7]耳.

주석
1 出奇(출기): 특별하다. 평범하지 않다.
2 未若(미약): … 보다 못하다. … 에 미치지 못하다.
3 滔滔(도도): 말이 술술 쏟아져 나오는 모양을 가리킨다.
4 自運(자운): 저절로 운용되다.
5 河嶽(하악): 황하黃河와 오악五嶽.
6 英靈(영령): 뛰어난 사람.
7 羊棗之嗜(양조지기): 독특한 기호. '羊棗(양조)'는 '羊矢棗(양시조)'라고도 하는

데 '염소똥 모양의 작은 대추'라는 뜻이다. 《맹자, 진심장구하盡心章句下》에 나오는 말이다. 즉 공손추가 맹자에게 '회자膾炙'와 '양조羊棗' 중 어느 것이 더 맛있냐고 묻자 맹자가 '회자'라고 대답했다. 공손추가 또 증자는 왜 '회자'는 먹으면서 '양조'는 먹지 않았냐고 묻자, 맹자가 "회자는 누구나 똑같이 좋아하는 것이요, '양조'는 독특하게 좋아하는 것이기 때문이다"고 대답했다.

## 8

원결元結의 《협중집篋中集》은 건원乾元 2년에 심천운沈千運·왕휘王徽·우적于逖·맹운경孟雲卿·장표張彪·조미명趙微明·원륭元隆의 7명의 시를 선록한 것으로 총 24수가 실려 있으며 모두 오언고시인데, 그 시인들은 다 유명하지 않다.

그 서문에서 다음과 같이 말했다.

"근래의 작가들은 더욱 서로 답습하고 성률의 병폐에 얽매여 형사形似를 숭상하며, 또한 말을 바꾸어 시어로 삼고 아정함을 잃은 것도 모른다. 오흥吳興의 심천운은 세상 사람들 중 유독 뛰어나 이미 나쁜 시풍에 빠진 것을 애써 극복했으니, 창작한 시문이 그 당시의 기풍과 달랐다. 친구와 후배들이 점점 스승으로 삼아 본받았는데, 비슷하게 창작할 수 있는 사람이 대여섯 명 정도였다. 상자 속에 넣어 두었던 것을 한데 묶어 차례대로 편찬하여, 《협중집》이라고 이름 짓는다."

생각건대 시는 당나라에 이르면 율시가 성행하고 고시가 쇠퇴했다. 지금 원결이 선록한 시는 성조가 비록 고시에 부합되긴 하지만 창작은 정교하지 못하므로, "근래의 작가들은 더욱 서로 답습하고 성률의 병폐에 얽매여 형사를 숭상하며, 또한 말을 바꾸어 시어로 삼고 아정함을 잃은 것도 모른다"고 말한 것이다. 이것은 당나라 율시에서는 하나도 취할 만한 것이 없어서 오직 고시에서만 취했다는 것일 뿐이니, 어찌 통변의 이치를 아는 사람이라 하겠는가! 만약 당나라 시인들이 고시와 율체를 혼합했기에, 심천운 등의 고시를 규범으로 삼아 선록했다고 말한다면, 거의 맞는 말이 될 것이다.

**해제**

원결의 《협중집》에 관한 논의다. 당나라에 이르러 고시가 쇠퇴하고 율시가 성행하게 된 변화를 인식하지 못한 원결의 다소 편협된 시론을 지적했다. 한편 심천운 등의 시에는 성당의 강개하고 호방한 분위기는 없으나, 인생의 질고에 대한 비분의 감정이 잘 묘사되어 있다.

**원문**

元結篋中集, 乃乾元[1]二年選沈千運[2]・王季友[3]・于逖[4]・孟雲卿[5]・張彪[6]・趙微明[7]・元季川[8]七人詩, 共二十四首, 皆五言古也, 而其人皆不知名. 其序曰: "近世作者, 更相沿襲, 拘限聲病, 喜尙形似, 且以流易[9]爲詞, 不知喪於雅正. 吳興沈千運, 獨挺[10]於流俗[11]之中, 强攘[12]於已溺之後, 凡所爲文, 皆與時異. 朋友後生, 稍見師效[13], 能似類者有五六人. 盡篋[14]中所有, 總編次[15]之, 命曰篋中集." 按: 詩至於唐, 律盛而古衰矣, 今元所選, 聲雖合古, 而制作不工, 乃云"近世作者, 更相沿襲, 拘限聲病, 且以流易爲詞, 不知喪於雅正", 是於唐律一無足采, 而惟古聲是取耳, 豈識通變之道者哉! 若曰唐人古・律混淆而錄千運等古聲以爲法, 庶幾近之.

**주석**

1 乾元(건원): 당나라 숙종의 두 번째 연호다. 758년 2월~760년 윤 4월까지 2년 남짓 사용되었다. 건원 원년 2월 '재載'를 '년年'으로 개정했고, 원년 7월에는 건원중보乾元重寶가 발행되었다.

2 沈千運(심천운): 성당 시기의 시인이다. 생졸년은 713년~756년이다. 원적은 오홍吳興 곧 지금의 절강 호주湖州 사람이고 하남성 여주汝州에서 살았다. 집이 가난했으나 성격이 곧았다. 천보 연간 과거에 응시했지만 불합격하고 양주襄州와 등주鄧州를 유람했다. 고체시를 잘 지었고 화려한 시풍을 반대하며 고상한 풍격을 추구했다.

3 王季友(왕계우): 왕휘王徽(714-794). 중당 시기의 시인이다. 자가 계우고 호는 운봉거사雲峰居士다. 홍주洪州 남창南昌 사람이다. 어릴 때 집안이 몰락하여 그 형과 함께 풍성豊城 운령雲嶺에 정착하여 살며 독서에 열중했다. 22세에 장원이 되어 어사치서禦史治書를 역임했다. 그러나 정치에 염증을 느끼고 다시 풍성으로

돌아와 은거했다. 두보, 전기, 낭사원 등과 창화한 작품이 있다.

4 於逖(우적): 성당 시기에 활동한 시인으로 생졸년은 미상이다. 시를 잘 지었으며 이백과 증답한 시가 있고 원결과 친했다. 전기傳記 작품으로 《태평광기太平廣記》에 〈영응전靈應傳〉 1편이 실려 있다.

5 孟雲卿(맹운경): 성당 시기에 활동한 시인이다. 자는 승지升之고 평창平昌 곧 지금의 산동 덕주德州 사람이다. 개원 13년(725)에 태어나 천보 연간에 진사가 되었다. 숙종 때 교서랑校書郎을 지냈다. 두보와 친분이 깊었으며 원결이 추종한 인물이다.

6 張彪(장표): 성당 시기에 활동한 시인으로 생졸년은 미상이다. 영상潁上 곧 지금의 하남성河南省 등봉登封 일대 사람이다. 성격이 고상하고 도교의 장생술을 좋아했다고 전한다. 특히 고시풍에 뛰어났으며 초서를 잘 썼다. 과거에 급제하지 못하고 안사의 난 때 숭산嵩山에 은거하여 모친을 극진히 모시면서 두보와 교류했다.

7 趙微明(조미명): 당나라 시인으로 생졸년은 미상이다. 천수天水 곧 지금의 감숙성甘肅省 사람이다. 서예에 능했다.

8 元季川(원계천): 원융元融. 당나라 시인으로 생졸년은 미상이다. 자가 천계고, 일설에 원결의 사촌 동생이라고도 한다.

9 流易(유역): '變換(변환)'과 같은 말. 바꾸다.

10 挺(정): 훨씬 뛰어나다.

11 流俗(유속): 세상사람. 세간의 평범한 사람.

12 攘(양): 물리치다.

13 師效(사효): 스승으로 삼아 본받다.

14 篋(협): 상자.

15 編次(편차): 순서를 따라 편찬하다.

## 9

당나라 사람들의 선시選詩와 오늘날 사람들의 논시論詩는 서로 어긋나고 서로 잘못되었다. 대개 시는 육조 시기에 쇠퇴했으나 당나라 시인들이 그것을 떨쳐 일으켰다. 이백 · 두보의 고시와 가행은 백대百代의

고봉이고, 성당 시기의 오·칠언 율시와 절구는 만세萬世의 으뜸이다.

이에 《수옥집》과 《하악영령집》의 시가 선록은 모두 육조의 영향을 받은 것이며, 《협중집》은 또 근체시를 빠뜨렸으니, 이것은 당나라 문인들이 시를 잘못 선록한 것이다. 시는 당나라에 이르러 모든 체재가 이미 갖춰져 지극하게 변천했기에 학자들이 더 변화시킬 여지가 없었다. 오늘날은 독자적으로 학풍을 세우고 문호를 세우고자 하며 회삽한 것을 추구하고 괴이함을 찾는 추세가 되었는데, 이것은 오늘날 사람들이 시를 잘못 논한 것이다. 그러므로 돌이켜 반성할 바를 안다면 따를 만한 것이 있을 것이다.

해제

당나라 시기에 편찬된 시선집과 명대의 시론서는 대체로 역대 시의 흐름과 그 체재의 정변을 잘 이해하지 못한 상태에서 완성되어 잘못된 부분이 있음을 지적하고 있다.

원문

唐人選詩與今人論詩, 相背而相失之. 蓋詩靡[1]於六朝, 唐人振之. 李杜古詩·歌行, 爲百代之傑, 盛唐五·七言律·絶, 爲萬世之宗. 今搜玉英靈所采, 皆六朝之餘, 而篋中又遺近體, 此唐人選詩之失也. 詩至於唐, 衆體旣具, 流變已極, 學者無容更變. 今欲自開堂奥, 自立門戶, 爲索隱弔詭[2]之趨, 此今人論詩之失也. 於此而知所反[3]之, 斯有適從[4]矣.

주석

1 靡(미): 쇠퇴하다.
2 索隱弔詭(색은조궤): 회삽한 것을 추구하고 괴이한 것을 찾다.
3 反(반): 반성하다.
4 適從(적종): 따르다.

## 10

고중무高仲武의 《중흥간기집中興間氣集》[4)]에 선록된 25명의 시 132

수는 모두 중당시인데, 그중 반이 알려지지 않은 시인들이다. 전기 · 유장경 · 황보염의 선록된 시는 대부분 뛰어난 작품이 아니다. 또 중당 시기에 비록 "전錢 · 유劉"라고 칭했지만 전기는 사실 유장경에 비해 뒤떨어진다. 낭사원 · 황보염 · 황보증 등의 여러 시인들은 또 그 다음이다. 그런데 고중무가 전기 · 낭사원 · 황보염 등을 높게 평가하면서 유독 유장경을 낮게 평가한 것은 이치에 매우 어긋난다. 전기 · 황보염을 논할 때는 그 신기新奇함을 숭상했다. 유장경을 논할 때에는 "시체가 신기하지 않고 수식에 매우 능하다"고 했으니, 어찌 대력 시기의 시를 논할 수 있겠는가! 주만朱灣의 영물시는 아주 추잡한데도 "주만은 영물시에 가장 뛰어나다"고 했으니, 어찌 추잡한 것을 신기하다고 하는가?

주만의 다음과 같은 시구는 추잡함이 더욱 심하다.

〈영농주詠籠籌〉: "그대에게 술잔 바치며 예를 다하고, 상벌에 나의 사사로움이 없네. 바르지 않게 대한다고 탓하지 말라, 진실로 스스로 자제할 것이다. 하루아침에 권력이 손에 들어오면, 명령을 시행할 때를 바라보네.獻酬君有禮, 賞罰我無私. 莫怪斜相向, 還將正自持. 一朝權入手, 看取令行時."

〈영쌍육두자詠雙陸頭子〉: "손아귀에 여전히 중책이 있으면, 부하에게 가볍게 말하지 말라. 맞섬이 있으면 오직 원수를 나무라고, 사사로움이 없으면 바로 분쟁을 맡네.掌中猶可重, 手下莫言輕. 有對惟求敵, 無私直任爭."

〈영벽상주표詠壁上酒瓢〉: "어찌 몸이 쉴 만한 곳이 없을 것이며, 입을 열어 누구를 따르고자 하는가? 사물에 대항하여 마음에 권태로움이

4) 고적의 또 다른 자가 중무仲武다. 영태永泰 연간에 죽었다. 대개 대력大歷 이후 사람이다.

없고, 술을 팔아서 권세를 잡을 것이라네.安身未得所, 開口欲從誰. 應物心無倦, 當壚柄會持."

그럼에도 고중무는 이 시들을 선록했으니 그 감상 능력을 알 만하다.

고중무의《중흥간기집》에 관한 논의다. 중당시에 대한 관점과 그 시에 대한 이해가 시도에서 어긋남을 지적하고 있다. 이 시선집은 모두 2권으로 구성되어 있으며, 숙종 지덕至德 원년(756)에서 대종 대력 말기(779)까지의 20여 년간의 작품을 수록한 것이다. 이 시기가 안사의 난이 평정된 후 '중흥中興'기에 해당하므로 서명에 이러한 이름을 붙였다고도 전한다.

高仲武中興間氣集[高適, 一字仲武, 卒於永泰. 此蓋大歷以後人.], 所選二十五人, 詩一百三十二首, 皆中唐詩也, 而其人半不知名. 錢・劉・皇甫, 所選多非所長. 且中唐雖稱"錢劉", 而錢實遜劉; 郎士元・皇甫諸君, 抑又次之. 仲武進錢・郎・皇甫而獨抑劉, 背戾滋[1]甚. 其論錢起・皇甫冉, 賞其新奇; 至論劉, 則曰"詩體雖不新奇, 甚能鍊飾[2]", 是豈可以論大歷乎! 若朱灣[3]詠物, 最爲惡俗[4], 乃云"灣於詠物尤工"豈以惡俗爲新奇耶? 灣如詠籠籌[5]云: "獻酬君有禮, 賞罰我無私. 莫怪斜相向, 還將正自持. 一朝權入手, 看取令行時." 詠雙陸頭子云: "掌中猶可重, 手下莫言輕. 有對惟求敵, 無私直任争." 詠壁上酒瓢云: "安身未得所, 開口欲從誰? 應物心無倦, 當壚柄會持"等句, 惡俗尤甚, 仲武以之入選, 其賞鑒可知.

1 滋(자): 더욱.

2 鍊飾(연식): 시구를 다듬고 수식하다.

3 朱灣(주만): 중당 시기의 시인이다. 자는 거천巨川이고 호는 창주자滄洲子다. 서촉 사람으로, 대력 초기에 활동한 것으로 보인다. 성격이 자유로워 출사의 부름에 응하지 않고 산수 유람을 즐겼다. 시를 잘 지었는데, 특히 영물시에 뛰어났다.

4 惡俗(악속): 추잡하다.

5 詠籠籌(영농주): 〈봉사설연희척농주奉使設宴戲擲籠籌〉라고도 한다.

## 11

원화 연간에 학사學士 영호초令狐楚가 편찬한 《어람시御覽詩》 1권에는 모두 30명의 시 289수가 실려 있다. 생각건대 〈노륜묘비盧綸墓碑〉에서는 "시 311편"이라 했는데, 여기서는 겨우 289수이므로 그중 흩어져 없어진 것이 있는 것이다. 내가 처음에 《어람시》를 보았을 때 모두 초·성당 대각의 높은 관리의 창작이라고 생각했다. 그 시를 읽어보니, 대력 시기 이후의 시인들이었으며 이름을 모르는 시인이 반을 차지했다. 또 시의 대부분이 화려한 시어인데다가 진실로 정변이 아니며 치우친 성조도 종종 보인다.

모진毛晉은 다음과 같이 말했다.

"장무제章武帝가 신시新詩를 뽑아 볼 수 있게 갖추라고 명해서 학사들이 명사의 시를 모아 편집했는데, 화려하고 아름다운 시 300편을 뽑아 넣었으니 기이함이 있다."

즉 이 선집이 어떠한지를 알 수 있다.

해제 영호초가 편찬한 《어람시》에 관한 논의다. 《어람시》는 헌종憲宗 이순李純이 시가를 무척 좋아하여 원화 연간에 한림학사翰林學士 영호초에게 그 당시 명가들의 시를 선집하여 진헌하도록 명했던 책이다. 제목에서 느껴지는 것과는 다르게 화려하고 아름다운 시를 선록한 시집이라면 아마 헌종이 이러한 시를 좋아했기 때문일 수도 있다. 권을 나누지 않았으며 고시는 한 수도 싣지 않고 근체시와 가행체만 수록했다. 《당가시唐歌詩》, 또는 《선진집選進集》, 《원화어람元和御覽》, 《당어람시唐御覽詩》라고도 부른다.

원문 元和中, 學士令狐楚[1]所編御覽詩一卷, 凡三十人, 詩二百八十九首. 按盧綸墓碑"詩三百十一篇", 而此纔二百八十九首, 則中有散逸[2]矣. 予初見御覽詩,

以爲皆初・盛唐臺閣冠冕[3]之製. 及讀其詩, 乃大歷以後人, 不知名者居半, 且其詩多纖豔[4]語, 而實非正變, 僻調[5]亦往往見之. 毛晉[6]云: "章武帝[7]命采新詩備覽, 學士彙次[8]名流, 選進[9]姸豔[10]短章[11]三百有奇." 則斯集可知.

1 令狐楚(영호초): 중당 시기의 문학가이자 정치가다. 자는 각사殼士고, 자호는 백운유자白雲孺子다. 본적은 돈황敦煌이며 영호덕분令狐德棻의 후예다. 덕종 정원 7년(891) 진사에 급제하여 주요 요직을 두루 역임했다. 시와 문장에 뛰어났으며, 백거이・원진・유우석 등과 시를 많이 주고받았다.

2 散逸(산일): 흩어져 없어지다.

3 臺閣冠冕(대각관면): 대각의 높은 관리. '臺閣(대각)'은 '館閣(관각)'이라고도 하며 주로 내각과 한림원을 가리킨다. '冠冕(관면)'은 '仕宦(사환)'과 같은 뜻이다.

4 纖豔(섬염): 예술 풍격상 섬세하고 화려하다.

5 僻調(벽조): 치우친 성조.

6 毛晉(모진): 명말청초 시기의 장서가이자 문학가다. 초명은 봉포鳳苞고, 자는 자문子文 또는 자진子晉이며, 호는 잠재潛在다. 소주 상숙常熟 사람으로, 출사에는 뜻을 두지 않고 만년에 전겸익錢謙益을 사사했다. 8만여 권의 장서를 급고각루汲古閣樓와 목경루目耕樓에 소장했다. 소장한 책은 대개 송・원 시대의 선본善本이었다. 많은 저서를 남겼으며 십삼경十三經을 교각校刻했다. 목록학目錄學에도 관심을 가져 〈급고각서목汲古閣書目〉을 지었다.

7 章武帝(장무제): 당나라 헌종憲宗 이순李純(778-820). 순종順宗의 장자다. 환관에 의해 피살되었으며 묘호가 헌종이고 시호는 소문장무대성지신효황제昭文章武大聖至神孝皇帝다.

8 彙次(휘차): 모아 편집하다.

9 選進(선진): 뽑아 넣다.

10 姸豔(연염): 아름답다. 염려艷麗하다.

11 短章(단장): 편폭이 비교적 짧은 시문 편장篇章.

## 12

요합姚合의 《극현極玄》은 21명의 시를 총 100수 선록했다. 그중 오언고시 측운 2수, 오언배율 3수, 오언절구 8수, 칠언절구 3수를 제외한 나머지는 모두 오언율시이다. 그 취사선택의 의도는 어지러워 알 수가 없다. 성당시에는 단지 왕유의 시 3수와 조영의 시 5수뿐이며, 나머지는 모두 대력 시기 이후의 시다. 또한 오언배율 3수 중 이단李端의 〈증묘발원외贈苗發員外〉가 있고, 칠언절구 3수 중 주방朱放의 〈송장산인送張山人〉이 있는 것은 더욱더 이해할 수 없다.

〈자제自題〉에서 다음과 같이 말했다.

"이 시인들은 명사수名射手들이다. 나 요합이 여러 문집에서 가장 심오한 것을 다시 뽑았으므로, 후대의 비난을 면하기를 바란다."

그 자신감이 이러하다. 그러나 《수옥집》·《국수집》·《하악영령집》·《중흥간기집》·《어람시》·《재조집》 등의 시선집과 비교하면 그래도 풍격에서 볼만한 것이 있다. 예정장·은번·고중무·영호초·위곡은 본래 시인이 아니었고, 요합은 천박하고 치우치긴 했지만 사실 시인의 반열에 들어간다.

해제

요합의 《극현집》에 관한 논의다. 그 선록 기준은 명확하지 않지만 요합은 그래도 시인이라 당나라 때 편찬된 다른 시선집과 비교할 때 풍격이 볼만함을 지적했다. 선록된 21명의 시인의 중 성당의 왕유와 조영을 제외하면 모두 대력 연간의 시인들이다. 후대인들이 그 당시의 시풍을 오해하지 않도록 하기 위해 각각의 시인들을 대표하는 수작들을 선록하여 서명을 '극현'이라고 했다. 이 책은 만당 시기에 널리 유행되었다.

원문

姚合極玄所選二十一人, 共詩一百首, 中計五言古仄韻二首·五言排律三首·五言絶八首·七言絶三首, 餘皆五言律也. 其去取之意, 漫[1]不可曉. 盛唐止王維三首·祖詠五首, 其他皆大歷以後詩耳. 且排律三首而有李端[2]"朱戶敞高扉"[3], 七言絶三首而有朱放[4]"知君住處足風烟"[5], 則尤不可曉云. 自題云: "此詩家射雕手[6]也. 合於衆集中更選其極玄者, 庶免後來之非." 其自信乃爾. 然以較搜玉·國秀·英靈·間氣·御覽·才調等集, 風調[7]猶有可觀者. 蓋挺章·殷璠·仲武·令狐楚·韋縠本非詩人, 合雖淺僻[8], 實亦詩人之列[9]也.

1 漫(만): 어지럽다. 두서가 없다.

2 李端(이단): 제21권 제15칙의 주1 참조.

3 朱戶敞高扉(주호창고비): 《전당시》에 의거하면 조영의 〈증묘발원외贈苗發員外〉를 가리키는데, 허학이는 이단李端의 작품으로 보고 있다.

4 朱放(주방): 중당 시기의 시인이다. 양주襄州 남양南陽 사람으로 자는 장통長通이다. 생졸년은 미상이나 대종 대력 연간에 활동한 것으로 보인다. 대력 중기에 강서절도참모江西節度參謀가 되었으며 정원 2년(786)에 좌습유左拾遺에 제수되었으나 사양하고 나아가지 않았다.

5 知君住處足風烟(지군주처족풍연): 주방朱放의 〈송장산인送張山人〉을 가리킨다.

6 射雕手(사조수): 수리를 쏘아 맞힐 수 있는 일류 명사수名射手.

7 風調(풍조): 시문의 풍격風格, 격조格調.

8 淺僻(천벽): 천박하고 치우치다.

9 列(열): 반열.

## 13

위곡韋縠[5]의 《재조집才調集》에 선록된 당나라 시인의 고시와 율시는 모두 1000수다. 그중에 원진·이상은·온정균·위장이 각 50~60편이 되지만 뛰어난 시는 대부분 빠뜨렸다. 고적·잠삼·왕유·맹호연 등 여러 시인의 시는 겨우 1~2편 보이는데 역시 뛰어난 작품이 아니다. 이름이 알려지지 않은 시인의 시가 열에 두셋을 차지한다. 만당의 괴이하고 조악한 시 또한 매번 보인다.

〈자제自題〉에서 말했다.

5) 당나라 말기 사람이다.

"한가할 때 이백과 두보의 문집, 원진과 백거이 시를 읽었는데, 그 가운데 대해大海가 넓어 끝이 없는 듯하고 풍격이 남보다 뛰어난 것이 있어서 오묘한 시를 가려 뽑고 또한 여러 문인들의 장구를 함께 넣었다."

지금에 선록된 것에는 두보가 수록되지 않았는데, 어찌 원진과 백거이는 격조가 있고 두보는 도리어 격조가 없단 말인가? 이백의 〈장간행長干行〉은 곧 만당인의 시이며, 유장경의 〈석석염昔昔鹽〉은 곧 설도형의 시다.

해제 위곡의 《재조집》에 관한 논의다. 《재조집》은 현존하는 당시선집 중에 작품 수가 가장 많다. 모두 10권으로 이루어져 있으며 대체로 중·만당의 시를 수록했다.

원문 韋穀[1]才調集[唐末人], 所選唐人古·律歌詩凡一千首. 中如元稹·李商隱·溫庭筠·韋莊, 各五六十篇, 而佳者多遺; 高·岑·王·孟諸公, 僅見一二, 而又非所長; 至不知名者, 十居二三; 晚唐怪惡, 亦每每[2]而見. 自題曰"暇日因閱李杜集·元白詩, 其間大海混茫[3], 風流挺特[4], 遂采摭[5]奧妙, 幷諸賢達章句"云云, 今所選, 杜又不錄, 豈以元白爲有調·杜反爲無調耶? 若太白長干行, 乃晚唐人詩; 劉長卿"垂柳拂金堤"[6], 乃薛道衡詩也.

주석
1 韋穀(위곡): 오대 후촉後蜀의 시인으로 생평은 미상이다. 《재조집》 10권이 전한다.
2 每每(매매): 늘. 항상.
3 混茫(혼망): 넓어 끝이 없는 경계를 가리킨다.
4 挺特(정특): 남보다 뛰어나다.
5 采摭(채척): 선택하고 주워 모으다.
6 垂柳拂金堤(수유불금제): 설도형의 〈석석염昔昔鹽〉을 가리킨다.

## 14

《수옥집》·《국수집》·《하악영령집》·《협중집》과 《중흥간기집》·《어람시》·《극현집》·《재조집》은 또 서로 어긋나며 맞지 않다.

《수옥집》·《국수집》·《하악영령집》·《협중집》은 시가 아주 흥성한 때의 것인데 선록자는 숭상할 줄 몰랐다. 《중흥간기집》·《어람시》·《극현집》·《재조집》은 시가 이미 쇠퇴한 이후인데 선록자는 되돌아갈 줄 몰랐다. 그 당시 한두 명의 대가로 하여금 선록하게 했더라면 마땅히 후세에 전할 만했을 것이다.

해제

당나라 때 편찬된 시선집을 국운에 따라 크게 두 부류로 나누었다. 모두 그 당시의 시풍을 제대로 파악하지 못하고 선록한 시선집임을 비판하고 있다.

원문

搜玉·國秀·英靈·篋中與間氣·御覽·極玄·才調, 復相背而失之. 搜玉·國秀·英靈·篋中當極盛之時, 而選者不知尙; 間氣·御覽·極玄·才調當旣衰之後, 而選者不知返[1]. 使當時一二大家名士爲之, 當必有可傳者.

주석

1 返(반): 정체로 되돌아가다는 의미다.

## 15

왕안석王安石의 《백가시선百家詩選》을 내가 여러 해 찾았지만 아직 발견하지 못해, 지금 잠시 엄우와 마득화馬得華의 논의로써 보충한다.

엄우가 말했다.

"왕안석의 《백가시선》은 대체로 당나라의 《하악영령집》과 《중흥간기집》을 바탕으로 삼았다. 그 책 앞부분에는 현종·덕종·설직·유희이·위술韋述의 시가 실려 있는데, 조금이라도 더하거나 뺀 것이 없으며 순서 역시 똑같다. 맹호연의 경우에는 다만 시의 편수가 증가되었을 뿐이다. 저광희 이후로 비로소 왕안석이 스스로 취사선택했다. 전권前卷을 읽어보면 모두가 훌륭한데, 왕안석의 선택이 뛰어났기 때문이 아니라, 대체로 성당 시인의 시는 살펴볼 만한 것이기 때문이다. 대력 이후의 경우 왕안석의 취사선택은 심히 만족스럽지 못하다. 심지어 당나라 시인 중 심전기 · 송지문 · 왕발 · 양형 · 노조린 · 낙빈왕 · 진자앙 · 왕유 · 위응물 · 유장경 등은 모두 훌륭한 시인이나, 이 《백가시선》에는 실리지 않았다.[6] 왕안석은 시를 선별할 때 송민구宋敏求가 소장하고 있던 책에만 의거했을 뿐이다. 그 서문에서 '당시를 살펴보고자 하는 사람이라면 이 책만 보면 충분할 것이다'라고 말했는데, 어찌 사람을 기만한 것이 아니겠는가! 오늘날 사람들은 왕안석이 선록한 것에 대해서 옷깃을 여미면서 감히 이의를 제기하지 못하니 탄식할 일이다."[7]

마득화가 말했다.

"왕안석은 지언知言이라고 불렸으나, 《백가시선》은 단지 만당의 조탁한 시만 선택해서 뛰어나다 하고, 성당의 왕성하고 웅혼한 풍격의 시는 선록된 것이 독특하게 몇 수 되지 않으니, 기타의 것을 짐작할 수 있다."[8]

해제 왕안석의 《백가시선》에 관한 논의다. 이 책은 당나라 덕종과 현종의 시를 위시해서 107인의 시 1262수를 수록한 시선집이다. 모두 20권이며 《왕형공당백가시선王荊公唐百家詩選》으로도 불린다. 그러나 허학이는 이 책을 직접 보지 못했기 때문에 엄우와 마득화의 말을 인용하여 그 시선집에 대한

6) 이백 · 두보 · 한유 · 유종원은 대가들로서 시집이 있으므로 수록하지 않았다.
7) 이상은 모두 엄우의 말이다.
8) 이상은 마득화의 말이다.

이해를 도모했다. 직접 보지 않은 서적에 대해서는 함부로 논평하지 않는 허학이의 기본 비평 태도를 엿볼 수 있다. 한마디로 왕안석의 《백가시선》은 전대의 여폐를 답습한 시선집에 불과하다. 시를 창작할 수 있으나 시를 선집하는 것이 어렵다는 것을 알 수 있게 해주는 대목이다.

원문

王介甫[1]百家詩選, 予搜訪多年, 尚未有見, 今姑采滄浪・得華[2]之說以補之. 嚴滄浪云: "王荊公百家詩選, 蓋本於唐人英靈・間氣集. 其初明皇[3]・德宗・薛稷・劉希夷・韋述[4]之詩, 無少增損, 次序亦同. 孟浩然, 止增其數. 儲光羲後, 方是荊公自去取. 前卷讀之盡佳, 非其選擇之精, 蓋盛唐人詩無不可觀者. 至大曆以後, 其去取深不滿人意. 況唐人如沈・宋・王・楊・盧・駱・陳拾遺・王維・韋應物・劉長卿諸公, 皆大名家[李・杜・韓・柳, 以家有其集, 故不載], 而此集無之. 荊公當時所選, 當據宋次道之所有耳. 其序乃言'觀唐詩者觀此足矣', 豈不誣哉! 今人但以荊公所選, 斂衽而莫敢議, 可歎也."[以上皆滄浪語.] 馬得華云: "王荊公號稱[5]知言[6], 而百家選偏得晚唐刻削爲奇, 盛唐沖融[7]渾灝[8]之風, 在選者戛戛[9]焉無幾, 他蓋可知矣."[以上皆得華語.]

1 王介甫(왕개보): 왕안석王安石. 제18권 제47칙의 주석1 참조.
2 得華(득화): 마득화馬得華. 명나라 시기의 문인으로 생졸년은 미상이다.
3 明皇(명황): 당현종唐玄宗을 말한다.
4 韋述(위술): 당나라 시기의 문인으로 위경준韋景俊의 아들이다. 어릴 때부터 문학에 뜻을 두고 많은 책을 읽어 박학다식했다. 중종 경룡景龍 2년(708) 과거에 합격했다. 현종 개원 초에 마회소馬懷素가 황명을 받아 사부서四部書를 편찬할 때 참여했으며, 이후 40여 년 동안 서부에 재직하며 주요 관직을 역임하고 많은 저서를 지었다.
5 號稱(호칭): … 라고 불리다.
6 知言(지언): '知音(지음)'과 같은 말.
7 沖融(충융): 충만하고 왕성한 모양.
8 渾灝(혼호): 기세가 웅혼雄渾하고 왕성하다.
9 戛戛(알알): 독특한 모양.

## 16

홍매洪邁가 엮은 《만수당인절구萬首唐人絶句》는 여러 시인의 문집 중의 오언·육언·칠언과 함께 전기傳記에 기록된 것, 곽무천郭茂倩의 《악부樂府》와 소설 위찬 및 선귀仙鬼의 작품에서 취하여 그것을 집록하여 완성한 것인데, 진본은 아직도 유실되어 있다. 또 그중에는 이명異名이 중복되어 나오는 것, 피차 잘못 기입한 것, 육조 시기에 섞인 것, 곽무천을 따라 고율을 삭제하고 절구가 된 것, 고시 칠언에서 사평운四平韻 및 양평양측兩平兩仄을 사용한 것이 있다.

조이광, 황습원黃習遠이 편찬하여 정리하고 그 전대의 잘못을 없애고 다시 수백 편을 보충했다. 그러나 하손의 오언은 여전히 만당에 이어져 있고, 유장경 등 여러 시인의 오·칠언은 고시에서 가려 뽑았고, 이명이 중복되어 나오거나 피차 잘못 기입한 것이 여전히 많다. 고시의 사평운 및 양평양측과 소설 위찬 및 선귀의 작품은 더 이상 정리되지 않아서 진혜陳蕙가 몰래 편정한 《광문선廣文選》과 같을 따름이다. 다만 그 선록된 중당 이후의 시는 오늘날 여러 문집 중에서 빠진 것이 많으므로 지금 전해지는 것이 대부분 전집이 아님을 알겠다.

**해제** 홍매의 《만수당인절구》에 관한 논의다. 여러 문집을 대조하고 고증하여 선록한 것이 아니기 때문에 오류가 많고 체례가 어지러움을 지적했다. 그러나 중당 이후의 여러 시문집에 기록되지 않은 시도 수록되어 있음을 강조했다.

**원문** 洪魏公邁[1]所編萬首唐人絶句, 取諸家集中五言·六言·七言幷傳記所載, 郭茂倩樂府與夫小說僞撰及凡仙鬼之作而輯成之, 而眞者尙有所遺. 又其中有異名[2]重出者, 有彼此誤入者, 有雜於六朝者, 有從郭氏刪古律爲絶句者, 有古歌七言用四平韻及兩平兩仄者. 趙凡夫·黃伯傳[3]詮次釐正, 削其前失,

復增入數百篇. 然何仲言五言, 尙係之晩唐, 劉長卿諸人五・七言, 猶自古詩中摘出, 其異名重出, 彼此誤入者尙多; 至古歌四平韻及兩平兩仄與夫小說僞撰及凡仙鬼之作, 尙復不刪正, 猶陳蕙[4]之竄正[5]廣文選耳. [見後.] 但其所載中唐以後之詩, 今諸家集中多闕, 故知今所傳者多非全集.

주석
1 洪魏公邁(홍위공매): 홍매洪邁. 제18권 제46칙 주석1 참조.
2 異名(이명): 본 이름 외의 다른 이름.
3 黃伯傳(황백전): 황습원黃習遠. 명나라 시기의 문인이나 생졸년은 미상이다. 조이광과 함께 홍매가 엮은 《만수당인절구》 100권을 교정하여 40권으로 다시 편찬했다.
4 陳蕙(진혜): 명나라 시기의 문인이다. 진강晉江 곧 지금의 복건성 사람으로 가정 8년에 진사에 급제하여 호광안찰부사湖廣按察副使를 지냈다.
5 竄正(찬정): 몰래 편정하다.

## 17

축요祝堯의 《고부변체古賦辯體》는 굴원・송옥・양한・삼국・육조・당・송 문인들의 여러 부 작품을 선록하여 그 체제의 다름을 구별하고, 또 고금의 잡저雜著 중 부에 가까운 것을 뽑아 외록外錄으로 삼았다.

그는 다음과 같이 논변했다.

"소인騷人의 부는 시인詩人의 부와 비록 다르지만 오히려 고시의 뜻이 있는 듯하고, 시어는 비록 화려하지만 뜻은 본받을 만하다. 송옥・당륵 이후는 사인詞人의 부인데, 시어가 지극히 화려하고 지나치게 음탕하다."

또 다음과 같이 말했다.

"배체俳體는 양한 시기에 시작되었고, 율체는 제・양 시기에 시작되었는데, 송대에 이르면 문장을 쓰는 방식으로 부를 썼다."

이 논의는 매우 명확하니, 마땅히 부 전문가의 아주 뛰어난 견해라 하겠다. 그러나 그중에 순경荀卿의 여러 부 작품을 섞어 넣었기에 후학들을 심히 현혹되게 할 것임을 면치 못할 따름이다.

해제 축요의 《고부변체》에 관한 논의다. 이 책은 《초사》에서부터 송대까지의 61인의 사부와 작품 133편을 수록하고 있으며 각각의 체제 앞에 축요의 총평을 달고 해당 작품의 창작 배경을 적고 있다. 순자의 부작품을 수록한 것 외에는 대체적으로 배울 만함을 지적했다.

원문 祝君澤古賦辯體, 采屈·宋·兩漢·三國·六朝·唐·宋人諸賦, 辯其體製之不同, 又取古今雜著近乎賦者, 以爲外錄. 其辯以爲: "騷人之賦與詩人之賦雖異, 然猶有古詩之義, 詞雖麗而義可則; 宋玉唐勒而下, 則是詞人之賦, 詞極麗而過淫蕩." 又云: "俳體始於兩漢, 律體始於齊梁, 至宋則以文爲賦." 其論甚確, 當是賦家一善知識[1]. 但其中又以荀卿諸賦參入[2], 不免甚誤[3]後學耳.

주석
1 一善知識(일선지식): 아주 뛰어난 견해.
2 參入(참입): 섞어 넣다.
3 誤(오): 현혹되게 하다. 그르치게 하다.

## 18

유진옹劉辰翁의 《시통詩統》은 내가 역시 보지 못했기에, 지금 양신과 호응린의 주장을 채용하여 그것을 보충한다.

양신이 말했다.

"세상에서는 유진옹이 시를 잘 이해하는 사람이 될 수 있다고 하는데, 그는 《문선》의 시와 이백·두보 등의 시집에 모두 비점批點을 찍었다. 나는 유진옹이 본디 시에 대해 잘 모른다고 생각한다. 그는 시에 비점을 찍으면서 첫머리에 '시는 《문선》에 이르러 하나의 재앙이 되었으며, 오언시는 건안 시기에 성행하여 갑자기 심히 발전했다.'고 말했는데, 이 말은 큰 근본에 대해 이미 미혹된 것이다. 유진옹은 단지 이백과 두보를 존중할 줄만 알았지, 《문선》의 시에서 이백과 두보의 시가 유래된 것임을 알지 못했다. 나는 일찍이 '유진옹은 비단을 마름질하는 포목점의 손님이 본디 소주 · 항주 · 남경의 직물 공장에 가 본적이 없는 것과 같다'고 말했다."

양신이 또 말했다.

"유진옹이 선록한 《고금시통古今詩統》은 그 신집辛集 한 책冊이 소실되었는데, 여러 장서가의 서적이 모두 그러했다. 나는 운남성 남쪽에서 우연히 그 전체 문집을 얻었는데, 그 얇은 선시집은 대부분 마음에 들지 않았고, 전할 만한 것이 겨우 열에 하나 정도일 뿐이었다."[9]

호응린이 말했다.

"유진옹은 시도가 중용을 초월하여 오묘함과 현묘함을 드러내어 종종 다른 사람을 뛰어넘고 진실로 이심전심으로 뜻을 전하니, 문단文壇의 큰 인물이다."

호응린이 또 말했다.

"유진옹의 시론에는 아주 탄복할 만한 견해가 있지만, 또한 때때로 송시의 경향으로 빠졌다."

해제

유진옹의 《고금시통》에 관한 논의다. 모두 8권으로 구성된 역대 시선집이라고 하나 원본은 이미 산실되었다. 허학이가 직접 찾아볼 수 없었기 때문에 양신과 호응린의 견해를 보충하여 그 시문집에 대한 이해를 돕고 있다. 양신은 대체로 부정적인 견해를 보였으나 호응린은 그 장점도 함께 언급했다.

9) 이상 인용된 두 내용은 모두 양신의 말이다.

원문

劉須溪詩統, 予亦未見, 今采用修元瑞之說以補之. 楊用修云: "世以劉須溪爲能賞音[1], 爲其於選詩·李杜諸家, 皆有批點[2]也. 余以爲: 須溪元[3]不知詩. 其批點詩, 首云'詩至文選爲一厄, 五言盛於建安, 而勃窣[4]爲甚', 此言大本已迷矣. 須溪徒知尊李杜, 而不知選詩又李杜之所自出. 余嘗謂: 須溪乃開剪截羅段鋪客人, 元不曾到蘇·杭·南京機坊也." 又云: "劉須溪所選古今詩統, 亡其辛集一冊, 諸藏書家皆然. 余於滇[5]南偶得其全集, 然其小選多不愜[6]人意, 可傳者止十之一耳."[以上二說皆用修語.] 胡元瑞云: "劉辰翁雖道越中庸, 其玄見邃覽[7], 往往絶人[8], 自是教外別傳[9], 騷場[10]巨目." 又云: "劉辰翁評詩有絶到之見, 然亦時溺宋人."

주석

1 賞音(상음): 문학 작품을 감상하다.
2 批點(비점): 시문의 잘된 곳에 찍는 둥근 점.
3 元(원): 원래. 본래.
4 勃窣(발솔): 갑작스럽게 흥하다.
5 滇(전): 운남성雲南省의 간칭이다. '전지滇池'라는 호수에서 유래했다.
6 不愜(불협): 마음에 들지 않다.
7 玄見邃覽(현견수람): 오묘함과 현묘함을 보다.
8 絶人(절인): 남보다 훨씬 뛰어나다.
9 教外別傳(교외별전): 불교에서 문자·언어에 의하여 가르치는 것이 아니라, 이심전심以心傳心으로 부처가 깨달은 진리를 전하는 일.
10 騷場(소장): 문단文壇.

## 19

주필周弼의 《삼체당시三體唐詩》에 편찬된 것은 칠언절구 및 오·칠언 율시다. 절구의 법칙으로 실접實接·허접虛接·전대前對·후대後對·요체拗體·측체側體 등이 있고, 율시의 법칙으로 사실四實·사허四虛·전허후실前虛後實·전실후허前實後虛 등이 있는데, 아주 유치하다. 또 초·성·중당에서는 간혹 한두 수만 싣고 나머지는 모두 만당시여서 대개 볼만한 책이 아니다.

해제 주백강의 《삼체당시》에 관한 논의다. 《당시삼체가법唐詩三體家法》, 《당현삼체시법唐賢三體詩法》, 《당삼체시唐三體詩》라고도 한다. 칠언절구, 칠언율시, 오언율시의 작품 494수를 수록했다. 대체로 만당시를 중시하고 있어 볼만한 가치가 아니라고 꼬집어 말했다.

원문 周伯弜[1]三體唐詩, 所編乃七言絶及五・七言律也. 絶句之法, 有實接・虛接・前對・後對・拗體・側體等[2]; 律詩之法, 有四實・四虛・前虛後實・前實後虛等,[3] 最爲淺稚. 且初・盛・中唐, 間得一二, 餘皆晩唐詩, 蓋亦不足觀矣.

주석
1 周伯弜(주백강): 주필周弼(1194~1255). 남송 시기의 시인이다. 자가 백강 또는 백필伯弼, 정경正卿이다. 가정 연간에 진사가 되어 강하령江夏令에 임명되었으나 얼마 뒤 사직하고 동남 각지를 유람했다. 생전에 《단평집端平集》 12권을 간행했으나 이미 실전되었다. 보우寶佑 5년에 이공李龏이 주필의 고체시와 근체시 200여 수를 골라 《문양단평시준汶陽端平詩雋》 4권을 편찬했다. 시, 글씨, 그림에 모두 능했으며 특히 묵죽墨竹에 뛰어났는데, 현재 〈묵죽쌍금도墨竹雙禽圖〉와 〈고백취조도古柏翠鳥圖〉가 전하고 있다.
2 이 책은 칠언절구에 대해 실접實接, 허접虛接, 용사用事, 전대前對, 후대後對, 요체拗體, 측체側體의 7가지 격식으로 구분했다.
3 이 책은 칠언율시에 대해 사실四實, 사허四虛, 전허후실前虛後實, 전실후허前實後虛, 결구結句, 영물詠物의 6가지 격식으로 구분했다. 또 오언율시에 대해 사실四實, 사허四虛, 전허후실前虛後實, 전실후허前實後虛, 일의一意, 기구起句, 결구結句의 7가지 격식으로 구분했다.

## 20

방회方回의 《영규율수瀛奎律髓》는 그 서문이 원나라 세조世祖 지원至元 연간 계미癸未해에 쓰였는데, 당・송 시기의 오・칠언 율시를 뽑아 등람登覽・조성朝省 등으로 분류했으며 모두 49권이다. 매 권의 처음에는 대부분 진자앙 · 두심언 · 심전기 · 송지문의 시를 수록했으므로 대다수가 볼만하다. 중간에는 만당시를 수록하여 사실상 취할 만한 것이 없다. 뒷부분에는 송시를 반 이상 수록했는데 그것을 읽다보면 자못 기절할 지경이 된다.

취지는 시화를 겸하여 쓴 것이다. 그러나 정체에 대해 대부분 수준이 미치지 못하고 허혼에 대해 특히 헐뜯었는데, 이것은 신기한 것과 뜻을 드러내는 것을 중시하고 음절과 격조를 중시하지 않았기 때문이다. 그가 수록한 황정견 · 진사도 등의 여러 문인들은 성조가 대부분 치우쳤고, 심오하여 의미가 명확하지 않음이 심하다.[10] 그가 황정견과 진사도를 극진히 칭송한 것은 모두 잠꼬대와 같은 말이다. 그중 허혼을 이미 비난하면서 허혼과 비슷한 다른 작품을 뽑았으니, 송대의 의론에 길들어진 것이지 사실은 자신의 견해가 없었던 것이다. 그러므로 진자앙 · 두심언 · 심전기 · 송지문을 뽑은 것은 특별히 그들의 이름을 빌려 사람들의 마음을 감복시키기 위한 것이다. 두보의 치우친 성조를 대부분 수록한 것도 천자의 힘을 빌어서 제후를 호령하는 격일 뿐이다. 식견이 정립되지 않은 학자라면 결코 보아서는 안 될 것이다. 13권 이후는 의론이 더욱 잘못되었다. 게다가 다주茶酒 · 매화梅花 · 설월雪月을 앞에다 놓고, 능묘陵廟 · 변새邊塞 · 여황旅況 · 천적遷謫을 뒤에 둔 것은 더욱 오류가 심하다.

엄우가 말했다.

"당나라 시인들의 훌륭한 시는 대체로 전쟁 · 귀양살이 · 여행 · 이별 등을 노래한 작품들로 종종 사람의 마음을 감동시키고 격발시킨다."

방회와 《영규율수》의 제목은 당초 서로 어울리지 않았다. 그 서문

10) 송시론(후집찬요 1권 제28칙~제34칙) 중에 설명이 상세하게 보인다.

에서 다음과 같이 말한다.

"'영瀛'이란 무엇인가? 열여덟 명의 학사가 영주瀛洲에 오른 것이다. '규奎'란 무엇인가? 다섯 개의 별이 규奎 별자리에 모인 것이다. 이 등정과 이 모임은 이후 팔대八代와 오계五季의 시문 폐단을 고칠 것이다."

이것을 읽노라면 웃음이 나온다. 그가 선록한 작가가 아닌 대부분의 사람에 대해서는 일단 논할 여지가 없다.

해제

방회의 《영규율수》에 관한 논의다. 십팔학사十八學士로 문학관에 들어간 것을 영주瀛洲에 올랐다고 풀이하고, 오성五星이 규수奎宿에 모여들어 문덕文德이 빛난다는 의미를 담아 '영규'라고 했다. 또 당송의 근체시를 선별하고 평론을 덧붙였다는 의미에서 '율수'라고 한 것이다. 수록된 시의 작가 중에 당나라 작가는 165명이고 송나라 작가는 220여 명이다. 그 내용과 체재에 따라 49류로 나누어 각각 해제를 달고 해당 시의 성격과 특징에 대해 서술했다. 하지만 분류가 지나치게 세밀하고 억지스러운 점이 있다는 평가를 받는다. 방회는 이 책에서 두보를 조祖로 하고 황정견, 진사도, 진여의陳與義를 3종宗으로 하는 이른바 '일조삼종설一祖三宗說'을 주창하며 '강서시파江西詩派'를 존숭했다.

원문

方虛谷[1]瀛奎律髓, 其序乃元世祖至元癸未作, 采唐・宋五・七言律, 以登覽・朝省等爲類, 凡四十九卷. 每卷首多錄陳・杜・沈・宋之詩, 故多有可觀. 中錄晚唐, 實無足取. 後采宋人過半, 讀之頗爲悶絶[2]. 大意兼詩話爲之. 然於正體多不相及, 而於許渾尤加詆毁[3], 是以新奇意見爲主, 而不以音節氣格爲主也. 其錄黃・陳諸子, 聲調多偏, 深晦[4]爲甚. [詳見宋詩論中.] 其盛推黃・陳, 皆屬夢語[5]. 中旣詆許渾, 而他類渾者又取之, 蓋習於宋人議論, 而實無己見. 然則陳・杜・沈・宋之取, 特借以壓服[6]人心. 至子美僻調, 亦多錄之, 乃挾天子以令諸侯耳. 學者識見未定, 斷不可觀. 十三卷以後, 議論愈謬. 且以茶酒・梅花・雪月係於前, 而以陵廟・邊塞・旅況・遷謫係於後, 尤爲謬甚. 嚴滄浪云: "唐人好詩, 多是征戍・遷謫・行旅・離別之作, 往往能感動激發人意." 蓋此公與此題初不相契也. 其序曰: "瀛者何? 十八學士登瀛洲也; 奎者何? 五星聚奎也. 斯登也, 斯聚也, 而後八代五季之文弊革也." 讀之可發一笑. 其所選多非作者, 姑不暇論.

주석

1 方虛谷(방허곡): 방회方回(1227~1305). 제25권 제14칙의 주2 참조.
2 悶絶(민절): 기절하다.
3 詆毁(저훼): 흉보다. 헐뜯다.
4 深晦(심회): 심오하여 의미가 명확하지 않다.
5 夢語(몽어): 잠꼬대.
6 壓服(압복): 위압하여 복종시키다.

## 21

원호문의 《당시고취唐詩鼓吹》에 선록된 것은 모두 칠언율시인데, 유종원 · 유우석에서 시작되지만 중간에 개원 · 대력 연간의 몇 명의 시인이 섞였고 나머지는 모두 만당시다. 그러나 만당시에서 섬약한 것은 겨우 열 중에 하나뿐이고, 비속한 것이 열 중에 다섯을 차지한다. 두목 · 피일휴 · 육구몽의 괴이한 시를 수록하지 않은 게 없으니, 대개 선시가 아주 비루하다.

모유창이 말했다.

"혹자가 '《당시고취》와 《삼체당시》는 철없이 우는 아이에게 줄 만한 책이다'고 말한다. 나는 '그렇지 않다. 나쁜 습속에 한 번 물들면 아마 내세에서도 씻어내지 못할 것이다'고 대답했다."[11)]

그런데 이 두 책이 지금까지도 여전히 유행하는 것은 선록한 것이 모두 율시고 또 중간에 볼만한 주석이 있어서 초학자들이 좋아하기 때문일 뿐이다. 《삼체당시》와 《당시고취》를 비교해보면, 《삼체당

11) 이상은 모두 모유창의 말이다.

시》는 비천하고 《당시고취》는 조악하다.

해제 원호문의 《당시고취》에 관한 논의다. 초학자의 학습용으로 많이 사용되지만 조악하여 어릴 때부터 배워서는 안 됨을 지적했다. 대체로 중·만당 시를 숭상하고 있기 때문이다. 이 책은 중국 최초의 당나라 칠언율시 선집인데, 모두 10권으로 약 96명의 시인의 시 596수를 수록하고 있다. 이후 그의 제자 학천정郝天挺이 주註를 달아 크게 유행했다.

원문 元遺山[1]唐詩鼓吹, 所選盡七言律, 起於柳宗元·劉禹錫, 中復參以開元·大歷數子, 餘皆晚唐詩也. 然晚唐纖巧者僅十之一, 而鄙俗者居十之五. 至杜牧·皮·陸怪惡, 靡不盡錄, 蓋選詩最陋者. 冒伯麐云: "或謂: 鼓吹·三體, 可供小兒號嗄[2]. 余曰: 不然. 穢習[3]一染, 恐來生[4]猶洗不去."[以上皆伯麐語.] 然二集至今猶行者, 蓋以所選皆律, 而中復有註釋可觀, 故初學者好之耳. 三體較鼓吹, 三體卑, 鼓吹陋.

주석
1 元遺山(원유산): 원호문元好問. 제5권 제27칙 주석4 참조.
2 號嗄(호사): 목이 쉬고 힘이 다 빠지도록 울다.
3 穢習(예습): 더러운 습속. 나쁜 습속.
4 來生(내생): 내세來世.

## 22

원호문은 원나라 초기에 큰 명성을 얻었는데, 그 시는 비록 어렵고 생소할지라도 괴이하고 비속한 부분은 없다. 그 고시와 가행은 실제로 대부분이 볼만하다. 또 〈논시절구論詩絶句〉 30수는 모두 핵심을 찔렀다. 그가 편찬한 《중주집中州集》을 살펴보면 비록 대부분이 만당에서 비롯되었지만 괴이한 성조는 없으니, 《당시고취》는 서점에서 원호문의 이름을 가탁한 것이 아닌가 한다. 《당시고취》에는 학천정郝天挺의 주석이 실려 있지만, 《중주집》에 따르면 "원호문12)은 열네다섯

살 무렵 선친이 능천陵川에서 현령縣令을 지낼 때 학천정을 따라 과거 시험 공부를 했다."고 말하고 있으므로 학천정이 바로 원호문의 윗사람이라면 어찌 《당시고취》에 주석을 달았겠는가? 앞부분에도 조맹부趙孟頫의 서문이 있지만 본집本集에는 보이지 않으니, 역시 위작이 아닌가 한다. 범팽의 《목천금어》와 《시학금련》, 우집虞集의 《두율우주杜律虞註》[13]는 모두 이 시기에 나왔다.

해제 《당시고취》가 원호문의 것이 아니라 위작일 가능성을 제기했다. 그 이유로 3가지를 지적했다. 그의 시풍과 선록 기준이 서로 차이가 크고, 학천정이 원호문보다 나이가 많으며, 조맹부의 문집에는 없는 서문이 수록되어 있는 점이 그것이다. 타당성이 없는 주장은 아닌 듯하므로 참고할 만하다.

원문 元遺山元初負盛名, 其詩雖有晦僻, 而怪惡鄙俗處則無. 其古詩・歌行, 實多可觀. 至論詩絶句三十首, 又皆中的. 觀其所編中州集[1], 雖多出晩唐, 亦無怪惡之調, 則鼓吹疑爲書肆假託[2]. 鼓吹載郝天挺[3]註釋, 按中州集云: "好問[遺山]十四五, 先人[4]令[5]陵川[6], 時從先生學擧業." 則天挺乃遺山前輩, 安得註釋鼓吹? 前有趙子昂[7]序, 不見本集, 疑亦僞撰. 如范德機木天禁語・詩學禁臠, 虞伯生[8]杜律虞註, [楊用修・胡元瑞俱以虞註乃張伯成註.] 皆出是時也.

주석
1 中州集(중주집): 원호문이 편집한 원나라 시가총집이다. 모두 10권으로 금대의 약 200명의 시인의 시 1982수를 작자별로 모은 시집으로 순우淳祐 9년(1249)에 편찬되었다. 작자마다 간략한 전기가 붙어 있고 그 사이에 원호문의 시평이 있다.
2 假託(가탁): 어떤 일을 그 일과 무관한 다른 대상과 관련짓다.
3 郝天挺(학천정): 원나라 시기의 시인이다. 생졸년은 1247년~1313년이다. 산동 태원太原 사람이며 자는 계선繼先이고, 호는 신재新齋다. 오랫동안 주요 관직에

12) 자 유산遺山.
13) 양신과 호응린은 모두 우집의 주를 장백성張伯成의 주라고 보았다.

있으면서 정사에 어긋난 부분이 있으면 바로 직언하고 여러 가지 개혁을 펼쳤다. 시와 문장에 능했으며 시호는 문정文定이다. 저서에 《운남실록雲南實錄》 5권이 있고 원호문의 《당시고취》 10권에 주를 달았다고 한다. 곡도 잘 지었다고 하지만 전하지 않는다.

4 先人(선인): 선친. 돌아가신 아버지.

5 令(령): 현령縣令으로 부임하다.

6 陵川(능천): 현재 산동성 동남부에 해당하는 지역이다.

7 趙子昂(조자앙): 조맹부趙孟頫. 제35권 제31칙의 주석7 참조.

8 虞伯生(우백생): 우집虞集. 제35권 제41칙의 주석3 참조.

## 23

양사홍楊士弘은 《당음唐音》에서 스스로 다음과 같이 말했다.

"여러 시인들의 당시를 얻어 직접 베껴 수록하고, 밤낮으로 깊이 읊조리며 그 음률과 정변을 살펴서 그 정수인 것을 뽑아 시음始音·정음正音·유향遺響이라 하고, 합쳐서 당음이라 이름 지었다."

따라서 초당과 성당은 상세하게 뽑고, 중당과 만당은 대략적으로 뽑았으니, 당시를 선별하는 것은 여기에 이르러서 비로소 타당해졌다. 처음 부분에서 초당사걸을 시음이라 하고, 고시 또는 율시라고 부르지 않은 것이 가장 적절하다. 그러나 성당의 오언고시에서 저광희·왕유·맹호연은 뽑고 잠삼을 버린 것은 전혀 고시를 이해하지 못한 것 같다. 만당의 칠언율시로는 이상은과 허혼을 정음으로 실었으니, 율시의 정변에 대해 깨닫지 못했다. 오언의 율시와 배율의 경우에는 심전기의 시는 있으나 송지문의 시는 없으니 마땅히 그 문집을 보지 않았을 따름이다.

해제 양사홍의 《당음》에 관한 논의다. 그 장단점에 대해 지적했다. 《당음》은 원통元統 3년(1335)에 착수하여 지정至正 4년(1344)에 완성되었다. 엄우의 견해를 계승하여 당시를 구분하고 이후 명대 고병의《당시품휘》에 많은 영향을 미쳤다.

원문

楊伯謙唐音, 自言"得諸家唐詩, 手自抄錄[1], 日夕涵泳[2], 審其音律·正變, 擇其精粹者爲始音·正音·遺響, 總名唐音", 故其選詳初·盛而略中·晩, 選唐詩者, 至是始爲近之. 首以初唐四子爲始音, 而不名古·律, 最當. 然盛唐五言古, 取儲光義·王摩詰·孟浩然而捨岑嘉州, 則似全不知古. 晩唐七言律, 以李商隱許渾載諸正音, 則於律詩正變, 亦未有得也. 至若五言律·排律, 有沈佺期而無宋之問, 當是未見其集耳.

주석

1 抄錄(초록): 필요한 것만을 뽑아서 기록하다.
2 涵泳(함영): 깊이 체득하다.

## 24

오눌吳訥의《문장변체文章辯體》는 먼저 고가요古歌謠를 수록하고, 그 다음으로 고부古賦, 악부樂府·고시古詩·가행歌行을 수록했으며, 또 그 다음에는 46명의 문장文章 중 여러 체재를 수록했다. 외집外集에는 연주連珠·판判·율부律賦·배율排律·절구絶句·연구聯句·잡체雜體·사곡詞曲[14)]이 실려 있다.

부는 오직 축요를 따랐다. 문장은 그 원류를 서술하고 그 체제를 밝히며 전대 문인들의 주장을 참조하여 종합했으므로 대부분 숭상할 만하다. 시는 길가의 소문을 전해들은 것으로 사실상 조금의 식견도 없다. 첫째 권에 순경의 여러 시들을 덧붙여 넣은 것은 대체로 시의 면목을 알지 못해시다. 사언시에 대해 "도연명의 시가 건안 시기 시보다 훨씬 뛰어나며, 한유의 시 〈원화성덕元和聖德〉이 인구에 회자된다"고

14) 구句다.

했으니, 그 논의는 송나라 사람에게서 나온 것이다. 도연명은 비록 풍아를 근원으로 했지만 스스로 하나의 원류가 되었고, 한유의 시는 운이 있는 문장일 뿐이다. 게다가 악부 · 고시 · 가행을 정집正集에 넣고 율시 · 배율 · 절구를 외집에 넣은 것 또한 큰 오류다. 중간에 배율을 논하면서 두보의 〈증위좌승贈韋左丞〉을 규범으로 삼았으니, 고시와 율시의 체제에 대해서도 분별하지 못하는데, 오히려 더불어 시를 논하기를 바라겠는가![15]

해제 오눌의 《문장변체》에 관한 논의다. 이 책은 《문장변체서설文章辨体序说》이라고도 부르며 내집內集 50권과 외집外集 5권으로 되어 있다. 부에 대한 논의는 대부분 타당하지만 시에 대한 논의는 오류가 많음을 지적했다.

원문 吳敏德[1]文章辯體, 首古歌謠, 次古賦, 次樂府 · 古詩 · 歌行, 次文章諸體四十六名, 外集則連珠 · 判 · 律賦 · 排律 · 絶句 · 聯句 · 雜體 · 詞曲. [句.] 賦, 一遵[2]祝氏. 文, 則述其源流, 辯其體製, 參[3]前人之說而總裁之, 多有可宗. 詩, 道聽塗說[4], 而實無一斑[5]之見. 首卷以荀卿諸詩附入, 略不識詩之面目[6]. 四言, 謂"淵明突過[7]建安, 退之元和聖德詩膾炙人口", 其論出於宋人. 淵明雖本風雅, 而自爲一源, 退之則有韻之文耳. 且以樂府 · 古詩 · 歌行入正集, 以律詩 · 排律 · 絶句入外集, 又爲大謬. 中論排律, 以老杜贈韋左丞爲法, 則於古 · 律之體且不能辨, 尙足與言詩乎![贈韋左承卽"紈袴不餓死", 乃古詩雜用律體, 詳見盛唐總論第二則.]

주석 1 吳敏德(오민덕): 오눌吳訥(1372~1457). 자가 민덕이고 호는 사암思庵이다. 강소 상숙常熟 사람으로, 어렸을 때부터 학문을 좋아하고 강직했다. 영락永樂 연간에 의학醫學으로 천거되어 조정에 나아가 영종 4년(1406)에 노령으로 사직하고 고향으로 돌아가기까지 줄곧 주요 관직에 있었다. 일생을 남루한 집에서 채식을

15) 〈증위좌승贈韋左承〉의 "紈袴不餓死(환고불아사)"는 고시에 율체를 잡용한 것으로 제17권 제24칙에 상세하게 보인다.

하며 검소한 생활을 했다고 전한다. 시호는 문각文格이다. 저서로 《문장변체》를 비롯하여 《소학집해小學集解》, 《사암집思庵集》 등이 있다.

2 遵(준): 따르다. 좇다.

3 參(참): 참조하다.

4 道聽塗說(도청도설): 길가의 소문을 전해 듣다.

5 一斑(일반): 사물의 한 작은 부분.

6 面目(면목): 사물이 드러난 모양. 상태.

7 突過(돌과): 훨씬 뛰어나다.

## 25

고병의 《당시품휘》에서 당·송 이래로 당시를 선록하는 사람들은 "견해를 세워 이론을 마련하니 각기 일단을 갖추었다"고 말했다. 다만 양사홍의 《당음》을 가지고 다시 비난한 것은 그 선록이 여러 문인들에 비해 월등하기 때문이다. 그 구분이 정시正始·정종正宗·대가大家·명가名家·우익羽翼·접무接武·정변正變·여향餘響의 항목으로 나뉘어 식견이 있는 듯하지만, 사실은 대부분 합당하지 않다. 예를 들면 초당의 오언고시에서 당태종·우세남·위징·왕발·양형·노조린·낙빈왕·심전기·송지문 등의 여러 시인이 정시가 되었으니 이미 오류가 크다. 또 오언 율시와 배율에서도 태종·우세남 등 및 진자앙·두심언·심전기·송지문을 정시로 삼았으니 오언고시와 차이가 없다. 오·칠언 고시에서는 이백을 정종으로 삼고 두보를 대가로 삼은 것은 이백에 대한 이해가 천박해서다. 그뿐 아니라 한유·맹교·이하·왕건·장적을 정변으로 삼았으니 이 또한 어찌 정변을 이해한 것이겠는가? 게다가 원화 이후로 뛰어난 작품을 대부분 빠뜨렸으므로 '품휘品彙'라고 명명할 수 없을 것이다.

해제 고병의 《당시품휘》에 관한 논의다. 이 책은 체제별, 작가별로 품평한 것으로 모두 90권이며, 또 습유拾遺 10권이 있다. 총 620명의 작품 5769수를 수록했다. 고병은 우선 각 체제에 속하는 작품을 정시正始 · 정종正宗 · 대가大家 · 명가名家 · 우익羽翼 · 접무接武 · 정변正變 · 여향餘響 · 방류旁流의 9격格으로 나누었다. 즉 초당의 작품을 정시로, 성당의 작품을 정종 · 대가 · 명가 · 우익으로, 중당의 작품을 접무로, 만당의 작품을 정변 · 여향으로, 그리고 외국인의 작품을 방류로 귀속시켰다. 당나라를 초 · 성 · 중 · 만의 4시기로 나눈 방법은 남송 엄우의 영향을 받아 규정된 것으로, 오늘날까지 통용되고 있다. 그러나 그 체재와 정변에 대한 이해가 부족하여 분류가 합당하지 못함을 지적하고 있다.

高廷禮唐詩品彙, 謂唐宋以來選唐詩者"立意造論, 各該一端", 僅取楊伯謙唐音而復有所詆, 故其選較諸家爲獨勝. 至其所分, 有正始 · 正宗 · 大家 · 名家 · 羽翼 · 接武 · 正變 · 餘響之目, 似若有見, 而實多未當. 如初唐五言古, 以太宗 · 虞 · 魏 · 王 · 楊 · 盧 · 駱 · 沈 · 宋諸公爲正始, 旣已大謬; 而五言律 · 排律, 復以太宗 · 虞世南諸公及陳 · 杜 · 沈 · 宋爲正始, 則又無別; 至五七言古, 以太白爲正宗 · 子美爲大家, 旣淺之乎知李, 而以韓退之孟東野 · 李長吉 · 王建 · 張籍爲正變, 是亦豈識正變耶? 且於元和以後, 多失所長, 又未可名"品彙"也.

## 26

고병은 다시 《당시품휘》에서 가장 뛰어난 것을 뽑아 《당시정성唐詩正聲》을 지었는데, 광활한 격조가 없을 뿐 아니라 화려한 격조도 없으며, 유독 화평한 시체만 골랐기에 여러 시선집 중에서도 특히 뛰어나다.

호응린이 말했다.

"초당에서는 왕발과 양형 등 초당사걸을 뽑지 않았고, 성당에서는 단지 이백과 두보 두 시인만 뽑았으며, 중당에서는 한유 · 유종원 · 원진 · 백거이를 뽑지 않았고,[16] 만당에서는 허혼 · 이상은을 뽑지 않았으니, 천고의 용기를 능가하고 천고의 식견을 초월하지 않고서는 할 수 없다."

이 논의는 매우 타당하다. 다만 선록한 오언고시 중에는 율체를 섞어 쓴 것이 많아 이미 '정성'이라고 이름 붙일 수가 없을 뿐 아니라, 초·성당의 오언율시에서 그 신운을 깨달았지만 격조를 우선으로 하지 않았으므로, 결국 작은 흠을 면치 못할 따름이다.

해제 고병의 《당시정성》에 관한 논의다. 《당시품휘》에서 가장 뛰어난 것을 다시 뽑아 엮은 책이다. 대체로 훌륭한 시선집이라고 하겠으나 오언 고시와 율시의 선록 등에서 부족한 부분이 있음을 지적했다.

원문 廷禮復於品彙中拔其尤者, 爲唐詩正聲[1], 旣無蒼莽之格, 亦無纖靡之調, 而獨得和平之體, 於諸選爲尤勝. 胡元瑞謂: "於初唐不取王·楊四子, 於盛唐特取李·杜二公, 於中唐不取韓·柳·元·白, [謂柳律詩.] 於晩唐不取用晦·義山, 非凌駕千古膽[2], 超越千古識, 不能也." 此論甚當. 但所取五言古, 雜用律體者衆, 旣未可名"正聲", 而五言律, 於初·盛唐雖得其風神而不先其氣格, 終未免小疵[3]耳.

주석
1 唐詩正聲(당시정성): 명대 고병이 자신이 편찬한 당시선집《당시품휘》에서 성정이 바르고, 성률이 완벽한 작품 1100수를 다시 골라 편찬한 책이다. 고병은 성당의 격조를 가장 높은 이상으로 추구할 것을 제창했는데, 고병의 이러한 견해는 명대에 성당을 따르는 복고파에 지대한 영향을 끼쳤다.
2 膽(담): 용기勇氣.
3 小疵(소자): 작은 흠.

## 27

강린康麟의 《아음회편雅音會編》은 《하악영령집》·《삼체당시》·《당시고취》·《당음》·《당시정성》의 시선집 및 이백·두보·한유의 전집全集에서 오·칠언 율시와 절구를 가려 뽑아 운에 따라 순서대

16) 유종원의 율시를 말한다.

로 엮은 것으로, 겨우 초학자들의 자료가 될 뿐 식견 있는 사람들에게 제공할 만한 것이 아니다. 그리고 여러 시인들의 전집을 이미 수록하지 못했을 뿐 아니라 당·송대의 여러 시선집도 기록하지 못한데다가 《당시고취》에서 선록한 시를 섞어 넣었으므로, 초학자들을 심히 현혹하게 함을 면치 못할 따름이다.

해제 강린의 《아음회편》에 관한 논의다. 《아음雅音》이라고도 하며 총 12권으로 이루어져 있다. 이백, 두보, 한유 3가의 본집本集 및 양사홍의 《당음》 등에서 3800여 수를 수록하고 평성 30운을 바탕으로 각 시를 나누었다. 그러나 전체 문집을 두루 살피지 못하고 기존 시선집의 영향에서 벗어나지 못한 한계점을 지적했다.

원문 康文瑞[1]雅音會編, 取英靈·三體·鼓吹·唐音·正聲等選及李·杜·韓全集, 摘其五·七言律·絶, 依韻編次, 僅可爲初學之資[2], 未可供諸大方[3]也. 然諸家全集既不及收, 而唐宋諸選又不及錄, 且以鼓吹所選混入, 不免甚誤初學耳.

주석
1 康文瑞(강문서): 강린康麟. 명나라 시기의 문인이다. 광동 순덕順德 사람으로 자가 문서다. 경태景泰 연간에 진사가 되었으며 순천天順 연간에 복건안찰사첨사福建按察司僉事가 되었다.
2 資(자): 자료.
3 大方(대방): 식견이 넓거나 특기를 가진 사람.

## 28

유절劉節의 《광문선廣文選》은 위로 요·순 시기부터 아래로 제·양 시기까지의 작품 중 소명태자가 빠뜨린 시·부·잡문을 골라 모두 1796편을 실었다. 그것은 지나치게 번잡한 것을 선택하고 피차 잘못 기입했으며, 진위가 섞인 것은 말할 것도 없거니와 제목이 각기 바뀌어 나오고 성명이 잘못되어 매번 일치하지 않는다. 대개 오직 편목의 중입만 비교했을 뿐 여러 시문에 대해 사실상 직접 살피지 않은 것이다.

여남呂柟이 서문에서 "유절은 거의 20년이 걸려서야 이 책을 완성했다"고 했는데 20년 공이 어디에 쓰인 것인지 모르겠다. 전예형田藝蘅이 일찍이 그것을 평론했지만 몇 마디의 말만 있을 뿐이고 충분하게 논하지 못했다.

전예형이 말했다.

"장협의 '결자궁강곡結字窮岡曲'에 대해 《문선》에서는 '잡시雜詩'에 수록했으나 여기서는 '초은招隱'이라 했다. 위문제의 '치주좌비각置酒坐飛閣'에 대해 《문선》에서는 본래 강엄의 〈잡체雜體〉라고 했으나, 여기서는 문제의 〈유연遊宴〉이라고 했다.[17] 고시 '구거상동문驅車上東門'·'염염고생죽冉冉孤生竹'·'소소소명월昭昭素明月' 등의 부류는 모두 중복되어 나와서 일일이 나열할 수 없다. 또 문제의 '우임순우堯任舜禹' 한 편에 대해 본집 8권에서는 〈가위덕歌魏德〉이라고 했지만 12권에서는 〈추호행秋胡行〉이라고 했다. 《완사종비阮嗣宗碑》는 본래 혜숙량嵇叔良이 쓴 것인데, '숙야叔夜'라고 잘못 기록하고 혜강의 작품으로 넣었다. 중산왕中山王이 문목부文木賦를 썼는데, '문文'을 중산왕의 이름으로 여기고 제목을 '목부木賦'라고 했다. 남송 사람 왕미王微가 영부詠賦를 썼는데, 송왕미宋王微를 쓴 송옥宋玉이라고 쓰고서 제목을 〈미영부微詠賦〉라 했으니 비웃을 만한 가치조차 없다."[18]

이후에 진혜陳蕙가 또 몰래 편집하여 274편을 삭제하고 30편을 집어넣었지만, 잘못된 부분에 대해서 다시 바로잡을 수 없었다. 그가 〈공작동남비孔雀東南飛〉 등을 삭제한 것은 마땅하나, 유절의 관점에서

17) 생각건대 《광문선》에 나오는 이릉의 〈종군從軍〉·유정의 〈감우感遇〉·왕찬의 〈회덕懷德〉 등의 여러 작품은 모두 강엄의 잡체다.
18) 이상은 전자예의 말이다.

유절을 바로잡았으니 또 어찌 분별할 수 있었겠는가.

**해제** 유절의 《광문선》에 관한 논의다. 소명태자의 《문선》을 보충하여 편찬한 것으로, 《원사전元史傳》 및 《고문원古文苑》·《초학기初學記》·《예문류취藝文類聚》·《문원영화文苑英華》·《태평어람太平御覽》 등의 서적에 실린 것을 수괄搜括하여 82권으로 만들었는데, 현재 통행본에는 60권으로 되어 있다. 그러나 이 시선집은 편찬자 자신이 직접 대조하고 고증하여 완성한 것이 아니어서 상당히 많은 오류가 있음을 지적했다.

**원문** 劉梅國[1]廣文選, 上自唐·虞,[2] 下迄齊·梁, 采昭明所遺詩·賦·雜文凡千有七百九十六篇. 其選擇冗濫·彼此誤入·眞僞相雜無論, 而變題各出, 姓名舛錯[3], 每每不一. 蓋徒較篇目增入, 而於諸詩文實未嘗經目也. 呂氏[4]序文謂"梅國幾二十年始成是書", 不知二十年之功何所用耶? 田子藝嘗論之, 得其數節而已, 未能盡也. 子藝曰: "張協'結字窮岡曲', 文選已收入'雜詩', 而此云'招隱'. 魏文帝'置酒坐飛閣', 文選本江淹雜體, 而此直云文帝遊宴. [按集中如李陵從軍劉楨感遇王粲懷德諸篇, 皆江淹雜體也.] 如古辭'驅車上東門'·'冉冉孤生竹'·'昭昭素明月'之類, 率皆重出, 不可枚擧. 又文帝'堯任舜禹'一篇, 本集八卷作歌魏德, 十二卷又作秋胡行. 阮嗣宗碑本嵇叔良撰, 而誤作'叔夜', 係之嵇康. 中山王[5]撰文木賦, 乃以'文'爲中山王名, 而題云'木賦'. 南宋人王微撰詠賦, 乃以宋王微作'宋玉', 而題作'微詠賦', 不直一笑." [以上子藝語.] 嗣後陳蕙復加竄輯[6], 刪去二百七十四篇, 增入三十篇, 而於誤處復不能正. 其所刪者, 又以焦仲卿等當之, 是以梅國正梅國也, 則又奚足辯哉.

**주석**

1 劉梅國(유매국): 유절劉節(1476~1555). 자는 개부介夫고, 호가 매국 또는 설대雪臺, 함허옹涵虛翁이다. 강서江西 대유大庾 사람으로, 홍치弘治 18년(1495) 진사進士가 되었다. 절강좌포정사浙江左布政使를 지냈는데, 재직 중에 유생儒生들을 존중하며 고관이라 하여 으스대지 않았다고 한다. 형부시랑刑部侍郎을 지냈으며, 시문과 그림에 능했다.

2 唐·虞(당·우): 도당씨陶唐氏와 유우씨有虞氏. 곧 요와 순의 시대를 함께 이르는 말이다.

3 舛錯(천착): 맞지 않다. 어긋나다.

4 呂氏(여씨): 여남呂柟(1479~1542). 명나라 시기의 학자이자 교육가다. 자는 대동大棟 또는 중목仲木이고 호는 경야涇野다. 섬서 고릉高陵 사람이다. 정덕 연간에 진사가 되어 한림수찬翰林修撰을 제수받았다. 환관 유근劉瑾이 정권을 잡자 병을 핑계로 귀향했다. 후일 복직하여 《정덕실록正德實錄》을 편찬했다. 그러나 또다시 폄직되어 해량서원解梁書院에서 강학하며 생활했다. 이후 재차 관직에 나가서도 강학을 중시하며 여생을 마쳤다.

5 中山王(중산왕): 유승劉勝(B.C. 165~B.C. 113). 한경제의 아들이자 한무제의 이복동생이다. 전원前元 3년(B.C. 141) 중산왕에 봉해졌다.

6 竄輯(찬집): 몰래 편집하다.

## 29

풍유눌의 《한위육조시기漢魏六朝詩紀》 초본抄本은 포주蒲州를 다스리던 시기 생원 사교과史喬科를 이끌고 한데 묶어 만들었다. 위로는 태고까지 거슬러 올라가고 아래로는 수대까지 이르는데, 대략 종묘宗廟·조정朝廷·향당鄕黨·여항閭巷의 시가 작품을 수록하지 않은 것이 없고, 작가들을 각기 나열하여 유형별로 분류하지 않았지만 그 공이 매우 크다. 다만 세차世次가 조금 어지럽고 진위가 서로 섞였으며, 간혹 피차 잘못 기록된 것을 바로잡아 밝힐 수가 없으니, 대개 공은 많이 들였지만 식견이 얕을 뿐이다. 그의 손자 풍순馮珣이 만력 연간 임자년壬子年에 고쳐 판각板刻했으나 완전히 바로잡지 못했다.

해제 풍유눌의 《한위육조시기》 초본에 관한 논의다. 이 책의 본래 서명은 《시기詩紀》며, 《고시기古詩紀》라고도 부른다. 광범위한 수록에도 불구하고 고증이 치밀하지 못하여 오류가 많이 있음을 시석했다. 이러한 오류를 시정하여 명말청초의 풍서馮舒가 《시기광류詩紀匡謬》를 찬술한 바 있으며, 이후 양수경楊守敬이 또 풍서의 오류를 바로잡아 《고시존목古詩存目》 144권을 편찬하기도 했다.

원문

馮汝言漢魏六朝詩紀抄本[1], 乃牧蒲[2]之日延庠生[3]史喬科[4]搜括[5]爲之. 上遡太古, 下迄有隋, 凡宗廟·朝廷·鄕黨[6]·閭巷[7]詩歌篇什, 靡不收錄, 使人各相屬[8], 而不以類分, 其功甚偉. 但世次[9]稍紊[10], 眞僞相雜, 或彼此誤入, 不能辯證[11], 蓋功多而識淺耳. 其孫珣[12], 萬歷壬子年改刻, 而未盡正.

주석

1 抄本(초본): 필사본.
2 蒲(포): 포주蒲州. 현재 산서성 영제현永濟縣 서쪽 일대를 가리킨다.
3 庠生(상생): 명청 시대에 가장 낮은 과거 시험에 합격하여 부학府學·주학州學·현학縣學에서 공부했던 생원生員.
4 史喬科(사교과): 명나라 시기의 사람이나 생졸년은 미상이다.
5 搜括(수괄): 한데 묶다.
6 鄕黨(향당): 향리鄕里.
7 閭巷(여항): 민간.
8 屬(촉): 모으다.
9 世次(세차): 세대가 이어지는 선후.
10 紊(문): 어지럽다.
11 辯證(변증): 바로잡아 밝혀내다.
12 孫珣(손순): 풍유눌의 손자 풍순馮珣을 가리킨다.

## 30

장지상張之象의 《당시유원唐詩類苑》에는 천문·지리·제왕·직관에서부터 예악·문무·인물·거처·도구·기예·초목·충어에까지 전부 당나라 시인의 시를 유형별로 묶었는데, 모두 200권이다. 그러나 초학자들의 자료는 될 수 있지만 여러 전문가들에게 제공할 만하지 않다.

풍시가의 서문에서 한 다음의 말은 뛰어나다.

"사물에 따라 분류를 한 것은 조금 편리하지만, 완전히 전력을 다해 편찬한 것은 아니니, 학자가 무엇을 취하겠는가? 푸른 상자에 넣은 무성한 풀을 취하고, 비단주머니 속의 탄식을 취했으니 처음 실마리를 잡는 데 편하다고 운운할 뿐이다."[19]

여러 문인들의 전체 문집을 견주어보면 여전히 빠뜨린 것이 많다. 간혹 피차 잘못 기입한 것, 제목이 각기 바뀌어 나온 것 및 《이백문집》 중의 위작인 것은 이미 분별할 수 없고, 소설에 나오는 신귀神鬼와 관련된 시 또한 많이 수록했으니 진실로 큰 병폐다. 장지상으로 하여금 이 공력을 정밀하게 하여 '전당시기全唐詩紀'를 만들어 풍유눌의 공적을 계승하게 했다면 영원히 빛나는 일이 되었을 것이다.

해제 장지상의 《당시유원》에 관한 논의다. 모두 200권으로 3만여 수의 시를 수록하고 있다. 광범위하게 자료를 수록했지만 잘못된 것을 바로잡지 않아 오류가 많음을 지적했다.

원문 張玄超[1]唐詩類苑, 自天文・地理・帝王・職官以至禮樂・文武・人物・居處・器用[2]・技藝・草木・蟲魚, 盡唐人之詩, 以類相屬, 凡二百卷. 然亦可爲初學之資, 未可供諸大方也. 善乎馮元成序之曰: "以事類者, 零星[3]小便, 非全犧純駟矣, 學者何取乎? 取其紿[4]青箱[5]之薈蕞[6], 而資[7]錦囊[8]之咄嗟[9], 便於初機云爾."[以上元成語.] 及考諸家全集, 尙多有遺. 至或彼此誤入・變題各出, 及太白集中僞撰者, 旣不能辨, 而小說中仙鬼之詩, 又多錄之, 自是大病. 使玄超以此功力可之以精密, 爲"全唐詩紀", 以繼汝言之業, 斯可爲不朽矣.

주석 1 張玄超(장현초): 장지상張之象(1496~1577). 명나라 시기의 시인이자 장서가다. 상해현上海縣 용화리龍華里 사람으로 자는 월록月鹿 또는 현초玄超이고, 별호는 벽산외사碧山外史, 왕옥산인王屋山人이다. 태학생太學生이었으며 어렸을 때부터 남달리 총명했다. 만년에는 수림산秀林山에 거처하며 저술과 편찬에만 전념했다. 집에 의란낭猗蘭堂과 세림산관細林山館을 두어 고적을 수집하고 책을 판각했다. 집안 대대

19) 이상은 풍시가의 말이다.

로 소장해 온 장서가 상당했는데, 특히 집부集部의 고적들이 많았다고 한다.

2 器用(기용): 도구.

3 零星(영성): 조금.

4 給(급): 대다. 공급하다. 주다.

5 靑箱(청상): 푸른 상자. 고대 서적의 자획을 보관하던 상자.

6 薈蕞(회절): 무성한 풀.

7 資(자): 취하다. 취하여 쓰다.

8 錦囊(금낭): 비단 주머니.

9 咄嗟(돌차): 탄식.

## 31

이반룡의 《고금시산古今詩刪》에는 고대의 일시逸詩, 한·위·육조의 악부, 한·위·육조의 시, 당시, 명시 순으로 실려 있는데, 그 선록 의도는 정말 알 수가 없다. 큰 취지는 재주를 버리고 격조를 숭상하는 데 있으나 또 그렇지 않은 것이 있다. 잠시 가장 이상한 것을 가려 뽑아 본다.

한위시에서는 〈백량대연구柏梁臺聯句〉 및 응거 〈백일百一〉의 뒷부분 두 수는 수록하면서도 조식과 유정의 뛰어난 작품은 대부분 빠뜨렸다. 장편은 채염의 〈비분시悲憤詩〉는 수록했으나 〈초중경처焦中卿妻〉는 빠뜨렸다. "일모추운음日暮秋雲陰"은 육조 사람의 시라고 했으나 판별할 수가 없다.

당나라의 오언고시 〈감우感遇〉로는 진자앙의 시를 수록하지 않고 장구령의 시를 수록했다. 칠언가행으로 고적의 시 12편, 잠삼의 시 5편을 수록했으나, 맹호연의 시는 1편만 수록했는데 〈녹문가鹿門歌〉를 수록하지 않고 〈송왕칠위송자送王七尉松滋〉를 수록했다. 칠언율시로는 이백의 1편을 실었는데, 〈봉황대鳳凰臺〉를 수록하고 〈송하감送賀監〉을 빠뜨렸다.

명대의 시로는 유기劉基의 작품이 많고 고계高啓의 작품은 적다. 오언고시에서 고계의 작품은 단편 2수만 실렸고 칠언고시는 수록되지 않았다. 이몽양의 칠언고시는 3편만 실었는데 그중 두 편은 초당체다. 하경명의 시는 6편이 있는데 초당체는 수록하지 않았다. 오언율시는 하경명의 30수가 실렸는데 대부분 뛰어난 작품이 아니다. 서정경의 시는 1편만 실렸을 뿐이다. 기타 사항을 다 논할 수 없다.

왕세정이 말했다.

"처음 이반룡의 명시선을 보았을 때 나는 '이와 같다면 어떻게 당음唐音을 선양하겠는가?'라고 말했다. 당시선을 보았을 때는 '어떻게 고선古選의 요체를 파악하겠는가?'라고 말했다. 고시선을 보았을 때는 '어떻게 《시경》을 계승했는가?'라고 말했다. 조식의 〈증백마贈白馬〉, 두보와 이백의 가행 또한 대부분 내버렸다. 어찌 영웅이 사람들을 속인다고 하는 말을 완전히 믿을 수 없겠는가?"

해제

이반룡의 《고금시산》에 관한 논의다. 이 책은 모두 34권으로 구성되어 있으며 《시산詩刪》이라고도 한다. 고대에서 명나라 때에 이르는 역대의 약 740수의 시를 체제별로 분류하고 있다. 그 시선집에서 잘못된 오류를 지적하고 있다. 참고로 덧붙이면 이 책은 편자 생전에 간행된 것이 아니라 그의 사후 왕시원汪時元이 왕세정의 서문을 붙여 펴냈는데, 그때 증보·개정했을 것으로 추측되고 있다.

원문

李于鱗古今詩刪, 首古逸詩[1], 次漢·魏·六朝樂府, 次漢·魏·六朝詩, 次唐詩, 次國朝詩, 其去取之意, 漫不可曉. 大要黜才華, 尙氣格, 而復有不然. 姑摘其最異者, 如漢·魏詩錄柏梁臺聯句及應璩百一後二首, 而曹·劉佳者多遺; 長篇取蔡琰悲憤而遺焦中卿; "日暮秋雲陰"[2]乃六朝人詩, 不能辨也. 唐五言古"感遇", 不取陳子昂而取張九齡; 七言歌行, 高適取十二篇而岑參五篇, 孟浩然一篇, 不取鹿門歌而取送王七尉松滋; 七言律, 太白一篇, 取鳳凰臺而遺送賀監. 國朝詩, 則伯溫多而季迪少. 五言古, 季迪止短篇二首, 而七言不錄. 獻吉七言古止三篇, 其二爲初唐體. 仲默有六篇, 而初唐體不錄. 五言律, 仲默三十首, 多非所長; 昌穀止一篇而已. 其他不能悉論也. 王元美云: "始見于鱗選明詩, 余謂如此何以鼓吹[3]唐音? 及見唐詩, 謂何以衿裾[4]古選[5]? 及見古選, 謂何以箕裘[6]風雅[7]? 乃至陳思贈白馬 · 杜陵[8]李白歌行, 亦多棄擲[9]. 豈所謂英雄欺人[10], 不可盡信耶?"

주석

1 逸詩(일시): 《시경》에 수록되지 않은 고대 시가.
2 日暮秋雲陰(일모추운음): 고시 중 한편이다.
3 鼓吹(고취): 선양하다. 널리 알리다.
4 衿裾(금거): 옷에서 옷깃 · 옷자락의 역할과 마찬가지로 요점을 잡고 전체를 개괄하다.
5 古選(고선): '선체選體'를 가리킨다.
6 箕裘(기구): 자제子弟가 보고 들어 부형父兄의 가업家業을 계승하다.
7 風雅(풍아): 《시경》을 가리킨다.
8 杜陵(두릉): 당나라 시인 두보의 자칭自稱. 두보의 본적이 두릉이며, 또 그는 일찍이 두릉 근처에서 살면서 스스로 두릉야로杜陵野老, 두릉야객杜陵野客, 두릉포의杜陵布衣라 불렀다.
9 棄擲(기척): 내던지다.
10 英雄欺人(영웅기인): 비범한 사람이 재능을 뽐내 세상 사람을 속이다.

## 32

이반룡의 《당시선唐詩選》은 《고금시산》과 비교하면 수록된 작품이 더욱 적으나, 그중에는 또 《고금시산》에 수록되지 않은 것도 있다. 그 선록 의도 역시 알 수가 없다. 왕세정과 풍시가가 일찍이 그것을 논한 적이 있을 뿐 아니라, 왕세무의 서문에서도 비판의 뜻을 붙였다.

예를 들어 이백의 오언고시 중에서 〈자야오가子夜吳歌, 추가秋歌〉, 〈경하비이교회장자방經下邳圯橋懷張子房〉 2편만 수록하고, 칠언고시에서는 〈오야제烏夜啼〉, 〈강상음江上吟〉 2편만 수록했으니, 만약 이 방법으로써 이백의 시를 선록한다면 용을 길들이고 호랑이를 묶으려 하는 것과 같을 것이다.

초당의 오언율시로는 심전기와 송지문을 정종으로 삼았는데, 지금 송지문의 시는 2편만 수록하고 심전기는 수록하지 않았다. 장열의 오·칠언 율시 각 3편은 수록하지 않아도 되는 것이다. 다른 오류도 상당히 많으므로 일일이 논변할 수가 없다. 오늘날의 초학자들은 오직 이반룡이 선록한 것만 번번이 존숭하는데, 사실 이반룡은 한 시대에 이름이 높았지만 한마디로 여러 문인들의 전체 문집을 직접 살펴보지 않았을 따름이다.

호응린이 말했다.

"이반룡의 당시선은 자신의 작품과는 거의 관련이 없다."

뛰어난 사람이 이 정도까지 사람들을 기만해서는 안 될 것이다.

해제 이반룡의 《당시선》에 관한 논의다. 이 책은 모두 7권으로 이루어져 있는데, 당나라의 시인 128명(무명씨 3명 포함)의 작품 465수를 수록하고 있다. 그러나 이 시선집도 《고금시산》과 같이 선록 의도조차 알 수 없으며 잘못된 부분이 있음을 지적했다.

원문 李于鱗唐詩選, 較詩刪所錄益少, 中復有詩刪所無者. 其去取之意, 亦不可曉. 元美·元成旣嘗論之, 而敬美之序, 亦寓詆諷[1]. 如太白五言古, 止錄"長安一片月"[2], "子房未虎嘯"[3]二篇; 七言古, 止錄"黃雲城邊"[4], "木蘭之枻"[5]二篇, 若以此法選李, 是欲擾龍而縛虎[6]也. 初唐五言律, 沈宋爲正宗, 今宋止錄二篇, 而沈不錄. 張燕公五·七言律各三篇, 可無錄也. 其他謬戾頗多, 不能一一致辯. 今初學但以于鱗所選, 輒尊信[7]之, 實以于鱗名高一代, 要亦未覩諸家全集耳. 胡元瑞云: "于鱗選唐詩, 與己作略無交涉." 英雄欺人, 不當至是.

1 詆諷(저풍): 비판하다. 헐뜯다.

2 長安一片月(장안일편월): 이백의 〈자야오가子夜吳歌 · 추가秋歌〉를 가리킨다.

3 子房未虎嘯(자방미호소): 이백의 〈경하비이교회장자방經下邳圯橋懷張子房〉을 가리킨다.

4 黃雲城邊(황운성변): 이백의 〈오야제烏夜啼〉를 가리킨다.

5 木蘭之枻(목난지설): 이백의 〈강상음江上吟〉을 가리킨다.

6 擾龍而縛虎(요용이박호): 용을 길들이고 호랑이를 묶다.

7 尊信(존신): 존숭하여 믿다.

## 33

일찍이 황육기黃毓祺의 형제와 더불어 이반룡의 당시선은 마치 여러 시인들의 전체 문집을 다 보지 않은 것 같다고 얘기했었는데, 황육기의 형제가 다음과 같이 말했다.

"이전에 이반룡이 《당시선》에 수록한 것을 보았는데, 《당시품휘》를 벗어나지 못했다. 《당시품휘》는 오언고시에서 최호를 '우익羽翼'으로 삼았으므로 위응물 · 유종원의 '명가名家'의 뒤에 넣었다. 칠언고시에서는 장약허張若虛 · 위만衛萬이 참고할 만한 세차世次가 없으므로 '여향餘響'의 뒤에 넣었다. 낙빈왕의 경우는 장편가행을 넣었으므로 장약허 · 위만의 뒤에 나온다. 지금 이반룡과 차이가 없으며 순서 역시 그것과 같으니, 이것은 증명할 수 있는 것이다."

내가 그의 말을 따라 살펴보니 참으로 그러하다.

해제

이반룡의 당시 선록에 관한 황육기의 논의를 덧붙였다. 전집을 보지 않고 편찬했으며, 또 고병의 《당시품휘》와 크게 다를 게 없음을 지적하고 있다.

원문

嘗與黃介子[1]伯仲[2]言于鱗選唐詩似未覩諸家全集, 介子伯仲曰: "向[3]觀于鱗詩選所錄, 不出品彙. 如品彙五言古以崔顥爲'羽翼', 故次韋柳'名家'之後. 七言古, 張若虛[4] · 衛萬[5]無世次可考, 故次'餘響'之後; 駱賓王以歌行長篇, 故又次張 · 衛之後. 今于鱗旣無分別, 而次序亦如之, 是可證也." 予因而考之, 信然.

1 黃介子(황개자): 황육기黃毓祺(1579~1648). 명나라 말기의 문인이다. 자가 개자며, 호는 대우大愚다. 강소 강음江陰 사람으로, 항청抗淸 활동을 하다가 남경의 감옥에서 죽었다.

2 伯仲(백중): 형제.

3 向(향): '嚮(향)'과 같은 글자. 이전. 접때.

4 張若虛(장약허): 당나라 시기의 시인이다. 양주揚州 사람으로 일찍이 연주병조兗州兵曹를 지냈으며, 뛰어난 재능으로 명성을 떨쳤다. 하지장賀知章, 장욱張旭, 포융包融과 함께 '오중사사吳中四士'로 불렸다. 작품은 대부분 실전되었고, 《전당시》에 시 2수가 실려 있다. 대표작인 〈춘강화월야春江花月夜〉는 인구에 회자되는 명시로 손꼽힌다.

5 衛萬(위만): 당나라 현종 천보 시기에 활동한 시인으로 생졸년은 미상이다.

## 34

내가 일찍이 말했다.

시를 선록하는 자는 반드시 이백으로써 이백의 시를 가려 뽑아야 하고, 두보로써 두보의 시를 가려 뽑아야 하며, 고적 · 잠삼 · 왕유 · 맹호연에 있어서도 모두 그렇게 하지 않으면 안 될 것이다. 만약 자신의 생각으로 시를 선록하면 그들의 장점을 놓치게 된다. 따라서 여러 문인들의 선시는 대부분 자신의 생각대로 가려 뽑았으므로 의거하기에 충분하지 않다. 이반룡 《당시선》의 경우는 더욱 자신의 작품과도 거의 관련이 없으니 참으로 의아스러울 만하다.

해제

선시의 기준에 관해 논했다. 특정 작가의 작품을 가려 뽑을 때는 자신의 관점이 아니라 그 작가의 관점에서 작품을 선별해야 함을 명시했다. 그런데 이반룡의 《당시선》은 자신의 관점과도 무관할 정도로 선별 기준이 애매모호함을 다시 한 번 지적했다.

원문 予嘗謂: 選詩者須以李選李, 以杜選杜, 至於高・岑・王・孟, 莫不皆然. 若以己意選詩, 則失所長矣. 故諸家選詩者多任己意, 不足憑據[1]. 若于鱗詩選, 又與己作略無交涉[2], 良可怪也.

주석
1 憑據(빙거): 의거하다.
2 交涉(교섭): 관련되다.

## 35

이반룡의 《당시선》은 그 폐해가 원굉도・종성鍾惺보다 심하다. 대개 원굉도와 종성은 편벽된 것을 숭상하고 아정한 것을 버려서 그 당시의 후진들이 미혹되었을지라도, 후세에 진실로 바르게 돌아가게 되어 그 미혹이 쉽게 사라질 것이다. 이반룡은 아정함을 숭상하는 듯하지만 사실은 오류가 많으므로, 학자들이 진실로 여러 시인들의 전체 문집을 보지 않는다면 끝내 미혹됨을 면치 못할 따름이다. 공자는 비슷하지만 사실과 다른 것을 증오했는데 나는 이반룡에 대해서 또한 그렇게 말한다.

해제 이반룡의 《당시선》이 원굉도의 시론보다 후대에 더 나쁜 영향을 끼칠 수 있음을 경계하고 있다. 아울러 이반룡의 명성에 의거하여 그 시선집을 맹목적으로 숭상하는 세태도 비판했다.

원문 于鱗詩選, 其害甚於中郎・伯敬[1]. 蓋中郎・伯敬尙偏奇[2], 黜雅正, 一時後進雖爲所惑, 後世苟能反正, 其惑易除. 于鱗似宗雅正, 而實多謬戾, 學者苟不覩諸家全集, 不免終爲所誤耳. 孔子惡似而非, 予於于鱗亦云.

주석

1 伯敬(백경): 종성鍾惺(1574~1624). 명나라 말기의 문인이다. 자가 백경이고, 호는 퇴곡退谷이다. 호광湖廣 경릉竟陵 사람으로, 만력 38년(161)에 진사가 되어 주요 관직을 역임했다. 진회秦淮의 수각水閣을 빌려 역사책을 읽고 자신의 관점을 술회한 《사회史懷》를 썼다. 동향의 친구인 담원춘과 함께 경릉파를 개창했고, 《고시귀古詩歸》와 《당시귀唐詩歸》를 편찬하면서 선별한 시인과 시에 비평을 달았다. 만년에는 선禪의 경지에 심취했다.

2 偏奇(편기): 편벽되어 바르지 아니하다.

## 36

장무순臧懋循의 《고시소古詩所》는 한·위·육조를 아울렀고, 《당시소唐詩所》는 먼저 초·성당을 수록하고, 중·만당을 뒤에 수록했다. 그 체례는 처음에 악부를 싣고 그 다음에 잡시를 실었는데, 회고懷古·송별送別·증기贈寄·수화酬和·연집宴集·등람登覽의 유형별로 엮었다.

내가 생각건대 한·위·육조는 체제가 서로 다르고, 초·성·중·만당은 격조가 또한 다른데, 지금 시대별로 나누지 않고 유형별로 묶은 것이 첫 번째 의혹이다. 악부와 시는 한대에는 비록 달랐지만, 조식과 육기부터 이미 그 차이를 크게 잃어버려서 사조·왕융·간문제 이후로 악부와 시는 거의 조금의 차이도 없었다. 그런데 지금 당시 중 오·칠언 고시·율시·절구를 막론하고 단지 악부라는 이름을 가진 것만 악부에 넣어 시와 구별하는 것이 두 번째 의혹이다. 증기贈寄·응화應和는 제목이 비록 다르지만 체제는 다르지 않은데, 지금 체제로써 분류하지 않고 제목으로써 분류한 것이 세 번째 의혹이다. 위징魏徵의 "중원환축록中原還逐鹿" 한 편은 〈출관出關〉이라고 하기도 하고 〈술회述懷〉라고도 하는데, 장무순이 대조 검토를 잘못하여 〈출관〉이라고 한 것을 악부에 넣고 〈술회〉라고 한 것을 고시에 넣었다.

내가 생각건대 그 체재가 과연 악부라면 고시에 넣어서는 안 되고, 그 체재가 과연 고시라면 악부에 넣어서는 안 된다. 그러므로 악부와 시에 대해 장무순은 분별할 수 없었던 것이다. 이름을 쫓다가 실체를 놓친 것이 아니겠는가? 오직 잘못된 글자를 많이 고증했기에 다소 사람의 마음을 흡족케 한다.

해제

장무순의 《고시소》, 《당시소》에 관한 논의다. 《고시소》는 풍유눌의 《고시기》를 증보 개편하여 만든 것이다. 56권으로 구성되어 있으며, 23개항으로 나누어 편찬했지만 체례가 일정하지 않다. 또 《당시소》는 당시 총집唐詩總集으로 47권으로 이루어져 있다. 오로吳盧의 《당시기唐詩紀》를 바탕으로 편집한 것으로 무덕 연간에서 대력 연간까지의 시를 14개 문항으로 분류했다. 허학이는 이에 대해 잘못된 글자를 많이 고증한 것은 칭찬할 만하지만 체재의 분류에 있어서는 마땅하지 않음을 지적하고 있다.

원문

臧顧渚古詩所, 兼漢・魏・六朝; 唐詩所, 先初・盛, 後中・晩. 其例[1]首樂府, 次雜詩, 古意・送別・贈寄・酬和・宴集・登覽, 以類相從. 愚按: 漢・魏・六朝, 體製相懸, 初・盛・中・晩, 氣格亦異, 今不以代分, 而以類相從, 一惑也; 樂府與詩, 漢人雖有不同, 然自子建・士衡, 已甚失之, 玄暉・元長・簡文而下, 樂府與詩略無少異, 今於唐人無論五七言古・律・絶句, 但具樂府之名者則入樂府, 以別於詩, 二惑也; 贈寄・酬和題雖不同, 而體則無異, 今不以體類而以題類, 三惑也. 如魏徵"中原還逐鹿"一篇, 一作出關, 一作述懷, 顧渚失於考校[2], 以出關入樂府, 以述懷入古詩. 予謂其體果爲樂府, 則不當入之古詩; 其體果爲古詩, 則不當入之樂府. 然則樂府與詩, 顧渚亦不能辨也. 非狥[3]名而失實耶? 惟訛字[4]多所考證, 差快人意.

1 例(례): 체례.

2 考校(고교): 대조 검토하다.

3 狥(순): 좇다. 구하다.

4 訛字(와자): 잘못된 글자.

## 37

《시경》에서 한 · 위에 이르기까지 그 풍 · 아 · 송의 갈래는 내가 이미 상세하게 논했다. 당 이후로는 오 · 칠언 고시, 율시, 절구가 있으므로, 후세 당시를 편집한 사람들은 오직 오 · 칠언 고시, 율시, 절구로 나누고 풍 · 아 · 송으로 구분하지 않았다. 대개 작가들이 오직 고시를 짓거나 율시와 절구를 짓는 데 뜻을 두고, 풍을 짓거나 아와 송을 짓는 데는 뜻을 두지 않았을 따름이다.

근래에 정원초程元初의 《당시서전唐詩緖箋》을 살펴보면 풍 · 아 · 송으로 구분하고 고시 · 율시 · 절구로 구분하지 않았으니, 그 시체를 어지럽게 하고 시도에 무익하다. 또 교묘郊廟 · 사언四言 · 잠箴 · 부賦 · 잡작雜作과 오 · 칠언 고시 · 율시 · 절구를 합쳐서 함께 전하고자 하지만, 이러한 추세는 반드시 성행하지 않을 것이므로 학자들은 일단 그것을 방치해도 될 것이다.

**해제** 정원초의 《당시서전》에 관한 논의다. 시론은 시대를 반영해야 하므로, 당시를 논하면서 《시경》의 풍아송으로 체재를 구분할 수 없음을 지적했다.

**원문** 三百篇至漢 · 魏, 其風 · 雅 · 頌流派, 予旣詳辯之矣. 自唐而後, 則有五七言古 · 律 · 絶句, 故後世編唐詩者但以五七言古 · 律 · 絶句分次, 而不分風 · 雅 · 頌. 蓋作者但有意於爲古, 爲律 · 絶, 而無意於爲風, 爲雅 · 頌耳. 近觀程全之[1]唐詩緖箋分風 · 雅 · 頌而不分古 · 律 · 絶, 紊亂厥[2]體, 無益詩道, 且欲以郊廟 · 四言 · 箴 · 賦 · 雜作與五七言古 · 律 · 絶句合而並傳, 此勢之必不行者, 學者姑置之可也.

**주석**

1 程全之(정전지): 정원초程元初. 흡현歙縣 사람으로 자가 전지다. 만력 연간에 활동했으며 시운에 밝았다.

2 厥(궐): '其(기)'와 같은 글자.

## 38

고시 · 율시 · 절구는 시의 체재다. 여러 체재가 지향하는 것은 시의 정취다. 그 체재를 구별하면 그 정취를 깨달을 수 있다. 강린 · 장지상 · 장무순 · 정원초는 시의 체재를 구별하지 못하는데, 어찌 시의 정취를 알 수 있겠는가!

해제 시를 선록하는 데 있어서 가장 중요한 것은 먼저 체재를 구분하는 것임을 강조했다.

원문 古 · 律 · 絶句, 詩之體也; 諸體所詣, 詩之趣也. 別其體, 斯得其趣矣. 康文瑞 · 張玄超 · 臧顧渚 · 程全之既不別詩之體, 烏[1]能得詩之趣哉!

주석 1 烏(오): 어찌.

## 39

종성, 담원춘譚元春이 함께 《시귀詩歸》를 선록했는데, 소호少昊부터 수대隋代까지가 15권, 초당에서 만당까지가 36권이다. 대개 기이한 것을 숭상하고 아정한 것을 버리니, 소명태자의 《문선》과 일일이 상반된다. 먼저 고대의 일시逸詩가 2권인데, 첫 편이 바로 〈소호모황아가少昊母皇娥歌〉 및 〈타황제병법他皇帝兵法〉, 〈허유기산가許由箕山歌〉 등으로 모두 7언이다. 그러나 진위 문제가 있다고 생각되어 논하지 않는다. 그 다음은 한위시인데, 악부가 많고 고시가 적다. 이에 초연수焦延壽의 《역림易林》 및 선귀仙鬼의 작품 또한 많이 수록되었다.

종성이 다음과 같이 말했다.

"오늘날 고시를 배우지 않는 사람이 없으니, 한마디로 고인의 지극히 천박하고 지극히 협소하며, 지극히 익숙하여 읽고 쓰기 편한 것을 취하고서, 고시의 풍격이 있다고 여긴다. 그러므로 위나라 시기의 오언으로 조비와 왕찬의 시가 겨우 한두 수가 보이고 유정의 시는 수록하지 않았으며, 진나라 시기의 오언으로는 반악과 육기의 시가 겨우 한두 수가 보일 뿐 장협의 시는 수록하지 않았으니, 진실로 여러 시인의 오언을 천박하며 읽고 쓰기 편하다고 여길 따름이다."

그런즉 〈고시십구수〉, 소무와 이릉의 시선은 고금의 명편으로 들어가지 않을 수 없었으니, 애초 진실로 좋은 것이 아니다. 또 생경하고 졸렬하며 분명하지 않고 잘못된 시어[20]에 대해 종종 신기新奇하다고 의도적으로 해석하니, 더욱 웃음이 나온다. 대부분 원굉도의 주장은 뜻이 옛것을 버리고 마음을 스승으로 삼는 데 있고, 종성 · 담춘원의 시선은 고인의 기이함을 빌어서 사람들을 탄복시키는 데 있을 뿐이다.

해제 종성 · 담원춘이 함께 편찬한 《시귀》에 관한 논의다. 그 당시까지 문단에서 지배적인 세력을 차지하고 있던 의고파擬古派의 시풍에 대항하기 위한 것으로, 그들은 '참다운 시'를 선별한다는 명분을 내세워 고시 및 당시에 대한 전통적 평가를 모두 버리고, 스스로의 독자적인 감상을 통하여 옛 시인의 순수한 시정신을 탐구하고자 했다. 곳곳에 평어를 써넣고 대담하게 자기들의 견해를 밝혔다. 이 책은 세상에 널리 읽혀져 그의 이름은 유명해졌으나, 그의 이단적인 견해와 강력한 개성주의 때문에 학자들 사이에서 격렬한 비난을 불러일으켰다. 허학이 역시 지나치게 기이한 것에 편중되어 시를 선록한 점을 비판했다.

원문 鍾伯敬 · 譚友夏[1]合選詩歸, 自少昊[2]至隋十五卷, 自初唐至晚唐三十六卷. 大抵尙偏奇, 黜雅正, 與昭明選詩, 一一相反. 首古逸詩二卷, 首篇乃少昊母皇

20) 잘못된 시어를 예로 들면, 조식의 "輕裾隨風還(경거수풍환)"에서 "裾(거)"가 "車"(거)로 잘못된 것이다.

娥歌及他皇帝兵法・許由箕山歌等, 皆七言也, 以爲眞僞存而弗論. 次漢・魏, 則樂府多而古詩少. 乃至焦氏[3]易林[4]及凡仙鬼之作, 亦多錄入. 鍾云: "今非無學古者, 大要取古人之極膚・極狹・極熟便于口手者, 以爲古人在是. 故魏人五言, 曹・王僅見一二, 而公幹不錄; 晉人五言, 潘・陸僅見一二, 而景陽不錄, 正以諸子五言爲膚熟, 便於口手者耳." 然則十九首・蘇李之選, 乃古今名篇, 不得不存, 初非眞好也. 又凡於生澀・拙朴・隱晦・訛謬之語, [訛謬者如曹子建"輕裾隨風還", "裾"訛爲"車".] 往往以新奇有意釋之, 尤爲可笑. 大都中郎之論, 意在廢古師心; 而鍾譚之選, 在借古人之奇以壓服今人耳.

1 譚友夏(담우하): 담원춘譚元春(1586~1637). 호북 경릉竟陵 출신으로 자가 우하다. 동향의 종성과 함께 경릉파를 개창했다. 천계天啓 7년(1627)에 향시에 합격했으나 벼슬은 하지 않았다. 시를 잘 지어 당대에 명성이 높았고 성령을 중시했고 의고를 반대했다.

2 少昊(소호): 태고 시대의 제왕의 이름. 황제皇帝의 아들.

3 焦氏(초씨): 초연수焦延壽. 전한 시기의 문인으로 생졸년은 미상이다. 자는 공贛인데, 일설에는 이름이 공이고, 자가 연수라고도 한다. 젊어서 빈천했지만 학문을 좋아해 한소제漢昭帝 때 양왕梁王에게 총애를 받았다. 주민과 관리들을 잘 이끌어 도적들이 일어나지 않는 등 치적이 남달라, 임기가 찼을 때 주민들이 상서하여 유임을 주청해 연임을 하기도 했다.

4 易林(역림): 초연수가 《주역》 64괘卦의 변화를 바탕으로 길흉을 점치는 법을 기술한 일종의 점술서. 4괘를 겹쳐 4096개의 변괘變卦를 만들어 풀이했다. 총 16권으로 이루어져 있으며 운문으로 되어 있다.

## 40

《시귀》에 실린 한무제의 〈낙엽애선곡落葉哀蟬曲〉, 유곤의 〈호희년십오胡姬年十五〉 등은 모두 위작인데 수록했으니, 그 식견이 비천하다. 주목朱穆의 〈절교시絶交詩〉와 정효程曉의 〈조열객嘲熱客〉 등은 아주 비루한데 수록했으니, 그 식견이 비루하다. 왕찬의 〈종군시從軍詩〉 첫 구에서 "아침에 업도의 다리를 출발하여, 저녁에 백마진을 건너네朝發

鄴都橋, 暮濟白馬津"라고 한 것이 가장 자유로운데, 두보의 "아침에 동문의 군영에 나아가 저녁나절 하양교에 올랐네朝進東門營, 暮上河陽橋"는 사실 그것을 모방했다. 담원춘은 "이런 시어가 지금 사람들에게 익숙한 것이 한스러워 그것을 다 없앤다"고 말했다.

〈삼진민요三秦民謠〉는 심히 괴이한데,21) 종성은 "참서讖書 같기도 하고, 명銘 같기도 하며, 기記 같기도 하다. 마음과 입 사이에 두면 천박한 기세를 구제할 수 있다"고 했다. 〈백랑왕가白狼王歌〉는 다 오랑캐 시어인데, 담원춘은 "중국의 익숙함에 매몰된 기풍이 없고, 문인들이 모방한 형상이 없는 데에 오묘함이 있다"고 했다. 아! 사람의 마음이 이 지경에 이르렀으니 세상이 변했음을 알겠다. 뜻있는 사람은 통곡할 만 하도다!

해제 《시귀》의 문제점에 대해 예를 들어 지적했다.

원문 詩歸, 如漢武落葉哀蟬曲 · 劉越石"胡姬年十五"等俱僞, 而入錄, 其識爲淺. 如朱穆絶交詩 · 程曉嘲熱客[1]等最鄙, 而入錄, 其識爲陋. 若王仲宣從軍詩首句云"朝發鄴都橋, 暮濟白馬津"[2], 最爲軼蕩, 子美"朝進東門營, 暮上河陽橋"[3] 實倣之, 譚云: "恨不將比等語爲今人熟便[4]者盡抹[5]之." 三秦民謠[6]甚幻, [謠云: "武功太白, 去天三百. 孤雲雨角, 去天一握. 山水險阻, 黃金子午. 蛇盤鳥櫳, 勢與天通."] 鍾云: "似讖[7], 似銘[8], 似記[9], 置心口間可救膚近[10]之氣." 白狼王歌[11]悉爲夷語, 譚云: "妙在無中國淹熟[12]之氣, 無文人摹擬之象. 嗟乎! 人心至此, 世變可知, 有志者堪爲慟哭[13]!

---

21) 〈삼진민요三秦民謠〉에서는 "무공현武功縣의 태백산太白山, 하늘과의 거리 겨우 삼백리리네. 고운산孤雲山과 양각산兩角山은, 하늘과의 거리가 한줌이라네. 산수가 험준한, 귀한 요새 자오곡子午谷. 사반산蛇盤山과 조롱산鳥櫳山은, 기세가 하늘과 통하도다.武功太白, 去天三百. 孤雲兩角, 去天一握. 山水險阻, 黃金子午. 蛇盤鳥櫳, 勢與天通."라고 했다.

1 程曉嘲熱客(정효조열객): 삼국 시대 위나라의 정효(220~264)가 쓴 시다. 삼복 더위에 찾아온 손님을 조롱하는 내용의 작품으로 해학적인 분위기가 잘 드러나 있다. 미국의 제39대(1977~81년) 대통령으로 2002년 노벨평화상을 수상했던 지미 카터Jimmy Carter가 1981년 북경에 왔을 때 무더운 여름 날씨를 경험하고 읊조렸던 시로도 유명하다.

2 朝發鄴都橋(조발업도교), 暮濟白馬津(모제백마진): 아침에 업도의 다리를 출발하여, 저녁에 백마진을 건너네. 왕찬 〈종군시從軍詩〉의 시구다.

3 朝進東門營(조진동문영), 暮上河陽橋(모상하양교): 아침에 동문의 군영에 나아가 저녁나절 하양교에 올랐네. 두보 〈후출새오수後出塞五首〉 제2수의 시구다.

4 熟便(숙편): 익숙하다. 숙달하다.

5 抹(말): 지우다. 쓸어 없애다.

6 三秦民謠(삼진민요): 중국의 중부 진령秦嶺산맥에 위치한 태백산(3767m)의 웅장한 모습을 묘사한 민요다.

7 讖(참): 참서讖書.

8 銘(명): 문체의 이름. 그릇에 새겨 스스로 경계하거나 묘비 등에 새겨 그 사람의 공덕을 찬양하는 글.

9 記(기): 문체의 이름. 사실을 그대로 기록하는 글.

10 膚近(부근): 천박하다.

11 白狼王歌(백랑왕가): 현존하는 티베트버마어로 기록된 가장 오래된 시가로 〈백랑가白狼歌〉라고도 한다. 〈원이악덕가遠夷樂德歌〉, 〈원이모덕가遠夷慕德歌〉, 〈원이회덕가遠夷懷德歌〉의 3장 44구로 이루어져 있으며, 매 구 4글자씩 모두 176자이다. 서한 명제明帝 영평永平(58~75) 연간에 백랑국의 왕이 한나라로 귀화의 뜻을 알리려 이 작품을 지었는데, 익주자사益州刺史 주보朱輔가 중국 전역에 한나라의 정책을 알리고 중앙 정부를 칭송하기 위해 번역한 것이라고 전한다. 백랑국은 사천 경계에 있던 소국이다.

12 淹熟(엄숙): 익숙함에 매몰되다. 익숙함에 빠지다.

13 慟哭(통곡): 통곡하다. 큰 소리로 슬피 울다.

## 41

《시귀》의 당시 선록 기준에 대해서는 일일이 논변할 수 없으므로,

일단 가장 잘못된 점을 논한다.

오언 근체시에서 왕발 · 양형 · 노조린 · 낙빈왕 중 양형의 성조와 체재만 다소 순일한데, 지금 양형만 수록하지 않았다.

초당의 오언고시는 그 시체가 아주 복잡한데, 지금 심전기와 송지문 등의 여러 시인을 매번 대부분 수록하고, 또 "오언고시는 당나라 사람들이 먼저 온 힘을 다해 붙였으므로 여러 시체가 이로부터 구분되었다"고 말했다.

진자앙과 장구령의 〈감우感遇〉는 비록 완적에게서 나왔지만 한참 미치지 못하는데도, 종성은 진자앙과 장구령을 성대히 칭송하면서도 완적을 유독 낮게 평가했다.

성당의 오언고시는 오직 이백과 두보만이 조예가 지극하고, 그 나머지 여러 시인들의 체재는 진실로 대부분 잡스러운데, 지금 수록된 것은 왕유 · 왕창령 · 저광희 · 상건의 시가 가장 많다.

담원춘이 말했다.

"당나라 시인들의 신묘함은 모두 오언고시에 있는데, 이백은 번잡한 것이 많은 것 같아서 애통하게도 버리지 않으면 안 되었다."

이러한 말은 본말이 아주 심하게 전도되었다. 또한 이백의 문집 중에서 위작의 작품을 판별할 수 없었을 뿐 아니라, 〈촉도蜀道〉 · 〈천로天姥〉를 모두 삭제했으니, 이것은 평생토록 특이한 자구와 사소한 기이함을 좋아한 것일 뿐 변화를 예측할 수 없는 신묘하고 특이한 것이 아니다.

해제 《시귀》의 선록 기준에서 가장 잘못된 부분을 구체적으로 예를 들어 논했다.

원문 詩歸於唐詩取捨, 不能一一致辯, 姑論其最謬者: 五言近體, 王 · 楊 · 盧 · 駱惟楊聲體稍純, 今惟楊不錄; 初唐五言古, 其體甚雜, 今於沈 · 宋諸人每多錄

之, 且云"五言古, 唐人先用全力付之, 而諸體從此分"; 陳子昂 · 張九齡感遇雖出阮嗣宗, 而遠不逮, 鍾盛推子昂 · 九齡而獨黜嗣宗; 盛唐五言古惟李 · 杜爲詣極, 其餘諸人體實多雜, 今所採王維 · 王昌齡 · 儲光羲 · 常建最多. 譚云: "唐人神妙全在五言古, 太白似多冗易, 非痛[1]加削除不可." 此類顚倒殊甚. 且於太白集中僞撰者旣不能辯, 而於蜀道[2] · 天姥[3]又皆削之, 是其生平好奇特字句 · 瑣屑之奇耳, 非變化不測之神奇也.

1 痛(통): 애통하다.

2 蜀道(촉도): 이백의 〈촉도난蜀道難〉을 가리킨다.

3 天姥(천로): 이백의 〈몽유천로음유별夢游天姥吟留別〉을 가리킨다.

## 42

고금의 기이함을 좋아하는 문인들은 대부분 옛 규범을 따르지 않고 새로운 변화를 창조하여 스스로 색다른 것을 취하지만, 감히 옛것을 본받는 것이 잘못되었다고 한 적은 없다. 원굉도는 의연히 시론을 세워 다소 옛날에 가까운 것을 공격하는데 거의 힘을 다했지만, 그 의도는 단지 독자적인 문호의 건립을 높이는 데 있었지 고인의 아정함에 대해 감히 배격한 적은 없다.

종성과 담원춘의 경우에는 고인의 아정함에 대해 거의 배격하지 않는 것이 없고, 치우치고 기이한 것을 거의 다 받아들이지 않음이 없으니, 단지 그 시대와 함께 침몰하고자 했을 뿐 아니라 한 · 위 · 당나라 시인들과도 함께 침몰하고자 한 것이다. 추적광은 기이한 것을 아주 칭송했는데, 《시귀》를 보고서는 "세상에 이런 대담한 사람이 있으리라고는 생각지도 못했다!"고 말했다.

종성과 담원춘의 《시귀》가 원굉도의 시론보다 더 폐해가 심함을 피력했다.

원문

古今好奇之士多不循古法, 創爲新變以自取異, 然未嘗敢以法古爲非也. 至袁中郞則毅然[1]立論, 凡稍近古者掊擊[2]殆盡, 然其意但欲自立門戶以爲高, 而於古人雅正者未嘗敢黜也. 至鍾伯敬・譚友夏, 則凡於古人雅正者靡不盡黜, 而偏奇者靡不盡收, 不惟欲與一世沉溺[3], 且將與漢・魏・唐人相胥[4]爲溺矣. 鄒彦吉最稱好奇, 及見詩歸, 曰: "不意世間有此大膽人!"

주석

1 毅然(의연): 용감하고 굳센 모양.
2 掊擊(부격): 공격하다.
3 沉溺(침익): 침몰하다.
4 相胥(상서): 서로.

## 43

원굉도의 시론은 지극히 기괴하고 허황되지만 그 문집에서 기록한 것에 불과하고 애초 책으로 만들지는 않았다. 종성・담원춘은 반드시 《시귀》를 시법으로 삼았는데, 실제 일시에 숭상하여 감히 의론도 하지 못했으므로 제멋대로 논함이 이 지경에 이르렀고 우주의 방대함과 만대의 공정한 의론이 스스로 존재함을 알지 못했다. 이 책이 유통되지 못하게 하는 것은 진실로 무익한 것이지만, 만약 유통된다 하더라도 겨우 후세의 이야기 밑천으로 삼기에 족할 뿐이다. 후세 사람들이 어찌 과거에서의 공명과 관직 때문에 감탄하겠는가?

해제

《시귀》의 유행을 염려하면서도 그것이 끝내 시도의 자연스러운 이치에 의해 사라지게 될 것을 기대하고 있다.

원문

袁中郞之說極爲詭幻, 然不過載諸其集, 初未嘗有成書也. 伯敬・友夏則定爲詩歸以爲法, 實以一時宗尙不敢置喙[1], 故縱心至是, 不知宇宙之大, 萬世公論自在. 使此書不行, 固爲無益; 若行, 適[2]足資[3]後人口吻耳. 後世豈能以科名官爵服人耶?

1 置喙(치훼): 말참견하다. 의론에 참여하다.

2 適(적): 겨우.

3 資(자): 밑천으로 삼다.

## 44

원굉도의 논시와 종성·담원춘의 선시를 내가 처음 읽을 때는 두려웠으나 곧 좋아하게 되었는데, 대개 사물은 극에 달하면 반대로 되니 《주역》의 "궁하면 변화한다"는 이에 고금의 자연스러운 이치다. 세 사람의 논시와 선시는 어지러움이 극도에 달하여 더 이상 나아갈 바가 없게 되었지만, 아도雅道가 장차 성행하여 자리 잡게 될 것이다.

맹자가 말했다.

"천하에 사람이 살아온 지가 오래되었는데, 한 번 다스려지고 한 번 어지러웠다."

해제

원굉도의 논시와 종성 담원춘의 선시는 비록 기괴하여 일시에 유행했지만 그것으로 인해 오히려 시도가 바로 돌아갈 수 있음을 기대하고 있다.

원문

中郎論詩, 鍾·譚選詩, 予始讀之而懼, 旣而喜, 蓋物極則反[1], 易"窮則變", 乃古今理勢之自然. 三子論詩·選詩, 悖亂[2]斯極, 不能復有所加, 雅道將興, 於此而在. 孟子曰: "天下之生久矣, 一治一亂."[3]

주석

1 物極則反(물극즉반): 만물의 변화가 지극하게 되면 다시 원상태로 복귀함을 가리킨다.

2 悖亂(패란): 정의에 어그러지고 정도正道를 어지럽히다.

3 天下之生久矣(천하지생구의), 一治一亂(일치일난): 천하에 사람이 살아온 지가 오래되었는데, 한 번 다스려지고 한 번 어지러웠다. 《맹자, 등문공하滕文公下》에 나온다.

## 45

혹자가 나에게 물었다.

"그대는 이미 고금 시인의 시를 명백히 설명하고, 또 여러 문인의 논시와 선시의 장단점을 분명히 설명했는데, 지금 잠시 고금의 시를 예로 들어 보면 과연 옛사람이 지은 시인지 오늘날 사람이 지은 시인지 분별할 수 있는가?"

내가 대답한다.

나는 스무 살 때 처음 《당시정성》을 읽었는데, 훗날 친구의 부채에 〈송채산인送蔡山人〉 1편이 있는 것을 보고 고적의 시와 비슷하다고 생각하여 바로 고적의 시집을 조사했더니 그 시가 있었다. 이후 십여 년간 송시를 대략 섭렵했고, 친구가 차구茶具를 가져와 나에게 보여 주었는데, 그 위에 다음의 명銘이 있었다.

"차는 왕실의 요리사가 삶아 만든 양요리 맛을 충분히 이해하게 하고, 어리석은 유학자가 뜨거운 물에 떡을 넣어 먹는 것에 익숙하지 않네. 십 년간 뒤척이며 등불 아래 독서하고, 나로 하여금 흉중에서 책의 향기를 전하게 하네.春風飽食太官羊, 不慣腐儒湯餅腸. 搜攪十年燈火讀, 令我胸中書傳香."

나는 "아름다운 차구가 아깝구나, 이 명은 없는 것이 좋다. 분명 황정견의 시구일 따름이다"고 말했다. 바로 황정견 시집을 조사했더니 정말로 그러했다. 이것은 모두 내가 자신할 만한 것이다. 명나라 고계의 오언고시는 이백과 두보를 배웠으며, 이몽양의 오언율시는 초당과 두보를 배웠고, 이반룡의 악부 및 오언고시는 한・위를 배웠으며, 하경명・서정경의 오・칠언 율시는 성당을 배웠는데 아주 핍진한 것이 있다. 만약 내가 여러 시인들의 전체 문집을 보지 않았다면, 정말 오늘날 문인의 시인지 알 수 없었을 것이다. 반면 대력 이후의 시집 중에는 이미 용렬한 시구가 많고, 개성 시기 이후로는 더욱이 시골 학당의 아주 비루한 시어가 있는데, 만약 혹자가 시구를 뽑아 물어본다면 내가 어찌 당나라 시인의 시인지 알 수 있겠는가!

해제

논시와 선시의 가장 중요한 점으로 여러 시인들의 문집을 직접 보는 것의 중요성을 강조했다. 여러 시인들의 문집을 직접 보고 판단해야 그 시인의 장단점을 가장 잘 알 수 있으며 고금의 시를 명확하게 식별할 수 있음을 피력했다.

或問予: "子旣能辯古今人詩, 又能辯諸家論詩・選詩得失, 今試擧古今人詩, 果能辯爲古人・今人否?" 曰: 予弱冠時初讀唐詩正聲, 後見友人扇錄東山布衣明古今[1]一篇, 予以爲類高達夫詩, 旣而檢達夫集, 得之. 後十餘年, 略涉宋詩, 友人出茶具示予, 上有銘云: "春風飽食太官羊, 不慣腐儒湯餠腸. 搜攪十年燈火讀, 令我胸中書傳香."[2] 予曰: "惜哉美器, 無是銘可也. 然必山谷詩句耳." 旣而檢山谷集, 良是. 此皆予之足自信者. 至若國朝高季迪五言古學李杜, 李獻吉五言律學初唐・子美, 李于鱗樂府及五言古學漢魏, 何中默・徐昌穀五七言律學盛唐, 有逼眞者, 使[3]予未覩諸家全集, 固不能知爲今人之詩. 又如大歷以後, 集中已多庸劣之句, 開成而下, 復有村學堂最猥下[4]語, 使或摘以爲問, 予亦安能知爲唐人詩耶!

1 東山布衣明古今(동산포의명고금): 고적 〈송채산인送蔡山人〉의 시구다.

2 春風飽食太官羊(춘풍포식태관양), 不慣腐儒湯餠腸(불관부유탕병장). 搜攪十年燈火讀(수교십년등화독), 令我胸中書傳香(령아흉중서전향): 차는 왕실의 요리사가 삶아 만든 양요리 맛을 충분히 이해하게 하고, 어리석은 유학자가 뜨거운 물에 떡을 넣어 먹는 것에 익숙하지 않네. 십 년간 뒤척이며 등불 아래 독서하고, 나로 하여금 흉중에서 책의 향기를 전하게 하네. 황정견 〈사송연학원간아謝送碾壑源揀牙〉의 시구다.

3 使(사): 만약.

4 猥下(외하): 비루하다.

## 46

내가 《시원변체》를 써서 완성하자 혹자가 물었다.

"이 책은 반드시 유행되겠는가?"

내가 대답한다.

사람은 먹고 마시지 않음이 없으나 맛을 제대로 아는 사람은 드물다. 고금의 시론가 중에서 오직 엄우 · 왕세정 · 호응린만이 뛰어난데, 나는 세 사람에 대해 분별하지 않을 수 없었으며 세 사람이 살아있다면 마음으로 굴복하여 서로 따르지 않을 것이다. 하물며 기타 비평가에 대해서는 십중팔구 논박했고 그중에서 초학자의 병폐에 관한 내용은 오늘날 사람들의 금기에 저촉되는데, 의도가 간절하고 말이 엄정하므로 헐뜯지 않고 꾸짖으면 다행이니 감히 《시원변체》가 반드시 유행되기를 바라겠는가? 그러나 내가 논한 것은 모두 고금의 자연스런 이치로 중정中正의 길이며, 한 사람의 사견이거나 고루한 문인의 편견이 아니다. 그러니 사람들이 이 마음과 같고 마음이 이 이치와 같으면, 결국 끝까지 나쁜 것을 좋아함으로써 그 참됨을 어지럽힐 수 없을 것이니 또 어찌 반드시 유행되지 않을 수 있겠는가? 만약 이 책이 유행된다면 내가 길을 열어 인도했으니 후일 반드시 계승시켜 받아들인 사람이 나와서 내가 소홀했던 부분을 점검하고 내가 미비했던 점을 발견하여 바로 이 책의 보완자가 될 것이다. 만약 옛 폐단을 이어받아 내 말에 대항하여 한쪽으로 왜곡한다면 이 책의 큰 재앙이 될 것이다. 이것은 시도의 성쇠에 달려있는 것이지 사람이 할 수 있는 것이 아니다.

해제 《시원변체》는 객관적인 기준으로 시를 논하고 작품을 선록했기 때문에 식견이 올바른 사람들에 의해 유행할 수 있을 것임을 기대하고 있다.

원문

予作辯體成, 或問: "是書必行乎?" 曰: 人莫不飮食也, 鮮能知味也. 古今說詩者惟滄浪・元美・元瑞爲善, 而予於三子不能無辯, 卽三子而在, 未肯降心以相從也. 況他十駁[1]其八九, 中初學之病根, 觸[2]時人之忌諱[3], 意旣懇至, 語復嚴切, 其不訕[4]而詈者幸矣, 敢望其必行乎? 然予所論, 皆古今自然之理, 中正之路, 非一人之私智・曲士[5]之偏識, 則人同此心, 心同此理, 終不能以好惡亂其眞耳, 又安能必其不行乎? 苟是書之行也, 予旣開鑿[6]而導引之, 後必有繼起而相應者, 倘[7]能檢[8]予之疎節[9], 發予之未備, 乃是書之羽翼[10]也; 如或踵襲[11]故弊, 抵捂[12]予言, 爲曲學左袒,[13] 則又是書之大厄矣. 此係詩道之興衰, 非人之所能爲也.

1 駁(박): 논박하다. 남의 의견・의론 등을 비난 공격하다.
2 觸(촉): 만나다. 당하다.
3 忌諱(기휘): 꺼리어 싫어하다.
4 訕(산): 헐뜯다.
5 曲士(곡사): 고루하고 견문이 적은 사람.
6 開鑿(개착): 산 등을 뚫어 길을 내거나 막힌 내를 파 넓히다.
7 倘(당): 만일.
8 檢(검): 조사하다.
9 疎節(소절): 소홀했던 부분.
10 羽翼(우익): 보좌하다.
11 踵襲(종습): 이어받다. 계승하다.
12 抵捂(저오): 저촉하다. 대항하다.
13 曲學左袒(곡학좌단): 한쪽으로 왜곡하다.

# 후집찬요 後集纂要

## 제1권 ~ 제2권

詩源辯體 四

An Annotated Translation of "Shiyuanbianti"

# 제 1 권

詩源辯體

나는 《시원변체》를 지었는데, 먼저 《시경》부터 오대까지 논하며 차례를 정하여 전집前集으로 했다. 작업이 이미 다 끝나, 다시 송·원·명나라의 시를 채록하여 후집後集으로 했다.

한·위·육조·당나라는 세대의 차례대로 그 성쇠를 정리했지만 송·원·명나라에서 그렇지 않은 것은, 대개 한·위·육조·당나라의 변화는 기풍의 자연스러움을 따르기에 세대의 차례대로 그 성쇠를 정리할 수 있으나, 송나라 시인들은 대부분 원화시를 배웠고 원나라 시인들은 대부분 중당과 만당의 시를 배웠으며, 명나라 시인들은 한·위·육조·초당·성당·중당·만당에서 각기 그 마음이 가는 대로 배웠기에 세대의 차례대로 성쇠를 정리할 수가 없기 때문이다. 대체로 시는 만당에 이르러 온갖 체제가 이미 갖춰졌고 변화가 이미 극에 달했으므로, 학자들은 더 이상 변화시킬 수 없어서 오직 각기 그 자질에 따라 모방할 뿐이다.

이유정은 다음과 같이 말했다.

"한·위·육조에서 그 체재가 번갈아 바뀌어 당시가 되었는데, 당시의 체재는 지금에 이르기까지 변하지 않았다. 물에 비유하면 《시경》은 황하黃河가 발원하는 곤륜산崑崙山이고 한·위·육조시는 황하가 거쳐 가는 용문산龍門山과 적석산積石山이며, 당시는 황하가 흘러서 모인 큰 바다인데 무엇을 이로움으로 취하겠는가?"

다만 한 · 위 · 육조의 시로는 이미 《시기詩紀》가 있고, 당시를 소장한 사람 또한 많아서 일이 쉽게 이루어졌다. 그러나 송 · 원시를 소장한 사람은 적은데다가 명시는 심히 많아서 우선적으로 작가가 분명한 것과 그 시대와 관련된 것을 찾았는데, 모두 30여 년 동안 겨우 약간의 작가만 찾을 수 있었기에 책이 전집보다 이미 실속이 없다. 대체로 작가와 작품이 진실로 번잡한 것은 적게 수록하는 것을 용납하지 못했을 따름이다. 후일 뜻을 같이 하는 사람이 나타나 만약 증보하게 된다면, 마땅히 별도로 한권의 문집으로 만들어 각기 그 공이 드러나도록 하기 바라며, 절대로 혼입하여 서로 섞이게 해서는 안 될 것이다.[1)]

해제 〈후집찬요〉의 서문에 해당한다. 전집은 《시경》부터 오대까지 차례대로 논한 부분이고, 후집은 송 · 원 · 명을 논한 부분이다. '후집' 뒤에 '찬요'를 붙인 것은 원래 260여 칙으로 되어 있는데 다 판각할 수가 없어서 요점만 추려 편찬했다는 의미다. 전집에 비해 다소 번잡한 느낌은 있어도 반드시 빠뜨릴 수 없는 작가와 작품을 수록했음을 덧붙여 강조했다.

원문 予作詩源辯體, 先論次[1]三百篇至五季[2], 爲前集, 業既有成, 乃復采宋 · 元 · 國朝, 爲後集. 然漢 · 魏 · 六朝 · 唐人以世次定其盛衰, 而宋 · 元 · 國朝則否者, 蓋漢 · 魏 · 六朝 · 唐人之變, 順乎風氣之自然, 故可以世次定其盛衰, 宋人多學元和, 元人多學中 · 晩, 國朝人漢 · 魏 · 六朝 · 初 · 盛 · 中 · 晩各隨其意而學, 故未可以世次定盛衰也. 蓋詩至晩唐, 蓋衆體既具, 流變已極, 學者無容更變, 但各隨其質性而倣之耳. 李本寧云: "漢 · 魏 · 六朝, 遞變其體爲唐, 而唐體迄于今自如[3]. 譬之水, 三百篇, 岷嶓[4]也, 漢 · 魏 · 六朝, 龍門[5]積石[6]也, 唐則溟勃[7]尾閭[8]矣, 將何所取益乎?" 但漢 · 魏 · 六朝既有詩紀, 而唐人詩藏者亦多, 故其

1) 후집은 원래 소론小論 260여 칙인데 다 판각할 수가 없고, 내가 죽은 뒤 산실될까 두려워 지금 먼저 그 요점만 추려 2권으로 하여 전집 뒤에 붙인다.

業易成. 宋元詩藏者旣少, 而國朝詩汗漫[9]尤甚, 亦姑求其姓氏顯著·有關一代者, 凡三十餘載, 僅得若干人, 而簡帙[10]已浮於前集. 蓋作者篇什自繁, 不容不多耳. 後有同志者, 倘能增益, 當另爲一集, 庶各見其功, 決不當混入, 以相雜亂也. [此集原小論二百六十餘則, 不能盡刻, 恐身後散失, 今先採其要爲二卷, 附前集後.]

주석

1 論次(논차): 의견을 세워 논하며 차례를 정하다.

2 五季(오계): 오대五代를 가리킨다.

3 自如(자여): '自若(자약)'과 같은 뜻이다. 어떤 일에 흔들리지 않다. 태연하다.

4 崐崙(곤륜): 곤륜산崐崙山을 가리킨다. 중국의 신강新疆과 서장西藏의 사이에 있다. 산세가 아주 험준하며 눈 덮인 봉우리와 언 강물이 많다. 고대에는 신성한 산, 하늘에 이르는 높은 산, 또는 아름다운 옥이 나는 산이라 했으며, 서왕모西王母가 살고 불사不死의 물이 흐르는 곳이라고 믿었다.

5 龍門(용문): 중국의 지명이다. 황하와 분하汾河가 합치는 지점에서 황하의 200km 상류에 있는데, 양 기슭이 좁고 아주 심한 급류여서 배나 물고기가 쉽게 오르지 못하며 잉어가 여기를 오르면 용이 되어 등천登天한다는 말이 있다.

6 積石(적석): 중국의 적석산積石山을 가리킨다. 청해성青海省 동남부에 있으며 감숙성甘肅省 남부 변경까지 뻗어 곤륜 산맥의 중간 갈래를 이룬다. 황하가 찰릉호札陵湖에서 흘러나와 마다성瑪多城에 이르면 강물이 적석산을 돌아 흐른다. 서장에서는 적석산을 아니마경산阿尼瑪卿山이라 부르는데, 곧 황하의 기원이라는 의미다.

7 溟勃(명발): 큰 바다. 창해滄海.

8 尾閭(미려): 고대 전설에서 바닷물이 모이는 곳을 가리키며, 《장자·추수秋水》에 나오는 말이다.

9 汗漫(한만): 광대하여 끝이 없다. 아득하여 알 수 없다.

10 簡帙(간질): 서적. 책.

## 1

호응린이 말했다.

"시의 체재는 나무의 뿌리와 같다. 시의 내용은 잎과 같다. 수식과 신운은 꽃술과 같다. 체재가 중심에 서 있고 내용과 수식은 밖에서 빛나며 신운이 그 사이를 가득 채워진 이후에 시의 아름다움이 완비된다. 나무의 뿌리가 튼튼하고 잎이 무성하며 꽃술이 빛나는 이후에 나무의 생기가 완전해지는 것과 같다. 이 이치는 성당의 여러 시인들이 거의 근접하게 이루었다. 송나라 시인들은 전적으로 뜻을 사용하고 수식의 말을 버렸으니, 마치 말라버린 횡벽나무와 오동나무 같아서 비록 뿌리가 휘어져 받칠지라도 결코 무성한 모습이 없다. 원나라 시인들은 오로지 화려함에만 힘쓰고 내용을 상실했으니, 마치 떨어진 꽃과 꽃술과 같아서 비록 붉은빛과 보랏빛이 아름답게 빛날지라도 대개 쇠하고 시든 모양이다."

또 다음과 같이 말했다.

"송대의 격조는 심히 어지러우나, 재주가 종횡으로 넓어서 원대보다 뛰어나다. 원대의 격조는 자못 순일하지만, 재주가 좁고 비루하여서 송대보다 못하다. 그러나 송시는 시에서 멀어졌으니 제재가 누를 끼쳐서고, 원시는 시에서 가까워졌으니 또한 제재가 그렇게 되도록 한 것이다. 그러므로 원시의 자취를 밟으면 소승小乘으로 간주할 수 있고, 송시에 입문하면 대부분 외도外道로 흘러가게 된다."

생각건대 호응린의 이 논의는 매우 정묘하다. 그러나 송나라 시인들은 "뜻을 사용했다用意"고 말했는데, 마땅히 송나라 시인들은 격조를 숭상했다고 말해야 타당할 것이다. 송나라 시인들이 비록 뜻을 사용했다고 할지라도 뜻은 시의 체재를 언급할 수 없다. 또 원나라 시인들의 율시 역시 대부분 중당과 만당의 정파正派에서 비롯되었는데, 오늘날 "원나라 시인들은 오로지 화려함에만 힘쓰고 내용을 상실했다"고 운운하는 것은 더러 여러 시인들의 전집을 보지 못해 잠시 이치상 판단했을 뿐이다. 여러 시인들의 전집이 나온 다음에 다시 논의를 정

리해야 할 것이다.[2)]

해제 호응린의 견해를 통해 송 · 원시를 총괄하고, 일부 오류를 지적하며 자신의 견해를 덧붙였다.

원문 胡元瑞云: "詩之觔骨[1], 猶木之根幹[2]也; 肌肉[3], 猶枝葉[4]也; 色澤[5] · 神韻, 猶花蕊[6]也. 觔骨立於中, 肌肉 · 色澤榮於外, 神韻充溢[7]其間, 而後詩之美善備. 猶木之根幹蒼然[8], 枝葉蔚然[9], 花蕊爛然[10], 而後木之生意[11]完. 斯義也, 盛唐諸子庶幾近之. 宋人專用意而廢詞, 若枯枿槁梧[12], 雖根幹屈盤[13], 而絶無暢茂[14]之象. 元人專務華而離實, 若落花墜蕊[15], 雖紅紫嫣熳[16], 而大都衰謝[17]之風." 又云: "宋人調甚駁, 而才具縱橫浩瀚[18], 過於元; 元人調頗純, 而才具局促[19]卑陬[20], 劣於宋. 然宋之遠於詩者, 材累之; 元之近於詩, 亦材使之也. 故蹈元之轍, 不失爲小乘[21]; 入宋之門, 多流於外道[22]矣." 愚按: 元瑞此論妙甚. 但言宋人"用意", 當言宋人尙格爲妥. 宋人雖用意, 而意不可言觔骨也. 又元人律詩亦多出於中 · 晩正派, 今言"元人專務華而離實"云云, 或未見諸家全集, 姑以理勢斷之耳. 俟[23]諸公全集出, 更爲定論. [以下四則宋元總論.]

주석
1 觔骨(근골): 뼈. 골격. 여기서는 시의 체재를 비유한다.
2 根幹(근간): 뿌리.
3 肌肉(기육): 근육. 여기서는 시의 내용을 비유한다.
4 枝葉(지엽): 잎.
5 色澤(색택): 빛나는 윤기. 여기서는 시의 수식을 비유한다.
6 花蕊(화예): 꽃술.
7 充溢(충일): 가득 차서 넘치다.
8 蒼然(창연): 푸른 모양. 우거진 모양.
9 蔚然(위연): 무성한 모양. 왕성한 모양.
10 爛然(난연): 밝은 모양. 빛나는 모양. 찬란한 모양.

2) 이하 네 칙은 송 · 원시의 총론이다.

11 生意(생의): 내면의 상태가 외부로 나타난 모습. 생기.

12 枯枿槁梧(고얼고오): 말라버린 횡벽나무와 말라죽은 오동나무.

13 屈盤(굴반): 구불구불하게 휘감다.

14 暢茂(창무): 무성하게 자라다.

15 落花墜蕊(낙화추예): 떨어진 꽃과 꽃술.

16 嫣熳(언만): 아름답고 빛나다.

17 衰謝(쇠사): 쇠하고 시들다.

18 浩瀚(호한): 물이 광대한 모양. 여기서는 송나라 시인들의 재주가 넓은 것을 가리킨다.

19 局促(국촉): 도량이 좁은 모양. 소견이 좁은 모양.

20 卑陬(비추): 비루하고 줄어들다.

21 小乘(소승): 기원 전후에 일어난 불교 개혁파들이 스스로를 대승大乘이라 하고, 전통의 보수파들을 낮추어 일컬은 말이다.

22 外道(외도): 불교에서는 불교 이외의 종교와 사상을 '외도'라 한다. 넓게는 정도正道에 맞지 않는 논설과 법도를 가리킨다.

23 俟(사): 기다리다.

## 2

송나라 시인들의 오·칠언 고시는 한유·백거이에게서 비롯된 것이 많은데, 그 구상이 기이하고 교묘하며 마음 속 생각이 분명히 드러나므로 진실로 대변이 되었다. 재주가 높은 시인들이 매번 그것을 대부분 좋아하는 것은, 제멋대로 변화무쌍하여 풍취가 자유롭고 마음껏 스스로 재주를 펼칠 수 있기 때문일 따름이다. 칠언율시로는 매요신·왕안석·황정견·진사도 등 여러 시인들의 수록된 시 외에는 생경하고 괴벽한 것이 많은데 진실로 만당의 나쁜 시도에서 비롯된 것이다. 후세 보통의 재주를 가진 시인들이 송시의 여러 체재에서 율시를 읽으면 그것이 나쁨을 알고, 고시를 읽으면 망연하여 깨달을 것이 없기에 흔히 송시는 모두 볼만하지 않다고 말한 것은 마땅하다.

엄우가 말했다.

"근래 여러 시인들은 뛰어난 깨달음으로 시를 창작하여 마침내 문자文字로써 시를 짓고, 재학才學으로써 시를 짓고, 의론議論으로써 시를 짓는다. 어찌 정교하지 않을까만 결국 옛 시인들의 시가 아니다."

이 논의는 아주 공정하며 거의 식견을 겸비한 것이다.3)

해제 송시의 특징을 총괄했다. 재주가 뛰어나 대변을 이룬 작품도 있지만, 생경하고 괴벽한 데로 흘러간 것이 송시의 대체적인 특징이다.

원문 宋人五七言古, 出於退之·樂天者爲多, 其構設[1]奇巧, 快心露骨, 實爲大變. 而高才之士每多好之者, 蓋以其縱恣變幻[2], 機趣靈活[3], 得以肆意[4]者騁耳. 七言律若梅聖俞·王介甫·黃魯直·陳無己[5]諸人, 所錄而外, 多生澀怪僻, 實出晚唐惡道. 後世中才之士於宋人諸體, 讀其律, 知其爲惡; 讀其古, 又茫無所得, 往往謂宋人皆不足觀, 宜矣. 嚴滄浪云: "近代諸公作奇特解會[6], 遂以文字爲詩, 以才學爲詩, 以議論爲詩. 夫豈不工, 終非古人之詩也." 此論最爲公平, 庶幾有兼識者. [與前集元和詩首數則參看.]

주석
1 構設(구설): 구상.
2 縱恣變幻(종자변환): 제멋대로 변화무쌍하다.
3 靈活(영활): 민첩하다. 융통성이 있다. 얽매이지 않다.
4 肆意(사의): 마음대로 하다.
5 陳無己(진무기): 진사도陳師道. 제2권 제26칙 주석13 참조.
6 解會(해회): 깨달음.

3) 전집前集의 원화시에 관한 처음 몇 조(제24권 제1칙~제6칙)와 참조하여 보기 바란다.

## 3

호응린이 말했다.

"송나라 시인들의 근체시는 가행보다 뛰어나고, 가행은 고시보다 뛰어난데, 풍風 · 아雅 · 악樂 · 요謠의 경우는 거의 중간에 끊어졌다."

또 말했다.

"율시에는 그래도 두보와 같은 것이 있다."

생각건대 풍 · 아 · 악 · 요가 거의 중간에 끊어졌다는 것은 심히 타당하다. 근체시가 가행보다 뛰어나고, 가행이 고시보다 뛰어나다는 것은 오류가 심하다. 송대의 고시와 가행은 대부분 한유 · 백거이에게서 비롯되었는데, 체재가 비록 대변이기는 하지만 공력은 항상 그들을 능가한다. 율시는 비록 두보에게서 대부분 비롯되었지만, 그 조악한 것을 얻고 그 정채로운 것은 버렸으므로 변체에는 밝으나 정체에는 어둡다. 그러므로 생기가 없고 서투르지 않으면 비루하고 유치하니, 두보의 웅건하고 함축적이며 두텁고 비장함과 같은 것이 한 마디라도 있는가? 다만 그것이 저절로 연원한 것만 캐고 그것이 귀납된 것은 궁구하지 않았으니, 사방 한 치의 작은 나무로 높은 누각보다 더 높게 올라간 것이 된다.

장납폐張納陛가 말했다.

"쇠망한 주나라에는 송頌이 없고, 한나라에는 아雅가 없고, 진晉나라에는 사언시가 없으며, 당나라에는 오언고시가 없고, 송나라에는 율시가 없다"

이것은 포괄적으로 잘 이해한 말이다.

해제 송시의 체재를 개괄적으로 논했다. 고시와 가행은 한유와 백거이에게서 연원했고, 율시는 두보의 변체에서 비롯되었음을 지적하고, 그 전반적인 특징을 분석했다.

원문

胡元瑞云: "宋人近體勝歌行, 歌行勝古詩, 至風・雅・樂・謠, 幾於[1]中絶." 又云: "律詩猶有如杜." 愚按: 謂風・雅・樂・謠幾於中絶, 甚當; 謂近體勝歌行, 歌行勝古詩, 則謬甚矣. 宋人古詩・歌行多出於退之・樂天, 體雖大變, 而功力恒有過之; 律詩雖多出子美, 然得其粗而遺其精, 明於變而昧於正, 故非枯槁[2]拙澀[3]則鄙朴[4]淺稚, 如杜之沉雄[5]含蓄・渾厚悲壯者有一語乎? 徒原其所自出, 而不究其所從歸, 則岑樓寸木[6]矣. 張文石[7]云: "衰周無頌, 漢無雅, 晉無四言, 唐無選[8], 宋無律." 斯並得之.

1 幾於(기어): … 에 가깝다.

2 枯槁(고고): 초목이 말라 죽다. 생기가 없다.

3 拙澀(졸삽): 서투르고 껄끄럽다.

4 鄙朴(비박): 비루하다.

5 沉雄(침웅): 생각이 깊고 웅건하다.

6 岑樓寸木(잠루촌목): '岑樓(잠루)'는 '높이 솟은 누각'이며, '寸木(촌목)'은 '사방 한 치의 나무'를 가리킨다. 《맹자, 고자하告子下》의 "그 밑을 따지지 않고 그 끝만 가지런히 하기로 한다면, 사방 한 치의 작은 나무로도 높이 솟은 누각보다 더 높일 수 있다.不揣其本而齊其末, 方寸之木, 可使高於岑樓."라는 구절에서 나온 말이다. 나중에는 높고 낮음의 차이가 현저히 난다는 뜻으로도 쓰였다.

7 張文石(장문석): 장납폐張納陛. 자는 이등以登이고 호가 문석이다. 의흥宜興 사람으로, 만력 17년(1589)에 진사가 되어 예부주사禮部主事를 맡았다. 직언으로 인해 쫓겨난 뒤 천하를 유람했다.

8 選(선): 선체選體. 즉 양나라 소통의 《문선》 중에 있는 시체를 가리키는데, 주로 오언고시를 말한다.

## 4

송시는 변체를 중시하고 정체를 중시하지 않는다. 고시와 가행은 골계와 의론에 뛰어난데, 변화가 무궁하며 한 시대를 넘어서는 까닭이 바로 여기에 있다. 혹자는 당시를 논하는 것으로써 송시를 논하고자 하는데, 진실로 석가와 노자에게서 중용의 말을 구하는 것과 같으니, 더불어 석가와 노자에 대해 말할 수 없다.

해제 송시는 송시의 기준으로 논해야 하며 당시를 기준으로 논할 수 없음을 피력했다.

원문 宋主變, 不主正, 古詩・歌行, 滑稽[1]議論, 是其所長, 其變幻無窮, 凌跨[2]一代, 正在於此. 或欲以論唐詩者論宋, 正猶求中庸之言於釋[3]・老[4], 未可與語釋・老也.

주석
1 滑稽(골계): 말이 매끄럽고 익살스러운 것을 가리킨다.
2 凌跨(능과): 뛰어넘다. 초월하다.
3 釋(석): 석가釋迦(대략 B.C. 563 ~ B.C. 483). 불교를 창시한 인도의 성자聖者다. 성은 고타마Gautama: 瞿曇, 이름은 싯다르타Siddhārtha: 悉達多다.
4 老(노): 노자老子. 제1권 제1칙의 주12 참조.

## 5

임군복林君復[4])의 시문집 중에는 고시가 오직 한두 편 보인다. 오언율시는 비록 만당에서 나왔지만 운치와 음조가 취할 만하며, 또 기교를 부린 흔적이 적다. 칠언율시에는 만당의 조탁한 시어가 많다. 칠언절구는 오언율시에 버금간다.[5])

해제 임포에 관한 논의다. 임포는 육구몽, 피일휴 등의 영향을 받아 만당의 시풍을 많이 지니고 있어 만당체 시인으로 평가된다. 임포의 시는 《전송시全宋詩》에 모두 311수가 실려 있는데, 그중 칠언율시가 134수로 많은 수량을

4) 이름 포逋.
5) 아래의 각 시인에 대해서는 그 요점만 취한데다 아직 몇 사람이 누락되어 보완이 필요하다.

차지하며 특히 매화를 읊은 시가 유명하다.

원문

林君復[1][名逋]集中古詩僅見一二. 五言律雖出晚唐, 而韻致音調可取, 亦少斧鑿痕. 七言律多晚唐刻削之語. 七言絶可次[2]五言律. [以下各人, 採其要語, 尙缺數家, 容補.]

1 林君復(임군복): 임포林逋(967~1028). 북송 시기의 문인이다. 자가 군복이고 전당 곧 지금의 절강성 항주 사람이다. 인종이 내린 시호가 임화정林和靖이다. 일생동안 독신으로 살았으며 부귀공명을 추구하지 않고 매화 300본을 심고 학 두 마리를 기르며 서호西湖의 고산孤山에 은거했다고 전한다. 시풍은 대체로 평담하며, 행서에 뛰어나 '수경瘦勁'한 필치로 이름이 났다. 저서로 《임화정집林和靖集》 4권이 전한다.

2 次(차): 버금가다.

## 6

송초의 담용지譚用之·호숙胡宿·임포 및 구승九僧의 무리는 오·칠언 율시와 절구에 여전히 당시의 음조가 많으나, 양억楊億·전유연錢惟演 등은 또 이상은을 배워 "서곤체西崑體"라 불렀는데, 사람들이 대부분 그 편벽되고 어려움을 싫어했다. 또한 본래 임포 외에는 모두 전집全集이 없다.

매성유梅聖俞6)에 이르러 재주가 다소 강성해져 비로소 독자적인 문호를 세우고자 했기에 대부분 기변奇變을 창작했다. 송나라 시인 중 기이함을 좋아한 사람들은 대부분 여기서 비롯되었다. 유극장劉克莊이 "우리 송나라의 시는 오직 완릉7)이 창시자다"고 한 것은 이를 두고 말한 것이다.

---

6) 이름 요신堯臣.

7) 매요신은 완릉宛陵 사람이다.

매요신에 관한 논의다. 송초 시단은 백체白體·만당체晩唐體·서곤체西崑體의 세 유파가 흐름을 주도했다. 백체는 백거이의 평이한 시풍을 따랐던 시인들의 시체로 대표적인 인물로 서현徐鉉·이방李昉·왕우칭王禹偁 등이 있다. 만당체는 만당에 성행한 가도의 시체를 학습한 것으로 대표적인 인물로는 구준寇準, 임포, 담용지, 호숙, 구승 등이 있다. 또 송초 양억·전유연 등이 주도한 서곤파는 만당 이상은의 유미적이고 감상적인 시풍을 모방했다.

이와 같은 분위기에서 매요신이 등장해 송초의 시풍을 일신시켰다. 유극장이 매요신을 일컬어 송시의 '창시자'라 했듯이, 매요신은 평담한 시풍으로 송초의 사회 현실을 담아내어 송시의 예술 풍격을 열었다고 평가받는다. 그러나 허학이는 매요신의 시풍을 기변을 통해 변화를 일으켰다고 비판하고 있다. 즉 매요신의 시풍이 대체로 '자질구레하고 추악한 점瑣碎醜惡'을 꼬집어 말한 것이라 하겠다.

宋初譚用之[1]·胡宿[2]·林逋及九僧[3]之徒, 五七言律絶尙多唐調, 而楊大年·錢希聖等又學李義山, 號"西崑體", 人多訾[4]其僻澀[5]. 然自林逋而外, 俱無全集. 至梅聖俞[名堯臣], 才力稍强, 始欲自立門戶, 故多創爲奇變. 宋人好奇者, 大都出此. 劉後村云"本朝詩惟宛陵[聖俞, 宛陵人], 爲開山祖師[6]"是也.

1 譚用之(담용지): 오대송초의 시인이다. 자는 장용藏用이다. 932년에 태어난 것으로 추정되며 사망 연도는 미상이다. 시를 잘 지었지만 관직은 높지 않았다. 섬서, 하남, 안휘, 절강, 호남 등지를 전전하며 은자, 승려, 도사 등과 교류했다. 현존하는 시 40수는 모두 칠언율시다. 문필이 맑고 아름다우면서 유창하다.

2 胡宿(호숙): 송초의 시인이다. 자는 무평武平이며, 생졸년은 995년~1067년이다. 진릉晉陵 곧 지금의 강소성 상주常州 사람이다. 인종 천성天聖 2년(1024)에 진사가 되었다. 양자위揚子尉, 통판선주通判宣州 등의 벼슬을 지냈다. 시호는 문공文恭이다. 《호문공집胡文恭集》 70권이 있었으나 이미 산실되었다.

3 九僧(구승): 송초에 활동한 혜숭惠崇 등 9명의 승려를 가리킨다. 시문으로 세상에 이름이 나서 구승九僧이라고 불렸다. 합집으로 《구승시九僧詩》가 있다. 《송사, 예문지》에 구승과 관련된 기록이 있다.

4 訾(자): 헐뜯다. 싫어하다.

5 僻澀(벽삽): 편벽되고 어렵다.

6 開山祖師(개산조사): 한 학파를 창시한 사람.

## 7

매요신의 시 60권 중에는 오언고시가 가장 많다. 구양수는 《육일시화六一詩話》에서 다음과 같이 말했다.

"매요신과 소순흠蘇舜欽은 한 시대에 이름을 나란히 했지만, 두 사람의 시체는 특히 다르다. 소순흠은 필력이 호방하여 탁월하고 비범함이 남달랐다. 매요신은 사고가 깊고 정밀하여 심원하고 한담한 것에 뜻을 두었다. 각기 그 장점이 지극하기에 비록 평론을 잘 하는 사람일지라도 우열을 가릴 수 없다. 나는 일찍이 시에서 그 한두 가지를 대략 얘기한 적이 있다. '소순흠의 기세는 특히 웅건하니, 대지 위의 온갖 구멍이 울리며 일제히 울부짖네. 어떤 때는 거리낌 없이 마음 내키는 대로 하면서, 먹에 취해 세차게 비를 뿌리는 듯하네. 천리마와 비유되니, 이미 출발하면 잡을 수가 없다네. 앞서 가득 채워 아름다운 시문 다 써내니, 일일이 가려내기가 어렵구나. 매요신은 맑고 세찬 것에 힘써, 험하고 가파른 돌이 찬 여울물에 씻기는 듯하네. 시를 짓는 30년 동안, 나를 후배처럼 대했다네. 문사文詞가 더욱 청신해져, 마음이 잘 늙지 않았네. 아름다운 여인과 비유되니, 늙어도 저절로 고운 자태가 있다네. 근래의 시는 더욱 생경하여, 씹으면 삼키기가 어렵네. 처음에는 감람을 먹는 것과 같지만, 참된 맛이 씹을수록 생겨나는구나. 소순흠은 호방하고 기세가 출중하여, 온 세상이 놀랐다네. 매요신의 궁함은 오직 내가 알지만, 진귀한 고대 문물은 오늘날 팔기가 어렵다네.'"

생각건대 메요신의 오언율시 중 앞의 10여 권은 격조가 자못 정체에 가까워 수록한 것이 많다. 오언고시는 단편 및 측운에 여전히 취할 만한 것이 있다. 다른 것은 마음대로 표현하여 기변이 되었다. 장편의 평운은 체제가 지리멸렬할 뿐 아니라 내용이 또한 얕고 속되다. 10권 이후로는 비록 볼만한 것이 있기는 하지만 어려워 뜻이 명확하지 않고 시어가 생소하며, 괴이하고 비속한 것이 매우 많다. 구양수가 칭찬한 것은 바로 오언율시와 오언고시 중 단편 및 측운인 여러 작품들이다.

해제

매요신의 시에 관한 논의다. 구양수의 시평을 덧붙여 논의의 근거로 삼으며 대체적인 풍격을 평가했다. 구양수의 《육일시화六一詩話》는 28칙에 불과한데 그중 매요신을 언급하고 있는 것이 7칙에 달한다. 구양수와 매요신은 우정이 깊어 30여 년에 걸쳐 시문을 주고받았다. 구양수는 매요신의 인생경력뿐 아니라 그의 시론과 창작에 대해서 가장 잘 이해한 사람으로, 매요신의 풍격으로 얘기되는 '평담'도 그가 가장 먼저 언급했다. 본문에서 인용된 "감람을 먹는 것과 같다"고 비유한 '고경苦硬'한 풍격은 매요신의 중기 시풍에 해당한다.

원문

聖俞詩六十卷, 五言古最多. 歐陽公詩話[1]云: "聖俞 · 子美[2], 齊名一時, 而二家詩體特異. 子美筆力豪俊, 以超邁[3]橫絶[4]爲奇; 聖俞覃思[5]精微[6], 以深遠閑淡[7]爲意. 各極其長, 雖善論者不能優劣. 余嘗有詩[8], 略道其一二云: '子美氣尤雄, 萬竅[9]號一噫[10]. 有時肆[11]顚狂[12], 醉墨洒[13]霶霈[14]. 譬如千里馬, 已發不可殺[15]. 盈前盡珠璣[16], 一一難揀汰[17]. 梅翁事淸切[18], 石齒[19]漱[20]寒瀨[21]. 作詩三十年, 視我猶後輩. 文詞愈淸新, 心意[22]難老大. 譬如妖嬈女, 老自有餘態. 近詩尤苦硬[23], 咀嚼[24]且難嘬[25]. 初如食橄欖[26], 眞味久愈在. 蘇豪以氣轢[27], 擧世徒驚駭[28]. 梅窮獨我知, 古貨[29]今難賣.'" 愚按: 聖愈五言律, 前十餘卷格頗近正, 入錄爲多. 五言古, 短篇及仄韻尙有可采. 其他恣爲奇變. 長篇平韻, 體旣支離, 意復淺近, 十卷以後雖有可觀, 而晦僻怪惡鄙俗者甚多. 歐公所稱賞, 正以五言律 · 五言古短篇及仄韻諸作也.

주석

1 詩話(시화): 구양수의 《육일시화六一詩話》를 가리킨다. 제34권 제36칙의 주1

참조.

2 子美(자미): 소순흠蘇舜欽(1008~1048). 북송 시기의 시인이다. 자가 자미고 호는 창랑옹滄浪翁이다. 면주綿州 염천鹽泉 사람으로 인종 경우景祐 원년(1034) 진사에 합격했다. 서곤체의 화려한 문풍에 반대하고 고문운동을 제창했다.

3 超邁(초매): 뛰어나다. 탁월하다.

4 橫絶(횡절): 비범하다. 뛰어나다.

5 覃思(담사): 깊이 사고하다.

6 精微(정미): 정밀하다.

7 閑淡(한담): '閒澹(한담)'과 같은 말. 시문의 풍격이 한가롭고 고요한 것을 가리킨다.

8 詩(시): 구양수의 시 〈수곡야행기자미성유水谷夜行寄子美聖兪〉를 가리킨다. 이 시는 1044년 가을에 쓴 것으로 소순흠과 매요신의 서로 다른 시풍과 표현 방식을 생동감 있게 개괄했다.

9 萬竅(만규): 대지 위의 크고 작은 구멍. 《장자, 제물론齊物論》의 "대지가 내쉬는 숨결을 바람이라고 하는데, 크게 일지 않으면 그뿐이지만 일단 일었다 하면 온갖 구멍이 다 요란하게 울린다.大塊噫氣, 其名爲風, 是唯無作, 作則萬竅怒號."에서 나온 말이다.

10 噫(일희): 한숨 쉬다. 탄식하다.

11 肆(사): 거리낌 없이 마음대로 하다.

12 顚狂(전광): 행동이 방탕하고 제멋대로인 것을 가리킨다.

13 洒(쇄): 뿌리다.

14 雱霈(방패): 비가 세차게 퍼붓는 모양.

15 殺(살): 잡다.

16 珠璣(주기): 구슬. 아름다운 시문을 비유한다.

17 揀汰(간태): 추려 내다.

18 清切(청절): 소리가 맑고 세찬 것을 형용한다.

19 石齒(석치): 험하고 가파른 돌.

20 漱(수): 씻다.

21 寒瀨(한뢰): 사석沙石 위를 흐르는 얕고 빠른 물. 여울.

22 心意(심의): 마음.

23 苦硬(고경): 생경하다.

24 咀嚼(저작): 음식을 입에 넣고 씹다.

25 嘬(최): 삼키다.

26 橄欖(감람): 감람. 감람과에 속하는 상록 교목의 열매.

27 轢(력): 초월하다. 출중하다.

28 驚駭(경해): 놀라다.

29 古貨(고화): 진귀한 고대문물.

## 8

구양수가 시에서 매요신을 맹교에 비유했는데 사실상 이들은 같은 부류가 아니다. 매요신의 장편 중 기괴한 것을 구양수는 사실 취하지 않았고, 단지 고율古律의 단편만 취했기 때문에 한유로써 자신을 비유하고, 맹교로써 매요신을 비유했을 따름이다.8)

그는 〈성유묘지聖俞墓誌〉를 지어 다음과 같이 말했다.

"처음에는 깨끗하고 유유자적하며 평담함을 좋아하다가 세월이 흐르면서 함축적이고 심원해졌는데, 간혹 또 시어를 조탁함으로써 괴이하고 교묘한 작품을 지었다. 그러나 기력이 다해도 힘이 남았고 늙을수록 굳세졌으며 사람들에게 응수한 것이 많으므로 시어가 하나의 풍격이 아니다."

이 몇 마디의 말에는 역시 짐작한 것이 있다.

구양수가 매요신을 맹교에 비유한 것에 대해 비판하고 있다. 《송사, 문원전文苑傳》에서 매요신이 "시를 짓는 데 뛰어나 심원하고 고담함에 뜻을 두었고 간혹 기이하고 교묘한 작품을 짓기도 했는데, 당초 사람들에게 알려지지 않았다.工爲詩, 以深遠古淡爲意, 間出奇巧, 初未爲人所知."라고 했는데, 이것은

8) 구양수의 〈독반도시기자미讀蟠桃詩寄子美〉에 보인다.

구양수의 말에서 비롯된 것이다.

매요신의 시풍은 비교적 명확하게 변화 과정을 거친다. 그가 막부에 있었을 때는 서곤체가 유행하던 때라 처음에는 위응물의 평담청려함을 배웠는데, 초년에 쓴 〈한식전일월배희심원유대자원寒食前一月陪希深遠游大字院〉·〈유용문자잠계과보응정사游龍門自潛溪過寶應精舍〉 등이 그런 시풍이다. 그러나 후일 고시를 맹교·한유 등의 시인에게서 배워 심원하고 한담한 시풍 가운데 기묘한 작품을 창작하게 되었는데 〈관박양산화觀博陽山火〉·〈동뢰冬雷〉 등이 그 예다. 따라서 구양수가 매요신에 대해 "기세가 다해도 힘이 남았고 늙을수록 굳세졌다"고 한 것은 사실과 무관하게 지나치게 칭송한 점이 없지 않다고 할 것이다.

원문

歐陽公詩, 以聖俞比東野, 實非其倫[1]. 蓋聖俞長篇醜怪[2]者, 歐實不取, 而但取其古律短篇, 故以退之自喩, 以東野比聖俞耳. [見永叔讀聖俞蟠桃詩[3].] 其撰聖俞墓誌[4]云: "初喜爲清麗[5]閑肄[6]平淡[7], 久則涵演[8]深遠, 間亦琢剝[9]以出怪巧[10], 然氣完力餘, 益老以勁, 其應於人者多, 故辭非一體." 數語亦有斟酌.

1 倫(륜): 무리. 동류同類.
2 醜怪(추괴): 기괴하다.
3 讀聖俞蟠桃詩(독성유반도시): 구양수의 시 〈독반도시기자미讀蟠桃詩寄子美〉를 가리킨다.
4 聖俞墓誌(성유묘지): 구양수의 〈매성유묘지명병서梅聖俞墓誌銘幷序〉를 가리킨다.
5 清麗(청려): 맑고 곱다.
6 閑肄(한이): 유유자적하고 자연스럽다.
7 平淡(평담): 평온하고 담백하며 충담한 시풍을 일컫는다.
8 涵演(함연): 함축적으로 서술하다.
9 琢剝(탁박): 쪼고 깎다. 문장을 조탁彫琢하다.
10 怪巧(괴교): 괴상하고 교묘하다.

## 9

구양수가 〈성유묘지〉에서 "간혹 시어를 조탁함으로써 괴이하고 교묘한 작품을 지었다"고 했는데 이 말은 그럴듯하지만 타당하지 않다.

생각건대 괴이한 것은 교묘하다고 말할 수 없고 교묘한 것은 괴이하다고 말할 수 없으며, 괴이한 것으로써 교묘하게 창작한 것은 황정견이 번갈아 흥하게 된 까닭이다.

해제 앞의 칙에서 인용한 구양수의 〈매성유묘지명병서梅聖兪墓誌銘幷序〉 중 매요신이 '괴이하고 교묘한 작품을 지었다'라고 한 말에 대해 부연 설명했다.

원문 歐陽公作聖兪墓誌云"間亦剝琢以出怪巧", 此言似而未妥. 按怪不可言巧, 巧不可言怪, 以怪爲巧, 此魯直所以代興[1]也.

주석 1 代興(대흥): 번갈아 흥하다.

## 10

매요신의 오언율시는 다른 체재에 비해 많이 수록되었는데, 〈조당재숙朝堂齋宿〉·〈송이강백부무당도감送李康伯赴武當都監〉·〈송유자사전승재무산送劉子思殿丞宰巫山〉·〈정인급제동귀후부양주막鄭戭及第東歸後赴洋州幕〉·〈송왕추관재상낙선귀관중送王推官宰上洛先歸關中〉 등은 체재가 진실로 정체다.

다음의 시구는 예스럽고 담담하여 정취가 있다.

"서리 내리는데 곰이 나무에 오르고, 숲 속 고요한데 사슴이 시냇물 마시네.霜落熊升樹, 林空鹿飮溪."

"시냇물 크게 일어나 해신 해약海若이 보이고, 경쇠 소리가 강기슭으로 들어가네.川濤觀海若, 霜磬入江濆."

"교룡이 호각소리에 놀라고, 운무가 옷을 적시네.蛟龍驚鼓角, 雲霧濕衣裘."

"땅의 증기는 남방의 비와 잇닿고, 산의 습기는 바다의 구름과 뒤섞이네.地蒸蠻雨接, 山潤海雲交."

"부서진 책상에는 경서經書가 훼손되었는데, 새 무덤에서 나무뿌리 돋아 나네.破案殘經卷, 新墳出樹根."

"낙타가 모래톱의 물 얼어 울고, 수리새 낮게 뜬 눈구름에 부딪치네.駝鳴沙水凍, 鵰擊雪雲低."

"한나라 역관은 구름을 타고 가며, 오랑캐는 눈을 밟으며 끌고 가네.漢驛凌雲去, 胡人踏雪牽."[9]

"북두칠성처럼 굽이굽이 모래톱에 날아와, 높이 올랐다가 풀벌레에 다가가네.斗折來沙觜, 相高接草蟲."[10]

"혼자 나는 새 노을 밖으로 날아가고, 석양이 나뭇가지 밝게 비추네.獨鳥去煙外, 斜陽明樹頭."

"산길 길어 야윈 말이 지치고, 달이 어두우니 괴이한 새가 울어대네.山長羸馬困, 月黑怪禽啼."

다음의 시구는 더욱 생경하다.

"대장은 마구 날아온 화살에 맞고, 패잔 병사는 부질없이 창을 메

9) 〈탁타橐駝〉.
10) 〈연燕〉.

네. 大將中流矢, 殘兵空負戈."

"인솔한 군대에 기병이 많이 없지만, 길을 뚫어 오랑캐를 생포했네. 提兵無百騎, 偸路執生羌."

"황폐한 성에는 말이 들어오지 않고, 무너진 무덤에는 여우가 숨어 있네. 廢城無馬入, 破塚有狐藏."

"베개 밀쳐내고 두보의 〈고안孤鴈〉을 감상하고, 거문고 당겨 백아의 〈괴릉壞陵〉을 연주하네. 推枕感孤鴈, 抽琴彈壞陵."

"달빛 받으며 와강渦江 하류로 들어가, 돛을 내리고 산기슭에 대네. 帶月入渦尾, 落帆防石根."

"맑은 물에 초가집이 비치고, 맑은 바람에 벼꽃이 피어나네. 白水照茅屋, 淸風生稻花."

"기러기가 넓은 봉전葑田에 내려앉고, 배가 가을 모래섬을 지나네. 鴈落葑田闊, 船過菱渚秋"

"추운 집에 비오는 소리 세차게 들리고, 젖은 창문에는 수심이 뚫고 지나가네. 寒屋猛添響, 濕窗愁打穿"11)

"대나무 숲의 불빛 반은 사라지고, 초가집의 닭 울음 수차례 들리네. 半滅竹林火, 數聞茅屋雞."

"옛 절은 깊은 숲 속에 들어가 있고, 들판의 샘물이 깊은 도랑에서 울리네. 古寺入深樹, 野泉鳴暗渠."

구양수가 칭찬한 것은 바로 예스럽고 담담한 것과 생경한 것에 있어서일 뿐이다. 따라서 매요신의 오언율시는 여러 체재 중 으뜸일 뿐 아니라 마땅히 송시 중에서도 으뜸이다.

---

11) 〈문우聞雨〉.

해제

매요신의 오연율시 중 고상하고 담담한 것과 생경한 시구의 예를 들었다.

聖俞五言律入錄者較諸體爲多, 如“玉燭陪祠日”[1], “城下漢江流”[2], “千里向巴東”[3], “郄生方得桂”[4], “跨馬獨歸日”[5]等篇, 體實爲正. 他如“霜落熊升樹, 林空鹿飮溪.”[6] “川濤觀海若, 霜磬入江濆.”[7] “蛟龍驚鼓角, 雲霧濕衣裘.”[8] “地蒸蠻雨接, 山潤海雲交.”[9] “破案殘經卷, 新墳出樹根.”[10] “駝鳴沙水凍, 鵰擊雪雲低.”[11] “漢驛凌雲去, 胡人踏雪牽.”[12][橐駝] “斗折來沙觜, 相高接草蟲.”[13][燕] “獨鳥去煙外, 斜陽明樹頭.”[14] “山長羸馬困, 月黑怪禽啼”[15]等句, 古淡有味[16]; 如“大將中流矢, 殘兵空負戈.”[17] “提兵無百騎, 偷路執生羌.”[18] “廢城無馬入, 破塚有狐藏.”[19] “推枕感孤鴈, 抽琴彈壞陵.”[20] “帶月入渦尾, 落帆防石根.”[21] “白水照茅屋, 淸風生稻花.”[22] “鴈落葑田闊, 船過菱渚秋.”[23] “寒屋猛添響, 濕窗愁打穿.”[24][聞雨] “半滅竹林火, 數聞茅屋雞.”[25] “古寺入深樹, 野泉鳴暗渠”[26]等句, 更爲苦硬. 歐公所推, 正在古淡與苦硬耳. 故聖俞五言律不特爲諸體第一, 亦當爲宋人第一也.

1 玉燭陪祠日(옥촉배사일): 매요신의 〈조당재숙朝堂齋宿〉을 가리킨다.

2 城下漢江流(성하한강류): 매요신의 〈송이강백부무당도감送李康伯赴武當都監〉을 가리킨다.

3 千里向巴東(천리향파동): 매요신의 〈송유자사전승재무산送劉子思殿丞宰巫山〉을 가리킨다.

4 郄生方得桂(극생방득계): 매요신의 〈정인급제동귀후부양주막鄭戴及第東歸後赴洋州幕〉을 가리킨다.

5 跨馬獨歸日(과마독귀일): 매요신의 〈송왕추관재상낙선귀관중送王推官宰上洛先歸關中〉을 가리킨다.

6 霜落熊升樹(상락웅승수), 林空鹿飮溪(임공록음계): 서리 내리는데 곰이 나무에 오르고, 숲 속 고요한데 사슴이 시냇물 마시네. 매요신 〈노산산행魯山山行〉의 시구다.

7 川濤觀海若(천도관해약), 霜磬入江濆(상경입강분): 시냇물 크게 일어나 해신 해약(海若)이 보이고, 경쇠 소리가 강기슭으로 들어가네. 매요신 〈감로사甘露寺〉의 시구다.

8 蛟龍驚鼓角(교룡경고각), 雲霧濕衣裘(운무습의구): 교룡이 호각소리에 놀라고, 운무가 옷을 적시네. 매요신 〈송서군장비승지양산군送徐君章秘丞知梁山軍〉의 시구다.

9 地蒸蠻雨接(지증만우접), 山潤海雲交(산윤해운교): 땅의 증기는 남방의 비와 잇닿고, 산의 습기는 바다의 구름과 뒤섞이네. 매요신 〈송번우두간주부送番禺杜杆主簿〉의 시구다.

10 破案殘經卷(파안잔경권), 新墳出樹根(신분출수근): 부서진 책상에는 경서經書가 훼손되었는데, 새 무덤에서 나무뿌리 돋아 나네. 매요신 〈조광갱혜등상인吊礦坑惠燈上人〉의 시구다.

11 駝鳴沙水凍(타명사수동), 鵰擊雪雲低(조격설운저): 낙타가 모래톱의 물 얼어 울고, 수리새 낮게 뜬 눈구름에 부딪치네. 매요신 〈송이학사공달북사送李學士公達北使〉의 시구다.

12 漢驛凌雲去(한역릉운거), 胡人踏雪牽(호인답설견): 한나라 역관은 구름을 타고 가며, 오랑캐는 눈을 밟으며 끌고 가네. 매요신 〈탁타橐駝〉의 시구다.

13 斗折來沙觜(두절래사자), 相高接草蟲(상고접초충): 북두칠성처럼 굽이굽이 모래톱에 날아와, 높이 올랐다가 풀벌레에 다가가네. 매요신 〈연燕〉의 시구다.

14 獨鳥去煙外(독조거연외), 斜陽明樹頭(사양명수두): 혼자 나는 새 노을 밖으로 날아가고, 석양이 나뭇가지 밝게 비추네. 매요신 〈화장사조응지만경和張士曹應之晚景〉의 시구다.

15 山長羸馬困(산장리마곤), 月黑怪禽啼(월흑괴금제): 산길 길어 야윈 말이 지치고, 달이 어두우니 괴이한 새가 울어대네. 매요신 〈산중야행山中夜行〉의 시구다.

16 古淡有味(고담유미): 예스럽고 담담하며 정취가 있다.

17 대장중류시(大將中流矢), 잔병공부과(殘兵空負戈): 대장은 마구 날아온 화살에 맞고, 패잔 병사는 부질없이 창을 메네. 매요신 〈고원전故原戰〉의 시구다.

18 提兵無百騎(제병무백기), 偸路執生羌(투로집생강): 인솔한 군대에 기병이 많이 없지만, 길을 뚫어 오랑캐를 생포했네. 매요신 〈동저작상위참모귀화서사董著作嘗爲參謀歸話西事〉의 시구다.

19 廢城無馬入(폐성무마입), 破塚有狐藏(파총유호장): 황폐한 성에는 말이 들어오지 않고, 무너진 무덤에는 여우가 숨어 있네. 매요신 〈여하후역장당민유촉강대명사與夏侯繹張唐民遊蜀岡大明寺〉의 시구다.

20 推枕感孤鴈(추침감고안), 抽琴彈壞陵(추금탄괴릉): 베개 밀쳐내고 두보의 〈고안孤鴈〉을 감상하고, 거문고 당겨 백아의 〈괴릉조壞陵操〉를 연주하네. 매요신 〈팔월십야광문직문영숙내당八月十夜廣文直聞永叔內當〉의 시구다.

21 帶月入渦尾(대월입와미), 落帆防石根(낙범방석근): 달빛 받으며 와강渦江 하류로 들어가, 돛을 내리고 산기슭에 대네. 매요신〈와구渦口〉의 시구다.

22 白水照茅屋(백수조모옥), 淸風生稻花(청풍생도화): 맑은 물에 초가집이 비치고, 맑은 바람에 벼꽃이 피어나네. 매요신 〈전가사시田家四時〉의 시구다.

23 鴈落葑田闊(안낙봉전활), 船過菱渚秋(선과릉저추): 기러기가 넓은 봉전葑田에 내려앉고, 배가 가을 모래섬을 지나네. 매요신〈부삽임군유시상송잉회구상인차기운赴霅任君有詩相送仍懷舊賞因次其韻〉의 시구다.

24 寒屋猛添響(한옥맹첨향), 濕窗愁打穿(습창수타천): 추운 집에 비오는 소리 세차게 들리고, 젖은 창문에는 수심이 뚫고 지나가네. 매요신 〈문우聞雨〉의 시구다.

25 半滅竹林火(반멸죽림화), 數聞茅屋雞(수문모옥계): 대나무 숲의 불빛 반은 사라지고, 초가집의 닭 울음 수차례 들리네. 매요신 〈숙소태문우인매우감인회정영숙宿邵埭聞雨因買藕芡人回呈永叔〉의 시구다.

26 古寺入深樹(고사입심수), 野泉鳴暗渠(야천명암거): 옛 절은 깊은 숲 속에 들어가 있고, 들판의 샘물이 깊은 도랑에서 울리네. 매요신〈여정중둔전유광교사與正仲屯田遊廣教寺〉의 시구다.

## 11

매요신이 시에서 말했다.

"내가 시에 대해 말한 것이 어찌 헛되겠는가, 사건에 따라 풍자를 일으켜 짧은 글 짓네. 말이 비록 비루해도 자못 괴로움을 이기고, 소아 · 대아에 이르지 못했지만 차마 덜어내지 못하네."

그러므로 그의 시에는 비록 기변이 많지만, 풍유와 권면의 시는 대부분 정체로 귀결된다.

유극장이 말했다.

"매요신이 나온 이후에 복수濮水의 뽕나무 숲 사이의 음란하고 비속한 노래가 점차 그쳤으며, 풍아의 기세가 다시 이어졌다."

이것은 바로 송대의 의론이다. 그러나 어려워 뜻이 명확하지 않고 시어가 생소한 것을 이아二雅로 삼은 것이 이미 크게 잘못되었고, 괴이하고 비속한 것을 이아로 삼은 것은 더욱 심하게 정도에서 벗어났다.

해제

매요신은 위의 시 〈답배송서의答裴送序意〉에서 현실을 반영하는 시를 쓸 것을 주장했다. 이러한 주장은 구양수·소순흠 등과 함께 송초의 서곤체를 반대하는 과정에서 나왔다. 허학이는 매요신의 이러한 현실을 반영하는 시 중 대부분이 《시경》의 미자美刺 전통을 이어받은 것이어서 정체로 돌아갔다고 보면서도 그중 뜻이 명확치 않고 생소한 것이나 괴이하고 비속한 것을 이아로 여기는 것은 심각한 오류라고 지적했다.

원문

聖俞詩云: "我於詩言豈徒爾, 因事激諷成小篇. 辭雖淺陋頗尅苦, 未到二雅未忍損."[1] 故其詩雖多奇變, 而諷勸多歸於正. 劉後村云: "宛陵[2]出而後桑濮[3]之哇淫[4]稍息[5], 風雅之氣脉[6]復續." 此正宋人議論. 然以晦僻爲二雅旣大失之, 以怪惡鄙俗爲二雅, 則背戾滋甚矣.

주석

1 我於詩言豈從爾(아어시언개종이), 因事激諷成小篇(인사격풍성소편). 辭雖淺陋頗尅苦(사수천루파극고), 未到二雅未忍損(미도이아미인손): 내가 시에 대해 말한 것이 어찌 헛되겠는가, 사건에 따라 풍자를 일으켜 짧은 글 짓네. 말이 비록 비루해도 자못 괴로움을 이기고, 소아·대아에 이르지 못했지만 차마 덜어내지 못하네. 매요신의 〈답배송서의答裴送序意〉의 시구다.

2 宛陵(완릉): 매요신梅堯臣. 매요신은 완릉 사람이다.

3 桑濮(상복): '桑間濮上(상간복상)'의 준말로 망국의 음악이나 음란한 노래를 가리킨다. 복수濮水 가에 있는 뽕나무 숲 사이에서 유행한 데서 유래했다.

4 哇淫(왜음): 음란하고 비속하다.

5 息(식): 그치다. 끝나다.

6 氣脉(기맥): 시문의 기세·구조·맥락 등을 가리킨다.

## 12

매요신이 시에서 말했다.

"글자의 정교함을 구하고자 하니, 붓을 들자 시어가 많이 막히네."

또 말했다.

"거친 말이 원활하지 못하고, 많고 많은 말이 능검보다 극심하네."

그러므로 그 여러 체재가 이해하기 힘들고 뜻이 분명하지 않아서 읽으면 사람을 혼절하게 한다. 오·칠언 고시는 체제와 음조가 열에 하나도 얻을 것이 없으니, 예로부터 이러한 문호는 있지 않았다.

그의 〈답정중시答正仲詩〉에서 말했다.

"글을 써서 다른 사람에게 주면, 백에 한 번도 끄덕임을 얻지 못하네."

과연 이와 같다면 또 어찌 '세상에 지음知音이 없다'고 말할 수 있겠는가?

**해제** 매요신은 송시의 시풍을 연 시인으로서 독창적인 내용과 표현을 시에 담았다. 그러나 매요신의 시에는 괴이하고 생경한 것이 많아서 이해하기가 힘듦을 거듭 강조했다. 매요신 스스로가 "글을 써서 다른 사람에게 주면, 백에 한 번도 끄덕임을 얻지 못하네"라고 한탄할 지경이었으므로 그의 시풍이 얼마나 난해한지 짐작할 수 있다.

**원문** 聖兪詩云: "欲探文字工, 下筆語多礙."[1] 又云: "苦辭未圓熟, 刺口劇菱芡."[2] 故其諸體艱澀晦僻, 讀之使人悶絶[3]. 五七言古, 體製·音調十不得一, 從古未有此門戶. 其答正仲詩云: "作文持與人, 百不得一頷." 果爾, 又安可謂世無知音耶?

**주석** 1 欲探文字工(욕탐문자공), 下筆語多礙(하필어다애): 글자의 정교함을 구하고자 하니, 붓을 들자 시어가 많이 막히네. 매요신 〈기사개봉재설찬선寄謝開封宰薛贊

善〉의 시구다.

2 苦辭未圓熟(고사미원숙), 刺口劇菱芡(자구극능검): 거친 말이 원활하지 못하고, 많고 많은 말이 능금보다 극심하네. 매요신 〈의운화안상공依韵和晏相公〉의 시구다.

3 悶絶(민절): 기절하다.

## 13

매요신의 괴이함은 진실로 황정견의 선구가 되었으니, 곧 변체 중의 변체다.

그의 〈답구양공기서시答歐陽公寄書詩〉에서 말했다.

"새로운 시를 짓고서 부치지 않는 것은, 그대의 신중함이 보이기 때문이라네. 여태까지 지금과 같이 할 수 있었다면, 어찌 결점을 볼 수 있었겠는가?"

이것은 바로 황정견이 소식의 시구가 옛 시인들에게 미치지 못한다고 비난한 것과 같다. 참으로 이상한 일이어서 진실로 알지 못하겠다.

해제 매요신의 괴이한 시풍이 후일 황정견에게 영향을 미쳤음을 지적했다.

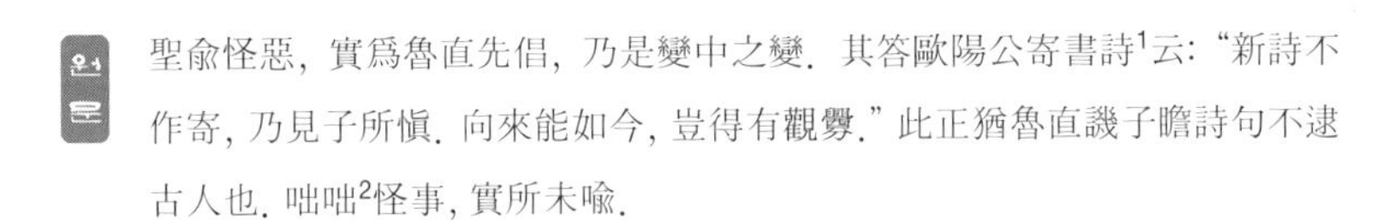
원문 聖兪怪惡, 實爲魯直先倡, 乃是變中之變. 其答歐陽公寄書詩[1]云: "新詩不作寄, 乃見子所愼. 向來能如今, 豈得有觀釁." 此正猶魯直譏子瞻詩句不逮古人也. 咄咄[2]怪事, 實所未喩.

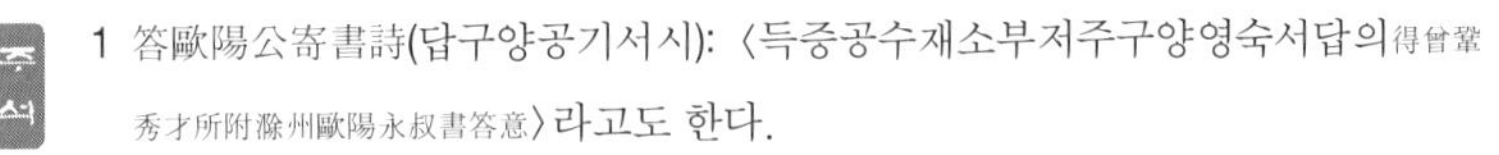
주석 1 答歐陽公寄書詩(답구양공기서시): 〈득증공수재소부저주구양영숙서답의得曾鞏秀才所附滁州歐陽永叔書答意〉라고도 한다.

2 咄咄(돌돌): 괴이쩍어 놀라는 소리. 의외의 일에 놀라 내는 소리.

## 14

매요신·황정견의 시는 모두 괴변인데, 황정견의 시에 대해서는 왕세정과 호응린의 논의에서 일찍이 언급했으나 유독 매요신에 대해서는 지적한 사람이 없었다. 매요신의 작품이 황정견보다 갑절이어서 사람들이 대부분 다 볼 수 없었기 때문이므로, 나는 특별히 매요신에 대해 상세하게 말한다.

해제 매요신의 시는 현재 전해지는 것이 2900여 수로 송나라 시인들 중에서는 육유의 9200여 수, 양만리의 4200여 수에 이어 세 번째로 많다. 사람들이 매요신의 시풍이 괴변인 줄 잘 알지 못하는 것은 그의 시를 다 읽지 못한 까닭이라고 지적하고, 특별히 매요신에 관해 상세하게 논하여 송대의 시론을 보충했음을 밝혔다.

원문 聖俞·魯直之詩俱屬怪變, 而魯直詩元美·元瑞論嘗及之, 惟聖俞獨無指摘者, 蓋聖俞篇什倍於[1]魯直, 人多不能盡觀, 故余特詳言之.

주석 1 倍於(배어): … 보다 갑절이다.

## 15

혹자는 매요신과 황정견의 괴이하고 편벽된 시구가 《시원변체》에 지나치게 많이 수록된 것을 이상하게 여기며, 독자가 쉽게 싫증을 낼까 봐 걱정한다. 내가 생각건대 두 사람의 시에 대해서는 선현들이 대부분 명백히 밝히지 않은데다가 그 전체 문집을 사람들이 다 읽으려 하지 않으니, 괴이하고 편벽된 것을 전체 다 수록할 수 없는 이상 시구를 많이 가려 뽑는 것 또한 허락하지 않는다면, 사람들이 끝내 송나라 시인들의 극변極變을 알 수 없을 것이다.

해제 매요신과 황정견의 괴이한 시구는 변체 중의 변체이긴 하지만, 그 전모를 알리고 송시의 극변에 대한 이해를 돕기 위해 시선집에 다소 많이 수록했음을 밝혔다.

원문 或疑聖俞·魯直怪僻句采入辯體過多, 恐讀者易厭[1]. 愚謂: 二家之詩, 前賢多未發明[2], 其全集人未肯竟[3]讀, 怪僻者全篇既不可編入, 而摘句又不容多, 則人終不能知宋人之極變也.

주석
1 易厭(이염): 쉽게 싫증내다.
2 發明(발명): 명백히 밝히다.
3 竟(경): 다하다. 끝내다.

## 16

왕세정과 호응린의 시론은 정체에 대해서는 비록 깨달았지만 변체에 대해서는 이해하지 못했다. 원굉도는 정체에 대해서는 비록 알지 못했으나 변체에 대해서는 참으로 깨달았다.

원굉도가 말했다.

"이백과 두보에 이르러 시도가 비로소 커졌다. 한유·유종원·원진·백거이·구양수는 시성詩聖이며, 소식은 시신詩神이다."

이백, 두보, 유종원과 네 명을 함께 논한 것은 진실로 정변의 체재를 알지 못한 것이다. 한유·백거이·구양수를 시성이라 하고, 소식을 시신이라 한 것은 변체의 실체를 이해한 것이다.[12] 시험 삼아 오언고시를 논해 보면 한유·백거이·구양수·소식은 비록 각기 그 지극한 경지에 이르렀지만 재주가 다르다. 한유는 재주가 본래 구양수를 능가하는데, 전체 문집을 살펴보면 한유는 풍격이 너무 광활하고 구

12) 전집前集(제24권)의 원화에 관한 논의 제3칙과 참조하여 보기 바란다.

양수는 수록된 작품은 비교적 많으나 뛰어난 것이 다소 부족하며 한유를 본떴음을 면치 못한다. 백거이는 비록 독자적인 문호를 세울 수 있었지만 그 전체 문집을 살펴보면 체재가 쓸데없이 긴 것이 많고 기세 또한 나약하다. 소식에 이르러서 재주가 완미해지고 조예도 아울러 지극하게 되었으므로, 분방한 곳에 수렴이 있고 다 쏟아낸 곳에 함축이 있다. 대체로 한유·백거이·구양수는 본래 조예가 없지만, 소식은 진실로 조예가 있다. 네 사람을 종합해서 논하면, 소식이 제일 위고 한유가 그 다음이며, 백거이가 그 다음이고 구양수가 또 그 다음인데, 원진은 취할 만하지 않다. 송나라 시인들은 먼저 소식과 황정견을 칭송하지만, 황정견의 여러 체재는 제멋대로이며 괴이하고 편벽하여 마침내 변체 중의 변체가 되었다.

이에 왕세정은 다음과 같이 말했다.

"정교할수록 더욱 졸렬해지고, 새로울수록 더욱 진부해지며, 가까울수록 더욱 멀어졌다."

또한 다음과 같이 말했다.

"황정견은 소승小乘에도 부족하니 바로 외도外道며, 이미 방생傍生의 정취 속으로 떨어졌다."

그러나 황정견은 결국 강서시파의 창시자가 되어 송나라가 끝날 때까지 나쁜 영향을 미쳤다. 원굉도는 구양수와 소식을 오직 치켜세우면서 황정견을 방치하고 논하지 않았으니, 송대 시론의 공신이라고 하겠다.

해제 송나라 대표 시인에 관한 왕세정, 호응린, 원굉도의 견해를 비교하여 논했다.

원문 元美·元瑞論詩, 於正者雖有所得, 於變者則不能知. 袁中郞於正者雖不能

知, 於變者實有所得. 中郎云: "至李杜而詩道始大. 韓・柳・元・白・歐, 詩之聖也; 蘇, 詩之神也." 以李・杜・柳與四家並言, 固不識正變之體; 以韓・白・歐爲聖, 蘇爲神, 則得變體之實矣. [與前集元和論第三則參看.] 試以五言古論之, 漢・白・歐・蘇雖各極其至, 而才質不同. 韓才質本勝歐, 但以全集觀, 則韓太蒼莽, 歐入錄較多而警絶稍遜, 然不免步武退之. 白雖能自立門戶, 然視其全集, 則體多冗漫, 而氣亦孱弱[1]矣. 至於蘇, 則才質備美[2], 造詣兼至, 故奔放處有收斂, 傾倒處有含蓄. 蓋三子本無造詣, 而蘇則實有造詣也. 總四家而論, 蘇爲上, 韓次之, 白次之, 歐又次之, 而元不足取. 宋人首稱蘇黃, 黃諸體恣意怪僻, 遂爲變中之變. 元美謂其"愈巧愈拙, 愈新愈陳, 愈近愈遠", 又云"魯直不足小乘, 直是外道, 已墮傍生[3]趣中"是也. 然黃竟爲江西詩派[4]之祖, 流毒終於宋世, 中郎直擧歐蘇而置黃勿論, 可爲宋代功臣.

1 孱弱(잔약): 나약하다.
2 備美(비미): 완미하다.
3 傍生(방생): 새・짐승・벌레・물고기 등 온갖 동물을 말함. 축생畜生과 같음.
4 江西詩派(강서시파): 북송의 황정견과 진사도 등을 필두로 한 시가 유파다. 여본중의 《강서시사종파도江西詩社宗派圖》에 황정견 이하 25인의 이름을 거론한 것에서 유래한다. 여본중, 증기曾幾, 진여의陳與義 등도 후기의 강서시파로 일컬어지며 양만리楊萬里, 범성대范成大, 육유陸游 등도 강서시파와 관련이 있다. 강서시파는 두보를 종주로 하고 도연명・이백・한유 등을 높이며, 서곤파와 왕안석・소식 등도 부분적으로 따르고 있어 송시를 집대성한 유파라 할 수 있다. 이들은 환골탈태換骨奪胎, 점철성금點鐵成金, 이속위아以俗爲雅 등의 이론을 내세우며, 요체拗體를 즐겨 쓰고 용사用事를 중시했다.

## 17

구양영숙歐陽永叔[13)]의 고시에 대해 원굉도가 "도도하게 넓게 흘러 강물과 같다"고 말한 것은 옳다. 소식이 "구양수의 시부는 이백과 비

13) 이름 수脩.

슷하다"고 말한 것은 여러 체재 중 당시의 음조와 비슷한 것을 가지고 말한 것이다.

해제 구양수에 관한 논의다. 구양수는 근체시에 비해 고시의 성취가 더 뛰어나다. 일반적으로 구양수의 고시는 한유와 이백, 매요신의 영향을 받았다고 평가되는데, 여기서는 이백을 계승한 호방한 풍격에 대해 논했다. 일례로 구양수의 〈여산고증동년유중윤귀남강廬山高贈同年劉中允歸南康〉은 이백의 〈여산요廬山謠〉와 비슷하게 호방한 풍격이 잘 드러나는 작품이다.

원문 歐陽永叔[名脩]古詩, 中郎謂"滔滔[1]莽莽[2], 有若江河"是也. 東坡云"歐陽子詩賦似李白", 此以諸體近唐調者言之.

주석
1 滔滔(도도): 물이 넘쳐 흐르는 모양. 넓고 큰 모양.
2 莽莽(망망): 수면水面이 넓고 큰 모양.

## 18

여본중이 말했다.

"동파東坡[14]의 장구長句는 기복이 커서 변화를 예측할 수 없으니, 잡극雜劇에서 맹수를 잡으려면 배우를 등장시켜야 하는데 오히려 맹수를 잡으려고 배우를 퇴장하게 하는 것과 같다."

《서청시화西淸詩話》에서 말했다.

"소식은 타고난 재능이 광달하여 옛 문인들이 도달하지 못한 부분을 거의 다 분명하게 밝혔으니, '만곡萬斛의 원천'이라고 해도 지나치지 않다."

내가 생각건대 한유 · 백거이 · 구양수 · 소식은 모두 재주를 서로

14) 소식蘇軾. 자 자첨子瞻.

다투었는데, 한유와 소식은 오언고시에서 더욱 완전히 변화를 이룰 수 있었다. 왕세정이 "소식의 시를 읽으면 학문은 보이지만 결코 재주는 없는 것 같다"고 말한 것은 이해할 수가 없으니 오자가 있는 것이 아닌가 한다.

해제 소식의 시에 관한 논의다. 소식은 재주가 커서 시의 풍격이 변화무쌍함을 지적했다. 또한 소식의 고시는 1100여 수로 전체의 3분의 1에 해당하는데, 그중 칠언은 그의 호방한 풍격을 가장 잘 보여준다. 송초의 서곤체풍은 매요신, 구양수를 이어 소식에 이르러서 완전히 쇄신되었다.

원문 呂居仁云: "東坡[蘇軾, 字子瞻]長句波瀾浩大[1], 變化不測, 如作雜劇, 打猛[2]諢[3]入, 却作打猛諢出." 西淸詩話[4]云: "東坡天才宏放, 凡古人所不到處發明殆盡, '萬斛[5]源泉[6]', 未爲過也." 愚按: 韓·白·歐·蘇俱以才力相勝, 而韓蘇五言古尤能盡變. 元美乃云"讀子瞻詩, 見學矣, 然似絶無才者", 此不可曉, 疑有誤字.

주석
1 波瀾浩大(파란호대): 문장의 변화가 넓고 크다.
2 打猛(타맹): 맹수를 잡다.
3 諢(원): 원관諢官. 즉 배우를 가리킨다.
4 西淸詩話(서청시화): 북송 시기 채경蔡京의 막내아들인 채조蔡絛가 지은 시화집이다. 《금옥시화金玉詩話》로도 불린다. 필기체筆紀體를 사용하여 시가 작품을 평론하고 시인의 언행을 서술했으며 시가 이론에 대해 논했다. 선화宣和 연간에 책으로 완성되었으며 모두 3권이다.
5 萬斛(만곡): 용량이 극도로 많음을 가리킨다. '斛(곡)'은 열 말의 용량을 말한다.
6 源泉(원천): 물이 흘러나오는 근원. 사물이 생기는 근원.

## 19

장순민张舜民이 말했다.

"소식의 시는 군기고軍器庫가 갑자기 열린 것 같아서 병기가 죽 늘어서 있기에 자신도 모르게 마음이 두려워지나, 자세히 조사해보면 날카로운 것과 무딘 것이 다 있다."

내가 생각건대 소식의 오·칠언 고시는 차운次韻에서 완전히 구애되고, 또 응수應酬에서 식상하며, 험운險韻이 반복적으로 네다섯 개인 것이 있으니, 어찌 부자연스럽고 거칠지 않겠는가. 혹자가 "이백의 장편을 읽으면 마치 운이 없는 것 같다"고 말한 것은 완전히 자연스러움에 바탕을 두었기 때문이다.

해제 소식의 오·칠언 고시의 다양한 기풍에 관해 언급했다.

원문 張芸叟[1]云: "子瞻詩如武庫[2]乍[3]開, 矛戟[4]森然[5], 不覺令人神慴[6], 子細檢點, 不無利鈍[7]." 愚按: 子瞻五七言古, 一牽於[8]次韻[9], 再傷於[10]應酬[11], 險韻[12]有往復四五者, 安得不扭捏[13]牽率[14]也. 或謂"讀太白長篇如無韻者", 蓋一本乎自然耳.

주석
1 張芸叟(장운수): 장순민(张舜民). 북송 시기의 문학가이자 화가다. 자가 운수며 호는 정재矴齋고 자호는 부휴거사浮休居士다. 생졸년은 미상이며, 빈주邠州 곧 지금의 섬서 빈현彬縣 사람이다. 시인 진사도陳師道의 자형姊兄이다. 치평治平 2년(1065)에 진사가 되어 양악襄樂의 현령이 되었다. 원우元祐 초에 감찰어사監察御史를 지냈다. 사람됨이 강직하고 직언을 서슴지 않았다. 휘종 때에 우간의대부右諫議大夫가 되었으나 얼마 후 용도각대제龍圖閣待制가 되어 정주定州를 다스렸다. 장순민의 사詞는 소식의 풍격과 매우 흡사하여 소식의 작품으로 오해받기도 했다. 그림에도 재능이 있었는데, 특히 산수화에 뛰어났다. 문집으로 《화만집畫墁集》 8권, 보유補遺 1권이 있다.
2 武庫(무고): 무기를 넣어두는 곳집. 군기고軍器庫. 박학다식한 사람을 비유한다.
3 乍(사): 잠깐. 갑자기.
4 矛戟(모극): 창. 병기兵器.
5 森然(삼연): 죽 늘어선 모양.

6 神㥾(신쌍): 마음이 두렵다.
7 利鈍(이둔): 날카롭고 무디다.
8 牽於(견어): … 에 구애되다. … 에 구속받다.
9 次韻(차운): 남이 지은 시의 운자를 따서 시를 짓다. 또는 그렇게 지은 시를 가리킨다.
10 傷於(상어): … 에 식상하다.
11 應酬(응수): 응대하다.
12 險韻(험운): 시운 중에서 글자 수가 비교적 적은 운부韻部, 착운窄韻이라고도 한다. 관운寬韻의 대가 되는 말이다.
13 扭捏(뉴날): 부자연스럽게 창작하다.
14 牽率(견솔): 거칠다.

## 20

소식의 화도시和陶詩는 각 편마다 차운하며 심하게 얽매였지만, 경계境界가 각기 다르고 의미 또한 다르다. 예를 들어 '화귀원전和歸園田'은 백수산白水山에서 여지포荔枝浦까지 유람하며 화작한 것이지만, 그 경계와 의미가 분명하게 서로 부합되지 않는데, 어찌 그것이 도연명의 시에 화운한 것이겠는가. 다른 것도 대체로 이와 비슷하다. 또 의고와 잡시 등의 작품은 전고를 사용하며 거의 허구虛句가 없으므로 도연명의 풍격에서 더욱 멀어졌다.

소식 화도시에 관한 논의다. 소식은 도연명의 모든 시에 화운을 하여 124수의 화도시를 남겼다. 화운시기 때문에 역대의 소식 화도시에 대한 평가는 도연명 시와 비슷한지 아닌지에 주로 집중되었다. 청대의 기윤紀昀은 소식의 화도시가 "평담함을 지극히 하여 깊은 맛이 있으며, 풍격이 도연명과 비슷하다極平淡而有深味, 神似陶公"고 평가했다. 그러나 많은 비평가들은 소식의 화도시가 도연명의 시에 운을 맞추었을 뿐 표현해 낸 것은 순전히 소식의 사상과 감정이라고 보고 있는데, 허학이 역시 그러한 입장에서 소식의

도화시를 논했다.

子瞻和陶詩[1], 篇篇次韻, 旣甚牽縶[2], 又境界各別, 旨趣亦異. 如和歸園田, 乃以游白水山至荔枝浦當之, 其境趣判不相合[3], 安在其爲和陶也. 其他率多類此. 又如擬古[4]雜詩[5]等作, 用事殆無虛句, 去陶益遠.

1 和陶詩(화도시): 진나라 이후 여러 시인들이 도연명의 시를 추숭하여 차운의 형식으로 지은 시를 말한다. 북송 소식에게서 시작되었다. 소식은 과감히 관직을 버리고 전원으로 돌아간 도연명을 흠모하여, 도연명의 모든 시에 화답한 화도시를 지음으로써 오래전에 죽은 옛날 사람의 시에 화답하는 새로운 시형을 개발했다. 소식의 화도시 이후로 이강李綱, 진기陳起, 주희朱熹, 금대金代의 조병문趙秉文, 원대元代의 학경郝經 등이 화도시를 남겼다.

2 牽縶(견칩): 얽매이다. 얽혀서 벗어날 수 없다.

3 判不相合(판불상합): 분명하게 서로 부합되지 않다.

4 擬古(의고): 도연명의 〈의고擬古〉에 소식이 화운한 시를 가리킨다.

5 雜詩(잡시): 도연명의 〈잡시雜詩〉에 소식이 화운한 시를 가리킨다.

## 21

소식이 황주黃州 · 양주揚州에 있을 때 지은 화도시는 결코 도연명의 시와 비슷하지 않다. 말년에 혜주惠州에서 화운한 것 중에는 다소 비슷한 시가 있다.

소식은 양주지사揚州知事를 지내면서 최초의 화도시인 〈화도음주시和陶飮酒詩〉 20수를 창작한 이후, 혜주惠州 폄적기에 47수, 해남海南 폄적기에 57수로 총 124수의 화도시를 창작했다. 소식의 화도시는 대부분이 유배지에서 창작된 것으로, 작품의 연원이 되는 도연명 시와의 관련성을 기준으로 분류하면, (1) 의식적으로 도연명의 시를 본받은 것, (2) 도연명 시의 영향을 받았으나 자신의 뜻이 반영된 것, (3) 도연명 시의 운을 빌어 새로운 자신의 시를 지은 것으로 분류할 수 있다.

子瞻在黃州[1]·揚州[2]有和陶詩, 絶不相肖[3]. 晩年在惠州[4]和陶, 稍有類者.

1 黃州(황주): 지금의 호북성 황강시黃岡市를 가리킨다. 소식은 원풍元豊 3년(1080) 황주로 폄직되어 4년 2개월 정도 생활했다.

2 揚州(양주): 지금의 강소성 양주시를 가리킨다. 원우 7년(1092) 소식은 반년간 영주태수潁州太守를 지내고 다시 양주태수로 부임하여 반년간 생활했다.

3 肖(초): 비슷하다.

4 惠州(혜주): 지금의 광동성 중남부 지역이다. 소성紹聖 원년(1094) 10월에 혜주로 폄직되어 1097년 해남으로 다시 폄직되기까지 여기서 약 3년간 머물렀다.

## 22

소식의 칠언절구는 풍격이 대부분 볼만한데, 격조 역시 구양수보다 뛰어나니 진실로 송시 중의 걸작이다.

공범례孔凡禮의 《소식시집蘇軾詩集》에 보이는 통계에 따르면, 소식의 현존하는 시는 2823수인데 그중 칠언절구는 약 620수다. 청나라 문인 방세거方世擧는 《난총시화蘭叢詩話》에서 "송대의 칠언절구는 대부분 뛰어난데, 왕사정의 《지북우담池北偶談》에 대략 채록되어 있으며, 또한 소식에 의해 개창되었다宋七絶多有獨勝, 王新城池北偶談略采之, 又由東坡開導也"고 했다. 소식의 칠언절구는 희녕熙寧 4년에서 원풍元豊 2년까지 9년간 창작된 것이 대체로 뛰어나다.

子瞻七言絶, 風調多有可觀, 氣格亦勝永叔, 自是宋人傑作.

## 23

유극장이 말했다.

"구양수의 시가 한유와 같다고 하는 것은 시론으로서 적절하지 않다."

《서청시화西淸詩話》에서 말했다.

"소식의 시는 동방삭이 극진히 간諫한 것과 같은데, 가끔 골계가 섞여 있으나 함축적인 것은 드물게 보인다."

이 논의는 모두 옳지만, 당시를 논평하는 데에는 가능하나 송시를 논평하는 데는 옳지 않다.

원굉도가 말했다.

"시는 구양수와 소식에 이르러서 도도하고 넓게 퍼지니 마치 큰 강과 같다."

이것 또한 정변을 구분하지 못한 것이다. 그러므로 구양수와 소식의 시에 대해서는 아름다워도 그 병폐를 알아야 하고 병폐가 있어도 그 아름다움을 알아야 비로소 안목이 있게 되는 것이다.

**해제** 구양수와 소식에 대한 평가에 관한 논의다. 송나라 시인의 작품을 논하면서 당시의 요소를 비교해서는 안 되며, 또 한 작가의 작품을 제대로 이해하기 위해서는 아름다운 것도 알아야 하겠지만 더욱 그 병폐를 잘 알아야 각 시인의 문학사적 의의를 좀 더 객관적으로 규명할 수 있을 것임을 강조했다.

**원문** 劉後村云: "歐公詩如韓昌黎, 不當以詩論." 西淸云: "坡詩如方朔極諫[1], 時雜滑稽, 罕逢醞藉." 此論皆正, 然可以論唐, 而非所以論宋也. 袁中郎云: "詩至歐蘇, 滔滔漭漭, 有若江河[2]." 此又不分正變. 故凡歐蘇之詩, 美而知其病, 病而知其美, 方是法眼.

**주석**
1 極諫(극간): 극진히 간諫하다.
2 江河(강하): 대하大河의 범칭.

## 24

방회가 말했다.

"혜홍惠洪이 황당무계하게 그 형 팽연재彭淵材의 주장을 드러내어 자고子固[15]가 시에 능하지 않다고 여기자, 학자들이 살피지 않고 줏대 없이 마구 따랐다. 증공의 시는 서곤체를 완전히 없애 버렸으니, 이른바 의미 없는 말들을 늘어놓으며 묘사하고 표현하는 것이 다 사라졌다."[16]

해제

증공에 관한 논의다. 증공은 산문이 뛰어났기에 시인으로서보다는 산문 작가로서의 명성이 높았다. 이에 진관秦觀은 "증공은 참으로 문장이 천하에서 뛰어나지만 시는 정교하지 못하다曾子固文章妙天下, 而有韵者輒不工"라고 했다. 진사도 역시 남의 말을 옮겨 전하며 "증공은 시에 뛰어나지 못하다曾子固短於韵語"고 했다. 이들의 평가는 증공의 시가 그의 산문보다 못하다는 것이었는데, 평연재彭淵才에게 이르러서는 "증공은 시에 능하지 못하다曾子固不能作詩"라고 변해 버렸다.

그 뒤 남송에 이르러 유극장과 조언약曹彦約 등이 팽연재의 관점에 반박하며 증공의 시 가치를 긍정적으로 평가하기 시작했다. 또 원대에 와서는 방회가 학자들이 평연재의 말을 무분별하게 받아들이는 풍토를 지적하면서, 증공의 시가 서곤체의 폐단을 없앤 것을 높이 평가했다. 허학이는 바로 방회의 관점에 동의하고 있는 것이다.

方虛谷云: "洪覺範[1]妄誕[2], 著其兄淵才[3]之說, 以爲子固[曾鞏]不能詩, 學者不察, 隨聲附和[4]. 子固詩一掃[5]崑體, 所謂鬪飣[6]刻畫[7]咸無之也."[以上八句皆虛谷語.]

15) 증공曾鞏.
16) 이상은 모두 방회의 말이다.

1 洪覺範(홍각범): 혜홍惠洪(1070-1128). 송나라 시기의 승려이자 문인이다. 덕홍德洪으로도 불리는데, 자가 각覺이고, 자호는 적음寂音이다. 균주筠州 신창新昌 곧 지금의 강서성 의풍宜豊 사람이다. 속성은 유씨喩氏, 또는 팽씨彭氏라고 한다. 14살 때 부모를 모두 잃고 승려가 되어 삼봉정선사三峰靚禪師의 시동이 되었다. 몇 차례 참소를 입어 옥살이를 했다. 금나라의 난리를 만나 암자로 물러가 있다가 남송 건염建炎 8년(1128)에 입적했는데, 세수世壽는 58세였다.

2 妄誕(망탄): 터무니없다. 황당무계하다.

3 淵才(연재): 팽연재彭淵材. 송나라 시기의 학자로 대악大樂을 잘 이해했다. 책 중에 단지 '연재'라고만 쓰고 성을 붙이지 않았는데, 사람들이 앞에 '류劉'를 잘못 붙여 '류연재'로 와전되기도 했다. 여기서는 혜홍이 그의 동생이라고 되어 있는데, 일설에는 그의 조카라고도 한다.

4 隨聲附和(수성부화): '부화뇌동附和雷同'과 의미가 같다. 줏대 없이 남의 의견에 따라 움직이다.

5 一掃(일소): 죄다 쓸어버리다. 모조리 없애 버리다.

6 鬪飣(투정): 의미 없는 말들을 늘어놓다.

7 刻畫(각화): 문자 등으로 묘사하고 표현하다.

## 25

증공의 칠언율시 중 당시의 격조인 것은 비록 수준의 높고 낮음이 있지만 여러 시인들과 비교하면 정체이므로, 송나라 시인들이 그가 시에 능하지 않다고 한 것은 마땅하다.

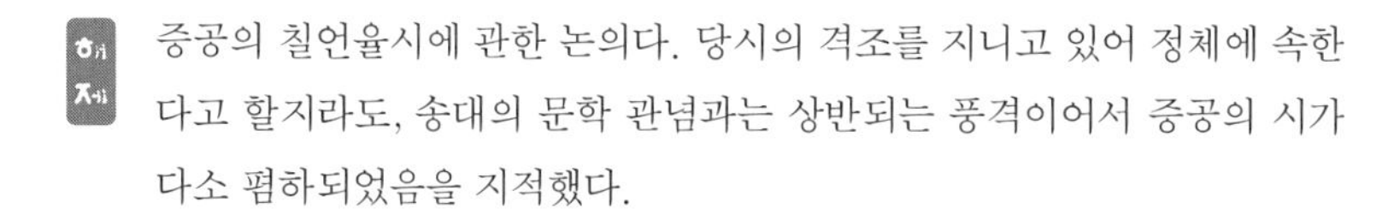

증공의 칠언율시에 관한 논의다. 당시의 격조를 지니고 있어 정체에 속한다고 할지라도, 송대의 문학 관념과는 상반되는 풍격이어서 증공의 시가 다소 폄하되었음을 지적했다.

子固七言律唐調雖有高下, 較諸家爲正, 宜宋人謂不能詩也.

## 26

왕개보王介甫[17]의 오 · 칠언 고시에는 정체도 있고 변체도 있는데, 재능이 구양수와 소식에 버금가나 정교함은 미치지 못했다. 또 재주에 의지하고 필치를 믿었으므로 광활하여 순일하지 못한 것이 많다.

해제 왕안석의 고시에 관한 논의다. 현존하는 왕안석의 시는 1500여 수가 전하는데, 그는 두보와 한유의 시를 숭상했으며, 두보를 배우는 데 있어 변화를 중시하고 새로움을 추구했다. 공력을 중시하여 시를 다듬는 데 뛰어났으며 자구의 유래를 따져 시어를 창작했다. 또한 시율을 엄격하게 지키고 험운險韻을 쓰기를 좋아해 '수척하고 강건한瘦硬勁健' 풍격으로 당시와는 색다른 특징을 보여주었다.

원문 王介甫[名安石]五七言古, 有正有變, 才力可次歐蘇, 而工巧弗逮. 又恃才信筆[1], 故多蒼莽不純.

주석 1 恃才信筆(시재신필): 재주에 의지하고 필치를 믿다. 재주 있는 필치를 믿다.

## 27

송나라의 칠언율시는 비록 당시를 변화시키는 데 집중했지만 자득自得의 정취도 있다. 왕안석은 대부분 만당의 치우친 음조여서 나쁜 구가 많고, 또 전고를 사용하며 허구가 없으므로 사장事障이라 할 수 있으니, 전체 문집을 살펴보면 곧 드러난다. 진사도는 "왕안석은 말년에 시가 더욱 정교해졌다"고 말했는데, 진실로 가면 갈수록 시에서 멀어졌을 뿐이다. 당경唐庚은 "왕안석은 두보의 구법을 깨달았다"고 말

17) 이름 안석安石.

했는데, 진실로 두보를 알지 못한 것이다.

해제 왕안석 칠언율시에 대한 비판이다. 왕안석의 시에는 어려운 제재를 취하고, 험운을 쓰고 성률이 순조롭지 못한 것들이 있음을 지적했다.

원문 宋人七言律雖着意[1]變唐, 然亦有自得之趣. 惟介甫大多晚唐僻調, 而惡句[2]復多, 又用事無虛句, 可謂事障[3], 以全集觀, 乃見. 陳后山謂"荊公暮年詩益工", 正是愈趨愈遠耳. 唐子西[4]謂"荊公得子美句法", 正未識子美也.

주석
1 着意(착의): 마음을 쓰다. 주의력을 집중하다.
2 惡句(악구): 나쁜 구.
3 事障(사장): 원래 불교 용어이다. 탐욕 · 화냄 · 오만함 · 사견邪見과 망집妄執으로 인한 모든 법의 진리에 어두움 · 의심 등의 번뇌를 가리킨다. 이런 번뇌가 열반涅槃을 방해하므로 '事障(사장)'이라고 한다. 여기서는 지나치게 일의 서술에 치중하여 시 고유의 맛을 훼손시킨 것을 가리킨다.
4 唐子西(당자서): 당경唐庚(1071~1121). 북송 시기의 시인이다. 자가 자서고, 노국선생魯國先生, '작은 동파小東坡'라고 불리기도 했다. 미주眉州 단릉丹稜 사람으로, 철종 소성 연간에 진사에 급제하여 휘종 때 종자박사宗子博士가 되었다. 장상영張商英이 그가 재주를 아껴서 경기상평京畿常平이 되었다. 정화政和 연간에 장상영이 재상의 자리에서 쫓겨나자 오랫동안 혜주에 좌천되어 있었다. 대관大觀 5년(1111)에 사면되어 돌아와 승의랑承議郎에 복직되었고 상청태평궁上淸太平宮의 관직을 지냈다. 촉으로 돌아오는 중에 병으로 죽었다. 문장이 정밀했고, 시를 지으면 여러 번 고치기를 주저하지 않았다. 자구의 정연함을 강구하여 풍격은 비교적 세련되고 정밀하며 힘이 있었다.

## 28

황노직黃魯直[18]의 여러 체재 중 생경하고 편벽된 것, 이해하기 어렵

18) 이름 정견庭堅.

고 진부한 것은 모두 매요신에게서 비롯되었다. 송나라 사람들은 일찍이 구양수는 문장을 쓰는 방식으로 시를 쓰고, 소식에게서는 함축적인 것을 보기가 드물다고 말했는데, 이 주장은 진실로 타당하다. 그러나 황정견에 대해서는 도리어 칭송하니, 어찌 구양수와 소식을 변체로 여기고 황정견을 정체로 여길 수 있는가? 송나라 사람들이 심하게 미혹되었다.

진사도가 말했다.

"황정견은 지나치게 기묘함을 운용했는데, 두보가 사람을 대하고 사물을 접하여 기묘한 것과는 비교가 되지 못한다."

내가 생각건대 이백은 심원하고 오묘하며, 두보는 기상이 높고 험준하여 곧 고금을 통틀어 지극히 기묘하다. 황정견은 그들과 한두 가지도 비슷하지 못하고 다만 한 글자 한 구로써 다른 사람과 다름을 취하고 있으니, 설령 진실로 기묘한 구가 되었다 하더라도 역시 소도小道인데 하물며 이와 같이 칭송할 만한 것이겠는가!

해제

황정견에 관한 논의다. 황정견의 시풍이 매요신에서 연원한다고 지적하고 그의 시를 칭송하는 세태에 대해 비판했다. 황정견은 환골법換骨法(시의 표현을 바꾸는 것), 탈태법奪胎法(시의 뜻에 변화를 주는 것), 요체拗體(근체시의 시율에서 벗어나는 평측이 맞지 않은 시체), 점철성금點鐵成金(쇠를 다루어 금을 만들어 내듯 전대 문인들의 유산을 작품 속의 상황에 맞추어 정련해내는 것) 등의 시법으로 기이한 시구를 만들어 송시의 새로운 경지를 창조하고자 노력했지만, 변체 중의 변체로 흘러갔음을 주지시키고 있다.

원문

黃魯直[名庭堅]諸體, 生澀拗僻[1]·深晦底滯[2]者, 悉出聖俞. 宋人嘗謂歐公以文爲詩·坡公罕逢醞藉, 此論誠當; 然於魯直則反稱美之, 豈以歐蘇爲變·魯直爲正耶? 甚矣, 宋人之愈惑也. 陳無己謂: "魯直過於用奇[3], 不若杜之遇物[4]而奇." 愚謂: 太白之窈冥[5]恍惚[6], 子美之突兀[7]崢嶸, 乃古今至奇, 魯直不能彷彿一二, 徒欲以一字一句取異於人, 卽使果爲奇句, 亦是小道, 況若是乎!

주석

1 拗僻(요벽): 생경하고 편벽되다.
2 底滯(저체): 이해하기 어렵고 진부하다.
3 用奇(용기): 기묘함을 운용하다.
4 遇物(우물): 사람을 대하고 사물을 접하다.
5 窈冥(요명): 이치가 심원한 모양.
6 恍惚(황홀): 미묘하여 알 수 없는 모양.
7 突兀(돌올): 높이 솟은 모양.

## 29

당나라의 왕건 · 두목 · 육구몽 · 피일휴는 비록 괴이한 것이 많지만 칠언율시 한 가지 체재에서일 뿐이고, 매요신 · 황정견은 여러 체재가 모두 그러하니 곧 오랜 세월 시도의 재앙이 되었다.

황정견의 시에서 "다른 사람을 쫓아 시를 창작하면 끝내 다른 사람보다 뒤처진다네"라고 말했다. 또 "글이 다른 사람의 뒤를 쫓는 것을 엄격하게 금기하네"라고 말했다. 그 의도는 본래 이와 같지만, 그는 많은 추함을 다 모았다고 해야 마땅하다. 그때 소식은 우연히 황정견의 장인 손각孫覺과 황정견의 외숙 이상李常 두 사람의 집에서 황정견의 작품을 보고 그를 칭찬했다. 소식에게 올린 두 수는 황정견의 시 중에서 가장 정체였는데, 일시에 기이함을 좋아하는 문인들이 소식의 말에 같은 목소리로 서로 따랐으니, 그 칭찬한 말은 모두 잠꼬대 같은 소리다.

나는 일찍이 이하의 허황되고 괴이함을 싫어했는데, 황정견의 시를 읽으면 도리어 이하의 기운과 격조가 부족하지 않다고 느끼게 된다. 남송의 강서江西 지역의 여러 문인들이 일제히 추앙하여 독자적으로 하나의 시파詩派를 만들었으니 참으로 깊이 한스럽다.

황정견은 송시의 새로운 영역으로 나아가기 위해 의도적으로 진부하고 비천한 것을 없애고 평범하지 않은 풍격과 기법으로 시를 창작했다. 허학이는 여기서 황정견의 여러 체재가 모두 변체에 해당하여 조금도 배울 것이 못됨을 지적하고, 우연히 소식에 의해 칭송된 것이 일부 사람들에 의해 잘못 이해되어 황정견의 시풍을 숭상하는 세태가 되었음을 한탄하고 있다.

唐王建·杜牧·陸龜蒙·皮日休雖多怪惡, 然止七言律一體, 聖俞·魯直則諸體皆然, 乃是千古詩道之厄. 魯直詩云"隨人作詩終後人"[1], 又云"文直切忌隨人後"[2], 蓋其意本乃爾, 宜其衆醜畢[3]集也. 當時子瞻偶於孫[4]李[5]二家見其所作, 稱之; 其上[6]子瞻二首, 又其最正者, 一時好奇之士遂以子瞻之言同聲相和[7], 其所稱說, 皆夢寐語[8]. 予嘗惡李長吉牛鬼蛇神[9], 至讀魯直詩, 反覺長吉韻調不乏也. 南渡[10]江西諸子[11], 翕然[12]推重[13], 別爲一派, 良可深恨.

1 隨人作詩終後人(수인작시종후인): 다른 사람을 좇아 시를 창작하면 끝내 다른 사람보다 뒤처진다네. 황정견 〈이우군서수종증구십사以右軍書數種贈丘十四〉의 시구다.

2 文直切忌隨人後(문직절기수인후): 글이 다른 사람의 뒤를 좇는 것을 엄격하게 금기하네. 황정견 〈증사경왕박유贈謝敬王博諭〉의 시구다. 황정견의 문집에는 "文章最忌隨人後(문장최기수인후)"로 되어 있다.

3 畢(필): 다.

4 孫(손): 손각孫覺(1028~1090). 송나라 시기의 시인이며 황정견의 장인이다. 자는 복명復明이고 호는 신로莘老다. 고우高郵 사람으로 젊어서 호원胡瑗을 사사했다. 인종 황우皇祐 원년(1049)에 진사가 되었다. 가우嘉祐 연간에 소문관昭文館의 서적을 교정하고, 관각교감館閣校勘에 올랐으며 신종이 즉위하자 주요 요직을 역임했다. 희녕 연간에 청묘법青苗法에 반대하여 광덕지군廣德知軍으로 쫓겨나기도 했지만 얼마 후 다시 태상소경太常少卿, 비서소감秘書少監 등에 임명되었다. 철종이 즉위하면서는 어사중승御史中丞에 올랐으며 이후 병으로 서주舒州 영선관靈仙觀을 관리했다. 《주역》을 좋아하고 《춘추》에 정통했다. 시에서는 두보

를 추종했다.

5 李(이): 이상李常(1027~1090). 황정견의 외숙이다. 자는 공택公擇이고 남강南康 건창建昌 곧 지금의 강서성 영수永修 사람이다. 어려서 여산廬山의 백석승사白石僧舍에서 공부했고, 과거에 급제한 후에는 서책 만 권을 손수 베껴 서실書室에 두고 그곳을 이씨산방李氏山房이라 명명했다. 인종 황우皇祐 연간에 진사가 되었고 강주판관江州判官이 되었다. 희녕 중기에 우정언右正言이 되었다. 왕안석과 친분이 두터웠다. 철종 때에 어사중승御史中丞에 제수되어 등주鄧州를 다스렸다.

6 上(상): 올리다. 드리다. 진헌進獻하다.

7 同聲相和(동성상화): 같은 목소리로 서로 따르다.

8 夢寐語(몽매어): 꿈을 꾸며 하는 말. 잠꼬대.

9 牛鬼蛇神(우귀사신): 소 머리 귀신과 뱀 몸의 귀신. 문학작품이 허황되고 괴이한 것을 형용한다. 여기서는 이하 시의 괴이함을 나타내는 말로 쓰였다.

10 南渡(남도): 남송 시기를 가리킨다. 남송은 양자강 이남 지역 임안臨安, 곧 지금의 항주에 도읍을 정했다.

11 江西諸子(강서제자): 황정견을 시조로 하는 강서시파를 가리킨다.

12 翕然(흡연): 일치하는 모양. 일제히.

13 推重(추중): 추앙하여 존중하다.

## 30

호응린이 말했다.

"송대 황정견과 진사도가 두시학을 처음으로 제창했지만, 황정견의 율시는 다만 두보 시 중에서 성조가 치우친 것만 배웠고 고선古選과 가행은 결코 두보와 비슷하지 않은데, 이해하기 어렵고 생기가 없으며 전력을 다해 기묘하게 했지만 기묘할 수 없었다. 그러나 그 시대에 두보를 숭상하기로는 최고였다."

또 말했다.

"송대의 여러 문인들은 험준하고 수척하며 생경한 것을 두보시라 여겼으니, 이것은 그 시대의 인식이 잘못된 부분이다."

나는 "험준하고 수척하다"는 말을 "뜻이 깊어 이해하기 어렵다"로 바꾸고 싶은데, 더욱 타당할 것이다.

해제 황정견은 두보를 가장 숭상한 문인이지만, 두시의 변체만 배워서 이른바 변체 중의 변체로 치우치게 되었음을 강조했다.

원문 胡元瑞云: "宋黃陳首倡[1]杜學, 然黃律詩徒得杜聲調之偏者, 至古選·歌行, 絶與杜不類, 晦澀枯槁[2], 刻意[3]爲奇而不能奇, 而一代尊之無上[4]." 又云: "宋諸子以險瘦[5]生澀爲杜, 此一代認題差處." 予欲改"險廋"二字爲"艱深"[6], 更爲妥帖[7].

주석
1 倡(창): 제창하다.
2 枯槁(고고): 생기가 없다.
3 刻意(각의): 애쓰다. 전력을 다하다.
4 無上(무상): 그 위에 더할 수 없이 낫다. 극상極上. 최상最上.
5 險瘦(험수): 험준하고 수척하다.
6 艱深(간심): 시문의 뜻이 깊어 해석하기 어렵다.
7 妥帖(타첩): 적절하다. 타당하다.

## 31

장뢰張耒가 말했다.

"성률로 시를 지은 것 중 말류다. 당나라 시기부터 지금에 이르기까지 시인들은 엄격히 지켰는데, 유독 황정견이 고금의 성률을 깨끗이 쓸어버렸다."

이 말은 왜곡됨이 매우 심하나 사실은 황정견이 지은 일생의 죄안이다.

해제 황정견은 요체 등의 시법으로 기이한 구를 만들어 시가 창작에서 신기함을 추구했다. 따라서 그는 〈제의가시후題意可詩後〉에서 "차라리 성률이 조화롭지 않을지언정 시구가 약하지 않도록 하며, 글자 사용이 정교하지 않을지언정 시어가 속되지 않도록 해야 한다.寧律不諧而不使句弱, 用字不工不使語俗"고 말했다. 이러한 점에서 허학이는 황정견을 처음부터 끝까지 부정적으로 평가하고 있다.

원문

張文潛[1]云: "聲律作詩, 其末流[2]也. 自唐至今, 詩人謹守之, 獨黃魯直一掃去古今聲律." 此語顚倒[3]殊甚, 然實爲魯直一生罪案[4].

주석

1 張文潛(장문잠): 장뢰張耒(1054~1114). 북송 시기의 문인이다. 자가 문잠이고, 호는 가산柯山이다. 초주楚州 회음淮陰 곧 지금의 강소성 사람이다. 희녕 6년(1073)에 진사가 되었다. 13세 때 글에 능했으며, 일찍이 진주陳州에서 유학하다가 학관學官 소철의 사랑을 받아 소식에게 배우게 되었다. 장뢰의 문학론은 삼소三蘇에 연원을 두고, '문文'과 '이理'를 함께 중시했으며, 평이자연平易自然을 주장했다.

2 末流(말류): 하류下流. 수준 등이 낮은 부류.

3 顚倒(전도): 거꾸로 되다.

4 罪案(죄안): 범죄에 대한 재판의 안.

## 32

진무기陳無己[19]의 시는 황정견을 배웠는데, 황정견이 시에서 다음과 같이 말했다.

"문 닫아 걸고 시구를 찾는 진사도陳師道, 손님을 마주하고 붓을 휘둘러 시를 쓰는 진관秦觀."

진사도는 평소 집을 나가 놀다가도 시상詩想이 떠오르면 바로 급하게 돌아가 이불을 덮고 누워 창작하며 아픈 사람 같이 신음했으며, 어

19) 이름 사도師道.

떤 날은 여러 날이 지나서야 일어났다. 그의 여러 체재 중 괴이하고 편벽된 것은 황정견보다 적으나, 심오하여 의미가 명확하지 않은 것은 그보다 더 많다.

왕홍유王鴻儒가 서문에서 말했다.

"이 문집은 다른 판본이 없으며, 잘못된 글자가 자못 많다."

진사도의 시문집은 심오하고 의미가 명확하지 않은 것이 본래 그 고질병이며, 게다가 잘못된 글자가 누를 끼치니, 독자들은 의식적으로 그것을 근절함이 옳다.

해제

진사도에 관한 논의다. 그는 강서시파의 주요 인물이다. 방회는《영규율수》에서 황정견·진사도·진여의를 삼종三宗이라 하고, 이들이 모두 두보를 배우고자 했기에 두보를 일조一祖라 하여, 모두 합쳐 '일조삼종一祖三宗'이라 불렀다. 진사도의 시풍은 한마디로 '고음苦吟'이라고 할 수 있는데, 황정견에게서 배워 황정견보다 더욱더 괴이하고 편협한 곳으로 흘러갔으므로 아예 의도적으로 근절해야 한다고까지 말하고 있다.

원문

陳無己[名師道]詩學魯直, 魯直詩云: "閉門覓句陳無己, 對客揮毫[1]秦少游[2]."[3] 無己平時出游[4], 覺有詩思[5], 便急歸, 擁被[6]臥而思之, 呻吟如病者, 或累日[7]而後起. 其諸體怪僻少於魯直, 而深晦過之. 王懋學[8]序云: "是集無別本[9], 訛字[10]頗多." 是深晦本其痼疾[11], 而復兼以訛字爲累, 讀者以意斷之可也.

1 揮毫(휘호): 붓을 휘둘러 글씨를 쓰거나 그림을 그리다.

2 秦少游(진소유): 진관秦觀(1049~1100). 북송 시기의 문인이다. 자는 소유 또는 태허太虛고, 호는 회해거사淮海居士다. 양주 고우高郵 사람으로, 신종 원풍 8년(1085)에 진사가 되었다. 철종 원우 초에는 소식의 추천으로 태학박사太學博士에 제수되고 비서성정자겸국사원편수관秘書省正字兼國史院編修官이 되었다. 그러나 소성 원년(1094)에 소식이 실각됨과 동시에 유배되기도 했다. 휘종이 즉위하자 사면되어 돌아오는 도중 광서廣西 등주藤州에서 죽었다. 고문과 시에 능했고 특히 사에 뛰어났다. 황정견과 장뢰, 조보지晁補之 등과 함께 '소문사학사蘇門

四學士'로 일컬어졌다.

3 閉門覓句陳無己(폐문멱구진무기), 對客揮毫秦少游(대객휘호진소유): 문 닫아 걸고 시구를 찾는 진사도陳師道, 손님을 마주하고 붓을 휘둘러 시를 쓰는 진관秦觀. 황정견 〈병기형강정즉사病起荊江亭即事〉의 시구다.

4 出游(출유): 고향을 떠나 다른 곳에 가서 놀다.

5 詩思(시사): 시를 짓고자 하는 생각. 시를 짓기 위한 착상이나 구상. 시상詩想.

6 擁被(옹피): 이불을 안다.

7 累日(누일): 여러 날.

8 王懋學(왕무학): 왕홍유王鴻儒(1459-1519). 명나라 시기의 문인이다. 자가 무학이고 별호는 응재凝齋다. 지금의 하남성 남양현南陽縣 사람이다.

9 別本(별본): 다른 책. 이본異本. 다른 판본.

10 訛字(와자): 잘못된 글자.

11 痼疾(고질): 고치기 어려운 병.

## 33

황정견의 오·칠언 고시는 의도가 수렴收斂하는 데 있지만 가끔 방일放逸하기도 하다. 진사도는 재주가 황정견에 미치지 못하기에 수렴은 많지만 방일은 적다.

해제 진사도의 오·칠언 고시가 황정견에 미치지 못함을 지적했다.

원문 魯直五七言古, 意在收斂[1]而時涉放逸; 無己才力不逮魯直, 故收斂多而放逸少.

주석 1 收斂(수렴): 모으다. 수집하다.

## 34

이몽양이 말했다.

"황정견과 진사도는 두보를 모범으로 삼았지만, 지금 그 시가 전해지는 것은 향기와 색깔이 감돌지 않으니, 사당에 들어가면 토목의 인형이 앉아 있는 것 같다. 설령 관복을 입은 사람과 같지만 그것을 사람이라고 하는 것이 가능하겠는가?"

내가 생각건대 황정견의 오언율시 중 오직 〈왕문공공만사王文恭公輓詞〉 2수만 대략 두보의 뜻을 깨달았고, 나머지는 모두 치우친 음조여서 두보에게서 매우 멀어졌나. 진사도가 황정견보다 뛰어난 것은 진실로 오언율시에 있다.

해제 황정견과 진사도 등의 강서시파 시인들이 두보 시의 정수를 얻지 못하고 지엽적인 것들만 수용하여 잘못 배웠음을 피력했다. 또 오언율시에서는 진사도가 황정견보다 뛰어남을 지적했다.

원문 李獻吉云: "黃陳師法[1]杜甫, 今其詩傳者不香色流動[2], 如入神廟[3], 坐土木骸[4], 卽冠服人等, 謂之人可乎?" 愚按: 魯直五言律惟王文恭公輓詞[5]二首略得杜意, 餘皆僻調, 去杜絶遠. 陳之勝黃, 實在五言律也.

주석
1 師法(사법): 모범으로 삼다.
2 流動(유동): 흘러 움직이다.
3 神廟(신묘): 조상의 신주神主를 모신 사당.
4 骸(해): 뼈.
5 王文恭公輓詞(왕문공공만사): 황정견이 왕규를 위해 쓴 만시輓詩다. 왕문공공王文恭公은 북송의 왕규王珪를 가리킨다.

## 35

방회가 말했다.

"남송의 건도乾道, 순희淳熙 연간의 시에서 걸출한 인물로 우무尤袤·양만리楊萬里·범성대范成大·육유陸游를 칭한다."[20]

육문규陸文圭가 말했다.

"남하한 초기에 양만리 · 육유 · 유극장을 삼대가三大家라 불렀다."

방회가 또 말했다.

"건도 · 순희 이래로 우무 · 양만리 · 범성대 · 육유를 사대가四大家가 되었는데, 이때부터 하강하기 시작하여 강호시파江湖詩派의 시가 지어졌다. 섭적葉適은 문장으로써 그 시대의 종주가 되었고, 영가사령永嘉四靈은 그의 주장에 따라 만당을 다시 배워 가도와 요합을 숭상했다. 대개 가도, 요합과 같은 시대에 점차 물들어진 사람들은 모두 시구를 몰래 뽑아내어 가려 사용해 그 당시에 갑자기 이름을 날리게 되었지만, 그것을 배우는 사람들이 더 발전시킬 수가 없어서 날마다 쇠퇴했다. '강서시파의 울타리에 기대는 것이 싫증난다'고 구실삼아 말했지만, 성당시에 한 걸음도 나아갈 수 없었고, 온 세상이 모두 영가사령이 만당시를 짓는다는 것을 알았으며, 천자 역시 간혹 그것을 배웠다.[21] 네 사람은 자나 호에 모두 '영靈' 자가 있어서 사령四靈이라고 한다."

혹자가 물었다.

"영가사령을 강서시파의 여러 시인들과 비교하면 어떠한가?"

내가 대답한다.

영가사령과 강서시파는 모두 전체 문집이 보이지 않는다. 사령은

---

20) 우무는 자가 연지延之고, 호는 도초道初인데, 순희淳熙 연간에 양만리楊萬里와 함께 동궁東宮에서 동료로 일했다. 양만리는 자가 정수廷秀고, 호가 성재誠齋인데, 유극장의 시에서 "시파 안에 사람마다 여는 모임이 있어, 앞다투어 황정견을 스승으로 삼고 양만리를 벗으로 삼네"라 했으니, 양만리는 황정견을 배웠다. 범성대范成大는 자가 치능致能이며, 호가 석호石湖다. 육유陸游는 자가 무관務觀이며, 호가 방옹放翁으로, 남송 이후에 시가 만 편에 이른다. 나는 예전에 고본古本《위남집渭南集》 45권~52권을 가지고 있었다.

21) 옹권翁卷의 자는 속고續古며 또 다른 자는 영서靈舒다. 서기徐璣의 자는 문연文淵이며 또 다른 자는 치중致中이고, 호는 영연靈淵이다. 서조徐照의 자는 도휘道暉고, 호는 영휘靈暉다. 조사수趙師秀의 자는 자지紫芝고, 호는 영수靈秀다.

가도와 요합을 숭상하여 비록 만당의 시풍이지만 그래도 볼만한 것이 있다. 강서시파는 황정견을 숭상했고 황정견은 두보를 숭상했으니, 이른바 정체와 변체 둘 다 잃은 것이다. 송시를 선록한 사람 또한 그러하니, 모두 영도자의 이름을 가지고 자신의 뜻대로 다른 사람을 지휘하는 것이다. 그때 또 대복고戴復古가 있었는데, 역시 강호시파의 시인이다.[22] 무진武進의 생원生員 항영정項永貞이 송시 백 권을 가지고 있다는 걸 듣고서, 여러 문인들을 모두 완전하게 갖추고자 하는 뜻에서 빌려달라고 했으나 주지 않았다. 후집이 완성되지 못한 것은 여기서 비롯된다.

강서시파 이후 송시의 흐름을 이어나간 남송사대가, 강호시파, 영가사령에 대해 서술했다. 남송사대가는 우무·양만리·범성대·육유 네 사람으로 이들 모두 처음에는 강서시파의 시풍을 바탕으로 창작을 하다가 이후에 강서시파에서 벗어나 각자 나름대로 새로운 격식의 시를 짓는 방향으로 나아갔다. 또 강호시파는 남송 중엽 후기 항주의 진기陳起가 《강호집江湖集》·《강호전집江湖前集》·《강호후집江湖後集》·《강호속집江湖續集》 등의 시가집을 간행하면서 강기姜夔·대복고·유극장 등의 작품을 수록하여 후일 강호파라는 이름을 얻게 되었다. 이 유파에 속한 시인들은 대부분 과거에 급제하지 못하거나 정치적으로 뜻을 얻지 못해 강호에 묻혀 사는 사람들이었다. 마지막으로 영가사령은 옹권翁卷·서기徐璣·서조徐照·조사수趙師秀 네 명으로 강서시파에 반대하여 가도·요합 등의 만당시를 제창한 사람들이다. 강호시파와 영가사령은 동시대 사람들로 구성원 간에 서로 밀접한 교류가 있었다. 특히 영가사령에 속하는 조사수와 옹권은 강호시파에 속하기도 했다. 유극장은 강호시파 영수로서 강호시인들을 데리고 영가사령에게 배우다가 싫증을 느끼고 결국은 그들을 뛰어넘는 과정을 거

22) 대복고戴復古는 자가 식지式之고, 호는 석병石屛이다. 엄우의 〈송대식지시送戴式之詩〉가 있다.

쳐 일가를 이루게 되었다.

원문

方虛谷云: “乾淳[1]間詩, 巨擘[2]稱尤[3] · 楊[4] · 范[5] · 陸.” [尤袤字延之, 號道初, 淳熙中與誠齋同靑宮[6]僚寀[7]. 楊萬里字廷秀, 號誠齋, 劉後村詩云: “派裏人人有集開, 競師山谷友誠齋.”[8] 則誠齋學山谷也. 范成大字致能, 號石湖. 陸游字務觀, 號放翁, 南渡後詩至萬篇. 予先有古本渭南集[9]四十五卷至五十二卷.] 陸文圭[10]云: “渡江初, 誠齋 · 放翁 · 後村號三大家.” 虛谷又云: “乾淳以來, 尤 · 陽 · 范 · 陸爲四大家, 自是始降而爲江湖之詩[11]. 葉水心[12]以文爲一時宗, 永嘉四靈[13]從其說, 改學晩唐, 宗賈島 · 姚合, 凡島合同時漸染者, 皆陰[14]撏取[15]摘用, 驟名[16]於時, 而學之者不能有所加, 日益下矣. 名曰‘厭傍江西籬落[17]’, 而盛唐一步不能進, 天下皆知四靈之爲晩唐, 而鉅公[18]亦或學之. [翁卷字續古, 一字靈舒. 徐璣字文淵, 一字致中, 號靈淵. 徐照字道暉, 號靈暉. 趙師秀字紫芝, 號靈秀.] 四人或字或號皆有靈字, 故曰四靈.” 或問: “四靈較江西諸子何如?” 曰: 四靈 · 江西, 俱未見全集. 然四靈宗島合, 雖晩唐猶有可觀; 江西宗山谷, 山谷宗子美, 所謂正變兩失. 選宋者亦然, 皆挾天子以令諸侯也. 時又有戴石屛[19], 亦江湖詩人. [戴復古字式之, 號石屛. 嚴滄浪有送戴式之詩.] 聞武進[20]庠生項永貞有宋詩一百本, 意諸家皆全, 求借不與, 後集不成, 始此.

1 乾淳(건순): 남송 건도乾道 연간과 순희淳熙 연간을 가리킨다. ‘건도’는 남송 효종孝宗의 두 번째 연호로 1165년~1173년까지 9년간 사용되었다. ‘순희’는 효종의 세 번째 연호로 1174년~1189년까지 16년간 사용되었다.

2 巨擘(거벽): ‘엄지손가락’이라는 뜻으로 어떤 방면에서 첫째 위치를 차지하는 ‘걸출한 인물’을 가리킨다.

3 尤(우): 우무尤袤(1127~1194). 남송 시기의 시인이다. 자는 연지延之고, 자호는 수초거사遂初居士다. 상주常州 무석無錫 사람으로, 고종高宗 소흥紹興 18년(1148)에 진사가 되었다. 시문에 뛰어나 양만리, 범성대, 육유와 함께 ‘남송사대가南宋四大家’로 불렸다. 손작孫綽의 〈수초부遂初賦〉의 뜻을 본받아 구룡산九龍山 아래 ‘수초당’을 지었으며, 책 3만여 권을 보관한 장서가이기도 하다. 시는 대부분 산실되었는데, 청나라 우동尤侗이 《양계유고梁溪遺稿》를 펴냈다. 그가 만든 《수초당서목遂初堂書目》은 중국의 주요 목록학 저작 중 하나다.

4 楊(양): 양만리楊萬里(1124~1206). 남송 시기의 시인이다. 자가 정수廷秀고 호는 성재誠齋다. 강서 길수吉水 사람으로, 고종 소흥 24년(1154)에 진사가 되어, 영릉령零陵令에 올랐다. 장준張浚이 정심성의正心誠意의 학문으로 권면하자 서재 이름을 '성재誠齋'라 했다. 각지의 지방장관을 하면서 시집 한 권씩을 엮었는데 모두 9부로서 총 4200여 수의 시를 수록했다. 초기에는 강서시파의 시를 배웠으나, 이 파의 폐단을 자각하고 나중에 '자연을 스승으로 삼아 본받는다師法自然'는 나름대로의 작시법을 개척하여 독특한 성재체誠齋體를 이루었다. 저서로 《성재집誠齋集》이 전해진다.

5 范(범): 범성대范成大(1126~1193). 남송 시기의 시인이다. 자는 치능致能이고, 호는 석호거사石湖居士다. 소주 오현吳縣 사람으로, 29살 때인 고종 소흥 24년(1154)에 진사가 되었다. 남송사대가의 한 사람이며, 청신한 시풍으로 전원의 풍경을 읊은 시가 유명하다. 저서로 《석호거사시집石湖居士詩集》 34권과 《석호사石湖詞》 1권 등이 있다.

6 靑宮(청궁): 태자太子가 머무는 동궁東宮을 가리키며, '태자'의 의미로도 쓰인다.

7 僚寀(요채): 동료.

8 派裏人人有集開(파리인인유집개), 競師山谷友誠齋(경사산곡우성재): 시파 안에 사람마다 여는 모임이 있어, 앞다투어 황정견을 스승으로 삼고 양만리를 벗으로 삼네. 유극장의 시 〈호남강서도중湖南江西道中〉 10수 중 제9수의 시구다.

9 渭南集(위남집): 육유가 스스로 편집한 《위남문집渭南文集》을 말한다. 문집 42권, 〈입촉기入蜀記〉 6권, 사 2권으로 모두 50권으로 구성되어 있다. 육유는 위남현渭南縣을 지낸 적이 있으며, 만년에 '위남백渭南伯'에 봉해졌다.

10 陸文圭(육문규): 원나라 시기의 문인이다. 자는 자방子方이고 호는 장동牆東이다. 생졸년은 1252년~1336년이며 강음 곧 지금의 강소성 사람이다. 함순咸淳 9년(1273) 18세에 향시에 급제했으나 송나라 멸망 후 강음성 동쪽에 은거하여 장동선생牆東先生이라 불렸다. 연우延佑 7년(1320)에 차등으로 급제했고, 조정에서 여러 차례 등용하고자 했으나 나이가 많음을 핑계로 벼슬하지 않았다. 경사와 제자백가에 능통했으며, 천문 · 지리 · 의약 · 산술 등의 학문도 겸했다.

11 江湖之詩(강호지시): 남송 후기 강호시파江湖詩派의 시를 가리킨다. 시집 《강호집江湖集》에서 명칭이 유래했다. 《강호집》에 수록된 시인들은 대부분이 벼슬을 하지 않거나 하급관리여서 강호에 숨어 시를 주고받으며 술과 자연 속에 모든 것을 바쳤다. 이들은 시에서 은일을 바라고 벼슬길을 경시하는 정서를 서

술하기도 하고, 그 당시 시대적 폐단을 비판하고 조정을 풍자하기도 했다. 유극장·대복고 등이 대표 시인이다.

12 葉水心(섭수심): 섭적葉適(1150~1223). 남송 시기의 이학가다. 자는 정칙正則이고, 호가 수심이다. 온주溫州 영가永嘉 사람으로, 효종孝宗 순희淳熙 5년(1178)에 진사가 되었다. 재상인 한탁주韓侂胄의 탄핵으로 벼슬을 잃자 저작에만 전념했다. 그의 문장은 웅건하고도 빼어난 데다 재기가 넘쳐 '문文의 대종大宗'이라는 말을 들었다. 공리功利의 학문을 주장하고 공리공담空理空談을 배척하면서 주희의 학설에 대해 비판을 가했다. 정백태鄭伯態, 설계선薛季宣, 진부량陳傅良 등과 교유하여 사공지학事功之學을 주창한 영가학파의 대표적 인물이 되었다.

13 永嘉四靈(영가사령): 남송 말 광종光宗 소희紹熙 연간(1190~1194)에서 이종理宗 순우淳祐 연간(1241~1252)에 이르는 50년 동안 활동했던 네 사람을 가리킨다. 이들은 섭적의 문하에서 나온 서조徐照·서기徐璣·옹권翁卷·조사수趙師秀 네 사람이다. 모두 영가 곧 지금의 절강성 지역의 사람들인 데서 명칭이 유래했다. 강서시파의 시풍을 반대했으며, 만당의 가도·요합을 존숭했다.

14 陰(음): 몰래.

15 撏取(잠취): 뽑아내다.

16 驟名(취명): 갑자기 이름을 날리다.

17 籬落(이락): 울. 울타리.

18 鉅公(거공): 천자天子의 존칭.

19 戴石屛(대석병): 대복고戴復古(1167~?). 남송 시기의 강호시파 시인이다. 자는 식지式之다. 남당南塘의 석병산石屛山에 거주했으므로 자호를 석병石屛 또는 석병초은石屛樵隱이라 했다. 천태天台 황암黃巖 곧 지금의 절강성 태주台州 사람이다. 평생을 벼슬하지 않고 강호를 다니면서 학문에만 전념했다. 일찍이 임경사林景思와 교유했고, 육유에게서 시를 배웠다. 강서시파와 만당의 시풍에 영향을 받았다. 현실주의 색채가 강하며, 지배층의 모순을 고발한 작품도 있다.

20 武進(무진): 지명이다. 지금의 강소성 남부 지역이다.

## 36

주원회朱元晦[23]는 오언고시가 가장 정교하다. 송나라의 오언고시로는 구양수와 소식의 문호가 비록 클지라도 모두 대변을 이루었다. 명대의 여러 문인들은 선체選體가 다소 정체에 가깝지만 당체詩體는 진실로 정체에서 멀어졌다. 주희는 오언고시에 있어 초년에 〈고시십구수〉를 모의하고, 이윽고 위응물을 배웠으며, 다시 진자앙을 배우고 또 두보를 배웠다. 음절과 규칙이 열에 하나도 잘못된 것이 없으니, 진실로 우리 명대의 여러 시인들보다 뛰어나다. 호응린이 "주희의 작품은 자못 근원으로 거슬러 올라간다"고 칭송한 것은 이를 두고 말한 것이다.

주희가 일찍이 말했다.

"후생이 사람들이 시를 잘 짓는 것을 보고 단단히 마음먹고 배우고자 하여, 도연명 시의 평측과 용자用字를 가지고 일일이 그를 의지하여 한 달을 연습한 뒤에야 비로소 작시의 방법을 알게 되었다."

주희는 본래 도연명을 배웠으나 쉽게 비슷해지지 않아서, 그 충담한 시는 결국 위응물의 시풍이 되었고 웅장한 시는 곧 두보의 시풍을 이루었다. 사람들은 도연명과 위응물이 같은 원류인 것은 알면서도, 두보의 음조가 사실은 도연명과 같은 원류인 것은 알지 못한다.

해제 주희는 송대 이학의 집대성자이면서 시인이기도 하여 1000여 수의 시를 남겼다. 이학가 중에서 문학적 성취가 가장 높다. 여기서는 주희의 오언고시가 정체에 해당함을 강조하며 그의 식견이 우수함을 지적했다. 도연명의 시풍을 좇아 위응물의 충담과 두보의 웅장을 배움으로써 마침내 깨달음을 얻은 것이다.

원문 朱元晦[名熹]五言古最工. 宋人五言古, 歐蘇門戶雖大, 然悉成大變. 國朝諸公則選體稍近, 而唐體實疎[1]. 元晦五言古, 初年嘗擬十九首, 旣而悉學應物, 又旣而學子昂, 又旣而學子美, 音節步驟[2]十不失一, 實在我明諸家之上, 元

23) 이름 희熹.

瑞稱其"製作頗遡根源"是也. 元晦嘗言"其後生見人做得詩好, 銳意[3]要學, 遂將淵明詩平仄用字, 一一依他, 做到一月後, 方得作詩之法." 蓋元晦本學淵明, 然未易彷彿, 故其沖淡者遂爲應物, 宏大者卽成子美也. 人知陶韋爲一源, 不知子美音調實與陶爲一源也.

주석

1 疎(소): 멀다.

2 步驟(보취): 시를 쓸 때의 법도.

3 銳意(예의): 마음을 단단히 하고 힘써 하다.

## 37

주희는 초사의 작품으로서 〈우제묘영신虞帝廟迎神〉·〈송신送神〉두 수가 있는데, 굴원의 〈구가九歌〉와 정말 핍진하다. 주희는 일찍이 《초사》에 주를 달았기 때문에 초사에 대해 깨달은 바가 있다. 일찍이 "나는 본래 당나라 율격에 능하지 않고, 화운시는 더욱 뛰어나지 않다. 여러 해 동안 좇았지만 유달리 억지로 갖다 붙였음을 깨달았다."고 말했으니 자기 자신을 알았음이 이와 같다.

해제

주희의 초사풍 작품 두 수에 관한 논의다. 주희는 말년에 《초사》에 주를 달았기에 초사에 대한 이해가 깊어서 〈구가〉와 핍진한 작품을 창작할 수 있었다.

원문

元晦楚辭有虞帝廟迎神·送神二歌, 直逼[1]屈原九歌. 元晦嘗註楚辭, 蓋有所得也. 嘗言: "余素不能作唐律, 和韻尤非所長. 年來[2]追逐[3], 殊覺牽强." 其自知乃爾.

주석

1 逼(핍): 비슷하다.

2 年來(연래): 여러 해 동안.

3 追逐(추축): 좇다.

## 38

유잠부劉潛夫[24]의 고시는 전적으로 정교한 것만 아니므로 그다지 쇠락하지 않았다. 율시 중 정교한 것은 대부분 힘이 있고 속기俗氣가 없지만, 졸렬한 것은 비속함에 빠졌을 따름이다.

해제 유극장의 시에 관한 논의다. 그는 강호시파의 핵심 인물로 처음에는 영가사령의 영향을 깊게 받았다가 후일 강호시파의 영수가 되었다.

원문 劉潛夫[名克莊, 號後村]古詩, 非所專工, 故亦不甚墮落; 律詩工者多爲峭拔[1], 拙者入於鄙俗爾.

주석 1 峭拔(초발): 힘이 있고 속기俗氣가 없다.

## 39

유극장의 칠언율시는 만당의 높고 밝은 음조가 대부분이고, 나머지는 청신하고 힘이 있으며 속기가 없으니, 곧 만당·오대의 여음이지만 더욱 정교할 따름이다. 그의 〈자면自勉〉 시에서 "고심하여 읊으나 만당시를 벗어나지 않는다"고 했으니 자기 스스로를 알았음이 이와 같다. 또 기이한 요체와 비속한 말이 많고, 그 규칙은 모두 왕건을 근본으로 삼았다. 또 그중에는 어렵고 분명하지 않은 것이 있어서, 아래 구를 읽지 않으면 윗 구의 뜻을 알지 못한다. 그의 시에서 "이웃집 노파가 읊조리길 바라지 않으니, 일단 후일의 선비가 주석을 달아주기를 부탁하네"라고 했으니 그 본심이 이와 같다.[25]

24) 이름 극장克莊, 호 후촌後村.

25) 육문규陸文圭는 대가라고 칭해졌는데, 이것은 송대 시인들이 백거이를 광대교화

해제 유극장의 칠언율시에 관한 논의다. 그가 스스로 만당의 요합과 가도를 본받는 데 주안점을 두었으므로 시풍이 대체로 괴이하고 뜻을 알기 어려움을 지적했다.

원문 潛夫七言律多晚唐俊亮[1]之調, 其他淸新峭拔, 乃晚唐五代遺響而益工耳. 其自勉詩云"苦吟[2]不脫晚唐詩", 其自知乃爾. 又多奇拗[3]鄙俗之語, 其法皆本於王建. 又其中有艱晦[4]者, 不讀下句, 未曉上句之義. 其詩云: "莫求鄰媪誦, 姑付後儒箋."[5] 其本意乃爾. [文圭稱爲大家, 正猶宋人稱樂天爲廣大敎化主[6]也.]

주석
1 俊亮(준량): 높고 밝다.
2 苦吟(고음): 고심하여 시가를 읊다.
3 奇拗(기요): 기이한 요체. 요체는 평측의 형식에 의하지 않는 근체시를 가리킨다. 당나라 두보가 가끔 요체로써 특수한 감정을 드러내었고, 한유도 요체에서 오는 특이한 표현을 추구했다. 송나라 황정견이 본격적으로 요체를 추구하여 강서시파의 특징이 되었다.
4 艱晦(간회): 어렵고 분명하지 않다.
5 莫求鄰媪誦(막구린온송), 姑付後儒箋(고부후유전): 이웃집 노파가 읊조리길 바라지 않으니, 일단 후일의 선비가 주석을 달아주기를 부탁하네. 유극장의 〈오무재논시放茂才論詩〉의 시구다.
6 廣大敎化主(광대교화주): 당나라 장위張爲의 《시인주객도詩人主客圖》는 당대 시인들을 작품의 내용과 풍격에 따라 6가지로 분류했는데, 백거이를 첫 번째 부류 시인들의 으뜸으로 보고 '광대교화주'라 존칭했다.

## 40

송나라의 시는 대부분이 원화에서 비롯되었기 때문에 비단 초·성당의 음조가 끊겼을 뿐만 아니라 중·만당의 성조도 낱이 계승되지 못했다. 오직 엄의경嚴儀卿[26]의 여러 체재가 모두 〈이소〉·《문선》·

---

주廣大敎化主라고 칭한 것과 같다.

성당시에서 나왔는데, 다만 자연스럽지 못할 뿐이다. 초사 〈운산조雲山操〉가 가장 뛰어나고, 악부 · 가행은 대부분 이백에게서 비롯되었다.

해제 엄우에 관한 논의다. 엄우는 시론서 《창랑시화》로 인해 그 당시와 후대에 큰 영향을 미친 인물이다. 엄우의 현존하는 시는 146수에 불과하지만 일부 작품은 그 당시에 이미 널리 유행했다. 그의 시는 수량은 적지만 각 시체가 다 갖춰지고 내용, 풍격도 풍부하다. 엄우는 송대의 대부분 시인들이 원화시를 배운 것과 달리 소체 · 선체 · 성당의 여러 시체를 본받았음을 지적했다.

원문 宋人之詩大都出於元和, 非但初 · 盛唐之音絶響[1], 卽中 · 晩之調亦不多得. 惟嚴儀卿[名羽, 號滄浪]諸體悉出騷 · 選 · 盛唐, 但未能自然耳, 楚辭雲山操最佳, 樂府 · 歌行多出太白.

주석 1 絶響(절향): 위나라 정시 시기의 죽림칠현 중의 한 명이었던 혜강의 거문고 소리가 끊긴 것에서 유래하여, 후대에는 중간에 학술과 기예가 중단되는 것을 가리키는 말로 사용되었다.

## 41

엄우는 식견은 충분하나 수양이 지극하지 못하므로 여러 체재가 비록 힘들여 옛것을 본받았을지라도 자연스런 정취가 부족하고, 신운 역시 발양되지 않았다. 그러므로 오언율시는 서정경에게 미치지 못하고, 칠언율시는 하경명에게 미치지 못하며, 칠언절구는 이반룡에게 미치지 못한다. 이에 호응린은 "엄우는 자주 성당을 칭송하지만 그 시의 음조는 여전히 중 · 만당이다"라고 말했는데, 호응린은 애초 성당시를 알지 못한 것이다.

26) 이름 우羽, 호 창랑滄浪.

해제 엄우는 소식과 황정견 이후의 시체와 그 당시 유행하던 강호시파를 극력 반대하며, 이른바 '신운'의 시학을 개창했다. 그의 시가 창작은 시론에 미치지 못하여 자주 모방의 흔적을 보이지만, 허학이는 그 당시의 여러 시인들과는 달리 성당시의 홍취를 계승하고자 한 엄우의 공로를 높이 평가했다.

원문 儀卿識見有餘, 涵養[1]未至, 故其諸體雖刻意範古[2], 寡自然之致, 而神韻亦有未揚. 故五言律讓昌穀, 七言律讓仲默, 七言絶讓于鱗. 元瑞乃謂"滄浪亟[3]稱盛唐而調仍中・晩", 元瑞初未識盛唐也.

주석
1 涵養(함양): 도덕・학문 등의 수양.
2 範古(범고): 옛것을 본받다. 옛것을 본뜨다.
3 亟(기): 자주.

## 42

사고우謝皐羽[27])의 여러 체재에는 대체로 괴상하다. 오언고시는 창조적인 구상을 마음대로 했는데, 한마디로 송시의 기변奇變이며 역시 스스로 일가를 이루었다. 칠언고시는 이하를 배워 괴상함이 이하를 능가하는데, 마지막 편에 이해할 수 없는 것이 있다.

호응린이 말했다.

"송말의 사고謝翶가 이하의 남긴 뜻을 받들었다. 원대 내내 이하가 숭배되었으며, 명대 초까지 여전히 모방하는 사람이 있었다."

해제 사고는 송말원초의 유명한 애국시인이다. 그의 문학적 성취는 문천상文天祥 다음으로 뛰어나 송말에 많은 영향을 미쳤다. 주로 이하, 장적, 맹교, 가도 등을 배웠으며, 송대 나른 시인들이 의리義理를 표현하는 데 뛰어난 것

27) 이름 고翶.

과는 달리 당시의 풍격을 많이 계승했다. 그러나 시풍이 기이하여 기변을 이루었음을 지적했다.

謝皐羽[名翶][1]諸體率多詭幻. 五言古匠心自恣[2], 要亦宋人奇變, 亦自足成家. 七言古學長吉而詭幻過之, 他有終篇不可解者. 胡元瑞云: "李長吉, 宋末謝皐羽得其遺意[3]. 元人一代尸祝[4], 至國初尚有效者."

1 謝皐羽(사고우): 사고謝翶(1249~1295). 남송 시기의 시인이다. 자가 고우 또는 고부皐父고, 자호는 희발자晞髮子다. 건녕建寧 포성浦城 사람이다. 공제恭帝 덕우德祐 중에 원나라 군대가 남하하자 집안 재산을 문천상 휘하에 기부하고 향병鄕兵 수백 명을 이끌고 자의참군咨議參軍이 되었다. 문천상이 패하자 몸을 민간에 숨기고 절동浙東으로 피신했다. 일찍이 엄릉嚴陵을 지나면서 조대釣臺에 올라 문천상을 제사지내고 〈서대통곡기西臺慟哭記〉를 지었다. 시, 문, 사 등을 두루 잘 지었는데, 특히 시에 뛰어났으며 전란으로 인해 황폐해진 정황을 사실적으로 재현했다는 평가를 받는다. 송나라가 망하자 성과 이름을 바꾸고 동남 각지를 돌아다니며 계속 항원抗元 활동에 종사했고, 나중에 포강浦江에 이르러 방봉方鳳과 오사제吳思齊 등의 문인들과 연합하여 시사詩社인 '월천음사月泉吟社'와 '석사汐社'를 조직했다.

2 自恣(자자): 스스로를 제멋대로 하도록 내버려두어 구속을 받지 않다.

3 遺意(유의): 죽은 사람이 남긴 뜻. 유지遺志.

4 尸祝(시축): 숭배하다.

## 43

등목鄧牧은 〈고우전皐羽傳〉을 지어서 다음과 같이 말했다.

"사고와 나는 친구다. 나는 이렇게 말했다. '옛 문인들의 저술은 마땅히 가슴에서 나와 독자적으로 일가를 이룬다고 하는데, 그대는 반드시 고인의 법도에 맞아야 그만둔다. 본 것이 고인의 법도에 합치되지 않으면 밤낮으로 이치를 따져 나무란다는 것을 내가 항주의 문사

몇 명을 방문하고서 듣게 되었다.'"

지금 사고의 시는 지극히 괴상한데, 어찌 사고가 본디 법도에 맞다고 하면서 도리어 등목의 말로써 사고에게 누를 끼치겠는가? 그렇지 않다면 등목은 사고의 시가 무습·위소·이하·가도와 유사하기 때문에 도리어 사고를 법도에 맞다고 여긴 것인가?

**해제** 사고에 관한 등목의 견해에 대해 반론을 제기했다.

**원문** 鄧牧[1]作皋羽傳云: "翱與牧友. 牧曰: 古人著述, 謂當出胸臆, 自成一家, 君必欲中[2]古人繩墨[3]乃已[4]. 所見不合, 日夜論辯相詆, 因聽牧訪杭文士若干人."云云. 今皋羽詩極詭幻, 豈皋羽本中繩墨, 反以牧累之耶? 抑牧以其有類繆襲·韋昭·李賀·賈島, 反以爲中繩墨耶?

**주석**
1 鄧牧(등목): 남송 말기부터 원나라 초기에 활동한 문인이다. 자는 목심牧心이며 호는 삼교외인三教外人 또는 구쇄산인九鎖山人이다. 생졸년은 1247년~1306년이며 전당 사람이다. 상흥祥興 원년(1278) 남송이 망하자, 원나라 조정에는 나가지 않고 명산대천을 유람하며 은거했다. 사고, 주밀周密 등과 가깝게 지내며 조정의 출사 요청을 거절했다.
2 中(중): 맞다.
3 繩墨(승묵): 법도. 준칙.
4 已(이): 그치다. 그만두다. 끝나다.

## 44

원유지元裕之[28]의 재주는 송나라 문인보다 약간 뒤떨어지지만, 괴이하고 비속한 곳은 없다. 그러나 온전히 순일하지 못한 것이 많고, 개중에는 또 뜻이 명확하지 않고 생소한 시어도 있다. 오언고시 중 수

28) 이름 호문好問.

록된 것은 진실로 의미가 분명하고, 칠언에서는 자못 뛰어난 재능을 보이므로, 원대와 명대 여러 문인들의 선구가 되었다. 다만 고시 및 율시는 옛 구를 많이 사용하면서도 그 때의 사건을 겸했는데, 이것은 전대 문인들에게는 없던 것이다. 오 · 칠언 고시에서 입성을 차용한 것은 두보에게서부터 그러했다.

해제 원호문은 금나라의 최고 시인으로, 시국기施國祁의 《원유산시집전주元遺山詩集箋注》에 따르면 현존하는 그의 시는 모두 1362수다. 특히 그의 칠언고시에 대해 심덕잠은 《설시수어說詩晬語》에서 "또한 소식 이후로 최고다又東坡後一能手也"라고 극찬했다.

원문 元裕之[名好問]才力少遜宋人, 而怪惡鄙俗處則無. 然不完純者多, 中亦有晦僻語. 五言古, 入錄者實爲明爽[1], 而七言頗見才情[2], 爲元人 · 國初諸子先倡. 但古詩及律多用舊句, 又兼用時事[3], 則前人所無. 至五七言古入聲借用, 則自子美已然.

주석
1 明爽(명상): 의미가 분명하다. 명백하다.
2 才情(재정): 뛰어난 재능.
3 時事(시사): 당시에 일어난 일.

## 45

명시는 이몽양 · 하경명이 가장 정체며, 두 사람의 명성 또한 대단하다. 이몽양의 변체는 칠언고시 장길체長吉體 한 편에 그치고, 하경명의 변체는 칠언율시 회문回文 한 편에 그쳤으니, 진실로 불경과 다른 이단이 겨루는 것 같을 따름이다. 기타 작품은 간혹 풍격이 광활하고 나약함에 빠지긴 했지만 변체에 들어간 것은 없다. 원호문과 양유정楊維楨은 비록 문장에 많은 체재를 갖추고 있지만 변체가 정체보다 많으니, 역시 그 재주가 누를 끼친 것이다. 양유정의 시는 비록 변체지만 체재가 반드시 그 사람을 방불케 하고, 원호문의 시어는 비록 평이하지만 체재가 마음이 하고자 하는 대로 따른 것이다.

해제 원말명초의 대표적인 시인의 특징을 비교하여 개괄했다.

원문 國朝詩, 李獻吉 · 何仲默最正, 而二子之名[1]又盛. 然李變體止七言古長吉體[2]一篇, 何變體止七言律回文[3]一篇, 正猶釋迦文[4]與外道[5]角[6]耳. 其他或失之蒼莽孱弱, 而未有入變者. 裕之 · 廉夫[7]雖文備衆體, 而變多於正, 亦其才累之也. 然廉夫雖變, 體必彷彿其人; 裕之語雖平易, 而體則從心所欲矣.

주석

1 名(명): 명성. 명예.

2 長吉體(장길체): 이하의 독특한 시체를 가리킨다. 이하는 시의 구상과 예술적 상상의 측면에서 독창성을 지니며, 신화전설과 괴이하고 화려한 언어를 운용하는 데 뛰어나 예전에 없던 기이한 의상意象을 창조했으며, '읍泣', '성腥', '냉冷', '혈血', '사死' 등의 글자를 많이 써서 괴이한 풍격을 자아내었다.

3 回文(회문): 위에서부터 내려 읽거나 끝에서부터 읽거나 모두 말이 되는 시를 말한다.

4 釋迦文(석가문): 불경佛經.

5 外道(외도): 이단사설異端邪說을 가리킨다.

6 角(각): 겨루다. 경쟁하다.

7 廉夫(염부): 양유정楊維楨(1296~1370). 제23권 제20칙의 주1 참조.

## 46

원호문의 율시에서 오언은 송시의 습관을 다 씻어내어 점차 당시의 성조를 회복했다. 칠언율시 중 뜻이 명확하지 않고 시어가 생소한 부분은 대부분 서곤체를 배운 것이다.

해제 금나라 중기에는 강서시파 말류의 폐단이 심했다. 원호문은 그 폐단을 당시의 고고高古한 시풍으로 변화시키고자 했다. 원호문의 오언율시는 당시의 음조를 가지고 있으며 칠언율시도 내용과 풍격이 두보와 비슷하다. 그러나 칠언율시 중에는 여전히 서곤체의 한계에서 벗어나지 못한 것이 있음을 지적했다.

원문 裕之律詩, 五言盡洗宋習, 稍復[1]唐調; 七言律晦僻處多學崑體.

주석 1 復(복): 회복하다.

## 47

원호문의 칠언절구 〈논시삼십수論詩三十首〉는 그 논의가 매우 공정하다. 그러나 논시절구에서는 소식을 심하게 공격하면서 오·칠언 고시는 대부분 소식을 본받았고, 논시절구에서는 서곤체를 심하게 공격하면서 칠언율시는 대부분 서곤체를 본받았으니, 이것은 또 이해할 수가 없다.

해제 원호문의 〈논시절구삼십수〉는 칠언절구의 형식으로 한위 이래 중요한 작가와 작품 및 시가유파에 대해 시대 순으로 평론을 한 것이다. 〈논시절구삼십수〉에서 원호문은 또 그 당시의 공허하고 화려한 시풍을 비판했다. 허학이는 〈논시절구삼십수〉의 논의가 타당하지만 원호문의 시론이 그의 실제 시가창작과는 일치하지 않음을 지적하고 있다.

원문 裕之七言絶論詩三十首[1], 其論甚正. 又七言絶極駁[2]東坡, 而五七言古多學東坡; 七言絶極駁崑體, 而七言律多學崑體, 則又不可知.

주석 1 論詩三十首(논시삼십수): 원호문의 〈논시절구삼십수論詩絶句三十首〉. 칠언절구의 형식으로 역대 시인과 시가 이론을 체계적으로 평론했다. 삼십수의 첫 수는 총론이며, 마지막 수는 총결이다. 중간의 28수는 건안 시기부터 북송까지의 역대 시인과 작품들을 구체적으로 평론했다. 건안의 조식 · 유정, 위진의 완적 · 유곤, 당나라의 진자앙 · 두보 · 원결에 대해 높이 평가했으며, 육조 시기부터 강서시파에 이르기까지의 형식적인 면을 지나치게 추구하고 전대 문인들을 모방하는 풍조를 반대했다.

2 駁(박): 공격하다. 반박하다.

## 48

조자앙[29]의 《송설재집松雪齋集》에는 여러 체제의 시가 겨우 226수 실려 있는데, 비록 조잡하고 천박해도 치우친 음조는 적으며, 수록된 것 중 오언고시 · 칠언율시 · 오언절구가 뛰어나고 오언율시가 가장 뒤떨어진다.

대표원戴表元이 서문에서 다음과 같이 말했다.

"마지막으로 항주에서 만났을 때 그 평생의 작품을 처음으로 크게 출판하여 '송설재시문松雪齋詩文' 몇 권이라 하면서 나에게 서평을 부탁했다."

호응린이 《시수詩藪》에서 다음과 같이 말했다.

"가행 중 전편이 볼만한 것은 조맹부의 〈도원춘효도桃源春曉圖〉다. 오언율시 중 뽑을 만한 것은 조자앙의 "구름 끝 까치 한 쌍 추위에 떨고, 꽃 밑에 거문고 하나 한가롭네雲端雙鳥冷, 花底一琴閒"다. 칠언율시 중 전편이 장중하고 아름다우며 수미가 고르게 조화로운 것은 조자앙의 〈만세산萬歲山〉이다. 칠언절구 중 뛰어난 경지를 표현한 것은 〈절구絶句〉 한 편이다. 지금 모두 원래의 문집에는 보이지 않는다. 즉 그 문집에서 이 시들만 빠진 것 같지 않은데, 혹시 선본選本인지가 의문스럽지만 또한 아니다."

---

29) 이름 맹부孟頫.

해제

조맹부에 관한 논의다. 조맹부는 시인보다는 서화가書畵家로서 더 잘 알려진 사람이다. 그러나 시에서도 서화처럼 원시의 기풍을 연 사람으로 평가된다. 원나라 인종 연우 연간의 우집 · 양재 · 범팽 · 게해사 등의 시인이 바로 조맹부의 직접적인 영향을 받았다. 조맹부의 시는 비록 당시를 모방하긴 했지만 자기 나름대로의 청려완약淸麗婉弱한 풍격을 이루었다. 특히 칠언율시는 완곡하고 유창하여 그의 다른 시체보다 뛰어나다고 평가받는다. 다만 여기서 그의 문집이 완전하지 않아 많은 시가 일실되었음을 짐작할 수 있다.

趙子昂[名孟頫]松雪齋集[1], 諸體僅二百二十六首, 雖疎淺[2]而寡僻調, 入錄者五言古 · 七言律 · 五言絶爲勝, 而五言律最劣. 戴表元[3]序云: "最後見於杭, 始大出其平生之作, 曰'松雪齋詩文'若干卷, 屬[4]予評." 胡元瑞詩藪言: 歌行, 全篇可觀者, 子昂桃源春曉圖; 五言律可摘者, 子昂"雲端雙舃冷, 花底一琴閒"[5]; 七言律全篇整麗[6] · 首尾匀和者, 子昂萬歲山; 七言絶妙境, "溪頭月色"[7]一篇. 今皆不見本集. 則其集似不止此, 或疑選本[8], 又非.

1 松雪齋集(송설재집): 원나라의 문인 조맹부가 편찬한 문집이다. 송설재는 조맹부의 서재 이름이다. 이에 그를 송설도인松雪道人이라 부르기도 한다. 현존하는 청덕당淸德堂 판본은 《송설재집》 10권과 《송설재외집松雪齋外集》 1권으로 구성되어 있다.

2 疎淺(소천): 조잡하고 소견 · 지식 · 학문 등이 얕다.

3 戴表元(대표원): 송말원초의 문인으로 '동남문장대가東南文章大家'로 칭해진다. 자는 증백曾伯이고, 호는 섬원剡源이다. 생졸년은 1244년~1310년이다. 함순咸淳 7년에 진사가 되었다. 당시를 숭상했으며, 시대의 아픔을 노래한 작품을 많이 남겼다. 저서로 《섬원집剡源集》이 있다.

4 屬(촉): 맡기다. 부탁하다.

5 雲端雙舃冷(운단쌍석랭), 花底一琴閒(화저일금한): 구름 끝 까치 한 쌍 추위에 떨고, 꽃 밑에 거문고 하나 한가롭네. 조맹부 〈증영청조현조현윤贈永淸曹顯祖縣尹〉의 시구다. 《문연각사고전서文淵閣四庫全書》에는 '雲端雙履去(운단쌍리거), 花底一壺閒(화저일호한)'으로 되어 있다.

6 整麗(정려): 장중하고 아름답다.
7 溪頭月色(계두월색): 조맹부의 〈절구絶句〉를 가리킨다.
8 選本(선본): 저작에서 일부 작품을 뽑아 엮은 책.

## 49

조맹부의 오언고시는 한위를 본받았고, 칠언율시는 두보를 본받았지만 전체 문집은 여러 시인들보다 한참 뒤떨어진다. 사실 정력을 서화에 다 쏟았기 때문에 전문적으로 공을 들여 가다듬지 않았기 때문이다.

해제 조맹부는 당시를 숭상하는 복고의 입장에서 전아하고 온화한 시풍을 추구하여, 후일 명대 전후칠자의 복고운동과 명청 시가의 발전에 많은 영향을 미쳤다. 하지만 작품 수준은 다른 시인들보다 낮은데, 허학이는 그 까닭을 그가 서화에 매진한 데서 찾았다.

원문 子昂五言古雖學漢魏, 七言律雖學杜, 而全集遠遜諸家, 實以精力盡於書畫, 無專功[1]琢磨[2]故也.

주석
1 專功(전공): 전문적으로 연구하다.
2 琢磨(탁마): 옥석을 쪼고 갈다. 학문과 도덕을 닦다.

## 50

살도랄薩都剌의 오·칠언 고시에는 정체가 비록 많을지라도 재주가 단연코 원호문에게 미치지 못한다. 오·칠언 율시 또한 치우친 음조가 없다.

해제 살도랄은 회족回族으로 원대 색목色目 시인을 대표한다. 현존하는 시는 대략 700여 수로 추정된다. 그의 시는 내용상 사회시, 산수시, 회고시, 기려시 등으로 나눌 수 있으며 청신, 호방, 평담의 시풍이 두드러진다. 허학이는 살도랄이 원호문에 미치지 못한다고 평가했는데, 사실 그는 원대 시단에서 그 나름의 지위를 지니고 있다. 원대 문단의 영수인 우집은 그에 대해 "성정에 가장 뛰어나며, 유려하고 청완하여 작가들이 모두 그를 좋아한다最長於情, 流麗淸婉, 作者皆愛之"고 말했다.

원문

薩天錫[1]五七言古正體雖多, 才力斷不及裕之. 五七言律亦無僻調.

1 薩天錫(살천석): 살도랄薩都剌(약 1272~1355). 원나라 시기의 시인이자 서예가다. 자가 천석이고, 호는 직재直齋다. 태정泰定 4년(1327)에 진사가 되어 주요 관직을 역임했다. 산수를 좋아하는 성품으로 만년에는 항주에 살면서 산천을 유유자적했다. 비록 소수민족이었지만, 한어漢語에 정통하고 한민족의 옛 문화에 대한 높은 소양을 지녔으며, 시사뿐 아니라 그림, 서예 등에도 능통했다고 전한다.

## 51

양염부楊廉夫[30]의 《고악부古樂府》 10권에는 오·칠언 고시와 오·칠언 율시가 총 412수 수록되었는데, 제자 오복吳復이 편찬했다. 오복은 지정至正 8년에 죽었는데 서문은 지정 6년에 쓴 것이므로, 대략 양유정이 쉰 이전에 이 책을 만든 것이다. 대체로 《고악부》라고 명명한 것은 잘못되었다. 《복고시復古詩》 6권은 총 135수이며 제자 장완章琬이 편찬했는데, 그중 61수는 《고악부》에 실린 것과 같다.

오복이 〈서문〉에서 다음과 같이 말했다.

"선생께서 회계會稽에 계실 때, 날마다 하는 일이 시 한 수씩 짓는 것

30) 이름 유정維楨, 호 철애鐵崖.

이었다. 말년에 그것을 읽고는 홀연 혼자 웃으시더니 '여기에 어찌 시가 있다 하겠는가!'라며 급히 하인을 불러 그것을 태워 한 편도 남기지 않았다. 지금 남은 것은 모두 선생께서 전당錢塘·태호太湖·동정洞庭에 계실 때 지은 것이다."

10권 말미의 〈발문跋文〉에서는 다음과 같이 말했다.[31]

"선생께서 말년에 쓴 보유補遺·유고遺稿·후집後集은 가가호호 전래되어 읽혔으나, 흩어져 없어진 것을 모을 겨를이 없었다."

내가 생각건대 양유정은 본디 시의 체제를 많이 갖추고자 했지만 변체가 정체보다 많았으니, 역시 그 재주가 누를 끼친 것이다. 원시 중에서는 오직 양유정의 재주가 구양수와 소식 등의 여러 시인들을 계승할 만하다.

양유정은 원말의 시인으로 고악부에 뛰어났던 기재奇才다. 그는 시풍과 생활방식이 독특해 문호文豪라는 칭찬과 문요文妖라는 비방을 동시에 받았다. 주로 악부체 시를 많이 창작하며 시대의 병폐를 근심하며 좋은 것을 알리고 사악함을 없애고자 노력했다.

또한 양유정은 아버지의 엄격한 교육에 따라 철애산鐵崖山에서 5년간 독서를 하여 스스로 '철애'라고 호를 지었다. 따라서 그의 독특한 시체를 '철애체鐵崖體'라고 한다. 철애체는 대략 그가 오월吳越 지역을 유랑할 때 지은 것으로 형식에 얽매이지 않고 자유롭게 감정과 생각을 서술한 시체라 할 수 있다. 이 철애체로 인해 양유정은 원말에 예술적 개성이 가장 강한 시인으로 평가되었다. 허학이도 그의 문학성을 높이 평가하여 원대 시인 중 양유정만이 재주가 구양수·소식을 계승하기에 충분하다고 보고 있다.

楊廉夫[名維楨, 號鐵崖]古樂府十卷, 中五七言古·五七言絶計[1]四百十二首, 門人吳復[2]所編. 復卒於至正八年而序則六年作, 蓋廉夫五十以前作也. 概以

31) 지은이의 이름이 보이지 않는다.

"古樂府"名之, 非. 復古詩六卷, 計一百三十五首, 門人章琬所編, 中六十一首與前同. 吳復序云: "先生在會稽時, 日課[3]一詩. 晚年讀之, 忽自笑曰: '此豈有詩哉!' 亟[4]呼童[5]焚之, 不遺一篇. 今所存者, 皆先生在錢塘·太湖·洞庭間所得云." 十卷後跋[6]云: [不見姓氏]"先生晚年所著有補遺[7]·遺稿[8]·後集, 家傳人誦, 散逸未暇裒集[9]." 予按: 廉夫詩本欲備衆體, 然變多於正, 亦其才累之耳. 元人詩惟廉夫才力足繼歐蘇諸子.

주석

1 計(계): 총계.
2 吳復(오복): 양유정楊維楨의 제자.
3 日課(일과): 날마다 하는 일.
4 亟(극): 급히.
5 童(동): 종. 하인.
6 跋(발): 문장의 한 체재. 책의 끝에 책의 내용과 책과 관련 있는 사항을 간단하게 적은 글이다.
7 補遺(보유): 빠진 것을 채운 부분.
8 遺稿(유고): 누락된 원고.
9 裒集(부집): 모으다.

## 52

오복이 《고악부》 서문에서 말했다.

"시는 성정이 먼저고, 체제와 격조는 나중이다. 일찍이 가르침을 받아 '시를 아는 것은 사람을 아는 것과 같다. 사람의 소리와 모습을 아는 것은 쉽지만 본성을 아는 것은 어려우며 정신을 아는 것은 더욱 어렵다'고 말했다."

내가 생각건대 국풍의 체제가 이미 정해졌기에 성정을 전문적으로 논했으므로, 이른바 '본성을 알고 정신을 안다'는 것이다. 한위 이후의 시를 배우면서 체제를 우선으로 하지 않고 성정을 우선으로 했으므로 고시에서 날마다 멀어지게 되었을 따름이다. 제1권 및 나머지 수십 편의 성정은 그래도 정체지만, 나머지는 제재에 따라서 사건을 노래한 것이어서 성정이라고 말할 수 없다.

그 〈속렴자서續奩自序〉에서는 다음과 같이 말했다.

"도연명의 〈한정부閒情賦〉는 임금 가까이서 시중드는 말을 했으나, 그 은일 선비로서의 절개를 해치지 않았다. 내가 한악韓偓을 모방하여 《속렴續奩》을 짓고 또 아름다운 시어를 쓴다고 해도 어찌 내 철석같이 단단한 마음을 잃겠는가. 법운도인法雲道人이 황정견에게 애정시 같은 하찮은 글을 쓰지 말라고 권하자, 황정견이 '공중에 떠 있는 말일 뿐이어서 이것 때문에 악도惡道에 떨어지지 않는다'고 했다. 나도 《속렴》에 대해서 마찬가지로 '공중에 떠 있는 말일 뿐이다'고 말했다. 뜻밖에도 많은 사람들의 입으로 전해졌으며, 전란 후 용주龍洲의 제자[32]가 여전히 입으로 외울 수 있어서 《속렴》을 책방에 주어 판각하고 그것을 유행시켰다. 이 책으로 인해 곧 내 잘못을 알게 되었다. 그 때 도림법사道林法師가 자리에 있어서 내가 합장하고 "만약 악도에 떨어진다면 법사께 참회를 하겠습니다"고 말했다."

이로 보건대, 음란하고 염정적인 것은 비록 태웠을지라도 끝내 스스로 후회를 하게 되니, 대개 그 성정이 본래 이러할 따름이다.

해제

양유정은 시는 감정의 자연스런 발로이며, 감정이 순수하건 잡박하건 모두 시라 여기는 '정성설情性說'을 주장했다. 즉 양유정은 성정의 다름으로 인해 시가 서로 다른 풍격을 보이며, 각자의 특색과 아름다움을 가질 수 있다고 보았다. 양유정의 이러한 '정성설'은 명대 공안파의 '성령설'에 영향을 미쳤다. 그러나 체재를 먼저 세우지 않은 성정은 시의 본질에서 멀어지게 된다. 양유정이 《속렴》의 시를 후회하고 돌이키고자 했지만 그 파장이 쉽게 가라앉지 않은 것처럼, 시도는 한 번 무너지면 회복되기 어렵다. 따라서

32) 장완章琬이다.

허학이는 체제를 우선하지 않고 지나치게 성정에 의거하여 시를 짓는 태도를 지양하고 있다.

吳復序云: "詩先性情而後體格. 嘗承教曰: 認詩如認人. 人之認聲與貌, 易也; 認性, 難也; 認神, 又難也." 予謂: 國風體製旣定, 故專論性情, 卽所謂認性·認神也. 學漢魏而下, 不先體制而先性情, 所以去古日遠耳. 然第一卷及餘數十篇性情猶正, 餘則因題詠事, 又未可言性情也. 其續奩自序云: "陶元亮[1]賦閒情[2], 出褻御[3]之辭, 不害其爲處士[4]節. 余賦韓偓續奩[5], 亦作娟麗語[6], 又何損[7]吾鐵石[8]心也. 法雲道人勸魯直勿作豔歌[9]小辭[10], 魯直曰: '空中語耳, 不致坐[11]此墮落惡道.' 余於續奩亦曰'空中語耳'. 不料爲萬口播傳, 兵火[12]後龍洲生[13][章琬]尙能口記[14], 又付之市肆[15]梓[16]而行之. 因書此以識吾過. 時道林法師在座, 余合十[17]曰: '若墮惡道, 請師懺悔[18].'" 觀此, 則淫艷[19]者雖焚而終自悔, 蓋其性本然耳.

1 陶元亮(도원량): 도연명(陶淵明). 제2권 제9칙의 주석10 참조.
2 閒情(한정): 도연명의 〈한정부閒情賦〉를 가리킨다. 〈한정부〉는 아름다운 여인을 열렬히 사랑하는 마음을 노래했다. 〈한정부〉의 내용에 대해서는 순수하게 사랑을 노래했다는 설과 〈이소〉의 '향초미인香草美人'의 전통을 계승하여 임금에 대한 충정을 노래했다는 설이 있다.
3 褻御(설어): 임금 가까이서 시중드는 사람.
4 處士(처사): 벼슬하지 않고 민간에 있는 선비.
5 續奩(속렴): 원나라 시인 양유정이 당나라 한악韓偓(844~923)의 향렴체香奩體를 모방하여 쓴 《속렴집續奩集》을 말한다. 한악은 그의 시집 《향렴집香奩集》에서 관능적인 정경을 농염하고 직설적으로 묘사하여 후일 그의 시풍을 '향렴체'라 불렀다. 송대 이후 많은 시인들이 그의 시풍을 모방하여 시를 지었는데, 원대에는 양유정이 그러한 작품을 많이 창작하여 《향렴집》 1권과 《속렴집》을 남겼다.
6 娟麗語(연려어): 아름다운 시어.
7 損(손): 잃다. 상실하다.
8 鐵石(철석): 쇠와 돌. 매우 견고함을 가리킨다.

9 豔歌(염가): 사랑을 노래한 시. 애정시.
10 小辭(소사): 하찮은 글. 자질구레한 글.
11 坐(좌): … 때문에. … 로 인하여.
12 兵火(병화): 전쟁. 전란.
13 生(생): 제자. 문인.
14 口記(구기): 외우다.
15 市肆(시사): 상점. 책방.
16 梓(재): 판각하다.
17 合十(합십): 합장을 하다.
18 懺悔(참회): 과거의 죄를 뉘우치고 회개悔改하다.
19 淫艶(음염): 음란하고 염정적이다.

## 53

양유정의 오언악부 〈한궐륙조복韓厥戮趙僕〉 등은 결국 의론으로 들어갔다. 사람들은 이동양의 악부가 역사의 단편斷片이라고 하면서, 양유정이 이미 그를 앞섰다는 것을 모른다.

해제

악부체는 양유정이 가장 많이 쓴 시체다. 양유정은 역사를 좋아했으며, 위진 풍도를 숭상하고, 이백과 이하를 추숭했다. 양유정은 고악부의 형식을 통해 영사시를 창작함으로써 내면의 불만을 표출하고 마음속의 분노를 펼쳐내고자 했다. 양유정이 다룬 역사인물은 왕후장상王侯將相이 가장 많으며 그 다음으로 명망 있는 사람과 의사義士, 열녀와 효녀, 왕궁의 후비 등이었다. 영사詠史 악부시를 통해 양유정은 역사에 대해 반성하고 각 인물을 품평했으며, 충효와 절의를 선양시키고, 옛날을 거울삼아 그 당시의 세태 풍속을 교화시키고자 했다. 허학이가 여기서 언급한 〈람고사십이수覽古四十二首〉는 역사인물에 대해 품평한 것인데 의론의 성격을 짙게 띠고 있다. 이후 명대의 이동양은 양유정의 영사 악부체를 거울삼아 〈의고악부擬古樂府〉 100여 수를 지어 일가를 이루었다. 명말청초의 우동尤侗도 양유정·이동양의 영향으로 〈명사악부明史樂府〉 100편을 창작했다.

원문 廉夫樂府五言"韓厥戮趙僕"[1]等, 遂入議論, 人言李賓之樂府爲史斷[2], 不知廉夫已先之矣.

주석
1 韓厥戮趙僕(한궐육조복): 양유정의 〈람고사십이수覽古四十二首〉 제5수를 가리킨다.
2 史斷(사단): 역사의 단편斷片.

## 54

원대에는 우집·양재·범팽·게해사33)를 칭송했는데, 여러 문집이 나온 다음에야 논의를 규명할 수 있다.

해제 원나라 인종 연우 연간에 활약한 우집·양재·범팽·게해사는 '원시사대가元詩四大家'라고 불린다. 이들은 당시를 숭상하는 복고를 주장했으며, 창작기법을 엄격히 지키고 문자를 연마하는 것을 중요시했다. 또 중화中和의 도를 준수하고 아정한 시풍을 추구하여 원대 시가의 모범이 되었다. 다만 허학이는 아직 그들의 여러 문집을 직접 살펴보지 못했으므로 그들에 대한 평가를 잠시 유보하고 있다. 허학이의 실증적인 문학관을 엿볼 수 있는 대목이다.

원문 元稱虞·楊·范·揭, [虞集字伯生. 予先有伯生學古錄二本, 卷之三至卷之四·卷之二十七至卷之三十. 楊載字仲弘. 范梈字德機. 揭奚斯字曼碩.] 待諸集出定論.

## 55

송나라 칠언율시 중 아래의 시구는 송대 사람들이 빼어난 어구로

---

33) 우집은 자가 백생伯生이다. 나는 예전에 우집의 《학고록學古錄》 2본을 가지고 있었는데, 권3~권4, 권27~권30이다. 양재는 자가 중홍仲弘이다. 범팽은 자가 덕기德機다. 게해사는 자가 만석曼碩이다.

여겼다.

다음은 구양수의 시구다.

"산의 형세는 용문산龍門山과 아주 비슷하게 빼어난데, 강물 빛은 이수伊水보다 푸르지 못하네. 山形酷似龍門秀, 江色不如伊水淸"

"길이 높아 황곡이 날아들지 못하고, 꽃이 피니 두견새 소리 더욱 많구나. 路高黃鵠飛不到, 花發杜鵑啼更多"

"맑은 냇물에는 만고에 다 흘러가지 못하고, 흰 새는 짝지어 날며 뜻이 저절로 한가롭네. 淸川萬古流水盡, 白鳥雙飛意自閒"

"청춘은 본디 늙은이의 일이 아니고, 세월은 진실로 한가한 이에게 길도다. 靑春固非老者事, 白日自爲閑人長"

다음은 소식의 시구다.

"군사 첩보가 아침에 옥문관玉門關에 날아오고, 승전보가 밤에 감천궁甘泉宮에 이르네. 露布朝馳玉關塞, 捷書夜到甘泉宮"

"잔잔한 회수에서 갑자기 혼미하여 하늘이 멀어졌다 가까워졌다 하고, 푸른 산은 오랫동안 배와 함께 오르락내리락 흔들리네. 수주에서 이미 백석탑白石塔을 보았는데, 짧은 노 저으며 황모강黃茅岡을 돌지 않았네. 平淮忽迷天遠近, 靑山久與船低昂. 壽州已見白石塔, 短棹未轉黃茅岡."

"해가 높이 뜨니 산매미가 나뭇잎 안고 울어대고, 사람은 고요한데 물총새가 숲 가로질러 날아가네. 日高山蟬抱葉響, 人靜翠羽穿林飛."

다음은 왕안석의 시구다.

"병든 몸이 찬 기운 일찍 온 걸 가장 잘 알지만, 돌아간 꿈에 산과 물이 먼 것도 알지 못하네. 病身最覺風露早, 歸夢不知山水長."

다음은 황정견의 시구다.

"마음이 여수汝水의 봄 물결처럼 일렁이고, 흥취가 병문幷門의 밤 달과 함께 높아지네.心如汝水春波動, 興與幷門夜月高"

"산이 두병斗柄을 머금으니 삼성三星이 숨고, 눈이 달빛을 받으니 천리가 차갑네.山銜斗柄三星沒, 雪共月明千里寒"

"가랑비가 산을 가리니 나그네 오랫동안 앉았으며, 장강이 하늘과 맞닿고 범선帆船이 더디게 도착하네.小雨藏山客坐久, 長江接天帆到遲"

원대 사람들 중에도 또한 이런 시구를 배운 사람들이 있었다.

다음은 원호문의 시구다.

"긴 무지개가 비쳐 술 마시는 듯하니 바다가 마르려 하고, 늙은 기러기가 무리를 부르니 가을이 더 슬프네.長虹下飮海欲竭, 老鴈叫羣秋更哀"

"석림石林은 만고에 더위 알지 못하고, 초가집 둘러싼 산에는 오직 구름만 떠 있네.石林萬古不知暑, 茅屋四山惟有雲"

다음은 살도랄의 시구다.

"기러기 소리 땅에 떨어지니 꿈결에 베개를 뒤척이며, 달빛이 성에 가득 차니 사람들 옷을 다듬질하네.鴈聲墮地夢回枕, 月色滿城人擣衣"

"늦가을 다듬이질 온 마을에 들리니 달이 물처럼 일렁이고, 변새의 기러기 우니 서리가 하늘에 가득하네.寒砧萬戶月如水, 塞鴈一聲霜滿天"

그러나 시인마다 두세 연에 불과할 뿐이며, 사실 여러 문인들의 본 모습이 아니다.

해제 송·원대의 칠언율시 중 일부 뛰어난 시구를 찾아 예로 들었다.

원문 七言律, 宋人如歐陽永叔"山形酷似龍門秀, 江色不如伊水淸."[1] "路高黃鵠

飛不到, 花發杜鵑啼更多."[2] "淸川萬古流不盡, 白鳥雙飛意自閒."[3] "靑春固非老者事, 白日自爲閑人長."[4] 蘇子瞻"露布朝馳玉關塞, 捷書夜到甘泉宮."[5] "平淮忽迷天遠近, 靑山久與船低昂. 壽州已見白石塔, 短棹未轉黃茅岡."[6] "日高山蟬抱葉響, 人靜翠羽穿林飛."[7] 王介甫"病身最覺風露早, 歸夢不知山水長."[8] 黃魯直"心如汝水春波動, 興與幷門夜月高."[9] "山銜斗柄三星沒, 雪共月明千里寒."[10] "小雨藏山客坐久, 長江接天帆到遲."[11] 宋人以爲警語[12]. 元人亦有習之者, 如元裕之"長虹下飮海欲竭, 老鴈叫羣秋更哀."[13] "石林萬古不知暑, 茅屋四山惟有雲."[14] 薩天錫"鴈聲墮地夢回枕, 月色滿城人擣衣."[15] "寒砧萬戶月如水, 塞鴈一聲霜滿天"[16]等句. 然每家不過二三聯耳, 實非諸子本相也.

1 山形酷似龍門秀(산형혹사용문수), 江色不如伊水淸(강색불여이수청): 산의 형세는 용문산龍門山과 아주 비슷하게 빼어난데, 강물 빛은 이수伊水보다 푸르지 못하네. 구양수 〈초지호아한견강산유용문初至虎牙漢見江山類龍門〉의 시구다.

2 路高黃鵠飛不到(로고황곡비부도), 花發杜鵑啼更多(화발두견제갱다): 길이 높아 황곡이 날아들지 못하고, 꽃이 피니 두견새 소리 더욱 많구나. 구양수 〈송석양휴환촉送石揚休還蜀〉의 시구다.

3 淸川萬古流不盡(청천만고유부진), 白鳥雙飛意自閒(백조쌍비의자한): 맑은 냇물에는 만고에 다 흐르지 못하고, 흰 새는 짝지어 날며 뜻이 저절로 한가롭네. 구양수 〈화한학사양주문희정치주和韓學士襄州聞喜亭置酒〉의 시구다.

4 靑春固非老者事(청춘고비노자사), 白日自爲閑人長(백일자위한인장): 청춘은 본디 늙은이의 일이 아니고, 세월은 진실로 한가한 이에게 길도다. 구양수 〈청주서사淸州書事〉의 시구다.

5 露布朝馳玉關塞(노포조치옥관색), 捷書夜到甘泉宮(첩서야도감천궁): 군사 첩보가 아침에 옥문관玉門關에 날아오고, 승전보가 밤에 감천궁甘泉宮에 이르네. 소식 〈문조서첩보聞洮西捷報〉의 시구다.

6 平淮忽迷天遠近(평회홀미천원근), 靑山久與船低昂(청산구여선저앙). 壽州已見白石塔(수주이견백석탑), 短棹未轉黃茅岡(단도미전황모강): 잔잔한 회수에서 갑자기 혼미하여 하늘이 멀어졌다 가까워졌다 하고, 푸른 산은 오랫동안 배와 함께 오르락내리락 흔들리네. 수주에서 이미 백석탑白石塔을 보았는데, 짧은

노 저으며 황모강黃茅岡을 돌지 않았네. 소식 〈출영구초견회산시일지수주出潁口初見淮山是日至壽州〉의 시구다.

7 日高山蟬抱葉響(일고산선포엽향), 人靜翠羽穿林飛(인정취우천림비): 해가 높이 뜨니 산매미가 나뭇잎 안고 울어대고, 사람은 고요한데 물총새가 숲 가로질러 날아가네. 소식 〈수성원한벽헌壽星院寒碧軒〉의 시구다.

8 病身最覺風露早(병신최각풍로조), 歸夢不知山水長(귀몽부지산수장): 병든 몸이 찬 기운 일찍 온 걸 가장 잘 알지만, 돌아갈 꿈에 산과 물이 먼 것도 알지 못하네. 왕안석 〈갈계역葛溪驛〉의 시구다.

9 心如汝水春波動(심여여수춘파동), 興與并門夜月高(흥여병문야월고): 마음이 여수汝水의 봄 물결처럼 일렁이고, 흥취가 병문并門의 밤 달과 함께 높아지네. 황정견 〈과평여회이자선시재병주過平輿懷李子先時在並州〉의 시구다.

10 山銜斗柄三星沒(산함두병삼성몰), 雪共月明千里寒(설공월명천리한): 산이 두병斗柄을 머금으니 삼성三星이 숨고, 눈이 달빛을 받으니 천리가 차갑네. 황정견 〈충설숙신채홀홀불락沖雪宿新寨忽忽不樂〉의 시구다.

11 小雨藏山客坐久(소우장산객좌구), 長江接天帆到遲(장강접천범도지): 가랑비가 산을 가리니 나그네 오랫동안 앉았으며, 장강이 하늘과 맞닿고 범선帆船이 더디게 도착하네. 황정견 〈제낙성사람의헌題落星寺嵐漪軒〉의 시구다.

12 警語(경어): 정련되고 함축적이어서 감동적인 어구.

13 長虹下飮海欲竭(장홍하음해욕갈), 老鴈叫羣秋更哀(노안규군추갱애): 긴 무지개가 비쳐 술 마시는 듯하니 바다가 마르려 하고, 늙은 기러기가 무리를 부르니 가을이 더 슬프네. 원호문 〈우후단봉문등조雨後丹鳳門登眺〉의 시구다.

14 石林萬古不知暑(석림만고부지서), 茅屋四山惟有雲(모옥사산유유운): 석림石林은 만고에 더위 알지 못하고, 초가집 둘러싼 산에는 오직 구름만 떠 있네. 원호문 〈석문石門〉의 시구다.

15 鴈聲墮地夢回枕(안성타지몽회침), 月色滿城人擣衣(월색만성인도의): 기러기 소리 땅에 떨어지니 꿈결에 베개를 뒤척이며, 달빛이 성에 가득 차니 사람들 옷을 다듬질하네. 살도랄 〈경구야좌京口夜坐〉의 시구다.

16 寒砧萬戶月如水(한침만호월여수), 塞鴈一聲霜滿天(색안일성상만천): 늦가을 다듬이질 온 마을에 들리니 달이 물처럼 일렁이고, 변새의 기러기 우니 서리가 하늘에 가득하네. 살도랄 〈제양주역題揚州驛〉의 시구다.

詩源辯體

## 1

명대의 시에서 오언 고시와 율시, 오 · 칠언 절구는 결코 당시에 미칠 수 없지만, 가행과 칠언율시는 뛰어나다. 오언고시로는 이백과 두보가 자신의 생각대로 시를 창작했고, 위응물과 유종원은 한적하고 담박하여 각기 그 지극함에 이르렀는데, 명나라 시인들은 이미 배울 수가 없었다. 설령 한유 · 백거이 · 맹교의 변체라 할지라도 역시 그것을 배울 수 있는 사람이 없었다. 오언율시와 오 · 칠언 절구는 수록된 작품이 진실로 당시에 필적할 만하지만, 전체 문집에서는 심히 차이가 난다.

가행의 경우 이백과 두보가 비록 지극히 변화에 뛰어났지만 그것을 계승한 사람이 끊어졌고, 고적 · 잠삼 · 이기만 겨우 정종이라 칭해진다. 명대의 여러 유명한 시인들에 이르러서 힘을 다해 노력하여 그 수록된 작품이 종종 이백 · 두보와 필진하고 고적 · 잠삼을 능가했다.[1) ] 칠언율시는 성당 시기에 형식과 내용이 비록 갖추어졌지만 완전한 작품이 얼마 안 되고, 대력 이후로 격조가 갑자기 쇠퇴해졌는데, 명나라 하경명 이후 유독 정교함이 시극해져서 종종 성당을 뛰어넘는 것이

1) 전집前集의 성당 총론 제3칙(제17권 제25칙)과 참고하여 보기 바란다.

있다.[2)]

해제

명대 시가에 관한 총론이다. 각 시체별로 명시의 성취를 평가했다. 즉 명시는 오언 고시와 율시, 오・칠언 절구에서는 당시에 미치지 못하나 가행과 칠언율시에서 뛰어난 성취를 보인다고 평가했다. 특히 칠언율시에서 하경명의 성취를 높게 평가했다.

원문

國朝人詩, 五言古・律・五七言絶, 斷不能及唐人, 惟歌行與七言律爲勝. 五言古, 李杜之所向如意, 韋柳之蕭散沖淡[1], 各極其至, 國朝人旣不能學, 卽韓・白・東野變體, 亦未有能學之者. 五言律・五七言絶, 入錄者誠足配唐, 而全集則甚相遠[2]. 若歌行, 李杜雖極變化奇偉, 而繼之者絶響, 高・岑・李頎僅稱正宗, 至國朝諸名家則黽勉强致[3], 其入錄者往往逼李杜而軼[4]高岑. [與前集盛唐總論第三則參看.] 七言律, 盛唐文質[5]雖備而完善者無幾[6], 大曆以下氣格頓衰, 國朝仲默而後偏工獨至, 往往有過盛唐者矣. [以下四則國朝總論.]

1 蕭散沖淡(소산충담): 한적하고 담박하다.
2 相遠(상원): 차이가 크다.
3 黽勉强致(민면강치): 힘을 다해 노력하다.
4 軼(질): 초월하다. 능가하다.
5 文質(문질): 문학의 형식과 내용. '文(문)'은 문학의 형식, '質(질)'은 문학의 내용을 가리킨다.
6 無幾(무기): 얼마 되지 않다.

## 2

혹자가 물었다.

"명대 여러 유명 시인들의 시 중에서 수록된 작품은 진실로 초・성

2) 이하 네 칙은 명대의 총론이다.

당시에 필적할 만하고 작품 수도 더 많은데, 어찌 공력이 당시에서 더 뛰어난가?"

내가 대답한다.

그렇지 않다. 명대의 여러 유명 시인들은 작품 수가 보통 당나라 보다 열몇 배이므로 그 수록된 작품이 많지 않을 수가 없다. 초·성당의 유명 시인들은 수록된 작품이 본디 훌륭하고, 수록되지 않은 작품도 역시 당시다. 명대 여러 유명 시인들의 수록된 작품은 진실로 당시에 필적할 만하지만, 전체 문집을 살펴보면 광활한 데로 빠지지 않으면 평이한 데로 빠졌고, 지리멸렬한 데로 빠지지 않으면 유치한 데로 빠져서, 중·만당의 유명 시인들을 우러러보고자 하여도 미치지 못하는데, 하물며 초·성당 시인들에게 미칠 수 있겠는가? 그러므로 나는 고인의 시를 논할 때는 내가 수록한 작품으로 입증할 수 있는데, 명대의 시를 논할 때는 전체 문집을 보지 않으면 입증할 수 없다. 이렇게 시가 비록 대단히 성행했지만 초·성당을 계승할 수 없었던 것은 한마디로 공력의 대부분을 팔고문八股文에 쏟았기 때문일 뿐이다.

해제

허학이는 정체를 이해하기 위해 변체의 작품을 더 많이 수록하고 있는데, 이것은 변체를 더 중시해서가 아니라 정체를 더욱 잘 이해할 수 있도록 돕기 위함이다. 따라서 시선에 실린 명시의 수가 당시보다 더 많은 것을 보고 명시가 당시보다 더 뛰어나다고 섣불리 판단해서는 안 될 것임을 주지시키고 있다.

원문

或問: "國朝諸名家之詩, 入錄者誠足與初盛唐相匹, 而篇什又過之, 豈功力有過於唐耶?" 予曰: 不然. 國朝諸名家, 篇什常十數倍於唐, 其入錄者不容不多. 然初·盛唐名家, 入錄者固佳, 而不入錄者亦唐詩也. 國朝諸名家, 入錄者誠足配唐, 然以全集觀, 不失之蒼莽, 則失之率易, 不失之支離, 則失之淺稚, 欲望中·晚名家有弗及也, 況初·盛乎. 故予論古人詩, 卽予所錄有足證者, 論國朝詩, 非全集不足以爲證也. 此雖極盛有不能繼, 要亦功力太半盡於擧業[1]耳.

1 擧業(거업): 팔고문八股文을 가리킨다. 명·청대 과거제도가 규정한 특수한 문체로서 형식을 전문적으로 추구하여 내용이 없었다. 문장의 매 단락은 고정된 격식을 지켜야 하며, 글자 수도 다 일정한 제한이 있었다. 응시생은 제목의 글자 뜻에 따라 의미를 부연하여 문장을 썼다.

## 3

혹자가 물었다.

"선배들이 시를 논할 때는 대부분 그 장점을 칭찬하고 그 단점을 말하기 꺼렸으니, 구양수가 매요신에 대해서도 그렇고 소식이 황정견에 대해서도 그러하다. 지금 그대는 명대의 여러 유명 문인들에 대해 반드시 장단점을 다 드러내고자 하는데, 지나치게 박정한 것이 아니겠는가?"

내가 대답한다.

이 책은 후학을 인도하는 데 중점을 두므로 공정하지 않으면 시도가 드러나지 않는다. 명대 여러 유명 시인들의 전집全集이 한창 세상에 유행하고 있지만 후생들은 전하는 말만 믿고 사실을 중시하지 않는데, 대체로 참된 견해가 없어서 여러 유명 시인들의 장점에 대해서는 이미 알 수 없거니와 단점을 알아도 감히 자신할 수 없어 몽매하게 따를 바를 알지 못하므로, 매번 방치해두고 거들떠보지 않는 것이다. 이 책에서 그 단점을 논한 부분은 여러 시인들에게 죄를 지음을 면치 못할 것이나, 그 장점을 기록한 부분은 진실로 여러 시인들의 공신功臣이 되기에 충분하다. 그중 자구가 간혹 윤색된 것은 여러 시인들에게는 무익하다 할 수 없지만, 식견이 비루한 사람들이 듣게 해서는 안 될 것이며 또 식견이 천박한 사람들이 모방하게 해서도 안 될 것이다.

명대의 유명 시인들에 대한 비평의 원칙을 밝혔다. 시도를 밝히기 위해서는 장점뿐 아니라 단점도 공정하게 논해야 함을 강조했다.

或問: “先輩論詩, 多稱其所長, 諱[1]其所短, 如永叔之於聖兪 · 子瞻之於魯直是也. 今子於國朝諸名家必欲長短盡見, 無乃[2]太傷刻[3]乎?” 曰: 此編以開導[4]後學爲主, 不直則道[5]不見. 國朝諸名家全集方[6]盛行於世, 後生貴耳賤目[7], 略無眞見, 其於諸名家長處旣不能知, 短處能知而不敢自信, 瞢瞢憒憒[8], 莫知適從[9], 故每每置之高閣[10]. 此編論其所短, 不免獲罪[11]諸家, 錄其所長, 實足爲諸家功臣[12]也. 至其中字句間有點竄[13], 又不能無益諸家, 但不可使淺陋者聞之, 又不可使庸妄[14]者傚之也.

주석

1 諱(휘): 말하기 싫어하다. 회피하다. 피하다.
2 無乃(무내): 어찌 … 이 아니겠는가?
3 傷刻(상각): 지나치게 각박하다. 지나치게 박정하다.
4 開導(개도): 가르쳐서 인도하다. 인도하여 알게 하다.
5 道(도): 시도詩道.
6 方(방): 이제 한창.
7 貴耳賤目(귀이천목): 전하는 말만 중시하고 직접 보는 현실을 경시하다. 전해 들는 말만 믿고 사실은 중시하지 않다.
8 瞢瞢憒憒(몽몽궤궤): 어리석고 우둔하다. 몽매하다.
9 適從(적종): 따르다. 좇다.
10 置之高閣(치지고각): 묶어서 높은 선반 위에 놓다. 즉 ‘한쪽에 방치해두고 거들떠보지 않고 사용하지 않다’는 뜻이다. ‘高閣(고각)’은 기물을 보관하는 높은 선반을 가리킨다.
11 獲罪(획죄): 남의 미움을 사다. 남의 기분을 상하게 하다.
12 功臣(공신): 공을 세운 신하. 어떤 일에 특별한 공로가 있는 사람.
13 點竄(점찬): 자구를 고쳐 완전하게 하다. 윤색하다.
14 庸妄(용망): 식견이 천박하고 함부로 행동하다.

## 4

명대의 선배들은 초 · 성당시를 본받았지만 그 전체 문집을 보면 종종 결점이 있어 대부분 볼만하지 않다. 후배들은 중 · 만당시와 비슷하지만 도리어 대부분 완전하다. 대개 선배들은 재주가 대단히 커서 수식을 일삼지 않았으니, 결점이 없는 것은 아니지만 볼만한 걸작이 있다. 후배들은 자질이 총명한데다 더욱 조탁을 빌었기에 비록 대체적으로 완정한 작품이 많지만 취할 만한 대작은 없으니, 역시 자연스러운 이치일 따름이다. 옛사람들은 명성을 얻었어도 칭송되어 전해지는 작품은 몇 편에 불과하다. 일찍이 화찰華察의 《암거고巖居稿》 · 왕문王問의 《왕중산선생시문고王仲山先生詩文稿》 · 육필陸弼의 《대아당고大雅堂稿》[3]를 보니 모두 완전하여 수록할 만한데, 화찰 · 육필은 대력의 시풍에서 비롯되었다. 이에 명나라 여러 이름난 재상 중에는 행적이 있지만 성씨가 그다지 드러나지 않아서 한 시대와 무관한 사람도 실로 많음을 알겠다.

해제 명대 시단의 전반적인 경향을 논했다. 비록 많은 결점이 있더라도 초 · 성당을 본받아 몇 편의 걸작이 있는 것과 대부분이 완전한 작품이지만 중 · 만당을 본받아 취할 만한 작품이 없는 것 중 허학이는 전자를 지향한다.

원문 國朝先輩取法[1]初 · 盛, 然視其全集, 往往玷缺[2], 多不足觀. 後輩近於中 · 晩, 而反多完善. 蓋先輩才力寬洪[3], 不事修飾, 卽不無玷缺, 而有傑作可觀. 後輩資性明敏[4], 更假琢磨, 雖較多完善, 而無大篇[5]可取, 蓋亦理勢之自然耳. 卽古人得名[6], 而所稱傳者不過數篇. 嘗見華子潛[7]巖居稿 · 王子裕[8]詩稿[9] · 陸無從[10]大雅堂稿[11][以上俱於友人家一見], 俱完善可錄, 而華陸則出於大歷, 乃知國朝諸名公[12]有其實而姓氏不甚顯著, 無關於一代者實多也.

3) 이상은 모두 친구네 집에서 한 번 보았다.

1 取法(취법): 본받다. 배우다. 모방하다.

2 玷缺(점결): 백옥白玉이나 옥玉의 반점이나 흠. 결점이나 잘못을 비유한다.

3 才力寬洪(재력관홍): 재주가 대단히 크다.

4 資性明敏(자성명민): 자질이 총명하다.

5 大篇(대편): 대작. 걸작.

6 得名(득명): 이름이 나다. 유명하다.

7 華子潛(화자잠): 화찰華察(1497~1574). 명나라 시기의 시인이다. 자가 자잠이고 호는 홍산鴻山이다. 강소 무석無錫 사람으로, 12세부터 시문을 잘 지었다. 가정 5년(1526) 진사에 급제한 이후 한림원수찬翰林院修撰이 되어 역대 왕조의 보훈寶訓 및 실록實錄을 교감했다. 또 가정 18년(1539)에는 조선에 사신으로 다녀오기도 했다. 이후 한림원翰林院 시독학사侍讀學士를 지내며 황족 자제들을 가르쳐 '화태사華太師'라고도 불렸다. 강직한 성격으로 외직으로 쫓겨나 혜산惠山의 벽산음사碧山吟社 활동에 자주 참여하여 창화시를 많이 지었다. 시에 뛰어나 많은 시를 남겼는데, 그중에서도 《암거고巖居稿》 8권에 수록된 시가 특히 높이 평가되고 있다.

8 王子裕(왕자유): 왕문王問(1497~1576). 명나라 시기의 시인이자 화가다. 자가 자유고, 호는 중산仲山이다. 강소 무석 사람으로, 9세부터 시문을 잘 지었으며 그림 그리는 것을 좋아했다. 소보邵寶가 연 이천서원二泉書院에서 배우며 그의 문하로 있다가 정덕 14년(1519)에 거인擧人이 되었다. 가정 17년(1538)에 진사가 되어 주요 관직을 역임했다. 이후 광동廣東 안찰첨사按察僉事로 가는 도중 관직을 버리고 귀향하여 부친을 봉양했다. 무석 보계산寶界山 기슭에 호산초당湖山草堂을 짓고 30년간 은거했다. 가정 33년에 주한秦翰, 고가구顧可久, 화찰華察 등과 함께 혜산의 벽산음사를 중수하고 그곳에서 시사詩社를 결성했다.

9 詩稿(시고): 왕문의 시문집 《왕중산선생시문고王仲山先生詩文稿》를 가리킨다.

10 陸無從(육무종): 육필陸弼. 명나라 시기의 시인이다. 자가 무종이고 강도江都 사람이다. 생졸년은 미상이며 1582년 전후에 활동한 것으로 보인다. 다양한 분야의 책을 읽으며 많은 작품을 창작했다. 왕치등王稺登 등과 함께 정사正史 찬수纂修에 참여했으나 끝내지 못하고 그만두었다.

11 大雅堂稿(대아당고): 육필의 문집이다.

12 名公(명공): 유명하거나 뛰어난 재상宰相.

## 5

명초의 시로는 우선 고계高啓·양기楊基·장우張羽·서분徐賁을 일컫는데,[4] 호응린은 "고계 아래에 바로 양기를 언급해야 하지만, 장우·서분 두 사람은 뒤처진다"고 말했다.

생각건대 고계의 재능은 특별히 뛰어나다. 오언고시 중 당체唐體가 대략 20편인데, 이백·두보와 정말 필적하며 명대의 이몽양·하경명 이후로 없는 작품이다. 가행은 대부분 이백에게서 비롯되었으며 재주가 호방하므로, 마땅히 최고라고 하기에 의심의 여지가 없다. 양기의 오·칠언 고시는 매번 마음대로 표현한 것이 많다. 장우의 오언고시는 육조시와 당시에서 체재가 갖추어지지 않은 것이 없는데, 두시를 배운 것이 뛰어나다. 가행은 모방을 초월했을 뿐 아니라 재주 또한 칭송되기에 사실상 고계에 버금간다. 이에 후인들이 여러 시인들의 전체 문집을 보지 않았음을 알겠으니, 절대 가벼이 의론을 세워서는 안 될 것이다.

명초 시인 고계·양기·장우·서분에 관해 개괄적으로 논하고 있다. 이 네 사람을 '오중사걸吳中四傑'이라 한다. 이들은 오 지역 사람이거나 거기서 오래 살았던 사람들로 시문으로 이름이 높았다. 그 당시의 오 지역은 지금의 강소성 소주蘇州, 곤산昆山, 상숙常熟, 오강吳江과 상해上海의 가정嘉定·송강松江 등의 지역을 가리키는데, 이곳을 중심으로 문인들이 활발히 교류했으며 문화가 번성했다. 여기서 허학이는 네 사람이 지닌 시풍을 그들의 전체 문집을 통해 다시 평가했다. 특히 장우의 시를 주목하고 있는데, 청대 주이존朱彝尊이 역시 《정지거시화靜志居詩話》에서 다음과 같이 말했다.

"오언 고체는 성조의 높낮이가 있고 부드러우며, 유독 맑고 밝은 작품이

4) 도목都穆이 "네 분은 모두 오吳 땅에서 태어났기에 병칭된다"고 말했다. 장우張羽·서분徐賁은 모두 다른 성省 사람이지만, 오 땅에 거주했다.

있다. … 가행에 있어서는 필력이 호방하고 음절이 유창하여 한 시대의 호걸이라 할 만하다. 五言古體低昂婉轉, 殊有劉亮之作, … 至於歌行, 筆力雄放, 音節諧暢, 足爲一時之豪."

원문

國初詩首稱高・楊[1]・張・徐[2], [都玄敬[3]云: "四公皆吳[4]産[5], 故得並稱." 張・徐皆各省人, 僑居[6]於吳.] 胡元瑞云: "季迪下便應及楊, 張・徐二子遠矣." 愚按: 季迪才情特勝, 五言古唐體可二十篇, 直逼李杜, 國朝李何而下所無; 歌行多出青蓮, 而才力豪邁[7], 當爲稱首[8]無疑. 楊五七言古, 每多任情[9]. 張五言古, 六朝・唐人, 體無不具, 而學杜者爲優; 歌行, 步驟[10]旣超, 才力亦稱, 實在季迪之亞. 乃知後人未覩諸家全集, 斷不可輕立議論也.

1 楊(양): 양기楊基. 원말명초의 시인이다. 자는 맹재孟載고, 호는 미암眉庵이다. 생졸년은 1326년~1378년이며 소주 오현吳縣 사람이다. 총명하여 9살 때 육경六經을 다 외웠으며 시문과 서화에도 능했다. 어렸을 때 10만여 자에 달하는 《논감論鑒》이라는 책을 저술했다. 원나라 말기에 세상이 어지러워지자 오현 적산赤山에 은거했다. 명나라 때 추천을 받아 벼슬에 올랐다. 그러나 재임기간 중 여러 차례 비난과 배척을 받다가, 끝내 참소로 관직을 박탈당하고 유배되어 죽었다. 오언율시에 뛰어나 '오언의 명사수五言射雕手'라 불리기도 했다.

2 徐(서): 서분徐賁. 명초의 시인이자 화가다. 자는 유문幼文이며, 호는 북곽생北郭生이다. 비릉毗陵 곧 지금의 강소 상주常州 사람이다. 홍무 7년에 추천으로 조정에 들어가 주요 관직을 역임했다.

3 都玄敬(도현경): 도목都穆(1458~1525). 명나라 시기의 대신이자 금석학자이면서 장서가다. 자가 현경 또는 원경元敬이고 호는 남호선생南濠先生이다. 상성相城 곧 지금의 소주 사람으로 나중에 남호리南濠里로 옮겨 거처했다. 어렸을 때부터 당인唐寅과 가까이 지냈다. 홍치弘治 12년(1499)에 진사에 급제했다.

4 吳(오): 현재의 강소성 소주蘇州, 곤산昆山, 상숙常熟, 오강吳江과 상해上海의 가정嘉定・송강松江 등지를 가리킨다. 중국 한나라 말기에 손견孫堅이 오나라를 건국한 이후로 이곳을 오지역이라 부르게 되었다.

5 産(산): 태어나다.

6 僑居(교거): 타향에 살다.

7 豪邁(호매): 기백이 크다. 호방하여 얽매이지 않다.

8 稱首(칭수): 제일이다. 최고다.

9 任情(임정): 마음대로 하다.

10 步驟(보추): 모방하다. 본뜨다.

## 6

고계적高季迪[5]의 시로서 애초에 《취대집吹臺集》·《부명집缶鳴集》·《봉대집鳳臺集》이 있었지만, 후일 스스로 정리하고 집성하여 하나로 엮어 《부명집缶鳴集》이라고 명명했는데, 단지 300여 수뿐이었다. 지금 《고태사대전집高太史大全集》에는 모두 2000여 편이 있지만 대단히 번잡한데, 바로 정통正統 연간에 서용徐庸이 확충한 것이다.

해제 고계에 관한 논의다. 고계는 명초에 명대 시풍을 연 시인이다. 그는 39년의 짧은 생애동안 2000편이 넘는 시를 남겼다. 고계의 시집으로는 《취대집吹臺集》·《강관집江館集》·《봉대집鳳臺集》·《누강음고婁江吟稿》·《고소잡영姑蘇雜詠》 등이 있었는데 그가 사관으로 있을 때 《부명집缶鳴集》 12권을 스스로 편집하여 900여 수의 시를 수록했다. 이후 경태景泰 원년元年, 즉 1450년에 서용이 《부명집》과 그 외 누락된 작품들을 모아 《고태사대전집高太史大全集》 18권을 펴냈다. 청나라 옹정雍正 연간에는 김단金檀이 집주輯注한 《고청구시집주高青丘詩集注》가 나왔는데 고계의 시집 중 가장 완정한 판본으로 평가된다. 이후 1985년 상해고적출판사上海古籍出版社에서 이 《고청구시집주》를 다시 정리하여 《고청구집高青丘集》을 간행했다. 여기서 허학이는 《부명집》에 실린 시 총수를 300여 수라고 말하고 있고, 또 서용이 《고태사대전집》을 펴낸 시기를 정통 연간이라 보고 있어, 다소 차이가 있음을 확인할 수 있다.

5) 이름 계啓.

高季迪[名啓]詩, 初有吹臺集 · 缶鳴集 · 鳳臺集, 後自刪改[1]彙次[2]爲一, 總名曰缶鳴集[3], 僅三百餘首. 今有高太史大全集, 凡二千餘篇, 極其冗濫, 乃正統[4]間徐庸[5]所廣也.

주석

1 刪改(산개): 빼고 바꾸다.
2 彙次(휘차): 모아 편집하다. 집성하다.
3 缶鳴集(부명집): 고계의 시집이다. 고계는 처음에 5개의 시가집에 2000여 수의 작품을 수록했는데, 나중에 《부명집》 12권을 편찬하여 937수의 시를 엄선하여 수록했다. 악부, 고체, 율시, 잡체 등 각 체재별로 시를 수록하고 있다.
4 正統(정통): 명나라 영종英宗 시기의 연호다. 1436년~1449년 사이에 사용되었다.
5 徐庸(서용): 명나라 시기의 문인이다. 자는 용리用理고 오군吳郡 사람이다. 생졸년은 미상이나 1450년 전후로 활동한 것으로 보인다. 서용은 고계의 시가 작품을 경태景泰 원년(1450)에 수집하여 《고태사대전집》 18권을 편찬했다.

## 7

명나라 시인이 옛것을 숭상한 것은 고계에게서 시작되었고, 창조적으로 구상한 것은 양기에게서 시작되었다. 고계의 오언고시는 당체에 뛰어나고 한위의 체재에 서투르다.

해제

명대의 복고풍조가 고계로부터 시작되었음을 언급하고 있다. 고계는 한대에서 송대에 이르는 모든 옛 시의 형식과 정신을 본받으려 했다. 그는 〈독암집서獨庵集序〉에서 다음과 같이 말했다.

"여러 장점을 아울러 본받아 곳곳에서 모방을 하여, 그 마음에서 융화되는 때를 기다렸다가 혼연히 스스로 일가를 이루어야만 비로소 식견이 넓은 사람이라 할 수 있으며, 한쪽만 고집하는 폐해를 면할 수 있다.兼師衆長, 隨事模擬, 待其時至心融, 渾然自成, 始可以名大方, 而免夫偏執之弊"

《고청구집高靑丘集》에는 430수의 오언고시가 실려 있다. 고계의 오언고시는 내용상 '언지영회言志咏懷'와 '사경서정寫景抒情'으로 크게 나눌 수 있으며, '언지영회'의 경우 주로 도연명의 예술기법을 배운 것으로 평가받는다.

원문

國朝詩人, 敦古[1]昉於[2]季迪, 匠心始於孟載. 然季迪五言古長於[3]唐體 · 疎於[4]漢魏.

주석

1 敦古(돈고): 옛것을 숭상하다.
2 昉於(방어): … 로부터 시작되다. '始於(시어)'와 같은 말.
3 長於(장어): … 에 뛰어나다.
4 疎於(소어): … 에 서투르다.

## 8

고계의 가행은 호탕하고 뛰어난데 대부분 이백에게서 비롯되었다. 〈규유자가위왕종상부嫣雌子歌爲王宗常賦〉 · 〈제황대치천지석벽도題黃大癡天池石壁圖〉는 다소 변체에 가깝다.

왕세무가 말했다.

"고계의 재주는 충분하니, 홍치 · 정덕 연간의 이몽양 · 하경명의 사이에 태어났더라면, 속기俗氣를 끊고 핵심을 찔러 누가 승리했을지 모를 것이다."

왕세정이 말했다.

"가행에는 이몽양이 있으니 용과 같도다! 하경명 · 이반룡은 기린 · 봉황과 같도다!"

내가 생각건대 기린 · 봉황의 비유는 마땅히 고계에게 돌아가야 할 것이다.

해제

고계의 가행에 관한 논의다. 고계의 가행이 이백에서 연원하며, 명대 시인 하경명이나 이반룡보다 뛰어나다고 평가했다.

원문

季迪歌行, 豪蕩俊逸, 多出靑蓮, 嫣雌子[1]黃大癡[2]稍近於變. 王敬美云: "季迪才情有餘, 使生弘正[3]李何間, 絶塵破的[4], 未知鹿死誰手[5]." 元美謂: "歌行之有獻吉, 其猶龍乎! 仲默 · 于鱗, 其麟鳳乎!" 愚謂: 麟鳳之喩, 當歸季迪.

1 嬀蜼子(규유자): 고계의 가행시 〈규유자가위왕종상부嬀蜼子歌爲王宗常賦〉를 가리킨다. 고계가 왕종상王宗常을 위해 지은 작품이다. 왕종상은 왕이王彝(?~1374)를 가리키는데, 그의 자가 종상이고 별호가 바로 규유자嬀蜼子다. 왕이는 어렸을 때 의지할 데 없이 가난했으며 천태산天台山에서 독서했다. 명초에 조정에 불려가 《원사元史》를 편찬했다. 후일 한림원翰林院에 들어갔으나 모친 봉양을 이유로 관직을 그만두고 귀향했다. 홍무 7년(1374)에 고계와 함께 남경에서 주살되었다. 시문집으로 《삼근재고三近齋稿》, 《규유자집嬀蜼子集》 등이 있다. 규유자는 본래 헌원軒轅의 후예로 우순虞舜의 손자인데, 고계는 규유자에 빗대어 왕이의 굳은 절개를 묘사했다.

2 黃大癡(황대치): 고계의 가행시 〈제황대치천지석벽도題黃大癡天池石壁圖〉를 가리킨다. 황대치는 원나라 때의 화가인 황공망黃公望을 가리키며, 그가 73세에 그린 〈천지석벽도〉는 소주에서 서쪽으로 30리 떨어져 있는 천지天池의 산수경물을 묘사한 것이다.

3 弘正(홍정): 홍치弘治 · 정덕正德 연간. 홍치는 명나라 효종孝宗 주우탱朱祐樘 시기의 연호로, 1488년~1505년 사이에 사용되었다. 정덕은 명나라 무종武宗 주후조朱厚照 시기의 연호로, 1506년~1521년 사이에 사용되었다.

4 絶塵破的(절진파적): 속기俗氣를 끊고 핵심을 찌르다.

5 未知鹿死誰手(미지녹사수수): 사슴이 누구 손에 죽었는지 알지 못하다. 즉 정권이 누구 손에 들어갈지 알지 못하다. 경쟁 중 누가 최후의 승리를 할지 알지 못하다.

## 9

호응린이 말했다.

"고계는 명대 초에 종묘 제사와 맞먹을 만큼 전이하여, 홍치 · 정덕 연간의 현인들이 대개 유달리 그에게 미치지 못한다. 두 명의 낭야琅琊 왕씨王氏에 이르러서[6] 모두 지극히 명성을 드날리자 중론이 마침내 정해졌다."

내가 생각건대 홍치·정덕 연간의 여러 현인들이 대개 미치지 못하는 것은 원대의 기풍이 없어지지 않았기 때문이니, 악부와 율시가 그러하다. 두 명의 낭야 왕씨가 모두 대단히 명성을 드날린 것은 재주가 자유분방하기 때문이니, 오·칠언 고시가 그러하다.

해제 고계는 일반적으로 원말의 화려한 시풍을 개혁하고 대아의 기풍을 연 것으로 평가받는다. 고기륜顧起綸은 《국아품國雅品》에서 "고계가 비로소 원시의 체재를 변화시켜 처음으로 명초의 시를 열었다. 깊고 함축적인 데서 시작하여 심원함으로 들어가 국풍의 풍자와 깊은 뜻을 얻었다.高侍郎季迪, 始變元詩之体, 首創明初之音. 發端沈郁, 入趣幽遠, 得風人激刺微旨"고 평했다.

원문 胡元瑞云: "高太史, 昭代初, 雅堪禘禰[1], 而弘正諸賢, 揚搉[2]殊不及之. 至兩瑯琊[3][元美·敬美], 咸極表章[4], 衆論[5]遂定." 愚按: 弘正諸賢, 揚搉不及, 則以元習未去故, 樂府·律詩是也; 兩瑯琊咸極表章, 則以才具瀾翻[6]故, 五七言古是也.

주석
1 雅堪禘禰(아감체네): 전아함이 선왕의 성대한 제사와 사당에 맞먹을 만하다. '禘(체)'는 고대 제왕이나 제후가 시조의 사당에서 지내는 성대한 제사, '禰(네)'는 아버지를 모신 사당을 가리킨다.
2 揚搉(양각): 대개.
3 兩瑯琊(양낭야): 두 명의 낭야琅琊 왕씨王氏. 즉 왕세정王世貞과 왕세무王世懋는 위진남북조 시기의 문벌귀족 낭야 왕씨의 후손이다.
4 表章(표장): '表彰(표창)'과 의미가 같음. 명성을 세상에 드러내다.
5 衆論(중론): 많은 사람의 의견.
6 瀾翻(난번): 시문의 기세 등이 분방하고 자유롭다.

6) 왕세정과 왕세무.

## 10

고계의 오 · 칠언 고시는 재주가 자유분방하고 풍골이 유창하므로 함축적이고 심오한 것이 적고, 자구 또한 타당하지 않음이 있으니, 대개 그 기개가 호탕해서 치밀하게 고려하지 않았기 때문이다. 왕위王褘의 서문은 가장 실제에 부합된다. 그 재주가 발휘된 곳에는 현란함이 넘쳐난다.

해제 고계의 오 · 칠언 고시에 관한 논의다. 《고청구집》에는 일시逸詩까지 포함하여 고계의 시가 총 2021수가 실려 있는데, 그중 오언고시가 430수, 칠언고시가 147수다. 여기서는 고계의 오 · 칠언 고시가 지닌 기개의 호탕함을 지적했다.

원문 季迪五七言古, 才具瀾翻, 風骨穎利[1], 故含蓄深沉[2]者少, 而字句亦有未妥, 蓋其氣豪不能精思[3]故耳. 王華川[4]序言之最切[5]. 至其才情所到, 則絢爛[6]溢目[7].

주석
1 穎利(영리): 창작 구상이 매우 빠르고 문장이 유창하다.
2 深沉(심침): 깊어서 드러나지 않다.
3 精思(정사): 세심하게 사고하다. 치밀하게 사고하다.
4 王華川(왕화천): 왕위王褘(1322~1374). 명나라 시기의 학자이자 정치가다. 자는 자충子充이고, 호가 화천이다. 절강 의오義烏 사람으로, 어려서부터 영민했으며 유관柳貫과 황진黃溍을 스승으로 섬겼다. 원나라 말기 청암산青岩山에서 은거하다가 주원장의 부름에 응해 강남유학제학江南儒學提擧 및 남강부동지南康府同知 등의 관직을 지냈다. 홍무 초에 《원사元史》를 편찬했고, 고계의 시집인 《부명집缶鳴集》에 서문을 썼다.
5 切(절): 실제에 부합되다.
6 絢爛(현란): 문사文辭가 화려하다.
7 溢目(일목): 눈에 넘쳐나다.

## 11

고계의 칠언율시 〈봉영거가향태묘환궁奉迎車駕享太廟還宮〉, 〈만등남강망도읍궁궐晩登南岡望都邑宮闕〉, 〈만등남강망도읍궁궐晩登南岡望都邑宮闕〉, 〈청명정관중제공淸明呈館中諸公〉, 〈송침좌사종왕참정분성섬서왕유어사중승출送沈左司從汪參政分省陝西汪由禦史中丞出〉, 〈송임병조부변送任兵曹赴邊〉, 〈송형양공행변送滎陽公行邊〉은 명초의 정시正始라고 할 수 있다. 앞의 네 수는 성당의 유향遺響이고, 뒤의 세 수는 만당의 뛰어난 성조며, 나머지는 모두 중·만당의 풍격이다. 칠언절구는 모두 만당의 풍격이다.

해제 고계의 칠언 율시와 절구에 관한 논의다. 고계의 《고청구집》에는 칠언율시가 251수, 칠언절구가 407수 실려 있다.

원문 季迪七言律, 如"鳴蹕聲中"[1], "落日登高"[2], "秦金不厭"[3], "新烟着柳"[4], "重臣分陝"[5], "少年恥着"[6], "風卷雙旌"[7], 足爲國初正始. 然前四首盛唐遺響, 後三首亦晩唐俊調, 餘悉爲中·晩矣. 七言絶率皆晩唐.

주석

1 鳴蹕聲中(명필성중): 고계의 〈봉영거가향태묘환궁奉迎車駕享太廟還宮〉을 가리킨다.
2 落日登高(낙일등고): 고계의 〈만등남강망도읍궁궐晩登南岡望都邑宮闕〉 제1수를 가리킨다.
3 秦金不厭(진금불염): 고계의 〈만등남강망도읍궁궐晩登南岡望都邑宮闕〉 제2수를 가리킨다.
4 新煙着柳(신연착류): 고계의 〈청명정관중제공淸明呈館中諸公〉을 가리킨다.
5 重臣分陝(중신분섬): 고계의 〈송침좌사종왕참정분성섬서왕유어사중승출送沈左司從汪參政分省陝西汪由禦史中丞出〉을 가리킨다.
6 少年恥着(소년치저): 고계의 〈송임병조부변送任兵曹赴邊〉을 가리킨다.
7 風卷雙旌(풍권쌍정): 고계의 〈송형양공행변送滎陽公行邊〉을 가리킨다.

## 12

양맹재楊孟載[7]의 오·칠언 율시와 절구는 모두 만당에 빠졌으나 칠언율시가 대체로 정교하여 후인들이 장우보다 뛰어나다고 여기는데, 이것은 오류다.

해제 양기는 명초 오중사걸 중 고계 다음으로 문학적 성취가 높다. 초년에는 주로 위응물의 시풍을 배워 당시풍의 시를 지었고, 만년에는 주로 자신의 불우한 삶을 노래한 초사풍의 시를 썼다. 당시를 배우는 과정에서는 이상은의 시도 좋아했으며, 원말 시기에는 양유정을 따라 철애체를 배우기도 했다. 한편, 양기는 창작에서 필요하면 농염하고 화려해지는 것도 피하지 않았다. 허학이가 양기의 오·칠언 율시와 절구가 모두 만당에 빠졌다고 한 것은 그의 이러한 경향을 두고 말한 것이다.

원문 楊孟載[名基]五七言律·絶, 悉入晚唐, 而七言律較工, 後人遂以爲出張上, 誤也.

## 13

명대의 고시와 율시 중 농염한 시어의 창작은 양기에게서 시작되었는데, 성정은 뛰어나나 격조가 비천하므로 온정균·이상은보다 훨씬 수준이 낮다.

왕세정이 말했다.

"그 성정이 지극한 시어는 풍아를 다 잃었다."

내가 생각건대, 과연 그러하다면 온정균·이상은 등의 여러 시인을 나 내쫓아야 마땅한데, 어찌 시인의 일반적인 견해겠는가!

---

7) 이름 기基.

해제 양기의 농염한 시풍에 대해 지적했다.

원문 國朝古・律之詩爲豔語[1]者, 自孟載始, 然情勝而格卑, 遠出溫李之下. 元美謂"其情至之語, 風雅掃地[2]." 予謂: 果爾, 則溫李諸子宜盡黜[3]矣, 豈詩家[4]恆論[5]哉!

주석
1 豔語(염어): 농염한 시어.
2 掃地(소지): 명예・위신 등을 모두 잃다.
3 黜(출): 내쫓다. 없애다.
4 詩家(시가): 시인.
5 恆論(항론): 일반적인 견해.

## 14

장내의張來儀[8])의 오언고시에는 없는 것이 없으나, 두보를 배운 것이 뛰어나다. 가행 중 완미한 것은 유기보다 뛰어나다. 오・칠언 율시는 모두 중・만당에 빠졌다. 그 중당의 풍격인 것을 가려내면 자못 정교한데, 고시와 가행과는 마치 두 사람의 손에서 나온 것처럼 다르다. 칠언절구는 만당과 아주 핍진하다.

해제 장우에 관한 논의다. 장우는 한위시와 성당의 이백과 두보 등을 배워 호방하고 강건하며 청신하고 준일한 풍격을 형성했다. 또 그 당시 시단을 웅건하고 전아한 시풍으로 변화시키는 데 나름대로의 역할을 했다고 평가받는다.

원문 張來儀[名羽]五言古靡所不有[1], 而學杜者爲優. 歌行完美者在伯溫之上. 五七言律悉入中・晩, 其爲中唐者淘洗[2]頗工, 然與古詩・歌行如出二手[3]. 七

8) 이름 우羽.

言絶太逼晩唐.

1 靡所不有(미소불유): 없는 것이 없다.
2 淘洗(도세): 좋은 것은 남겨 두고 나쁜 것은 버리다.
3 如出二手(여출이수): 마치 두 사람의 손에서 나온 것처럼 다르다.

## 15

유백온劉伯溫[9]의 전체 문집은 광활하여 순일하지 않지만, 명대의 사언四言 · 소騷 · 부賦 · 고선古選 · 악부樂府의 창작은 모두 유기에게서 시작되었다.

호응린이 말했다.

"유청전劉青田[10]의 〈여흥旅興〉 등의 작품은 위진의 풍격이 있어 명대 선체選體의 선구가 될 만하다."

수록된 가행은 심오하고 황홀하여 가장 체재를 잘 이해했는데, 웅대한 곳은 장우보다 더욱 뛰어나지만 작은 결점이 있는 것이 아쉽고, 또 결어가 가끔 나약함에 빠졌다. 수록된 오 · 칠언 율시는 비록 그다지 정교하지는 않지만 기상이 약하지 않다. 나머지는 모두 송시의 풍격인데 지나치게 경솔하다.

왕세정이 말했다.

"명나라는 홍성했지만 대체로 영수는 두 사람일 따름이다. 재능의 뛰어남에서 고계를 능가하는 사람이 없다. 성조와 기세의 웅대함에서 유기를 그 다음으로 든다. 그 당시의 양기 · 원개袁凱 · 유숭劉崧 등은 사실상 그들을 보좌했다."

9) 이름 기基.
10) 백온伯溫, 청전青田 사람이다.

해제

유기에 관한 논의다. 유기는 생동적이고 진실한 필치로 그 시대의 역사를 시에 담았다고 평가를 받는다. 그의 상란시喪亂詩는 혼란한 시대를 사는 문인의 내면을 잘 투영했으며, 풍유시諷諭詩, 은일시隱逸詩, 영사시詠史詩, 제화시題畫詩 등도 각각 나름대로의 특색을 가지고 있다. 허학이는 유기가 명대 시가의 전범이 되었다고 높이 평가했다.

원문

劉伯溫[名基]全集, 蒼莽不純, 然國朝爲四言・騷・賦・古選・樂府者, 俱自伯溫始. 胡元瑞云: "劉青田[伯溫, 青田人]旅興等作, 有魏晉風, 足爲國朝選體前驅[1]." 歌行入錄者, 杳冥[2]恍惚[3], 最爲得體, 宏大處更勝來儀, 惜小有玷缺, 又結語時涉餒弱[4]. 五七言律入錄者雖不甚工, 而氣亦不薄. 餘悉爲宋人, 而鹵莽過之. 王元美云: "明興, 大約立赤幟[5]者二家而已. 才情之美, 無過季迪; 聲氣之雄, 次及[6]伯溫. 當時孟載・景文[7]・子高[8]輩, 實爲之羽翼[9]."

주석

1 前驅(전규): 선구.
2 杳冥(묘명): 심오하여 신비롭다.
3 恍惚(황홀): 모호하여 인식할 수 없으며, 추측하기 어렵다.
4 餒弱(뇌약): 나약하다.
5 赤幟(적치): 처음에는 붉은 깃발을 가리켰으나, 나중에는 영수나 영수의 지위 등을 비유하는 말로 사용되었다.
6 次及(차급): 순서에 따라 이르다.
7 景文(경문): 원개袁凱. 명초의 시인이나 생졸년은 미상이다. 자가 경문이고 호는 해수海叟다. 〈백연白燕〉이라는 시로서 이름을 날려서 사람들이 원백연袁白燕이라고 부르기도 했다. 홍무 3년(1370)에 감찰어사監察御史를 맡았는데 주원장의 불만을 사게 되어 문둥병이 들었다고 속이고 귀향했다.
8 子高(자고): 유숭劉崧(1321~1381). 원말명초의 시인이다. 자가 자고며, 호는 사옹槎翁이다. 강서 태화泰和 사람이다. 홍무 연간에 주요 관직을 역임했으나 얼마 뒤 관직을 그만두고 귀향했다. 이후 국자사업國子司業으로 다시 복귀했다가 재직 중에 세상을 떠났다. 시호는 공개恭介다. 박학했고 시에 능했으며, 강서 사람들이 그를 추숭하여 강서파江西派라 했다.
9 羽翼(우익): 보좌하는 사람.

## 16

원경문袁景文[11]의 칠언율시는 모두 두보를 배웠는데, 말이 통하지 않는 것이 태반이지만 거의 두보의 광달함을 깨달았다. 〈백연白燕〉·〈하화荷花〉·〈경중매鏡中梅〉는 만당의 격조이다. 〈백연〉이 가장 정교하여 당시 "원백연袁白燕"이라고 불렀다. 오·칠언 절구는 대부분 본모습이 아니다.

해제 원개에 관한 논의다. 그의 시집 《해수집海叟集》에는 400여 수의 시가 있는데, 고체시는 힘차고 강건하여 한위시와 비슷하며, 근체시는 함축적이고 의미가 깊어 성당의 풍격을 이어받았다고 평가받는다.

원문 袁景文[名凱]七言律悉學子美, 而不成語者幾半[1], 然僅得杜之駘蕩[2]. 至白燕·荷花·鏡中梅, 則晩唐格也. 白燕最工, 當時號爲"袁白燕"云. 五七言絶多非本相.

주석
1 幾半(기반): 태반이다.
2 駘蕩(태탕): 크고 자유로운 모양을 가리킨다.

## 17

하경명이 말했다.

"명대의 여러 유명 문인들의 문집을 취해 그것을 읽으면 대부분 깨달을 수가 없는데, 깨달아서 읽어도 모두 마음에 들지 않는다. 오직 해수海叟[12]의 시만 뛰어나다. 원개의 가행시와 근체시는 두보를 본받았고 고체시는 다 그렇지 못하지만, 명초 시인의 으뜸이 되었다."[13]

---

11) 이름 개凱.
12) 원개의 호가 해수海叟다.

이몽양이 말했다.

"원개는 두보를 본받았는데 가끔 차이가 있다. 문집 중 〈백연〉 시가 가장 수준이 낮은데 가장 널리 전해졌다. 여러 수준 높은 작품들이 오히려 전해지지 않았다. 운간雲間은 옛날의 오 땅이었는데도 원개는 오중사걸로 병칭되지 않으니 모두 이해할 수가 없다. 하경명은 명초 시인 중 원개가 으뜸이라고 말했다."[14]

두 문인의 생각을 헤아려보면 그들이 칭송한 것은 가행과 근체에 있을 따름이다. 내가 생각건대 원개의 오·칠언 율시에는 결점이 있는 것이 아주 많으며, 수록된 칠언율시는 겨우 두보의 광달함만 깨달았을 뿐 놀랄 만한 부분은 아주 적다. 가행에서는 단지 두보의 단편만을 배웠고, 장편은 고계·장우·유기와 비교하면 차이가 많이 나는데도 대체로 그를 명초 시인의 으뜸이라 하니 지나친 잘못을 바로잡는다.

호응린이 말했다.

"하경명은 명초의 시인 중에서 원개를 추앙했는데, 그 시의 기개는 고계와 양기보다 뛰어나지만 재능은 크게 미치지 못한다."[15]

왕세정[16]과 호응린은 이몽양과 하경명에게 미혹당하지 않았으니 탁월한 식견이라 할 만하다. 〈백연〉 시는 만당의 격조지만 영물詠物에 있어서는 역시 취할 만하다. 이몽양은 영물시가 참으로 많지만 말이 되지 않는 것이 반을 넘으니, 오곡이 익지 않으면 결코 잘 익은 피보다 못한 것이다.

원개에 대한 명대의 여러 문인들의 평가에 대해 논했다. 하경명과 이몽양

13) 이상은 하경명의 말이다.
14) 이상은 이몽양의 말이다.
15) 이상은 호응린의 말이다.
16) 유기에 관한 논의(본권 제15칙)에 보인다.

의 평가에 대해 비판하고 왕세정과 호응린의 평가가 자못 타당하다고 지적했다. 위의 제15칙에서 원개에 대한 왕세정의 평가를 알 수 있다.

원문

何仲默云: "取我朝諸名家集讀之, 弗多得, 得而讀之者又皆不稱意[1]. 獨海叟[2]詩爲長. [景文號海叟.] 叟歌行・近體法杜甫, 古作[3]不盡是. 爲國初詩人之冠." [以上仲默語.] 李獻吉云: "叟師法子美, 時有出入. 集中白燕詩最下最傳. 諸高者顧不傳. 雲間[4]故吳地, 叟亦不與四傑[5]列, 皆不可曉. 仲默謂國初詩人叟爲冠." [以上獻吉語.] 詳二公之意, 其所推重者在歌行・近體耳. 愚按: 景文五七言律玷缺者甚多, 七言入錄者僅得杜之駘蕩, 而警絶[6]處絶少; 歌行僅能學杜短篇, 而長篇較高・張・伯溫相去甚遠, 槪謂其爲國初詩人之冠, 亦矯枉之過. 胡元瑞云: "仲默於國初推袁海叟, 其詩氣骨[7]出高楊上, 才情大弗如也." [以上元瑞語.] 元美[見伯溫論中]・元瑞不爲李何所惑, 可爲卓識. 至白燕一詩, 格雖晚唐, 在詠物[8]亦有可取. 如獻吉詠物實多, 而不成語者過半, 五穀不熟, 斷不如荑稗也[9].

1 稱意(칭의): 마음에 들다.

2 海叟(해수): 원개袁凱.

3 古作(고작): 고체시.

4 雲間(운간): 옛날 송강부松江府의 별칭. 지금의 상해시 오송강吳淞江 이남에서 해변에 이르는 모든 지역을 가리킨다. 고대에 그 지역 일대를 오중吳中이라 했다.

5 四傑(사걸): 오중사걸吳中四傑. 명초 오중 지역의 문인 고계・양기・장우・서분 네 사람을 가리킨다.

6 警絶(경절): 문구가 정련되고 함축적이어서 비교할 수 없이 훌륭하다.

7 氣骨(기골): 작품의 기세와 강건한 풍격.

8 詠物(영물): 영물시詠物詩. 사물을 빌어 뜻을 말하거나 감정을 펼친 시.

9 五穀不熟(오곡불숙), 斷不如荑稗也(단불여이패야): 오곡이 익지 않으면 결코 잘 익은 피보다 못한 것이다. 《맹자, 고자장구상告子章句上》에 보임.

## 18

양동리楊東里[17] 전집前集의 여러 체재는 모두 577수이고, 속집의 여러 체재는 모두 1420수다. 양사기는 정통正統 8년, 80세 때 세상을 떠났다. 전집에 실린 〈양강릉서楊江陵序〉는 정통 원년에 편찬한 것으로 이때 양사기는 이미 73세였는데, 속집의 작품이 많은 것은 곧 그 아들 도檃가 전집에 빠진 것을 모두 모아 판각했기 때문이며, 그런 까닭에 교유시가 열에 여섯 일곱을 차지한다. 전집의 오언고시는 한위풍이 가장 뛰어나고, 당체는 단편이 역시 뛰어나다. 속집續集은 당체의 장편이 대부분 볼만하다. 명초의 오언고시 중 한위풍과 당체에 모두 능한 사람은 오직 양사기 한 사람뿐이다. 칠언고시의 경우 전집에는 공적을 찬양한 작품이 적고, 속집에 수록된 것이 비교적 뛰어나다. 오·칠언 율시의 경우는 전집에 사실상 뛰어난 작품이 많고, 속집에는 취할 만한 것이 아주 적다. 칠언율시는 백 수 중에서 두세 수 정도만 겨우 볼만하다.

명대 대각체臺閣體 시인 양사기楊士奇에 관한 논의다. 대각체는 명대 영락永樂에서 성화成化에 이르는 기간에 성행한 것으로 내용은 주로 황제의 공덕을 찬양하거나 태평성세를 노래했다. 양사기·양영楊榮·양부楊溥 등 오랜 기간 재상의 지위에 있었던 문인들을 중심으로 창작되었다. 대각체는 백 년 가까이 명대 시단을 지배했지만 천편일률적이고 형식적인 시풍으로 인해 후일 이동양과 전후칠자 등의 문인에게 비판을 받았다. 여기서는 양사기의 각 체재별 성취를 논했다.

楊東里[名士奇]前集諸體共五百七十七首, 續集諸體共一千四百二十首. 東里卒於正統八年, 年八十. 前集有楊江陵序, 乃正統元年所撰, 是時東里已七

---

17) 이름 사기士奇.

十三, 則續集之多, 乃其子藥並收[1]前集所遺[2]而刻之, 故應酬[3]者十居六七. 前集五言古, 漢魏最長, 而唐體短篇亦勝, 續集則唐體長篇多有可觀. 國朝五言古, 漢·魏·唐體兼善者僅東里一人. 七言古, 前集寡鴻鉅之製[4], 續集入錄者較勝. 五七言律, 前集實多佳篇, 續集可采者甚少; 七言僅得百中二三.

주석

1 並收(병수): 모두 모으다.
2 遺(유): 빠지다. 누락하다.
3 應酬(응수): 교제하여 왕래하다. 여기서는 교유를 목적으로 시를 쓰는 것을 가리킨다.
4 鴻鉅之製(홍거지제): '큰 공적을 쓴 작품'이란 뜻으로, 곧 '대각체臺閣體'를 가리킨다.

## 19

조정을 선양하고 예악禮樂을 숭상하는 내용의 오언고시는 대부분 고체다. 양사기의 오언고시는 대부분 한위시를 본받았는데, 바로 그 기풍이 영향을 미쳐서다. 이몽양이 〈송창곡시送昌穀詩〉에서 "위대하구나, 양사기는 조정의 보배라네偉哉東里廊廟珍"라고 한 것이 이를 두고 말한 것이다. 그러나 이반룡과 비교하면 다소 천박하고, 또한 옛 구를 많이 사용한 것을 면치 못한다. 율시는 양기·장우 등의 여러 시인보다 점차 광활하게 되었지만, 전체 문집을 살펴보면 격조가 그다지 높지 않을 따름이다.

해제

양사기의 오언 고시와 율시에 대해 논했다. 특히 오언고시가 한위시를 배웠음을 강조했다.

원문

宣廟[1]尚文[2], 五言古大多古體. 東里五言古多法漢魏, 正是風化[3]所及. 獻吉送昌穀詩云 "偉哉東里廊廟[4]珍" 是也. 但較于鱗稍爲淺易, 又不免多用古句.

律詩較楊張諸子始漸入闊大[5], 但以全集觀, 氣格不甚高耳.

주석

1 宣廟(선묘): 조정을 선전하다.

2 尙文(상문): 예악禮樂과 교화敎化를 숭상하다.

3 風化(풍화): 기풍. 사회 혹은 어느 집단에서 유행하는 애호 혹은 습관.

4 廊廟(낭묘): 조정朝廷.

5 闊大(활대): 넓고 크다. 광활하다.

## 20

왕행검王行儉[18)]의 여러 체제의 시는 모두 2630수인데 응수에 급급한 것이 많으므로 자구가 가끔 타당하지 않다. 오언고시에는 한위체가 아주 적으나, 양사기와 비교하면 사실 당체를 약간 변화시켰다. 전체 문집은 진실로 대부분 천박하지만 수록된 작품은 자못 정교하다고 칭송된다. 그러나 양사기의 지극함에는 미치지 못한다. 칠언고시는 변화가 적은 것이 아쉬운데, 그중 몇 편은 재주가 진실로 양사기보다 뛰어나다.

해제

왕직王直에 관한 논의다. 작품 수량은 많은 편이지만 대체로 깊이가 얕다는 평가다. 양사기와의 비교를 통해 그의 전반적인 시가 특징을 논했다.

원문

王行儉[1][名直]諸體共二千六百三十首, 然應酬倉卒[2]者多, 故字句時有未妥. 五言古漢魏體甚少, 然較東里實能稍變唐體. 全集實多膚淺[3], 入錄者頗亦稱工, 然不及東里之大. 七言古惜少變化, 中數篇才力實勝東里.

주석

1 王行儉(왕행검): 왕직王直(1379~1462). 명나라 시기의 시인이다. 자가 행검이고, 별호는 억암抑庵이다. 강서 태화泰和 사람으로, 영락 2년(1404)에 진사가 되

18) 이름 직直.

어 한림원에 들어갔다가 얼마 뒤 내각수찬內閣修撰으로 임명되었다. 인종仁宗과 선종宣宗 두 황제를 섬겼고, 영종英宗 때는 이부상서吏部尙書가 되었으며 북정北征을 간했지만 채택되지 않았다. 토목지변土木之變 이후 성왕郕王에게 즉위하기를 권했다. 탈문奪門의 변變 이후 사직했다.

2 倉卒(창졸): 급급하다.

3 膚淺(부천): 천박하다.

## 21

왕직의 오·칠언 율시의 경우 전체 문집은 진실로 대부분 천박하고 비속하다. 그러나 수록된 오언은 전아함이 으뜸으로 명초의 기풍을 크게 변화시켰고, 나머지 역시 당시의 성조다. 칠언율시는 모두 1121수인데, 수록된 것은 겨우 서른 개 중 하나뿐이지만 오언에 버금간다. 기타 제영題詠 시도 정교하다고 자못 칭송된다. 성조·화려한 문채와 오언은 모두 양사기보다 뛰어난데, 전대 문인들이 모두 서술하지 않은 것은 깨닫지 못한 탓이다.

해제 왕직의 오·칠언 율시 중에도 뛰어난 작품이 있음을 지적했다. 전체 문집을 통해 그 뛰어남을 가려낼 수 있음을 강조했다.

원문 行儉五七言律, 全集實多淺近. 然五言入錄者冠冕[1]典雅, 大變國初之習, 餘亦唐調. 七言律凡一千一百二十一首, 入錄者僅三十之一, 可次五言. 其他題詠[2], 亦頗稱工. 聲響·色澤[3]與五言俱勝東里, 前人俱不稱述[4], 未曉.

주석

1 冠冕(관면): 으뜸이다. 첫 번째를 차지하다.

2 題詠(제영): 어떤 경물景物이나 서화書畫, 또는 어떤 사건을 노래하기 위해 쓴 시나 사.

3 色澤(색택): 화려한 문채.

4 稱述(칭술): 서술하다.

## 22

심계남沈啓南[19]의 고시 · 율시 · 절구는 칠언이 뛰어나다. 성화 · 홍치 연간에는 대부분 송체宋體를 숭상했는데, 수록된 사람은 오직 심주 한 사람뿐이다. 심주의 율시 중 심오하여 의미가 명확하지 않은 것은 본받을 만하지 않으나, 전력을 기울인 것은 간혹 송시를 능가하기도 한다. 이몽양 · 하경명에 이르러 일제히 변화되어 마침내 초 · 성당의 정음正音이 지어졌다. 그 전송되는 것은 위작인 듯하여, 감히 수록하지 않는다.

해제 심주沈周에 관한 논의다. 심주는 명대 오중吳中 시학을 대표하는 시인이다. 초기에는 당시와 두보를 배웠다가 중년 이후에는 송시로 전향하여 뜻을 중시하고 이치를 중시하는 시풍의 시를 창작했다. 심주의 현존하는 시는 대략 1400수 정도로 추산되는데, 그중 위작이 있음을 알 수 있다.

원문 沈啓南[名周]古 · 律 · 絶句, 七言爲勝. 成弘[1]間多尙宋體, 入錄者僅啓南一人. 啓南律, 深晦者未可爲法, 專詣[2]者或掩[3]宋人, 至李何一變, 遂爲初 · 盛正音. 其傳誦[4]者恐出於僞, 未敢入錄.

주석
1 成弘(성홍): 성화成化 · 홍치弘治 연간. '성화'는 명나라 헌종憲宗 주견심周見深 시기의 연호로, 1465년~1487년 사이에 사용되었다. '홍치'는 명나라 효종孝宗 주우탱朱祐樘 시기의 연호로, 1488년~1505년 사이에 사용되었다.
2 專詣(전예): 전력을 기울여 도달하다.
3 掩(엄): 능가하다.
4 傳誦(전송): 전해져 읽히다.

19) 이름 주周.

## 23

심주의 오 · 칠언 고시는 모두 뜻이 드러나는 것을 위주로 하기에, 시어가 비록 정밀하고 예리하지만 송시의 지극함에는 이르지 못했다. 칠언 중 〈하규산수夏珪山水〉 · 〈제화권題畫卷〉은 소식에게서 비롯된 듯하다.

해제 심주는 중년 이후에 송시를 숭상했는데 특히 소식과 육유를 모방하여 뜻을 중시하고 이치를 중시하는 시를 주로 창작했다. 심주가 중년 이후에 송시로 전향하게 된 데는 몇 가지 원인이 있었다. 첫째, 홍치 연간 시단의 송시 숭상의 영향을 받았다. 둘째, 이학에 심취하고 진헌장陳獻章과 같은 이학가와 교류가 많았다. 셋째, 화가로서 송 · 원 이래로 이치와 뜻을 숭상하는 경향의 문인화에 이미 익숙해져 있었다. 넷째, 일상의 자잘함을 즉흥적으로 창작하는 송시의 특징이 심주의 창작 경향과 맞았다. 허학이는 비록 그의 시가 송시의 최고 경지에는 미치지 못했지만 일부 작품에서는 큰 성취를 이루었음을 지적하고 있다.

원문 啓南五七言古, 全以意見爲主, 語雖精快[1], 然不及宋人之大. 七言夏珪山水 · 題畫卷, 則宛[2]出東坡.

주석
1 精快(정쾌): 정밀하고 예리하다.
2 宛(완): 마치 … 인 듯하다.

## 24

심주의 칠언율시 〈종군행從軍行〉 · 〈증해상유장군贈海上劉將軍〉 · 〈초강추효권삼수楚江秋曉卷三首〉 · 〈애산대충사崖山大忠祠〉 등은 체재가 정체다. 다음과 같은 시구는 시어의 의미가 정밀하고 예리하여 송대의 각 시인들도 두세 연 정도 얻을 수 있었는데 심주의 전체 작품에서는 이십여 수를 얻었으니, 마땅히 송대의 문인보다 상위라 하겠다.

“득실은 티끌이 정리된 후에 사라지고, 시비는 신중히 분별하지 않을 때 생긴다네.得喪有塵齊後滅, 是非無重辯時生.”

“늙어 살쩍머리 쇠했으나 거의 그대로인 듯하고, 나이를 기억하자니 오래되어 마땅히 잘못 아네.老盡鬢顏略相似, 記來年紀久應訛.”

“청산의 지팡이를 돌아가는 객에게 주는데, 옥동의 온갖 꽃이 옛 친구를 붙드네.靑山一杖付歸客, 玉洞千花留故人.”

“특별히 거문고 안고 왔더니 스님은 이미 나갔고, 산에 의지해 우두커니 기다리려는데 학이 먼저 날아가네.特抱琴來僧已出, 欲因山竚鶴先行.”

“힘찬 노래가 만물을 격발시키니 새가 갑자기 지저귀고, 즐거운 일이 마음을 깨닫게 해 사람이 다투지 않네.高歌激物鳥忽語, 樂事會心人不爭.”

“약이 세상에 효험이 있는 듯해 황금이 비천해지고, 세월은 사람 속이지 않아 백발이 숨김없이 드러나네.藥如效世黃金賤, 年莫瞞人白髮公.”

“산이 다해 거실의 그림을 빌려 보고, 꽃이 져서 대나무 주인을 찾아 왔네.山窮借看堂中畫, 花盡來尋竹主人.”

“깊고 고요한 곳을 지나오며 지팡이에 의지하고, 구불구불한 곳에서는 난간에 의지하네. 산의 경치가 말갛게 열리니 구름이 뭉게뭉게 일어나고, 가을 풍경을 꾸며 내니 나무가 붉은 빛으로 물드네.穿窈窕來憑拄杖, 可盤桓處藉闌干. 洗開山色雲生浪, 鍊出秋容樹轉丹.”

“머리가 쇠었으니 눈을 쓸어내기 어렵고, 산이 이지러졌으니 구름으로 채워져도 좋다네.頭衰要雪消難得, 山缺敎雲補不妨.”[20]

“봄을 맞음이 이미 백오 번에 이르렀는데, 노승에게 물으니 올해 칠십셋임을 부끄러워하네. 뽕나무 지게문 날마다 자라니 누에가 먹을게 있고, 죽당의 바람 따뜻하니 제비가 지저귀네.算春已及一百五, 問老今

20) 〈전공득여시화실거중보傳公得余詩畫失去重補〉.

慙七十三. 桑戶日長蠶足食, 竹堂風暖燕交談."

"산비가 잠깐 내려서 창포를 쓸어내리고, 계곡의 구름이 대나무 끝에 닿으려고 하네. 처마 끝과 옛 성벽에 암수 제비가 날고, 울타리 밑에는 잠자리와 닭과 병아리가 있네.山雨乍來茆溜細, 谿雲欲墮竹梢低. 簷頭故壘雌雄燕, 籬脚秋蟲子母鷄."

"삶이 잠시 머무는 것과 같다고 보자면 누가 나그네가 아니겠는가, 죽음이 돌아가는 것으로 비유하자면 이것이 집이라네.觀生如寄誰非客, 視死爲歸此是家."

"화표의 헛된 이름을 누가 기록하길 기다리는가, 고향에서 옛날의 약속 지키며 아내와 백년해로했네.鶴表虛名待誰錄, 狐丘宿約與妻偕."[21]

"술상을 대접하니 하인에게 미치고, 문을 드나들며 이야기하면서 장정을 가여워하네.款有杯盤及奴輩, 話因門戶惜丁男."

"바둑 두고자 편히 누워 베개 높게 베고, 그림 그리는데 눈이 흐릿하여 크게 글을 쓰네.欲博晏眠高着枕, 便圖老眼大抄書."

"집은 작아야 하고 띠는 두터워야 하며, 창문은 깨끗하게 하고 대나무는 성기게 심어야 하네.屋須矮小茆須厚, 窗要淸虛竹要疎."

"웃으면서 손님을 배석할 만하고, 어리석음을 새기니 가장노릇 잘 하네.着味笑堪陪座客, 劃分癡好作家翁."[22]

해제 심주의 칠언율시 중 정체에 속하는 작품의 예를 들고 시어가 정밀하고 예리한 시구를 가려 뽑았다.

원문 啓南七言律, 如"馬上黃沙"[1], "少年儒將"[2], "天連湘漢"[3], "落日荒荒"[4]等篇, 體亦爲正. 如 "得喪有塵齊後滅, 是非無重辯時生."[5] "老盡鬚顔略相似, 記來年

21) 이상 두 시는 〈매분埋墳〉이다.
22) 〈이롱耳聾〉.

紀久應訛."[6] "靑山一杖付歸客, 玉洞千花留故人."[7] "特抱琴來僧已出, 欲因山竚鶴先行."[8] "高歌激物鳥忽語, 樂事會心人不争."[9] "藥如效世黃金賤, 年莫瞞人白髮公."[10] "山窮借看堂中畫, 花盡來尋竹主人."[11] "穿窈窕來憑拄杖, 可盤桓處藉闌干. 洗開山色雲生浪, 鍊出秋容樹轉丹."[12] "頭衰要雪消難得, 山缺敎雲補不妨."[13][傳公得余詩畫失去重補.] "算春已及一百五, 問老今慙七十三. 桑戶日長蠶足食, 竹堂風暖燕交談."[14] "山雨乍來茄溜細, 谿雲欲墮竹梢低. 簷頭故壘雌雄燕, 籬脚秋蟲子母鷄."[15] "觀生如寄誰非客, 視死爲歸此是家."[16] "鶴表虛名待誰錄, 狐丘宿約與妻偕."[17][四句埋墳] "款有杯盤及奴輩, 話因門戶惜丁男."[18] "欲博晏眠高着枕, 便圖老眼大抄書."[19] "屋須矮小茆須厚, 窗要淸虛竹要疎."[20] "着味笑堪陪座客, 劚分癡好作家翁."[21][耳聾] 語意精快, 宋人每家可得二三聯, 啓南全篇可得二十餘首, 當在宋人之上.

1 馬上黃沙(마상황사): 심주의 〈종군행從軍行〉을 가리킨다.

2 少年儒將(소년유장): 심주의 〈증해상유장군贈海上劉將軍〉을 가리킨다.

3 天連湘漢(천연상한): 심주의 〈초강추효권삼수楚江秋曉卷三首〉를 가리킨다.

4 落日荒荒(낙일황황): 심주의 〈애산대충사崖山大忠祠〉를 가리킨다.

5 得喪有塵齊後滅(득상유진제후멸), 是非無重辯時生(시비무중변시생): 득실은 티끌이 정리된 후에 사라지고, 시비는 신중히 분별하지 않을 때 생긴다네. 심주 〈주중유감舟中有感〉의 시구다.

6 老盡鬢顔略相似(노진수안략상사), 記來年紀久應訛(기래년기구응와): 늙어 살쩍머리 쇠했으나 거의 그대로인 듯하고, 나이를 기억하자니 오래되어 마땅히 잘못 아네. 심주 〈재회포동백載會浦東白〉의 시구다.

7 靑山一杖付歸客(청산일장부귀객), 玉洞千花留故人(옥동천화류고인): 청산의 지팡이를 돌아가는 객에게 주는데, 옥동의 온갖 꽃이 옛 친구를 붙드네. 심주 〈신악관유별조석제군神樂觀留別祖席諸君〉의 시구다.

8 特抱琴來僧已出(특포금래승이출), 欲因山竚鶴先行(욕인산저학선행): 특별히 거문고 안고 왔더니 스님은 이미 나갔고, 산에 의지해 우두커니 기다리려는데 학이 먼저 날아가네. 심주 〈심승불우尋僧不遇〉의 시구다.

9 高歌激物鳥忽語(고가격물조홀어), 樂事會心人不争(낙사회심인부쟁): 힘찬 노래가 만물을 격발시키니 새가 갑자기 지저귀고, 즐거운 일이 마음을 깨닫게 해 사

람이 다투지 않네. 심주 〈청계산보도위서문서작淸谿散步圖爲徐文序作〉의 시구다.

10 藥如效世黃金賤(약여효세황금천), 年莫瞞人白髮公(년막만인백발공): 약이 세상에 효험이 있는 듯해 황금이 비천해지고, 세월은 사람 속이지 않아 백발이 숨김없이 드러나네. 심주 〈추야독좌秋夜獨坐〉의 시구다.

11 山窮借看堂中畫(산궁차간당중화), 花盡來尋竹主人(화진래심죽주인): 산이 다해 거실의 그림을 빌려 보고, 꽃이 져서 대나무 주인을 찾아 왔네. 심주 〈숙유방언죽동별서宿劉邦彥竹東別墅〉의 시구다.

12 穿窈窕來憑拄杖(천요조래빙주장), 可盤桓處藉闌干(가반환처자란간). 洗開山色雲生浪(세개산색운생랑), 鍊出秋容樹轉丹(연출추용수전단): 깊고 고요한 곳을 지나오며 지팡이에 의지하고, 구불구불한 곳에서는 난간에 의지하네. 산의 경치가 말갛게 열리니 구름이 뭉게뭉게 일어나고, 가을 풍경을 꾸며 내니 나무가 붉은 빛으로 물드네. 심주 〈산수도기조민부맹린山水圖寄趙民部孟麟〉의 시구다.

13 頭衰要雪消難得(두쇠요설소난득), 山缺敎雲補不妨(산결교운보불방): 머리가 쇠었으니 눈을 쓸어내기 어렵고, 산이 이지러졌으니 구름으로 채워져도 좋다네. 심주 〈보숙전공득여시화실거중보保叔傳公得余詩畫失去重補〉의 시구다.

14 算春已及一百五(산춘이급일백오), 問老今慙七十三(문로금참칠십삼). 桑戶日長蠶足食(상호일장잠족식), 竹堂風暖燕交談(죽당풍난연교담): 봄을 맞음이 이미 백오 번에 이르렀는데, 노승에게 물으니 올해 칠십셋임을 부끄러워하네. 뽕나무 지게문 날마다 자라니 누에가 먹을 게 있고, 죽당의 바람 따뜻하니 제비가 지저귀네. 심주 〈화기고전운和錤古田韻〉의 시구다.

15 山雨乍來茆溜細(산우사래묘류세), 谿雲欲墮竹梢低(계운욕타죽초저). 簷頭故壘雌雄燕(첨두고루자웅연), 籬脚秋蟲子母鷄(리각추충자모계): 산비가 잠깐 내려서 창포를 쓸어내리고, 계곡의 구름이 대나무 끝에 닿으려고 하네. 처마 끝과 옛 성벽에 암수 제비가 날고, 울타리 밑에는 잠자리와 닭과 병아리가 있네. 심주 〈계정소경谿亭小景〉의 시구다.

16 觀生如寄誰非客(관생여기수비객), 視死爲歸此是家(시사위귀차시가): 삶이 잠시 머무는 것과 같다고 보자면 누가 나그네가 아니겠는가, 죽음이 돌아가는 것으로 비유하자면 이것이 집이라네. 심주 〈이분이수理墳二首〉 제1수의 시구다.

17 鶴表虛名待誰錄(학표허명대수록), 狐丘宿約與妻偕(호구숙약여처해): 화표의 헛된 이름을 누가 기록하길 기다리는가, 고향에서 옛날의 약속 지키며 아내

와 백년해로했네. 심주 〈이분이수理墳二首〉 제2수의 시구다. '鶴表(학표)'는 화표華表를 일컫는다. 고대에는 궁전이나 묘우廟宇, 혹은 능묘 전방에 세운 한 쌍의 석주石柱가 있었는데 이것을 화표라고 한다.

18 款有杯盤及奴輩(관유배반급노배), 話因門戶惜丁男(화인문호석정남): 술상을 대접하니 하인에게 미치고, 문을 드나들며 이야기하면서 장정을 가여워하네. 심주 〈제산가벽題山家壁〉의 시구다.

19 欲博晏眠高着枕(욕박안면고착침), 便圖老眼大抄書(변도노안대초서): 바둑 두고자 편히 누워 베개 높게 베고, 그림 그리는데 눈이 흐릿하여 크게 글을 쓰네. 심주 〈한거閑居〉의 시구다.

20 屋須矮小茆須厚(옥수왜소묘수후), 窗要淸虛竹要疎(창요청허죽요소): 집은 작아야 하고 띠는 두터워야 하며, 창문은 깨끗하게 하고 대나무는 성기게 심어야 하네. 심주 〈한거閑居〉의 시구다.

21 着味笑堪陪座客(착미소감배좌객), 劖分癡好作家翁(참분치호작가옹): 웃으면서 손님을 배석할 만하고, 어리석음을 새기니 가장노릇 잘하네. 심주 〈노년삼병老年三病〉 중 〈이롱耳聾〉의 시구다.

## 25

심주의 전기는 풍시가가 상세히 서술했다. 도목都穆 · 문벽文壁 · 당인唐寅 등과 같이 문하에서 시를 배우고 그림을 배운 사람들이 모두 그때에 명망 있던 사람들이므로 명성이 매우 알려졌다. 그러나 후인들이 동경하는 〈낙화落花〉 등과 같은 작품은 단지 천박하기만 할 뿐 정밀하고 예리한 곳은 한 글자도 없다. 그 가려 뽑은 시구를 살펴보면 마땅히 알 것이다.

해제 심주의 이름이 널리 알려진 원인을 심주의 문인 중 유명인이 많은 데서 찾았다. 또 심주 영물시의 대표작이라 할 수 있는 〈낙화〉의 문학적 가치를 낮게 평가했다. 〈낙화〉는 심주가 말년에 쓴 50수의 연작시로 꽃의 다채로운 모습을 노래하는 가운데 봄날이 가는 아쉬움과 노년의 심경을 담은 작품이다.

원문

啓南傳, 馮元成詳言之. 門下學詩學畫者皆一時盛名之士[1], 如都玄敬 · 文徵仲[2] · 唐伯虎等, 故其名最著. 然後人所慕如落花等, 但得其膚淺[3]耳, 於精快處無一語也. 觀其摘句, 當知之.

주석

1 盛名之士(성명지사): 큰 명망을 가진 선비.
2 文徵仲(문징중): 문벽文璧(1470~1559). 명나라 시기의 시인이다. 자가 징중 또는 징명徵明이고, 호는 형산衡山이다. 소주 장주長洲 사람이다. 시는 백거이와 소식의 풍격을 배웠다. 축윤명祝允明, 당인, 서정경과 함께 '오중사재자吳中四才子'로 불린다. 또 심주와 당인, 구영仇英과 함께 그림으로 이름이 높아 '오문사가吳門四家'로도 불린다. 몇 차례 과거에 응시했지만 급제하지 못했다. 사람됨이 겸손하고 꿋꿋하여 영왕寧王 주신호朱宸濠가 흠모해 초빙했지만 병을 핑계로 나가지 않았다. 정덕 말기에 학문과 인덕이 알려져 세공생歲貢生으로 천거를 받아 이부吏部에서 시험을 치르고 한림원대조翰林院待詔를 제수받았다. 《무종실록武宗實錄》 편수에 참여하고, 3년 뒤 관직을 버리고 귀향하여 시문과 서화로 유유자적한 생활을 보냈다.
3 膚淺(부천): 천박하다.

## 26

왕세정이 말했다.

"성화 · 홍치 연간에는 자못 뛰어난 사람이 일부분의 재능을 조금이라도 보이면 거벽이라고 불렀다. 그러나 쫓아가도 고인에 미치지 못하면 중도에 바로 그만두었다. 심오함을 찾지 못하고 상황에 따라 좋을 대로 창작했다. 즉흥적으로 시 제목을 나누어 지은 것은 온통 졸속할 뿐이다. 화운하고 압운함에는 재주가 많음을 걱정하지 않았다. 북지北地[23]가 그것을 바로 잡았고 신양信陽[24]이 이어서 일어났으며,

23) 이몽양.
24) 하경명.

서정경이 앞에서 돕고, 변공邊貢이 뒤에서 보좌했다. 옛것을 돈독히 함은 처음으로 건안에서 시작되었고, 화려함을 펼침은 사령운 · 사혜련 · 사조에서 멈췄으며, 장가長歌는 이백과 두보에게서 체재를 취했으며, 근체시는 개원을 마땅히 따라야 할 법칙으로 했다. 천지가 다시 열리고 일월이 빛나니 어찌 아름답지 않겠는가!"

전칠자가 등장하기 이전의 명대 시단에는 황제의 공덕을 찬양하거나 태평성세를 노래하는 대각체의 무미건조한 시풍이 지배하고 있었다. 전칠자는 그 당시 침체된 문학의 활로를 고대 문학에서 찾고자 하여 기세가 광활한 진한의 산문과 음절이 격앙된 성당의 시가를 제창했다. 전칠자의 문학 주장은 그 당시 문단의 폐해를 바로잡는 데 커다란 효력을 발휘했다. 허학이는 여기서 왕세정의 말을 인용하여 전칠자의 문학적 공로를 찬미하고 있다.

王元美云: "成弘之際, 頗有俊民[1], 稍見一斑, 號爲巨擘. 然趨不及古, 中道便止; 搜不入深, 遇境隨就. 卽事分題[2], 一惟拙速; 和章累押[3], 無患才多. 北地[獻吉]矯之, 信陽[仲默]嗣起[4], 昌穀上翼, 庭實[5]下毗[6]. 敦古昉自[7]建安, 掞華[8]止於三謝[9], 長歌[10]取裁李杜, 近體定軌[11]開元. 天地再闢, 日月爲朗, 詎不美哉!"

주석

1 俊民(준민): 현인賢人. 재주가 걸출한 사람.
2 分題(분제): 시인들이 모여서 추첨의 방식으로 제목을 나누어 시를 씀.
3 和章累押(화장누압): 화운하고 압운하다.
4 嗣起(사기): 이어서 일어나다.
5 庭實(정실): 변공邊貢(1476~1532). 명나라 시기의 시인이다. 자가 정실이고, 호는 화천華泉이다. 산동 역성曆城 사람으로 홍치 9년(1496)에 진사가 되었다. 태상박사太常博士를 거쳐 병과급사중兵科給事中에 올랐는데, 강직하여 간언을 서슴지 않았다. 위휘衛輝와 형주荊州의 지부知府를 지냈다. 가정 때 거듭 승진하여 남경호부상서南京戶部尙書까지 올랐다. 책 모으기를 좋아했고, 금석고문金石古文들을 풍부하게 소장하고 있었는데, 하루아침에 화재로 다 잃어버리자 화병으로

죽었다. 일찍부터 재학으로 명성을 누렸고 풍채도 훌륭하여 명사들과 교류하며 전칠자의 한 사람으로 불렸다. 저서로 《화천집華泉集》 14권이 있다.

6 毗(비): 보좌하다.

7 昉自(방자): … 로부터 시작하다.

8 掞華(섬화): 화려함을 펼치다.

9 三謝(삼사): 남조 송나라의 시인 사령운 · 사혜련과 제나라의 시인 사조를 가리킨다.

10 長歌(장가): 편폭이 비교적 긴 시가. 즉 고체시를 가리킨다.

11 定軌(정궤): 마땅히 따라야 하는 법칙을 정하다.

## 27

세상에서 이몽양과 하경명을 논하는 사람들은 이몽양이 함부로 흉내를 내고 하경명이 고인의 시법을 버렸다고 말하는데 이것은 이해한 것 같아도 잘 이해하지 못한 것이다.

이몽양의 오언고시는 거칠고 순일하지 못하며, 한 · 위 · 육조 · 이백 · 두보의 시풍이 다 있지만 서로 비슷한 것은 얼마 안 되니, 진실로 함부로 흉내를 낸 것이다. 반면 가행의 경우는 두보를 배웠는데 종횡으로 치달리는 것이 진실로 두보를 능가하니, 함부로 흉내 냈다고 말할 수가 없다.

하경명의 오 · 칠언 고시는 진실로 고인의 시법을 버린 것이 많으므로, 명대의 여러 시인 중에서 마땅히 하등이라고 할 만하다. 칠언율시는 호응린이 말한 바의 "온아하고 화평하며 항상 법규에 맞는" 것이다.

대개 이몽양이 한 시대의 대가였던 것은 사실 가행에서다. 하경명이 여러 시인들 중 으뜸인 것은 사실 칠언율시에서일 뿐이다. 혹자가 하경명의 가행시를 선정하여 이몽양과 서로 같다고 하고, 이몽양의 칠언율시를 선정하여 하경명과 서로 같다고 한 것은 완전히 시를 이해하지 못한 것이다.

명대 전칠자 이몽양과 하경명 시에 관한 논의다. 이몽양은 전칠자의 영수다. 《명시별재집明詩別裁集》은 명대 시인 300여 명의 1020여 수를 수록하고 있는데 이몽양의 시가 두 번째로 많이 수록되어 있으며, 《명시종明詩綜》은 2400여 명의 시인을 수록하고 있는데 이몽양의 시가 세 번째로 많이 실려 있다. 즉 이몽양의 시가 비평가들의 관심을 많이 받았음을 알 수 있다. 이몽양의 시는 악부시와 고시가 비교적 많으며 그중에는 현실을 반영한 작품도 적지 않다.

하경명은 백성의 어려운 삶 등 현실을 반영한 시, 자신의 회재불우를 노래한 시, 한적시, 증답시 등을 남겼다. 대체로 가행과 율시의 문학성취가 높은 것으로 평가받는다.

허학이는 여기서 이몽양의 오언고시와 가행, 하경명의 오·칠언 고시와 칠언율시를 비교하여 논하며 장단점을 분석했다. 이몽양의 시에서는 가행을 높이 평가했고, 하경명의 시에서는 칠언율시를 높이 평가했다.

世之論李何者, 莫不謂獻吉傚顰[1], 仲默捨筏[2], 此似曉不曉. 獻吉五言古粗率[3]不純, 卽漢·魏·六朝·李·杜靡所不有[4], 而相肖[5]者無幾, 信爲傚顰; 若歌行, 雖學子美, 而馳騁縱橫實有過之, 又未可以言傚顰也. 仲默五七言古信多捨筏, 於國朝諸子不足當其下駟[6]; 而七言律, 則元瑞所謂"溫雅和平, 動合規矩"者也. 蓋獻吉山斗[7]一代, 實在歌行; 而仲默冠冕諸公, 實在七言律耳. 或選何歌行篇什與李相等, 選李七言律篇什與何相等, 是全不知詩者.

1 傚顰(효빈): 모방을 잘 하지 못하여, 재주 피우려다 일을 망침. 《장자, 천운편天運篇》에 나온 고사성어다. 중국 월越나라의 미인 서시西施가 가슴앓이로 눈살을 찌푸렸는데, 어떤 추녀가 그 모습을 보고서 눈살을 찌푸리면 아름다운 줄 알고 자기도 눈살 찌푸리기를 일삼아 마을 사람들이 모두 도망쳐 버렸다는 고사에서 비롯된 말이다. 따라서 옳고 그름과 착하고 악함을 생각하지 않고 함부로 남의 흉내를 내는 것을 비유한다.

2 捨筏(사벌): 강을 건넌 사람이 뗏목을 버리다. 불교에서 불법은 뗏목과 같아서 강을 건너 기슭에 이르면 뗏목이 필요 없듯이, 해탈에 이르면 불법은 필요 없다는 의미로 사용한 말이다. 후에는 대부분 고인의 시문을 배울 때 방법상의 속박

을 벗어나야 비로소 창조할 수 있다는 것을 비유한다. 제35권의 제36칙에 관련 내용이 보인다.

3 粗率(조솔): 거칠다.

4 靡所不有(미소불유): 없는 것이 없다. 즉 다 있다.

5 相肖(상초): 서로 비슷하다.

6 下駟(하사): 열등마劣等馬. 사물 중 조잡하고 열등한 것을 비유. 하품下品. 하등下等.

7 山斗(산두): 태산泰山과 북두칠성北斗七星의 합칭. 태두泰斗라고도 한다. 모든 사람들이 존경하는 뛰어난 인물, 또는 학문이나 예술 분야의 권위자나 대가를 비유한다.

## 28

악부 오·칠언과 잡언 중에는 저절로 가슴에서 흘러나온 것이 있고, 모방하여 서로 비슷한 것이 있는데, 이몽양은 둘 다 잃었다. 왕세정이 "이몽양의 악부는 위나라 이후로 핍진한 것이 있다"라고 했는데, 단지 잠꼬대 같은 말일 뿐이다.

이몽양은 출신이 미천한데다 관직생활 역시 길지 않았는데 도중에 네 차례의 옥살이를 했고 또 두 차례의 파직을 당했다. 말년에는 고향에 돌아와 16년간 초야에 묻혀 살았다. 이러한 삶의 배경에서 연유하여 그는 사회의 현실과 백성의 생활에 대해 진솔한 관심을 쏟으며 악부시를 많이 창작했다. 특히 민가로부터 참된 성정을 흡수하고자 노력하기도 했는데, 왕세정은 이러한 이몽양의 악부시를 높게 평가했지만, 허학이는 그 체재의 측면에서 대체로 부정적으로 평가하고 있다.

樂府五七言·雜言, 有自出機軸者, 有摹擬相肖者, 獻吉[李夢陽]則兩失之. 元美謂"獻吉樂府, 自魏而後有逼眞者", 直夢語耳.

## 29

가행은 〈이소〉를 근본으로 삼는다. 이몽양은 〈이소〉에 익숙하여 그의 가행 중 뛰어난 점은 모두 〈이소〉에서 얻었다. 이반룡은 소학騷學에 대해서 실제로 잘 몰랐기에 가행 중 하나도 취할 만한 것이 없다. 이몽양의 가행 중 수록된 것은 우회적이고 뜻이 깊으면서 말은 간략하여 여운이 다하지 않음이 있다. 단편은 엄밀하고 정련되며 일상적인 말은 하나도 섞여있지 않으니, 이것은 명나라 여러 문인들에게는 없는 것이다. 장편은 체재가 힘차고 웅건하고 뜻이 실로 함축적이어서 사실상 이백과 두보의 장점을 겸했다.25) 이백과 두보에 미치지 못한 작품은 군더더기의 시어가 많으며, 전체 문집에는 더욱 광활함이 보인다. 〈한경편漢京篇〉·〈양화편楊花篇〉·〈거부사去婦詞〉는 전적으로 초당시를 배운 것이어서 본체本體 뒤에 덧붙였다.

해제 이몽양의 가행에 관한 논의다. 이몽양의 가행이 〈이소〉에 근원을 두어 단편과 장편 모두 뛰어나다고 평가하고 있다.

원문 歌行本於離騷. 獻吉熟於騷, 其歌行妙處皆得於騷. 于鱗於騷學[1]實疎[2], 故歌行無一可采. 獻吉歌行入錄者, 紆回[3]隱約[4], 有餘不盡. 短篇嚴緊[5]精鍊[6], 不雜一常語[7], 此國朝諸公所無. 長篇體雖縱橫[8]而意實渾涵[9], 實兼李杜所長;[與論李杜不同第四則參看.] 其不及李杜者, 則累語累字[10]爲多, 而全集益見蒼莽也. 漢京篇·楊花篇·去婦詞專學初唐, 附見本體之後.

주석
1 騷學(소학): 초사楚辭에 관한 학문.
2 疎(소): 잘 알지 못하다.
3 紆回(우회): 우회적이다.

25) 이백·두보의 다른 점을 논한 제4칙과 참고하여 보기 바란다.

4 隱約(은약): 뜻은 깊으나 말은 간략하다.

5 嚴緊(엄긴): 엄밀하다.

6 精鍊(정련): 문장 등이 정채롭고 간결하며 세련되다.

7 常語(상어): 일상적인 말.

8 縱橫(종횡): 문장의 기세가 힘차고 웅건하다.

9 渾涵(혼함): 함축적이다.

10 累語累字(누어누자): 군더더기의 시어.

## 30

이몽양의 오언율시는 수록된 것이 겨우 십분의 일에 불과한데, 초당과 두보에게서 그 정수를 얻었지만 결함을 면치 못한 것이 아쉽다. 왕세정은 마음을 다해 두보를 경모敬慕하고 아울러 초당을 좋아했지만, 사실 하나의 시어도 얻을 게 없다.

해제 이몽양의 오언율시에 관한 논의다. 초당시와 두보의 정수를 얻었지만 완미하지는 않다고 보았다. 그러나 왕세정과 비교할 때 뛰어나다고 평가하고 있다.

원문 獻吉五言律, 入錄者僅十之一, 然於初唐・子美, 得其神髓[1], 惜不免有玷缺者. 元美刻意慕杜, 兼愛初唐, 實未有一語也.

주석 1 神髓(신수): 정수精髓.

## 31

이몽양의 칠언율시는 수록된 것이 더욱 적으나, 격조가 고담하고 자연스러움을 바탕으로 삼았는데, 억지로 하지 않아야 도달할 수 있다. 전체 문집에는 생경한 시구, 유치한 시구, 평범한 시구, 비루한 시구가 거칠고 제멋대로인데, 과거시험에 가까운 작품에서 이러한 시구가 있다. 명대의 문인들이 시를 논할 때는 대부분 전하는 말을 쉽게 믿고 사실을 중시하지 않았고 오직 왕세정만 거의 식견이 있었는데, 이몽양의 칠언율시를 논하면서도 전하는 말을 쉽게 믿고 사실을 중시하지 않았다.

해제 이몽양의 2500여 수의 시 가운데 《공동집空同集》에 실린 칠언율시는 346수이다. 그중 격조가 고담한 시도 있지만 대부분 생경하고 유치하며 평범하고 비루한 것임을 지적했다.

원문 獻吉七言律, 入錄者益少, 然氣格蒼古[1], 本乎自然, 非矯强[2]可到. 若全集, 則有生句[3] · 稚句[4] · 庸句[5] · 鄙句[6], 其鹵莽率意[7], 近於學究[8]者有之. 國朝諸公論詩多貴耳賤目[9], 惟元美庶爲有見, 至論獻吉七言律, 亦貴耳賤目矣.

주석
1 蒼古(창고): 고아하고 예스럽다.
2 矯强(교강): 고의로 남과 다르게 하거나 뛰어난 티를 내다.
3 生句(생구): 생경한 구.
4 稚句(치구): 유치한 구.
5 庸句(용구): 평범한 구.
6 鄙句(비구): 비루한 구.
7 鹵莽率意(노망솔의): 거칠고 제멋대로다.
8 學究(학구): 과거시험 과목 이름.
9 貴耳賤目(귀이천목): 귀로 들은 것은 중시하고 직접 본 것은 경시하다. 전하는 말을 쉽게 믿고 사실을 중시하지 않다.

## 32

이몽양의 오 · 칠언 율시와 절구 중 조정朝廷 · 교묘郊廟 · 변새邊塞 등의 작품은 정교하고, 산림山林 · 전야田野 · 한적閒適 등의 작품은 서투르다. 대개 각자 적합한 재능이 있는 것이다. 이백과 두보의 경우는 각 방면이 다 뛰어나지 않음이 없다. 칠언절구 〈제경편帝京篇〉·〈교사가郊祀歌〉 등은 격조가 이백과 두보에게서 근원하지만 완전히 정교하지 못한 것이 아쉽다.

해제 이몽양의 《공동집》에는 오언율시 514수, 오언절구 148수, 칠언절구 275수가 실려 있다. 그중 조정·교묘·변새 등의 작품이 비교적 정교하다고 지적했다.

원문 獻吉五七言律·絶, 於朝廷[1]·郊廟[2]·邊塞[3]諸作則工, 於山林[4]·田野[5]·閒適[6]諸詩則拙. 蓋才性各有所宜. 若李杜, 則無不兼善[7]矣. 七言絶帝京篇·郊祀歌等, 氣格本乎李杜, 惜未盡工.

주석
1 朝廷(조정): 임금 또는 임금이 펼치는 정치와 관련된 시.
2 郊廟(교묘): 천지(天地)와 조상에게 제사지내는 것과 관련된 시.
3 邊塞(변새): 변경의 풍경과 군대 생활을 주요 내용으로 하는 시.
4 山林(산림): 산수 등을 노래한 시.
5 田野(전야): 농촌의 전원생활을 노래한 시.
6 閒適(한적): 생활의 한적함을 노래한 시. 주로 자연을 벗 삼아 정신적인 즐거움이나 초탈을 노래했다.
7 兼善(겸선): 다 좋다. 각 방면이 다 뛰어나다.

## 33

하중묵何仲默[26]의 오언고시에는 젊을 때 당시를 배워 단편 중에 간혹 비슷한 것이 있지만, 이윽고 한위시를 배웠으나 사실 잘 알지 못했다. 악부 잡언과 칠언은 양한에서 나온 것은 동떨어지지만, 육조와 당

26) 이름 경명景明.

나라 시에서 나온 것은 간혹 취할 만한 것이 있다. 중간에 운을 사용한 것은 대부분 두 구에 한 번 환운을 하여 악부의 본모습이 아니다. 가행은 재주가 이몽양보다 한참 떨어지고 또 고적과 잠삼의 경계에 오르지 못했으니, 간혹 수록된 작품 중에서도 완전히 합당하지 않은 것이 있다. 왕세정이 "이몽양은 서정경과 하경명을 잉태했다"고 한 것은 이를 두고 한 말이다.

해제 하경명에 관한 논의다. 각 체재별로 분석하고 그 특징을 개괄했다.

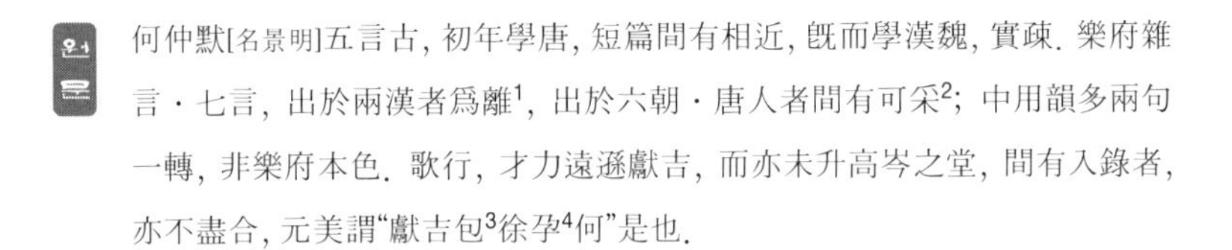
원문 何仲默[名景明]五言古, 初年學唐, 短篇間有相近, 旣而學漢魏, 實疎. 樂府雜言・七言, 出於兩漢者爲離[1], 出於六朝・唐人者間有可采[2]; 中用韻多兩句一轉, 非樂府本色. 歌行, 才力遠遜獻吉, 而亦未升高岑之堂, 間有入錄者, 亦不盡合, 元美謂"獻吉包[3]徐孕[4]何"是也.

주석
1 離(리): 나쁘다. 좋지 않다.
2 可采(가채): 취할 만하다.
3 包(포): '胞(포)'와 같은 글자. 잉태하다.
4 孕(잉): 잉태하다.

## 34

하경명이 〈원해수집서袁海叟集序〉에서 말했다.

"나는 거자擧子가 되어서부터 관직생활을 10년을 하다가 어느 날 배운 것이 옳지 않음을 깨달았다. 이백과 두보의 가행과 근체시는 진실로 본받을 만하나, 고시는 오히려 벗어났다.[27] 나는 가행과 근체시는

27) 한위, 이백과 두보가 각기 그 지극함에 이른 것은, 전집(제18권)의 이백과 두보에 관한 논의 중에 설명이 보인다.

이백과 두보에게서 취하고 초당과 성당도 섭렵했으며, 고시는 반드시 한위시에서 구했다. 비록 지금까지 하나도 얻은 것은 없지만, 자신감을 가지고서 창작하니 감히 없애지는 못할 것이다."

내가 생각건대 이 논의는 비록 이백과 두보의 고시와 부합되지 않을지라도, 앞의 "고인의 시법을 버렸다"는 말[28]과 "두보의 가행은 초당에 미치지 못한다"[29]는 말과 의미가 매우 상반된다. 대개 〈원해수집서〉에서 "거자가 되어서부터 관직생활을 10년 할 때"라는 말은 곧 서른 이후의 말이고, 앞에서 말한 것은 서른 이전의 견해이다. 그러나 전체 문집 중의 오언고시는 한위를 배운 것이 진실로 드물고, 가행은 이백과 두보와 비교하면 진실로 차이가 크다. 대개 하경명이 생각을 바꾼 것은 비록 적절하지만 본질은 사실 멀어졌으니 결국 하나도 얻지 못했을 따름이다. 서른아홉에 죽었으므로 애석하도다!

해제 하경명이 서른 살을 기준으로 문학 관점의 변화가 생겼음을 주목했다. 일부 타당하지 못한 견해도 있고, 문학적 소양이 아직 부족하여 시가 창작의 측면에서 커다란 성취는 얻지 못했지만, 그의 견해는 복고주의를 바탕으로 하고 있다. 한편, 중국학자 손학당孫學堂은 하경명이 〈원해수집서〉를 쓴 것은 정덕 2년에서 5년 사이로 하경명이 아직 30세가 되지 않았을 때라고 했는데, 이것은 허학이의 관점과 차이가 있으므로 참고할 필요가 있다. (〈하경명과 당시何景明與唐詩〉, 《남개학보南開學報, 철학사회과학판哲學社會科學版》, 2010년 제3기 56쪽 참고)

원문 仲默袁海叟集序云: "景明自爲擧子, 歷宦十年, 日覺所學非是. 李杜歌行·近體誠有可法, 而古作尙有離去. [漢魏, 李杜各極其至, 說見前集李杜論中.]景明學歌行·近體有取二家, 旁及初·盛, 古作必從漢魏求之, 雖迄今一未有得,

28) 전집 총론(제35권)의 이몽양과 하경명에 관한 논의(제36칙) 중에 보인다.
29) 전집(제18권)의 이백·두보 시론 제11칙에 보인다.

而執[1]以自信, 弗敢有奪." 愚按: 此論雖於李杜古詩有不相契, 然與前"捨筏"之說[見前集總論李何論詩中]及所云"子美歌行不及初唐"[見前集李杜論第十一則], 意甚相反, 蓋此言"自爲擧子, 歷宦十年", 乃三十以後言, 而前所云則三十以前見也. 然集中五言古學漢魏實疎, 歌行較李杜又自逈絶[2], 蓋仲默轉想[3]雖切, 而資性實遠, 終未有一得耳. 至年三十九而卒, 惜哉!

1 執(집): 숙지하여 운용하다.
2 逈絶(형절): 차이가 아주 크다.
3 轉想(전상): 생각을 바꾸다.

## 35

양신이 말했다.

"하경명은 두시杜詩에 몰두하여 육조와 초당에는 급급해 하지 않았다. 나랑 설혜薛蕙와 더불어 육조와 초당을 언급하다가, 막 망연자실하더니 곧 〈명월明月〉·〈유형流螢〉 두 편을 지어 육조와 초당시를 모방했다."

내가 생각건대 시는 체제를 우선으로 하고 격조를 나중으로 한다. 하경명·서정경·설혜·양신 등의 시인은 대부분 육조와 초당을 배웠는데, 육조와 초당시를 능가하는 것 같지만 사실은 미치지 못했다.

해제

하경명 등 여러 명대 시인들이 육조와 초당을 배우고자 한 기풍을 지적했다. 그러나 하경명 등은 양신과 설혜처럼 의도적으로 배운 것이 아니라 학습을 위해 배웠다.

원문

楊用修云: "仲默枕藉[1]杜詩, 其於六朝·初唐, 未數數[2]也. 與予及薛君采言及六朝·初唐, 始怳然自失[3], 乃作明月·流螢二篇擬之." 予謂: 詩先體製而後氣格, 仲默·昌穀·君采·用修諸人多學六朝·初唐, 似過而實不及也.

주석

1 枕藉(침자): 탐닉하다. 몰두하다.
2 數數(삭삭): 급급해 하다. 절박한 모양.
3 恍然自失(황연자실): 망연자실하다.

## 36

왕세정은 이몽양과 하경명 등의 여러 시인을 논하여 다음과 같이 말했다.

"장가는 이백과 두보를 선별하여 취했으며, 근체시는 개원을 마땅히 따라야 할 법칙으로 삼았다. 천지가 다시 열리고 일월이 빛났다."

이것은 왕세정 및 이몽양·하경명 등의 여러 문인이 본 것, 창작한 것이 모두 정체로 귀결되었음을 보여준다. 설혜와 양신은 육조와 초당 시풍에 뛰어나며, 또 스스로 하경명을 계도한 것을 공으로 여겼다.

내가 생각건대 설혜와 양신 두 사람은 사실 원흉이다. 하경명이 초당에 빠진 것은 단지 칠언고시 한 체재에서일 뿐이고, 다른 체재는 초당에 빠진 것이 없다. 이몽양과 왕세정에게도 육조와 초당의 시풍이 있는데, 사실은 여러 체재를 갖춘 것일 뿐 의도적으로 배운 것은 아니다.

해제

이몽양·하경명 등의 전반적인 시풍에 관해 논했다.

원문

王元美論李何諸子云: "長歌取裁[1]李杜, 近體定軌開元. 天地再闢, 日月爲朗." 此見元美及李何諸子所見·所造皆歸於正. 薛君采·楊用修工於六朝·初唐, 又自以導[2]仲默爲功, 予謂: 薛楊二子, 實爲禍首[3]. 然仲默入初唐, 止七言古一體, 而他則未嘗入也. 獻吉·元美亦有六朝·初唐, 實以備衆體耳, 非有意學之也.

주석

1 取裁(취재): 선별하여 취하다.
2 導(도): 계도啓導하다.

3 禍首(화수): 원흉.

## 37

하경명의 오언율시는 전체 문집에서 보면 너무 완약하다. 왕세정이 "그 연약함을 숨길 수 없다"고 한 것은 이를 두고 말한 것이다. 그러나 수록된 것은 대부분 성당과 두보로부터 비롯되었다.

해제 하경명 오언율시의 전체적인 경향은 기세가 약하지만, 성당과 두보로부터 영향을 받았음을 강조했다.

원문 仲默五言律, 全集太弱, 元美謂"不能諱[1]其孱[2]"是也. 然入錄者多出盛唐・子美.

주석
1 諱(휘): 숨기다.
2 孱(잔): 연약하다.

## 38

하경명의 칠언율시는 풍격이 같지 않지만 수록된 것은 대부분 성당과 두보에게서 비롯되었으며, 또 대력에서 비롯된 것도 있다. 나머지도 비록 다소 약하긴 하지만 볼만하지 않은 것이 아니니 마땅히 명대 칠언율시의 최고라 하겠다. 대개 이반룡은 높고 웅장하지만 기세가 지나치게 드러남을 면치 못할 따름이다.

이몽양이 〈박중묵서駁仲默書〉에서 말했다.

"하경명의 시는 모래를 쥐고 흙장난 하는 것 같이 흩어져 명료하지 않다."

또 말했다.

"그대의 시는 결어가 너무 거칠고 천하며, 칠언 율시와 절구는 더욱 시가 되지 않는데다가 음절도 부족하다."

이 주장은 일일이 상반되니, 어찌 하경명이 본인의 시에 대해 "색조가 어둡고 이치에 맞음이 주도면밀하지 못하니, 그것을 읽으면 마치 방울을 흔드는 것 같다"고 논했다고 해서, 이몽양이 마음으로 승복하지 않고서 일부러 이것 때문에 그를 비방했겠는가?

해제 하경명의 칠언율시에 관한 논의다. 그이 칠언율시를 명대의 으뜸으로 평가하고, 이몽양이 의도적으로 그의 시를 비판한 것에 대해 유감을 표명했다.

원문 仲默七言律, 風體不一, 入錄者多出盛唐・子美, 亦有出大曆者. 餘雖稍弱, 無不可觀, 當爲國朝七言律第一. 蓋于鱗雖高壯雄麗, 不免鋩穎[1]太露耳. 獻吉駁仲默書云: "仲默詩如搏沙弄泥[2], 散而不瑩." 又云: "君詩結語太拙易[3], 七言律與絶句更不成篇, 亦寡音節." 此論一一相反, 豈以仲默論其詩"色澹黯[4]而中理披慢[5], 讀之若搖鞞鐸[6]", 獻吉心有不服, 而故[7]爲是以詆之耶?

주석
1 鋩穎(망영): 칼 등의 끝. 기세를 비유한다.
2 搏沙弄泥(박사농니): 모래를 쥐고 흙장난 하다.
3 拙易(졸이): 거칠고 천하다.
4 澹黯(담암): 어둡다. 어두침침하다.
5 披慢(피만): 짜임새 등이 주도면밀하지 못하다.
6 鞞鐸(비탁): 북과 방울.
7 故(고): 일부러. 고의로.

## 39

두보의 칠언율시에는 여전히 유치한 시어와 군더더기의 시어가 있다. 하경명은 두보를 배웠는데, 비록 격조가 다소 뒤떨어지지만 순일하고 완미함은 그를 능가한다. 따라서 하경명의 오·칠언 율시와 이몽양의 오언율시는 모두 두보를 정통으로 계승한 것이다.

해제 하경명과 이몽양은 모두 두보의 율시를 계승했는데, 이몽양이 두보의 '비분悲憤'하고 '고경古硬'한 두보의 풍격을 본받는 데 치중했다면, 하경명은 '아름답고 맑으며 부드러운 성조로 창작하여 자신의 풍격으로 융화시켰다고 평가받는다.

원문 子美七言律, 尙有稚語·累語. 仲默學杜, 雖氣格稍遜, 而純美勝之. 故仲默五七言律及獻吉五言律, 皆子美嫡嗣[1]也.

주석 1 嫡嗣(적사): 적자嫡子.

## 40

왕구사王九思가 일찍이 말했다.

"이몽양이 내 시를 바르게 고친 원고가 지금 여전히 있다. 하경명 등 여러 시인들 중 역시 이몽양이 계발시켜 주었다."

또 그의 〈만흥漫興〉 시에서는 다음과 같이 말했다.

"하경명은 친히 이몽양을 따라 교유했는데, 높은 재주와 오묘한 깨달음 누가 비할 수 있겠는가? 어찌 유독 이 늙은이만 절을 올리겠는가, 이몽양도 고개 숙이네."

대개 하경명의 재주는 본래 이몽양에 미치지 못하지만 오·칠언 율시의 정교함과 수려함은 참으로 그를 능가한다. 이것은 그 정교함과 수려함에 탄복한 것일 뿐이다.

해제 하경명과 이몽양에 대해 비교하여 논했다. 이몽양의 재주가 하경명 보다 뛰어나지만, 오·칠언 율시에서는 하경명이 더욱 정교하고 수려하다고 평가했다.

王敬夫[1]嘗言: "獻吉改正予詩者, 稿今尙在. 惟仲默諸君子, 亦獻吉有以發之." 至其漫興詩則云: "仲默親從獻吉遊, 高才妙悟孰能儔? 寧獨老夫堪下拜, 卽敎獻吉也低頭." 蓋仲默才力本不及獻吉, 而五七言律精純[2]秀美, 實爲勝之. 此蓋服[3]其精純秀美耳.

1 王敬夫(왕경부): 왕구사王九思(1468~1551). 명나라 시기의 시인이다. 자가 경부고, 호는 미파渼陂다. 섬서 호현鄠縣 사람으로, 홍치 9년(1496)에 진사가 되어 검토檢討에 임명되었다. 유근劉瑾에게 붙어 이부낭중吏部郎中에 올랐다. 작품을 통해 정계에서 뜻을 잃은 불만과 불평을 많이 이야기했는데, 소박하면서도 심오하고 웅장하여 사림士林들의 많은 관심을 받았다. 잡극雜劇과 산곡散曲에도 일가견이 있었다.

2 精純(정순): 정교하다.

3 服(복): 탄복하다. 감탄하다.

## 41

서창곡徐昌穀[30] 《적공집迪功集》의 악부잡언 〈반무가槃舞歌〉·〈창합행閶闔行〉·〈맹호행猛虎行〉은 서한의 시와 아주 가깝고 시어를 몰래 표절한 것이 없어 마땅히 이반룡보다는 상위를 차지하지만, 이몽양의 아래임은 말할 필요가 없다. 오언율시는 흥상이 영롱하고 풍격이 탁월하여 곧 성당시의 자연스러운 경지에 올랐는데, 왕세정과 호응린의 뜻에는 모두 맞지 않았다. 칠언율시는 두보에게서 비롯되었는데, 변체가 이몽양 등 여러 시인들보다 뛰어나다.

이몽양이 《창곡집昌穀集》의 서문에서 말했다.

"고수하여 변하지 않으니 방책이 있는 까닭이다."

30) 이름 정경禎卿.

그러나 왕세정은 다음과 같이 말했다.

"서정경이 도달하지 못한 것은 큰 사항으로 변하지 않았기 때문이다."

세인들은 왕세정의 이 말을 적절한 평론이라 여겼다.

한편 왕세정은 또 다음과 같이 말했다.

"서정경은 육조의 정묘한 뜻을 곱씹고, 초당의 오묘한 법칙을 취했다. 율체는 엄정함이 약간 어그러졌는데, 역시 맹호연과 이백으로부터 전해 내려온 시법이다."

왕세정이 말한 변화라는 것은 고시와 배율을 뜻하지 오언율시를 뜻하지 않으니, 이몽양이 잘못 말한 것이 아니라 왕세정이 도리어 크게 어긋났다. 왕세무는 서정경 및 고숙사의 오언율시를 지극히 칭송하여, "오랜 세월을 거치면 이몽양과 하경명에게는 오히려 성쇠가 있겠지만, 서정경과 고숙사는 반드시 소리가 끊어지지 않을 것이다"라 말했으니, 지음知音이라 할 수 있다.

해제 서정경에 관한 논의다. 서정경은 명대 전칠자 중의 한 사람으로, 그가 복고운동에 참가한 것은 다른 사람에 비해 비교적 늦은 편이었으며 활동한 기간도 짧았다. 서정경은 당인·문벽·축윤명 등과 함께 '오중사재자'라고도 불렸다.

서정경의 시풍은 보통 과거 급제를 경계로 하여 전후로 나뉜다. 전기에는 주로 육조와 초당시의 화려한 시풍의 영향을 받았다. 후기에는 과거 급제 후 이몽양 등과의 교유를 통해 창작경향이 변하여 주로 한위·성당 등의 시를 모범으로 삼은 시를 창작했다. 시집으로 《적공집迪功集》이 있으며 현재 200여 수가 전한다.

원문 徐昌穀[名禎卿]迪功集[1], 樂府雜言槃舞歌·閶闔行·猛虎行, 宛爾[2]西京, 而語無盜襲, 當在于鱗之上, 獻吉以下勿論也. 五言律興象玲瓏[3], 風神超邁, 乃

盛唐化境, 元美·元瑞俱不相契. 七言律出於子美, 變者在獻吉諸子之上. 獻吉序昌穀集云: "守而未化, 故蹊徑存焉." 元美謂: "昌穀所未至者, 大也, 非化也." 世以王爲篤論[4]. 然元美又謂: "昌穀咀[5]六朝之精旨[6], 采初唐之妙則[7], 律體微乖整栗, 亦是浩然·太白之遺則[8]." 元美之所謂化者, 意在古詩·排律, 而不在五言律也, 則獻吉未爲失言, 而元美反爲大戾矣. 敬美極推服昌穀及高子業五言律, 謂"更千百年, 李何尙有廢興, 二君必無絶響", 可謂知言.

주석

1 迪功集(적공집): 명대 서정경이 편찬한 《서적공집徐迪功集》 6권을 가리킨다. 자신의 시를 선별하여 수록하고 있는데, 악부樂府 44수, 증답시贈答詩 16수, 유람시遊覽詩 25수, 송별시送別詩 40수, 기억시寄憶詩 21수, 영회시詠懷詩 12수, 제영시題詠詩 21수, 애만시哀挽詩 3수로 모두 182수의 시를 수록하고, 5권 이후에는 잡문雜文 24편을 수록하고 있다.
2 宛爾(완이): 명확한 모양. 핍진한 모양.
3 玲瓏(영롱): 정교한 모양.
4 篤論(독론): 적절한 평론.
5 咀(저): 입 속에 넣고 맛을 음미하다. 즉 사물에 대해 반복하여 체득하다. 독서하여 정화를 흡수하다.
6 精旨(정지): 정묘한 뜻.
7 妙則(묘칙): 정묘한 법칙.
8 遺則(유칙): 전대前代에서 전해 내려온 법칙.

## 42

서정경은 젊었을 때 문장은 제·양 문풍으로 창작했고 시는 말세의 시풍을 따랐다. 저서로 《앵무편鸚鵡編》·《초동집焦桐集》·《화간집花間集》·《야홍집野興集》·《자참집自慚集》이 있는데 대체로 천박하고 비속하다. 《초동집》은 조잡하고 비루함에 빠졌고, 《앵무편》이 대략적으로 볼 만하다. 진사시험에 참가하여 이몽양을 만나서 비로소 크게 후회하고 그 창작을 고쳤다. 지금의 《적공집》은 단지 190수뿐인데, 곧 그가 스스로 선별한 후 만든 것으로 예전의 시들은 하나도 취하지 않았다. 후일 황보효皇甫涍가 《외집外集》을 판각하고 고소원씨姑蘇袁氏가 《오집五集》을 판각하니, 왕세정이 다음과 같이 말했다.

"무양후舞陽侯 번쾌樊噲 · 강후絳侯 주발周勃 · 관영灌嬰이 이미 지위가 높아진 후, 사람들이 개를 잡고 퉁소를 불던 것을 칭찬하며 아름다운 일로 여겼으니, 어찌 부끄러운 일이 아니겠는가."

생각건대 이몽양 · 왕세정 · 사진 등 여러 시인은 엄정하게 스스로 엄선할 수 없었으므로 후인들에게 흠을 지적당하니 곧 스스로 잘못한 것이다. 고계와 서정경은 스스로 엄선할 수 있었으나, 천박하고 비속한 사람이 반드시 그 단점을 드러내고자 했으므로 참으로 통탄할 만하다. 두 문인이 알게 된다면 마땅히 분하여 황천에서 이를 갈 것이다.

해제

서정경에 관한 논의다. 그의 《적공집》은 서정경 자신이 엄선하여 편집한 시집으로 주로 그가 진사가 된 이후에 쓴 작품들, 즉 한위 시풍에 의거해 창작한 작품들이 실려 있다. 그 뒤로 후인들이 육조의 영향을 받은 서정경의 전기 작품을 《외집》과 《오집》으로 엮어 냈는데, 그 결과 서정경의 시풍이 잘못 평가되는 요인이 되었다. 시선집은 선록자의 비평 기준이 반영되므로 더욱 객관적인 자세를 지니고 작품을 가려 뽑아야 하는데, 후인들이 서정경의 안목으로 그의 시를 선록한 것이 아니라 자신들의 취향에 따라 선록하여 그의 문학적 본질을 훼손한 것이다.

원문

徐昌穀少年文匠[1]齊梁, 詩沿晚季[2], 所著有鸚鵡編 · 焦桐集 · 花間集 · 野興集 · 自慚集, 大要淺稚鄙俗, 焦桐則盡入惡陋[3], 鸚鵡略有可觀. 逮擧進士[4], 見獻吉, 始大悔, 改其所爲. 今迪功集僅一百九十首, 乃其自選後作, 而前詩一無取焉. 後皇甫氏[5]爲刻外集, 袁氏[6]爲刻五集, 元美謂: "如舞陽[7] · 絳[8] · 灌[9]旣貴後, 爲人稱其屠狗[10] · 吹簫[11], 以爲佳事, 寧不泚顙[12]." 愚按: 獻吉 · 元美 · 茂秦諸公不能精自嚴選, 使後人指摘瑕疵, 乃自失之; 季迪 · 昌穀能精自嚴選, 而淺鄙之夫必欲盡彰其短, 良可痛恨. 二公有知, 當切齒[13]九原[14]矣.

1 匠(장): 고안하다. 창작하다.

2 晩季(만계): 말세. 곧 시풍이 쇠퇴한 시기를 가리킨다.

3 惡陋(악루): 조잡하고 비루하다.

4 擧進士(거진사): 진사 시험에 참가하다.

5 皇甫氏(황보씨): 황보효皇甫涍(1497∼1546). 명나라 시기의 문인이다. 가정 21년(1542) 황보효는 서정경이 《서적공집徐迪功集》 6권을 편찬할 때 뺀 작품들을 모아 《서적공외집徐迪功外集》 2권을 펴냈다. 이 판본은 현재 상해도서관上海圖書館에 소장되어 있다.

6 袁氏(원씨): 서정경의 시문집 《서씨별고徐氏別稿》 5집을 판각한 고소원씨姑蘇袁氏를 가리킨다. 정확히 누구인지는 확실치 않으나 오현吳縣의 원경袁褧 형제일 것으로 추정된다. 《서씨별고》에는 서정경이 과거급제 이전에 창작한 작품들이 수록되어 있다. 《앵무편鸚鵡編》, 《초동집焦桐集》, 《화간집花間集》, 《야흥집野興集》, 《자참집自慚集》으로 구성되어 있다.

7 舞陽(무양): 전한 시기 무양후舞陽侯로 봉해진 번쾌樊噲(?~B.C. 189)를 가리킨다. 젊어서는 도살업으로 생활했다. 유방을 섬겨 병사를 일으켜 진나라를 공격하여 여러 차례 공을 세웠다.

8 絳(강): 전한 초기에 강후絳侯에 봉해진 주발周勃(?~B.C. 169)을 가리킨다. 진나라 때 박곡薄曲(양잠할 때 쓰는 도구)으로 옷감을 짜면서 생계를 꾸렸다. 또 통소를 잘 불어서 남의 장례葬禮를 도와주었다. 나중에 유방을 따라 패沛에서 일어나 여러 차례 진나라 군대를 격파했다. 항우를 공격할 때 도와 천하를 평정했다. 고조 6년(기원전 201년) 강후에 봉해졌다.

9 灌(관): 전한 시기의 관영灌嬰(?~B.C. 176)을 가리킨다. 젊었을 때 비단이나 명주를 파는 일로 생계를 유지했다. 진나라 말기 유방을 따라 탕碭에서 봉기했다. 집규執珪라는 작위를 받았으며 창문후昌文侯로 불렸다. 낭중郎中, 중알자中謁者, 중대부中大夫 등을 역임했다. 장군으로 제齊를 평정하고, 항적項籍을 죽였으며, 고조 6년(B.C. 201) 영음후潁陰侯에 봉해졌다. 여후呂后가 죽은 뒤 주발周勃, 진평陳平 등과 함께 여씨 일족을 주살했다. 문제를 옹립한 뒤 태위太尉가 되었다가 얼마 후 주발을 대신해 승상丞相에 올랐다.

10 屠狗(도구): 개를 도살하다. 여기서는 번쾌가 지위가 높아지기 전 도살업을 했던 것을 가리킨다.

11 吹簫(취소): 통소를 불다. 여기서는 주발이 지위가 높아지기 전 통소를 불어

남의 장례를 도와준 것을 가리킨다.

12 泚顙(차상): 이마에 식은땀이 난다는 말로, 부끄러워 볼 낯이 없음을 표현하는 데 많이 사용된다.

13 切齒(절치): 분하여 이를 갈다.

14 九原(구원): 황천. 구천.

## 43

변정실邊庭實[31]의 오언고시에는 교착되어 나온 시어가 많다. 한위에서 비롯된 것은 이반룡과 비교하면 얕고 평이하다. 악부잡언은 격조가 새롭고 부드럽지만 변화가 다소 적은 것이 애석한데, 뜻을 위주로 하고 격조를 위주로 하지 않은 것이다. 오언율시는 대부분 두보와 성당에서 비롯되었다. 칠언율시는 화운한 것이 가장 많고, 수준이 낮은 작품은 과거시험과 같다. 수록된 작품은 장엄하고 질서정연함이 으뜸이고 격조를 겸비했는데, 그 정교한 부분은 오언보다 뛰어나다. 왕세정이 "오언이 칠언보다 뛰어나다"고 말한 것은 전체 문집을 가지고 논한 것이다. 칠언절구 〈영란곡迎鑾曲〉·〈개가凱歌〉 등은 이백의 〈영왕동순가永王東巡歌〉·〈상황서순가上皇西巡歌〉에서 비롯되었으며, 이몽양의 〈제경帝京〉·〈교사郊祀〉와 비교하면 더욱 더 완미하므로 마땅히 걸작이라 하겠다.

해제 변공은 전칠자 중의 한 사람으로 '홍치십재자弘治十才子'의 일원이기도 하며, 이몽양·하경명·서정경과 함께 '홍정사걸弘正四傑'이라 불리기도 했다. 여기서는 각 체재별 특징을 분석했다.

원문 邊庭實[1][名貢]五言古, 語多錯出[2], 出漢魏者較于鱗則爲淺易. 樂府雜言格新

31) 이름 공貢.

調婉, 惜變化差少, 然以意爲主, 而不以格爲主也. 五言律多出子美·盛唐. 七言律和韻最多, 下者有同學究. 入錄者冠冕整秩而兼有氣格, 其工處較五言爲勝. 元美稱"五言勝七言", 以全集論也. 七言絶迎鑾曲·凱歌等, 出於太白永王東巡歌·上皇西巡歌, 較獻吉帝京·郊祀, 完美過之, 當爲傑作.

1 邊庭實(변정실): 변공邊貢.

2 錯出(착출): 교착되어 나오다.

## 44

호응린이 말했다.

"홍치·정덕 연간에는 변공·하경명·서정경·이몽양을 아울러 칭송했다. 변공의 등급은 현격히 차이가 나는데도 어찌 이렇게 칭송받을 수 있는지 매번 이상하게 여겼다. 그 당시 여러 문인들을 자세히 살펴보면 중부仲鳧[32]·덕함德涵[33]·경부敬夫[34]·자형子衡[35]의 시는 모두 뛰어나지 않다. 화옥華玉[36]·계지繼之[37]·승지升之[38]·사선士選[39] 등은 성조가 바르면 시격이 비천하고 시격이 높으면 성조가 치우쳤다. 오직 변공이 다른 시인들과 비교하여 다소 조화로우니 부득이하게 그러한 것이다."

내가 생각건대 이것은 오·칠언 율시를 논한 것으로, 변공에게만 타당할 뿐 아니라 여러 시인들에 대해서도 개괄적으로 설명한 것이다.

---

32) 대관戴冠.
33) 강해康海.
34) 왕구사王九思.
35) 왕정상王廷相.
36) 고린顧璘.
37) 정선부鄭善夫.
38) 주응등朱應登.
39) 웅탁熊卓.

**해제** 변공에 관한 논의다. 그의 오 · 칠언 율시에서 성취가 있었음을 지적했다. 그 결과 이몽양 · 하경명 등과 함께 '홍정사걸弘正四傑'이라 불리게 된 것임을 주지시켰다.

**원문** 胡元瑞云: "弘正並推邊 · 何 · 徐 · 李, 每怪邊品第懸遠[1], 胡得此稱! 及細閱當時諸家, 仲㒟[2][戴冠] · 德涵[3][康海] · 敬夫[王九思] · 子衡[4][王廷相], 詩皆非長; 華玉[5][顧璘] · 繼之[6][鄭善夫] · 升之[7][朱應登] · 士選[8][熊卓]輩, 或調正格卑, 或格高調僻; 獨邊視[9]諸人差爲諧合[10], 不得不爾." 愚按: 此論五七言律也, 不惟於庭實有當, 而於諸子亦見其大略矣.

1 懸遠(현원): 현격히 차이가 나다.

2 仲㒟(중부): 대관戴冠(1442~1512). 명나라 시기의 시인이다. 자는 장보章甫고 강소 장주長洲 사람이다. 다방면의 영역에 정통했으며 홍치 원년(1488) 국자감에 들어가 소흥부紹興府 훈도訓導에 제수되었다. 하지만 무고를 당해 파직되어 귀향한 뒤 죽었다. 이동양 등이 그의 문장을 중시했다.

3 德涵(덕함): 강해康海(1475~1540). 명나라 시기의 시인이다. 자가 덕함이고, 호는 대산對山, 별호는 반동어부沜東漁父다. 섬서 무공武功 사람으로, 1502년에 장원급제하여 한림원수찬翰林院修撰이 되었으나, 이몽양을 구하기 위한 사건에 연루되어 관직을 박탈당하고 평민이 되었다. 후일 이몽양은 복권되었지만 강해는 여전히 방랑생활을 하며 작품 속에 현실적인 불만을 토로했다. 전칠자 중 한 사람으로 호방하고 활달한 기풍을 지녔다.

4 子衡(자형): 왕정상王廷相(1474~1544). 명나라 시기의 시인이다. 자가 자형이고, 호는 준천浚川 또는 평애平厓다. 하남 의봉儀封 사람으로, 홍치 15년(1502)에 진사가 되어 병과급사중兵科給事中에 임명되었다. 부모의 상을 당해 사직했다. 정덕 초에 복상을 채운 뒤 경사에 왔지만 유근劉瑾의 눈 밖에 나서 박주판관亳州判官으로 쫓겨났다. 나중에 다시 어사御史가 되어 이후 주요 관직을 역임했다. 박학하고 논의를 좋아했으며, 경술로 명성을 떨쳤다. 기일원론氣一元論을 주장하여 주희가 주장한 이理 본위의 성리학 사상에 반대했으며 왕수인王守仁의 치양지설致良知說에 대해서도 비판했다. 시문에 뛰어나 전칠자의 한 사람으로 손꼽히기도 한다.

5 華玉(화옥): 고린顧璘(1476~1545). 명나라 시기의 시인이다. 자가 화옥이고, 호

는 동교거사東橋居士 또는 식원息園이다. 소주 오현吳縣 사람으로, 젊을 때부터 시에 능했고, 홍치 9년(1496)에 진사가 되었다. 정덕 연간에는 개봉지부開封知府를 지냈는데, 태감太監 요당廖堂의 눈 밖에 나서 체포되어 금의옥錦衣獄에 갇혔다가 전주지주全州知州로 쫓겨났다. 나중에 남경형부상서南京刑部尙書에 올랐다가 파직된 뒤 귀향했다. 만년에는 은퇴하여 친구들과 시문을 즐기며 여생을 보냈다.

6 繼之(계지): 정선부鄭善夫(1485~1523). 명나라 시기의 시인이다. 자가 계지고, 호는 소곡少谷이다. 복건 민현閩縣 사람으로, 홍치 18년(1505)에 진사가 되었다. 호부주사戶部主事가 되어 호서관滸墅關에서 세금을 거두는 일을 담당했다. 정덕 연간에 예부주사禮部主事가 되고, 원외랑員外郎으로 승진했다. 가정 초에 천거를 받아 남경이부낭중南京吏部郎中이 되었지만 부임 중에 병사했다. 그림을 잘 그렸고, 시도 잘 지었다. 저서로 《역론易論》, 《경세요담經世要談》, 《정소곡집鄭少谷集》 등이 있다.

7 升之(승지): 주응등朱應登(1477~1526). 명나라 시기의 시인이다. 자가 승지고, 호는 능계凌溪다. 홍치 12년(1499)에 진사가 되어 주요 관직을 역임했다. 시를 잘 썼으며 성당의 시풍을 중시했다. 저서로 《능계집凌溪集》 18권이 있다.

8 士選(사선): 웅탁熊卓. 명나라 시기의 시인이다. 자가 사선이고 홍치 9년(1496)에 진사가 되었다. 평호平湖 지현知縣을 하다가 감찰어사監察御使로 발탁되었다.

9 視(시): 비교하다.

10 諧合(해합): 화합하다. 조화롭다.

## 45

왕경부王敬夫[40]의 전체 문집은 대부분이 볼만하지 않으며, 수록된 작품일지라도 한두 글자 고치지 않으면 안 된다. 칠언율시는 대체로 두보를 배운 것이 많은데, 원개와 비교해보면 두보의 정체를 얻었으나 다소 속박됨을 면치 못한다.

왕구사는 전칠자 중의 한 사람으로 현존하는 시는 830수 가량이다. 그중 한

40) 이름 구사九思.

위를 배운 시는 처량하고 힘 있고 질박한 풍격을 가졌으며, 두보를 배운 시는 온화하고 부드러운 풍격을 가졌다고 평가받는다.

王敬夫[名九思]全集, 多不可觀, 卽入錄者非竄易一兩字不可. 七言律槪多學杜, 較景文得杜之正, 然不免稍爲束縛.

## 46

왕구사가 〈자서自序〉에서 다음과 같이 말했다.

"내가 처음 한림학사가 되었을 때 시학은 화려했고 문체는 허약했는데, 그 뒤에 강해와 이몽양이 나를 인도하여 그 습관을 고쳤다. 이몽양이 나의 시를 바로잡아 주었는데, 원고가 지금도 아직 있다. 문장은 강해가 바로잡아 준 것이 더욱 많다."

나는 매번 이 서문을 읽을 때마다 옷섶을 여미며 탄복하지 않은 적이 없었다. 지금 사람들은 과거시험에 합격하면 배운다고 말하기를 부끄러워하는데, 이미 한림원에 들어가면 문장의 수준을 따져 유생을 뽑는 권력이 자신에게 있기 때문이다. 왕구사는 겸손하여 이로움을 얻었고 낮추어서 뛰어넘을 수 없게 되었으니, 결국 강해 · 이몽양과 어깨를 나란히 함이 마땅하다. 이몽양은 그 당시에 명성이 높았는데도 왕숭문王崇文과 서로 깨우쳐 주는 말을 했으니 어찌 만에 하나라도 헐뜯을 수 있겠는가? 칭송을 더하는 것이 지나치지 않을 따름이다.

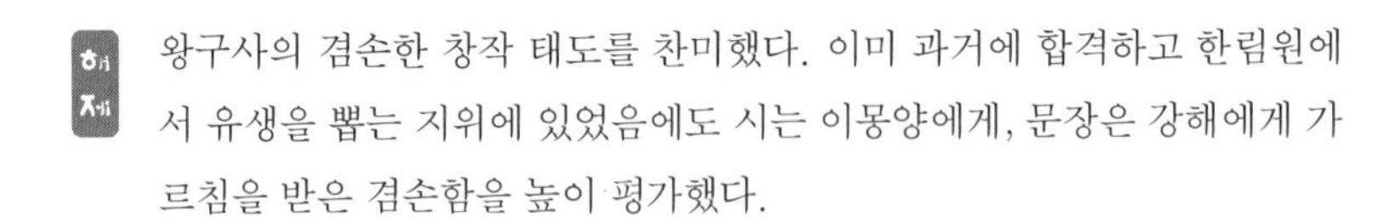
왕구사의 겸손한 창작 태도를 찬미했다. 이미 과거에 합격하고 한림원에서 유생을 뽑는 지위에 있었음에도 시는 이몽양에게, 문장은 강해에게 가르침을 받은 겸손함을 높이 평가했다.

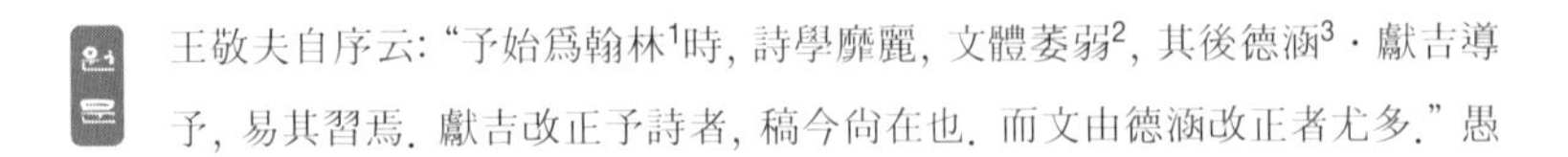
王敬夫自序云: "予始爲翰林[1]時, 詩學靡麗, 文體萎弱[2], 其後德涵[3] · 獻吉導予, 易其習焉. 獻吉改正予詩者, 稿今尙在也. 而文由德涵改正者尤多." 愚

每讀此序, 未嘗不斂衽[4]歎服. 今人一登科第[5], 卽恥言受學, 既入翰苑[6], 則文衡[7]在我矣. 敬夫謙而受益, 卑不可踰, 卒[8]與康李先後並驅, 宜矣. 獻吉名高一代, 亦述王叔武[9]相發[10]之言, 何能損其萬一, 適足[11]益其美譽[12]耳.

주석

1 翰林(한림): 관직명. 한림학사翰林學士를 가리킨다.

2 萎弱(위약): 쇠약하다. 약하다.

3 德涵(덕함): 강해康海.

4 斂衽(염임): 옷섶을 여미며 존경을 표하다.

5 登科第(등과제): 과거시험에 합격하다.

6 翰苑(한원): 한림원翰林院의 별칭.

7 文衡(문형): 고대에 문장 수준의 높고 낮음을 판정하여 유생儒生을 취하는 권력.

8 卒(졸): 결국은. 마침내.

9 王叔武(왕숙무): 왕숭문王崇文(1468~1520). 명나라 시기의 문인이다. 자가 숙무고 호는 겸산兼山이다. 산동 조현曹縣 사람으로, 홍치 6년(1493)에 진사가 되어 주요 관직을 역임했다. 저서로 《겸산유고兼山遺稿》가 있다.

10 發(발): 일깨우다. 계몽하다.

11 適足(적족): 적당하여 지나치지 않다.

12 美譽(미예): 찬미. 칭송.

## 47

고자업高子業[41]의 오언고시는 태강시에서 비롯된 것도 있고 위응물에게서 비롯된 것도 있다. 칠언고시는 간혹 몇 편이 있지만 유달리 정교하지 않다. 오언율시는 대부분이 왕유에게서 비롯되었다. 왕세무는 그를 대단히 칭찬했다. 그러나 전체 문집에는 생소한 글자와 생소한 구가 많은데, 수록한 작품에서 대략적으로 드러낸 것은 이것을 통해 풍격을 보여주고자 했을 따름이다. 이것이 서징경에게 미치지 못하는

41) 이름 숙사叔嗣.

점이다. 나는 일찍이 전체 문집을 살펴보면서 매번 버리고 싶었지만, 마지막으로 산록하면서 차마 손에서 놓지 못했다. 홍치 · 정덕 연간의 여러 문인들의 시는 반드시 선록하지 않으면 불가하다는 것을 알기 때문이다.

해제

고숙사는 명나라 가정 연간에 주로 활동한 시인이다. 그 시기에는 왕유 · 맹호연의 맑고 한적함과 위응물의 평담함을 배우는 경향이 있었다. 고숙사 역시 그 영향을 받았다. 그러나 작품 수준이 그렇게 뛰어나지 못했다. 그럼에도 불구하고 마지막에 그의 작품을 수록한 것은 명대 홍치 · 정덕 연간의 시풍을 더욱 객관적으로 비교하여 규명하기 위해서임을 피력했다.

원문

高子業[名叔嗣]五言古, 或出太康, 亦有出於應物者. 七言古, 間得數篇, 殊不爲工. 五言律多出摩詰. 王敬美極稱之. 然全集多生字 · 生句, 卽入錄者亦略見之, 蓋欲以此見風格耳. 此是不及昌穀處. 予嘗以全集觀, 輒欲棄去[1], 最後刪錄[2], 不忍釋手[3]. 故知弘正諸子之詩, 非選錄不可.

주석

1 棄去(기거): 버리다. 제거하다.
2 刪錄(산록): 산정하여 수록하다.
3 不忍釋手(불인석수): 차마 손에서 놓지 못하다.

## 48

홍치 · 정덕 연간의 여러 문인들은 뭇 시인들의 서열이 같지 않음을 보았기에 이몽양 · 하경명 · 서정경 · 변공 이외에는 처음부터 이름을 정하지 않았음을 알겠다.

해제

명대 홍치 · 정덕 연간(1488~1521)의 문단은 홍치십재자弘治十才子의 활동이 두드러졌다. 《명사, 이몽양전李夢陽傳》에서는 다음과 같이 말했다.

"홍치 연간에 재상 이동양이 문단의 주도권을 잡아 천하가 일제히 그를 따랐다. 이몽양이 홀로 그 쇠미한 문풍을 비난하여 문장은 진한이어야 하고, 시는 성당이어야 한다고 제창했으며, 이것이 아니면 말하지 않았다. 하경명 · 서정경 · 변공 · 주응등 · 고린 · 진기 · 정선부 · 강해 · 왕구사 등과 함께 십재자로 불렸다.弘治時, 宰相李東陽主文柄, 天下翕然宗之. 夢陽獨譏其萎弱, 介言文必秦漢, 詩必盛唐, 非是者弗道. 與何景明 · 徐禎卿 · 邊貢 · 朱應登 · 顧璘 · 陳沂 · 鄭善夫 · 康海 · 王九思等號十才子."

그중 이몽양 · 하경명 · 서정경 · 변공을 '홍정사걸弘正四傑'이라 한다. 이 4명을 제외하고는 문학적 서열이 분명치 않음을 지적했다. 그만큼 명대에는 수많은 작가가 있었지만 큰 성취를 이룬 사람은 드물다는 뜻이다.

弘正諸子, 觀諸家序列[1]不同, 則知李 · 何 · 徐 · 邊而外, 初無定名[2]也.

1 序列(서열): 순서를 배열하다.
2 定名(정명): 이름을 정하다.

## 49

설군채薛君采[42])는 하경명과 수창한 것이 많다. 악부로는 삼언 · 사언 · 잡언이 있는데 다른 시인들과 비교하면 비록 뛰어나지만 적절하게 사용한 것은 적다.

나는 일찍이 말했다.

"여러 시인들의 문집에 있는 악부 삼언 · 사언 · 잡언이 눈에 띄는 사안이다. 오직 이반룡만이 전문적으로 의고를 익혔기에 유독 정교하다."

해제 설혜에 관한 논의다. 설혜는 명대 정덕 · 가정 연간의 시인이다. 처음에는

42) 이름 혜蕙.

전칠자의 복고주의의 영향을 받다가 점차 육조와 초당에 관심을 가지게 되었다. 그러다가 나중에는 문학을 버리고 도를 추구하여 심성心性의 학문에 몰두했다. 시론 방면에서는 청대 왕사정보다 먼저 신운설을 제기한 인물이기도 하다. 설혜는 왕정상王廷相 · 하경명 · 양신 · 고숙사 · 공천윤孔天允 등과 교유했는데, 그의 《고공집考功集》에는 하경명과 증답한 시가 총 9제 18수가 실려 있다.

설혜는 왕정상의 소개로 하경명을 만났는데, 이후 막역한 사이가 되었다. 하경명은 이미 문단의 큰 영수였지만 설혜를 아끼며 많은 시를 주고받았다. 설혜가 하경명과 증답한 시는 대부분 석별과 그리움을 노래한 것이다.

원문

薛君采[名蕙]與何仲默唱酬[1]爲多. 樂府有三言 · 四言 · 雜言, 較諸子雖勝, 而適用[2]者少. 予嘗謂: 諸家集有樂府三言 · 四言 · 雜言者爲店眼物[3]. 惟于鱗專習擬古, 故爲獨工.

주석

1 唱酬(창수): 시문을 서로 주고 받다.
2 適用(적용): 적절하게 사용하다.
3 店眼物(점안물): 눈에 띄는 사안.

## 50

설혜의 오언고시는 홍치 · 정덕 연간의 여러 시인들과 비교해보면 가슴 속의 생각을 펼쳐내었다고 할 만하다. 그러나 평생 육조시에 탐닉했기에 송 · 제 이후의 시풍에 대해 대부분 정교하다. 한위 이후의 시풍 또한 비슷하게 창작할 수 있었지만 당고唐古는 창작한 적이 없다.

해제

설혜의 오언고시에 관한 논의다. 육조의 시풍을 많이 따랐음을 지적하고 있다.

원문

君采五言古, 視弘正諸子, 足爲吐氣[1]. 然平生耽[2]於六朝, 故於宋齊以後多工, 漢魏以下亦能彷彿, 而唐古則未嘗爲也.

주석

1 吐氣(토기): 마음속에 담아두고 있던 생각을 드러내다.
2 耽(탐): 탐닉하다. 빠지다.

## 51

설혜의 칠언가행 〈원석편元夕篇〉・〈연가행燕歌行〉 등은 초당시에서 비롯되었으며, 〈원석편〉이 가장 정교하다.

해제

설혜의 칠언가행에 관한 논의다. 초당시의 영향을 받은 〈원석편〉이 가장 정교하다고 평가했다.

원문

君采七言歌行元夕篇・燕歌行等出於初唐, 而元夕最工.

## 52

설혜의 오언율시는 문집의 전반부에서 정교하고 후반부에서는 수준이 낮다. 그중 초・성당에서 비롯된 것이 있는데, 초당에서 나온 것이 정교하다. 칠언율시는 두보에게서 비롯된 것이 있으나 웅건하고 돈후한 부분은 한 글자도 없다. 칠언절구 중 〈양주사涼州詞〉・〈새하곡塞下曲〉・〈황제행행남경가皇帝行幸南京歌〉・〈해상잡가海上雜歌〉・〈원유곡遠游曲〉 등은 이몽양과 변공을 계승했다고 할 만하다. 두보의 변체를 배운 작품은 수록한 것이 적다.

해제

설혜의 오언율시, 칠언율시, 칠언절구에 관한 논의다. 그는 처음에는 초성당과 두시를 계승하기 위해 노력하다가 점차 육조와 초당시를 중시했다.

원문

君采五言律, 集中前半截[1]爲工, 後半截爲劣, 中有出初·盛者, 而初唐爲工. 七言律有出子美者, 然於沉雄渾厚處無一語也. 七言絶如涼州詞·塞下曲·皇帝行幸南京歌·海上雜歌·遠游曲, 可繼獻吉·庭實. 至學子美變體, 則入錄者少.

주석

1 半截(반절): 전체 사물의 절반.

## 53

양신의 시는 대부분이 전고로 채워지고 또 오자도 많아, 수록된 작품은 명확한 것을 뽑은 것이다. 설혜는 그의 시 서문에서 재주와 학식을 언급했다.

왕세정이 말했다.

"양신은 갑자기 돈을 번 젊은이와 같아서 돈 창고와 돈으로 쌓아올린 담이 모두 드러난다."

나는 일찍이 말했다.

양신은 박학다식을 펼쳤지만 왕세정이 심하게 과장했다. 그러나 왕세정이 양신을 심하게 폄하하면서도 남몰래 그를 본받았다는 것을 몰라서는 안 될 것이다.

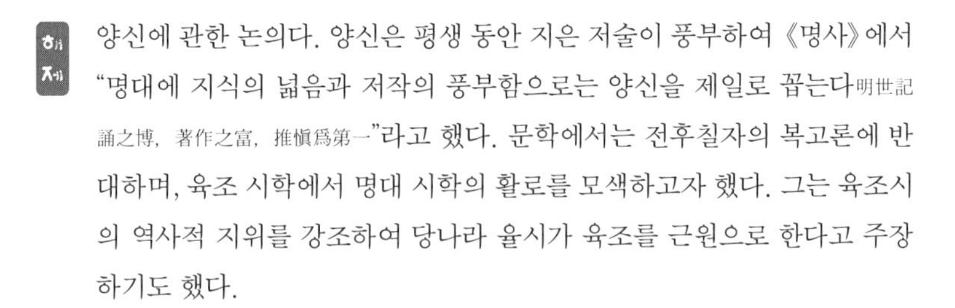

해제

양신에 관한 논의다. 양신은 평생 동안 지은 저술이 풍부하여 《명사》에서 "명대에 지식의 넓음과 저작의 풍부함으로는 양신을 제일로 꼽는다明世記誦之博, 著作之富, 推愼爲第一"라고 했다. 문학에서는 전후칠자의 복고론에 반대하며, 육조 시학에서 명대 시학의 활로를 모색하고자 했다. 그는 육조시의 역사적 지위를 강조하여 당나라 율시가 육조를 근원으로 한다고 주장하기도 했다.

원문

楊用修[名愼]詩, 多塡故實[1], 而訛字[2]復多, 入錄者則取明顯[3]也. 薛君采序其詩, 言才與學; 元美謂: "用修如暴富[4]兒郞[5], 銅山[6]金埒[7]俱可見矣." 予嘗謂: 用修騁博[8], 元美誇多. 然元美深貶用修而陰[9]法之, 又不可不知.

1 故實(고실): 전고典故.

2 訛字(와자): 오자誤字.

3 明顯(명현): 명확하다.

4 暴富(포부): 갑자기 돈을 벌다.

5 兒郞(아랑): 청년. 젊은이.

6 銅山(동산): 돈. 돈 창고.

7 金埒(금랄): 돈으로 쌓아올린 담.

8 騁博(빙박): 박식함을 펼치다.

9 陰(음): 몰래.

## 54

양신의 오언고시 중 한 · 위를 배운 것은 다소 변체에 능하고, 제 · 양 이후를 배운 것이 가장 정교하다. 호응린이 "청신하고 화려하며, 오직 육조 시의 빼어남을 취했다"라고 한 것은 이를 두고 한 말이다.

양신의 오언고시에 관한 논의다. 육조의 영향을 받은 시가 가장 정교하다고 보았다. 실제 양신은 전후 칠자의 복고론이 협소한데다 고법古法과 격조를 고수하여 모방의 작품이 많다고 보고, 한 · 위 · 육조 · 초당에서 그 활로를 모색하고자 했다. 이와 관련하여 청초의 전겸익은 《열조시집소전列朝詩集小傳》에서 다음과 같이 말했다.

"양신은 육조에 심취하고 만당에서 두루 취하여, 박학하면서도 화려한 시를 썼는데, 그 의도는 이몽양과 하경명을 압도하고 다릉파茶陵派를 위해 별도로 울타리를 마련하는 데 있었지, 더불어 쟁론하여 승부를 다투고자 함이 아니었다. 用修乃沉酣六朝 · 攬采晩唐, 創爲淵博靡麗之詞, 其意欲壓倒李 · 何, 爲茶陵別張壁壘, 不與角勝口舌間也."

원문 用修五言古學漢魏者亦能稍變, 然學齊梁以後者爲最工. 胡元瑞謂"淸新綺縟[1], 獨掇[2]六朝之秀"是也.

주석 1 綺縟(기욕): 화려하다.
2 掇(철): 줍다. 골라 뽑다.

## 55

양신의 칠언고시는 대부분 제 · 양 · 초당 · 성당에서 비롯되었는데 초당에서 나온 것이 특히 정교하다.

해제 양신의 칠언고시에 관한 논의다. 특히 초당풍의 칠언고시가 정교하다고 평가되고 있다.

원문 用修七言古多出齊 · 梁 · 初 · 盛, 而初唐尤工.

## 56

양신의 오언율시는 대부분 초당에서 비롯되었고, 칠언율시는 대부분 두보의 시어를 사용하고 있는데 후반부가 대부분 유창한 듯하다. 그 밝고 전아한 작품은 이미 칠자七子의 격조를 열었지만, 칠자의 정교함에는 미치지 못할 따름이다. 나머지 작품들도 쇠약한 성조가 없는데 변체가 가장 정교하다.

해제 양신의 오 · 칠언 율시에 관한 논의다. 양신이 초기에 창작한 율시는 대부분 오언이다. 섬세하고 기려하며, 웅혼하고 함축적인 풍격을 보였다. 반면 후기에는 칠언율시를 많이 창작했는데, 온화하고 섬세한 풍격이 두드러진다. 양신의 율시는 주로 칠언이 뛰어나다. 특히 적절한 전고의 운용은 두보를 계승했다고 평가된다.

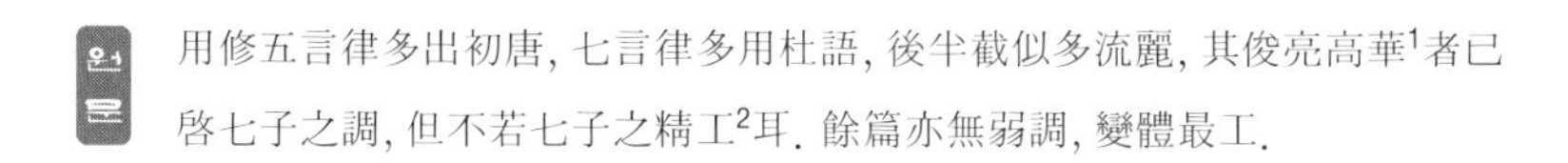
원문 用修五言律多出初唐, 七言律多用杜語, 後半截似多流麗, 其俊亮高華[1]者已啓七子之調, 但不若七子之精工[2]耳. 餘篇亦無弱調, 變體最工.

주석
1 高華(고화): 전아하고 화려하다.
2 精工(정공): 정교하다.

## 57

이우린李于鱗[43)]의 오언악부 및 오언고시는 대부분 한·위에서 비롯되었는데, 세인들은 간혹 그 모방을 싫증낸다. 그러나 육조·당·송 이후로 한·위의 오언악부 및 오언고시의 체제와 성조에 대해서 후세 사람들은 까마득히 이해할 수 없었지만 오직 이반룡만이 그 정수精粹를 얻었으니, 전문적인 조예가 없으면 할 수 없는 것이다. 모방하고 늘어놓은 작품이 간혹 없을 수 없지만, 자못 변화하고 자득한 작품이 있다. 만약 그 시어가 완전히 변화된 것이 아니라면 스스로 변화를 받아들이지 않은 것일 뿐이고, 시어가 변화되었다면 한위시가 아닌 것이다. 책망할 만한 것은 고악부 및 〈고시십구수〉, 소무와 이릉의 〈녹별錄別〉 이하는 작품마다 모방하여 거의 빠뜨린 것이 없다는 것이니, 보는 사람이 싫증내지 않을 수 없을 뿐이다.

해제 이반룡은 명대 중기 후칠자의 영수다. 후칠자는 이반룡을 비롯해 왕세정, 사진, 양유예梁有譽, 종신宗臣, 서중행徐中行, 오국륜吳國倫 등의 일곱 사람을 가리키며, 이몽양·하경명 등 전칠자의 복고이론을 계승한 사람들이다.

이반룡의 《창명선생집滄溟先生集》에는 1400여 수의 시가 실려 있는데, 칠언율시와 칠언절구가 가장 많고 다음이 악부와 오언고시 등의 순이다. 그는 20여 년간 문단에서 영향력을 발휘하면서 전칠자의 '문필진한文必秦

43) 이름 반룡攀龍.

漢, 시필성당詩必盛唐'의 문학론을 계승하여 "문장은 서한, 시는 성당 이후로 모두 볼만한 것이 없다.文自西京, 詩自天寶而下, 俱無足觀"고 주장했다.

李于鱗[名攀龍]樂府五言及五言古多出漢魏, 世或厭其摹倣. 然漢魏樂府五言及五言古, 自六朝・唐・宋以來, 體製・音調後世邈[1]不可得, 而惟于鱗得其神髓[2], 自非專詣者不能. 至於摹倣飣餖或不能無, 而變化自得者亦頗有之. 若其語不盡變, 則自不容變耳; 語變, 則非漢魏矣. 所可議[3]者, 於古樂府及十九首・蘇李錄別以下, 篇篇擬之, 殆無遺什[4], 觀者不能不厭耳.

1 邈(막): 시간이 멀다.
2 神髓:(신수) 정신과 골수. 정수精粹를 비유한다.
3 議(의): 시비를 따지다. 책하다. 탓하다. 책망하다.
4 什(십): 시편詩篇.

## 58

이반룡은 한・위시를 배웠고, 대개 육조 및 당고唐古는 애초 배운 적이 없으며 은퇴하고 귀향해서야 비로소 고악부 및 〈고시십구수〉, 〈녹별〉 이하의 여러 작품을 모방했으니, 한・위시에 전력을 기울인 것이다. 이반룡은 옛것을 배울 때 애초 육조 및 당고에 물들지 않았고, 더욱이 전념하여 익히고 깨달아 세월이 흐르면서 차츰 익숙해졌으므로 마침내 그 정수를 얻었던 것이다.

왕세정이 말했다.

"서한과 건안의 시는 조탁으로 도달할 수 있지 않은 듯하니, 관건은 오래도록 전념하여 깨닫는 데 있으며, 신운과 경물이 합쳐지면 갑자기 도달하고 혼연히 이루어져, 찾을 수 있는 경계가 없고 가리킬 수 있는 소리가 없다."

호응린 역시 다음과 같이 말했다.

"양한의 시는 고심하고 힘을 쏟는다고 이룰 수 있는 것이 아니니, 마땅히 그 시를 다 취해 음미하고 연구하여 집중해서 깨달아야 풍격과 성정의 미세한 부분도 다 이해할 수 있다. 초楚나라 대부 아들이 제齊나라 거리에 살면 거의 제나라 말을 하게 되는 것과 같다."

이반룡이 고시를 배운 것을 잠시 살펴보면 두 사람의 말이 진실로 증명이 된다.

해제

이반룡의 의고악부擬古樂府는 200여 수다. 후인들은 종종 모방으로 간주하고 이반룡을 폄하하기도 하지만, 허학이는 이반룡이 평생 한위시의 정수를 추구한 작가로서 이미 높은 경지에 이르렀음을 강조했다.

원문

于鱗學漢魏, 蓋於六朝及唐體古詩初未嘗習, 逮予告[1]而歸, 始差次[2]古樂府及十九首・錄別以下諸詩擬之, 而盡力於漢魏. 是于鱗學古初無所染, 又能專習凝領[3], 漸漬[4]歲月, 故遂得其神髓耳. 王元美云: "西京・建安似非琢磨可到, 要在專習凝領之久, 神與境會, 忽然而來, 渾然而就, 無岐級[5]可尋, 無色聲可指." 元瑞亦言: "兩漢詩非苦思[6]力索[7]所辦, 當盡取其詩, 玩習[8]凝會, 風氣性情, 纖屑[9]具領. 若楚大夫子身處莊嶽[10], 庶幾齊語." 試觀于鱗學古, 則二子之言信有徵[11]也.

주석

1 予告(여고): 대신大臣이 병이나 연로함으로 인해 휴가나 퇴직을 허가받은 것을 가리킨다.
2 差次(차차): 등급의 순서를 구별하다.
3 凝領(응령): 집중해서 깨닫다.
4 漸漬(점지): 감화되다. 차츰 스며들다.
5 岐級(기급): 분기점과 단계.
6 苦思(고사): 고심하다.
7 力索(역색): 힘을 다하여 탐색하다.
8 玩習(완습): 음미하고 깊이 연구하다.
9 纖屑(섬설): 미세하다. 자잘하다.

10 莊嶽(장악): 제齊 나라의 거리 이름. '莊(장)'은 거리 이름이고, '嶽(악)'은 마을 이름이다.

11 徵(징): 증명. 증거.

## 59

의고는 오직 이반룡이 가장 잘하는 것이다. 예를 들어 〈당상행塘上行〉의 원시는 다음과 같다.

"그대가 늘 슬픔을 생각하니, 밤마다 잠들 수가 없네요. 현인이고 오랜 친구라고 평소 사랑하던 사람을 버리지 마세요. 생선과 고기가 싸다고 파와 염교 버리지 마세요. 마가 싸다고 골풀과 황모 버리지 마세요. 念君常苦悲, 夜夜不能寐. 莫以賢豪故, 棄損素所愛. 莫以魚肉賤, 棄損葱與薤. 莫以麻枲賤, 棄損菅與蒯."

이반룡의 시는 다음과 같다.

"저의 평생 세월 생각하신다면, 어찌 길 도중에 있다고 말씀하시나요. 새 사람은 녹색 비단 자르고, 옛사람은 하얀 비단 자르지요. 새 사람은 난꽃 심고, 옛 사람은 계수나무 심지요. 새사람은 〈양춘陽春〉을 연주하고, 옛사람은 〈백로白露〉를 연주하지요. 念妾平生時, 豈謂有中路. 新人斲流黃, 故人斲紈素. 新人種蘭苕, 故人種桂樹. 新人操陽春, 故人操白露."

격조는 본래의 시를 모방했으나 시어를 변화시킬 수 있었으니 아주 본받을 만하다.

〈상봉행相逢行〉의 경우는 중간에 한두 단락을 첨가하여 격조가 비록 약간 변했지만 서한의 시와 아주 가까우므로, 진실로 고수가 아니면 할 수 없는 것이다. 비유하면 고인의 그림을 모방하면서 중간에 나무와 돌을 약간 첨가한 것과 같으니, 역시 고수다. 오직 〈맥상상陌上

桑〉만 대략 자구를 바꾸어서 조금의 가치도 없을 따름이다.

해제 악부시 〈당상행〉을 예로 들어 이반룡의 의악부를 논했다. 격조는 원시를 따르면서 시어는 변화를 준 것을 높이 평가했다. 〈상봉행〉도 서한시와 비슷하게 모의했다고 평가했지만, 〈맥상상〉에 대해서는 부정적으로 평가했다. 전겸익도 《열조시집소전》에서 이반룡의 〈맥상상〉에 대해 다음과 같이 평했다.

"구와 글자를 줍고, 행과 글자에 얽매어, 정취가 하나도 없으며, 마음을 집중하지 않았다. 句摭字捃, 行數墨尋, 興會索然, 神明不屬"

원문 擬古惟于鱗最長, 如塘上行[1]本辭云: "念君常苦悲, 夜夜不能寐. 莫以賢豪故, 棄損素所愛. 莫以魚肉賤, 棄損葱與薤. 莫以麻枲賤, 棄損菅與蒯." 于鱗則云: "念妾平生時, 豈謂有中路. 新人斷流黃, 故人斷紈素. 新人種蘭苕, 故人種桂樹. 新人操陽春, 故人操白露." 格倣本辭而語能變化, 最爲可法. 若相逢行中添一二段, 格雖稍變, 然宛爾西京, 自非大手[2]不能. 譬如臨[3]古人畫, 中間稍添樹石, 亦是作手[4]. 惟陌上桑但略換字句, 則甚無謂[5]耳.

주석
1 塘上行(당상행): 위나라 문제 조비의 황후 견복甄宓이 지은 악부시. 규원을 노래한 시다. 이 시가 문제를 노하게 해 독주를 하사받아 죽었다.
2 大手(대수): 고수高手. 명인名人.
3 臨(임): 견본에 따라 서화를 모방하다.
4 作手(작수): 능수. 명수.
5 無謂(무위): 조금도 가치가 없다. 의의가 없다.

## 60

이반룡의 의고악부 잡언과 칠언은 시어가 간혹 원래의 시와 핍진한데, 또한 사전에 고려하지 않은 데서 얻은 것도 있다. 칠언고시는 성조가 모두 어그러져, 성조가 부합되는 시어가 하나도 없다.

나는 일찍이 말했다.

"칠언고시의 경우 하경명은 시가 없고, 이반룡은 시구가 없다."

황육기黃毓祺가 말했다.

"이 시어는 말할 수 있는 사람이 없다."

해제 이반룡의 의고악부와 칠언고시에 관해 논했다.

원문 于鱗擬古樂府雜言·七言, 語或逼眞, 復有得於擬議[1]之外者. 七言古聲調全乖, 無一語合作. 予嘗謂: "七言古仲默無篇, 于鱗無句." 黃介子謂"此語無人能道".

주석 1 擬議(의의): 사전의 고려. 계획.

## 61

이반룡의 칠언율시는 장엄하고 웅장함이 으뜸이고 맑고 전아한데, 오직 당시와 필진하고자 하여서 그것을 으뜸으로 한다. 그 높고 전아한 부분은 약간 만당에 가까우며, 나머지 역시 그러하다. 20편 이외에는 시구의 뜻이 대부분 같으므로 후인들이 종종 비난했다. 그러나 당나라 칠언율시의 경우도 이기 등 여러 시인들의 시 중에서 겨우 몇 편만 불후의 작품이라고 할 만한데, 이반룡의 시 20여 편을 엄선할 수 있는데도 오히려 후대에 전하기에 부족하단 말인가? 단지 후진들은 처음 배울 때 괴이함을 숭상하는 데 뜻을 두어 그 전아하고 웅장한 부분에 대해서는 진실로 마음을 두지 않으므로, 온아함에 기탁하여 그 웅장함을 억누르고 청담함에 기탁하여 그 전아함을 억눌렀다. 사람 마음을 강제로 설복시킬 수 없으니, 오로지 시구의 의미가 대부분 같고 또 건곤乾坤·일월日月·자기紫氣·황금黃金 등의 글자로써 그를 비판한 것이다.

다음의 시구는 장엄하고 웅장함이 으뜸이나, 이몽양과 비교하면 심혈을 기울여 용기를 낸 것일 뿐이다.

"스스로 어사御史의 관직 받아들여 전염병을 막고, 간관諫官도 겸하여 맡아 풍상을 쓸어버렸네. 自許鐵冠衝瘴癘, 兼攜白筆掃風霜"

"탄핵 상주문의 기개가 산하山河를 가탁해 웅장하고, 법령 집행의 관리가 가을에 임하니 부절符节과 부월斧鉞이 차갑네. 彈章氣借山河壯, 執法秋臨節鉞寒."

"태양은 저절로 먼 변경 밖으로 지고, 청산은 야랑夜郎의 서쪽으로 끝없이 펼쳐졌네. 白日自流荒徼外, 青山不盡夜郎西."

"백월百粤의 큰 구름이 바다의 기색을 흔들고, 구봉九峯의 찬비가 가을의 스산함 돋우네. 百粤大雲搖海色, 九峯寒雨壯秋陰."

"천승의 깃발이 의장儀仗을 구분하고, 구하九河의 봄빛이 군함을 엄호하네. 千乘旌旗分羽衛, 九河春色護樓船."

"행장 꾸리는데 살기가 삼강三江에 합쳐지고, 호각 부니 바람이 만리에서 불어오네. 騰裝殺氣三江合, 吹角長風萬里生."

"북과 호각 소리는 먼 바람 따라 내려온 듯하고, 작은 수레는 정말 하늘 끝에서 온 듯하네. 鼓角疑從長風落, 軺車眞自日邊來."

"땅은 황하를 갈라서 갈석산碣石山으로 나아가고, 하늘은 장성을 돌아서 장안을 감싸네. 地拆黃河趨碣石, 天迴紫塞抱長安."

"산이 대륙으로 이어져 삼진三晉을 에워싸고, 물이 중원을 잘라 구하九河로 흩어지네. 山連大陸蟠三晉, 水劃中原散九河."

"창룡은 진천秦川의 빗속에서 반쯤 걸려 있고, 석마는 한원漢苑의 바람 속에서 길게 우네. 蒼龍半挂秦川雨, 石馬長嘶漢苑風."

"큰 골짜기의 스산함이 신기루를 만들고, 부상扶桑의 햇빛이 누대를 비추네. 大壑秋陰生蜃氣, 扶桑日色照樓臺."

"파촉巴蜀에서 점차 나오는데 구름이 초楚땅으로 이어지고, 검각劍閣을 돌아보는데 눈이 진秦땅을 비추네.巴山漸出雲連楚, 劍閣迴看雪照秦."

"천 개 봉우리의 서광이 동으로 만든 신선의 손바닥을 열고, 나란히 달리는 말의 차가운 빛이 비단 핫옷을 비추네.千峯曙色開金掌, 並馬寒光照錦袍."

"장하漳河의 눈비 속에 수레의 휘장 검고, 대막大漠의 먼지 속에 봉화가 푸르네.漳河雨雪襜帷黑, 大漠風塵燧火青."

"푸른 술통은 밤에 도호강倒滹江의 달을 따르고, 자줏빛 말은 가을에 대륙의 구름을 보며 우네.青樽夜倒滹沱月, 紫馬秋嘶大陸雲."

"청흑색은 항상 천목天目의 비인가 의심되고, 차가운 소리가 절강浙江의 조수인지 분간하지 못하네.黛色總疑天目雨, 寒聲不辨浙江潮."[44]

오언율시는 체재가 비록 웅대하지만 놀랄 만한 것이 적고 간혹 뛰어난 시어가 있으니, 곧 칠언의 부수적인 작품이다. 칠언절구 중 수록된 것은 대체로 율시와 성조가 비록 같지만 뜻이 진실로 포괄적이어서 왕창령에 필적할 만하다.

이반룡의 칠언율시 중 장엄하고 웅장한 시구의 예를 들었다. 또 오언율시 및 칠언절구에 관해서도 간략하게 논했다. 역대 비평가들은 이반룡의 칠언 율시와 절구에 대해 특히 관심을 갖고 긍정적으로 평가했다. 호응린은 "이반룡의 칠언 율시와 절구는 전아함으로 높이 솟아 한 시대의 특유한 풍격이 되었다.於鱗七言律絶, 高華桀起, 一代宗風."고 했고 진전陳田은 "이반룡의 칠언 율시와 절구는 격조와 풍운이 당시에 부끄럽지 않다.於鱗七律 · 七絶, 格韻 · 風調, 不愧唐人."고 했다.

于鱗七言律, 冠冕雄壯[1], 俊亮高華, 直欲逼唐人而上[2]之. 其俊亮處或有近晚

44) 〈구리송九里松〉.

唐者, 餘子[3]亦然. 然二十篇而外, 句意多同, 故後人往往相詆. 然唐人七言律, 李頎諸公僅得數篇, 尙足不朽, 于鱗嚴選可得二十餘篇, 顧不足以傳後耶? 但後進初學, 志尙奇僻, 於其高華雄壯處實不相投, 故託之溫雅[4]抑其雄壯, 託之淸淡以抑其高華, 旣未足以壓服[5]人心, 則直以句意多同, 幷乾坤·日月·紫氣·黃金等字責之矣. 如"自許鐵冠衝瘴癘, 兼攜白筆掃風霜."[6] "彈章氣借山河壯, 執法秋臨節鉞寒."[7] "白日自流荒徼外, 青山不盡夜郞西."[8] "百粤大雲搖海色, 九峯寒雨壯秋陰."[9] "千乘旌旗分羽衛, 九河春色護樓船."[10] "騰裝殺氣三江合, 吹角長風萬里生."[11] "鼓角疑從天上落, 軺車眞自日邊來."[12] "地拆黃河趨碣石, 天迴紫塞抱長安."[13] "山連大陸蟠三晉, 水劃中原散九河."[14] "蒼龍半挂秦川雨, 石馬長嘶漢苑風."[15] "大壑秋陰生蜃氣, 扶桑日色照樓臺."[16] "巴山漸出雲連楚, 劍閣迴看雪照秦."[17] "千峯曙色開金掌, 並馬寒光照錦袍."[18] "漳河雨雪襜帷黑, 大漠風塵燧火靑."[19] "青樽夜倒滹沱月, 紫馬秋嘶大陸雲."[20] "黛色總疑天目雨, 寒聲不辨浙江潮"[21][九里松]等句, 冠冕雄壯者也, 但較之獻吉, 則着意[22]賈勇[23]耳. 五言律, 體雖宏大, 而警絶者少, 間有俊語, 乃七言賸餘[24]. 七言絶入錄者, 較律聲調雖同, 而意實寬裕[25], 足配龍標.

주석

1 雄壯(웅장): 기상이 남보다 장엄하고 음률이 웅장하다.

2 上(상): 숭상하다.

3 餘子(여자): 나머지.

4 溫雅(온아): 온아하다. 온화하고 전아하다.

5 壓服(염복): 강요당해 복종하다. 할 수 없이 복종하다.

6 自許鐵冠衝瘴癘(자허철관충장려), 兼攜白筆掃風霜(겸휴백필소풍상): 스스로 어사御史의 관직 받아들여 전염병을 막고, 간관諫官도 겸하여 맡아 풍상을 쓸어버렸네. 이반룡 〈송왕시어안귀양送王侍御按貴陽〉의 시구다.

7 彈章氣借山河壯(탄장기차산하장), 執法秋臨節鉞寒(집법추림절월한): 탄핵 상주문의 기개가 산하山河를 가탁해 웅장하고, 법령 집행의 관리가 가을에 임하니 부절符節과 부월斧鉞이 차갑네. 이반룡 〈송유시어귀대사수送劉侍御歸臺四首〉 중 제3수의 시구다.

8 白日自流荒徼外(백일자류황요외), 青山不盡夜郞西(청산부진야랑서): 태양은 저절로 먼 변경 밖으로 지고, 청산은 야랑夜郞의 서쪽으로 끝없이 펼쳐졌네. 이

반룡 〈기유자성寄劉子成〉의 시구다.

9 百粤大雲摇海色(백월대운요해색), 九峯寒雨壯秋陰(구봉한우장추음): 백월百粤의 큰 구름이 바다의 기색을 흔들고, 구봉九峯의 찬비가 가을의 스산함 돋우네. 이반룡 〈송진비부사민중送陳比部使閩中〉의 시구다.

10 千乘旌旗分羽衛(천승정기분우위), 九河春色護樓船(구하춘색호누선): 천승의 깃발이 의장儀仗을 구분하고, 구하九河의 봄빛이 군함을 엄호하네. 이반룡 〈증이명부잠예광천봉송경왕지국贈李明府暫詣廣川奉送景王之國〉의 시구다.

11 騰裝殺氣三江合(등장살기삼강합), 吹角長風萬里生(취각장풍만리생): 행장 꾸리는데 살기가 삼강三江에 합쳐지고, 호각 부니 바람이 만리에서 불어오네. 이반룡 〈대열병해상사수大閱兵海上四首〉 중 제1수의 시구다.

12 鼓角疑從天上落(고각의종천상락), 軺車眞自日邊來(초거진자일변래): 북과 호각 소리는 먼 바람 따라 내려온 듯하고, 작은 수레는 정말 하늘 끝에서 온 듯하네. 이반룡 〈과수덕過綏德〉의 시구다.

13 地拆黃河趨碣石(지탁황하추갈석), 天迴紫塞抱長安(천회자색포장안): 땅은 황하를 갈라서 갈석산碣石山으로 나아가고, 하늘은 장성을 돌아서 장안을 감싸네. 이반룡 〈등황유마릉제산시태항절정처사수登黃榆馬陵諸山是太行絶頂處四首〉 중 제1수의 시구다.

14 山連大陸蟠三晉(산련대륙반삼진), 水劃中原散九河(수획중원산구하): 산이 대륙으로 이어져 삼진三晉을 에워싸고, 물이 중원을 잘라 구하九河로 흩어지네. 이반룡 〈등황유마릉제산시태항절정처사수登黃榆馬陵諸山是太行絶頂處四首〉 중 제4수의 시구다.

15 蒼龍半挂秦川雨(창룡반괘진천우), 石馬長嘶漢苑風(석마장시한원풍): 창룡은 진천秦川의 빗속에서 반쯤 걸려 있고, 석마는 한원漢苑의 바람 속에서 길게 우네. 이반룡 〈초추등태화산절정사수杪秋登太華山絶頂四首〉 중 제2수의 시구다.

16 大壑秋陰生蜃氣(대학추음생신기), 扶桑日色照樓臺(부상일색조누대): 큰 골짜기의 스산함이 신기루를 만들고, 부상扶桑의 햇빛이 누대를 비추네. 이반룡 〈원미망해견기元美望海見寄〉의 시구다.

17 巴山漸出雲連楚(파산점출운련초), 劍閣迴看雪照秦(검각회간설조진): 파촉巴蜀에서 점차 나오는데 구름이 초楚땅으로 이어지고, 검각劍閣을 돌아보는데 눈이 진秦땅을 비추네. 이반룡 〈송초비부환순경送譙比部還順慶〉의 시구다.

18 千峯曙色開金掌(천봉서색개금장), 並馬寒光照錦袍(병마한광조금포): 천 개

봉우리의 서광이 동으로 만든 신선의 손바닥을 열고, 나란히 달리는 말의 차가운 빛이 비단 핫옷을 비추네. 이반룡 〈조퇴동자여망서제설회남해양공실광릉종자상朝退同子與望西霽雪懷南海梁公實廣陵宗子相〉의 시구다.

19 漳河雨雪襜帷黑(장하우설첨유흑), 大漠風塵燧火靑(대막풍진수화청): 장하漳河의 눈비 속에 수레의 휘장 검고, 대막大漠의 먼지 속에 봉화가 푸르네. 이반룡 〈송신직방환위현送申職方還魏縣〉의 시구다.

20 靑樽夜倒滹沱月(청준야도호타월), 紫馬秋嘶大陸雲(자마추시대륙운): 푸른 술통은 밤에 도호강倒滹江의 달을 따르고, 자줏빛 말은 가을에 대륙의 구름을 보며 우네. 이반룡 〈진정저중억허사군眞定邸中憶許使君〉의 시구다.

21 黛色總疑天目雨(대색총의천목우), 寒聲不辨浙江潮(한성불변절강조): 청흑색은 항상 천목天目의 비인가 의심되고, 차가운 소리가 절강浙江의 조수인지 분간하지 못하네. 이반룡 〈구리송도위마시어작이수九裏松圖爲馬侍禦作二首〉 중 제2수의 시구다.

22 着意(착의): 심혈을 기울이다. 주의력을 집중하다.

23 賈勇(가용): 용기를 내다.

24 賸餘(잉여): 나머지.

25 寬裕(관유): 넓다. 포괄적이다.

## 62

이반룡의 칠언율시는 장엄하고 웅장함이 으뜸으로 참으로 백대百代를 뛰어넘을 만하나, 후진들의 의혹을 사지 않을 수 없음은 그것이 완전히 변화되지 못했기 때문이다. 당나라의 오·칠언 율시의 경우 이백과 두보는 물론, 왕유와 맹호연 등 여러 시인들이 제재에 따라 체재를 만들고, 외경外境을 만나면 성정이 생겨나지 않음이 없었다. 그런데 이반룡은 먼저 격조를 징하는 데 뜻을 두어 온통 장엄하고 웅장함이 으뜸인 것을 중시했으므로, 성조가 대부분 일률적일 뿐 아니라 시구의 뜻 역시 매번 서로 같다. 왕세정이 "그 뛰어난 시어를 고수하느라 가벼이 변화시키지 못한다"고 한 것은 이를 두고 한 말이다. 혹 그 일률적인 것을 싫증내어 다른 격조의 시를 수록한다면, 그의 장점을 잃어버리게 되므로 더욱 본모습이 아닐 것이다. 나머지 역시 그러하다.

해제 이반룡의 칠언율시가 지니는 성취와 한계에 관해 논했다. 이반룡의 칠언율시는 기상이 뛰어나고 웅장하지만 오직 격조에 치중하여 성조가 일률적이다 보니 자연스러운 변화를 창출할 수 없었다.

원문 于鱗七言律, 冠冕雄壯, 誠足凌跨百代, 然不能不起後進之疑者, 以其不能盡變也. 唐人五七言律, 李杜勿論, 卽王孟諸子, 莫不因題製體[1], 遇境[2]生情. 于鱗先意定格, 一以冠冕雄壯爲主, 故不惟調多一律, 而句意亦每每相同, 元美謂"守其俊語, 不輕變化"是也. 然或厭其一律而錄其別調, 則又失其所長, 非復本相矣. 餘子亦然.

주석
1 因題製體(인제제체): 제재에 따라 체재를 만들다.
2 境(경): 외경外境.

## 63

세상 사람들은 대부분 이몽양은 잘못 모방했다 말하고, 이반룡은 옛것을 본떴다고 말한다. 내가 생각건대 명대의 시는 오직 두 사람만 독자적으로 문호를 세웠다고 할 수 있는데, 즉 이몽양의 칠언고시와 이반룡의 칠언율시가 그러하다. 시의 문호는 전인들이 이미 다 열었기에, 후인들은 오직 7할은 고시를 숭상하고 3할을 스스로 창조하기만 하면 일가를 이룰 수 있다. 원굉도 일파는 겨우 당말·오대의 보잘것없는 것을 주웠는데도,[45] 지금 사람들은 알지 못하고서 독자적으로 문호를 세웠다고 여기고 있다.[46]

---

45) 오대론五代論 마지막 부분(제33권 제5칙)에 상세하게 보인다.

이몽양의 칠언고시와 이반룡의 칠언율시에 대한 가치를 논했다.

世多稱獻吉倣鑿, 于鱗倣古[1]. 予謂: 國朝人詩, 惟二子可稱自立門戶, 如獻吉七言古·于鱗七言律是也. 蓋詩之門戶前人旣已盡開, 後人但七分宗古·三分自創, 便可成家. 中郎一派僅拾唐末五代涕唾[2], [詳見五代論末.] 今人不知, 以爲自立門戶耳. [七子總論見梁公實[3]論後.]

1 倣古(방고): 옛것을 모방하다.

2 涕唾(체타): 콧물과 침. 보잘것없는 것.

3 梁公實(양공실): 양유예梁有譽(1522~1566). 명나라 시기의 문인이다. 자가 공실이고, 호는 난정蘭汀이다. 광동 순덕順德 사람이다. 구대임歐大任 등과 함께 황좌黃佐에게 배웠고, 시로 유명했다. 가정 29년(1550)에 진사가 되었고, 형부주사刑部主事를 지냈다. 이반룡 등과 함께 후칠자의 일원으로 활동하다가 사직하고 귀향했다. 고향에서 구대임, 여민표黎民表, 오단吳旦, 이시행李時行 등과 따로 시사를 결성했는데, 광동 사람들은 그들을 '남원후오선생南園後五先生'이라고 불렀다. 이후 그는 문을 닫아걸고 독서에 열중하며 높은 관리가 와도 나오지 않았다고 한다. 시가 작품은 내용이 다양하진 않지만 그 당시 세태에 대한 감개가 담긴 일부 영사시가 볼만하다. 저서로 《난정존고蘭汀存稿》 9권이 있다.

## 64

왕세정이 동료의 시를 논할 때는 매번 과찬이 많은데, 이반룡에 대해서도 깊이 탄복했다. 여러 설들을 상세하게 설명했는데 대부분이 폄하하는 말이지 칭찬의 말은 없다. 이반룡의 여러 체재 중 가행은 가장 열등한데도 도리어 과찬을 면치 못했다.

왕세정이 이반룡의 시, 특히 가행을 정확하게 평가하지 못했음을 지적했다.

46) 칠자七子의 총론은 양유예梁有譽에 관한 논의 뒤쪽 부분(본권 제87칙~제89칙)에 보인다.

원문 元美論同列[1]詩, 每多過譽[2], 而于鱗又所深服. 然細詳[3]諸說, 多是貶詞[4], 而無譽言. 李諸體歌行最劣, 反不免過譽矣.

주석
1 同列(동렬): 지위가 서로 같은 사람. 동료.
2 過譽(과예): 과찬하다.
3 細詳(세상): 상세히 설명하다.
4 貶詞(폄사): 폄하하는 말. 비난하는 말. 헐뜯는 말.

## 65

왕원미王元美[47]의 《사부고四部稿》 전·후집은 모두 454권으로, 고금의 문집 중 이와 같이 많은 것은 없었다. 삼가 말하자면 유향과 장화는 박학하다고 칭송받지만 저술은 일찍이 많지 않았다. 이백과 두보는 시가 정교하다고 칭송되지만 문장은 풍부하지 않았다. 지금 왕세정의 시는 이백과 두보보다 몇 배나 되고, 문장은 한유와 소식보다 몇 배가 되며, 게다가 천지天地·인물人物·문장文章·정사政事, 불교와 도교, 각 학술유파 및 서화, 온갖 기예에 정통하지 않은 바가 없으며 그것을 상세히 서술했다. 이러한 기세는 반드시 겸할 수 없고, 그 이치는 반드시 정통할 수 없는 것이다. 그러나 그는 중국을 능가하고 기세가 한 시대를 덮었으며, 또 제자들을 칭찬하고 받드는 데 뛰어났다. 제자들이 그 문하에서 나와 모두 다 한 시대의 걸출한 인물이 되었는데, 모두 말하기를 왕세정의 시는 이백과 두보를 겸했고 문장은 한유와 소식보다 뛰어나며, 고금을 통틀어 집대성한 사람은 한 명뿐이라고 말했다. 후인들이 어찌 감히 입을 다물고 있겠는가.

해제 왕세정에 관한 논의다. 왕세정은 후칠자 중의 한 사람으로, 전칠자의 "진

47) 이름 세정世貞.

한의 문장을 본받고 성당의 시를 본받아야 한다文必秦漢, 詩必盛唐"는 주장을 계승하며, 명대 문학의 복고사상을 집대성했다.

王元美[名世貞]四部稿[1]前後集共四百五十四卷, 古今文集未有若是之多者. 竊謂: 劉向・張華學稱博矣, 而著述未嘗多; 太白・子美詩稱工矣, 而文章未嘗富; 今元美詩數倍於李杜, 文數倍於韓蘇, 且於天地・人物・文章・政事・釋老・九流[2]以及書畫・工技[3], 靡所不通, 而侈言[4]之. 此勢之必不[5]能兼, 而理之必不能精者. 但其陵轢[6]中原[7], 氣蓋一世, 又能奬借[8]後生; 後生出其門者皆一時之傑, 咸以謂詩兼李杜, 文勝韓蘇, 古今集大成者, 一人而已. 後人何敢措一喙焉.

1 四部稿(사부고): 명대 왕세정의 문집《엄주산인사부고弇州山人四部稿》를 말한다.《엄주산인사부고》에서 '사부四部'는《부부賦部》,《시부詩部》,《문부文部》,《설부說部》를 가리킨다.
2 九流(구류): 각 학술 유파.
3 工技(공기): 온갖 직공의 기예.
4 侈言(치언): 상세히 서술하다.
5 必不(필불): 반드시 … 가 아니다.
6 陵轢(릉력): 능가하다. 초월하다.
7 中原(중원): 중국을 가리킨다.
8 奬借(장차): 칭찬하고 받들다.

## 66

왕세정의 식견은 한 시대를 초월하고 역량은 만 명에 필적하는데, 조예를 겸했으나 한 분야에 힘쓰지는 않았다. 여러 체재를 종합하여 논하자면, 악부 중 변체 몇 편은 조예가 지극하다고 칭할 만하다. 오언고시는 선체가 가장 열등하고 당체가 다소 뛰어나며, 변체 및 소식을 배운 시는 대부분 볼만하다. 가행은 육조・당・송의 풍격 중 없는 것이 없지만 수록된 것은 십분의 일도 되지 않는데, 그중 비록 뛰어난 작품은 있어도 완전한 것은 적고, 변체에서 비로소 완전한 작품이 많다. 오언율시는 겨우 백분의 일만 얻었을 뿐이니 진실로 본모습이 아니다. 칠언율시는 두보를 본받는 데 뜻을 두었고 또 여러 시인들을 아울러 종합하고자 했지만, 우둔하고 생기가 없으며 지리멸렬하고 또한 대부분 심오하여 어렵다. 만당의 아주 추악한 작품도 종종 보이는데, 이것은 영웅의 명성을 가지고 사람들을 기만한 것이다.

해제 왕세정의 시에 관한 개술이다. 그의 저술만큼 작품 수도 많은데, 《사부고》에 모두 6794수가 실려 있다. 구체적으로는 칠언율시 1552수, 칠언절구 1381수, 오언율시 1137수, 오언고시 935수, 칠언고시 450수 등이다. 다양한 체재를 섭렵했지만 전력하지는 않아 그다지 뛰어난 작품이 없음을 지적하고 있다.

원문 元美識超一代, 力敵[1]萬人, 有兼功[2]而無專力[3]. 總諸體而論, 樂府變數篇, 可稱詣極; 五言古, 選體最劣, 唐體稍勝, 變體及學東坡者多有可觀; 歌行, 六朝·唐·宋靡所不有, 而入錄者不能什一[4], 中雖有奇偉之作, 而純全[5]者少, 變體始多全作; 五言律, 僅得百中之一, 而實非本相; 七言律, 意在宗杜, 又欲兼總諸家, 然臃腫[6]支離, 復多深晦, 晚唐奇醜[7]者亦往往見之, 此英雄欺人[8]耳.

주석
1 敵(적): 상당하다. 필적하다. 맞먹다.
2 兼功(겸공): 조예를 겸하다.
3 專力(전력): 역량이나 정신을 어떤 일에 집중하다.
4 什一(십일): 십분의 일.
5 純全(순전): 완전하다.
6 臃腫(옹종): 문장·서법 등이 우둔하고 생기가 없다.
7 奇醜(기추): 대단히 추악하다.
8 英雄欺人(영웅기인): 걸출한 인물의 명성과 기세로 사람을 놀라게 하다.

## 67

왕세정의 오 · 칠언 고시는 변체가 항상 뛰어나다. 대개 왕세정이 지은 시는 대부분이 급박하게 지은 것이라 훈련에서 나온 조예가 적다. 그러므로 정체에는 매번 군더더기의 글자와 군더더기의 구가 많고, 변체에서 잠시의 흥에 따라 지었지만 도리어 완미한 것이 많을 따름이다.

해제 왕세정의 오 · 칠언 고시에 관한 논의다. 정체보다 변체가 완미하다고 평가했다.

원문 元美五七言古, 變體常勝. 蓋元美爲詩多得於倉卒, 寡訓練之功[1], 故正體每多累字 · 累句, 變體則乘興而就, 反多完美耳.

주석 1 訓練之功(훈련지공): 훈련에서 나온 조예.

## 68

왕세정의 칠언율시는 모두 1558수이나 취할 만한 것은 백에 한두 수에 불과하고, 자구에 여전히 가끔 중첩되는 것이 있다.

왕세정이 말했다.

"이반룡의 칠언율시는 세 수 이외에는 부화뇌동하여 참을 수 없다."

또 말했다.

"사진은 홍기가 얕고 변화가 부족하다."

어찌 스스로 유독 변화시킬 수 있다고 말하리오? 심하구나, 자신을 꾸짖는 것은 너무 관대하면서 다른 사람을 꾸짖는 것은 너무 엄격하도다!

해제 왕세정의 칠언율시에 관한 논의다. 왕세정은 칠언율시가 격률의 속박이 많고 풍격의 측면에서 높은 경지에 오르기 어렵다는 관점을 가지고 있었다. 그는 두보의 칠언율시를 모범으로 삼아 창작하고자 했는데, 그 작품 수가 1000여 수에 이른다. 두보조차도 200수에 불과하고 당나라의 대가들도 열몇 편에 불과한데 그는 칠언율시를 대량 창작했다. 격조가 다양하고 시어도 풍부하지만 뛰어난 작품은 없다. 그럼에도 불구하고 다른 문인들의 칠언율시에 대해 폄하했으니 허학이가 보기에 참으로 우스웠던 모양이다.

원문

元美七言律凡一千五百五十八首, 可采者僅百中一二, 而字句尙或有累. 元美謂"于鱗七言律, 三首而外不耐[1]雷同[2]", 又謂"謝茂秦輿寄小薄, 變化差少", 豈自謂其獨能變化耶? 甚矣, 責己太恕, 責人太嚴[3]也!

주석

1 不耐(불내): 참지 못하다.
2 雷同(뇌동): 아무 생각 없이 남의 것을 따라 하다. 부화附和하다.
3 責己太恕(책기태서), 責人太嚴(책인태엄): 자신을 꾸짖는 것은 너무 관대하면서 다른 사람을 꾸짖는 것은 너무 엄격하다.

## 69

이백은 "한 말의 술에 시 백편"을 지으므로 그 시어가 준일하고 유창하다. 두보는 "시어가 사람을 놀라게 하지 않으면 죽어도 그만두지 않기에" 그 시어가 기발하고 웅건하다. 왕세정의 칠언율시는 두보를 본받는 데 뜻을 두었으나 항상 급박하게 지었기에 심하게 지리멸렬한 것이 마땅하다.

해제

왕세정의 칠언율시가 급박하게 지어졌다는 말은 위의 해제에서 언급한 바와 같이 그 작품 수를 통해 가히 짐작할 수 있다.

원문

太白"斗酒詩百篇"[1], 故其語俊逸而高暢[2]. 子美"語不驚人死不休"[3], 故其語奇拔[4]而沉雄. 元美七言律意在宗杜, 而恆以倉卒得之, 宜其支離愈甚也.

주석

1 斗酒詩百篇(두주시백편): 한 말의 술에 시 백편. 두보의 〈음주팔선가飮中八仙歌〉에 나오는 말이다.

2 高暢(고창): 우렁차고 유창하다.

3 語不驚人死不休(어불경인사불휴): 시어가 사람을 놀라게 하지 않으면 죽어도 그만두지 않다. 두보 〈강상치수여해세료단술江上值水如海勢聊短述〉의 시구다.

4 奇拔(기발): 기특하고 출중하다.

## 70

높은 명성은 가장 쉽게 사람들을 현혹한다. 이몽양과 왕세정의 칠언율시는 독자들이 감히 낮게 평가하지 못하는데, 이것은 귀로 듣는 것을 신뢰해서다. 작가는 더 이상 스스로를 의심하지 않는데, 이것은 다른 사람의 평가를 신뢰해서다. 다른 사람의 평가를 신뢰하는 사람은 가끔 한 번 보지만, 귀로 듣는 것을 신뢰하는 것은 천하의 모든 사람이 다 그렇다. 그러나 이몽양의 칠언율시는 거칠고 제멋대로 썼으니 두보의 '변變'에 몽매했고, 왕세정은 지리멸렬하고 의미가 명확치 않으니 두보의 '기奇'에 몽매했다. '기'와 '변'에 대해 모두 깨달은 것이 없다.

해제

이몽양과 왕세정의 명성으로 인해서 그들의 시가 잘못 평가되는 세태에 대해 비판했다.

원문

盛名最易誤人[1]. 獻吉・元美七言律, 讀者不敢少貶[2], 此信耳也; 作者不復自疑, 此信人[3]也. 信人者時一見之, 信耳[4]者天下皆是也. 然獻吉之鹵莽率意[5], 昧於杜之變, 元美之支離深晦, 昧於杜之奇, 於奇・變皆無所得也.

주석

1 誤人(오인): 다른 사람들을 현혹시키다.

2 少貶(소폄): 낮게 평가하다.

3 信人(신인): 다른 사람의 평가를 신뢰하다.

4 信耳(신이): 귀로 듣는 것을 신뢰하다.

5 率意(솔의): 마음대로 하다. 제멋대로 하다.

## 71

왕세정은 원고에서 짤막한 글도 모두 버리지 않았으니, 대부분의 작품을 뛰어나다고 여겨서일 것이다. 혹자가 이에 대해 이야기하자 왕세정이 말했다.

"수려한 놈도 본래 내 자식이지만, 대머리이고 피부병에 걸린 놈도 내 자식이다."

결국 더 이상 삭제하지 않았다.

그의 시에서 "나의 흥이 이뤄졌으니 더 이상 삭제하지 않고, 대해에 바람이 회오리치니 보랏빛 파도 일어나네野夫興就不復刪, 大海迴風生紫瀾"라고 하였으니, 대개 그 뜻이 본디 이와 같았을 뿐이다.

해제

왕세정이 자신의 글을 아낀 일화를 소개하고 있다. 허학이는 앞의 제65칙에서 왕세정의 방대한 저술에 대해 언급한 바 있다. 왕세정은 시문 외에도 다방면의 저술을 남겼다. 역사 관련 글도 많으며 중국 4대 기서奇書의 하나로 알려진 《금병매金瓶梅》가 그의 작품이라는 설이 있고, 희곡으로는 《명봉기鳴鳳記》도 남겼다. 이와 같이 왕세정의 저술이 방대해진 것은 자신의 원고를 선별하지 않고 다 모은 데서 그 원인을 찾을 수 있을 듯하다.

원문

元美稿, 凡片紙隻字[1]不棄, 蓋欲以多爲勝. 或以爲言, 公云: "秀美者固吾子, 禿髮[2]瘑疥[3]者亦吾子也." 終不復刪. 其詩"野夫興就不復刪, 大海迴風生紫瀾"[4], 蓋其意本如是耳.

주석

1 片紙隻字(편지척자): 한두 마디의 간단한 말. 짤막한 글.

2 禿髮(독발): 대머리.

3 癬疥(선개): 피부병 옴.

4 野夫興就不復刪(야부홍취불부산), 大海廻風生紫瀾(대해회풍생자란): 나의 흥이 이뤄졌으니 더 이상 삭제하지 않고, 대해에 바람이 회오리치니 보랏빛 파도 일어나네. 왕세정 〈만홍팔수漫興八首〉 중 제7수의 시구다.

## 72

종자상宗子相[48]의 오언고시는 대부분 한 · 위에서 비롯되었는데, 이반룡과 비교하면 정밀하고 정통함이 미치지 못하지만 재주는 변공보다 뛰어나다. 칠언고시 중 단편은 대부분 이백과 비슷하여 다른 체재보다 우수하다. 장편 중에서 〈이화二華〉 · 〈금산金山〉 · 〈여산廬山〉과 같은 작품은 신기하고 호방함이 자못 많지만 괴상한 부분은 임화 · 노동과 비슷하니, 이것은 그 재주를 잘 사용하지 못한 것이다. 오 · 칠언율시는 창조적인 구상을 하는 데 뜻을 두었기 때문에 말이 되지 않는 것이 많은데, 수록된 작품은 겨우 십분의 일이므로 대부분 그의 본모습이 아니다. 칠언율시는 변체가 뛰어나다.

해제

종신宗臣에 관한 논의다. 종신은 후칠자의 일원이다. 그는 36세에 요절하여 후칠자 중 주목을 적게 받은 편이다. 대체로 칠언율시 방면에 공을 많이 들였으며 두보를 모방한 흔적이 두드러진다. 오 · 칠언 고시의 성취가 높은 편인데, 특히 칠언가행에서 자신의 개성과 풍격을 잘 발휘했다.

원문

宗子相[1][名臣]五言古多出漢魏, 較于鱗精純[2]不如, 而才力則勝庭實. 七言古, 短篇多類太白, 於諸體爲優; 長篇如二華 · 金山 · 廬山, 頗多奇縱[3], 而怪誕處則似任華 · 盧仝, 此不善用其才者. 五七言律, 意在匠心, 故不成語者多, 入錄者僅十之一, 而多非本相. 七言律, 變體爲勝.

---

48) 이름 신臣.

주석

1 宗子相(종자상): 종신宗臣(1525~1560). 명나라 시기의 시인이다. 자가 자상이고, 호는 방성산인方城山人이다. 홍화興化 곧 지금의 강소성 사람이다. 가정 29년(1550)에 진사가 되어 형부주사刑部主事, 이부원외랑吏部員外郎 등을 역임했다. 성품이 강직하여 권세에 아부하지 않았다. 복건포정사좌참정福建布政司左參政으로 좌천되었다가 재임기간 동안 왜구를 격퇴하는 공을 세워 제학부사提學副使로 승진했다. 나중에 근무하던 지방에서 병으로 죽었다. 저서로 《종자상집宗子相集》 15권이 있다.

2 精純(정순): 정밀하고 정통하다.

3 奇縱(기종): 신기하고 호방하다.

## 73

왕세정이 말했다.

"종신이 오국륜吳國倫을 따라 시를 논하다가 이기지 못하자 술잔을 뒤엎고 치아를 깨물어 찢고 돌아가서는 깊이 생각하며 밤낮을 보내다가 피를 토하기에 이르렀다."

또 말했다.

"종신의 시는 시법에 대해 유감이 없을 만한데, 종종 시법에 얽매여 그 재주를 펼쳤다."

내가 생각건대 종신이 술잔을 뒤엎어 치아를 깨물어 찢은 것은 스스로 편치 않은 마음이 있어서고, 깊이 생각하여 피를 토하기에 이른 것은 곧 통달하기를 추구하여 도달한 것이다. 그 법도에 맞는 것은 반드시 뉘우치고 슬퍼해서 얻은 것이 아니라고 할 수 없다. 만약 오늘날 기이함과 괴이함을 좇는 사람들이라면 오만하게 자신할 것이니, 어찌 또 술잔을 씹고 피를 토하겠는가!

해제

종신의 시 창작에 대한 진지함을 논했다. 통달을 추구하기 위해 밤낮 고심한 종신의 노력을 칭송했다. 실제로 종신은 오국륜과 자주 시론 논쟁을 벌

였을 뿐 아니라, 사진에게 가르침을 청해 열심히 연마를 한 결과 큰 성취를 이룰 수 있었다.

元美言: "子相從吳生[1]論詩, 不勝, 覆酒盂[2]嚙[3]之裂, 歸而淫思[4]竟日夕, 至嘔血[5]." 又言: "子相詩足無憾[6]於法, 乃往往屈[7]法而伸其才"云云. 愚謂: 子相覆盂嚙裂, 有不自安意, 淫思至嘔血, 乃求通而入也. 其合作[8]者, 未必不因悔愴[9]而得. 若今之趨異弔詭[10]者, 則傲然[11]自信, 豈復能嚙盂嘔血耶!

1 吳生(오생): 오국륜吳國倫(1524~1593). 명나라 시기의 문인이다. 자는 명경明卿이고, 호는 천루자川樓子 또는 유초산인惟楚山人, 남악산인南岳山人이다. 무창武昌 흥국興國 사람으로, 가정 29년(1550)에 진사가 되어 중서사인中書舍人을 거쳐 병과급사중兵科給事中에 올랐다. 양계성楊繼盛에게 상례喪禮에 대한 견해를 올렸다가 엄숭嚴嵩의 눈 밖에 나 남강추관南康推官으로 쫓겨났다. 엄숭이 제거된 뒤 하남좌참정河南左參政에 올랐지만, 곧 파직되어 귀향했다. 재기가 뛰어났고 시를 잘 지었으며 손님을 좋아해 재물을 아끼지 않았다. 후칠자의 한 사람으로, 왕세정이 죽자 그를 이어 왕백옥汪伯玉, 이유정과 함께 문단을 주도했다. 저서에 《담추동고甔甀洞稿》 54권과 《속고續稿》 27권이 있다.

2 酒盂(주우): 술잔.

3 嚙(교): 깨물다.

4 淫思(음사): 깊게 생각하다.

5 嘔血(구혈): 피를 토하다.

6 無憾(무감): 불만이 없다. 원한이 없다.

7 屈(굴): 굽히다. 억누르다.

8 合作(합작): 시문 등이 법도에 맞다.

9 悔愴(회창): 뉘우치고 슬퍼하다.

10 弔詭(조궤): 괴이하다. 기특하다.

11 傲然(오연): 오만한 모양.

## 74

사무진謝茂秦[49]의 전집에는 여러 체재가 모두 2359수 실려 있는데, 조왕부趙王府에서 판각한 것이다. 평생 창작한 것을 다 수집하여 모았는데, 사교를 목적으로 쓴 것이 열에 네다섯을 차지하며 가장 품격이 낮으니, 한마디로 대부분 초고를 첨삭하지 않은 것이다.

해제

사진은 후칠자 중의 한 사람이다. 어려서 오른쪽 눈을 실명했으며, 과거와는 인연이 없어 평생 은자로 살았다. 후칠자 시학 이론의 확립자라 할 수 있으며, 시론서 《사명시화四溟詩話》가 많이 알려져 있다. 그는 고체시에서는 한위시를 본받고, 근체시에서는 성당시를 본받고자 했다. 사진은 2000여 수의 시를 남겼는데 교유시가 가장 많은 수량을 차지한다. 그것은 은자였던 사진이 생계를 목적으로 관리들과 교유하고 자신을 알리기 위해 시를 창작했던 데에서 연유한다. 왕세정은 《예원치언藝苑巵言》에서 사진의 시를 평하여 "그 칠언이 오언보다 못하고, 절구가 율시보다 못하고, 고체시가 절구보다 못하다其七言不如五言, 絶句不如律, 古體不如絶句"고 평했다.

謝茂秦[名榛]全集, 諸體共二千三百五十九首, 乃趙王府[1]所刻. 盡搜生平所作而裒集[2]之, 應酬者十居四五, 最爲冗穢[3], 要多初稿未竄定者.

주석

1 趙王府(조왕부): 명나라 번왕藩王 왕부王府 중의 하나로, 안양安陽에 위치했다. 왕부 제도는 주원장이 전국의 요지를 분봉分封하여 왕부를 만들고 자신의 아들들에게 나누어 주었던 데서 비롯된 것이다.

2 裒集(부집): 모으다.

3 冗穢(용예): 너절하다. 품격이 낮다.

49) 이름 진榛.

## 75

사진의 오언율시는 천박한 것이 열에 셋이며, 생경한 것이 열에 둘이다. 수록된 것은 기상이 높고 웅장하니 여러 시인들 중 으뜸이다.

다음의 시구는 모두 기상이 높고 웅장한 것이다.

"바람과 구름이 봉황 수레 따르고, 해와 달이 곤룡포를 움직이네. 風雲隨鳳輦, 日月動龍袍."

"황사가 변새에서 이어져 가깝고, 흑수가 황무지로 들어가 흐르네. 黃沙連塞近, 黑水入荒流."

"해가 넘실대니 용이 잠든 굴이 움직이고, 바람이 지나가니 기러기 깃든 모래가 평안하네. 日翻龍窟動, 風掃鴈沙平."

"어지러이 솟은 산은 역도를 통하게 하고, 석양이 변경의 성루를 비추네. 亂山通驛道, 殘日照邊樓."

"구름이 변경 밖에서 나오고, 바람이 수많은 말 틈으로 불어오네. 雲出三邊外, 風生萬馬間."

"깃발이 바다에 뜬 달을 흔들고, 군악 소리가 변방의 바람을 일으키네. 旌旗搖海月, 笳鼓振邊風."

"기러기가 변방의 소리 따라 날아가고, 고래가 바다의 기색을 번드치며 헤엄치네. 鴈逐邊聲起, 鯨翻海色來."

"풀은 시드는데 땅에서 말을 달리고, 서리 차가운데 하늘 향해 수리새를 쏘네. 草枯馳馬地, 霜冷射鵰天."

"변새에 해 뜨니 천마가 울고, 변방에 바람 부니 검은 수리새 흩어지네. 塞日嘶天馬, 邊風落皀鵰."

"바다 위 뜬 달에 용검을 살피는데, 모래 위 구름은 안문산에 닿아있네. 海月窺龍劍, 沙雲接鴈山."

“성이 태산에 이어져 구름이 일어나고, 땅이 바다에 맞닿아 하늘에 떠 있네.城連岱雲起, 地接海天浮.”

다음의 시구는 심오하고 여운이 있는 것이다.

“옛 객사에는 외로운 촛불 꺼져가고, 가을 들판에는 수많은 빌레들 죽어가네.舊館殘孤燭, 秋原老百蟲.”

“낙엽이 모두 비인가 의심되고, 은하수가 거의 구름 사이로 떠 있네.落葉全疑雨, 明河半隔雲.”

“지팡이 짚고 서니 바다와 하늘이 가깝고, 샘물 소리 들으니 구름과 골짜기가 합쳐졌네.倚杖海天近, 聽泉雲壑重.”

“연못의 용이 달빛을 타고, 산의 정령이 소나무 옆에 있네.潭龍乘月色, 山鬼傍松陰.”50)

“발우가 오래된 것임을 알겠고, 경쇠 소리에 여운을 깨닫네.鉢盂知舊物, 鐘磬會餘音.”51)

“바람 부는데 오경의 피리 소리 들리고, 달이 비추는데 많은 집에 서리 앉네.風飄五更笛, 月照萬家霜.”

배율 중에서는 30여 편을 수록했는데, 격조가 웅혼하여 초당에 필적할 만하니, 진실로 명나라 여러 문인들에게 없는 것이다.

해제 사진의 오언율시 중 기상이 높고 크며 웅장한 시구 및 심오하고 여운이 있는 시구를 가려 뽑아 예로 들었다. 역대 평론가들 역시 사진의 시 중 오언율시가 성취가 높다고 보았는데, 그중 왕세정은 《명시평明詩評》에서 다음과 같이 평했다. “사진의 시는 두보를 모범으로 삼아, 체재를 끝까

50) 〈청아탄금聽兒彈琴〉.

51) 〈고승瞽僧〉.

지 탐구하여 변화를 다하고 원래의 뜻을 미루어 썼는데, 오 · 칠언 율시는 열에 아홉이 뛰어나니 근체시의 기린이며 봉황이다.詩宗法少陵, 窮體極變, 原旨推用, 五七言律, 得其十九, 近体之麟鳳哉."

茂秦五言律, 淺稚者十之三, 生澀者十之二. 入錄者高壯雄麗, 爲諸子冠. 如"風雲隨鳳輦, 日月動龍袍."[1] "黃沙連塞近, 黑水入荒流."[2] "日翻龍窟動, 風掃鴈沙平."[3] "亂山通驛道, 殘日照邊樓."[4] "雲出三邊外, 風生萬馬間."[5] "旌旗搖海月, 笳鼓振邊風."[6] "鴈逐邊聲起, 鯨翻海色來."[7] "草枯馳馬地, 霜冷射鵰天."[8] "塞日嘶天馬, 邊風落皀鵰."[9] "海月窺龍劍, 沙雲接鴈山."[10] "城連岱雲起, 地接海天浮"[11]等句, 皆高壯雄麗者也. 至如"舊館殘孤燭, 秋原老百蟲."[12] "落葉全疑雨, 明河半隔雲."[13] "倚杖海天近, 聽泉雲壑重."[14] "潭龍乘月色, 山鬼傍松陰."[15][聽兒彈琴] "鉢盂知舊物, 鐘磬會餘音"[16][瞽僧] "風飄五更笛, 月照萬家霜"[17]等句, 則又沉深[18]而有餘韻. 排律, 采錄可得三十餘篇, 氣格雄渾, 足配初唐, 實國朝諸家所無.

1 風雲隨鳳輦(풍운수봉련), 日月動龍袍(일월동룡포): 바람과 구름이 봉황 수레 따르고, 해와 달이 곤룡포를 움직이네. 사진 〈남순가이수南巡歌二首〉 중 제1수의 시구다.

2 黃沙連塞近(황사련새근), 黑水入荒流(흑수입황류): 황사가 변새에서 이어져 가깝고, 흑수가 황무지로 들어가 흐르네. 사진 〈명비사明妃詞〉의 시구다.

3 日翻龍窟動(일번용굴동), 風掃鴈沙平(풍소안사평): 해가 넘실대니 용이 잠든 굴이 움직이고, 바람이 지나가니 기러기 깃든 모래가 평안하네. 사진 〈도황하渡黃河〉의 시구다.

4 亂山通驛道(난산통역도), 殘日照邊樓(잔일조변루): 어지러이 솟은 산은 역도를 통하게 하고, 석양이 변경의 성루를 비추네. 사진 〈북정北征〉 중 제1수의 시구다.

5 雲出三邊外(운출삼변외), 風生萬馬間(풍생만마간): 구름이 변경 밖에서 나오고, 바람이 수많은 말 틈으로 불어오네. 사진 〈유하효발楡河曉發〉의 시구다.

6 旌旗搖海月(정기요해월), 笳鼓振邊風(가고진변풍): 깃발이 바다에 뜬 달을 흔들고, 군악 소리가 변방의 바람을 일으키네. 사진 〈수양이공견기시진역주酬楊

以公見寄時鎭易州〉의 시구다.

7 鴈逐邊聲起(안축변성기), 鯨翻海色來(경번해색래): 기러기가 변방의 소리 따라 날아가고, 고래가 바다의 기색을 번드치며 헤엄치네. 사진 〈수왕군승명보견기酬王郡丞明輔見寄〉의 시구다.

8 草枯馳馬地(초고치마지), 霜冷射鵰天(상랭사조천): 풀은 시드는데 땅에서 말을 달리고, 서리 차가운데 하늘 향해 수리새를 쏘네. 사진 〈기오총융자양寄吳總戎子陽〉의 시구다.

9 塞日嘶天馬(새일시천마), 邊風落皀鵰(변풍락조조): 변새에 해 뜨니 천마가 울고, 변방에 바람 부니 검은 수리새 흩어지네. 사진 〈송소자장지새상送蘇子長之塞上〉의 시구다.

10 海月窺龍劍(해월규룡검), 沙雲接鴈山(사운접안산): 바다 위 뜬 달에 용검을 살피는데, 모래 위 구름은 안문산에 닿아 있네. 사진 〈기조총융공선寄趙總戎公僎〉의 시구다.

11 城連岱雲起(성련대운기), 地接海天浮(지접해천부): 성이 태산에 이어져 구름이 일어나고, 땅이 바다에 맞닿아 하늘에 떠 있네. 사진 〈송장판관자중지태안送蔣判官子重之泰安〉의 시구다.

12 舊館殘孤燭(구관잔고촉), 秋原老百蟲(추원로백충): 옛 객사에는 외로운 촛불 꺼져가고, 가을 들판에는 수많은 벌레들 죽어가네. 사진 〈모추야간종상인暮秋夜柬宗上人〉의 시구다.

13 落葉全疑雨(낙엽전의우), 明河半隔雲(명하반격운): 낙엽이 모두 비인가 의심되고, 은하수가 거의 구름 사이로 떠 있네. 사진 〈동원추야간지기東園秋夜柬知己〉의 시구다.

14 倚杖海天近(의장해천근), 聽泉雲壑重(청천운학중): 지팡이 짚고 서니 바다와 하늘이 가깝고, 샘물 소리 들으니 구름과 골짜기가 합쳐졌네. 사진 〈송오자유태악送吳子遊泰嶽〉의 시구다.

15 潭龍乘月色(담룡승월색), 山鬼傍松陰(산귀방송음): 연못의 용이 달빛을 타고, 산의 정령이 소나무 옆에 있네. 사진 〈청량산추야청아원찬탄금淸涼山秋夜聽兒元燦彈琴〉의 시구다.

16 鉢盂知舊物(발우지구물), 鐘磬會餘音(종경회여음): 발우가 오래된 것임을 알겠고, 경쇠 소리에 여운을 깨닫네. 사진 〈증고승贈瞽僧〉의 시구다.

17 風飄五更笛(풍표오경적), 月照萬家霜(월조만가상): 바람 부는데 오경의 피리

소리 들리고, 달이 비추는데 많은 집에 서리 앉네. 사진 〈대량동야大梁冬夜〉의 시구다.

18 沉深(침심): 내용이 깊어 밖으로 드러나지 않다.

## 76

사진의 칠언율시에는 천박한 것이 열에 둘이고, 생경한 것이 열에 넷이다. 수록된 것은 장엄하고 웅장함이 으뜸인 작품으로 이반룡을 계승할 만하다.

다음의 시구는 장엄하고 웅장함이 으뜸인 것이다.

"오랑캐가 얼마나 청해青海의 수자리 엿보는가, 봉화가 또 백등대白登臺에 오르네. 胡虜幾窺青海戍, 烽煙又上白登臺."

"화각 소리 처량한 외로운 객사의 밤, 황유 잎 흔들려 떨어지는 구변九邊의 가을. 畫角悲涼孤館夜, 黃楡搖落九邊秋."

"하늘에 넓게 퍼진 석양이 외로운 보루를 밝히고, 땅이 궁벽한 곳으로 이어져 많은 산과 닿아 있네. 天橫落照明孤壘, 地入窮荒接萬山."

"황하가 해를 출렁거리게 하니 차가운 소리가 물결치고, 숭산嵩山이 하늘에 닿으니 멀리 기색이 펼쳐지네. 黃河蕩日寒聲轉, 嵩嶽連空遠色開."

"호가胡笳 소리가 요동하니 황색 구름이 지며, 변새의 말이 우니 갈잎덩굴나무가 익네. 胡笳遙動黃雲暮, 塞馬長嘶白草秋."

"비가 양성羊城을 지나가니 봄이 가득하고, 눈이 대해로 이어지니 저녁이 어둑어둑하네. 雨過羊城春浩浩, 雲連鯨海夕冥冥."

"넓은 들판의 초저녁 안개가 한나라 보루에 자욱하고, 어지러이 솟은 산의 가을비가 군복을 적시네. 大野暝煙沉漢壘, 亂山秋雨滯戎衣."

"피리 부는 달밤에 진영陣營의 문은 고요하고, 칼을 찬 가을날에 오랑캐 보루는 비어 있네. 笳吹夜月軍門靜, 劍倚秋天虜障空."

"포해蒲海의 바람 소리가 북과 호각 소리와 잇닿고, 총산葱山의 구름 기운이 깃발과 뒤얽히네. 蒲海風聲連鼓角, 葱山雲色亂旌旗."

"북망의 구름은 연燕나라 도로를 열고, 중원의 하늘은 진晉나라 강산을 나누네. 北望雲開燕道路, 中原天劃晉河山."

"한궐漢闕의 맑은 구름이 낮게 나무를 드리우고, 해문海門의 가을 달이 반쯤 하늘에 떠 있네. 漢闕晴雲低抱樹, 海門涼月半浮天."

"거용居庸의 북쪽으로 가니 오랑캐 땅에 서리가 내리고, 갈석산碣石山 동쪽에 임하니 바다에 뜬 해가 차네. 居庸北去胡霜下, 碣石東臨海日寒."

"말이 호수滹水를 지나니 물속 동물이 피하고, 서리가 항산恆山에 내리니 도로가 맑네. 馬經滹水魚龍避, 霜下恆山道路淸."

"삼오三吳의 전쟁이 끝난 뒤에 길을 벗어나고, 백월百粵의 수평선 너머로 돛단배가 돌아가네. 路出三吳兵火後, 帆歸百粵海雲邊."

"전염병을 몰아낼 수 있어 서릿발 같은 위광이 심원하고, 파도를 압도하여 바다의 기세가 잔잔하네. 能驅瘴癘霜威遠, 直壓波濤海勢平."

"하늘에는 삼진三秦 밖에 새의 길이 열리고, 땅은 많은 집들의 서쪽인 잠총蠶叢으로 들어가네. 天開鳥道三秦外, 地入蠶叢萬井西."

"요새에는 군영이 늘어서 있고 산과 구름이 합쳐지며, 막부에는 호각 소리 들리고 바다의 달이 걸려 있네. 塞門列陣山雲合, 幕府聽笳海月懸."

"진秦나라 구름은 새벽에 삼천수三川水를 지나고, 촉蜀나라 길은 봄에 만리교萬里橋로 통하네. 秦雲曉度三川水, 蜀道春通萬里橋."

"땅에서는 삼봉三峯이 솟아나와 형주荊州가 웅장하고, 하늘은 팔수八水를 나누어 진秦나라 소리가 섞이네. 地出三峯雄陝服, 天分八水雜秦聲."

"평지에서는 파도가 계곡물을 삼키고, 극천에서는 운무가 산봉우리를 사라지게 하네. 平地波濤呑澗谷, 極天雲霧失峯巒."

다음의 시구는 성조가 온화하여 이반룡과 비교하면 격조가 약간 변화되었다.

"가을 풀은 공연히 장락원長樂苑을 도취시키고, 석양은 여전히 집영대集靈臺를 드리우네. 秋草空迷長樂苑, 夕陽猶傍集靈臺."

"상湘땅의 기러기는 저녁에 팽려彭蠡 연못을 낮게 날고, 초楚땅의 구름은 봄에 예장豫章 하늘을 옅게 드리우네. 湘鴈晩低彭蠡澤, 楚雲春澹豫章天."

"담曇땅 구름은 빈산에 비를 내리지 않고, 기祇땅 나무에는 상외象外의 꽃이 다시 피어나네. 曇雲不作空山雨, 祇樹還生象外花."

"바다 위에는 구름이 신기루에 이어지고, 영남嶺南에는 매화에 내리는 눈이 없네. 海上有雲連蜃氣, 嶺南無雪到梅花."

"초나라 배는 마침 변새로 돌아가는 기러기를 만나고, 한나라 구름은 멀리서 강 건너는 사람을 보내네. 楚棹正逢歸塞鴈, 漢雲遙送渡江人."

"달 밝으니 녹주綠酒를 그 해에 함께 마시고, 가을이 끝나가니 국화를 가까이 감상하는 일이 떠나네. 月明綠酒當年共, 秋老黃花近賞違."

"궁 안의 등불이 서산의 눈을 비추고, 피리에 담긴 매화 가락이 경사京師의 봄을 전하네. 宮中燭映西山雪, 笛裏梅傳上國春."

"구름 속에서는 은하의 기색이 분간되지 않고, 누대 밖에서 공연히 옥피리 소리가 전해지네. 雲間不辨銀河色, 樓外空傳玉笛聲."

"빛이 봉궐鳳闕에 비추니 맑은 종소리가 끊기고, 추위가 조정에 스며드니 화각 소리가 구슬프네. 光臨鳳闕淸鐘斷, 寒入龍庭畫角悲."[52]

"이른 아침에는 여전히 바람에 흐느끼며 가던 일 생각하고, 저녁에 취해서는 또 달빛 밟으며 돌아왔던 일 가여워하네. 早朝尙憶嘶風去, 夜醉猶憐踏月回."[53]

52) 〈추월秋月〉.
53) 〈도마悼馬〉.

변체의 네 수는 여러 시인들보다 상위에 있다. 칠언절구 십여 수는 왕창령에 필적할 만하다. 대체로 칠자의 시는 재주가 뛰어나지만 연습하고 노력한 공력으로는 사진에게 뒤진다. 다만, 대부분 시구를 가다듬었지만 시편은 가다듬지 않았기에, 기상이 높은 작품은 간혹 융화되지 않았을 뿐이다. 이것이 후칠자가 하경명에게 뒤지는 이유다.

**해제** 사진의 칠언율시 중 기상이 뛰어나고 음률이 웅장한 시구와 성조가 온화한 시구를 예로 들어 보였다. 또 칠언절구 등에 대해서도 간략하게 평했다.

**원문** 茂秦七言律, 淺稚者十之二, 生澀者十之四. 入錄者冠冕雄壯, 族繼于鱗. 如 "胡虜幾窺青海戍, 烽煙又上白登臺."[1] "畫角悲涼孤館夜, 黃榆搖落九邊秋."[2] "天横落照明孤壘, 地入窮荒接萬山."[3] "黃河蕩日寒聲轉, 嵩嶽連空遠色開."[4] "胡笳遙動黃雲暮, 塞馬長嘶白草秋."[5] "雨過羊城春浩浩, 雲連鯨海夕冥冥."[6] "大野暝煙沉漢壘, 亂山秋雨滯戎衣."[7] "笳吹夜月軍門靜, 劍倚秋天虜障空."[8] "蒲海風聲連鼓角, 葱山雲色亂旌旗."[9] "北望雲開燕道路, 中原天劃晉河山."[10] "漢闕晴雲低抱樹, 海門涼月半浮天."[11] "居庸北去胡霜下, 碣石東臨海日寒."[12] "馬經滹水魚龍避, 霜下恆山道路淸."[13] "路出三吳兵火後, 帆歸百粤海雲邊."[14] "能驅瘴癘霜威遠, 直壓波濤海勢平."[15] "天開鳥道三秦外, 地入蠶叢萬井西."[16] "塞門列陣山雲合, 幕府聽笳海月懸."[17] "秦雲曉度三川水, 蜀道春通萬里橋."[18] "地出三峯雄陝服, 天分八水雜秦聲."[19] "平地波濤呑澗谷, 極天雲霧失峯巒"[20]等句, 皆冠冕雄壯者也. 至如"秋草空迷長樂苑, 夕陽猶傍集靈臺."[21] "湘鴈晚低彭蠡澤, 楚雲春澹豫章天."[22] "曇雲不作空山雨, 祇樹還生象外花."[23] "海上有雲連蜃氣, 嶺南無雪到梅花."[24] "楚棹正逢歸塞鴈, 漢雲遙送渡江人."[25] "月明綠酒當年共, 秋老黃花近賞違."[26] "宮中燭映西山雪, 笛裏梅傳上國春."[27] "雲間不辨銀河色, 樓外空傳玉笛聲."[28] "光臨鳳闕淸鐘斷, 寒入龍庭畫角悲."[29][秋月] "早朝尙憶嘶風去, 夜醉猶憐踏月回"[30][悼馬]等句, 則聲調和平, 較于鱗格稍能變. 變體四首, 在諸子之上. 七言絶十餘首, 可配龍標. 大抵七子之詩以才氣勝, 至鍛鍊之功, 則

讓茂秦. 但多工句而不工篇, 故高壯者或未融洽耳. 此七子[31]所以讓仲默也.

1 胡虜幾窺青海戍(호로기규청해수), 烽煙又上白登臺(봉연우상백등대): 오랑캐가 얼마나 청해青海의 수자리 엿보는가, 봉화가 또 백등대白登臺에 오르네. 사진 〈숙유림역宿楡林驛〉의 시구다.

2 畫角悲涼孤館夜(화각비량고관야), 黃楡搖落九邊秋(황유요락구변추): 화각 소리 처량한 외로운 객사의 밤, 황유 잎 흔들려 떨어지는 구변九邊의 가을. 사진 〈망운중새望雲中塞〉의 시구다.

3 天橫落照明孤壘(천횡낙조명고루), 地入窮荒接萬山(지입궁황접만산): 하늘에 넓게 퍼진 석양이 외로운 보루를 밝히고, 땅이 궁벽한 곳으로 이어져 많은 산과 닿아 있네. 사진 〈양참군차화귀자고북구楊參軍次和歸自古北口〉의 시구다.

4 黃河蕩日寒聲轉(황하탕일한성전), 嵩嶽連空遠色開(숭악련공원색개): 황하가 해를 출렁거리게 하니 차가운 소리가 물결치고, 숭산嵩山이 하늘에 닿으니 멀리 기색이 펼쳐지네. 사진 〈황보수부도륭적대량시이기회皇甫水部道隆謫大梁詩以寄懷〉의 시구다.

5 胡笳遙動黃雲暮(호가요동황운모), 塞馬長嘶白草秋(새마장시백초추): 호가胡笳 소리가 요동하니 황색 구름이 지며, 변새의 말이 우니 갈잎덩굴나무가 익네. 사진 〈등태항산서망유회소순택중승登太行山西望有懷蘇舜澤中丞〉의 시구다.

6 雨過羊城春浩浩(우과양성춘호호), 雲連鯨海夕冥冥(운련경해석명명): 비가 양성羊城을 지나가니 봄이 가득하고, 눈이 대해로 이어지니 저녁이 어둑어둑하네. 사진 〈송임비부장지사남해送林比部章之使南海〉의 시구다.

7 大野暝煙沉漢壘(대야명연침한루), 亂山秋雨滯戎衣(난산추우체융의): 넓은 들판의 초저녁 안개가 한나라 보루에 자욱하고, 어지러이 솟은 산의 가을비가 군복을 적시네. 사진 〈팔월십육일여귀자어양치북병범경시주일지재안주작차회지八月十六日予歸自漁陽値北兵犯京時周一之在安州作此懷之〉의 시구다.

8 笳吹夜月軍門靜(가취야월군문정), 劍倚秋天虜障空(검의추천로장공): 피리 부는 달밤에 진영陣營의 문은 고요하고, 칼을 찬 가을날에 오랑캐 보루는 비어 있네. 사진 〈대사마소공서지자운중겸문첩음부답大司馬蘇公書至自雲中兼聞捷音賦答〉의 시구다.

9 蒲海風聲連鼓角(포해풍성련고각), 葱山雲色亂旌旗(총산운색난정기): 포해蒲海의 바람 소리가 북과 호각 소리와 잇닿고, 총산葱山의 구름 기운이 깃발과 뒤

얽히네. 사진 〈송이수재서유알증총제送李秀才西遊謁曾總制〉의 시구다.

10 北望雲開燕道路(북망운개연도로), 中原天劃晉河山(중원천획진하산): 북망의 구름은 연燕나라 도로를 열고, 중원의 하늘은 진晉나라 강산을 나누네. 사진 〈송진참정여충환임태원送陳衆政汝忠還任太原〉의 시구다.

11 漢闕晴雲低抱樹(한궐청운저포수), 海門涼月半浮天(해문양월반부천): 한궐漢闕의 맑은 구름이 낮게 나무를 드리우고, 해문海門의 가을 달이 반쯤 하늘에 떠 있네. 사진 〈하야추참정군철택동왕객부도원득연자夏夜鄒衆政君哲宅同王客部道原得筵字〉의 시구다.

12 居庸北去胡霜下(거용북거호상하), 碣石東臨海日寒(갈석동임해일한): 거용居庸의 북쪽으로 가니 오랑캐 땅에 서리가 내리고, 갈석산碣石山 동쪽에 임하니 바다에 뜬 해가 차네. 사진 〈송란진사공원사선대送欒進士孔原使宣大〉의 시구다.

13 馬經滹水魚龍避(마경호수어룡피), 霜下恆山道路淸(상하긍산도로청): 말이 호수滹水를 지나니 물속 동물이 피하고, 서리가 항산恆山에 내리니 도로가 맑네. 사진 〈송양시어이공안진정送楊侍禦以公按眞定〉의 시구다.

14 路出三吳兵火後(로출삼오병화후), 帆歸百粵海雲邊(범귀백월해운변): 삼오三吳의 전쟁이 끝난 뒤에 길을 벗어나고, 백월百粵의 수평선 너머로 돛단배가 돌아가네. 사진 〈송왕시득환동완送王詩得還東莞〉의 시구다.

15 能驅瘴癘霜威遠(능구장려상위원), 直壓波濤海勢平(직압파도해세평): 전염병을 몰아낼 수 있어 서릿발 같은 위광이 심원하고, 파도를 압도하여 바다의 기세가 잔잔하네. 제목 미상이다.

16 天開鳥道三秦外(천개조도삼진외), 地入蠶叢萬井西(지입잠총만정서): 하늘에는 삼진三秦 밖에 새의 길이 열리고, 땅은 많은 집들의 서쪽인 잠총蠶叢으로 들어가네. 사진 〈송장급중안탁촉중참정送張給仲安擢蜀中參政〉의 시구다.

17 塞門列陣山雲合(새문열진산운합), 幕府聽笳海月懸(막부청가해월현): 요새에는 군영이 늘어서 있고 산과 구름이 합쳐지며, 막부에는 호각 소리 들리고 바다의 달이 걸려 있네. 사진 〈증여도독백인贈呂都督伯仁〉의 시구다.

18 秦雲曉度三川水(진운효도삼천수), 蜀道春通萬里橋(촉도춘통만리교): 진秦나라 구름은 새벽에 삼천수三川水를 지나고, 촉蜀나라 길은 봄에 만리교萬里橋로 통하네. 사진 〈송사무선소안호사고원인환촉회형장送謝武選少安犒師固原因還蜀會兄葬〉의 시구다.

19 地出三峯雄陝服(지출삼봉웅섬복), 天分八水雜秦聲(천분팔수잡진성): 땅에

서는 삼봉三峯이 솟아나와 형주荊州가 웅장하고, 하늘은 팔수八水를 나누어 진秦나라 소리가 섞이네. 사진 〈송곽산인차보유진중送郭山人次甫游秦中〉의 시구다.

20 平地波濤呑澗谷(평지파도탄간곡), 極天雲霧失峯巒(극천운무실봉만): 평지에서는 파도가 계곡물을 삼키고, 극천에서는 운무가 산봉우리를 사라지게 하네. 사진 〈하야대우기회최부마무인夏夜大雨寄懷崔駙馬懋仁〉의 시구다.

21 秋草空迷長樂苑(추초공미장락원), 夕陽猶傍集靈臺(석양유방집영대): 가을풀은 공연히 장락원長樂苑을 도취시키고, 석양은 여전히 집영대集靈臺를 드리우네. 사진 〈정시어신부지인화관중지승程侍禦信夫至因話關中之勝〉의 시구다.

22 湘鴈晩低彭蠡澤(상안만저팽려택), 楚雲春澹豫章天(초운춘담예장천): 상湘땅의 기러기는 저녁에 팽려彭蠡 연못을 낮게 날고, 초楚땅의 구름은 봄에 예장豫章하늘을 엷게 드리우네. 사진 〈송주참정지예장送朱參政之豫章〉의 시구다.

23 曇雲不作空山雨(담운부작공산우), 祇樹還生象外花(기수환생상외화): 담曇땅구름은 빈산에 비를 내리지 않고, 기祇땅 나무에는 상외象外의 꽃이 다시 피어나네. 사진 〈협산사夾山寺〉의 시구다.

24 海上有雲連蜃氣(해상유운련신기), 嶺南無雪到梅花(영남무설도매화): 바다위에는 구름이 신기루에 이어지고, 영남嶺南에는 매화에 내리는 눈이 없네. 사진 〈송모명부백상지양성送毛明府伯祥之羊城〉의 시구다.

25 楚棹正逢歸塞鴈(초도정봉귀새안), 漢雲遙送渡江人(한운요송도강인): 초나라 배는 마침 변새로 돌아가는 기러기를 만나고, 한나라 구름은 멀리서 강 건너는 사람을 보내네. 사진 〈천녕사동장경남이우린왕원미전별이백승환재신유득춘자天寧寺同章景南李於鱗王元美餞別李伯承還宰新喩得春字〉의 시구다.

26 月明綠酒當年共(월명녹주당년공), 秋老黃花近賞違(추로황화근상위): 달 밝으니 녹주綠酒를 그 해에 함께 마시고, 가을이 끝나가니 국화를 가까이 감상하는 일이 떠나네. 사진 〈추일간고여화중한秋日柬顧汝和中翰〉의 시구다.

27 宮中燭映西山雪(궁중촉영서산설), 笛裏梅傳上國春(적리매전상국춘): 궁 안의 등불이 서산의 눈을 비추고, 피리에 담긴 매화 가락이 경사京師의 봄을 전하네. 사진 〈제석오자충주일지문덕승이시명방신지왕희순집여우유감除夕吳子充周一之文德承李時明方信之王希舜集旅寓有感〉의 시구다.

28 雲間不辨銀河色(운간불변은하색), 樓外空傳玉笛聲(루외공전옥적성): 구름속에서는 은하의 기색이 분간되지 않고, 누대 밖에서 공연히 옥피리 소리가 전해지네. 사진 〈중추무월동이자주왕원미이우린비부부득성자中秋無月同李子朱王

元美李於鱗比部賦得城字〉의 시구다.

29 光臨鳳闕淸鐘斷(광림봉궐청종단), 寒入龍庭晝角悲(한입룡정화각비): 빛이 봉궐鳳闕에 비추니 맑은 종소리가 끊기고, 추위가 조정에 스며드니 화각 소리가 구슬프네. 사진 〈야집오비부명중택부득추월夜集吳比部鳴仲宅賦得秋月〉의 시구다.

30 早朝尙憶嘶風去(조조상억시풍거), 夜醉猶憐踏月回(야취유련답월회): 이른 아침에는 여전히 바람에 흐느끼며 가던 일 생각하고, 저녁에 취해서는 또 달빛 밟으며 놀아왔던 일 가여워하네. 사진 〈은태사정보마사시이도지殷太史正甫馬死詩以悼之〉의 시구다.

31 七子(칠자): 여기서는 '후칠자後七子'를 가리킨다.

## 77

엄우가 말했다.

"당나라 사람들의 훌륭한 시는 대부분 변새 · 폄적 · 여행 · 이별의 작품이기에 종종 사람의 마음을 감동시켜 격발시킬 수 있다"

내가 생각건대 사진의 오 · 칠언 율시와 절구의 그 오묘한 점은 바로 여기에 있다. 오늘날 사람들은 그 시를 싫어할 뿐만 아니라 그 제목도 싫어한다.

해제

사진은 오 · 칠언 율시와 절구에서 성취를 이루었음을 지적했다.

원문

嚴滄浪云: "唐人好詩, 多是征戍[1] · 遷謫[2] · 行旅[3] · 離別之作, 往往能感動激發人意." 愚按: 茂秦五七言律 · 絶, 其妙處正在於此. 今人不惟厭其詩, 且厭其題矣.

주석

1 征戍(정수): 종군하여 변방을 지키다.

2 遷謫(천적): 관리가 폄적되다.

3 行旅(행려): 다른 지역으로 가다. 여행하다.

## 78

사진이 《시설詩說》에서 말했다.

"눈앞의 경치를 잘 써내려면 반드시 반은 낯설고 반은 익숙하게 해야 비로소 고수임이 드러나게 된다."

"일찍이 노남盧柟과 시를 논했는데, 노남이 '격조는 웅혼함을 중시하고 시구는 반드시 자연스러워야 합니다. 공께서는 어찌 그토록 지나치게 고심하시는지요? 깎고 다듬느라 원기元氣를 해칠까 걱정됩니다.'고 말했다."

지금 그 문집을 살펴보니 그중에는 생경한 시어가 많은데, 바로 노남이 말한 "깎고 다듬느라 원기를 해친" 것이다. 또 그의 시에서 "시는 늙은 후에 격조가 더욱 웅건해진다"고 했는데, 지금 그 천박한 시들을 언제 지었는지 살펴보면 생경한 시들은 실로 말년에 지은 것이니, 어찌 식견이 부족해서 생경한 것을 격조가 웅건하다고 여겼다고 하겠는가? 그가 이하李賀의 시를 논한 것을 살펴보면 곧 깨달음이 부족한 부분이다.[54]

**해제** 사진의 작품에 생경한 격조가 많은 점을 지적했다. 한마디로 지나치게 고심하고 다듬어 시의 격조를 망친 것이다.

**원문** 茂秦詩說[1]云: "能寫眼前之景, 須半生半熟, 方見作手." "嘗與盧次楩[2]論詩, 盧云: '格貴雄渾, 句宜自然. 吾子[3]何其[4]太苦? 恐刻削有傷元氣[5].'" 今觀其集中多生澀語, 正盧所謂"刻削有傷元氣"者也. 又其詩云"詩緣老後格逾健"[6], 今考其淺稚者多少年作, 生澀者實晚年作, 豈識見不足, 以生澀爲格健耶? 觀其論李長吉詩, 便是其悟頭差處[7]. [見總論茂秦詩說中.]

---

54) 총론의 사진 《시설》에 관한 논의(제35권 제46칙) 중에 보인다.

1 詩說(시설): 사진의 시론서인 《시가직설詩家直說》을 가리킨다. 《사명시화四溟詩話》라고도 한다.

2 盧次楩(노차편): 노남盧柟. 명나라 시기의 시인이다. 자가 자목子木, 차편, 소편少楩 등이다. 하남 준현浚縣 사람으로 생졸년은 미상이다. 대략 가정 14년(1535) 전후에 살았다. 그가 지은 소부騷賦가 왕세정에게 높게 평가받았으며, 저서로 《멸몽집蠛蠓集》 5권이 있다.

3 吾子(오자): 고대에 상대방에 대한 존칭.

4 何其(하기): 어찌 그토록.

5 元氣(원기): 우주 자연의 기. 사람의 정신 · 정기.

6 詩緣老後格逾健(시연노후격유건): 시는 늙은 후에 격조가 더욱 웅건해진다. 사진 〈설중간남천군雪中柬南泉君〉의 시구다. '逾建(유건)'은 웅건하다의 뜻이다.

7 差處(차처): 부족한 부분.

## 79

전傳에서 말했다.

"사진이 처음 시를 배울 때는 고심하여 구하느라 밤낮을 지새워 잠을 자지 않아 얼굴을 맞대고 손님을 만나면 말이 횡설수설 바보 같았다. 연회가 끝나도록 손님이 무엇을 말하는지 알지 못했으며, 우연히 단단한 벽에 부딪치고 발아래의 구덩이에 넘어져도 깨닫지 못했다. 이로써 시가 날로 정교해졌다."

진문촉陳文燭이 말했다.

"대부분의 선비는 평생 동안 몸은 쉽게 없어진다고 여겨서 몸으로써 수고를 끼침이 없었고, 명성은 영원하다 여겨서 그것을 잃지 않았으며, 있는 힘을 다해 정교해지려 했으며, 정교함을 생각하여 시어가 지극해졌다."[55]

---

55) 이상은 진문촉의 말이다.

지금 그 천박하고 생경한 시들을 철저히 빼는 것은, 진실로 그 후세의 명성을 얻기를 원해서일 뿐이다.

해제

사진은 날마다 고심한 가운데 시를 창작했다. 비록 천박하고 생경한 작품도 많지만 그 역시 사진을 객관적으로 이해할 수 있는 일면임을 지적하고 있다.

원문

傳[1]稱: "茂秦初學詩, 冥搜苦索[2], 至徹日夜不寐, 抵面[3]見客, 語倀倀[4]若騃人[5], 終席[6]不省客所謂何, 或偶觸堅壁, 跌足下坑塹[7], 不覺也. 以是詩益工." 陳玉叔[8]云: "大都山人[9]平生以身爲易盡而無以累之, 以名爲不朽而無以奪之, 窮極而思工, 思工而語至."[已上玉叔語.] 今於其淺稚生澀者痛加删削, 實欲成其後世之名耳.

주석

1 傳(전): 《황명사림인물고皇明詞林人物考》에 보인다.
2 冥搜苦索(명수고색): 고심하다.
3 抵面(저면): 마주 보다. 직접 맞대다.
4 倀倀(창창): 갈팡질팡하는 모양.
5 騃人(애인): 우둔한 사람. 어리석은 사람.
6 終席(종석): 연회가 끝나다.
7 坑塹(갱참): 구덩이.
8 陳玉叔(진옥숙): 진문촉陳文燭(1525년~?). 명나라 시기의 문인이다. 자가 옥숙이고 호는 오악산인五嶽山人이다. 호북 면양沔陽 사람으로, 가정 44년에 진사가 되어 대리시평사大理寺評事에 제수되었으며 이후 여러 관직을 지냈다. 박학하고 시를 잘 지었다. 저서로 《이유원시집二酉園詩集》 12권, 문집文集 14권, 속집續集 23권 등이 있다.
9 山人(산인): 은사. 또는 고대에 학자나 선비에 대해 우아하게 부르던 칭호.

## 80

서자여徐子輿[56]의 칠언율시는 재주가 호방하여, 오국륜과 비교하면 온화한 부분은 비록 적지만 찬란하고 험준함은 그를 능가하니, 왕세정이 "웅장하고 비장하여 읽으면 사람의 정신을 놀라게 한다"고 칭송한 것은 이를 두고 한 말이다. 다만 부화뇌동한 곳은 이반룡보다 많다.

다음의 시구는 모두 장엄하고 웅장함이 으뜸으로 이반룡을 계승할 만한 것이다.

"큰 배는 멀리 삼강三江에서 내려가고, 규장圭璋과 속백束帛은 마땅히 천하에서 으뜸이라네.樓船迥自三江下, 玉帛還當萬國先."[57]

"큰 거리에서 말을 피하니 풍상이 오래 되고, 황궁의 비룡은 날마다 새롭네.九衢避馬風霜舊, 三殿飛龍日月新."

"군진의 육승六乘 수레가 천하를 따르고, 북과 호각 소리의 많은 무리가 변새의 행렬로 나가네.風雲六傳從天下, 鼓角千羣出塞行."

"난폭한 오랑캐의 많은 무리가 포로로 다 잡히고, 장군이 오거리에서 개선가 부르며 돌아오네.强虜千羣俘馘盡, 將軍五道凱歌歸."

"기실記室은 대부분 천하의 선비를 능가하고, 군함은 일찍이 일남日南의 왕을 포박했네.記室半傾天下士, 戈船曾繫日南王."

"함께 태산에 올라 초나라 노래 부르고, 마침내 동해로 하여금 제나라 바람을 잃게 하네.一上岱宗歌郢調, 遂令東海失齊風."[58]

"어사대御史臺에는 가을 천요千徼의 달이 뜨고, 큰 배는 남쪽으로 백만百蠻의 하늘로 들어가네.憲府秋開千徼月, 樓船南盡百蠻天."

"영남의 기색이 동주銅柱를 높게 하고, 천하의 명성이 어사를 장엄하게 하네.天南氣色高銅柱, 日下聲名壯鐵冠."

"숨을 내뿜는데 어찌나 힘들어 해와 달을 놀라게 하고, 하늘로 솟아올라 홀연히 저절로 바람과 번개를 돋우네.噓氣何勞驚日月, 排空忽自壯風雷."[59]

---

56) 이름 중행中行.

57) 〈송라대참자전남선기입하만수送羅大參自滇南先期入賀萬壽〉.

58) 〈원미비병산동元美備兵山東〉.

"반강盤江의 달 밝으니 수많은 산이 나오고, 형악衡嶽에 구름 떠가니 하나의 해가 드러나네. 盤江明月千山出, 衡嶽浮雲一日開."

"운몽雲夢에 등불 밝아 가을에 사냥하고, 난대蘭臺에 바람 일어나 낮에 옷깃 푸네. 雲夢火明秋校獵, 蘭臺風起晝披襟."

"어사가 새벽에 삼전三殿에서 나오고, 규봉虬峯이 가을날 구강九江 찬물에 비치네. 驄馬曉從三殿出, 虬峯秋映九江寒."

"중양절 날 낙엽이 천강千江에 떨어지고, 하늘 넓은데 차가운 구름이 칠택七澤에 흘러오네. 高秋落木千江下, 天闊寒雲七澤來."

"휑하니 처량한 바람이 구새九塞로 불어오고, 끝없는 가을 기운이 제릉諸陵에 펼쳐지네. 獵獵悲風連九塞, 蒼蒼秋色徧諸陵."

"백만百蠻의 하늘이 반강盤江의 비에 가려지고, 만리의 가을이 일관봉日觀峯에 무르익네. 百蠻天隔盤江雨, 萬里秋生日觀峯."

"풍운에는 오랜 세월의 기색이 자욱하고, 별은 항상 백월의 하늘에서 차갑네. 風雲自鬱千秋色, 星斗常寒百粵天."

"가을 새벽 밝은데 수많은 배에 비가 흩날리고, 바다의 기색 맑은데 만리의 조수가 이어지네. 秋陰曉散千帆雨, 海色晴連萬里潮."

"왕기王氣가 현무서玄武署에 이어지고, 균천鈞天이 동정호洞庭湖를 떨치네. 王氣却連玄武署, 鈞天猶振洞庭湖."[60]

"하루의 별이 오악五嶽을 가르고, 십년의 풍우가 쌍용雙龍을 막네. 一日星辰分五嶽, 十年風雨滯雙龍."

"만리의 군함이 백월百粵로 돌아가고, 구관九關의 식량이 삼하三河를 도네. 萬里戈船歸百粵, 九關芻粟轉三河."

59) 〈도회대풍渡淮大風〉.
60) 〈원미자운대배류경정위元美自郎臺拜留京廷尉〉.

기타 작품들은 전고 사용과 대장對仗이 아주 정묘하고 적절하다.

해제 서중행徐中行은 후칠자 중의 한 사람이다. 그는 평생 여러 곳을 다니며 벼슬을 하여 그의 시에는 각지의 풍경과 풍속을 묘사한 것이 많다. 칠언율시에 뛰어난데, 그중 기상이 뛰어나고 음률이 웅장한 시구를 예로 들어 보였다.

원문 徐子輿[1][名中行]七言律, 才氣豪邁, 較明卿[2]和平處雖少, 而光燄崢嶸勝之, 元美稱其"宏麗悲壯, 讀之令人神聳[3]"是也. 但雷同處過于鱗. 如"樓船逈自三江下, 玉帛還當萬國先."[4][送羅大參自滇南先期入賀萬壽.] "九衢避馬風霜舊, 三殿飛龍日月新."[5] "風雲六傳從天下, 鼓角千羣出塞行."[6] "强虜千羣俘馘盡, 將軍五道凱歌歸."[7] "記室半傾天下士, 戈船曾繫日南王."[8] "一上岱宗歌郢調, 遂令東海失齊風."[9][元美備兵山東] "憲府秋開千徼月, 樓船南盡百蠻天."[10] "天南氣色高銅柱, 日下聲名壯鐵冠."[11] "噓氣何勞驚日月, 排空忽自壯風雷"[12][渡淮大風] "盤江明月千山出, 衡嶽浮雲一日開."[13] "雲夢火明秋校獵, 蘭臺風起晝披襟."[14] "驄馬曉從三殿出, 虬峯秋映九江寒."[15] "高秋落木千江下, 天闊寒雲七澤來."[16] "獵獵悲風連九塞, 蒼蒼秋色徧諸陵."[17] "百蠻天隔盤江雨, 萬里秋生日觀峯."[18] "風雲自鬱千秋色, 星斗常寒百粤天."[19] "秋陰曉散千帆雨, 海色晴連萬里潮."[20] "王氣却連玄武署, 鈞天猶振洞庭湖."[21][元美自郎臺拜留京廷尉] "一日星辰分五嶽, 十年風雨滯雙龍."[22] "萬里戈船歸百粤, 九關芻粟轉三河"[23]等句, 皆冠冕雄壯, 足繼于鱗者也. 其他用事屬對[24], 極爲精切.

주석
1 徐子輿(서자여): 서중행徐中行(1517~1578). 명나라 시기의 문인이다. 자가 자여고, 호는 용만龍灣이며, 별호는 천목산에서 독서하였기에 천목산인天目山人이라 했다. 절강 장흥長興 사람으로, 가정 29년(1550)에 진사가 되고, 형부주사刑部主事를 거쳐 강서좌포정사江西左布政使를 지냈다. 후칠자의 일원으로 활동했으며 두보의 시풍을 배우고자 노력했다. 저서로 《천목산당집天目山堂集》 20권과 《청라관시青蘿館詩》 6권이 있다.
2 明卿(명경): 오국륜吳國倫. 본권 제73칙의 주석1 참조.
3 聳(용): 놀라다.
4 樓船逈自三江下(누선형자삼강하), 玉帛還當萬國先(옥백환당만국선): 큰 배는

멀리 삼강에서 내려가고, 규장圭璋과 속백束帛은 마땅히 천하에서 으뜸이라네. 서중행 〈송라대참자전남선기입하만수送羅大參自滇南先期入賀萬壽〉의 시구다.

5 九衢避馬風霜舊(구구피마풍상구), 三殿飛龍日月新(삼전비룡일월신): 큰 거리에서 말을 피하니 풍상이 오래 되고, 황궁의 비룡은 날마다 새롭네. 서중행 〈송요유정방백후조지경送姚惟貞方伯候調之京〉의 시구다.

6 風雲六傳從天下(풍운육전종천하), 鼓角千羣出塞行(고각천군출새행): 군진의 육승六乘 수레가 천하를 따르고, 북과 호각 소리의 많은 무리가 변새의 행렬로 나가네. 서중행 〈송원미출새送元美出塞〉의 시구다.

7 强虜千羣俘馘盡(강로천군부괵진), 將軍五道凱歌歸(장군오도개가귀): 난폭한 오랑캐의 많은 무리가 포로로 다 잡히고, 장군이 오거리에서 개선가 부르며 돌아오네. 제목 미상이다.

8 記室半傾天下士(기실반경천하사), 戈船曾繫日南王(과선증계일남왕): 기실記室은 대부분 천하의 선비를 능가하고, 군함은 일찍이 일남日南의 왕을 포박했네. 서중행 〈왕백옥중승기무운양지희汪伯玉中丞起撫鄖陽志喜〉의 시구다.

9 一上岱宗歌郢調(일상대종가영조), 遂令東海失齊風(수령동해실제풍): 함께 태산에 올라 초나라 노래 부르고, 마침내 동해로 하여금 제나라 바람을 잃게 하네. 서중행 〈송왕원미병비산동送王元美兵備山東〉의 시구다.

10 憲府秋開千儌月(헌부추개천요월), 樓船南盡百蠻天(누선남진백만천): 어사대御史臺에는 가을 천요千儌의 달이 뜨고, 큰 배는 남쪽으로 백만百蠻의 하늘로 들어가네. 제목 미상이다.

11 天南氣色高銅柱(천남기색고동주), 日下聲名壯鐵冠(일하성명장철관): 영남의 기색이 동주銅柱를 높게 하고, 천하의 명성이 어사를 장엄하게 하네. 서중행 〈기영남이첨헌寄嶺南李僉憲〉의 시구다.

12 噓氣何勞驚日月(허기하로경일월), 排空忽自壯風雷(배공홀자장풍뢰): 숨을 내뿜는데 어찌나 힘들어 해와 달을 놀라게 하고, 하늘로 솟아올라 홀연히 저절로 바람과 번개를 돋우네. 서중행 〈도회대풍간원미渡淮大風簡元美〉의 시구다.

13 盤江明月千山出(반강명월천산출), 衡嶽浮雲一日開(형악부운일일개): 반강盤江의 달 밝으니 수많은 산이 나오고, 형악衡嶽에 구름 떠가니 하나의 해가 드러나네. 서중행 〈송락급사구서환월送駱給事購書還越〉의 시구다.

14 雲夢火明秋校獵(운몽화명추교렵), 蘭臺風起晝披襟(난대풍기주피금): 운몽雲夢에 등불 밝아 가을에 사냥하고, 난대蘭臺에 바람 일어나 낮에 옷깃 푸네. 서중

행 〈대중승왕백옥자운대이진무창기증大中丞汪伯玉自郎台移鎭武昌寄贈〉의 시구다.

15 驄馬曉從三殿出(총마효종삼전출), 虬峯秋映九江寒(규봉추영구강한): 어사가 새벽에 삼전三殿에서 나오고, 규봉虬峯이 가을날 구강九江 찬물에 비치네. 서중행 〈남창사시어속동료비군색증위부南昌謝侍禦屬同僚費君索贈爲賦〉의 시구다.

16 高秋落木千江下(고추락목천강하), 天闊寒雲七澤來(천활한운칠택래): 중양절 날 낙엽이 천강千江에 떨어지고, 하늘 넓은데 차가운 구름이 칠택七澤에 흘러오네. 서중행 〈구일홍산사등고회우린명경원미형제九日洪山寺登高懷于鱗明卿元美兄弟〉의 시구다.

17 獵獵悲風連九塞(렵렵비풍련구새), 蒼蒼秋色徧諸陵(창창추색편제릉): 휑하니 처량한 바람이 구새九塞로 불어오고, 끝없는 가을 기운이 제릉諸陵에 펼쳐지네. 제목 미상이다.

18 百蠻天隔盤江雨(백만천격반강우), 萬里秋生日觀峯(만리추생일관봉): 백만百蠻의 하늘이 반강盤江의 비에 가려지고, 만리의 가을이 일관봉日觀峯에 무르익네. 제목 미상이다.

19 風雲自鬱千秋色(풍운자울천추색), 星斗常寒百粤天(성두상한백월천): 풍운에는 오랜 세월의 기색이 자욱하고, 별은 항상 백월의 하늘에서 차갑네. 제목 미상이다.

20 秋陰曉散千帆雨(추음효산천범우), 海色晴連萬里潮(해색청련만리조): 가을 새벽 밝은데 수많은 배에 비가 흩날리고, 바다의 기색 맑은데 만리의 조수가 이어지네. 제목 미상이다.

21 王氣却連玄武署(왕기각련현무서), 鈞天猶振洞庭湖(균천유진동정호): 왕기王氣가 현무서玄武署에 이어지고, 균천鈞天이 동정호洞庭湖를 떨치네. 서중행 〈원미자운대배유경정위元美自郎臺拜留京廷尉〉의 시구다.

22 一日星辰分五嶽(일일성진분오악), 十年風雨滯雙龍(십년풍우체쌍룡): 하루의 별이 오악五嶽을 가르고, 십년의 풍우가 쌍용雙龍을 막네. 제목 미상이다.

23 萬里戈船歸百粤(만리과선귀백월), 九關芻粟轉三河(구관추속전삼하): 만리의 군함이 백월百粵로 돌아가고, 구관九關의 식량이 삼하三河를 도네. 제목 미상이다.

24 屬對(속대): 시문의 대장對仗. 대구對句.

## 81

혹자가 나에게 물었다.

"호응린이 '오늘날 사람들은 등림시登臨詩에서는 반드시 산수를 말하고, 연회시宴會詩에서는 원림園林을 기록하고, 기증시寄贈詩에서는 상대방의 이름을 쓰니, 시인 중에서 가장 하등의 비천한 것이다'고 말했는데, 서중행의 시가 정묘하고 적절하다면 또 이와 비슷한 것이 아닌가?"

내가 대답한다.

고금의 시를 논함이 각기 다르다고 해도 당나라 문인에게는 이미 면할 수 없는 것이 있는데, 학자들이 만약 그 격조와 신운을 이해하지 못하고서 이것에 얽매인다면 하등의 비천한 것이 될 것이다. 그러나 만약 그 격조와 신운을 이해하고서 이와 같이 정묘하고 적절하다면 어찌 안 된다고 하겠는가?

**해제** 서중행의 시는 격조와 신운을 이해하여 당시와 비슷한 면모가 있음을 역설한 대목이다.

**원문** 或問予: "元瑞云: '今人於登臨則必名[1]其泉石[2], 燕集[3]則必紀其園林[4], 寄贈[5]則必傳[6]其姓字[7], 最詩家下乘小道.' 子與精切, 無亦類是乎?" 曰: 論古今人詩各異, 在唐人已有不免者, 學者苟不得其氣格・神韻而拘拘[8]於此, 是爲下乘小道; 苟得其氣格・神韻而復如此精切, 奚不可也?

**주석**

1 名(명): 말하다.
2 泉石(천석): 산수山水를 가리킨다.
3 燕集(연집): 연회에 모이다. 여기서는 연회시宴會詩를 가리킨다.
4 園林(원림): 정원.
5 寄贈(기증): 시를 다른 사람에게 보내다. 여기서는 기증시寄贈詩를 가리킨다.

6 傳(전): 진술하다.

7 姓字(성자): 이름.

8 拘拘(구구): 구속받는 모양. 얽매이는 모양.

## 82

서중행은 이반룡·왕세정과 즐겁게 사귀고부터 옛 초고를 가져다가 불살라 버리고서, 진실로 시는 개원의 것이 아니면 짓지 않았고, 문장은 양한의 것이 아니면 짓지 않았다. 이것은 바로 서정경이 이몽양을 만나고서 자신의 창작을 바꾼 것과 비슷하다. 서중행과 서정경은 자신을 버리고 다른 사람을 따랐지만 마침내 이반룡·이몽양을 능가했다. 지금 사람들은 치우치고 바르지 못한 것에 빠져 도리어 전아하고 바른 것을 비웃으니 후세에 명성을 남기고자 하지만 어려울 것이다!

해제 서중행이 이반룡을 따라 후칠자 대열에 들면서 성당시를 존숭했음을 말하고 있다.

원문 子與交歡[1]于鱗·元美, 遂取舊草[2]焚之, 自是詩非開元·文非東西京[3]毋述. 此正與昌穀見獻吉, 改其所爲相似. 二徐捨己從人, 卒能方駕二李, 今人溺於偏衺[4], 而反於雅正[5]者嗤[6]之, 欲垂名[7]後世, 難矣!

주석

1 交歡(교환): 친구로 사귀어 서로 즐거워하다.

2 舊草(구초): 옛 원고.

3 東西京(동서경): 동경東京과 서경西京. 즉 서한과 동한을 가리킨다.

4 偏衺(편사): 치우치고 바르지 않다.

5 雅正(아정): 전아하고 바르다.

6 嗤(치): 비웃다.

7 垂名(수명): 명성을 남기다.

## 83

오명경吳明卿[61]의 칠언율시는 대부분 장엄하고 화려함이 으뜸으로 이반룡을 계승할 만하다.

다음의 시구는 모두 장엄하고 화려함이 으뜸이다.

"적현赤縣의 오운이 북극을 열고, 황하의 만리가 중주中州를 나누네. 赤縣五雲開北極, 黃河萬里劃中州."

"호가胡笳 소리는 저녁에 삼성三城의 수자리를 목 메이게 하고, 한나라 사신의 부절符節은 가을에 구새九塞의 먼지를 깨끗하게 하네. 胡笳暮咽三城戍, 漢節秋淸九塞塵."

"칠택七澤의 봄이 무르익어 고운 빛깔의 물새 날아가고, 백만百蠻의 하늘은 끝없어 청백색의 준마 달려가네. 七澤春深飛彩鷁, 百蠻天盡躍靑驄."

"창을 가르니 이미 오랑캐 삼킬 기세가 뛰어나고, 고삐 당기니 새롭게 출새시를 노래하네. 橫戈已壯呑胡氣, 按轡新成出塞詞."

"오나라 구름은 낮에 황금 갑옷을 지키고, 한나라 해는 가을에 백마의 맹세를 달아매네. 吳雲晝擁黃金甲, 漢日秋懸白馬盟."

"만 마리 말이 홀연히 청해靑海의 요새에 오르고, 여섯 군대가 번드치며 백등산白登山의 참호를 포위했네. 萬馬忽乘靑海戍, 六師翻困白登圍."

"서리가 계문薊門에 내리니 하늘이 음침하며, 무지개가 갈석산碣石山을 드리우니 낮이 음산하네. 霜下薊門天黯澹, 虹垂碣石晝陰森."

"고향 그리는 마음에 괴로움이 만蠻 땅의 구름을 덮어 맺히고, 나그네의 눈물에 멀리 바다의 기색이 머금어 오네. 鄕心苦被蠻雲結, 客淚遙含海色來."

"파도가 돛대를 에워싸 하늘 끝이 어지럽고, 별이 오땅과 초땅을 둘

61) 이름 국륜國倫.

러싸 달 속에서 나눠지네. 浪擁帆檣天際亂, 星蟠吳楚鏡中分."

"강은 많은 시냇물 합쳐 다투어 바다로 향하고, 산은 하나의 기둥을 둘러싸 위로 하늘을 받치네. 江合百川爭赴海, 山蟠一柱上撐天."

"호수는 구수九水를 삼키고 넓은 하늘에 떠돌고, 땅은 삼파三巴를 에워싸고 달 속으로 들어가네. 胡呑九水浮天闊, 地擁三巴入鏡來."

"수많은 돛단배가 비 오려는 날씨에 창밖을 지나가고, 만리의 강물 소리는 땅을 흔드네. 千帆雨色當窗過, 萬里江聲動地來."

"밝은 달 비추는 모든 집은 베틀 소리 한스럽고, 황색 구름 드리운 사방의 변새는 북소리 구슬프네. 明月萬家機杼恨, 黃雲四塞鼓鼙哀."

"바람이 희끗희끗한 머리에 부는데 시간이 짧고, 하늘이 황하를 갈라 밤낮으로 흐르네. 風吹華髮乾坤短, 天坼黃河日夜流."

"다리의 돌은 항수洹水를 올라타고 따라가는 듯하고, 숲 속의 안개는 태항산太行山을 치고 날아가고자 하네. 橋石似從洹水駕, 林煙欲撲太行飛."

"하늘 차갑고 안개 하얗게 내린 오랑캐 왕의 보루, 해가 지고 강물 맑게 흐르는 천자의 누대. 天寒霧白蠻王壘, 日落江淸帝子樓."

"두 줄기 강물 마을을 끼고 흐르는데 광풍과 우뢰 지나가며, 수많은 봉우리는 하늘을 둘러싸고 해와 달이 드리웠네. 雙流夾郡風雷走, 萬嶺蟠空日月垂."

"십 년간의 남방 풍토병 막 안정되니, 팔월에 오가는 배의 사신이 곧 돌아가네. 十年瘴海波初定, 八月星槎使正還."

그러나 전체 문집을 살펴보면 성조가 여러 시인들보다 다소 부드럽다. 다음의 시구는 성조가 온화한 것이다.

"경 읽는 소리 아득하게 푸른 하늘에서 내려오고, 어지러운 돛은 이리저리 들판의 구름에 걸려 나부끼네. 仙梵杳從空翠落, 亂帆紛挂野雲飄."

"바람이 비단 휘장을 일으켜 음지에 쌓인 눈에 불고, 꽃이 성대한 잔치에 떨기로 피어 석양을 머무르게 하네. 風生錦障吹陰雪, 花簇瓊筵駐夕暉."

"온통 풍진으로 어진 인재에게 손해를 끼쳤는데, 도리어 강호를 따라 천자께 문안 올리네. 一自風塵損駿骨, 翻從湖海問龍顏."

"당직을 서면 오동나무가 문하성門下省을 맑게 하고, 조정에서 나오면 안개가 서산에 가득하네. 寓直桐陰淸左掖, 退朝香霧鬱西山."

"산의 증기가 구름을 만들어 오랜 무더위를 증발시키고, 시냇물 소리는 비를 머금어 새로 오는 가을을 삼키네. 山氣作雲蒸宿暑, 溪聲帶雨咽新秋."

"시냇물 소리는 몰래 진秦나라 때의 비를 삼키고, 마을에는 여전히 진晉나라 시대의 바람이 남아 있네. 谿聲暗咽秦時雨, 村落仍遺晉代風."

"유람선에는 가무가 거리낌 없이 펼쳐지고, 모래톱의 물오리와 갈매기는 떨어졌다 이어졌다 하며 만나네. 酒船歌舞縱橫入, 沙磧鳧鷗斷續逢."

"새로 지은 석실에 금속여래金粟如來를 보관하고, 시냇물을 조금 끌어와서 백련에 물주네. 新營石室藏金粟, 小引溪流灌白蓮."

해제 오국륜에 관한 논의다. 그의 칠언율시 중 으뜸인 시구를 가려 예를 들었다. 그는 북경에서 관리로 있을 때 후칠자인 왕세정 · 이반룡 · 사진 · 서중행 · 종신 · 양유예 등의 문인과 창화하며 교유했다. 창작이 풍부하여 시문집 《담추동고甔甀洞稿》 54권과 《속고續稿》 27권이 전한다.

원문 吳明卿[名國倫]七言律, 多冠冕雄麗, 足繼于鱗. 如"赤縣五雲開北極, 黃河萬里劃中州."[1] "胡笳暮咽三城戍, 漢節秋淸九塞塵."[2] "七澤春深飛彩鷁, 百蠻天盡躍靑驄."[3] "橫戈已壯呑胡氣, 按轡新成出塞詞."[4] "吳雲晝擁黃金甲, 漢日秋懸白馬盟."[5] "萬馬忽乘靑海戍, 六師翻困白登圍."[6] "霜下薊門天黯澹, 虹垂碣石晝陰森."[7] "鄕心苦被蠻雲結, 客淚遙含海色來."[8] "浪擁帆檣天際亂, 星蟠吳楚鏡中分."[9] "江合百川爭赴海, 山蟠一柱上撐天."[10] "胡呑九水浮

天闊, 地擁三巴入鏡來."[11] "千帆雨色當窗過, 萬里江聲動地來."[12] "明月萬家機杼恨, 黃雲四塞鼓鼙哀."[13] "風吹華髮乾坤短, 天坼黃河日夜流."[14] "橋石似從洹水駕, 林煙欲撲太行飛."[15] "天寒霧白蠻王壘, 日落江淸帝子樓."[16] "雙流夾郡風雷走, 萬嶺蟠空日月垂."[17] "十年瘴海波初定, 八月星槎使正還"[18]等句, 皆冠冕雄壯. 然以全集觀, 聲調較諸子稍婉. 至如"仙梵杳從空翠落, 亂帆紛挂野雲飄."[19] "風生錦障吹陰雪, 花簇瓊筵駐夕暉."[20] "一自風塵損駿骨, 翻從湖海問龍顏."[21] "寓直桐陰淸左掖, 退朝香霧鬱西山."[22] "山氣作雲蒸宿暑, 溪聲帶雨咽新秋."[23] "谿聲暗咽秦時雨, 村落仍遺晉代風."[24] "酒船歌舞縱橫入, 沙磧鳧鷗斷續逢."[25] "新營石室藏金粟, 小引溪流灌白蓮"[26]等句, 則聲調和平者也.

1 赤縣五雲開北極(적현오운개북극), 黃河萬里劃中州(황하만리획중주): 적현赤縣의 오운이 북극을 열고, 황하의 만리가 중주中州를 나누네. 오국륜 〈하북도중河北道中〉의 시구다.

2 胡笳暮咽三城戍(호가모인삼성수), 漢節秋淸九塞塵(한절추청구새진): 호가胡笳 소리는 저녁에 삼성三城의 수자리를 목 메이게 하고, 한나라 사신의 부절符節은 가을에 구새九塞의 먼지를 깨끗하게 하네. 오국륜 〈송이시어우상안운중送李侍御于翔按雲中〉의 시구다.

3 七澤春深飛彩鷁(칠택춘심비채익), 百蠻天盡躍靑驄(백만천진약청총): 칠택七澤의 봄이 무르익어 고운 빛깔의 물새 날아가고, 백만百蠻의 하늘은 끝없어 청백색의 준마 달려가네. 오국륜 〈송유자성병비검양送劉子成兵備黔阳〉의 시구다.

4 橫戈已壯呑胡氣(횡과이장탄호기), 按轡新成出塞詞(안비신성출새사): 창을 가르니 이미 오랑캐 삼킬 기세가 뛰어나고, 고삐 당기니 새롭게 출새시를 노래하네. 오국륜 〈송방조행병비상곡送方兆行兵備上谷〉의 시구다.

5 吳雲晝擁黃金甲(오운주옹황금갑), 漢日秋懸白馬盟(한일추현백마맹): 오나라 구름은 낮에 황금 갑옷을 지키고, 한나라 해는 가을에 백마의 맹세를 달아매네. 오국륜 〈서주관병徐州觀兵〉의 시구다.

6 萬馬忽乘靑海戍(만마홀승청해수), 六師翻困白登圍(육사번곤백등위): 만 마리 말이 홀연히 청해靑海의 요새에 오르고, 여섯 군대가 번드치며 백등산白登山의 참호를 포위했네. 오국륜 〈추만이광록충절追輓李光祿忠節〉의 시구다.

7 霜下薊門天黯澹(상하계문천암담), 虹垂碣石晝陰森(홍수갈석주음삼): 서리가 계문薊門에 내리니 하늘이 음침하며, 무지개가 갈석산碣石山을 드리우니 낮이 음산하네. 오국륜 〈간행방왕원미경미間行訪王元美敬美〉 중 제1수의 시구다.

8 鄕心苦被蠻雲結(향심고피만운결), 客淚遙含海色來(객루요함해색래): 고향 그리는 마음에 괴로움이 만蠻 땅의 구름을 덮어 맺히고, 나그네의 눈물에 멀리 바다의 기색이 머금어 오네. 오국륜 〈하일등감강정夏日登鑑江亭〉의 시구다.

9 浪擁帆檣天際亂(낭옹범장천제란), 星蟠吳楚鏡中分(성반오초경중분): 파도가 돛대를 에워싸 하늘 끝이 어지럽고, 별이 오땅과 초땅을 둘러싸 달 속에서 나눠지네. 오국륜 〈파양호鄱陽湖〉의 시구다.

10 江合百川爭赴海(강합백천쟁부해), 山蟠一柱上撐天(산반일주상탱천): 강은 많은 시냇물 합쳐 다투어 바다로 향하고, 산은 하나의 기둥을 둘러 싸 위로 하늘을 받치네. 오국륜 〈등금산사이수登金山寺二首〉 중 제1수의 시구다.

11 胡吞九水浮天闊(호탄구수부천활), 地擁三巴入鏡來(지옹삼파입경래): 호수는 구수九水를 삼키고 넓은 하늘에 떠돌고, 땅은 삼파三巴를 에워싸고 달 속으로 들어가네. 오국륜 〈등악양루登嶽陽樓〉의 시구다.

12 千帆雨色當窗過(천범우색당창과), 萬里江聲動地來(만리강성동지래): 수많은 돛단배가 비 오려는 날씨에 창밖을 지나가고, 만리의 강물 소리는 땅을 흔드네. 오국륜 〈등황학루登黃鶴樓〉의 시구다.

13 明月萬家機杼恨(명월만가기저한), 黃雲四塞鼓鼙哀(황운사색고비애): 밝은 달 비추는 모든 집은 베틀 소리 한스럽고, 황색 구름 드리운 사방의 변새는 북소리 구슬프네. 오국륜 〈칠석장초보지동제자요집여사七夕張肖甫至同諸子邀集旅舍〉의 시구다.

14 風吹華髮乾坤短(풍취화발건곤단), 天坼黃河日夜流(천탁황하일야류): 바람이 희끗희끗한 머리에 부는데 시간이 짧고, 하늘이 황하를 갈라 밤낮으로 흐르네. 오국륜 〈황하주중송려유경환남해黃河舟中送黎惟敬還南海〉의 시구다.

15 橋石似從洹水駕(교석사종원수가), 林煙欲撲太行飛(임연욕박태항비): 다리의 돌은 항수를 올라타고 따라가는 듯하고, 숲 속의 안개는 태항산을 치고 날아가고자 하네. 오국륜 〈성고왕서원연집成皐王西園宴集〉의 시구다.

16 天寒霧白蠻王壘(천한무백만왕루), 日落江淸帝子樓(일락강청제자루): 하늘 차갑고 안개 하얗게 내린 오랑캐 왕의 보루, 해가 지고 강물 맑게 흐르는 천자의 누대. 오국륜 〈수범방백우중견기酬范方伯于中見奇〉의 시구다.

17 雙流夾郡風雷走(쌍류협군풍뢰주), 萬嶺蟠空日月垂(만령반공일월수): 두 줄기 강물 마을을 끼고 흐르는데 광풍과 우뢰 지나가며, 수많은 봉우리는 하늘을 둘러싸고 해와 달이 드리웠네. 오국륜 〈등부용봉登芙蓉峯〉의 시구다.

18 十年瘴海波初定(십년장해파초정), 八月星槎使正還(팔월성사사정환): 십 년간의 남방 풍토병 막 안정되니, 팔월에 오가는 배의 사신이 곧 돌아가네. 오국륜 〈송임급사자순환경送林給事子順還京〉의 시구다.

19 仙梵杳從空翠落(선범묘종공취락), 亂帆紛挂野雲飄(난범분괘야운표): 경 읽는 소리 아득하게 푸른 하늘에서 내려오고, 어지러운 돛은 이리저리 들판의 구름에 걸려 나부끼네. 제목 미상이다.

20 風生錦障吹陰雪(풍생금장취음설), 花簇瓊筵駐夕暉(화족경연주석휘): 바람이 비단 휘장을 일으켜 음지에 쌓인 눈에 불고, 꽃이 성대한 잔치에 떨기로 피어 석양을 머무르게 하네. 오국륜 〈성고왕서원연집成皐王西園宴集〉의 시구다.

21 一自風塵損駿骨(일자풍진손준골), 翻從湖海問龍顏(번종호해문용안): 온통 풍진으로 어진 인재에게 손해를 끼쳤는데, 도리어 강호를 따라 천자께 문안 올리네. 오국륜 〈송왕도충급사환경送王道充給事還京〉의 시구다.

22 寓直桐陰淸左掖(우직동음청좌액), 退朝香霧鬱西山(퇴조향무울서산): 당직을 서면 오동나무가 문하성門下省을 맑게 하고, 조정에서 나오면 안개가 서산에 가득하네. 오국륜 〈송임급사자순환경送林給事子順還京〉의 시구다.

23 山氣作雲蒸宿暑(산기작운증숙서), 溪聲帶雨咽新秋(계성대우인신추): 산의 증기가 구름을 만들어 오랜 무더위를 증발시키고, 시냇물 소리는 비를 머금어 새로 오는 가을을 삼키네. 오국륜 〈초추동오임이대참왕첨헌등서각소음初秋同吳林二大參王僉憲登署閣小飮〉의 시구다.

24 谿聲暗咽秦時雨(계성암인진시우), 村落仍遺晉代風(촌락잉유진대풍): 시냇물 소리는 몰래 진秦나라 때의 비를 삼키고, 마을에는 여전히 진晉나라 시대의 바람이 남아 있네. 오국륜 〈행경도원行經桃源〉의 시구다.

25 酒船歌舞縱橫入(주선가무종횡입), 沙磧鳧鷗斷續逢(사적부구단속봉): 유람선에는 가무가 거리낌 없이 펼쳐지고, 모래톱의 물오리와 갈매기는 떨어졌다 이어졌다 하며 만나네. 오국륜 〈중유서호重遊西湖〉의 시구다.

26 新營石室藏金粟(신영석실장금속), 小引溪流灌白蓮(소인계류관백련): 새로 지은 석실에 금속여래金粟如來를 보관하고, 시냇물을 조금 끌어와서 백련에 물 주네. 오국륜 〈문원미위원사불기증聞元美爲園事佛寄贈〉의 시구다.

## 84

오국륜의 칠언율시는 전체 문집에서 진실로 온화하지 않은 것이 많으며, 사진과 같이 생경한 것도 있다. 왕세정은 "수미가 균형이 잡히고, 평측과 음률이 조화로우며, 성정과 경물이 조화롭다"고 그를 칭송했다. 왕세무도 "다른 사람은 대부분 기상이 높은 곳에서 온화함을 잃었는데, 오국륜은 대부분 온화한 곳에 높은 기상을 품고 있다"고 말했다. 대개 그 선록된 작품을 가리켜서 말한 것이다.

해제 오국륜 칠언율시에 관한 논의다. 그의 문집에는 오언율시 1551수, 칠언율시 1502수, 칠언절구 578수, 오언고시 296수 등이 수록되어 있다. 즉 오·칠언 율시가 가장 많으며 그 성취도도 가장 높다.

원문 明卿七言律, 全集實多未穩, 亦有生澀如茂秦者. 元美稱其"首尾匀稱[1], 宮商[2]律諧, 情景相配", 敬美亦言"他人多於高處失穩, 明卿多於穩處藏高", 蓋指其入選者言之.

주석
1 匀稱(균칭): 균형이 잡히다.
2 宮商(궁상): 시율 중의 평측과 성운 중의 사성을 가리킨다.

## 85

양공실梁公實[62]의 여러 체재는 뭇 시인들과 비교하면 적은데 수록된 작품은 많으니, 후인들이 삭제하고 선록한 것이 아닌가 한다. 또한 칠언고시는 여러 시인과 비교하면 뛰어나지만 완전히 정교하지는 않을 따름이다.

62) 이름 유예有譽.

해제

양유예梁有譽는 후칠자 중의 한 사람이자 광동 출신 문인의 문학 집단인 '남원후오선생南園後五先生'의 일원이다. 따라서 그는 복고의 문학사상뿐 아니라 영남의 전통적인 풍격에도 영향을 받아, 대체적으로 고풍스럽고 자연스러운 시풍을 지향했다.

원문

梁公實[名有譽]諸體較諸子爲少, 而入錄者多, 疑後人删選[1]. 七言古亦較諸子爲勝, 但未盡工耳.

주석

1 删選(산선): 삭제하고 선록하다.

## 86

양유예의 칠언율시 중 다음의 시구는 모두 장엄하고 웅장함이 으뜸으로 이반룡을 계승할 만한 것이다.

"윗 골짜기의 먼지가 큰 사막으로 통하고, 거용산의 자취석이 겹겹의 산봉우리에 떨어지네. 上谷風塵通大漠, 居庸紫翠落層巒."

"북해의 파도는 삼도와 가깝고, 서산의 누각에는 오운이 모이네. 北海波濤三島近, 西山樓閣五雲凝."

"청해에 뜬 달 밝으니 오랑캐 말이 뛰고, 황유에 부는 바람 세차니 검은 수리새가 추워하네. 靑海月明胡馬動, 黃楡風急皀鵰寒."

"화살 소리 내며 날아가 주나라 땅을 습격하게 되었지만, 진흙으로 밀봉하듯 변경 관문 지키는 것을 보지 못했네. 坐令鳴鏑侵周甸, 不見封泥守漢關."

"변방에 깃발 번쩍이니 오랑캐 땅 먼지 끊기고, 변새에 호각 소리 울리니 한나라 달빛 흐르네. 龍沙旌閃胡塵斷, 鹿塞笳鳴漢月流."

"호새狐塞의 하늘 낮고 살기가 가로지르며, 안산鴈山의 가을 일찍 오고 변새의 소리 진동하네. 狐塞天低橫殺氣, 鴈山秋早動邊聲"

"하늘이 높은 누대에서 드넓어 준마를 불러 가고, 바람이 큰 사막에 일어나 수리새를 쏘아 오네.天闊高臺招駿去, 風生大漠射鵰來."

"인간은 헛되이 형성검衡星劍을 기억하고, 바다 위에는 부질없이 관월차貫月槎가 남았네.人間漫憶衡星劍, 海上虛留貫月槎."

"변새를 접하여 전쟁 먼지가 하늘 밖에서 까맣고, 성을 사이에 두고 산의 기색이 빗속에 푸르네.接塞戰塵天外黑, 隔城山色雨中青."

"천 개 봉우리의 차가운 비가 창 앞에 세차게 내리고, 만 개 골짜기의 놀란 파도가 나무 끝으로 오네.千峯涼雨窗前急, 萬壑驚濤樹杪來."

"남국에서 수륙水陸 교통으로 공물을 재촉하고, 중원의 전투에서 창 들었던 일 기억하네.南國梯航催貢賦, 中原戰鬬憶提戈"

"서산의 안개가 황제의 땅을 열고, 북궐의 별은 제왕의 궁전을 지키네.西山雲霧開黃甸, 北闕星辰護紫微."

"서산의 번개 일어나 교룡이 싸우고, 북극의 구름 드리워 큰 바다와 높은 산이 어둡네.西山雷起蛟龍鬬, 北極雲垂海嶽昏."

"전쟁 후의 관산에는 황혼 빛이 생겨나고, 비온 뒤의 성궐에는 가을 스산함이 옅어지네.戰後關山生暝色, 雨餘城闕淡秋陰."

"은하를 함께 매달아 뗏목 타며 흥겹고, 홀연히 강호가 움직이니 박자 맞추며 정겹네.共懸霄漢乘槎興, 忽動江湖擊節情."

"외로운 성의 바다 기운이 한식날 흙비를 내리고, 골짜기의 종소리가 어두운 안개 속에서 들려오네.孤城海氣霾寒日, 萬壑鐘聲出暝煙."

수록된 작품이 비록 많지만 전체 시편은 뭇 시인들보다 정교하지 못하다. 다음의 시구는 성조가 온화하고 격조가 있으며, 오국륜보다 뛰어난 작품이 뭇 시인들에 비교하면 많다.

"계곡의 샘물은 비와 섞여 산각을 울리고, 푸른 안개는 바람을 따라 나그네의 관을 적시네.澗泉雜雨鳴山閣, 空翠因風濕客冠."

"손님이 숙박하니 미풍이 석벽에 불고, 노래를 부르니 밝은 달이 강가의 구름에서 나오네. 下榻微風吹石壁, 當歌明月出江雲."

"숲이 밤비를 모아 여러 시냇물이 불어나고, 협곡이 긴 강을 묶어 많은 나무들이 작네. 林藏宿雨諸溪漲, 峽束長江萬木低."

"어느 집에서 피리를 부니 많은 산에 달이 밝고, 깊은 밤에 까마귀 우니 많은 나무에 서리 내리네. 誰家笛弄千山月, 半夜烏啼萬樹霜."

"돌탑 같은 청산이 바다와 가깝고, 철 기둥 같은 폭포가 하늘에서 떨어지네. 石樓積翠臨滄海, 鐵柱飛泉落紫虛."

"바다 위의 조각구름으로 가을이 아득하고, 하늘 끝의 낙엽으로 한 해가 어둑어둑하네. 海上斷雲秋漠漠, 天邊落木歲陰陰."

"마을 앞에는 꽃이 다퉈 피고 많은 계곡물 흐르며, 비온 뒤에 사람은 밭 갈고 온 골짜기에는 구름이 떠도네. 村前花逐諸溪水, 雨後人耕滿壑雲."

"들판의 안개가 노오盧敖의 지팡이를 에워싸고, 밤에 내린 눈으로 섬곡剡曲의 배에 오르기 어렵네. 野煙細遶盧敖杖, 夜雪難乘剡曲舟."

"돌침대에 눈이 가득하나 쓰는 사람 없고, 산 바구니에 글을 써두어도 오직 혼자만 보네. 石牀雪滿無人掃, 山笥書成只獨看."

"나뭇잎 소리 사방에서 일어나 산비를 재촉하고, 계곡의 급류는 비스듬히 나누어져 돌 연못에 이르네. 葉聲四起催山雨, 澗溜斜分到石池."

해제 양유예의 칠언율시 중 기상이 뛰어나고 웅장한 시구와 성조가 온화하면서 격조를 갖춘 시구를 각각 예로 들어 보였다.

원문 公實七言律, 如"上谷風塵通大漠, 居庸紫翠落層巒."[1] "北海波濤三島近, 西山樓閣五雲凝."[2] "青海月明胡馬動, 黃榆風急皀鵰寒."[3] "坐令鳴鏑侵周甸, 不見封泥守漢關."[4] "龍沙旌閃胡塵斷, 鹿塞笳鳴漢月流."[5] "狐塞天低橫殺氣, 鴈山秋早動邊聲."[6] "天闊高臺招駿去, 風生大漠射鵰來."[7] "人間漫憶衡星劍, 海上虛留貫月槎."[8] "接塞戰塵天外黑, 隔城山色雨中青."[9] "千峯涼雨

窗前急, 萬壑驚濤樹杪來."[10] "南國梯航催貢賦, 中原戰鬪憶提戈."[11] "西山雲霧開黃甸, 北闕星辰護紫微."[12] "西山雷起蛟龍鬪, 北極雲垂海嶽昏."[13] "戰後關山生暝色, 雨餘城闕淡秋陰."[14] "共懸霄漢乘槎興, 忽動江湖擊節情."[15] "孤城海氣霾寒日, 萬壑鐘聲出暝煙"[16]等句, 皆冠冕雄壯, 足斷于鱗者也. 然入錄雖多, 全篇則不如諸子爲工. 至如"澗泉雜雨鳴山閣, 空翠因風濕客冠."[17] "下榻微風吹石壁, 當歌明月出江雲."[18] "林藏宿雨諸溪漲, 峽束長江萬木低."[19] "誰家笛弄千山月, 半夜烏啼萬樹霜."[20] "石樓積翠臨滄海, 鐵柱飛泉落紫虛."[21] "海上斷雲秋漠漠, 天邊落木歲陰陰."[22] "村前花逐諸溪水, 雨後人耕滿壑雲."[23] "野煙細遶盧敖杖, 夜雪難乘剡曲舟."[24] "石牀雪滿無人掃, 山笥書成只獨看."[25] "葉聲四起催山雨, 澗溜斜分到石池"[26]等句, 皆聲調和平而有氣格, 出明卿之上, 較諸家爲多.

주석

1 上谷風塵通大漠(상곡풍진통대막), 居庸紫翠落層巒(거용자취락층만): 윗 골짜기의 먼지가 큰 사막으로 통하고, 거용산의 자취석이 겹겹의 산봉우리에 떨어지네. 양유예 〈추일알릉조망이수秋日謁陵眺望二首〉 중 제1수의 시구다.

2 北海波濤三島近(북해파도삼도근), 西山樓閣五雲凝(서산누각오운응): 북해의 파도는 삼도와 가깝고, 서산의 누각에는 오운이 모이네. 양유예 〈연경감회오수燕京感懷五首〉 중 제4수의 시구다.

3 青海月明胡馬動(청해월명호마동), 黃榆風急皀鵰寒(황유풍급조조한): 청해에 뜬 달 밝으니 오랑캐 말이 뛰고, 황유에 부는 바람 세차니 검은 수리새가 추워하네. 양유예 〈연경감회오수燕京感懷五首〉 중 제2수의 시구다.

4 坐令鳴鏑侵周甸(좌령명적침주전), 不見封泥守漢關(불견봉니수한관): 화살 소리 내며 날아가 주나라 땅을 습격하게 되었지만, 진흙으로 밀봉하듯 변경 관문 지키는 것을 보지 못했네. 양유예 〈경술팔월로변이수庚戌八月虜變二首〉 중 제1수의 시구다.

5 龍沙旌閃胡塵斷(용사정섬호진단), 鹿塞笳鳴漢月流(록새가명한월류): 변방에 깃발 번쩍이니 오랑캐 땅 먼지 끊기고, 변새에 호각 소리 울리니 한나라 달빛 흐르네. 양유예 〈송주일지출새送周一之出塞〉의 시구다.

6 狐塞天低橫殺氣(호새천저횡살기), 鴈山秋早動邊聲(안산추조동변성): 호새狐塞의 하늘 낮고 살기가 가로지르며, 안산鴈山의 가을 일찍 오고 변새의 소리 진동

하네. 양유예 〈송동년장자외사대이수送同年張子畏使代二首〉 중 제1수의 시구다.

7 天闊高臺招駿去(천활고대초준거), 風生大漠射鵰來(풍생대막사조래): 하늘이 높은 누대에서 드넓어 준마를 불러 가고, 바람이 큰 사막에 일어나 수리새를 쏘아 오네. 양유예 〈모춘병중술회사수暮春病中述懷四首〉 중 제2수의 시구다.

8 人間漫憶衡星劍(인간만억형성검), 海上虛留貫月槎(해상허류관월사): 인간은 헛되이 형성검衡星劍을 기억하고, 바다 위에는 부질없이 관월차貫月槎가 남았네. 양유예 〈모춘병중술회사수暮春病中述懷四首〉 중 제3수의 시구다.

9 接塞戰塵天外黑(접새전진천외흑), 隔城山色雨中青(격성산색우중청): 변새를 접하여 전쟁 먼지가 하늘 밖에서 까맣고, 성을 사이에 두고 산의 기색이 빗속에 푸르네. 양유예 〈문동원한와병작차신지聞董原漢臥病作此訊之〉의 시구다.

10 千峯涼雨窗前急(천봉량우창전급), 萬壑驚濤樹杪來(만학경도수초래): 천 개 봉우리의 차가운 비가 창 앞에 세차게 내리고, 만 개 골짜기의 놀란 파도가 나무 끝으로 오네. 양유예 〈추거화동년호백현秋去和同年胡伯賢〉의 시구다.

11 南國梯航催貢賦(남국제항최공부), 中原戰鬪憶提戈(중원전투억제과): 남국에서 수륙水陸 교통으로 공물을 재촉하고, 중원의 전투에서 창 들었던 일 기억하네. 양유예 〈기남창윤장홍여寄南昌尹張鴻與〉의 시구다.

12 西山雲霧開黃甸(서산운무개황전), 北闕星辰護紫微(북궐성진호자미): 서산의 안개가 황제의 땅을 열고, 북궐의 별은 제왕의 궁전을 지키네. 양유예 〈조중후지정동사제공朝中候旨呈同事諸公〉의 시구다.

13 西山雷起蛟龍鬬(서산뢰기교룡투), 北極雲垂海嶽昏(북극운수해악혼): 서산의 번개 일어나 교룡이 싸우고, 북극의 구름 드리워 큰 바다와 높은 산이 어둡네. 양유예 〈오월오일뢰우시우린자여자상원미과방공부五月五日雷雨時于鱗子與子相元美過訪共賦〉의 시구다.

14 戰後關山生暝色(전후관산생명색), 雨餘城闕淡秋陰(우여성궐담추음): 전쟁 후의 관산에는 황혼 빛이 생겨나고, 비온 뒤의 성궐에는 가을 스산함이 엷어지네. 양유예 〈감추육수感秋六首〉 중 제6수의 시구다

15 共懸霄漢乘槎興(공현소한승사흥), 忽動江湖擊節情(홀동강호격절정): 은하를 함께 매달아 뗏목 타며 흥겹고, 홀연히 강호가 움직이니 박자 맞추며 정겹네. 양유예 〈월주초당범주득명자粵洲草堂泛舟得明字〉의 시구다.

16 孤城海氣霾寒日(고성해기매한일), 萬壑鐘聲出暝煙(만학종성출명연): 외로운 성의 바다 기운이 한식날 흙비를 내리고, 골짜기의 종소리가 어두운

안개 속에서 들려오네. 양유예 〈오선관조망五仙觀眺望〉의 시구다.

17 澗泉雜雨鳴山閣(간천잡우명산각), 空翠因風濕客冠(공취인풍습객관): 계곡의 샘물은 비와 섞여 산각을 울리고, 푸른 안개는 바람을 따라 나그네의 관을 적시네. 양유예 〈등백운산정登白雲山頂〉의 시구다.

18 下榻微風吹石壁(하탑미풍취석벽), 當歌明月出江雲(당가명월출강운):손님이 숙박하니 미풍이 석벽에 불고, 노래를 부르니 밝은 달이 강가의 구름에서 나오네. 양유예 〈등려씨산루登黎氏山樓〉의 시구다.

19 林藏宿雨諸溪漲(림장숙우제계창), 峽束長江萬木低(협속장강만목저): 숲이 밤비를 모아 여러 시냇물이 불어나고, 협곡이 긴 강을 묶어 많은 나무들이 작네. 양유예 〈동려도중桐廬道中〉의 시구다.

20 誰家笛弄千山月(수가적농천산월), 半夜烏啼萬樹霜(반야오제만수상): 어느 집에서 피리를 부니 많은 산에 달이 밝고, 깊은 밤에 까마귀 우니 많은 나무에 서리 내리네. 양유예 〈추야秋夜〉의 시구다.

21 石樓積翠臨滄海(석루적취임창해), 鐵柱飛泉落紫虛(철주비천락자허): 돌탑 같은 청산이 바다와 가깝고, 철 기둥 같은 폭포가 하늘에서 떨어지네. 양유예 〈왕원미석상부득회나부득여자王元美席上賦得懷羅浮得餘字〉의 시구다.

22 海上斷雲秋漠漠(해상단운추막막), 天邊落木歲陰陰(천변낙목세음음): 바다 위의 조각구름으로 가을이 아득하고, 하늘 끝의 낙엽으로 한 해가 어둑어둑하네. 양유예 〈산관연집억양언국중등이산인작차초지山館燕集憶梁彥國仲登二山人作此招之〉의 시구다.

23 村前花逐諸溪水(촌전화축제계수), 雨後人耕滿壑雲(우후인경만학운): 마을 앞에는 꽃이 다퉈 피고 많은 계곡물 흐르며, 비온 뒤에 사람은 밭 갈고 온 골짜기에는 구름이 떠도네. 양유예 〈곽제산郭諸山〉의 시구다.

24 野煙細遶盧敖杖(야연세요노오장), 夜雪難乘剡曲舟(야설난승섬곡주): 들판의 안개가 노오盧敖의 지팡이를 에워싸고, 밤에 내린 눈으로 섬곡剡曲의 배에 오르기 어렵네. 양유예 〈기정무산인이수寄丁戊山人二首〉 중 제2수의 시구다.

25 石牀雪滿無人掃(석상설만무인소), 山笥書成只獨看(산사서성지독간): 돌침대에 눈이 가득하나 쓰는 사람 없고, 산 바구니에 글을 써두어도 오직 혼자만 보네. 양유예 〈요석산방야화이수瑤石山房夜話二首〉 중 제1수의 시구다.

26 葉聲四起催山雨(엽성사기최산우), 澗溜斜分到石池(간유사분도석지): 나뭇잎 소리 사방에서 일어나 산비를 재촉하고, 계곡의 급류는 비스듬히 나누어

져 돌 연못에 이르네. 양유예 〈요석산방야화이수瑤石山房夜話二首〉 중 제2수의 시구다.

## 87

호응린이 말했다.

"칠언율시는 개원 이후 곧장 가정에 이르렀다. 기상이 높고 험준하며 기세가 높고 가파르지만, 당시의 성정과 풍격과 비교하면 여전히 같지 않다. 기상이 높고 전아하며 오묘하고 신비한데, 사람마다 좋은 말을 타고 달리고 집집마다 화씨벽和氏璧을 쥐고 있듯이, 명편과 걸작이 세상에 가득하다. 고금의 칠언율시의 흥성은 여기서 정점에 달했다."

내가 생각건대 호응린의 이 논의는 이반룡 등의 여러 문인에 대해 가장 공평하니, 게다가 글자마다 정묘하고 적절하며 사전의 계획을 용납하지 않았다. 오늘날 사람들은 단지 그 시어의 뜻이 대부분 같고, 또 대부분 건곤乾坤 · 일월日月 등의 글자를 사용했다고 하여 결국 그 장점도 아울러 버리니, 이것은 안목이 비루한데다가 원굉도의 주장에 부합되는 것이다.[63]

해제 가정 연간 후칠자의 칠언율시에 관한 논의다. 허학이는 후칠자의 시가 성취 중 칠언율시를 가장 높이 평가하고 있다. 그러나 그 당시 사람들은 후칠자의 이러한 성취를 잘 이해하지 못하고서 시어의 뜻이 대부분 같고 또 비슷한 글자를 많이 사용했다는 점을 들어 비난했으니, 그것은 원굉도의 영향을 받은 무리의 주장임을 지적하고 있다.

63) 이하 3칙은 칠자七子 시에 관한 총론이다.

원문

胡元瑞云: "七言律開元之後, 便[1]到嘉靖. 雖圭角巉巖[2], 鋩穎峭厲[3], 視唐人性情風致, 尙自[4]不侔[5]; 而碩大高華[6], 精深奇絶[7], 人驅上駟[8], 家握連城[9], 名篇傑作, 布滿區宇[10]. 古今七言律之盛, 極於此矣." 愚按: 元瑞此論, 於于鱗諸子最爲公平, 且字字精切, 無容擬議. 今人第以其語意多同, 幷多用乾坤·日月等字, 遂幷其高處棄之, 此雖識性淺鄙, 抑[11]亦袁氏之說中之也. [以下三則總論七子之詩.]

주석

1 便(변): 곧. 바로.
2 圭角巉巖(규각참암): 기상이 높고 험준하다.
3 鋩穎峭厲(망영초려): 기세가 높고 가파르다.
4 尙自(상자): 여전히.
5 不侔(불모): 같지 않다.
6 碩大高華(석대고화): (기상이) 높고 크며 전아하다.
7 精深奇絶(정심기절): 오묘하고 심오하며 신비하고 절묘하다.
8 上駟(상사): 좋은 말. 걸출한 사람.
9 連城(연성): 화씨벽和氏璧 혹은 진귀한 물건. 전국 시대에 조趙나라 혜문왕惠文王이 화씨벽을 얻자 진秦나라 소왕昭王이 편지를 써서 15개의 성과 화씨벽을 바꾸자고 한데서 유래해서 '연성'은 화씨벽 혹은 진귀한 물건을 가리키게 되었다.
10 布滿區宇(포만구우): 세상에 가득하다.
11 抑(억): 게다가.

## 88

가정 칠자의 칠언율시는 기상이 높고 전아하며 오묘하고 신비하여 우리 유가에 비유하면 곧 고상하고 박학한 영역이어서, 지금 원굉도를 숭상하는 사람들은 그것을 보기를 적을 대하듯 한다. 학자들이 만약 정체로 돌아가는 데 뜻을 둔다면 진실로 마땅히 이로써 연마해야 할 것이다. 만약 이 책에서 항상 읊조려 그 마음을 넓히고, 졸렬하고 비속한 생각이 다 사라지게 한다면, 사악한 기운은 저절로 들어오지 못할 것이다.

나는 일찍이 말했다.

가정 칠자의 율시는 기상이 천고에 뛰어난데, 다만 온화하고 우아함이 다소 어그러져 홍치·정덕 연간의 시인들에게 미치지 못할 뿐이다.

해제 가정 연간 후칠자의 칠언율시는 기상이 높고 전아하여 배울 만함을 강조했다.

원문 嘉靖七子[1]七言律, 碩大高華, 精深奇絶, 譬之吾儒, 乃是正大高明[2]之域, 今之宗中郎者, 視之不啻寇讎[3]; 學者苟有志於反正[4], 正當以此砥礪[5]. 苟能於此編時時[6]諷詠, 開拓[7]其心胸, 使齷齪[8]鄙吝[9]之念盡消, 則邪氣自不容入矣. 予嘗謂: 嘉靖七子之律, 氣象籠蓋[10]千古, 惟溫雅和平稍乖, 不能不遜弘正諸子耳.

주석

1 嘉靖七子(가정칠자): 후칠자, 즉 이반룡李攀龍·왕세정王世貞·사진謝榛·양유예梁有譽·종신宗臣·서중행徐中行·오국륜吳國倫 등의 일곱 사람을 가리킨다.

2 正大高明(정대고명): 지식이 고상하고 학식이 박학한 것을 가리킨다.

3 寇讎(구수): 적대시하다.

4 反正(반정): 정체正體로 돌아가다.

5 砥礪(지려): 연마하다.

6 時時(시시): 항상. 언제나.

7 開拓(개척): 확대하다. 확충하다.

8 齷齪(악착): 졸렬하다.

9 鄙吝(비린): 비속하다.

10 籠蓋(롱개): 뛰어나다.

## 89

시의 기상이 높고 전아함은 희생犧牲을 맛보는 것에 비유할 수 있다. 잔치의 음식 종류가 비록 많아도 반드시 희생을 우선시해야 하니,

호응린이 "시의 기상이 크면 격조가 높아지기 쉽고, 청신하면 기풍이 약해지기 쉽다"라고 한 것은 이를 두고 한 말이다. 칠자의 칠언율시는 기상이 높고 전아한 것은 많으나 온화하고 조화로운 것이 적은데, 다만 통변을 할 수 없었기 때문이다. 지금 원굉도를 숭상하는 사람들은 칠자의 시어에서 그것을 모두 없앴는데, 이것은 마치 잔치에서 희생을 모두 없애는 것과 같으니, 체제를 잃을 뿐만 아니라 참된 맛도 모르는 것이다. 이유정의 "당시를 배움이 너무 지나치다"는 주장[64]은 진실로 칠자에게 교훈이 된다.

해제 가정 연간 후칠자의 칠언율시가 지닌 성취와 한계를 지적했다.

원문 詩之碩大高華, 譬食味[1]之有牢牲[2]; 享宴[3]之品[4]雖衆, 然必以牢牲爲先, 胡元瑞謂"詩富碩[5]則格調易高, 淸空[6]則體氣[7]易弱"是也. 七子七言律碩大高華者多, 而溫雅[8]和平者少, 祇是不能通變. 今之宗中郎者, 於七子之語而盡黜之, 是猶享宴而盡廢牢牲也, 不惟失體, 且不知正味[9]矣. 李本寧"學唐太過"之說[見盛唐總論], 實爲七子藥石[10].

주석
1 食味(식미): 맛보다. 음식을 먹다.
2 牢牲(뢰생): 제사 때 쓰는 희생犧牲.
3 享宴(향연): 잔치. 신명神明이 제물을 받아서 먹음.
4 品(품): 종류.
5 富碩(부석): 기상이 크다.
6 淸空(청공): 시문이 생동적으로 쓰여 진부하지 않다.
7 體氣(체기): 시문의 체제와 격조.
8 溫雅(온아): 온화하고 우아하다.
9 正味(정미): 참된 맛.
10 藥石(약석): 훈계하다. 주의시키다.

64) 성당 총론에 보인다.

# 90

도장경屠長卿[65]의 세 문집은 대부분 급박함에서 나온 것이니, 수록된 것도 한두 글자를 고치지 않으면 안 된다. 오언고시 〈백유白楡〉는 모두 이백을 배웠다.

해제 도륭屠隆에 관한 논의다. 도륭은 시인이면서 극작가, 연출가였고 박학한 저술가이기도 했다. 그는 명 후기 강남 문인의 전형적인 삶을 살았다. 초년에는 치세의 포부를 가졌으나 벼슬길에서 좌절을 겪고는 풍류에 뜻을 둔 은일 문인으로 살았다. 또한 도륭은 전후칠자의 복고주의를 계승한 문인임과 동시에 공안파의 성령설을 개척한 과도기적 인물이기도 했다. 《명사, 문원전文苑傳》에서 "시문을 지을 때 대체로 뜻을 기울이지 않고 단숨에 몇 장을 써냈다詩文率不經意, 一揮數紙"라고 기록하고 있듯이, 도륭은 일시적 감흥으로 시문을 써 내는 경향이 짙어서 후인들에게 그다지 높은 평가를 받지 못했다.

원문 屠長卿[1][名隆]三集[2]多出於倉卒, 卽入錄者非竄易一二字不可. 五言古白楡悉學靑蓮.

주석

1 屠長卿(도장경): 도륭屠隆(1542년~1605). 명나라 시기의 문인다. 자가 장경 또는 위진緯眞이다. 호는 적수赤水 또는 홍포거사鴻苞居士다. 절강 은현鄞縣 사람으로, 만력 5년(1577) 진사가 되어 영상지현潁上知縣에 임명되었다. 이후 예부낭중禮部郎中에 올랐다가 유현경兪顯卿의 모함에 빠져 관직에서 쫓겨났다.

2 三集(삼집): 《백유집白楡集》, 《유권집由拳集》, 《서진관집栖眞館集》을 가리킨다.

65) 이름 륭隆.

## 91

《유권由拳》의 가행은 초당에서 나온 것이 가장 정교하다. 〈명월편明月篇〉은 막 하경명의 시를 읽었을 때는 아주 정교하고 화려하다고 느꼈는데, 도륭의 시를 읽고 나서는 하경명이 다소 난잡하고 정교함 역시 도륭보다 못하다고 느끼게 되었으니, 대개 도륭의 재주가 실로 하경명을 능가하기 때문일 따름이다. 〈서진栖眞〉은 마음대로 다 말하여 대체로 함축적이지 못하다. 〈증송백령贈宋伯靈〉·〈증노자명贈盧子明〉·〈손공자석상방가孫公子席上放歌〉는 모두 걸작이다. 〈증송백령〉의 "낭무囊無" 두 구는 비록 뛰어나지만 전후를 서로 연결하면 성조가 진실로 적절하지 않으므로 마땅히 빼야 한다. 또 "손생의 말에 '하늘이 한가한 사람 되기를 허락하고, 부처가 제자 되기를 허락하네孫生有言, 天許作閒人, 佛容爲弟子'라고 했다"는 자못 임화와 비슷한데, '손생의 말'이라는 글을 빼도 무방하다. 〈증노자명〉은 긴 구가 너무 많아 몇 자를 삭제했다. 〈손공자석상방가〉는 앞 단락이 백거이와 비슷한데, 평이함이 절묘하다.

《백유白楡》에 실린 시는 호방함이 모두 이백과 비슷하여 재주의 극치를 보여주었다. 그중 〈계문행薊門行〉·〈태백주루太白酒樓〉·〈청무생가聽武生歌〉·〈화동정畫洞庭〉·〈화전당畫錢塘〉은 자못 특이하고 웅장하지만, 〈태백주루〉는 마땅히 두 구를 빼야 하고 〈청무생가〉는 마땅히 네 구를 빼야 한다. 수록하지 않은 것은 논하지 않는다.

해제 도륭의 시는 모두 2000여 수로 명대의 다른 시인들처럼 모든 제재를 다 갖추어 창작했다. 도륭은 별도의 시집을 간행하지 않았고 문집 안에 시가 작품이 들어 있다. 즉 《유권집由拳集》에는 고금체시古今體詩 10권이 들어있고, 《백유집白楡集》에는 시집 8권이 들어가 있으며, 《서진관집栖眞館集》에는 시집 9권이 들어 있다. 2011년에 서미결徐美潔이 《도륭시편년전주屠隆詩

編年箋注》에서 약 1308수의 시를 정리했다.

由拳歌行, 出初唐者最工. 明月篇, 初讀仲默, 覺甚工麗, 及讀長卿, 覺中默稍爲雜亂[1], 而工麗亦有弗如, 蓋長卿才力實勝仲默耳. 栖眞, 恣意傾倒[2], 略無含畜. 贈宋伯靈・贈盧子明・孫公子席上放歌, 亦皆傑作. 贈宋伯靈"囊無"二句雖佳, 但前後相接, 調實不穩, 宜刪. 又"孫生有言: 天許作閒人, 佛容爲弟子." 頗類任華, 刪去四字無害. 贈盧子明, 長句太多, 刪去數字. 孫公子席上歌, 前段有似樂天, 易之爲妙. 白榆, 豪邁[3]悉似靑蓮, 極才人之致. 中如薊門行・太白酒樓・聽武生歌・畫洞庭・畫錢塘, 頗稱奇偉, 然太白酒樓宜刪二句, 聽武生歌宜刪四句. 不錄者不論.

주석

1 雜亂(잡란): 많아서 어지럽다. 무질서하고 조리가 없다.
2 傾倒(경도): 토로하다. 숨김 없이 말하다.
3 豪邁(호매): 기백이 크다. 호방하여 얽매이지 않다.

## 92

도륭의 고시와 가행은 재주가 분방하며 다 펼쳐내 고계보다 뛰어나다. 또 환운한 작품은 대부분 뜻을 다하지 않은 곳에서 운이 바뀌는데, 이것은 교차의 오묘함을 드러낸 것으로 능력이 없는 사람은 할 수 없다. 그러나 전체 문집을 살펴보면 제멋대로 분방하고 자구가 대부분 타당하지 않을 뿐 아니라 음조도 조화롭지 못하다.66)

도륭의 자유분방하고 얽매이기 싫어하는 성격은 고시와 가행의 창작에서 충분히 발휘되었다. 도륭은 칠언고시가 가장 뛰어나다고 평가받는데, 서미결의 《도륭시편년전주》에 의하면 그의 칠언고시는 대략 77수이다. 그 중 친구에게 보낸 시가 65수이며 영회시가 12수다.

---

66) 포조에 관한 시론 및 전기・유장경에 관한 논의의 주에 상세하다.

원문

長卿古詩・歌行, 才具[1]瀾翻[2]傾倒, 過於季迪. 又轉韻者多於意不盡處轉之, 此見錯綜之妙, 非有力者[3]不能. 但以全集觀, 恣意淋漓[4], 字句旣多未妥, 而音調亦有不諧. [詳鮑照論及錢劉論註中.]

주석

1 才具(재구): 재능. 재간.
2 瀾翻(난번): 필력이나 문장의 기세가 분방하고 변화가 풍부하다.
3 有力者(유력자): 능력 있는 사람.
4 淋漓(임리): 분방하다. 호방하다.

## 93

도륭의 칠언율시는 수록된 것이 모두 중・만당의 성조인데, 그중에는 또 만당의 뛰어난 성조도 있어서 칠자와 함께 논하는 것은 마땅하지 않다. 역시 칠자의 변체를 따른 것이다. 이것을 알면 왕치등王穉登의 시를 살펴볼 수 있을 것이다.

해제

도륭은 칠언율시를 가장 많이 창작했는데, 대략 217수가 있다. 한 수씩 창작된 것이 158수이며 연작시가 59제 193수다. 내용상 친구와 주고받은 것이 170여 수로 가장 많고 영회시가 30수, 도망시悼亡詩가 10수다. 대부분 만당의 뛰어난 성조여서 칠자의 정체와는 병론할 수 없음을 지적하고 있다.

원문

長卿七言律, 入錄者皆中・晩之調, 中亦有晩唐俊調, 不當與七子並論. 然亦從七子之變也. 知此則可以觀百穀矣.

## 94

일찍이 도륭의 〈소요자逍遙子〉 등의 부賦를 읽었는데 긴 것은 이천여 자이고 짧은 것도 천 자에 이르며, 체재가 아주 정교하고 자구가 타당하다. 그 고율古律의 여러 시들은 손에서 나오는 대로 써 완벽한 것이 적다. 대개 여러 편의 부만 다소 마음을 기울였고, 시는 제멋대로 자유롭게 썼을 뿐이다. 하삼외何三畏가 도륭의 전기를 지었는데, 매번 그가 종이를 펼쳐 붓을 휘둘러 천만 자를 순식간에 쓰는 것을 보았다고 말했다. 시가 급박하게 쓰인 것임을 알 수 있다. 오직 초당 가행이 다소 완벽하다고 칭송되는 것은, 초당 가행이 급박하게 지어지지 않아서다.

해제 도륭의 작품이 대부분 급박하게 지어져 정교한 작품이 적음을 지적했다. 그것은 자신의 감정에 따라서 시를 짓는 성령파의 영향을 받은 결과라고 볼 수 있다.

원문 嘗讀長卿逍遙子等賦, 長者二千餘言, 短者亦及千言, 體裁甚工, 而字句穩妥. 至其古律諸詩, 則信手落筆, 完善者少. 蓋惟諸賦稍爲着意, 詩則任情自恣耳. 何三畏[1]作君傳, 言每見其伸紙揮毫, 千萬言頃刻立就[2]. 其得於倉卒可知. 惟初唐歌行, 稍稱完善者, 初唐歌行非倉卒可辦也.

주석
1 何三畏(하삼외): 명나라 시기의 문인이다. 호는 사억士抑이고, 도륭의 《사라관청언娑羅館淸言》 등을 다시 교감했다. 사라관은 도륭의 서재 이름이다.
2 頃刻立就(경각입취): 순식간에 작품을 쓰다.

## 95

왕백곡王百穀67)은 판각한 문집이 21종인데, 나머지 6종에는 시가 없다. 공의 나이는 거의 팔십이다. 지금 북경에서 생활한 이후의 50년 동안에는 겨우 16년간의 시만 있으므로 간행되지 않은 원고가 아직 많음을 알겠다.

67) 이름 치등穉登.

해제

왕치등王穉登은 명말 오중吳中 지역의 주요 작가 중 한 사람이다. 시뿐만 아니라 희곡 · 소설 · 산문 등의 작품도 많이 남겼다. 후칠자 왕세정, 공안파 원굉도와 교유했고 문벽의 제자였다. 그는 처음에는 복고파의 영향을 받았지만, 점차 공안파의 문학 사조로 전향했다.

원문

王百穀[名穉登]刻集二十一種, 餘六種無詩. 公年幾八十. 今自燕市[1]以後五十年間, 僅十六年有詩, 故知遺稿[2]尙多也.

주석

1 燕市(연시): 연경燕京, 즉 지금의 북경北京을 가리킨다.

2 遺稿(유고): 간행되지 않은 원고.

## 96

왕치등 재주는 도륭에 미치지 못하나, 오언율시는 왕치등이 우수한데, 진실로 정교하게 구상하여 지은 것이 있지만 사실 중당시를 배운 것이다. 여러 문집 중 《형계荊溪》에서 수록된 작품이 많다.

해제

왕치등의 오언율시에 관해 논했다.

원문

百穀才力不逮長卿, 而五言律則百穀爲優, 有自出巧思[1]而實爲中唐者. 諸集則荊溪[2]入錄爲多.

주석

1 巧思(교사): 정교한 구상.

2 荊溪(형계): 왕치등이 지은 《형계소荊溪疏》 2권을 말한다. 가정 41년에 무진武進의 오리겸吳履謙과 함께 의흥宜興을 유람하고, 만력 11년 봄에 다시 오리겸과 명승고적을 유람한 후 지은 시를 수록한 것이다.

## 97

왕치등의 칠언율시 중 북경에서 지은 여러 작품들은 여전히 칠자와 비슷하지만, 제목이 우연히 서로 비슷한 것일 뿐이다. 그 이하는 대부분이 만당의 뛰어난 성조며, 지극히 마음을 일깨운다. 일찍이 왕치등이 친필로 쓴 시문을 보았는데 이런 종류가 아주 많았다. 대개 오십 이후에 지은 것이다. 지금의 원고 중에는 대부분 실리지 않았는데, 진실로 모아야 할 유작이 심히 많음을 알겠다. 진루산陳壘山이 베낀 것과 또 그가 본 것에 의거해 가려 뽑아 그것을 채록해 보충했다.

해제 왕치등은 가정 43년(1564) 초 30세 때 과거시험을 보러 북경에 갔다. 그 당시 그의 시가 우승상 원위袁煒의 인정을 받았다. 과거급제를 통한 벼슬을 하진 못했지만 원위의 보살핌으로 사관교서史官校書의 관직에 오르게 되었다. 그러나 사관이 적성과 맞지 않아 부친상을 핑계로 사직하고 귀향했다. 이후 그는 33세 때인 융경 원년(1567) 두 번째로 북경에 갔다. 그러나 이때는 원위가 이미 세상을 떠난 뒤였는데, 왕치등은 원위가 자신에게 베푼 은혜를 기념하여 두 차례 북경에 있을 때 쓴 시들을 모아 《연시집燕市集》, 《객월지客越志》 등을 판각했다. 그 뒤 장주長洲 장춘리長春里에서 은거했는데, 이 시기의 작품은 대개 만당풍의 성조였다.

원문 百穀七言律, 燕市諸作尙有類七子者, 乃是題偶相近耳. 以下多晚唐俊調, 極醒心目[1]. 嘗見公手書[2], 此類甚多. 蓋五十以後作. 今稿中多不載, 固知所遺甚多. 因取陳壘山[3]所抄幷他所見, 采錄補之.

주석
1 心目(심목): 마음.
2 手書: 친필로 쓴 시문.
3 陳壘山(진루산): 명나라 시기의 문인이나 생졸년 미상이다.

## 98

칠언율시에서 이반룡의 높은 격조는 본래 초당과 성당에서 비롯되었으나, 이반룡의 시를 읽어보면 의외로 초당과 성당을 내치고자 했다. 왕치등의 뛰어난 격조는 본래 만당에서 비롯되었으나 왕치등의 시를 읽어보면 의외로 만당을 내치고자 했다. 이반룡은 정말로 초당과 성당에 미치지 못하지만,68) 왕치등은 참으로 만당보다 뛰어나다.

해제 왕치등의 칠언율시를 이반룡과 비교하여 논했다. 《명사》에서는 왕치등에 관해 다음과 같이 기록했다.

"오중 지역은 문벽 이후부터 시문이 귀속되지 않았다. 왕치등이 일찍이 문벽의 문하에 들어가 그 기풍을 오랫동안 접하여 30여 년간 시문의 자리를 주관했다. 가정 · 융경 · 만력 연간 은자와 산인 중에서 시명이 높았던 사람은 열 몇 명인데, 유윤문 · 왕숙승 · 심명신 등이 특히 사람들에게 칭송받았으나, 명성이 혁혁하기로는 왕치등이 최고였다.吳中自文徵明後, 風雅無定屬. 穉登嘗及徵明門, 遙接其風, 主詞翰之席者三十餘年. 嘉 · 隆 · 萬曆間, 布衣 · 山人以詩名者十數, 俞允文 · 王叔承 · 沈明臣輩尤爲世所稱, 然聲華恒赫, 穉登爲最."

원문 七言律, 于鱗高調[1]本出初 · 盛, 然讀于鱗詩, 遂欲廢初 · 盛; 百穀俊調本出晩唐, 然讀百穀詩, 遂欲廢晩唐. 然于鱗實不及初 · 盛[說見于鱗詩中], 而百穀則實勝晩唐也.

주석 1 高調(고조): 높은 격조.

## 99

왕치등의 오언율시에서 다음의 시구가 가장 하등이다.

---

68) 이반룡의 시에 관한 논의 중에 설명이 보인다.(본권 제61칙, 제62칙 참고)

"샘물이 모두 폭포가 되며, 어느 풀이 난초가 아닌가?是泉皆作瀑, 何草不爲蘭"

칠언율시에서는 다음의 시구가 가장 하등이다.

"산 위의 두견 꽃이 새가 되고, 무덤 앞의 석상이 사람이 된다네.山上杜鵑花是鳥, 墓前翁仲石爲人"

오늘날 젊은이들이 왕치등의 체재라고 하면서 그것을 본받는데 오류가 심하다.

해제 왕치등의 오·칠언 율시 중 가장 수준이 낮은 시구의 예를 들었다.

원문 百穀律詩, 五言如"是泉皆作瀑, 何草不爲蘭"[1], 七言如"山上杜鵑花是鳥, 墓前翁仲石爲人"[2]等句, 乃其最下乘. 今少年指爲百穀之體而效之, 其謬甚矣.

주석
1 현재 조병충趙秉忠의 〈용천사龍泉寺〉로 알려져 있다.
2 왕치등의 〈곡원상공이수哭袁相公二首〉의 제2수를 가리킨다.

## 100

하무구何无咎[69]가 나에게 《급고당집汲古堂集》을 보내왔을 때의 나이가 69세였는데, "15년 전 졸고가 산실된 것이 너무 많아 이와 같이 인쇄했습니다"고 했으므로 대개 55세 이전에 지은 것이다. 이유정이 서문에서 "오땅 사람 왕승보王承父·엽무장葉茂長·조자념曹子念·방중미方仲美·유선장兪羡長 다섯의 장점을 겸했다"고 했는데, 참으로 그러하다. 그러나 자세하게 논하자면 고시와 율시 중에서는 고시가 낫고, 고시에서는 칠언이 뛰어나며, 오·칠언 고시 중에는 원화와 송시의

69) 이름 백白.

체재가 많은데 유독 정교하지 않다.

해제

하백何白은 명나라 말기의 문인으로, 그 당시 온주溫州 지역에서 가장 큰 문학성취를 거두었다고 평가받는다. 그의 시는 대략 2000여 수로 《급고당집汲古堂集》과 《급고당속집汲古堂續集》에 전하며, 시집으로는 《산우각시山雨閣詩》, 《유중초楡中草》도 있었으나 산실되어 전하지 않는다. 하백은 명대의 가정嘉靖·융경隆慶·만력萬曆·태창泰昌·천계天啓·숭정崇禎의 여섯 시기를 거치면서 벼슬을 하지 않고 은자로 살았다. 그는 현실을 반영한 시, 친구와 증답한 시, 말년의 한적을 담은 시 등을 썼으며, 민가와 악부도 많이 창작했다.

何无咎[1][名白]寄予汲古堂集[2], 時年六十有九, 云"十五年前因拙草[3]散逸過多, 遂爾[4]災木[5]", 蓋五十五已前作也. 李本寧序謂"兼吳人王承父[6]·葉茂長[7]·曹子念[8]·方仲美[9]·俞羨長[10]五子所長", 信然. 然析而論之, 古·律則古爲勝, 古則七言爲勝, 五·七言古中多元和·宋人體, 殊不爲工.

1 何无咎(하무구): 하백何白(1562년~1642). 명나라 시기의 문인이다. 자가 무구고 자호는 단구생丹邱生 또는 학계노어鶴溪老漁다. 집이 가난했으나 학업을 게을리하지 않았다. 16세 때부터 시문으로 이름났고, 시는 이백과 두보를 배우고 명대 전·후 칠자의 시풍과 유사하다는 평을 받기도 한다. 글씨와 그림에도 뛰어났다.

2 汲古堂集(급고당집): 하백이 말년에 편찬한 문집이다. 본집本集인 정집正集과 속집續集으로 구성되어 있으며 서序, 기記, 전傳, 부賦, 서독書牘, 제문祭文, 비문碑文, 묘지명墓志銘을 포함한 산문 219편이 수록되어 있다. 초각이 만력 43년에 이루어졌다.

3 拙草(졸초): 졸고拙稿. 자신의 원고를 겸손하게 이르는 말.

4 爾(이): 이와 같이.

5 災木(재목): '災梨(재리)'라고도 함. 재앙이 글자 새긴 배나무에 미친다는 뜻으로 책을 인쇄하는 것에 대한 겸손의 말로 쓰인다.

6 王承父(왕승보): 왕숙승王叔承(1537~1601). 명나라 시기의 문인이다. 자가 승보고, 오강吳江 사람이다. 어려서 부친을 여의고 생계를 책임졌으나 집이 가난

하여 데릴사위로 장가갔다. 이후 장인에게서 쫓겨나 부인을 데리고 귀향하여 모친을 봉양했다. 도성으로 들어가 대학사大學士 이춘방李春芳의 거처에 손님으로 머물렀다. 술을 매우 좋아했는데 이춘방이 찾을 때마다 술집에 누워 있던 적이 많아 다시 쫓겨났다고 한다. 태창太倉 왕석작王錫爵과 친분이 두터웠으며, 왕세정 형제가 그의 시를 추숭했다고 전한다.

7 葉茂長(섭무장): 섭지방葉之芳. 명나라 시기의 문인이다. 자가 무장이며 무석 사람이다.

8 曹子念(조자념): 조창선曹昌先. 명나라 시기의 문인이다. 태창太倉 사람으로, 재주가 뛰어나 그의 외숙 왕세정이 그를 아꼈다. 저서로 《괴연각집塊然閣集》 10권이 있다.

9 方仲美(방중미): 명나라 시기의 문인이나 생졸년은 미상이다. 평생 벼슬을 하지 않고 포의布衣로 살았다.

10 兪羨長(유선장): 유안기兪安期. 명나라 시기의 문인이다. 초명初名은 책策이었고, 자는 공림公臨이었는데 후일 선장으로 바꾸었다. 생졸년은 미상이나 1596년 전후에 활동한 것으로 보인다. 넓적한 얼굴로 키가 컸으며 재주가 뛰어났다고 전한다. 일찍이 배율 150운을 왕세정에게 보여주었던 일로 명성을 널리 떨쳤으며 평생 포의로 살았다.

## 101

하백의 오언고시 중 수록된 것은 한·위 이래로 사령운과 더불어 뛰어난데, 오직 당고만 열등하다. 그러나 평운인 것은 위의 구 제5자가 대부분 측성을 사용했으니 심약의 "상미上尾"설에 해당한다. 측운인 것은 위의 구 제5자가 대부분 평성을 사용했으니 살도랄 등의 영향을 받았다. 양신은 제·양의 시에 익숙한 까닭에 이러한 병폐가 있었지만 하백은 마땅히 이것을 추종하지 않았다.

해제 하백의 오언고시에 관한 논의다. 한위풍의 오언고시가 사령운에 비견한다고 칭송하고 당고의 특징을 분석했다.

원문

无咎五言古入錄者, 漢魏以下與靈運爲勝, 惟唐古爲劣. 但平韻者上句第五字多用仄, 卽沈休文"上尾"之說; 仄韻者上句第五字多用平, 出於薩天錫[1]諸公. 用修熟於齊梁, 故有此病, 无咎不宜踵[2]此.

주석

1 薩天錫(살천석): 살도랄薩都剌. 후집찬요 제1권 제50칙의 주석1 참조.
2 踵(종): 추종하다. 뒤좇아 따르다.

## 102

하백의 칠언가행은 재주가 도륭에게 조금 뒤떨어지지만 완미한 것이 많다. 나는 일찍이 그의 가행을 평하여 이몽양의 아래고 고계의 위라고 했는데, 모두 뜻을 다해 펼쳐내었다. 그가 이몽양에 미치지 못하는 이유도 바로 뜻을 다해 펼쳐낸 데 있다. 다만 측운에서 앞의 구 제7자가 대부분 평성을 사용한 것은 진실로 큰 병폐다.

해제

하백의 칠언가행에 관한 논의다. 도륭, 이몽양, 고계 등과 비교하여 그의 위치를 가늠했다. 이유정은 하백의 시가 "얽매이지 않고 호쾌하다.跌宕爽暢"고 평했는데, 왕석찬王錫瓚의 〈급고당집서汲古堂集敍〉에서도 "하백의 시에는 웅대함이 있어 한 시대의 기개가 보인다.汲古詩有雄視一代之概"고 했다.

원문

无咎七言歌行, 才情小讓[1]長卿, 而完善多. 予嘗評其歌行在獻吉之下 · 季迪之上, 然皆極意[2]馳騁, 其所以不及獻吉者, 正在馳騁也. 但仄韻上句第七字多用平, 自是大病.

주석

1 小讓(소양): 조금 뒤떨어지다.
2 極意(극의): 뜻을 다하다.

## 103

하백의 오언율시 중 수록된 것은 격조가 얕지 않은데, 〈연대고의사수燕臺古意四首〉 제1수 · 〈연대고의사수燕臺古意四首〉 제3수 · 〈최희관동정강백연집崔姬館同程康伯宴集〉은 비록 제 · 양에서 비롯되었지만 순수한 아름다움은 제 · 양을 능가한다. 기타 대부분은 초당의 구다. 대개 그 기상이 순박하고 돈후한 것은 시어가 저절로 비슷하게 된 것이지 의도적으로 그렇게 쓴 것이 아니다. 칠언율시 중 수록된 것은 격조가 역시 초 · 성당과 비슷한데, 단지 천연적인 기교가 부족할 따름이다.

해제

하백의 오 · 칠언 율시에 관한 논의다. 제 · 양 및 초 · 성당 등에서 영향을 받았음을 지적했다. 이와 관련하여 이유정은 〈급고당집서汲古堂集序〉에서 "하백의 시는 이백과 두보를 모법으로 삼았다.无咎詩宗李杜"고 평가했다. 대체로 하백의 시 중 사회현실을 노래한 시는 두보의 영향을 받았고 소주 · 항주 · 남경 · 북경 등을 유람하며 경치를 쓴 시는 이백의 영향을 받았다.

원문

无咎五言律入錄者, 氣格不薄, 如"飛鳥動曉光"[1], "盈盈曲房下"[2], "春風動簾額"[3], 雖出齊梁, 而純美勝之. 其他多初唐句. 蓋其氣淳厚, 出語自類, 非有意爲之也. 七言律入錄者, 氣格亦類初 · 盛, 但化機[4]不足耳.

주석

1 飛鳥動曉光(비조동효광): 하백의 〈연대고의사수燕臺古意四首〉 중 제1수를 가리킨다.
2 盈盈曲房下(영영곡방하): 하백의 〈연대고의사수燕臺古意四首〉 중 제3수를 가리킨다.
3 春風動簾額(춘풍동렴액): 하백의 〈최희관동정강백연집崔姬館同程康伯宴集〉을 가리킨다.
4 化機(화기): '化工(화공)'과 같은 뜻으로 '자연스레 형성된 빼어난 기교'를 가리킨다.

## 104

서준탕徐遵湯이 나의 시에 대해 서문을 쓰면서 다음과 같이 말했다.

"근래에 시를 논하는 사람들이 각기 식견이 비천한 시파를 숭상하여, 훈고와 배조 · 은어와 방언에 이르기까지 방종한 견해가 잡다하게 나왔다. 다소 옛 시법을 계승했지만 번번이 '나에게는 진실로 시가 있는데, 어찌 떨어진 꽃과 붙인 나뭇가지, 남은 국과 부수적인 솥을 취할 수 있단 말인가?'라고 말한다. 비록 그러하나 결국 취하지 않을 수 없었는데, 다만 잘 취하지 못했음이 애석하다. 고금에 진실로 두루 뛰어난 인재가 있는데 그 치우친 것을 살펴 취하고, 진실로 광명정대한 기풍이 있는데 그 썩은 것을 살펴 취하며, 진실로 일정한 표준이 있는데 그 정도를 벗어난 것을 살펴 취한다. 대개 눈에 보이고 귀에 들어오는 소리와 색은 모두 내가 마음대로 취하기에 충분하게 제공되는데, 소리는 그 드러나지 않는 것을 살펴 취하고 색은 그 어두운 것을 살펴 취한다. 나에게는 진실로 분명히 지극한 성정과 분명히 완전한 정취가 있는데 그 감정이 아닌 것과 정취가 아닌 것을 살펴 취한다. 이로써 다른 사람에게 자랑하여 큰소리치기를 '시에 능하다'고 하는데, 나는 이해하지 못하겠다."

그들은 곧 원굉도 등의 여러 사람들과 흡사하다.[70] 원굉도 · 종성 · 담원춘의 시는 별도로 논한다.

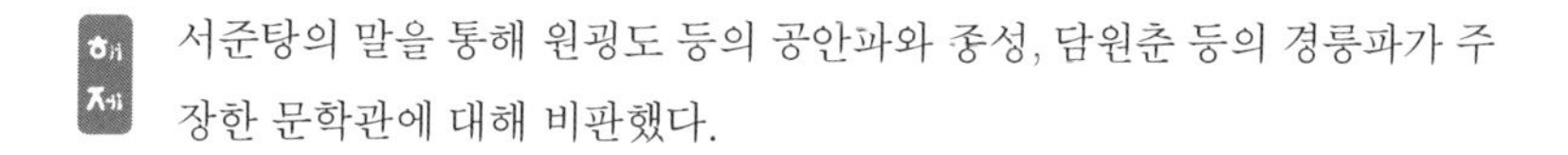
해제 서준탕의 말을 통해 원굉도 등의 공안파와 종성, 담원춘 등의 경릉파가 주장한 문학관에 대해 비판했다.

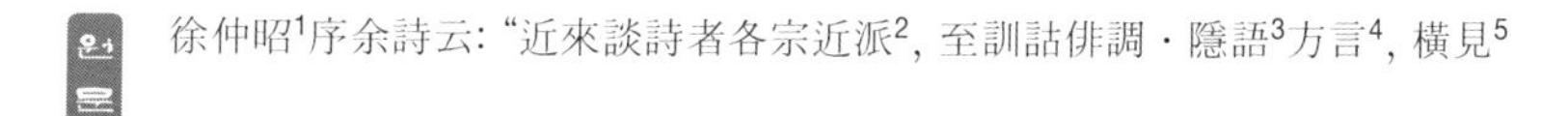
원문 徐仲昭[1]序余詩云: "近來談詩者各宗近派[2], 至訓詁俳調 · 隱語[3]方言[4], 橫見[5]

70) 총론 제34권 제21칙과 참조하여 보기 바란다.

雜出. 稍以古法相繩[6], 輒曰: 吾自有詩, 何能取落花黏枝[7] · 賸羹[8]佐鼎[9]? 雖然, 終不能無所取, 獨惜其不善取. 古今自有全材[10], 而顧取其偏者; 自有正氣[11], 而顧取其餒[12]者; 自有定格[13], 而顧取其離者; 凡遇目入耳之聲色, 皆足供吾恣取, 而聲顧取其陰者, 色顧取其黯者; 吾自有必至之情 · 必盡之致, 而顧取其不情者, 無致者. 以此嘐嘐[14]號於人曰'能詩', 吾不知也." 則宛似[15]中郎諸子. [與總論三十四卷"學者於詩, 或欲爲六朝晩唐"一則參看.] 袁中郎 · 鍾伯敬 · 譚友夏詩別論.

1 徐仲昭(서중소): 서준탕徐遵湯. 명나라 시기의 문인으로 서하객徐霞客의 친척 형이다. 자가 중소고 호는 십차거사十借居士다. 놀기를 좋아하고 시를 잘 지었으며 서하객과 가장 가까이 지냈다. 《서하유객기徐霞客遊記》의 교정 작업을 맡기도 했다.
2 近派(근파): 식견이 천박하고 비루한 시파.
3 隱語(은어): 어떤 계층이나 부류의 사람들이 다른 사람들이 알아듣지 못하도록 자기네 구성원들끼리만 빈번하게 사용하는 말.
4 方言(방언): 사투리.
5 橫見(횡견): 방종한 견해.
6 繩(승): 계승하다.
7 黏枝(점지): 붙인 가지.
8 賸羹(잉갱): 남은 국.
9 佐鼎(좌정): 부수적인 솥.
10 全材(전재): 일정한 범위 내에서 각 방면에 모두 뛰어난 인재.
11 正氣(정기): 광명정대한 기풍.
12 餒(뇌): 썩다. 부패하다.
13 定格(정격): 일정한 표준. 규칙.
14 嘐嘐(교교): 뜻이 커서 자랑하다.
15 宛似(완사): 흡사하다.

# 찾아보기

詩源辯體

ㅁ



ㅂ



ㅅ

ㅇ

ㅎ

—지은이 소개—

## 지은이_ 허 학 이許學夷

허학이(1563~1633)는 자가 백청伯清이고 지금의 강소성江蘇省 무석武錫 사람이다. 어릴 때부터 문사文史 지식에 뛰어났으며 다른 잡기를 배우지 않고 두문불출하며 오직 학문 연구에만 몰두하였다. 과거시험에 뜻을 두지 않았고 높은 권력에 아부하지 않았으며, 강직한 성품으로 절의를 중시하였다. 창주시사滄洲詩社를 결성하여 여러 문인들과 교류했으며, 31세부터 40년의 세월 동안 줄곧 그의 대표작인《시원변체》를 완성하는 데 심혈을 기울였다.

—역주자 소개—


**역주자_ 박 정 숙朴貞淑**

계명대학교를 졸업하고 2008년도에 중국 남경대학에서 문학박사학위를 취득했다. 현재 계명대학교에서 연구와 강의를 하고 있다. 주로 당대 이전의 시에 대해 관심을 가지고 있으며, 중국 고전문학 전반에 걸친 문헌자료 연구에도 관심이 많다. 이 책의 제1권~제33권 및 기타 등을 역주했다.

**역주자_ 신 민 야申旻也**

숙명여자대학교를 졸업하고 2000년도에 중국 남경대학에서 문학박사학위를 취득하였다. 현재 숙명여자대학교에서 초빙교수로 재직하고 있으며 주로 명대 시에 대해 관심을 가지고 있다. 이 책의 총론(제34권~제36권) 및 후집찬요 2권을 맡았다.